西游成事智慧

Ⅰ

布局

渤海小吏 著

北京联合出版公司
Beijing United Publishing Co.,Ltd.

图书在版编目（CIP）数据

西游成事智慧．1，布局 / 渤海小吏著．-- 北京 ：北京联合出版公司，2025．6（2025.7 重印）．-- ISBN 978-7-5596-8545-2

Ⅰ．I207.414

中国国家版本馆 CIP 数据核字第 2025PG2584 号

西游成事智慧 1：布局

作　　者：渤海小吏

出 品 人：赵红仕

责任编辑：周　杨

北京联合出版公司出版

（北京市西城区德外大街 83 号楼 9 层　100088）

河北鹏润印刷有限公司印刷　新华书店经销

字数 487 千字　700 毫米 × 1000 毫米　1/16　印张 29.5

2025 年 6 月第 1 版　2025 年 7 月第 2 次印刷

ISBN 978-7-5596-8545-2

定价：66.00 元

序言

破亿次播放的源流

2022 年 9 月 9 日，我在哔哩哔哩网站（简称“B 站”）发布了一期名为“为了让悟空脱离低级趣味，佛祖究竟花了多少经费？”的时长 35 分钟的视频。这个视频的播放量迅速破了千万次。此后，我发布的所有“西游”系列视频火得一发不可收，在我这个主打讲解历史的自媒体频道中，其流量和影响力一直是独一档。当您收到这套书的时候，“西游”系列的视频全网播放量已经破两亿次。这种巨大的影响最初让我感觉很诧异，但我仔细思考了一下，又觉得冥冥之中有它的合理性。

我的主打系列——“渤海小吏的封建脉络百战”，讲的一直是历史的脉络，而历史作为史上最高能量群体的经历总和，是最高段位的世间事，经受着最高段位的世间诱惑，所以我这些年其实写的是进化缓慢的人性。而《西游记》的内核，其实也是千百年来那些永恒不变的东西，是以史为鉴的那些成事的、能够照亮前路并应用到我们今天生活中的智慧。我跟这部《西游记》原著解读作品的缘分，也源于真实的历史写作。

2022 年 5 月 12 日，我在我的微信公众号上发表了一篇文章：《第 89 战 · 运去英雄不自由：〈西游记〉的最难三关，佛爷爷的三次出手》。

当时这篇文章是为了写那位大名鼎鼎的“萧菩萨”。

南北朝时期，南梁的那位菩萨皇帝，那个疯魔般的修行者，坐在皇帝的宝座上修了半辈子的福报，最终却身死国灭，建康存者百不余一。

“佛”，本意是指觉悟者。

所谓“觉悟”，是顺应规律，万物自有其道的智慧。

觉悟的佛法，永远离不开能量和利益的拷问。萧衍打造的温室佛国，面对北方修罗场杀出来的凛冬，几乎没有任何抵抗能力。

我们总结出了金句：见三岁孩童抱金砖于闹市，世人皆魔鬼；遇笑脸弥勒旁立护法韦陀，群魔皆圣贤。

在那篇文章中，为了写明白萧衍这梦幻般的佛国到底为何崩塌，我们从俗世间最佳宗教普及经典《西游记》说起，讲了一下《西游记》中如来佛祖在青牛精、假悟空和大鹏鸟这三关中的手腕是怎样的。

在这三关中，佛祖用的都是世俗招数，分别对应的是给面子“买路”、照顾骨干情绪和以最强武力降妖，至于他具体是怎么操作的，欢迎亲爱的读者朋友看原文。总结一下，就是佛祖对待“高能量关卡”，并没有用世俗中的吃斋念佛、诵经打坐、因果报应等手段去应对，而是见招拆招，各取所需地给予了相应的最强能量的回应。

慈悲和力量，世俗和净土，都是合二为一的。

写完《南北归一》后，我从头到尾重新通读了《西游记》的内容，随后发现这本书简直是宝藏，自己年轻时根本没看懂。它一直静静地躺在那里，而我视宝山如无睹。

也正常，悟空用了三百多年的时间才玩够，才想起超越生死的事。这世上绝大多数的事情都是需要时间和阅历才会由量变达到质变的，时间不到，火候不到，你就真的体会不到个中味道，机缘也就还没到。

小时候看《西游记》，我看的是悟空；大点了再看《西游记》，注意力很多都转移到了女妖怪身上；等走过很远的路后再来看《西游记》，开始奉此书为神作，不断地赞叹原著作者披着宗教和神话外衣写就的这部顶级的人间事。无论是体制内还是体制外，无论是国企还是私企，只要身处其中，层级高些，组织结构复杂些，当你真的要协调林林总总的事时，再翻开《西游记》原著，会发现感受真的不一样了。写《西游记》的这位作者是见过天、见过大世面的，里面很多关窍，没见识过的人是写不出来的。

在对这部名著的来龙去脉进行深入挖掘后，我开始明白这个伟大的“二创”故事为什么可以深刻到让我奉之如神了。

当年玄奘大师涅槃后，其弟子慧立、彦悰根据大师的生前事迹撰写了《大唐大慈恩寺三藏法师传》，其中很多离奇的故事被神化，为大师的经历增添了许多神话色彩。玄奘大师也渐渐和国家符号融为一体，成为“唐僧”。取经的故事开始在民间广为流传，而且越传越神。

传到南宋时，《大唐三藏取经诗话》中开始出现大师兄，“花果山紫云洞八万四千铜头铁额猕猴王”化身为白衣秀士护送三藏，他神通广大、足智多谋，一路杀白虎精、伏九馗龙、降深沙神。

此时大师兄还是人样；沙师弟还没在水里待着，而是深沙神。再往后，人们觉得护法是人的设定已经不过瘾，于是大师兄成猴了。

到了元末明初，二师兄的形象也基本确立了，将咱们猴哥逮捕归案的“四川水神”在元杂剧《二郎神锁齐天大圣》中也上场了。当时的猴哥不仅不是从石头里蹦出来的，还足足有四个兄弟姐妹，他是齐天大圣，大哥是通天大圣，姐姐是龟山水母，妹子是铁色猕猴，弟弟叫耍耍三郎，也叫孙行者。

熟悉吗？

平顶山上捅了猴子窝的银角大王到底是被谁算计了？

被一代代的素材创作者。

西游的故事类似于一代代的开源代码，千百年来一直被传承着，被持续创作着，但到了明嘉靖年间，西游的故事就基本定型了。

因为遇到给这个故事封神加冕的人了。

一个极大概率见识过庙堂文化的高层人物，将市面上现存的各种西游故事神化杂糅为一体，形成了自成一派、逻辑结构极强的西游宇宙，里面的门派沟通与权力结构和中国古代的文官系统高度相合。这位大师借古讽今地写出了后世创作者望而却步的，也是今天我们所熟悉的《西游记》。

当时我的心中就埋下了一颗种子：等历史系列写完后，我一定要逐段逐句地解读《西游记》。

2024 年 8 月 20 日，随着“渤海小吏的封建脉络百战”系列落下最后一笔，这个耗时长达七年的五百万字项目终于被我收尾。我根本来不及停歇，马不停蹄地投入对《西游记》原著的解读工作中，因为冥冥中似乎有个声音总在催促我，也因为我内心的种子即将破土而出，蓄积的力量越来越强大。我越读这部神作，越觉得其中跨越了近五百年的智慧是那么熠熠生辉，催生着我澎湃的表达欲望。

总之，种种因缘际会下，目前全网唯一的一部逐段逐句解读《西游记》原著的成书作品便出现在您的眼前了。

“灵根育孕源流出，心性修持大道生”，各位读者朋友请坐好，让小吏给您做个向导，咱们就此进入西游宇宙！

目录

第一章

心猿学艺，
慧根猴到膨胀猴的奇幻漂流

第一回

灵根育孕源流出，心性修持大道生

诗曰：

混沌未分天地乱，茫茫渺渺无人见。

自从盘古破鸿蒙，开辟从兹清浊辨。

覆载群生仰至仁，发明万物皆成善。

欲知造化会元功，须看《西游释厄传》。

对《西游记》的解读，从标题开始就要讲。

第一回是整个《西游记》最重要的一回，很少有一部小说能一开始就把总纲、主旨、核心人物乃至它想表达的核心观点高度浓缩般地表达出来。这本书第一回就把骨架搭起来了，随后99%的内容就是在往这骨架上“添肉”，而且前后呼应，让你念念不忘，又给予回响。

标题的前半句，“灵根育孕源流出”，挨个词地翻译一下：“灵根育孕”指的是生出猴哥的那块石头，可见这猴从出生起就不一般，人家是灵根，不是草根，先天就有着巨大的能量，否则后面扛不住那么多天打雷劈的事；“源流出”中所谓的“源流”则是指事物的起源和发展，这个词在原著中的使用频率相当高，每次出现时基本都涉及背景暗示，后面咱们遇到时会细讲。

“灵根育孕源流出”合起来的意思是，这后面一大堆轰轰烈烈的“开始”，就是从这个“灵根育孕”开始的。从标题的第一个字起，这本书就已经透露出它想表达的主旨了——先天很重要，有些祸，不是凡根能惹的。

再看标题的后半句，“心性修持大道生”，这回结束后，悟空已经完成了基础“面板”打造，他得了“大道”。他发生质变靠的是啥呢？

是“心性修持”。

原著对取经的四人一马有时会以代号指称，比如悟空是“心猿”，白龙是“意马”，八戒是“木母”，沙僧是“黄婆”，师父是“江流儿”。

悟空这“心猿”俩字，光在百回本的目录中就出现了十七次，跟悟空有关的大事也基本都要提“心”的事。

悟空在学艺成功之前的状态都是慧根猴，满脑子佛学智慧，所谓“我无性。人若骂我，我也不恼；若打我，我也不嗔，只是陪个礼儿就罢了。一生无性”，因为他的“心性”一直修持得特别好，所以在这个状态下他得了“大道”。

开篇第一回，主要核心点就是围绕着他的这颗心展开的。

而且原著作者也草蛇灰线、伏脉千里地通过“心猿”对悟空的成佛之路进行了预言。

所谓“心猿意马”，出自东汉魏伯阳的《周易参同契》中的“心猿不定，意马四驰”，意思是心如猴子跳、马儿跑，形容心安定不下来。这个成语在使用中通常表示贬义。

悟空的成佛之路，也是一个不断降服自己内心的过程。当他知道自己几斤几两了，知道做事前考虑后果了，知道除妖之前先问山神土地了，知道自己的能力范围并妥善处理自己与宇宙万物的关系了，能降服自己这颗心了，他也就成佛了。师徒到了灵山后，原著那一回的标题便不再提“心猿”了，毕竟这词有贬义。百回本中，作者的用词是极其考究的，此时功成了，标题也就变成了“猿熟马驯方脱壳，功成行满见真如”。

咱们再提前说一句题外话，原著作者对取经的四人一马做了五行平衡的安排。悟空属金，因为猴为申，内里主藏“庚”金。八戒这头猪为“亥”，本来五行该属水的，但是为了给唐僧挪地方，被称为“木母”，也是取“亥”里有壬水和甲木的缘故，意为天河之水、甲木长生之地，所以取了个木母的由头。《三命通会》记载：“亥为悬河。天河之水，奔流不回，故曰悬河，亥即天门，又属水，非悬河之象乎？”

所以，作者安排八戒掌管天河八万水军也是有缘由的。沙僧这“黄婆”属土。白龙化马为“午”，属火。八戒让出的那个位置，要留给大有来头的“江流儿”。

跟悟空的“心猿”一样，唐僧这个“江流儿”的代称也预示了他在本部文艺作品中的通篇境遇。他从出生开始到最后成佛，就是个被大江大河裹挟着，顺流而走的“江流儿”。

取经队伍凑齐了金、木、水、火、土，暗示功成需要五行俱全、生生不息。与此同时，悟空在原著中多次被称为“金公”，也从阴阳上匹配了取经四人的属性——悟空和唐僧属阳，八戒和沙僧属阴。团队配比也得阴阳调和。

五行流转，阴阳调和，这是咱们老祖宗的成事思想。万事万物过犹不及，刚极易折，强极则辱。

咱们从标题展开了不少，接下来看本回文眼的那首诗。

“混沌未分天地乱，茫茫渺渺无人见。自从盘古破鸿蒙，开辟从兹清浊辨。”“混沌”一词是古人宇宙观中形容天地未开辟前宇宙模糊一团的状态，那个时代也被称为鸿蒙时代，在别的语境中使用时也通常用来形容脑子糊涂，想不明白事。前四句诗的意思是，最早的宇宙是一团乱麻，没有秩序，什么都看不清楚，弄不明白。自从盘古大神一斧子终结了这鸿蒙时代后，清与浊开始分离，清气上升为天，浊气下降为地，万物开始有秩序。

“覆载群生仰至仁”，意思是从此天覆地载的世界开始养育万物，万物都要感激天地至仁。这个“仰至仁”，既是仰仗、感激天地，也是感激创造天地的那位盘古。

作者作这首诗的时候还没有“人民史观”，认为冥冥中存在一双手，这双手走出“神之一手”，从此给了万物开始的机会。对于这种神话观念，咱们不评判，因为进入西游宇宙就要设身处地地站在作者那个时代，不能拿本朝的尚方宝剑斩前朝的官。

“发明万物皆成善”，是给“善”下定义：上天有好生之德，创造与生化的行为都属于善。

“欲知造化会元功，须看《西游释厄传》”这两句诗最有味道。

“造化”，有两种含义：

一种是创造化育之意。

一种是指福分和幸运，有时用作动词，有时用作名词。比如，在须菩提祖师说的“此乃非常之道，夺天地之造化，侵日月之玄机”中，是作名词用；在猴哥说的“这番造化了八戒，便宜了沙僧”中，是作动词用。上述说的都是福分的意思。

而这句诗里的“造化”，是天地创造化育之意。

“会元”，是时间的计量单位。所谓宇宙，空间为“宇”，时间为“宙”，天地循环一次称为“元”，“元”是时间计量的最大单位，1 元 =12 会 =129600 年，后面马上就会提到。

“释厄”，是解除灾难困苦之意。也有说“释”代表的是唐僧，“厄”是指唐僧遇到的那些灾，但结合前后文的意思来看并非如此，这个“释”应该是动词，是消灾解脱之意。

连起来，这最后两句诗的意思是：如果你想知道天地循环过程中造化万物的奥秘，就得看这本“西游消灾解难传”了。

《西游释厄传》全书讲的是“造化会元功”，是天地循环往复中的兴与衰、荣与枯、成与败。

通过开篇的标题和第一首诗，作者已经将全书的价值观和框架都给你搭好了。这就是名著的含金量啊！

盖闻天地之数，有十二万九千六百岁为一元。将一元分为十二会，乃子、丑、寅、卯、辰、巳、午、未、申、酉、戌、亥之十二支也。每会该一万八百岁。且就一日而论：子时得阳气，而丑则鸡鸣；寅不通光，而卯则日出；辰时食后，而巳则挨排；日午天中，而未则西蹉；申时晡，而日落酉；戌黄昏，而人定亥。譬于大数，若到戌会之终，则天地昏蒙，而万物否矣。再去五千四百岁，交亥会之初，则当黑暗而两间人物俱无矣，故曰混沌。又五千四百岁，亥会将终，贞下起元，近子之会，而复逐渐开明，邵康节曰：“冬至子之半，天心无改移。一阳初动处，万物未生时。”到此，天始有根。再五千四百岁，正当子会，轻清上腾，有日有月，有星有辰。日、月、星、辰，谓之四象，故曰天开于子。又经五千四百岁，子会将终，近丑之会，而逐渐坚实。《易》曰：“大哉乾元！至哉坤元！万物资生，乃顺承天。”至此，地始凝结。再五千四百岁，正当丑会，重浊下凝，有水，有火，有山，有石，有土。水、火、山、

石、土，谓之五形，故曰地辟于丑。又经五千四百岁，丑会终而寅会之初，发生万物，历曰：“天气下降，地气上升；天地交合，群物皆生。”至此，天清地爽，阴阳交合。再五千四百岁，正当寅会，生人，生兽，生禽，正谓天地人，三才定位，故曰人生于寅。

这部分内容交代了全书非常核心的一个观点——天地是有轮回的，十二万九千六百年完成一个轮回。换句话说，天地也是有寿命的。

天开于子，近丑时开始坚实，入丑后地开始就位，到了寅时万物生发，戌亥之交的时候又变成混沌状态，天地间的人和物都没了，到亥子之交，重新开始生长。

后面，猴哥这辈子琢磨的一切的一切，都是在躲这个“交亥会之初，则当黑暗而两间人物俱无矣”的天地重启。

无论对外怎么宣称“论成败人生豪迈，大不了从头再来”，西游宇宙中所有的神佛对于长生的追求其实都是在表达同一个想法：他们不想重来！

感盘古开辟，三皇治世，五帝定伦，世界之间，遂分为四大部洲，曰东胜神洲，曰西牛贺洲，曰南赡部洲，曰北俱芦洲。这部书单表东胜神洲。海外有一国土，名曰傲来国。国近大海，海中有一座名山，唤为花果山。此山乃十洲之祖脉，三岛之来龙，自开清浊而立，鸿蒙判后而成。真个好山！有词赋为证。赋曰：

势镇汪洋，威宁瑶海。势镇汪洋，潮涌银山鱼入穴；威宁瑶海，波翻雪浪蜃离渊。木火方隅高积土，东海之处耸崇巅。丹崖怪石，削壁奇峰。丹崖上，彩凤双鸣；削壁前，麒麟独卧。峰头时听锦鸡鸣，石窟每观龙出入。林中有寿鹿仙狐，树上有灵禽玄鹤。瑶草奇花不谢，青松翠柏长春。仙桃常结果，修竹每留云。一条涧壑藤萝密，四面原堤草色新。正是：百川会处擎天柱，万劫无移大地根。

这段开始介绍西游宇宙的地理图，共有四大部洲，说东胜神洲有个靠海的国家，叫傲来国，海中有座名山叫花果山，这山可了不得，是十洲祖脉、三岛来龙。

这十洲三岛，是西游宇宙中“五方五老”里的东方崇恩圣帝，也就是东华帝君的势力范围。（第五回“仙女道：‘上会自有旧规。请的是西天佛老菩萨、圣僧罗汉，南方南极观音，东方崇恩圣帝，十洲三岛仙翁，北方北极玄灵，中央黄极黄角大仙，这个是五方五老。’”）

这座花果山，相当于东胜神洲大领导们的居住地——十洲三岛的灵力之根，自打盘古开天地后就出现在这里了，山上有“彩凤”“麒麟”“锦鸡”，有龙出入，还有寿鹿仙狐、灵禽玄鹤。从这些动物就能知道，这山可了不得，有这么多祥瑞，宋真宗要是住这儿，得年年封禅。而且这里的祥瑞都是顶级的。

在原著中，佛祖说过：“万物有走兽飞禽，走兽以麒麟为之长，飞禽以凤凰为之长。”（第七十七回）麒麟这种动物的配置可了不得，全书中除了花果山，另一座山还出现过，就是西牛贺洲的万寿山，连佛祖的灵山都没有出现过。（第二十四回“高山峻极，大势峥嵘。根接昆仑脉，顶摩霄汉中。白鹤每来栖桧柏，玄猿时复挂藤萝。日映晴林，叠叠千条红雾绕；风生阴壑，飘飘万道采云飞。幽鸟乱啼青竹里，锦鸡齐斗野花间。只见那千年峰、五福峰、芙蓉峰，巍巍凛凛放毫光；万岁石、虎牙石、三天石，突突磷磷生瑞气。崖前草秀，岭上梅香。荆棘密森森，芝兰清淡淡。深林鹰凤聚千禽，古洞麒麟辖万兽。涧水有情，曲曲湾湾多绕顾；峰峦不断，重重叠叠自周回。又见那绿的槐，斑的竹，青的松，依依千载斗秾华；白的李，红的桃，翠的柳，灼灼三春争艳丽。龙吟虎啸，鹤舞猿啼。麋鹿从花出，青鸾对日鸣。乃是仙山真福地，蓬莱阆苑只如然。又见些花开花谢山头景，云去云来岭上峰。”）

如果你不是第一次看《西游记》的话，那关于这座万寿山是谁的地盘、山主有多大能耐，心里应该有谱了。我们也清楚当地有什么土特产。那里是地上唯一能产出天上蟠桃的乞丐版替代品——人参果的灵根之地。

第二十六回东华帝君给猴哥做科普时说过这么一句话：“这万寿山乃先天福地，五庄观乃贺洲洞天。”这其实也是和第一回后面很快就要出现的“花果山福地，水帘洞洞天”呼应。花果山和万寿山是一个级别的，麒麟这种统辖万兽的兽王在西游宇宙中只在这种祖脉来龙的地方出现。这也是作者在用瑞兽的“咖位”替花果山的灵力水平做潜在背书。

作者还怕读者没把这群动物当回事，最后专门总结道：这花果山是“百川会处擎天柱，万劫无移大地根”。

又是擎天柱，又是大地根，还是“万劫”的级别。

一劫是多长时间呢？

佛祖在判猴哥之前念叨过，一劫“该十二万九千六百年”，也就是前面说的一元。

（第七回“佛祖听言，呵呵冷笑道：‘你那厮乃是个猴子成精，怎敢欺心，要夺玉皇上帝尊位？他自幼修持，苦历过一千七百五十劫，每劫该十二万九千六百年。你算他该多少年数，方能享受此无极大道？’”）

为啥一元又叫作一劫呢？

天地重启叫一元，想要躲过天地重启的神仙领导可不就是要度过一个劫难嘛！

玉帝才苦历了一千七百五十劫，而这花果山却历经一万次天地重启，每次都仍是大地之根，你说这山有多了不得！

看到这里，之前对西游故事有所了解的朋友应该会产生一个疑问了：这么牛的山，完全是修炼的黄金地段！肯定得有主人啊！但主人去哪里了呢？

先埋下这个疑惑，看看作者以这么牛的山做背景，眼下要引出谁。

那座山正当顶上有一块仙石，其石有三丈六尺五寸高，有二丈四尺围圆。三丈六尺五寸高，按周天三百六十五度；二丈四尺围圆，按政历二十四气。上有九窍八孔，按九宫八卦。四面更无树木遮阴，左右倒有芝兰相衬。盖自开辟以来，每受天真地秀，日精月华，感之既久，遂有灵通之意。内育仙胞，一日迸裂，产一石卵，似圆球样大。因见风，化作一个石猴，五官俱备，四肢皆全。便就学爬学走，拜了四方，目运两道金光，射冲斗府。惊动高天上圣大慈仁者玉皇大天尊玄穹高上帝，驾座金阙云宫灵霄宝殿，聚集仙卿，见有金光焰焰，即命千里眼、顺风耳开南天门观看。二将果奉旨出门外，看的真，听的明，须臾回报道：“臣奉旨观听金光之处，乃东胜神洲海东傲来小国之界，有一座花果山，山上有一仙石，石产一卵，见风化一石猴，在那里拜四方，眼运金光，射冲斗府。如今服饵水食，金光将潜息矣。”玉帝垂赐恩慈曰：“下方之物，乃天地精华所生，不足为异。”

花果山顶，按周天三百六十五度、政历二十四气、九宫八卦，造化了一块三丈六尺五寸高、二丈四尺围圆、上有九窍八孔的仙石，周围更是没有树木挡着它吸收日精月华。

此石头自“盘古开辟”以来就每天在这里受天真地秀、日精月华。受久了，便有了灵通，育出仙胞。有一天这石头炸了，产出一个圆球状的石卵，见风后化作一只石猴，而且这猴的灵性已到了一定程度，出生后第一件事是拜四方，随后目运两道金光，射冲斗府，把玉皇大帝都惊动了。你瞅瞅咱猴哥这先天就有的能量有多大。

睁眼发出的金光是能让玉帝感应到的！

玉帝为了这件事还聚集仙卿开了个会，让千里眼和顺风耳开南天门查看情况。听说猴哥这事后，玉帝垂赐恩慈，定性：这是天地精华所生的下方之物，不是妖精，都别当回事。

咱们不论玉帝对于猴哥的出生有没有准备，反正就目前来看，这个定性是很重要的，毕竟玉帝要是说这是妖孽，眼珠子都发光射我了，给朕剿喽，猴哥这天生地养的灵猴也就夭折了。

这段相当重要，从正面和侧面都说明了猴哥的先天背景和能量，甚至拿玉帝给他做了背书——出生时一抬头的金光让凌霄殿都开了个会。

这也方便解释后面大多数人的疑问：为啥让猴哥脱胎换骨的大品天仙诀，猴哥师父只能半夜偷摸地传给他？为啥猴哥只练三年就那么牛了？是不是你遇到个好师父，你也能变成猴哥？

看淡些，那种功法不是每个人都能接得住的，你先天有没有能扛得住它的能量，这很关键。

这就好比你照着泰森的训练方法和训练强度去练，估计三天就练死了。像八戒、沙僧，他们之所以只有“放屁添风”的战斗力，其实倒不是因为他们的师父藏奸，尤其八戒的师父对他绝对是寄予厚望的，纯粹就是因为他们先天不是那块料，你教他啥都差点意思。

如果说顶级的功法是个乘数，比如大品天仙诀的乘数是 100，相当于将本身的能量放大 100 倍，那么假设悟空的本体能量是 100，八戒的本体能量是 5，悟空学完以后变成了 $100 \times 100=10000$，八戒学完以后变成了 $100 \times 5=500$。

先天是哪块材料极为重要，命里只有八斗米，走遍天下不满升。这就好比一把椅子能承受一个人，但它承受不住一头大象。

别为椅子为啥不能承受大象而痛苦，人家八戒天天就过得挺快乐，有饭则吃，有战就熬，有觉且睡，活在当下嘛。

那猴在山中，却会行走跳跃，食草木，饮涧泉，采山花，觅树果；与狼虫为伴，

虎豹为群，獐鹿为友，猕猿为亲；夜宿石崖之下，朝游峰洞之中。真是“山中无甲子，寒尽不知年”。一朝天气炎热，与群猴避暑，都在松阴之下顽耍。你看他一个个：

跳树攀枝，采花觅果。抛弹子，邷么儿，跑沙窝，砌宝塔，赶蜻蜓，扑虫八蜡，参老天，拜菩萨，扯葛藤，编草帓，捉虱子，咬又掐，理毛衣，剔指甲。挨的挨，擦的擦，推的推，压的压，扯的扯，拉的拉。青松林下任他顽，绿水涧边随洗濯。

一群猴子耍了一会，却去那山涧中洗澡。见那股涧水奔流，真个似滚瓜涌溅。古云：禽有禽言，兽有兽语。众猴都道：“这股水不知是那里的水。我们今日赶闲无事，顺涧边往上溜头寻看源流，耍子去耶！”喊一声，都拖男挈女，唤弟呼兄，一齐跑来。顺涧爬山，直至源流之处，乃是一股瀑布飞泉。但见那：

一派白虹起，千寻雪浪飞。

海风吹不断，江月照还依。

冷气分青嶂，余流润翠微。

潺湲名瀑布，真似挂帘帷。

众猴拍手称扬道：“好水！好水！原来此处远通山脚之下，直接大海之波。”又道：“那一个有本事的，钻进去寻个源头出来，不伤身体者，我等即拜他为王。”连呼了三声。忽见丛杂中跳出一名石猴，应声高叫道：“我进去！我进去！”好猴！也是他：

今日芳名显，时来大运通。

有缘居此地，天遣入仙宫。

接下来是猴哥愉快的“学前班”生活。他跟山中各种生灵做好朋友，认了一群猴子当亲戚。

有句话要加以注意，花果山是能看见菩萨的，或者说是有菩萨像的。所谓“参老天，拜菩萨”，是猴哥跟佛门第一次出现关联。后面的事更加神奇，他混的那个猴群没有领导。那可是猴子啊！那是山中没老虎时要称大王的物种，那是为了争当猴王能往死里干的物种，居然没有领导，这就有点“楚门的世界”的味道了。有一天，这群无主之猴看到了那个改变猴哥命运的“瀑布飞泉”，然后莫名其妙就有个声音说，要通过作死的探秘方式选猴王。

有些鸟儿的羽毛太光辉，是关不住的。猴也是。于是，猴哥报名了。随后跟上一首诗，表示猴哥的时运到了，所谓“今日芳名显，时来大运通。有缘居此地，天遣入仙宫”。

“天遣入仙宫”这句话很关键，猴哥是被“天遣”的，而且他探秘的这个地方是“仙宫”，是有主的，不是片处女地。

无论是无主灵山，还是无主猴群，又或是“天遣入仙宫”，一切的一切都在暗示：对于这只猴子的培养是有计划的。

你看他瞑目蹲身，将身一纵，径跳入瀑布泉中。忽睁睛抬头观看，那里边却无水无波，明明朗朗的一架桥梁。他住了身，定了神，仔细再看，原来是座铁板桥。桥下之水，冲贯于石窍之间，倒挂流出去，遮闭了桥门。却又欠身上桥头，再走再看，却似有人家住处一般，真个好所在。但见那：

翠藓堆蓝，白云浮玉，光摇片片烟霞。虚窗静室，滑凳板生花。乳窟龙珠倚挂，萦回满地奇葩。锅灶傍崖存火迹，樽罍靠案见肴渣。石座石床真可爱，石盆石碗更堪夸。又见那一竿两竿修竹，三点五点梅花。几树青松常带雨，浑然相个人家。

看罢多时，跳过桥中间，左右观看。只见正当中有一石碣，碣上有一行楷书大字，镌着“花果山福地，水帘洞洞天”。石猴喜不自胜，急抽身往外便走，复瞑目蹲身，跳出水外，打了两个呵呵道：“大造化！大造化！”众猴把他围住，问道：“里面怎么样？水有多深？”石猴道：“没水！没水！原来是一座铁板桥。桥那边是一座天造地设的家当。”众猴道：“怎见得是个家当？”石猴笑道：“这股水乃是桥下冲贯石窍，倒挂下来遮闭门户的。桥边有花有树，乃是一座石房。房内有石锅、石灶、石碗、石盆、石床、石凳。中间一块石碣，上镌着‘花果山福地，水帘洞洞天’。真个是我们安身之处。里面且是宽阔，容得千百口老小。我们都进去住，也省得受老天之气。这里边：

刮风有处躲，下雨好存身。

霜雪全无惧，雷声永不闻。

烟霞常照耀，祥瑞每蒸薰。

松竹年年秀，奇花日日新。”

猴哥扎进山洞，发现了一个神秘的洞府，这个洞府有名字，叫水帘洞，里面相当宽阔，能容纳千余口，简直是顶级的山中别墅，而且家具、绿植等所有过日子的东西一应俱全，甚至神奇到不久前还有人住，所谓“锅灶傍崖存火迹，樽罍靠案见肴渣”。

是不是越来越神奇了？之前我们纳闷，为何这样一座拥有顶级灵力的仙山居然没有主人，此时这个疑惑解开了，这座仙山是有主的，而且刚闭餐不久，连厨余垃圾都没收拾。这是听说猴子们来了紧急腾出的屋子啊。

还是那句话，对猴哥的培养是有计划的，只不过猴哥本人活在“楚门的世界”里。

众猴听得，个个欢喜，都道：“你还先走，带我们进去，进去！”石猴却又瞑目蹲身，往里一跳，叫道：“都随我进来！进来！”那些猴有胆大的，都跳进去了；胆小的，一个个伸头缩颈，抓耳挠腮，大声叫喊，缠一会，也都进去了。跳过桥头，一个个抢盆夺碗，占灶争床，搬过来，移过去，正是猴性顽劣，再无一个宁时，只搬得力倦神疲方止。石猿端坐上面道：“列位呵，‘人而无信，不知其可’。你们才说有本事进得来，出得去，不伤身体者，就拜他为王。我如今进来又出去，出去又进来，寻了这一个洞天，与列位安眠稳睡，各享成家之福，何不拜我为王？”众猴听说，即拱伏无违，一个个序齿排班，朝上礼拜，都称“千岁大王”。自此，石猿高登王位，将“石”字儿隐了，遂称美猴王。有诗为证。诗曰：

三阳交泰产群生，仙石胞含日月精。

借卵化猴完大道，假他名姓配丹成。

内观不识因无相，外合明知作有形。

历代人人皆属此，称王称圣任纵横。

猴哥靠着“有梦想谁都了不起，在水帘洞创造奇迹”的壮举，成了花果山猴界领袖，号“千岁大王”，并隐藏了出身，从此叫美猴王。随后的这首诗算是阶段性地对猴哥的出身，也就是他的“源流”做了注解。

“三阳交泰产群生”，三阳交泰也叫三阳开泰，因为正月为泰卦，三阳生于下；冬去春来，阴消阳长，有吉亨之象，所以古代用“三阳开泰”称颂岁首或寓意吉祥。“三阳交泰产群生”跟前面说的“故曰天开于子。又经五千四百岁，子会将终，近丑之会，而逐渐坚实”的意思差不多，就是开春了，到日子了，万物开始生长了。

“仙石胞含日月精”，很简单，意思是猴哥从胎里就饱含浓浓的日精月华。

“借卵化猴完大道，假他名姓配丹成。”这两句诗可太关键了，意思是借卵化的猴去完成后面西游释厄的大道，是假他名姓把猴哥这丹给配成了。再结合上一句“仙石胞含日月精”，其实是说猴哥的灵魂夺了这石头的舍，是一个高人看到了这样一个天造地设的地方有着这样一块天造地设的石头，随后借卵育化出了拥有超级能量的猴哥。

只有这种天造地设、有大能量的猴子才值得被悉心培养。高人又直接送了他一座神仙洞府让他称王，去思考如何摆脱酒色财气的低级趣味之事。正如释迦牟尼佛成佛的那辈子一样，人家生来就是一个王子，对于人世间的欲望和物质，他都看明白了。

“内观不识因无相，外合明知作有形。历代人人皆属此，称王称圣任纵横。”

“内观”是自我审视，向内心探寻的状态；“不识”指不能认知，难以察觉；“无相”是佛教中的重要概念，指没有固定的、可以被感知的形象。这句诗是说，当从内心去探寻智慧本质时往往不得要领，因为它没有具体的形象可供认知。

“外合”是指与外部事物相结合后进行判断；“明知”的意思就是能够清楚地知道；“作有形”是指呈现出具体的形态。这句诗的意思是，当和外在事物结合与参照后就能够领悟智慧，是因为你能看到事物具体的发展过程。

这是作者本人对人生观、宗教观与价值观的宣讲——对于事物本质的认识不能仅仅依靠向内的冥思苦想，还要结合外在的现象进行综合判断。在作者眼中，你天天在家里一个劲儿地悟是悟不出智慧的，需要具体问题具体分析，通过事情去历练。后文还有很多地方都流露出作者的这个思想。猴哥这只心猿最终能成佛，也是通过一件件事去不断体悟、升级的。

猴哥称王了，但背后的高人对猴哥的优待不止于此，后面还有更令人“细思极恐”的照顾。

美猴王领一群猿猴、猕猴、马猴等，分派了君臣佐使，朝游花果山，暮宿水帘洞，合契同情，不入飞鸟之丛，不从走兽之类，独自为王，不胜欢乐。是以：

春采百花为饮食，夏寻诸果作生涯。

秋收芋栗延时节，冬觅黄精度岁华。

美猴王享乐天真，何期有三五百载。一日，与群猴喜宴之间，忽然忧恼，堕下泪来。众猴慌忙罗拜道："大王何为烦恼？"猴王道："我虽在欢喜之时，却有一点儿远虑，故此烦恼。"众猴又笑道："大王好不知足！我等日日欢会在仙山福地，古洞神洲，不伏麒麟辖，不伏凤凰管，又不伏人间王位所拘束，自由自在，乃无量之福，为何远虑而忧也？"猴王道："今日虽不归人王法律，不惧禽兽威服，将来年老血衰，暗中有阎王老子管着，一旦身亡，可不枉生世界之中，不得久注天人之内？"众猴闻此言，一个个掩面悲啼，俱以无常为虑。

"美猴王享乐天真,何期有三五百载。"猴哥这一玩就是三五百年。原著前文说了，猴哥本来是石猿，所谓"猿"，就是灵长目人猿总科动物的通称，像黑猩猩、大猩猩、长臂猿等都是猿类。猿在体形、力量和寿命方面的表现都要优于猴子，截至我写这一段，目前世界上最长寿的大猩猩是67岁，而且还活着。咱们说这个是干啥呢？

再次重申"先天能量要足"的重要性。猴哥享乐天真了三五百载，从后面他在阎王爷那里的档案来看，是玩了三百多年。一般猿类活个几十年就拉倒了，猴哥却活活玩了三百多年，这是什么身体条件？用范伟的一句台词来说，就是咱这个智商抠出来上秤约都比你多二斤。

而且背后的高人真的是把事物发展的规律完完全全地搞透了，知道时间这个环节是省不得的，不能在猴哥刚生下来的时候就给他安排活儿，马不停蹄地给他讲道理，因为太早熟的都长不好，他毕竟是只猴，他的心思是定不下来的，必须先让他玩，可劲儿地玩，还得是称王称霸地玩，等他玩到实在没啥玩的时候，他才会开始思考生死问题，才会觉得低级享受没有意思了。

猴哥这"学前班"生活真的是过得灿烂到没心没肺。猴类寿命是一二十年，猿类寿命是二三十年，算下来，他在这三百多年中送走了几十拨玩伴，绝对经历了很多生老病死，但他前三百多年就是玩，对身边一拨拨死去的玩伴都没感觉！直到有一天，猴哥突然意识到自己也要死了，然后就哭了。

也就是在这个时候，猴哥的"新手村保姆NPC"出场了。

只见那班部中，忽跳出一个通背猿猴，厉声高叫道："大王若是这般远虑，真

所谓道心开发也！如今五虫之内，惟有三等名色不伏阎王老子所管。”猴王道：“你知那三等人？”猿猴道：“乃是佛与仙与神圣。三者躲过轮回，不生不灭，与天地山川齐寿。”猴王道：“此三者居于何所？”猿猴道：“他只在阎浮世界之中，古洞仙山之内。”猴王闻之，满心欢喜道：“我明日就辞汝等下山，云游海角，远涉天涯，务必访此三者，学一个不老长生，常躲过阎君之难。”噫！这句话，顿教跳出轮回网，致使齐天大圣成。众猴鼓掌称扬，都道：“善哉！善哉！我等明日越岭登山，广寻些果品，大设筵宴送大王也。”

一只通背猿猴突然跳出来，厉声高叫道：“大王若是这般远虑，真所谓道心开发也！”

瞅瞅，是“忽跳出”，是“厉声高叫”，多兴奋啊！不知道等猴哥这话等多少年了！后面的火焰山土地估计也是这个心情——可把你盼来了！

佛祖后面会在真假美猴王那一回介绍通背猿猴，这种猴子也是灵根，所谓“拿日月，缩千山，辨休咎，乾坤摩弄”。通背猿猴被安排在这儿，跟新手村保姆一样提醒悟空西游并指明获得兵器之路。他对猴哥说，五虫之内（五虫是古人对动物的分类，人为裸虫，兽为毛虫，禽为羽虫，鱼为鳞虫，昆为介虫，也就是芸芸众生），有三种是阎王管不着的，分别是佛、仙和神圣，这三者躲过轮回，不生不灭，与天地山川齐寿。

后面随着作者将西游宇宙的权力架构徐徐展开，我们就会知道，三界共主是玉帝，如来是闻诏，是救驾。但要注意的是，在通背猿猴口中，他是把佛排第一位的。

从最开始的“参老天，拜菩萨”，到“佛与仙与神圣”，作者如抽丝剥茧般不断暗示猴哥背后的势力。

通背猿猴完成了他作为新手村保姆的第一个任务：提醒猴哥去那花花世界转一转，去探秘古洞仙山。

次日，众猴果去采仙桃，摘异果，刨山药，劚黄精，芝兰香蕙，瑶草奇花，般般件件，齐齐整整，摆开石凳石桌，排列仙酒仙肴。但见那：

金丸珠弹，红绽黄肥。金丸珠弹，腊樱桃色真甘美；红绽黄肥，熟梅子味果香酸。鲜龙眼，肉甜皮薄；火荔枝，核小囊红。林檎碧实连枝献，枇杷缃苞带叶擎。

兔头梨子鸡心枣，消渴除烦更解酲。香桃烂杏，美甘甘似玉液琼浆；脆李杨梅，酸荫荫如脂酥膏酪。红囊黑子熟西瓜，四瓣黄皮大柿子。石榴裂破，丹砂粒现火晶珠；芋栗剖开，坚硬肉团蜜蜡珀。胡桃银杏可传茶，椰子葡萄能做酒。榛松榧柰满盘盛，橘蔗柑橙盈案摆。熟煨山药，烂煮黄精。捣碎茯苓兼薏苡，石锅微火漫炊羹。人间纵有珍馐味，怎比山猿乐更宁？

群猴尊美猴王上坐，各依齿肩排于下边，一个个轮流上前，奉酒奉花奉果，痛饮了一日。次日，美猴王早起，教："小的们，替我折些枯松，编作筏子，取个竹竿作篙，收拾些果品之类，我将去也。"果独自登筏，尽力撑开，飘飘荡荡，径向大海波中，趁天风来渡南赡部洲地界。这一去，正是那：

天产仙猴道行隆，离山驾筏趁天风。

飘洋过海寻仙道，立志潜修建大功。

有分有缘休俗愿，无忧无虑会元龙。

料应必遇知音者，说破源流万法通。

接下来的送行环节，体现了花果山的土特产水平和猴哥的猴王排面，其中值得说的是"有分有缘休俗愿，无忧无虑会元龙"。

猴哥此行是"有分有缘"的，而且猴哥此行去人间游历是要"休俗愿"的，经此一遭，那些酒色财气都会看破。他是去追求最高目标，脱离轮回、超越生死的。"元龙"就是元阳，是道教对得道的别称，可见最终猴哥是要在摒弃一切私心杂念，于无忧无虑的状态下得道的。

眼下，猴哥还差最后一段社会实践。

也是他运至时来，自登木筏之后，连日东南风紧，将他送到西北岸前，乃是南赡部洲地界。持篙试水，偶得浅水，弃了筏子，跳上岸来。只见海边上有人捕鱼打雁、挖蛤淘盐，他走近前弄个把戏，妆个婴虎，吓得那些人丢筐弃网，四散奔跑。将那跑不动的拿住一个，剥了他的衣裳，也学人穿在身上，摇摇摆摆，穿州过府，在于市廛中，学人礼，学人话。朝餐夜宿，一心里访问佛仙神圣之道，觅个长生不老之方。见世人都是为名为利之徒，更无一个为身命者。正是那：

争名夺利几时休，早起迟眠不自由。

骑着驴骡思骏马，官居宰相望王侯。

只愁衣食耽劳碌，何怕阎君就取勾。

继子荫孙图富贵，更无一个肯回头。

“也是他运至时来，自登木筏之后，连日东南风紧，将他送到西北岸前，乃是南赡部洲地界”，你瞅瞅，他连漂洋过海都有风送着，他想学习就是“运至时来”，那东南风是将他“送”到西北岸前的。

人间的八九年游历算是悟空的“义务教育”阶段，其中一个目的是学人礼、人话，方便他后面融入学习环境，另一个目的则是让他彻底夯实得道前的最后一个大智慧。作为花果山水帘洞最高领导的悟空，在玩了三百多年后，看到这可笑的人世间跟他之前过的生活没啥区别，每天也都是物质、名利层面上的争夺与钩心斗角，根本没有人考虑跳出轮回，不上阎王那儿报到的事，“早起迟眠不自由”，太低级趣味了！再看看原著这段的这首诗，真的棒！

至此，悟空背后那股冥冥中的力量，在天造地设、借卵化猴、称王送洞府、三百多年无神仙妖魔侵扰，保护猴哥温暖纯真的小心灵，一个竹筏子就能顺着天风安全上岸，让他目睹人间并参与社会实践后，终于自然而然地达成了关键目的：猴哥开始脱离低级趣味，思考那些长远的、永恒不变的顶级智慧了。

猴哥越发坚定：我要长生不老！

猴王参访仙道，无缘得遇。在于南赡部洲，串长城，游小县，不觉八九年余。忽行至西洋大海，他想着海外必有神仙，独自个依前作筏，又飘过西海，直至西牛贺洲地界。登岸遍访多时，忽见一座高山秀丽，林麓幽深。他也不怕狼虫，不惧虎豹，登山顶上观看。果是好山：

千峰列戟，万仞开屏。日映岚光轻锁翠，雨收黛色冷含青。枯藤缠老树，古渡界幽程。奇花瑞草，修竹乔松。修竹乔松，万载常青欺福地；奇花瑞草，四时不谢赛蓬瀛。幽鸟啼声近，源泉响溜清。重重谷壑芝兰绕，处处巉崖苔藓生。起伏峦头龙脉好，必有高人隐姓名。

正观看间，忽闻得林深之处，有人言语。急忙趋步，穿入林中，侧耳而听，原来是歌唱之声。歌曰：

观棋柯烂，伐木丁丁，云边谷口徐行。卖薪沽酒，狂笑自陶情。苍径秋高，对月枕松根，一觉天明。认旧林，登崖过岭，持斧断枯藤。收来成一担，行歌市上，易米三升。更无些子争竞，时价平平。不会机谋巧算，没荣辱，恬淡延生。相逢处，非仙即道，静坐讲《黄庭》。

美猴王听得此言，满心欢喜道："神仙原来藏在这里！"即忙跳入里面，仔细再看，乃是一个樵子，在那里举斧砍柴。但看他打扮非常：

头上带箬笠，乃是新笋初脱之箨。身上穿布衣，乃是木绵捻就之纱。腰间系环绦，乃是老蚕口吞之丝。足下踏草履，乃是枯莎槎就之爽。手执衢钢斧，担挽火麻绳。扳松劈枯树，争似此樵能！

猴王近前叫道："老神仙！弟子起手。"那樵汉慌忙丢了斧，转身答礼道："不当人！不当人！我拙汉衣食不全，怎敢当'神仙'二字？"猴王道："你不是神仙，如何说出神仙的话来？"樵夫道："我说甚么神仙话？"猴王道："我才来至林边，只听的你说：'相逢处，非仙即道，静坐讲《黄庭》。'《黄庭》乃道德真言，非神仙而何？"樵夫笑道："实不瞒你说，这个词名做《满庭芳》，乃一神仙教我的。那神仙与我舍下相邻，他见我家事劳苦，日常烦恼，教我遇烦恼时，即把这词儿念念，一则散心，二则解困。我才有些不足处思虑，故此念念，不期被你听了。"猴王道："你家既与神仙相邻，何不从他修行，学得个不老之方，却不是好？"樵夫道："我一生命苦，自幼蒙父母养育，至八九岁才知人事。不幸父丧，母亲居孀，再无兄弟姊妹，只我一人，没奈何早晚侍奉。如今母老，一发不敢抛离。却又田园荒芜，衣食不足，只得斫两束柴薪，挑向市廛之间，货几文钱，籴几升米，自炊自造，安排些茶饭，供养老母，所以不能修行。"

在南赡部洲逛荡了八九年，猴哥终于来到了他的应许之地——西牛贺洲。

咱们在前面已经反复夸赞过原著作者的水平，连开篇的第一个标题、第一首诗，都在开宗明义般地表达大纲，其实行文至此，连书名都已经呼应完了。

"西游"，一提到这两个字，我们已经潜移默化地认为是指唐僧取经了。

但是说到"游"字，你觉得后面取经一路上的故事配得上这个"游"字吗？叫"西劫释厄传"还差不多。

"游"这个状态，是说那步步有难、处处该灾的取经呢？还是说猴哥这一路的"摇摇摆摆，穿州过府，在于市廛中，学人礼，学人话。朝餐夜宿，一心里访问佛仙神圣之道，觅个长生不老之方”呢？

至此，我们明确一下作者的观点：三藏取经的故事是个载体，唐僧是成团的“门票”与“信物”，全书自始至终都只有一个主角——悟空，讲的是他从石猿到斗战胜佛的全过程。

猴哥从生下来就注定会被安排去做很多大事。他这几百年的待遇，咱还用多说吗？不是每个人都有他这样的福分的！比如书中的樵夫，家有老娘要养，也就是还有责任，尘缘未了，冲这个，他就修行不了。他若是抛下老娘去修仙，你看祖师会让他进门吗？等他死了，都得给他判地狱去！

我们很多时候也会遇到如樵夫这般的苦恼，周遭有太多的责任捆在身上，父母在，子女小，工作忙，责任重，处处被罗网困着。心情不好时，你也念几句这老神仙教的诗吧：“卖薪沽酒，狂笑自陶情。苍径秋高，对月枕松根，一觉天明。”

有酒且喝，有月即赏，有觉则睡。

活在当下，烦恼就会少很多。

猴王道：“据你说起来，乃是一个行孝的君子，向后必有好处。但求你指与我那神仙住处，却好拜访去也。”樵夫道：“不远，不远。此山叫做灵台方寸山，山中有座斜月三星洞，那洞中有一个神仙，称名须菩提祖师。那祖师出去的徒弟也不计其数，见今还有三四十人从他修行。你顺那条小路儿向南行七八里远近，即是他家了。”猴王用手扯住樵夫道：“老兄，你便同我去去。若还得了好处，决不忘你指引之恩。”樵夫道：“你这汉子，甚不通变！我方才这般与你说了，你还不省？假若我与你去了，却不误了我的生意，老母何人奉养？我要斫柴，你自去，自去！”

悟空的得道之地终于被引出来了——灵台方寸山，斜月三星洞。“灵台”和“方寸”都是“心”的别称，“斜月三星”也是“心”字形状，所以这两个地方翻译一下就是心山、心洞，跟猴哥这只心猿完完全全就是对口的。

猴哥的师父，此时也已经交代出来了，是须菩提祖师。

很多解读方向把这位祖师的身份说得讳莫如深，其实谜底就在谜面上，须菩提是释迦牟尼佛的十大弟子之一，以“解空第一”著称。读过佛经的朋友应该都会对须菩提有印象，因为大量的佛教经典都是以须菩提对世尊释迦牟尼佛的请教来展开的，其中最为人所熟知的就是《金刚经》。下面这段经文，就是须菩提的请教，帮佛祖打开了话匣子："时长老须菩提，在大众中，即从座起，偏袒右肩，右膝着地，合掌恭敬而白佛言：'希有世尊，如来善护念诸菩萨，善付嘱诸菩萨。世尊，善男子善女人，发阿耨多罗三藐三菩提心，云何应住，云何降伏其心？'"

从这位祖师的名字，加上之前花果山出现菩萨让猴哥拜，已经能明确地看出猴哥跟佛门之间有着巨大的关系了。

猴王听说，只得相辞。出深林，找上路径，过了山坡，约有七八里远，果然望见一座洞府。挺身观看，真好去处！但见：

烟霞散彩，日月摇光。千株老柏，万节修篁。千株老柏，带雨半空青冉冉；万节修篁，含烟一壑色苍苍。门外奇花布锦，桥边瑶草喷香。石崖突兀青苔润，悬壁高张翠藓长。时闻仙鹤唳，每见凤凰翔。仙鹤唳时，声振九皋霄汉远；凤凰翔起，翎毛五色彩云光。玄猿白鹿随隐见，金狮玉象任行藏。细观灵福地，真个赛天堂。

又见那洞门紧闭，静悄悄杳无人迹。忽回头，见崖头立一石碑，约有三丈余高，八尺余阔，上有一行十个大字，乃是"灵台方寸山，斜月三星洞"。美猴王十分欢喜，道："此间人果是朴实，果有此山此洞。"看够多时，不敢敲门，且去跳上松枝梢头，摘松子吃了顽耍。

少顷间，只听得呀的一声，洞门开处，里面走出一个仙童，真个丰姿英伟，像貌清奇，比寻常俗子不同。但见他：

髽髻双丝绾，宽袍两袖风。

貌和身自别，心与相俱空。

物外长年客，山中永寿童。

一尘全不染，甲子任翻登。

那童子出得门来，高叫道："甚么人在此搔扰？"猴王扑的跳下树来，上前躬身道："仙童，我是个访道学仙之弟子，更不敢在此搔扰。"仙童笑道："你是个访道的么？"猴王道："是。"童子道："我家师父正才下榻，登坛讲道，还未说出原由，就教我出来开门，说外面有个修行的来了，可去接待接待，想必就是你了。"猴王

笑道："是我，是我。"童子道："你跟我进来。"

这猴王整衣端肃，随童子径入洞天深处观看。一层层深阁琼楼，一进进珠宫贝阙，说不尽那静室幽居。直至瑶台之下，见那菩提祖师端坐在台上，两边有三十个小仙侍立台下。果然是：

大觉金仙没垢姿，西方妙相祖菩提。

不生不灭三三行，全气全神万万慈。

空寂自然随变化，真如本性任为之。

与天同寿庄严体，历劫明心大法师。

一亮相，便彻底确定了这个须菩提祖师就是释迦牟尼佛的弟子须菩提。

"大觉金仙没垢姿"，根据《宋史纪事本末》记载，宋徽宗曾把佛教改为道教分支，将佛号改为大觉金仙等道号称呼，称僧人为德士，称尼姑为女德。

大觉金仙的本意就是指佛。

作者一上来就用"大觉金仙"代指佛，是因为要考虑当时的出版过审。

《西游记》百回本的成书年代在大明嘉靖中后期。嘉靖这位爷痴迷修道可是出了名的，比如他给自己起名为"太上大罗天仙紫极长生圣智昭灵统元证应玉虚总掌五雷大真人玄都境万寿帝君"。后面我们会看到作者为了过审，在内容细节方面做了很多迎合，比如加入了很多炼丹的术语，又如在西游宇宙中加入了太上老君"化胡为佛"的情节，这涉及从两晋时期就开始的佛道之争。《老子化胡经》在明朝时已经被证明是伪经了，但作者依旧把太上老君"化胡为佛"引入进来，而且安排玉帝这个道教的最高领导人统领三界，佛教需要听玉帝的宣和调。这其实都是为了顺应那个时代，为了这书能够过审，能够流传。

作者的小心体现在了方方面面，比如猫虽然是我国神话体系中的重要一环，但是你在西游宇宙中绝对看不到猫妖。

为啥？

因为万寿帝君（嘉靖）对猫的喜爱到了魔障的地步。他专门给他的猫设立了"猫儿房"，安排专门的宫女来伺候，还给他的猫封官。他最喜爱的猫叫霜眉，死后葬于万岁山北侧，并立碑祭祀，还将其墓地取名为"虬龙冢"。后来又有一只心爱的狮猫，这只猫死后，嘉靖专门给它造了金棺下葬，规格比很多大臣都高，甚至嘉靖还为此举办了征文大赛，召集大臣为其草拟超度祭文。在为狮猫写祭文时，礼部侍郎袁炜因写出“化狮为龙”的句子而被嘉靖赏识提拔。

通篇看过《西游记》的读者都知道，书中的主要派系是佛教，佛教想办的那些事都办成了。作者为了让自己的作品当时在明朝不被禁，费了很大的心思。

每部文学作品都有作者所处时代的局限性，无论是“化胡为佛”还是“佛化育道”，都有着所处时代的特殊局限，都是时势使然啊！

“西方妙相祖菩提”，这句就不用翻译了，大觉金仙后，紧跟着补充人家是佛门的，是西方妙相的祖师。

“不生不灭三三行”，“不生不灭”是佛教中的一种修行境界，表示摆脱生死轮回的解脱超越状态；“三三行”指的是佛教中“三三昧”的三种观行法门，也就是空三昧、无相三昧、无愿三昧，通过对这三种三昧的修行和体悟，可以达到内心的平静和解脱，“三三行”可以理解为一种圆满的修行方式或达到的修行境界。

“全气全神万万慈”，“全气全神”是指修行的级别非常高；“万万”是一种形容数量极多的表述，“慈”指的是慈悲，“万万慈”翻译一下就是大慈大悲。

提到这个词，你想起谁了？

这四句还是作者在佐证祖师的门派是佛门。

后面的“空寂”“真如”“庄严”“法师”，都是佛门词汇，尤其是这句“真如本性任为之”，已经快直接告诉你这位祖师是佛门的大领导了。所谓“真如”，又称“如如”“法界”“法性”等，代表事物的真实本质和绝对真理，是超越一切相对概念和现象的存在，是不生不灭、不垢不净、不增不减的，是一切事物和现象的根源与本质，是众生本具的佛性。这里也在暗示须菩提祖师其实已经是佛祖的级别，已经到了“真如本性任为之”的境界了。

这段关于祖师的描写，已经很清晰地向读者交代了——悟空的师父是释迦牟尼佛十大弟子之一的须菩提祖师！悟空从根儿上就是佛门的，没有悬念了！

美猴王一见，倒身下拜，磕头不计其数，口中只道：“师父！师父！我弟子志心朝礼！志心朝礼！”祖师道：“你是那方人氏？且说个乡贯姓名明白，再拜。”猴王道：“弟子乃东胜神洲傲来国花果山水帘洞人氏。”祖师喝令：“赶出去！他本是

个撒诈捣虚之徒，那里修甚么道果！”猴王慌忙磕头不住道：“弟子是老实之言，决无虚诈。”祖师道：“你既老实，怎么说东胜神洲？那去处到我这里，隔两重大海，一座南赡部洲，如何就得到此？”猴王叩头道：“弟子飘洋过海，登界游方，有十数个年头，方才访到此处。”

祖师道：“既是逐渐行来的，也罢。你姓甚么？”猴王又道：“我无性。人若骂我，我也不恼；若打我，我也不嗔，只是陪个礼儿就罢了。一生无性。”祖师道：“不是这个性。你父母原来姓甚么？”猴王道：“我也无父母。”祖师道：“既无父母，想是树上生的？”猴王道：“我虽不是树上生，却是石里长的。我只记得花果山上有一块仙石，其年石破，我便生也。”

祖师闻言暗喜道：“这等说，却是个天地生成的。你起来，走走我看。”猴王纵身跳起，拐呀拐的走了两遍。祖师笑道：“你身躯虽是鄙陋，却像个食松果的猢狲。我与你就身上取个姓氏，意思教你姓‘猢’。猢字去了个兽旁，乃是个古月。古者老也，月者阴也，老阴不能化育。教你姓‘狲’倒好。‘狲’字去了兽旁，乃是个子系。子者儿男也，系者婴细也。正合婴儿之本论，教你姓‘孙’罢。”猴王听说，满心欢喜，朝上叩头道：“好！好！好！今日方知姓也。万望师父慈悲！既然有姓，再乞赐个名字，却好呼唤。”祖师道：“我门中有十二个字，分派起名，到你乃第十辈之小徒矣。”猴王道：“那十二个字？”祖师道：“乃广、大、智、慧、真、如、性、海、颖、悟、圆、觉十二字。排到你，正当‘悟’字。与你起个法名叫做‘孙悟空’，好么？”猴王笑道：“好！好！好！自今就叫做孙悟空也。”正是：

鸿蒙初辟原无姓，打破顽空须悟空。

毕竟不知向后修些甚么道果，且听下回分解。

接下来是悟空的被收留和取名环节。

有三点值得说。

第一，此时的猴哥属于慧根猴状态，所谓“我无性。人若骂我，我也不恼；若打我，我也不嗔，只是陪个礼儿就罢了。一生无性”，这种“无性”的状态，实在忒适合学佛了。

第二，祖师对悟空的第一次暗喜，是知道了悟空的来历，所谓“‘我只记得花果山上有一块仙石，其年石破，我便生也。’祖师闻言暗喜道：‘这等说，却是个天地生成的。'"

"天地生成"，这样的先天条件让祖师喜了。

大家可以仔细品品这句话。

在古代社会，父母环节是先天之本啊！别抱怨，别愤怒，大家各有各的剧本。人家黑熊精不是天地生成，照样能靠自己的谋划成为守山大神。咱们强调悟空的出身，其实是为了避免幸存者偏差，"爱拼才会赢"和"努力就会有奇迹"说的没错，但别盲目相信，也别被后面猴哥觉得待遇不行就开闹，"会哭的孩子有奶吃"式的经历给骗了，有些祸，他可以惹，我们不可以。

第三，悟空的辈分。"祖师道：'我门中有十二个字，分派起名，到你乃第十辈之小徒矣。'猴王道：'那十二个字？'祖师道：'乃广、大、智、慧、真、如、性、海、颖、悟、圆、觉十二字。'"

你瞅瞅这十二个字，在关于少林的戏里见得多吗？

祖师给猴哥取名"悟空"，他本人则是佛祖十大弟子中的"解空第一"，知道作者为啥安排他来教猴哥了吧？解空第一人，帮猴哥去"悟空"。

读完这开篇的第一回后，西游宇宙的世界观、时间观，主人公的背景和冥冥中那只看不见的手，包括主人公本事来源的门派、给他量身定制的师父都已经交代清楚了，甚至包括"西游"都已经随着猴哥到达这处心山心洞而停止了脚步。"西游"至此已经结束，后面的内容该是"东祸"和"西劫"了。

知道顶级的文学作品是什么样的谋篇布局了吧？

知道什么叫"四大名著的含金量"了吧？

第二回
悟彻菩提真妙理，断魔归本合元神

话表美猴王得了姓名，怡然踊跃，对菩提前作礼启谢。那祖师即命大众引孙悟空出二门外，教他洒扫应对、进退周旋之节。众仙奉行而出。悟空到门外，又拜了大众师兄，就于廊庑之间，安排寝处。次早，与众师兄学言语礼貌，讲经论道，习字焚香，每日如此。闲时即扫地锄园，养花修树，寻柴燃火，挑水运浆。凡所用之物，无一不备。在洞中不觉倏六七年。一日，祖师登坛高坐，唤集诸仙，开讲大道。真个是：

天花乱坠，地涌金莲。妙演三乘教，精微万法全。慢摇麈尾喷珠玉，响振雷霆动九天。说一会道，讲一会禅，三家配合本如然。开明一字皈诚理，指引无生了性玄。

本书每回的标题基本都是该回目的内容概括，咱就不一一细说了，有需要时再单独拿出来讲。

猴哥在须菩提祖师这里打了七年杂，上了七年基础文化课后终于有机会听听真东西了。祖师讲得“天花乱坠，地涌金莲”，这都是佛教用语。“妙演三乘教”是佛教根据众生根器和能力不同而设立的不同教法和修行途径，目的是因材施教，让众生都能解脱。

三乘分别为：声闻乘、缘觉乘、菩萨乘。

声闻乘，也就是小乘，主要以“苦、集、灭、道”四圣谛为核心教义进行修行。

即知苦、断集、慕灭、修道，通过对人生苦难的认知（苦），探寻苦难的根源（集），追求苦难的熄灭（灭），并依循正确的道路（道）来实现解脱，修行者最终可证得阿罗汉果位，达到个人的解脱，摆脱生死轮回之苦。

声闻乘的修行主要是为了解脱自己，不度别人。

缘觉乘，这条路的修行主要是通过观察十二因缘的不断流转从而领悟到因缘和合的道理，凭智慧和对因缘法的体悟证得真谛之理，比小乘对慧根的要求更高，能证得辟支佛果位。

缘觉乘的解脱境界比小乘高，但同样侧重于自我解脱。

菩萨乘，也就是大乘。所谓“菩萨”，是梵语“菩提萨埵”的简称，翻译过来就是“觉悟有情”。这个境界可就高了，不仅自己得觉悟，还要发愿度化一切众生。修行方式是修六度万行，六度即布施、持戒、忍辱、精进、禅定、般若。菩萨以慈悲心为基础，通过各种修行和实践，积累功德和智慧，不断提升自己的境界，以便更好地度化众生，最终证得佛果。

菩萨乘的境界最高，凡是有缘的都度。

这里详细讲“三乘”也是为了给后面玄奘取经时说的大乘和小乘埋个伏笔，同时也证明了祖师的业务能力，人家不光佛门知识学通了，那是“精微万法全”，“说一会道，讲一会禅，三家配合本如然”，人家已经儒、释、道三家贯通了，太全面了！

悟空要是没有这儒、释、道全面发展的理论底子，后来在八卦炉里肯定被烧成丹了。要知道，炼猴哥时太上老君是很有底气的，既然猴吃了他的丹就能把猴再炼回丹，说明他之前肯定炼过活物，也由活物炼出过丹，但也只有猴哥知道将身钻在“巽宫”位下躲灾。

作者“三教合一”的思想贯穿全书。

再说一句题外话，“慢摇麈尾喷珠玉”，不是说须菩提祖师是道士做派，“麈尾”是在细长的木条两边及上端插设兽毛制成的，是古人闲谈时执以驱虫、掸尘的一种工具，魏晋人清谈时常执麈尾，这玩意儿也成了所谓名流雅器，作者要表达的是祖师讲课时的风姿超群。

孙悟空在旁闻讲，喜得他抓耳挠腮，眉花眼笑，忍不住手之舞之，足之蹈之。

忽被祖师看见，叫孙悟空道："你在班中怎么颠狂跃舞，不听我讲？"悟空道："弟子诚心听讲，听到老师父妙音处，喜不自胜，故不觉作此踊跃之状。望师父恕罪！"祖师道："你既识妙音，我且问你，你到洞中多少时了？"悟空道："弟子本来懵懂，不知多少时节。只记得灶下无火，常去山后打柴，见一山好桃树，我在那里吃了七次饱桃矣。"祖师道："那山唤名烂桃山，你既吃七次，想是七年了。你今要从我学些甚么道？"悟空道："但凭尊师教诲，只是有些道气儿，弟子便就学了。"

该说不说，悟空这三百多年没白活，他真能听得懂啊，听高兴了还得跳一段，须菩提祖师看见了，问他来多少年了，猴哥便提到了吃桃吃到饱的事。

戏剧理论中，有一个"契诃夫之枪"的原则：如果在第一幕中看到枪，那么在遵循传统的三幕结构的故事中，它应该在第三幕中使用。反之亦然，在第三幕中开枪的行为应在更早的时候完成铺垫。

这桃啊，跟猴哥的猿生转折强相关啊！

得道前吃了桃，"判刑"前也吃了桃。

慧根猴吃了烂桃山的饱桃后学了本事，就此开启了"膨胀"之旅；膨胀猴吃了蟠桃园的饱桃后犯了大错，就此开启了被约束的猿生。

只有享不了的福，没有受不了的罪啊。

祖师道："道字门中有三百六十旁门，旁门皆有正果，不知你学那一门哩？"悟空道："凭尊师意思，弟子倾心听从。"祖师道："我教你个'术'字门中之道，如何？"悟空道："术门之道怎么说？"祖师道："术字门中，乃是些请仙扶鸾、问卜揲蓍，能知趋吉避凶之理。"悟空道："似这般可得长生么？"祖师道："不能！不能！"悟空道："不学！不学！"

祖师又道："教你'流'字门中之道，如何？"悟空又问："流字门中是甚义理？"祖师道："流字门中，乃是儒家、释家、道家、阴阳家、墨家、医家，或看经，或念佛，并朝真降圣之类。"悟空道："似这般可得长生么？"祖师道："若要长生，也似'壁里安柱'。"悟空道："师父，我是个老实人，不晓得打市语。怎么谓之'壁里安柱'？"祖师道："人家盖房，欲图坚固，将墙壁之间立一顶柱，有日大厦将颓，他必朽矣。"悟空道："据此说，也不长久。不学！不学！"

祖师道：“教你‘静’字门中之道，如何？”悟空道：“静字门中，是甚正果？”祖师道：“此是休粮守谷，清静无为，参禅打坐，戒语持斋，或睡功，或立功，并入定坐关之类。”悟空道：“这般也能长生么？”祖师道：“也似‘窑头土坯’。”悟空笑道：“师父果有些滴汰。一行说我不会打市语。怎么谓之‘窑头土坯’？”祖师道：“就如那窑头上造成砖瓦之坯，虽已成形，尚未经水火煅炼，一朝大雨滂沱，他必滥矣。”悟空道：“也不长远。不学！不学！”

祖师道：“教你‘动’字门中之道，如何？”悟空道：“动门之道却又怎么？”祖师道：“此是有为有作，采阴补阳，攀弓踏弩，摩脐过气，用方炮制，烧茅打鼎，进红铅，炼秋石，并服妇乳之类。”悟空道：“似这等也得长生么？”祖师道：“此欲长生，亦如‘水中捞月’。”悟空道：“师父又来了！怎么叫做‘水中捞月’？”祖师道：“月在长空，水中有影，虽然看见，只是无捞摸处，到底只成空耳。”悟空道：“也不学！不学！”

祖师闻言，咄的一声，跳下高台，手持戒尺，指定悟空道：“你这猢狲，这般不学，那般不学，却待怎么？”走上前，将悟空头上打了三下，倒背着手，走入里面，将中门关了，撇下大众而去。諕得那一班听讲的，人人惊惧，皆怨悟空道：“你这泼猴，十分无状！师父传你道法，如何不学，却与师父顶嘴？这番冲撞了他，不知几时才出来呵！”此时俱甚报怨他，又鄙贱嫌恶他。悟空一些儿也不恼，只是满脸陪笑。原来那猴王已打破盘中之谜，暗暗在心，所以不与众人争竞，只是忍耐无言。祖师打他三下者，教他三更时分存心；倒背着手，走入里面，将中门关上者，教他从后门进步，秘处传他道也。

接下来作者开启了祖师传道板块。百事通的祖师先是问悟空“术”字门咋样，学好了是后面袁守诚那样的角色，被悟空一句抓住本质“能得长生吗”？

这门就此拉倒。

然后祖师就跟没听懂猴哥的学习诉求一样，又问“流”字门、“静”字门、“动”字门怎样，介绍了一大堆，也都被猴哥一句话问死，“能得长生吗”？

祖师怒了，走上前，在悟空头上打了三下，倒背着手，走入里面，将中门关了，撇下大众而去。

猴哥前面这三百年傻吃呆玩和八九年的西游经历到底让他这个三百多岁的老猿

开了智慧，不仅能够摆脱层层障碍，根本不理那些打发人的陷阱，紧盯自己的核心诉求，还能明白一个道理——长生这么牛的技术，肯定是得背着人传的。所谓“悟空一些儿也不恼，只是满脸陪笑。原来那猴王已打破盘中之谜，暗暗在心，所以不与众人争竞，只是忍耐无言。祖师打他三下者，教他三更时分存心；倒背着手，走入里面，将中门关上者，教他从后门进步，秘处传他道也”。

瞅瞅，多有智慧！不仅能参透，还有顶级忍耐力，“不与众人争竞，只是忍耐无言”，你从没见过这种忍耐猴吧！

到底是天造地设的借卵化猴，又被三百多年的顶级灵气圣地熏陶过。猴哥可不是大棚里的韭菜，人家是纯天然道心开发的灵猴。

你说，祖师难道不知道猴哥啥诉求吗？那为啥祖师还会跟猴哥说那一大堆达不到他诉求的学科呢？

首先，法不轻传，道不贱卖。长生这东西，我们后面就会知道，天地都嫉妒，不可轻传，必须设一堆弯弯绕绕考验你，看看你是不是真的知道自己要什么。

其次，这是做给那帮弟子看的，不是每个人来修行都能得到大道真传的。

倒不是祖师藏着掖着，众生根器不同，教了他们本身驾驭不了的本事反而是害了他们。你让武大郎去拿屠龙刀，他能号令天下吗？

夜深人静时多审视自己，很多东西你得不到也许是老天在保护你。

当日悟空与众等，喜喜欢欢，在三星仙洞之前，盼望天色，急不能到晚。及黄昏时，却与众就寝，假合眼，定息存神。山中又没打更传箭，不知时分，只自家将鼻孔中出入之气调定。约到子时前后，轻轻的起身，穿了衣服，偷开前门，躲离大众，走出外，抬头观看。正是那：

月明清露冷，八极迥无尘。

深树幽禽宿，源头水溜分。

飞萤光散影，过雁字排云。

正直三更候，应该访道真。

你看他，从旧路径至后门外，只见那门儿半开半掩。悟空喜道：“老师父果然注意与我传道，故此开着门也。”即曳步近前，侧身进得门里，直走到祖师寝榻之下。

见祖师踡跼身躯，朝里睡着了。悟空不敢惊动，即跪在榻前。那祖师不多时觉来，舒开两足，口中自吟道：

难！难！难！道最玄，莫把金丹作等闲。不遇至人传妙诀，空言口困舌头干。

这句话应该作为我们刻在脑子里的至理名言。

这句话能治大病。

治啥病？

好为人师的病。

我写历史，解读《西游记》，挨句掰扯那么清楚、那么明白，恨不得给大家喂嘴里了，是因为希望大家如果觉得我使尽浑身解数后说得有道理，对自己有裨益，能买我的书，从而养活我。

我是为了这口饭。

如果没有这层关系，我平白无故地挨句拆解，单纯就为了所谓的分享欲，那就是给自己招灾了，这也不合天地万物生生幻化之道。佛祖最后都说了"但只是经不可轻传，亦不可以空取。向时众比丘圣僧下山，曾将此经在舍卫国赵长者家与他诵了一遍，保他家生者安全，亡者超脱，只讨得他三斗三升米粒黄金白银。我还说他们忒卖贱了"（第九十八回），念遍经讨来三斗三升米粒黄金白银都算卖贱了，更别提你啥都没有就想学长生不老了，必须得设置障碍，让你苦苦地求。

所有免费的建议，哪怕是至高智慧，都是"把金丹作等闲"的。

不遇至人时就不要传妙诀。

《西游记》全书的框架是啥？

是哪怕领导想传，也得让你来取！

猴哥这天造地设的小家伙，之前玩的三百多年里其实也花了很多经费，单纯花果山这万劫无移大地根的房租就得多少钱？背后的领导肯定是对他有大期望的，但依旧要等他纯自然生长后来西游，道心开发后漂过两重大海来取他自己的经。

后面唐僧取经也是一样，明明是佛祖要传经，但依旧得让他十万八千里地过来取！

付出过，努力过，自身思考清楚后追逐的，才是他会当回事的好东西，这是万事万物的发展规律。

创造“至人”以及引导他来求你传妙诀，是这本书通篇都在讲的故事。

悟空应声叫道：“师父，弟子在此跪候多时。”祖师闻得声音是悟空，即起披衣盘坐，喝道：“这猢狲！你不在前边去睡，却来我这后边作甚？”悟空道：“师父昨日坛前对众相允，教弟子三更时候，从后门里传我道理。故此大胆，径拜老爷榻下。”祖师听说，十分欢喜，暗自寻思道：“这厮果然是个天地生成的！不然，何就打破我盘中之暗谜也？”悟空道：“此间更无六耳，止只弟子一人。望师父大舍慈悲，传与我长生之道罢，永不忘恩！”祖师道：“你今有缘，我亦喜说。既识得盘中暗谜，你近前来，仔细听之，当传与你长生之妙道也。”悟空叩头谢了，洗耳用心，跪于榻下。祖师云：

显密圆通真妙诀，惜修性命无他说。都来总是精炁神，谨固牢藏休漏泄。休漏泄，体中藏，汝受吾传道自昌。口诀记来多有益，屏除邪欲得清凉。得清凉，光皎洁，好向丹台赏明月。月藏玉兔日藏乌，自有龟蛇相盘结。相盘结，性命坚，却能火里种金莲。攒簇五行颠倒用，功完随作佛和仙。

此时说破根源，悟空心灵福至，切切记了口诀，对祖师拜谢深恩，即出后门观看。但见东方天色微舒白，西路金光大显明。依旧路转到前门，轻轻的推开进去，坐在原寝之处，故将床铺摇响道：“天光了！天光了！起耶！”那大众还正睡哩，不知悟空已得了好事。当日起来打混，暗暗维持，子前午后，自己调息。

悟空来了，祖师表面上骂，实际心里在说：你这猴子，真让我欢喜！所谓“祖师听说，十分欢喜，暗自寻思道：‘这厮果然是个天地生成的！不然，何就打破我盘中之暗谜也？’”

还是强调了一件事：这厮果然是个天地生成的！

祖师欢喜的依旧是猴哥强大的出身背景。

大家也别灰心，人家这传的是长生不老、日月同庚的技术，看重出身也没啥不对的，天地养育万物，天覆地载这是多大的恩情啊！所以你说，人家天地生成的石猿该不该受到特殊对待？

咱们这些该学“流”字门、“静”字门、“动”字门的，就找好自己的定位，有一技之长，能过好一辈子就成，像长生不老这种事，能不考虑就不考虑。猴哥也是活了三百多年后，身边死了几十茬猴子才琢磨过味儿来的。

接下来，是讲述长生不老环节。

首先，第一句暴露出须菩提祖师虽然是三教合一百事通，但他的看家本领还是佛门的，因为他说的是“显密圆通真妙诀”。

“显”“密”“圆通”这都是佛门用语。

“显”指显教法门，通过佛经的讲解和传授帮你开悟，通过对佛法理论的学习、思考和实践逐步领悟佛法真谛，今天汉传佛教的主流弘法机制基本就是这个思路。

“密”指密宗法门，有特定的仪式、咒语、手印等修行方法，今天的藏传佛教就是这个方向。

“圆通”表示圆满融通，无有障碍。

“显密圆通”就相当于祖师将“显”和“密”两种法门融合了。

涉及核心技术时就不是“三家配合本如然”了，最高级的看家本领还得是他佛门自己的核心竞争力。

作者也重申：猴哥这身绝世功夫，根儿上是硬桥硬马的佛门正宗。

猴哥后来第一次见如来佛祖时，问的第一句话是“你是那方善士”？

啥意思呢？

他从装束和气派看出来了，来的这位跟他师父极大概率是一个派系的，所以当时已经杀红了眼的猴哥还能问句“那方善士”。

表明了技术流派后，接下来的内容是作者在他所处的那个时代对于长生探索之路的一个理解，这个看看就好，毕竟长生不老这事在今天还是个梦，在几百年前那就更是幻想了。总体而言，作者的思路是“固”和“藏”，是“不漏”，是“不泄”，是“屏除邪欲得清凉”，是吸收日精月华后通过修炼让这精华在体内“盘结”。

总体而言，涉及修炼的内容咱别真当成保健秘籍来看。作者很多时候也会为了剧情需要而修改事实，比如后面李世民的在位时间就和历史不符，又如唐僧念的明明是大乘经，而且南北朝时中土就已经流行大乘经了，但考虑到取经的目的，作者却说那些都是小乘经……这都是为了服务剧情的。

猴哥得传妙诀后，天也亮了。随后，原文意味深长地表示：“但见东方天色微舒白，西路金光大显明。”

东方天亮是自然现象，咋还“西路金光大显明”了呢？

这也重申了猴哥学的是佛门妙法，学完后，西路的金光正冲他招手呢。

却早过了三年，祖师复登宝座，与众说法，谈的是公案比语，论的是外像包皮。忽问：“悟空何在？”悟空近前跪下：“弟子有。”祖师道：“你这一向修些甚么道来？”悟空道：“弟子近来法性颇通，根源日渐坚固矣。”祖师道：“你既通法性，会得根源，已注神体，却只是防备着‘三灾利害’。”悟空听说，沉吟良久道：“师父之言谬矣。我常闻道高德隆，与天同寿；水火既济，百病不生，却怎么有个‘三灾利害’？”祖师道：“此乃非常之道，夺天地之造化，侵日月之玄机。丹成之后，鬼神难容。虽驻颜益寿，但到了五百年后，天降雷灾打你，须要见性明心，预先躲避。躲得过，寿与天齐；躲不过，就此绝命。再五百年后，天降火灾烧你，这火不是天火，亦不是凡火，唤做‘阴火’。自本身涌泉穴下烧起，直透泥垣宫，五脏成灰，四肢皆朽，把千年苦行，俱为虚幻。再五百年，又降风灾吹你。这风不是东西南北风，不是和薰金朔风，亦不是花柳松竹风，唤做‘赑风’。自囟门中吹入六府，过丹田，穿九窍，骨肉消疏，其身自解。所以都要躲过。”

悟空闻说，毛骨悚然，叩头礼拜道：“万望老爷垂悯，传与躲避三灾之法，到底不敢忘恩。”祖师道：“此亦无难。只是你比他人不同，故传不得。”悟空道：“我也头圆顶天，足方履地，一般有九窍四肢、五脏六腑，何以比人不同？”祖师道：“你虽然像人，却比人少腮。”原来那猴子孤拐面，凹脸尖嘴。悟空伸手一摸，笑道：“师父没成算！我虽少腮，却比人多这个嗉袋，亦可准折过也。”祖师说：“也罢，你要学那一般？有一般天罡数，该三十六般变化；有一般地煞数，该七十二般变化。”悟空道：“弟子愿多里捞摸，学一个地煞变化罢。”祖师道：“既如此，上前来，传与你口诀。”遂附耳低言，不知说了些甚么妙法。这猴王也是他一窍通时百窍通，当时习了口诀，自修自炼，将七十二般变化，都学成了。

又过了三年，祖师继上一次大怒后复登宝座，与众说法。这次，祖师对猴哥展开了第二轮考验，猴哥如果通过了，他的命运大概率就不是去闹天宫了，估计直接奔着更高维度去了。

祖师先是问：“你这一向修些甚么道来？”

按理来说，猴哥应该说没修啥，又吃了三年桃，然后半夜再敲祖师窗户去，但这次猴哥却说“弟子近来法性颇通，根源日渐坚固矣”。

根源都坚固了，这家伙给你能的！你这不是把祖师卖了吗？你啥时候坚固的？师父给你开小灶了？

随后，祖师开始了下一关的考验。他告诉悟空：你离长生不老还早哪，还有“三灾利害”等着你呢！你现在得的是非常之道，“夺天地之造化，侵日月之玄机。丹成之后，鬼神难容”。虽驻颜益寿，但每过五百年，就有雷灾、火灾、风灾来轮番伺候你，这些想要硬碰硬是没戏的，得躲。

祖师放完钩子，一方面告诉徒弟们“哪怕再牛的人，都不要在大自然面前谈猛烈，要有敬畏，该躲就得躲”的道理，另一方面也想看看悟空能不能通过第二轮考验。

能通过——好孩子，你是师父的关门弟子了，你师爷那边我去说，这么灵透的孩子得按接班人级别培养，绝对不能撒手！

可是，对生死的恐惧让悟空毛骨悚然，随后在大庭广众下叩头礼拜道：“万望老爷垂悯，传与躲避三灾之法，到底不敢忘恩。”

祖师的第二轮考验悟空没有通过，他忘了当初自己是咋得道的了。

不过，祖师出于爱才，还是给了他第二次机会，表示他不是真正的人，硬件条件差个腮，所以没法传给他躲避三灾之法。

实际上，祖师跟三年前一样，就是在跟他打哑谜：你是不是傻？学了本事就把智慧盖住了？这躲三灾的法子咋能大庭广众之下传你！

这一次，猴哥还是证明了自己当初的智慧属于第一层的“看山是山”阶段，如今有了本事后，对事物的运行规律和人际关系已经不再敏感，进入到“看山不是山”的阶段了。要是搁三年前，猴哥准又半夜敲窗户去了，但是这时候，猴哥已经忘了“此处更无六耳”的事了，曾经的智慧不再占领高地，开始跟他师父要小聪明，笑着说他比人多个嗉袋，能“平替”！

随后，祖师说：“也罢，你要学那一般？”

这句“也罢”，其实也是祖师的惋惜：三年前挺灵的猴儿，现在就剩点小聪明了，还是事儿经得少啊！

于是，悟空当着全灵台方寸山同门师兄弟的面学了七十二变，后面的故事，就此开场了。

忽一日，祖师与众门人在三星洞前戏玩晚景。祖师道："悟空，事成了未曾？"悟空道："多蒙师父海恩，弟子功果完备，已能霞举飞升也。"祖师道："你试飞举我看。"悟空弄本事，将身一耸，打了个连扯跟头，跳离地有五六丈，踏云霞去。勾有顿饭之时，返复不上三里远近，落在面前，扠手道："师父，这就是飞举腾云了。"祖师笑道："这个算不得腾云，只算得爬云而已。自古道：'神仙朝游北海暮苍梧。'似你这半日，去不上三里，即爬云也还算不得哩！"悟空道："怎么为'朝游北海暮苍梧？'"祖师道："凡腾云之辈，早辰起自北海，游过东海、西海、南海，复转苍梧。苍梧者，却是北海零陵之语话也。将四海之外一日都游遍，方算得腾云。"悟空道："这个却难！却难！"祖师道："世上无难事，只怕有心人。"悟空闻得此言，叩头礼拜，启道："师父，'为人须为彻'，索性舍个大慈悲，将此腾云之法，一发传与我罢，决不敢忘恩。"祖师道："凡诸仙腾云，皆跌足而起，你却不是这般。我才见你去，连扯方才跳上。我今只就你这个势，传你个'筋斗云'罢。"悟空又礼拜恳求，祖师却又传个口诀道："这朵云，捻着诀，念动真言，攒紧了拳，将身一抖，跳将起来，一筋斗就有十万八千里路哩！"大众听说，一个个嘻嘻笑道："悟空造化！若会这个法儿，与人家当铺兵，送文书，递报单，不管那里都寻了饭吃。"师徒们天昏各归洞府。这一夜，悟空即运神炼法，会了筋斗云。逐日家无束无拘，自在逍遥，此亦长生之美。

这段写的是祖师教悟空"超跑"的办法。这次祖师已经不再试探了，猴哥还是大庭广众之下求教，祖师也不再废话，直接传了。

关于祖师送悟空"超跑"的事，咱们得细说说。祖师教的不是啥脚下生风的法子，而是"这朵云，捻着诀，念动真言，攒紧了拳，将身一抖，跳将起来，一筋斗就有十万八千里路哩"，这其实跟后面的紧箍咒之类的法宝一样，全凭口诀开启。

猴哥不像大鹏鸟，大翅膀一扇就能飞九万里，他本身没有飞那么快的本事，全靠他师父给他配的"超跑"。

这朵云是谁调教的呢？祖师这口诀真言是咋得来的呢？

你再猜，为啥猴哥翻不出如来佛祖的掌心？

不是因为佛祖这手能无限延长，而是这云本来就有口诀和真言，既然能让你飞得无限快，那创造者也有办法让你跑不起来。

总之，剧情至此，祖师已经把长生、躲灾、“超跑”三项技能全部传完，该赶悟空走了。

一日，春归夏至，大众都在松树下会讲多时。大众道：“悟空，你是那世修来的缘法？前日老师父附耳低言，传与你的躲三灾变化之法，可都会么？”悟空笑道：“不瞒诸兄长说，一则是师父传授，二来也是我昼夜殷勤，那几般儿都会了。”大众道：“趁此良时，你试演演，让我等看看。”悟空闻说，抖擞精神，卖弄手段，道：“众师兄请出个题目，要我变化甚么？”大众道：“就变一棵松树。”悟空捻着诀，念动咒语，摇身一变，就变做一棵松树。真个是：

郁郁含烟贯四时，凌云直上秀贞姿。

全无一点妖猴像，尽见经霜耐雪枝。

大众见了，鼓掌呵呵大笑，都道：“好猴儿！好猴儿！”不觉的嚷闹，惊动了祖师。祖师急拽杖出门来问道：“是何人在此喧哗？”大众闻呼，慌忙检束，整衣向前。悟空也现了本相，杂在丛中道：“启上尊师，我等在此会讲，更无外姓喧哗。”祖师怒喝道：“你等大呼小叫，全不像个修行的体段！修行的人，口开神气散，舌动是非生。如何在此嚷笑？”大众道：“不敢瞒师父。适才孙悟空演变化耍子，教他变棵松树，果然是棵松树。弟子每俱称扬喝采，故高声惊冒尊师，望乞恕罪。”

祖师道：“你等起去。叫悟空过来！我问你弄甚么精神，变甚么松树？这个工夫，可好在人前卖弄？假如你见别人有，不要求他？别人见你有，必然求你。你若畏祸，却要传他；若不传他，必然加害，你之性命又不可保。”悟空叩头道：“望师父恕罪！”祖师道：“我也不罪你，但只是你去罢。”悟空闻此言，满眼堕泪道：“师父教我往那里去？”祖师道：“你从那里来，便从那里去就是了。”悟空顿然醒悟道：“我自东胜神洲傲来国花果山水帘洞来的。”祖师道：“你快回去，全你性命。若在此间，断然不可！”悟空领罪：“上告尊师，我也离家有二十年矣。虽是回顾旧日

儿孙，但念师父厚恩未报，不敢去。”祖师道：“那里甚么恩义，你只是不惹祸，不牵带我就罢了！”悟空见没奈何，只得拜辞，与众相别。祖师道：“你这去，定生不良。凭你怎么惹祸行凶，却不许说是我的徒弟。你说出半个字来，我就知之，把你这猢狲剥皮锉骨，将神魂贬在九幽之处，教你万劫不得翻身！”悟空道：“决不敢提起师父一字，只说是我自家会的便罢。”

悟空在大庭广众之下得了好处后，他被逐出师门的结局就已经注定了。再来看原著中的理由，“祖师道：‘你等起去。叫悟空过来！我问你弄甚么精神，变甚么松树？这个工夫，可好在人前卖弄？假如你见别人有，不要求他？别人见你有，必然求你。你若畏祸，却要传他；若不传他，必然加害，你之性命又不可保。’”

祖师点明了一件事：人性是贪婪的，是禁不起试探的。

当明白不要试探人性时，你才算真的得道了。

《西游记》之所以写得这么好看，这么禁得起来回咂摸，还是那句话：写书的人水平太高，可谓背靠我国博大精深的文化宝库博采众长。悟空学艺这段故事借鉴的是我国佛学界相当著名的一段公案——六祖慧能得传衣钵。

有一天，禅宗五祖弘忍要弟子们作偈，想看看弟子们各自的见地。

神秀是弘忍门下首席弟子，作偈写于廊下壁：身是菩提树，心如明镜台；时时勤拂拭，莫使有尘埃。

后来，不识字的慧能听了这偈后认为差点意思，于是也作了自己的偈，并请别人写上：菩提本无树，明镜亦非台；本来无一物，何处惹尘埃？

境界确实不同，神秀是在世俗欲望的驱使下渐进提高自己，修炼成正果，慧能则是瞬间顿悟。

慧能的境界更高，但说实话，慧能虽然此时能作出这四句偈，却并没有开智慧，因为他还不懂藏拙。

神秀是上首，僧望极大，你这每句像批驳一样地写在人家的偈旁边是啥意思呢？

出家人就不要脸面吗？

这世界还是俗人多，不是每个人都能顿悟的，就算神秀涵养修为高，别的僧众也个个如此吗？人家要是找你麻烦呢？

是我们以小人之心，度君子之腹吗？

慢慢往下看。

五祖弘忍看到慧能的偈后,夜里私下为他说了法。慧能听到《金刚经》中的“应无所住而生其心”时，当下大彻大悟。

五祖为何要在夜里为慧能说法?

不是众生平等吗?你咋不跟徒弟们都说说呢?

1. 众生根器不同。弘忍看到慧能的四句偈后，知道这孩子到了火候，所以要帮他开悟，但别的弟子还都没到那火候，再给他们讲三年，他们也琢磨不明白，要是说多了，他们甚至可能理解错误，反而会走入歧途。

2. 最重要的一点，众生不会承认自己没到火候。这会使他们产生巨大的愤怒，凭啥我在寺里位置那么高仍然不被你看重，而他一个扫地的“文盲”却能得到你的关门传授?

很多修养不高的弟子，一怒之下弄不好就要拆庙了。

夜里传经这段，像不像悟空与须菩提祖师的三更桥段呢?

从行为来看，五祖这是套路吗?

这是智慧。

五祖知道众生平等的意思是众生都有修善的权利，但人的根器注定是分三六九等的，要看透人性，不要挑战人性，偷着传法给慧能是对座下所有弟子最大的慈悲。

五祖见慧能大彻大悟后，将自己的衣钵传给了他，但又对慧能说:“自古传法，气如悬丝。若住此间，有人害汝。”

赶紧走!有人要害你!

这是挑拨离间吗?

这是对人性洞察后的大智慧!

传的是法统，满院都是和尚，他们一辈子修的都是克制自己的贪嗔痴，但弘忍相信各位弟子吗?

他有没有对慧能说，你就在这儿待着，你就是天赐佛子，你就是我的接班人!谁要是不满、不服，那是他们没慧根，他们入了魔障!他们迫害你，那是你自己前世的业障，你要忍辱，你要看透，还完就完了……

这是很多学佛人在面对屠刀和斗争时安慰自己的思路。

人家五祖没有这么说，而是告诉他赶紧跑，在这儿待着非死这儿不可！

这是见识，是智慧，这才是开悟的宗师表现。

把慧能放在这儿，不是帮他度劫、帮他还债、帮他忍辱，而是刺激众僧的不平衡，是扩大众僧内心的恶。

这满寺的僧人只有他和慧能是“明镜亦非台”，神秀是“心如明镜台”，更多的是“心如大染缸”。

神秀的级别尚且需要“时时勤拂拭，莫使有尘埃”，你让剩下那些和尚如何遏制自己心中的恶呢？你对他们又能抱有多高的期望呢？

不是每个人都能顿悟的，这世上绝大多数人都是普通人，都是一点点变好的，这是这世间的规律，无法更改。

事实上，慧能即便跑了，后面依旧磨难重重，他甚至隐藏到猎人圈子中好多年去韬光养晦。（《曹溪大师别传》：“略至曹溪，犹被人寻逐，便于广州四会，怀集两县界避难。经于五年，在猎师中。”）

纵观正史所载以及《高僧传》和《续高僧传》，这种迫害相当多。

说这些不是要污名化僧团和人性，而是要表达在利益和欲望面前，人性禁不起试探，哪怕修为平均水平很高的僧团，依然如此。

其实《西游记》中这种回避人性试探的案例比比皆是，比如书中不止一次地提到一件事：宝贝一定藏好，只要露出来就会被抢！这一点我们后面会多次提到。

说回来，祖师最后提醒了悟空两件事。

1. 从哪儿来，回哪儿去。

领导已经在花果山给你开“新副本”了，你还差个惹祸的“装备”。

2. 断绝关系，否认师承。

这倒不是祖师怕被连累，而是需要通过保密传艺师承来让后面的剧情方便推进，这猴子要是亮明了他是须菩提的徒弟，很多事处理起来就难了，这天宫也就闹不起来了。

祖师主要是为了收回悟空的“正果编制”，让他回归社会闲散人员中的“妖”的范畴。

《西游记》中会反复提及“正果”，其实通俗点说就是正统势力认可的自己人，像祖师这都“西方妙相祖菩提”了，都“真如本性任为之”了，肯定是佛门正果了，他的弟子肯定也属于正果范畴。又如后面跟了观音菩萨的黑熊精和红孩儿，悟空都反复提及他们得了正果。

悟空不被须菩提祖师承认，被本尊定性“那里甚么恩义”，这其实就是逐出师门、断绝关系的说法。临行时祖师还说了极狠的话，也就是跟悟空彻底撇净了关系。

必须没有背景和门派，才能彻底让悟空闹出动静。

猴哥被压在五行山下回顾往事时，不知会不会后悔当初说自己多个嗉袋。

就这样，三百多岁高寿的孙悟空同学终于在过不了几年就要去阎王那里报到时学艺成功了，并离开了蜕变之地。

悟空谢了，即抽身，捻着诀，丢个连扯，纵起筋斗云，径回东海。那里消一个时辰，早看见花果山水帘洞。美猴王自知快乐，暗暗的自称道：

去时凡骨凡胎重，得道身轻体亦轻。

举世无人肯立志，立志修玄玄自明。

当时过海波难进，今日回来甚易行。

别语叮咛还在耳，何期顷刻见东溟。

悟空按下云头，直至花果山，找路而走。忽听得鹤唳猿啼，鹤唳声冲霄汉外，猿啼悲切甚伤情。即开口叫道：“孩儿们，我来了也！”那崖下石坎边，花草中，树木里，若大若小之猴，跳出千千万万，把个美猴王围在当中，叩头叫道：“大王，你好宽心！怎么一去许久？把我们俱闪在这里，望你诚如饥渴！近来被一妖魔在此欺虐，强要占我们水帘洞府，是我等舍死忘生，与他争斗。这些时，被那厮抢了我们家火，捉了许多子侄，教我们昼夜无眠，看守家业。幸得大王来了！大王若再几载不来，我等连山洞尽属他人矣。”悟空闻说，心中大怒，道：“是甚么妖魔，辄敢无状！你且细细说来，待我寻他报仇。”众猴叩头：“告上大王，那厮自称混世魔王，住居在直北上。”悟空道：“此间到他那里有多少路程？”众猴道：“他来时云，去时雾，或风或雨，或电或雷，我等不知有多少路。”悟空道：“既如此，你们休怕，且自顽耍，等我寻他去来！”

悟空回去后的际遇，再次让我们极度感慨，他这辈子要么就是实在太凑巧了，要么就是背后一直有人在给他量身定制剧本。

他之前玩了三百多年，啥本事都没有的时候，根本没人来欺负他，可现在他刚学了本事，就有“新手村”妖怪出现了。

更细思极恐的是，这妖怪并不是花果山原生态的妖怪，而是从北面一座山腾云驾雾来砸场子的。

为啥前面三百多年没有这种妖怪来开辟新势力？尤其花果山这种有灵力的地产，咋就没吸引来妖怪？中国神怪肯定跟人一样，最在乎的就是地啊！为啥悟空学了本事后才恰巧遇到了外来势力？

如果不是凑巧到了几乎只有百分之一的可能，那肯定是背后有一只“看不见的手”来保护悟空这份无忧无虑的温暖纯真，一直等到他“道心开发”，学了大本事后才揭开穹顶保护罩，让“花果山大棚”加入这三界四洲的正常生态之中。

好猴王，将身一纵，跳起去，一路筋斗，直至北下观看，见一座高山，真是十分险峻。好山：

笔峰挺立，曲涧深沉。笔峰挺立透空霄，曲涧深沉通地户。两崖花木争奇，几处松篁斗翠。左边龙，熟熟驯驯；右边虎，平平伏伏。每见铁牛耕，常有金钱种。幽禽睍睆声，丹凤朝阳立。石磷磷，波净净，古怪跷蹊真恶狞。世上名山无数多，花开花谢繁还众。争如此景永长存，八节四时浑不动。诚为三界坎源山，滋养五行水脏洞。

美猴王正然观看景致，只听得有人言语。径自下山寻觅，原来那陡崖之前，乃是那水脏洞。洞门外有几个小妖跳舞，见了悟空就走。悟空道：“休走！借你口中言，传我心内事。我乃正南方花果山水帘洞洞主。你家甚么混世鸟魔，屡次欺我儿孙，我特寻来，要与他见个上下！”

这个坎源山配合着水脏洞，说的是五行之中的水。

坎源山在花果山北，北方在五行中属水，八卦中为坎卦，坎卦本身也为水，坎源也可以翻译成水的源头，水脏（四声）指的是肾，肾同样属水。

有一种说法认为，在道家的金丹学说中，肾脏是产生心魔的地方，混世魔王住在坎源山水脏洞，寓意着猴哥要亲手祛除自己的心魔。

我这里还有一种解读，就是悟空走上取经之路前，要经受金、水、木、火、土的五行考验。

从生克的角度来讲，五行的顺序不是金、木、水、火、土，是金、水、木、火、土，是土生金，金生水，水生木，木生火，火生土。

他借卵化猴出生，属于土生金，从出生到漂过两重大海西行学艺，再到“西路金光大显明”，这是金的考验。

艺学成后，来坎源山打败混世魔王乃至去龙宫寻宝，这是水的考验。

后来闹天宫被抓起来经受天打雷劈，雷属木，这是木的考验。

天打雷劈弄不死他，又被推进了八卦炉，这是火的考验。

最终被佛祖压在山下五百年，这是土的考验。

刑满释放，他从土中再蹦出来，这就相当于走完了一整轮的五行考验。他从五行山中蹦出来时，也算再次新生了，走向了与前面截然不同的另一条道路。

那小妖听说，疾忙跑入洞里，报道：“大王，祸事了！”魔王道：“有甚祸事？”小妖道：“洞外有猴头，称为花果山水帘洞洞主。他说你屡次欺他儿孙，特来寻你见个上下哩。”魔王笑道：“我常闻得那些猴精说，他有个大王，出家修行去，想是今番来了。你们见他怎生打扮，有甚兵器？”小妖道：“他也没甚么器械，光着个头，穿一领红色衣，勒一条黄绦，足下踏一对乌靴，不僧不俗，又不像道士神仙，赤手空拳，在门外叫哩。”魔王闻说：“取我披挂兵器来！”那小妖即时取出。那魔王穿了甲胄，绰刀在手，与众妖出得门来，即高声叫道：“那个是水帘洞洞主？”悟空急睁睛观看，只见那魔王：

头戴乌金盔，映日光明；身挂皂罗袍，迎风飘荡。下穿着黑铁甲，紧勒皮条；足踏着花褶靴，雄如上将。腰广十围，身高三丈。手执一口刀，锋刃多明亮。称为混世魔，磊落凶模样。

猴王喝道：“这泼魔这般眼大，看不见老孙！”魔王见了，笑道：“你身不满四尺，年不过三旬，手内又无兵器，怎么大胆猖狂，要寻我见甚么上下？”悟空骂道：“你这泼魔，原来没眼！你量我小，要大却也不难。你量我无兵器，我两只手勾着天边

月哩！你不要怕，只吃老孙一拳！”纵一纵，跳上去，劈脸就打。那魔王伸手架住道：“你这般矬矮，我这般高长，你要使拳，我要使刀，使刀就杀了你，也吃人笑。待我放下刀，与你使路拳看。”悟空道：“说得是。好汉子走来！”那魔王丢开架子便打，这悟空钻进去相撞相迎。他两个拳捶脚踢，一冲一撞。原来长拳空大，短簇坚牢。那魔王被悟空掏短胁，撞丫裆，几下筋节，把他打重了。他闪过，拿起那板大的钢刀，望悟空劈头就砍。悟空急撤身，他砍了一个空。悟空见他凶猛，即使身外身法，拔一把毫毛，丢在口中嚼碎，望空中喷去，叫一声：“变！”即变做三二百个小猴，周围攒簇。

原来人得仙体，出神变化无方。不知这猴王自从了道之后，身上有八万四千毛羽，根根能变，应物随心。那些小猴，眼乖会跳，刀来砍不着，枪去不能伤。你看他前踊后跃，钻上去，把个魔王围绕，抱的抱，扯的扯，钻裆的钻裆，扳脚的扳脚，踢打挦毛，抠眼睛，捻鼻子，抬屁股，直打做一个攒盘。这悟空才去夺得他的刀来，分开小猴，照顶门一下，砍为两段。领众杀进洞中，将那大小妖精，尽皆剿灭。却把毫毛一抖，收上身来。又见那收不上身者，却是那魔王在水帘洞擒去的小猴。悟空道：“汝等何为到此？”约有三五十个，都含泪道：“我等因大王修仙去后，这两年被他争吵，把我们都摄将来。那不是我们洞中的家火？石盆、石碗都被这厮拿来也。”悟空道：“既是我们的家火，你们都搬出外去。”随即洞里放起火来，把那水脏洞烧得枯干，尽归了一体。对众道：“汝等跟我回去。”众猴道：“大王，我们来时，只听得耳边风响，虚飘飘到于此地，更不识路径，今怎得回乡？”悟空道：“这是他弄的个术法儿，有何难也！我如今一窍通，百窍通，我也会弄。你们都合了眼，休怕！”

好猴王，念声咒语，驾阵狂风，云头落下，叫：“孩儿们睁眼。”众猴脚踹实地，认得是家乡，个个欢喜，都奔洞门旧路。那在洞众猴，都一齐簇拥同入，分班序齿，礼拜猴王。安排酒果，接风贺喜，启问降魔救子之事。悟空备细言了一遍，众猴称扬不尽，道：“大王去到那方？不意学得这般手段！”悟空又道：“我当年别汝等，随波逐流，飘过东洋大海，径至南赡部洲，学成人像，着此衣，穿此履，摆摆摇摇，云游了八九年余，更不曾有道。又渡西洋大海，到西牛贺洲地界，访问多时，幸遇一老祖，传了我与天同寿的真功果，不死长生的大法门。”众猴称贺，都道：“万劫难逢也！”悟空又笑道：“小的们，又喜我这一门皆有姓氏。”众猴道：“大王姓甚？”悟空道：“我今姓孙，法名悟空。”众猴闻说，鼓掌欣然道：“大王是老孙，我们都是二孙、三孙、细孙、小孙，一家孙、一国孙、一窝孙矣！”都来奉承老孙，大盆小碗的，椰子酒、葡萄酒、仙花仙果，真个是合家欢乐。咦！

贯通一姓身归本，只待荣迁仙箓名。

毕竟不知怎生结果，居此界终始如何，且听下回分解。

接下来是打斗环节。这魔王先是嫌咱猴哥矮，说猴哥不满四尺。在《西游记》成书的明代，尺有多种标准，一般来说，用于工程营造方面的营造尺长度约为三十二厘米，裁衣尺长约三十四厘米，咱姑且取个中，算三十三厘米，猴哥这身高大约一米三。

这个头儿看着矮，实际上再次印证了猴哥是猿不是猴，猴是长不了这一米三大个儿的。这身高在猴群里已经能被挑走当模特了。

这魔王本来看不起猴哥，要和猴哥比比拳，被猴哥切了中路后，又不讲武德，拿起兵器了。随后，书中再次展示了猴哥极高的天赋，人家拔了毫毛后能整出“身外身法”来，用原著的话说“这猴王自从了道之后，身上有八万四千毛羽，根根能变，应物随心”。这可了不得，不是有毛就能变的，整个西行路上，那么多一身毛的妖怪，这种技能，只有猴哥展示过。

不是每个人得遇大机缘后，都能用三年时间修得长生不老的，没有足够的先天灵力是不行的，普通人也许修三百年都找不到门道，也许学了还得走火入魔，还是我们之前说过的那个大象坐椅子的问题。

而且就算是同样的功法，天赋和灵力的放大效果也有不同，猴哥这日精月华的天资能让身上的每根毛都有灵气，都能心念合一。

这全书独一份的“身外身法”，一方面帮猴哥开了作弊器，一方面也为后面专属于猴哥的剧情做了铺垫。

随后，猴哥又一窍通百窍通地驾起狂风回到了花果山，给猴子猴孙们讲了这几年的经历以及姓氏的来历，开始开心过日子了。

总体来说，混世魔王这个“新手村”小剧本起到了两个作用。

1. 展现了全书中太多次出现的弱肉强食场面，落后就要挨打，他不在时他的猴子猴孙就得给人家为奴为婢；他回来报仇的时候就得把那魔王砍死，还得杀进洞中将那大小妖精尽皆剿灭，最后连那洞都得烧了！

现实世界很残酷啊！

2．提醒猴哥没有装备不是个事，为后面开启东海龙宫“副本”做了铺垫。

第三回

四海千山皆拱伏，九幽十类尽除名

却说美猴王荣归故里，自剿了混世魔王，夺了一口大刀，逐日操演武艺，教小猴砍竹为标，削木为刀，治旗幡，打哨子，一进一退，安营下寨，顽耍多时。忽然静坐处思想道："我等在此，恐作耍成真，或惊动人王，或有禽王兽王认此犯头，说我们操兵造反，兴师来相杀，汝等都是竹竿木刀，如何对敌？须得锋利剑戟方可。如今奈何？"众猴闻说，个个惊恐道："大王所见甚长，只是无处可取。"正说间，转上四个老猴，两个是赤尻马猴，两个是通背猿猴，走在面前道："大王若要治锋利器械，甚是容易。"悟空道："怎见容易？"四猴道："我们这山向东去有二百里水面，那厢有傲来国界。那国界中有一王位，满城中军民无数，必有金银铜铁等匠作。大王若去那里，或买或造些兵器，教演我等，守护山场，诚所谓保泰长久之机也。"悟空闻说，满心欢喜道："汝等在此顽耍，待我去来。"

好猴王，急纵筋斗云，霎时间过了二百里水面。果然那厢有座城池，六街三市，万户千门，来来往往，人都在光天化日之下。悟空心中想道："这里定有现成的兵器，待我下去买他几件，还不如使个神通觅他几件倒好。"他就捻起诀来，念动咒语，向巽地上吸一口气，呼的吹将去，便是一阵狂风，飞沙走石，好惊人也：

炮云起处荡乾坤，黑雾阴霾大地昏。

江海波翻鱼蟹怕，山林树折虎狼奔。

诸般买卖无商旅，各样生涯不见人。

殿上君王归内院，阶前文武转衙门。

千秋宝座都吹倒，五凤高楼幌动根。

风起处，惊散了那傲来国君王，三市六街，都慌得关门闭户，无人敢走。悟空才按下云头，径闯入朝门里，直寻到兵器馆武库中，打开门扇看时，那里面无数器械：刀、枪、剑、戟、斧、钺、戈、镰、鞭、钯、挝、简、弓、弩、叉、矛，件件俱备。一见甚喜道："我一人能拿几何？还使个分身法搬将去罢。"好猴王，即拔一把毫毛，入口嚼烂，喷将出去，念动咒语，叫声："变！"变做千百个小猴，都乱搬乱抢。有力的拿五七件，力小的拿二三件，尽数搬个罄净。径踏云头，弄个摄法，唤转狂风，带领小猴俱回本处。

却说那花果山大小猴儿，正在那洞门外顽耍，忽听得风声响处，见半空中丫丫叉叉，无边无岸的猴精，諕得都乱跑乱躲。少时，美猴王按落云头，收了云雾，将身一抖，收了毫毛，将兵器都乱堆在山前，叫道："小的们，都来领兵器！"众猴看时，只见悟空独立在平阳之地，俱跑来叩头问故。悟空将前使狂风、搬兵器一应事说了一遍。众猴称谢毕，都去抢刀夺剑，挝斧争枪，扯弓扳弩，吆吆喝喝，耍了一日。

悟空经过混世魔王这事后，开始琢磨组建一个势力最关键的问题了，需要武力打底！所谓"或惊动人王，或有禽王兽王认此犯头，说我们操兵造反，兴师来相杀，汝等都是竹竿木刀，如何对敌？须得锋利剑戟方可"！

想要永远开心过日子的关键就是要有以暴制暴的底气！

随后，悟空在想睡觉就递枕头的赤尻马猴和通背猿猴的指点下去傲来国偷了一大堆兵器。这里有一点需要咱们注意，猴哥初现贼王风范时造了一场风。

"他就捻起诀来，念动咒语，向巽地上吸一口气，呼的吹将去，便是一阵狂风，飞沙走石，好惊人也"，猴哥造这风，最核心的一点是"向巽地上吸一口气"。

在须菩提祖师这十来年的全面培养下，悟空真是把三界这点大自然的奥妙都琢磨明白了。巽在后天八卦方位中代表东南方，代表风，在古代，与风相关的自然现象通常都会与巽卦联系起来，人家猴哥吹风不是张嘴硬吹，是"给我一个支点，我能撬起地球"地从巽位借风去飞沙走石。

这也再次为后面猴哥从八卦炉中逃出生天埋下了伏笔。

再说句题外话，先天禀赋这东西真的很关键，一定要把精力和工夫用在无限延长自己的长板上。同样都是“向巽地上吸一口气”，猴哥这风就是单纯的劲儿大，但到了黄风怪那儿就属于无敌模式了，因为人家那先天禀赋就是玩风的。你让这老鼠吃一肚子金丹反而没用，这丹还就得猴哥吃才能炼出铜头铁臂，为啥？

猴哥能炼丹是因为他本身就是从石头里蹦出来的，而且他是猴子，猴为申，核心是庚金，庚金就需要火炼才能成器。老君那丹进了猴哥肚子，人家拿三昧真火给自己炼成了铜头铁臂，搁在别人身上就不会有这效果。

次日，依旧排营。悟空会集群猴，计有四万七千余口。早惊动满山怪兽，都是些狼虫虎豹、麖麂獐犯、狐狸獾狢、狮象狻猊、猩猩熊鹿、野豕山牛、羚羊青兕、狡兔神獒……各样妖王，共有七十二洞，都来参拜猴王为尊。每年献贡，四时点卯。也有随班操演的，也有随节征粮的，齐齐整整，把一座花果山造得似铁桶金城。各路妖王，又有进金鼓，进彩旗，进盔甲的，纷纷攘攘，日逐家习舞兴师。

兵器都到手后，猴哥会集群猴，计有四万七千余口，整个花果山满山的怪兽都惊了，共有七十二洞妖王来参拜猴王为尊。

花果山这七十二洞妖王，从后面大闹天宫时被轻松逮捕也能看出来，就是七十二股小把戏，没有一个是成仙得道的高水平，悟空学艺归来后把手腕一亮出来，直接就统一花果山了。

此后七十二洞不同种类的动物开始每年给猴哥献贡，四时点卯。“四时”指四季，从前官署办公，主管官从卯时开始点名，称为点卯，相当于这七十二洞妖王每个季度都得带着班子上水帘洞来报到，猴哥甚至开始“随节征粮”了，把一座花果山造得似铁桶金城。上述这些描写意味着，花果山形成政权了。

美猴王正喜间，忽对众说道：“汝等弓弩熟谙，兵器精通，奈我这口刀着实榔槺，不遂我意，奈何？”四老猴上前启奏道：“大王乃是仙圣，凡兵是不堪用。但不知大王水里可能去得？”悟空道：“我自闻道之后，有七十二般地煞变化之功，筋斗云有莫大的神通，善能隐身遁身，起法摄法，上天有路，入地有门，步日月无影，入金石无碍，水不能溺，火不能焚。那些儿去不得？”四猴道：“大王既有此神通，

我们这铁板桥下，水通东海龙宫。大王若肯下去，寻着老龙王，问他要件甚么兵器，却不趁心？”悟空闻言甚喜，道：“等我去来。”

猴哥开始琢磨自己的兵器了，这时候睡觉递枕头的重要剧情人物四老猴又张嘴了，说这不叫事，咱邻居有钱，咱这铁板桥下，水通东海龙宫。

佛祖后面在真假美猴王情节时介绍过这两种猴子。

赤尻马猴是“晓阴阳，会人事，善出入，避死延生”；

通背猿猴是“拿日月，缩千山，辨休咎，乾坤摩弄”。

花果山不是没有能猴啊，这四老猴的消息也远比猴哥来得广，但是，花果山这几百年来的猴王却始终要让悟空来当！从学艺到找兵器，这通背猿猴永远是剧情引导，而且永远是猴哥问了，这猴才能说！

为啥要这么安排？

鹰有时飞得比鸡低，但鸡绝对飞不到鹰的高度，一切悉心呵护培养的根本原因都是猴哥的上限高。

好猴王，跳至桥头，使一个闭水法，捻着诀，扑的钻入波中，分开水路，径入东洋海底。正行间，忽见一个巡海的夜叉挡住，问道：“那推水来的是何神圣？说个明白，好通报迎接。”悟空道：“吾乃花果山天生圣人孙悟空，是你老龙王的紧邻，为何不识？”那夜叉听说，急转水晶宫传报道：“大王，外面有个花果山天生圣人孙悟空，口称是大王紧邻，将到宫也。”东海龙王敖广即忙起身，与龙子龙孙、虾兵蟹将出宫迎道：“上仙请进，请进。”直至宫里相见，上坐献茶毕，问道：“上仙几时得道，授何仙术？”悟空道：“我自生身之后，出家修行，得一个无生无灭之体。近因教演儿孙，守护山洞，奈何没件兵器。久闻贤邻享乐瑶宫贝阙，必有多余神器，特来告求一件。”龙王见说，不好推辞，即着鳜都司取出一把大杆刀奉上。悟空道：“老孙不会使刀，乞另赐一件。”龙王又着鲌太尉领鳝力士抬出一杆九股叉来。悟空跳下来，接在手中，使了一路，放下道：“轻！轻！轻！又不趁手，再乞另赐一件。”龙王笑道：“上仙，你不曾看，这叉有三千六百斤重哩！”悟空道：“不趁手！不趁手！”龙王心中恐惧，又着鳊提督、鲤总兵抬出画杆方天戟，那戟有七千二百斤重。悟空见了，跑近前接在手中，丢几个架子，撒两个解数，插在中间道：“也还轻！

轻！轻！”老龙王一发害怕道：“上仙，我宫中只有这根戟重，再没甚么兵器了。”悟空笑道：“古人云：‘愁海龙王没宝哩！’你再去寻寻看，若有可意的，一一奉价。”龙王道：“委的再无。”

猴哥来到东海龙宫，自称花果山天生圣人，面对这个几百年来都没动静的花果山，悟空单纯报了名号就让东海龙宫全体列队迎接了。所谓“东海龙王敖广即忙起身，与龙子龙孙、虾兵蟹将出宫迎道：‘上仙请进，请进。’直至宫里相见，上坐献茶毕……”

虽说龙王是西游宇宙中非常悲催的一个物种，但也不至于被一只名不见经传的猴子吓成这个样子，对比一下，后文中的泾河龙王脾气相当大。结合四老猴知道龙宫所在乃至后面那三海龙王各带了披挂，其实是能看出来龙王是有准备的，他们是知道这猴子惹不起的。

猴哥来求兵器了，这所谓的兵器，是西游宇宙各类法宝中的入门级别法宝。

入门级别法宝的核心是“能放大主人的能量”。

悟空在挑兵器的时候，核心点就一个——“重量”，无论是三千六百斤的九股叉，还是七千二百斤的方天戟，悟空都说轻。

最后是一万三千五百斤的金箍棒，悟空说差不多了。

这个兵器的重量有多大作用呢？

它可以最大化地放大杀伤力，猴哥的千钧之力通过一百三十五斤的棒子抡过去和通过一万三千五百斤的棒子抡过去是不一样的。

后面西游宇宙中的比武描写，绝大多数都是说打了几十回合后对方没劲儿了，随后败阵而退。比如马上要出现的巨灵神，是“巨灵名望传天下，原来本事不如他。大圣轻轻抡铁棒，着头一下满身麻”（第四回）；跟惠岸行者打时，是“这大圣与惠岸战经五六十合，惠岸臂膊酸麻，不能迎敌，虚幌一幌，败阵而走”（第六回）；跟九曜星打，是“那美猴王不惧分毫，抡起金箍棒，左遮右挡，把那九曜星战得筋疲力软，一个个倒拖器械，败阵而走”（第五回）。

这根金箍棒是悟空横行天下的底气，能够极大地放大他担山的能量。

后面我们还会说到第二、第三层级的法宝。简要说一下，第二层级的法宝，可以让对手施展不出能量，任你有通天大才，也有劲儿使不出来。比如弥勒佛祖的人种袋和镇元子的乾坤袖，还有加大版的弥勒佛祖的金铙、老君的葫芦和大鹏的阴阳二气瓶。这些加大版的法宝不仅能让你使不出法术，还兼备物理消灭的功能。这个层级里，最牛的是老君的那个圈儿，这圈儿能将所有法宝团灭，将最大范围内敌人的能量进行降级。

第三层级的法宝更高端，可以让对手为我所用。对比这个，第二层级的把对手降级或者消灭就落了下乘，既然对手那么厉害，让对手替你效力多好。这个层级法宝的代表就是佛祖的那三个箍儿。

消灭谈不上高端，被消灭的都是不入流的。越烈的马驯出来才越有可能是千里马，比如悟空，高端的妖怪那都是驯化对象，要为我所用。

再往上还有更高层级的法宝，我们到时会细细地说，咱们先往后看。

正说处，后面闪过龙婆、龙女道："大王，观看此圣，决非小可。我们这海藏中，那一块天河定底的神珍铁，这几日霞光艳艳，瑞气腾腾，敢莫是该出现，遇此圣也？"龙王道："那是大禹治水之时，定江海浅深的一个定子，是一块神铁，能中何用？"龙婆道："莫管他用不用，且送与他，凭他怎么改造，送出宫门便了。"老龙王依言，尽向悟空说了。悟空道："拿出来我看。"龙王摇手道："扛不动！抬不动！须上仙亲去看看。"悟空道："在何处？你引我去。"

龙王果引导至海藏中间，忽见金光万道。龙王指定道："那放光的便是。"悟空撩衣上前，摸了一把，乃是一根铁柱子，约有斗来粗，二丈有余长。他尽力两手挝过道："忒粗忒长些！再短细些方可用。"说毕，那宝贝就短了几尺，细了一围。悟空又颠一颠道："再细些更好！"那宝贝真个又细了几分。悟空十分欢喜，拿出海藏看时，原来两头是两个金箍，中间乃一段乌铁，紧挨箍有镌成的一行字，唤做"如意金箍棒，重一万三千五百斤"。心中暗喜道："想必这宝贝如人意。"一边走，一边心思口念，手颠着道："再短细些更妙！"拿出外面，只有二丈长短，碗口粗细。

如意金箍棒上场了。

这里有三个重点。

1. 出身上对得起猴哥这天造地设的排面。

这东西最早是给天河定底的神珍铁，注意，是神珍，不是神针，是神级珍宝的意思。

后来（第七十五回）在狮驼岭跟狮子对打时，悟空说过金箍棒的来历："棒是九转镔铁炼，老君亲手炉中煅。禹王求得号神珍，四海八河为定验。中间星斗暗铺陈，两头箝裹黄金片。花纹密布鬼神惊，上造龙纹与凤篆。名号灵阳棒一根，深藏海藏人难见。成形变化要飞腾，飘飖正色霞光现。老孙得道取归山，无穷变化多经验。时间要大瓮来粗，或小些微如铁线。粗如南岳细如针，长短随吾心意变。"

这棒的来头极大，是太上老君亲自在八卦炉里打造的，而且是九转炼制的。所谓九转，是道教炼丹术语，指的是循环变化。外丹家认为烧炼时间越长、反复次数越多，丹药的药力就越足，服用后成仙的速度就越快，并且以九次循环炼制为最佳，葛洪的《抱朴子·内篇·金丹》记载："一转之丹，服之三年得仙；二转之丹，服之二年得仙；三转之丹，服之一年得仙；四转之丹，服之半年得仙；五转之丹，服之百日得仙；六转之丹，服之四十日得仙；七转之丹，服之三十日得仙；八转之丹，服之十日得仙；九转之丹，服之三日得仙。"后来，内丹家也借用"九转"来表述内丹修炼的过程。五代时期陈朴的《九转金丹秘诀》中记载："一转降丹；二转交媾；三转养阳；四转养阴；五转换骨；六转换肉；七转换五脏六腑；八转育火；九转飞升。"这里的"九转"描述了内丹修炼一步步突破的变化。

这棒在老君的八卦炉里九转煅烧，妥妥神珍级别的排面。

2. 重量达标，前面我们提过，重达一万三千五百斤。

3. "如意"，冲这俩字就跟猴哥有缘啊！

首先，它在猴哥要来的前几天就跟要迎来主人一样，"霞光艳艳，瑞气腾腾"；其次，这金箍棒在猴哥手中能随着心意变化大小，最终变成了"二丈长短，碗口粗细"的猴哥专属战斗状态。

一丈是十尺，一尺约为三十三厘米，两丈差不多是六米六。

不要被电视里的画面骗了，电视剧里那棒子跟猴哥一般高，其实西游宇宙中猴哥抡起棒子是很吓人的，因为它长啊！相当于打起仗来，猴哥这一米三大个儿拿着六米六的一万三千五百斤大长棒子满世界抡，想想就带劲儿，就是游戏《黑神话：悟空》预告中悟空大闹天宫时用大棒子扫天兵的效果。

这根棒子遇到了猴哥，堪称珠联璧合般的顶级搭配。

猴哥有一个一直被忽视的地方，他最牛的战力体现其实是他的耐力。无论跟谁打，无论打多久，你从来看不见他喊累，也从来不会被谁的兵器打出他打别人时的那种臂膊酸麻、筋疲力软、力软筋麻的效果。他打起来总是没完没了。

毕竟有天父地母、日精月华的先天条件，在祖师那儿修的还是“不漏”，也难怪人家是顶级续航。

准确地说，在物理战斗状态下，悟空配上这根如意金箍棒已经属于看不见血条的恐怖存在了。

不上法术和法宝，不对他进行降维打击的话，猴哥单拼战斗力就是三界第一档的状态。

除此之外，大家再想想为啥作者要给悟空安排这个能大能小的棒子？

因为后面他还会法天象地呢，这也就意味着，当悟空急眼了，使出法天象地时，手里依旧有家伙。

原著中，这就只有二郎神那柄三尖两刃枪可以匹敌了。

原著中也有能放大身形的其他妖王，比如第六十一回牛魔王现了原身后“头如峻岭，眼若闪光，两只角似两座铁塔，牙排利刃。连头至尾，有千余丈长短，自蹄至背，有八百丈高下”，但牛魔王这不叫法天象地，这是现了原形。猴哥使出法天象地后依旧能手执一根铁棒，着头就打，但牛魔王只能硬着头使角来触，而且后面被照妖镜照住后还被哪吒砍了十几个头。

总体而言，悟空物理战力的最佳搭配在此时已经完成，就算是杨戬，如果没完没了地打下去，真不一定谁能赢。杨戬毕竟是有父母的，肯定有血条，但这猴子是真没有。

仅仅第三回，西游宇宙的第一男主孙悟空先生就已经达到了自身战力的巅峰，但后面却还有九十七回。

要是普通小说，写到这儿已经烂尾了，单纯拼力量你还咋往下编？

中华文化博大精深，西游宇宙将用更高维度的法宝和更高维度的体制让所有读者明白，练块儿的绕不过画圈的。

还有，当龙王这个龙宫“一把手”说“扛不动！抬不动！须上仙亲去看看”，而悟空却能拿捏这个金箍棒的时候，当悟空明确自己的力量在东海龙宫无敌的时候，就开始看不起龙王了。

猴哥要展现劣根性了。

你看他，弄神通，丢开解数，打转水晶宫里，諕得老龙王胆战心惊，小龙王魂飞魄散，龟鳖鼋鼍皆缩颈，鱼虾鳌蟹尽藏头。

悟空将宝贝执在手中，坐在水晶宫殿上，对龙王笑道："多谢贤邻厚意。"龙王道："不敢，不敢。"悟空道："这块铁虽然好用，还有一说。"龙王道："上仙还有甚说？"悟空道："当时若无此铁，倒也罢了。如今手中既拿着他，身上更无衣服相称。没奈何，你这里若有披挂，索性送我一件，一总奉谢。"龙王道："这个却是没有。"悟空道："'一客不犯二主。'若没有，我也定不出此门！"龙王道："烦上仙再转一海，或者有之。"悟空又道："'走三家不如坐一家。'千万告求一件。"龙王道："委的没有，如有即当奉承。"悟空道："真个没有，就和你试试此铁！"龙王慌了道："上仙切莫动手，切莫动手！待我看舍弟处可有，当送一副。"悟空道："令弟何在？"龙王道："舍弟乃南海龙王敖钦、北海龙王敖顺、西海龙王敖闰是也。"悟空道："我老孙不去！不去！俗语谓'赊三不敌见二'，只望你随高就低的送一副便了。"老龙道："不须上仙去。我这里有一面铁鼓，一口金钟，凡有紧急事，擂得鼓响，撞得钟鸣，舍弟们就顷刻而至。"悟空道："既是如此，快些去擂鼓撞钟！"真个那鼍将便去撞钟，鳖帅即来擂鼓。

霎时钟鼓响处，果然惊动那三海龙王，须臾来到，一齐在外面会着。敖钦道："大哥，有甚紧事，擂鼓撞钟？"老龙道："贤弟！不好说！有一个花果山甚么天生圣人，早间来认我做邻居，后要求一件兵器。献钢叉嫌小，奉画戟嫌轻，将一块天河定底神珍铁，自己拿出，丢了些解数。如今坐在宫中，又要索甚么披挂。我处无有，故响钟鸣鼓，请贤弟来。你们可有甚么披挂，送他一副，打发他出门去罢了。"敖钦闻言大怒道："我兄弟们，点起兵拿他不是！"老龙道："莫说拿！莫说拿！那块铁挽着些儿就死，磕着些儿就亡，挨挨儿皮破，擦擦儿筋伤。"西海龙王敖闰说："二哥不可与他动手，且只凑副披挂与他，打发他出了门，启表奏上上天，天自诛也。"北海龙王敖顺道："说的是。我这里有一双藕丝步云履哩。"西海龙王敖闰道："我带了一副锁子黄金甲。"南海龙王敖钦道："我有一顶凤翅紫金冠哩。"老龙大喜，

引入水晶宫相见了，以此奉上。悟空将金冠、金甲、云履都穿戴停当，使动如意棒，一路打出去，对众龙道："聒噪！聒噪！"四海龙王甚是不平，一边商议进表上奏，不题。

唉！悟空拿到金箍棒后，就开始质变了，总体而言就是彻底告别过去的慧根猴，变成了膨胀猴。

他刚来的时候，你听他是咋说的，是"久闻贤邻享乐瑶宫贝阙，必有多余神器，特来告求一件"，是"贤邻"，是"告求"。

龙王拿出七千二百斤的戟他嫌轻，此时是"悟空笑道：'古人云："愁海龙王没宝哩！"你再去寻寻看，若有可意的，一一奉价。'"你瞅瞅，说得多好听，是"奉价"，是要对等价值地回报龙王的，他是要买的。

可拿到金箍棒后，他却向龙王敲诈披挂，表示"一总奉谢"。人家龙王说没有，他开始坐地炮、耍无赖，不走了，还表示："真个没有，就和你试试此铁！"

客观地说，他眼下这行径已经是花果山黑恶势力头子的即视感了。

这就好比你们家邻居来串门，先是说："哥，听说你家富裕，有没有啥不用的游戏机，我求一件。"你拿出一个小霸王后，他说："你家不可能没有好东西啊，你给我来一件好的，我又不是不给钱。"等你把新买的电脑给他后，他又跟你说："我要打'黑神话'，这电脑显卡虽然够了，但屏幕太小，声音也不够劲爆，你再给我凑个大电视和音响。"你说："我真没有了。"他对你说："要不我拿这电脑砸砸你脑袋，看看有没有？"

最后，花果山黑恶猴子逼得东海龙王找来了另外三海龙王给自己凑了身披挂。比较有意思的是，猴哥这一米三大个儿应该属于特体了，咋就那么神奇，这三个龙王一来就那么巧凑了一身给悟空量身定做的披挂？再结合前文的"正说处，后面闪过龙婆、龙女道：'大王，观看此圣，决非小可。我们这海藏中，那一块天河定底的神珍铁，这几日霞光艳艳，瑞气腾腾，敢莫是该出现，遇此圣也'"，其实都如同前面三百多年猴哥的温暖纯真一样，让人深感诧异。

这兵器和披挂简直肉眼可见是专门送给他的。

反正猴哥已经一步一步地朝着当年他师父对他的"殷切希望"上走了——"你这去，定生不良。"

猴哥将金冠、金甲、云履都穿戴停当后，就露出了本来面目，使动如意棒一路打出去，也不提奉价的事了，而且一边打还一边对众龙道：“聒噪！聒噪！”

白拿了四海龙王的东西，然后还要说人家聒噪！那意思是哪儿来那么多废话！走开！走开！

随后人家“四海龙王甚是不平，一边商议进表上奏，不题”。

能理解，毕竟要是有人把你家的电脑搬走了，还抢了你弟弟家的电视和音响，出门时再骂你几句，你心情会怎样？

你看这猴王，分开水道，径回铁板桥头，撺将上去。只见四个老猴，领着众猴，都在桥边等候。忽然见悟空跳出波外，身上更无一点水湿，金灿灿的走上桥来，諕得众猴一齐跪下道：“大王，好华彩耶！好华彩耶！”悟空满面春风，高登宝座，将铁棒竖在当中。那些猴不知好歹，都来拿那宝贝，却便似蜻蜓撼铁柱，分毫也不能禁动，一个个咬指伸舌道：“爷爷呀！这般重，亏你怎的拿来也！”悟空近前舒开手，一把挝起，对众笑道：“物各有主。这宝贝镇于海藏中，也不知几千百年，可可的今岁放光。龙王只认做是块黑铁，又唤做天河镇底神珍。那厮每都扛抬不动，请我亲去拿之。那时此宝有二丈多长，斗来粗细，被我挝他一把，意思嫌大，他就小了许多；再教小些，他又小了许多；再教小些，他又小了许多。急对天光看处，上有一行字，乃‘如意金箍棒，一万三千五百斤’。你都站开！等我再叫他变一变着。”他将那宝贝颠在手中，叫：“小！小！小！”即时就小做一个绣花针儿相似，可以揌在耳朵里面藏下。众猴骇然，叫道：“大王！还拿出来耍耍。”猴王真个去耳朵里拿出，托放掌上，叫：“大！大！大！”即又大做斗来粗细，二丈长短。他弄到欢喜处，跳上桥，走出洞外，将宝贝揝在手中，使一个法天象地的神通，把腰一躬，叫声“长！”他就长的高万丈，头如泰山，腰如峻岭，眼如闪电，口似血盆，牙如剑戟。手中那棒，上抵三十三天，下至十八层地狱，把些虎豹狼虫、满山群怪、七十二洞妖王，都諕得磕头礼拜，战兢兢魄散魂飞。霎时收了法像，将宝贝还变做个绣花针儿，藏在耳内，复归洞府，慌得那各洞妖王都来参贺。

猴哥回到花果山，开始了自己的单方面叙述，将自己抢了四海龙王这事描述成了“物各有主”，是“这宝贝镇于海藏中，也不知几千百年，可可的今岁放光。龙王只认做是块黑铁，又唤做天河镇底神珍。那厮每都扛抬不动，请我亲去拿之”，你瞅瞅，他管人家龙王叫“那厮”。

你拿了人家的“神珍”啊！人家连句好都没落下，反倒成了“那厮”。

接下来展示了如意金箍棒另一个能大能小的设定，就是配合悟空的法天象地。悟空第一次展示了法天象地的神通，“把腰一躬，叫声‘长！’他就长的高万丈，头如泰山，腰如峻岭，眼如闪电，口似血盆，牙如剑戟”，随后金箍棒也跟着配合长大，所谓“手中那棒，上抵三十三天，下至十八层地狱”，展示了跟猴哥天生一对的属性。

不过吧，客观来讲，哪怕这金箍棒和披挂本来就是幕后大佬送给你的，你是不是也得道声谢？就像你和自己娶的媳妇再天生一对，是不是也得感谢一下媒人？

准确来说，这也是实质意义上膨胀猴惹的第一次祸。

很写实，他学艺归来又遇到了能无限放大自己能量的法宝，觉得自己几乎无敌的时候，也开始极度放大自己弱肉强食、忽略他人的本性。

狮子吃羊用跟羊道歉吗？

在猴哥看来，就是你龙宫没人拿得动这金箍棒，都比不过我，我对你龙宫施暴也不用担心被追责。我抢了你的东西，还得骂你是废物，拿不动这宝贝。

此时竟大开旗鼓，响振铜锣，广设珍馐百味，满斟椰液萄浆，与众饮宴多时。却又依前教演。猴王将那四个老猴封为健将，将两个赤尻马猴唤做马、流二元帅，两个通背猿猴唤做崩、芭二将军。将那安营下寨、赏罚诸事，都付与四健将维持。他放下心，日逐腾云驾雾，遨游四海，行乐千山施武艺，遍访英豪弄神通，广交贤友。此时又会了个七弟兄，乃牛魔王、蛟魔王、鹏魔王、狮驼王、猕猴王、狨王，连自家美猴王七个。日逐讲文论武，走斝传觞，弦歌吹舞，朝去暮回，无般儿不乐。把那个万里之遥，只当庭闱之路，所谓“点头径过三千里，扭腰八百有余程”。

一日，在本洞分付四健将安排筵宴，请六王赴饮，杀牛宰马，祭天享地，着众怪跳舞欢歌，俱吃得酩酊大醉。送六王出去，却又赏劳大小头目，欹在铁板桥边松阴之下，霎时间睡着。四健将领众围护，不敢高声。只见那美猴王睡里，见两人拿一张批文，上有“孙悟空”三字，走近身，不容分说，套上绳，就把美猴王的魂灵

儿索了去，踉踉跄跄，直带到一座城边。猴王渐觉酒醒，忽抬头观看，那城上有一铁牌，牌上有三个大字，乃“幽冥界”。美猴王顿然醒悟道：“幽冥界乃阎王所居，何为到此？”那两人道：“你今阳寿该终，我两人领批，勾你来也。”猴王听说道：“我老孙超出三界之外，不在五行之中，已不伏他管辖，怎么朦胧又敢来勾我？”那两个勾死人只管扯扯拉拉，定要拖他进去。

那猴王恼起性来，耳朵中掣出宝贝，幌一幌碗来粗细，略举手，把两个勾死人打为肉酱。自解其索，丢开手，抡着棒，打入城中。唬得那牛头鬼东躲西藏，马面鬼南奔北跑。众鬼卒奔上森罗殿，报着：“大王！祸事！祸事！外面一个毛脸雷公，打将来了！”

猴哥在花果山步入正轨后，将赤尻马猴和通背猿猴升级为元帅和将军，自己去外面结交朋友了，“日逐腾云驾雾，遨游四海，行乐千山施武艺，遍访英豪弄神通，广交贤友”。

他交了七个弟兄，乃牛魔王、蛟魔王、鹏魔王、狮驼王、猕猴王和㺄狨王，连自家美猴王七个。

按他“行乐千山施武艺，遍访英豪弄神通，广交贤友”这么个折腾劲儿，能被称为他兄弟的，应该都是本事上被他看得起的，至少我们知道，后面牛魔王的本事跟他是不分伯仲的。

这七个妖王“日逐讲文论武，走斝传觞，弦歌吹舞，朝去暮回，无般儿不乐”，闹得动静越来越大，悟空在跟六兄弟阳间最后一次（理论上的）大宴上喝醉后，他的阳寿尽了，被勾到地府来了。醒酒后悟空急眼了，开启狂暴模式打进了森罗殿。

慌得那十代冥王急整衣来看，见他相貌凶恶，即排下班次，应声高叫道：“上仙留名！上仙留名！”猴王道：“你既不认得我，怎么差人来勾我？”十王道：“不敢，不敢！想是差人差了。”猴王道：“我本是花果山水帘洞天生圣人孙悟空。你等是甚么官位？”十王躬身道：“我等是阴间天子十代冥王。”悟空道：“快报名来，免打！”十王道：“我等是秦广王、楚江王、宋帝王、忤官王、阎罗王、平等王、泰山王、都市王、卞城王、转轮王。”悟空道：“汝等既登王位，乃灵显感应之类，为何不知好歹？我老孙修仙了道，与天齐寿，超升三界之外，跳出五行之中，为何着人拘我？”

十王道：“上仙息怒。普天下同名同姓者多，敢是那勾死人错走了也。”悟空道：“胡说！胡说！常言道：‘官差吏差，来人不差。’你快取生死簿子来看！”十王闻言，即请上殿查看。

悟空执着如意棒，径登森罗殿上，正中间南面坐下。十王即命掌案的判官取出文簿来查。那判官不敢怠慢，便到司房里，捧出五六簿文书并十类簿子，逐一查看。裸虫、毛虫、羽虫、昆虫、鳞介之属，俱无他名。又看到猴属之类，原来这猴似人相，不入人名；似裸虫，不居国界；似走兽，不伏麒麟管；似飞禽，不受凤凰辖，另有个簿子。悟空亲自检阅，直到那魂字一千三百五十号上，方注着孙悟空名字，乃天产石猴，该寿三百四十二岁善终。悟空道：“我也不记寿数几何，且只消了名字便罢，取笔过来！”那判官慌忙捧笔，饱掭浓墨。悟空拿过簿子，把猴属之类但有名者，一概勾之，捽下簿子道：“了帐！了帐！今番不伏你管了！”一路棒打出幽冥界。那十王不敢相近，都去翠云宫同拜地藏王菩萨，商量启表，奏闻上天，不在话下。

这猴王打出城中，忽然绊着一个草纥繨，跌了个踵踵，猛的醒来，乃是南柯一梦。才觉伸腰，只闻得四健将与众猴高叫道：“大王吃了多少酒，睡这一夜，还不醒来？”悟空道：“睡还小可。我梦见两个人，来此勾我，把我带到幽冥界城门之外，却才醒悟。是我显神通，直嚷到森罗殿，与那十王争吵，将我们的生死簿子看了，但有我等名号，俱是我勾了，都不伏那厮所辖也。”众猴磕头礼谢。自此，山猴多有不老者，以阴司无名故也。美猴王言毕前事，四健将报知各洞妖王，都来贺喜。不几日，六个义兄弟又来拜贺，一闻销名之故，又个个欢喜，每日聚乐不题。

猴哥最终在暴力威慑下看到了自己的那本生死簿，“天产石猴，该寿三百四十二岁善终”，写得明明白白，但他不认账，把生死簿的“猴属之类但有名者，一概勾之”，随后表示“了帐！了帐！今番不伏你管了”，然后继续用在龙宫的老套路，打出了幽冥界。

十位阎王随后都去了翠云宫，把这件事上报给地府的最高级别领导地藏王菩萨。

注意，这里原著已经给我们介绍了地府的权力结构，阎罗十王是要拜地藏王菩萨的，也提前铺垫了为啥后面佛祖传经做局时的主战场会安排在地府。

却表启那高天上圣大慈仁者玉皇大天尊玄穹高上帝，一日驾坐金阙云宫灵霄宝殿，聚集文武仙卿早朝之际，忽有丘弘济真人启奏道："万岁，通明殿外有东海龙王敖广进表，听天尊宣诏。"玉皇传旨："着宣来。"敖广宣至灵霄殿下，礼拜毕。旁有引奏仙童接上表文。玉皇从头看过，表曰：

水元下界东胜神洲东海小龙臣敖广启奏大天圣王玄穹高上帝君：近因花果山生、水帘洞住妖仙孙悟空者，欺虐小龙，强坐水宅。索兵器，施法施威；要披挂，骋凶骋势。惊伤水族，唬走龟鼍。南海龙战战兢兢，西海龙凄凄惨惨，北海龙缩首归降，臣敖广舒身下拜。献神珍之铁棒，凤翅之金冠，与那锁子甲、步云履，以礼送出。他仍弄武艺，显神通，但云："聒噪！聒噪！"果然无敌，甚为难制。臣今启奏，伏望圣裁。恳乞天兵，收此妖孽，庶使海岳清宁，下元安泰。谨奏。

圣帝览毕，传旨："着龙神回海，朕即遣将擒拿。"老龙王顿首谢去。下面又有葛仙翁天师启奏道："万岁，有冥司秦广王赍奉幽冥教主地藏王菩萨表文进上。"旁有传言玉女接上表文。玉皇亦从头看过。表曰：

幽冥境界，乃地之阴司。天有神而地有鬼，阴阳轮转；禽有生而兽有死，反复雌雄。生生化化，孕女成男，此自然之数，不能易也。今有花果山水帘洞天产妖猴孙悟空，逞恶行凶，不服拘唤。弄神通，打绝九幽鬼使；恃势力，惊伤十代慈王。大闹森罗，强销名号。致使猴属之类无拘，猕猴之畜多寿。寂灭轮回，各无生死。贫僧具表，冒渎天威，伏乞调遣神兵，收降此妖，整理阴阳，永安地府。谨奏。

玉皇览毕，传旨："着冥君回归地府，朕即遣将擒拿。"秦广王亦顿首谢去。

东海龙宫和幽冥地府都来上表了，东海确实就是"水元下界东胜神洲东海小龙臣敖广"为"一把手"，但地府的上表是"有冥司秦广王赍奉幽冥教主地藏王菩萨表文进上"，是地藏王菩萨上的表，秦广王都没资格署名，就是个跑腿的，这也再次夯实了地府是地藏王菩萨的管辖范围。

大天尊宣众文武仙卿，问曰："这妖猴是几何产育，何代出身，却就这般有道？"一言未已，班中闪出千里眼、顺风耳道："这猴乃三百年前天产石猴，当时不以为然。不知这几年在何方修炼成仙，降龙伏虎，强销死籍也。"玉帝道："那路神将下

界收伏？”言未已，班中闪出太白长庚星，俯伏启奏道：“上圣，三界中凡有九窍者，皆可修仙。奈此猴乃天地育成之体，日月孕就之身。他也顶天履地，服露餐霞，今既修成仙道，有降龙伏虎之能，与人何以异哉！臣启陛下，可念生化之慈恩，降一道招安圣旨，把他宣来上界，授他一个大小官职，与他籍名在箓，拘束此间。若受天命，再后升赏；若违天命，就此擒拿。一则不动众劳师，二则收仙有道也。”玉帝闻言甚喜，道：“依卿所奏。”即着文曲星官修诏，着太白金星招安。

金星领了旨，出南天门外，按下祥云，直至花果山水帘洞，对众小猴道：“我乃天差天使，有圣旨在此，请你大王上界，快快报知！”洞外小猴一层层传至洞天深处，道：“大王，外面有一老人，背着一角文书，言是上天差来的天使，有圣旨请你也。”美猴王听得，大喜道：“我这两日正思量要上天走走，却就有天使来请。”叫：“快请进来！”猴王急整衣冠，门外迎接。金星径入当中，面南立定道：“我是西方太白金星，奉玉帝招安圣旨下界，请你上天拜受仙箓。”悟空笑道：“多感老星降临。”教：“小的们！安排筵宴款待。”金星道：“圣旨在身，不敢久留，就请大王同往。待荣迁之后，再从容叙也。”悟空道：“承光顾，空退！空退！”即唤四健将，分付：“谨慎教演儿孙，待我上天去看看路，却好带你们上去同居住也。”四健将领诺。这猴王与金星纵起云头，升在空霄之上。正是那：

高迁上品天仙位，名列云班宝箓中。

毕竟不知授个甚么官爵，且听下回分解。

随后玉帝问了问猴哥的来历，刚说了句“那路神将下界收伏”，随后“言未已，班中闪出太白长庚星，俯伏启奏道：‘上圣，三界中凡有九窍者，皆可修仙。奈此猴乃天地育成之体，日月孕就之身。他也顶天履地，服露餐霞，今既修成仙道，有降龙伏虎之能，与人何以异哉！’”太白金星以此为由，建议招安。

金星台阶一递玉帝很高兴，“玉帝闻言甚喜”。

记住这些小细节。

太白金星下界见到猴哥的第一句话是：“我是西方太白金星……”颇有点自报家门之感。

这个太白金星此后的出场也相当有意思，盘点一下。

第二次招安悟空的还是他。

第十三回双叉岭唐僧首次遇难后，是太白金星来救的他，临走前依然很有意思地自报家门，所谓“只见风飘飘，遗下一张简帖，书上四句颂子。颂曰：‘吾乃西天太白星，特来搭救汝生灵。前行自有神徒助，莫为艰难报怨经’。”告诉唐僧我是西天的太白星，并预言前路你就要有徒弟啦。

收黄风怪时，是他出现告诉悟空灵吉菩萨咋找。

车迟国里，是他告诉那帮受罪的和尚等齐天大圣来救他们，或者说是他告诉悟空这关要好好地砸了车迟国的场子。

狮驼岭前，面对最难一关，还是太白金星来报的信。

无底洞那关，面对同样有佛门背景的李天王父子，是“宣西方长庚太白金星，领旨到云楼宫，宣托塔李天王见驾”。

犀牛精那关，是太白金星点破犀牛精的身份，告诉悟空该去哪里找降手。

整个取经过程中，高级领导里除了观音菩萨，这个太白金星是出场频率最高的，而且全程超级上心。

这西天太白星和西天如来佛，你觉得关系浅得了吗？

那么，这个西天太白星在第一个照面就要招安悟空，你觉得悟空是个啥背景呢？

心猿学艺阶段，在前三回过后正式结束。我们看到了一只天造地设的慧根猴是怎样一步步成为膨胀猴的。西游第一男主结束了自己的第一次西游旅程，即将以作死的方式为下一次西游旅程创造了坑位。

西游宇宙的前三回，量大管饱地给我们展示了什么是顶级的谋篇布局，什么是顶级的开宗明义，什么是顶级的人性理解。

从写作的角度来讲，如果后文无法呼应前文，那就属于废话；如果前文无法预言后事，那就属于庸语。

拿这个标准去检查市面上的所有小说，绝大多数都不合格。

或者说，时间会大浪淘沙地筛选出那些顶级的文字，时间，是“真”的检验器。

时间，也是西游宇宙的核心要素。

无论是让猴哥脱离低级趣味用掉的三百多年时间，还是后面让猴哥琢磨明白天外有天、遇到狠人要低头的五百年时间，这漫漫的岁月，每一天，每一分，每一秒，都是省不了的。

包括他这个天父地母、日精月华的顶级出身和体格也是拿时间一分一秒堆出来的，一天的日精月华没有啥，但是“盖自开辟以来，每受天真地秀，日精月华”（第一回）就不得了了。

扎扎实实地过好每一分，每一秒，永远不要相信速成。

第二章

大闹天宫，
不断发生突发状况的蟠桃消失计划

第四回

官封弼马心何足，名注齐天意未宁

那太白金星与美猴王同出了洞天深处，一齐驾云而起。原来悟空筋斗云比众不同，十分快疾，把个金星撇在脑后，先至南天门外。正欲收云前进，被增长天王领着庞、刘、苟、毕、邓、辛、张、陶，一路大力天丁，枪刀剑戟，挡住天门，不肯放进。猴王道："这个金星老儿乃奸诈之徒！既请老孙，如何教人动刀动枪，阻塞门路？"正嚷间，金星倏到。悟空就觌面发狠道："你这老儿，怎么哄我？被你说奉玉帝招安旨意来请，却怎么教这些人阻住天门，不放老孙进去？"金星笑道："大王息怒。你自来未曾到此，天堂却又无名，众天丁又与你素不相识，他怎肯放你擅入？等如今见了天尊，授了仙箓，注了官名，向后随你出入，谁复挡也？"悟空道："这等说也罢，我不进去了。"金星又用手扯住道："你还同我进去。"

将近天门，金星高叫道："那天门天将、大小吏兵，放开路者，此乃下界仙人，我奉玉帝圣旨，宣他来也。"那增长天王与众天丁俱才敛兵退避。猴王始信其言，同金星缓步入里观看。真个是：

初登上界，乍入天堂。金光万道滚红霓，瑞气千条喷紫雾。只见那南天门，碧沉沉琉璃造就，明幌幌宝玉妆成。两边摆数十员镇天元帅，一员员顶盔贯甲，持铣拥旄；四下列十数个金甲神人，一个个执戟悬鞭，持刀仗剑。外厢犹可，入内惊人。里壁厢有几根大柱，柱上缠绕着金鳞耀日赤须龙。又有几座长桥，桥上盘旋着彩羽凌空丹顶凤。明霞幌幌映天光，碧雾濛濛遮斗口。这天上有三十三座天宫，乃遣云宫、毗沙宫、五明宫、太阳宫、化乐宫……一宫宫脊吞金稳兽；又有七十二重宝殿，乃朝会殿、凌虚殿、宝光殿、天王殿、灵官殿……一殿殿柱列玉麒麟。寿星台上，有千千年不卸的名花；炼药炉边，有万万载常青的瑞草。又至那朝圣楼前，绛纱衣星辰灿烂，芙蓉冠金璧辉煌。玉簪珠履，紫绶金章。金钟撞动，三曹神表进丹墀；天鼓鸣时，万圣朝王参玉帝。又至那灵霄宝殿，金钉攒玉户，彩凤舞朱门。复道回廊，处处玲珑剔透；三檐四簇，层层龙凤翱翔。上面有个紫巍巍、明幌幌、圆丢丢、亮灼灼大金葫芦顶；下面有天妃悬掌扇，玉女捧仙巾。恶狠狠掌朝的天将，气昂昂护驾的仙卿。正中间，琉璃盘内，放许多重重叠叠太乙丹；玛瑙瓶中，插几枝湾湾曲曲珊瑚树。正是：天宫异物般般有，世上如他件件无。金阙银銮并紫府，琪花瑶草暨琼葩。朝王玉兔坛边过，参圣金乌着底飞。猴王有分来天境，不堕人间点污泥。

太白金星领着美猴王，到于灵霄殿外，不等宣诏，直至御前，朝上礼拜。悟空挺身在旁，且不朝礼，但侧耳以听金星启奏。金星奏道："臣领圣旨，已宣妖仙到了。"玉帝垂帘问曰："那个是妖仙？"悟空却才躬身答应道："老孙便是！"仙卿们都大惊失色，道："这个野猴！怎么不拜伏参见，辄敢这等答应道'老孙便是'却该死了！该死了！"玉帝传旨道："那孙悟空乃下界妖仙，初得人身，不知朝礼，且姑恕罪。"众仙卿叫声"谢恩"，猴王却才朝上唱个大喏。玉帝宣文选武选仙卿，看那处少甚官职，着孙悟空去除授。旁边转过武曲星君，启奏道："天宫里各宫各殿，各方各处，都不少官，只是御马监缺个正堂管事。"玉帝传旨道："就除他做个'弼马温'罢。"众臣叫谢恩，他也只朝上唱个大喏。玉帝又差木德星官送他去御马监到任。

当时美猴王欢欢喜喜，与木德星官径去到任。事毕，木德星官回宫。他在监里会聚了监丞、监副、典簿、力士大小官员人等，查明御马监事务，止有天马千匹，乃是：

骅骝骐骥，騄駬纤离；龙媒紫燕，挟翼骕骦；駃騠银騧，騕褭飞黄；騊駼翻羽，赤兔超光；逾辉弥景，腾雾胜黄；追风绝地，飞翮奔霄；逸飘赤电，铜爵浮云；骢珑虎䮿，绝尘紫鳞；四极大宛，八骏九逸，千里绝群。此等良马，一个个嘶风逐电精神壮，踏雾登云气力长。

悟空来到了天宫，第一次见到三界第一等的排场，对天宫的壮丽描写咱就不进行啥解读了，这段有两个重点：

1. 作者介绍天上有三十三座天宫，遣云宫、毗沙宫……这都是玉帝的直辖范围，后面咱们还会介绍。在这三十三座天宫之上还有仨牛人，对下面这三十三天宫进行控制和影响。

天庭就是这三十三天宫，七十二大殿，派系繁杂，饭还是要分锅吃的。

2. 悟空是“妖仙”。

“金星奏道：‘臣领圣旨，已宣妖仙到了。’玉帝垂帘问曰：‘那个是妖仙？’”然后悟空没有急眼，躬身答应道：“老孙便是！”

猴哥的这句回答也是承认自己是妖的。

在西游宇宙中，没有被天庭承认、明确庇护的，有法力、有道行的势力，统称为妖；有领导管的，就不叫妖，叫孽畜；被领导收编的，称为修得正果。

这个天庭承认的范围比较广，后面蟠桃会时会细说。在西游宇宙中，妖的范畴不论能力大小，不论人品好坏，只论背景，黑熊精念佛听经也不行，那也是妖！“妖”这个字，是主流对非主流的语言定性与歧视迫害。

猴哥“刑满释放”面对第一个妖怪时，曾经作了一首老长的诗，他是这么总结过去人生的：“……吾今皈正西方去，转上雷音见玉毫。你去乾坤四海问一问，我是历代驰名第一妖！”（第十七回）

没有师父承认的悟空，说自己是没背景的势力中闹腾得最凶的，满世界你扫听扫听，我是历代驰名第一妖！确确实实如此，没有背景、光杆单打，整出这动静的，悟空在三界也是第一个了。

比较讽刺的是，“第一妖”自从被我佛无上法力判了五百年，“皈正西方去”后，由过去的“历代驰名第一妖”变成“斩妖除魔斗战佛”了，猴哥自此对所有“孽畜”都网开了一面，对所有的草根妖怪都斩草除根了。

上岸第一剑，跟过去挥别得干干净净。

被压五百年后，他活明白了。

眼下猴哥还没有这种思考，正处于刚拿到金箍棒，武力攀升至最大值后的膨胀上升期。到了天宫后，经武曲星君推荐，玉帝传旨任命，木德星官送任，悟空做了御马监的正堂管事弼马温。

该说说这个弼马温了。

在古代，有在马厩里养猴子以避免马瘟的做法，《马经》言：“马厩畜母猴辟（避）马瘟疫，逐月有天癸流草上，马食之永无疾病矣……”《西游记》的作者采用了这个风俗，将“避马瘟”改换了“弼（避）”“温（瘟）”两个同音字，创造出了“弼马温”这个官名。

玉帝创造这个谐音梗，貌似是很不尊重咱猴哥，但是实际上，在《西游记》成书的明代后期，明朝人读这个小说时，会感慨玉帝是多么看得起这只猴子。

“御马监”这个编制是明朝才有的，属于明朝十二监之一。在十二监中，只有两个监是最核心的：一个是大名鼎鼎的司礼监，是明戏里面的重要参演单位；仅次于司礼监的就是这御马监，这名字听着不好听，但是人家御马监除了养马之外，还负责提调宿卫皇宫的禁军呢。

管禁军！看过我的历史解读的朋友们应该都知道这仨字是个啥分量！

武曲星君说的御马监缺的这个正堂管事，就是有明一代相当吓人的御马监掌印太监，地位仅次于司礼监掌印太监，这个岗位出来的最著名人物就是大名鼎鼎的冯保。

自明宣宗朱瞻基之后，御马监逐渐接手了皇宫宿卫，御马监的掌印太监统辖皇宫中四卫营和勇士营两支禁军部队，是保卫皇帝安全的最后一道屏障。由于御马监正堂管事的职责重要且涉及皇帝安全，所以这一职位的人选必须是皇帝的心腹太监，而且御马监所控禁军的战斗力是相当凶悍的。大名鼎鼎的“土木堡之变”后，面对瓦剌骑兵来犯，于谦主持的北京保卫战中最激烈的战斗发生在西直门和彰义门，当时守卫西直门的是御马监太监刘永诚的侄子右军都督刘聚，在彰义门主动出击瓦剌军的则是御马监提督的留守北京的四卫勇士禁军。

名字不好听，但作用贴着心，弘治、正德年间的御马监太监宁瑾曾宣称：“腾骧等四卫勇士旗军，乃祖宗设立禁兵，以备宿卫扈从，名为养马，实为防奸御侮也。”正德时兵部尚书许进也表达过：勇士名虽养马，实为禁兵，防奸御侮，关系重大。

本书出品的嘉靖年间，御马监已经是权势熏天状态了。

虽然此时悟空报到后，发现御马监的工作目前没啥正事，所谓“查明御马监事务，止有天马千匹”，但作者已经通过成书时的环境暗示了这个岗位的重要程度。

这就好比今天你写部神魔小说，三体人抢了水星的金箍棒，然后被宇宙大帝招安，等三体人上了天之后，被宇宙大帝安排在此时刚刚组建的宇宙大帝直属禁卫军了。

搁谁都知道作者这是啥心思，这是要培养三体人了。

天庭是多么成熟的官僚机构，里面的神仙都照着永远不死去活，里面的岗位也许几千万年都不带递补一次的，咋可能一上来就给你一个下方成精的妖猴安排个这么显赫的岗位！

从这个官职能看出，玉帝要么是非常喜欢这只猴子，要么就是背后有他在意的势力打了招呼。玉帝不仅在悟空出生时就亲口定性别招惹这只猴子，还在猴子不懂规矩、不会礼拜时网开一面。要知道猴哥见驾没拜之后，“仙卿们都大惊失色，道：‘这个野猴！怎么不拜伏参见，辄敢这等答应道“老孙便是”却该死了！该死了！’”人家玉帝的规矩是很大的！

但玉帝给了台阶，“玉帝传旨道：‘那孙悟空乃下界妖仙，初得人身，不知朝礼，且姑恕罪。’众仙卿叫声‘谢恩’”。

注意，是众仙替悟空说了谢恩，天上这规矩大着呢。

而且从语境来看，这官很有可能是新为悟空设置的。玉帝先是同意招安，然后在猴子没规矩后不降罪，其实很多人就能看明白玉帝对这猴子有偏爱。人事部门的干部，眼睛必须得能看明白事。武曲星君说“天宫里各宫各殿，各方各处，都不少官，只是御马监缺个正堂管事”，把话往你嫡系那里去递，而且御马监这个部门之前应该是不设主管领导的，根本就没这岗位，否则武曲星君应该说御马监的御马监星君或御马监将军一职尚无人选，而不是说缺个正堂管事，随后是“玉帝传旨道：‘就除他做个“弼马温”罢’”。

从语境来讲，更像是玉帝临时为猴子批了个编制，连名称都是临时定的。

这种嫡系部门的“一把手”作为重点培养对象是多么合适，甭管你是多大领导的儿子，进公司也得从业务部门开始干呀！得到编制后也得从基层开始做起呀！资历够了再往上提，你不能坏了规矩啊！

总之，咱们重申一下，无论是玉帝在悟空出生时就说不要去找猴宝宝的麻烦，还是悟空惹祸后太白金星第一时间就把定性的事揽过来，以及玉帝安排给悟空的岗位，都能说明目前来看玉帝对这只猴子恩重如山且宠爱非凡。

猴哥在被佛祖“逮捕”之前，作者写了一首诗，其中这几句也重申了玉帝本来是对他寄予厚望的："猿猴道体配人心，心即猿猴意思深。大圣齐天非假论，官封弼马是知音。马猿合作心和意，紧搏牢拴莫外寻。万相归真从一理，如来同契住双林。"（第七回）

原著后面会多次提到"心猿意马"这个词，作者说了，当初给你"官封弼马是知音"，是真的疼爱你，对你好，"心猿意马"要"紧搏牢拴莫外寻"才是最好的状态，你也才能成大器。

给他这个官职，其实玉帝跟须菩提祖师当初说他少个腮不能传七十二变一样，是在考察他、给他机会。

这孩子天父地母、日精月华，哪儿哪儿都透着机灵，如果能收为嫡系培养就没必要扔出去当枪使，毕竟绝大多数棋子最终都成了弃子，这么罕见的一个灵物，可惜了。

这里我们结合了作者的写作历史背景，说了一下玉帝给悟空这个岗位时的心思，其实也是想表达事物发展的一个规律，就是万事万物永远是在动态变化的，甭管多牛的人做出来的局，其中都是有着巨大变数的，不会那么精准。在这里也埋下一个伏笔，后面很多故事其实都是与最高层的设想相违背的。

这猴王查看了文簿，点明了马数。本监中典簿管征备草料，力士官管刷洗马匹、扎草、饮水、煮料，监丞、监副辅佐催办，弼马昼夜不睡，滋养马匹。日间舞弄犹可，夜间看管殷勤。但是马睡的，赶起来吃草；走的，捉将来靠槽。那些天马见了他，泯耳攒蹄，倒养得肉肥膘满。

不觉的半月有余。一朝闲暇，众监官都安排酒席，一则与他接风，二则与他贺喜。正在欢饮之间，猴王忽停杯问曰："我这'弼马温'是个甚么官衔？"众曰："官名就是此了。"又问："此官是个几品？"众道："没有品从。"猴王道："没品，想是大之极也。"众道："不大，不大，只唤做'未入流'。"猴王道："怎么叫做'未入流'？"众道："末等。这样官儿，最低最小，只可与他看马。似堂尊到任之后，这等殷勤，喂得马肥，只落得道声'好'字。如稍有些尫羸，还要见责；再十分伤损，还要罚赎问罪。"猴王闻此，不觉心头火起，咬牙大怒道："这般渺视老孙！老孙在那花果山称王称祖，怎么哄我来替他养马？养马者乃后生小辈下贱之役，岂是

待我的？不做他！不做他！我将去也！”忽辣的一声，把公案推倒，耳中取出宝贝，幌一幌，碗来粗细，一路解数，直打出御马监，径至南天门。众天丁知他受了仙箓，乃是个弼马温，不敢阻当，让他打出天门去了。

随后半个月的时间，悟空充分地展示出了自己的工作能力。怎么判断这马养得好不好呢，核心诀窍就是解决“马不吃夜草不肥”这事。猴哥把御马监当成鹅肝场了，那家伙让他给喂的，所谓“但是马睡的，赶起来吃草；走的，捉将来靠槽”！睡？反了你了！给我吃！那些天马见了他，泯耳攒蹄，都被养得肉肥膘满。等工作步入正轨后，被大圣折腾了半个月的底下监官们终于能歇一天跟领导聚回餐了。

这半个月，御马监差点让猴哥折腾死，“本监中典簿管征备草料，力士官管刷洗马匹、扎草、饮水、煮料，监丞、监副辅佐催办，弼马昼夜不睡，滋养马匹”，这部门估计多少年没这么折腾了，最终在接风宴上，悟空被手底下的小吏们给阴了。

正喝着，猴哥问大家这“弼马温”是个什么官衔？

众曰：“官名就是此了。”

猴哥又问：“此官是个几品？”

众道：“没有品从。”猴王道：“没品，想是大之极也。”众道：“不大，不大，只唤做‘未入流’。”

这就是欺负猴哥没在天庭混过了，他咋可能没有品从！

太白金星招安时是让他上天授“仙箓”，在南天门外的解释是“等如今见了天尊，授了仙箓，注了官名，向后随你出入，谁复挡也”；在他打出南天门时说的是“众天丁知他受了仙箓，乃是个弼马温，不敢阻当，让他打出天门去了”。所谓箓，是簿书、簿册，道家认为，“得道”之后被帛书记载到仙册上，叫作登仙箓，这里面的意思其实就是被天庭承认的、明确在编的官员。

在明代，九品以上的官员都叫入流，《明史·志·卷四十八》：“凡文官之品九，品有正、从，为级一十八，不及九品曰未入流。”

堂堂御马监的正堂管事，咋可能是连九品都没到的不入流？哪怕在洪武十七年（1384）御马监初设时，其长官“一把手”也是正七品，到洪武二十八年（1395）九月正式确立了四司八局十二监时，十二监的长官就已经升为正四品了。

哪怕按最开始御马监的待遇对标，猴哥此时也是个七品，不可能是未入流。

但是，这帮小吏说得有漏洞吗？

其实也没有，因为猴哥这岗位极大概率是个刚创造出来的官职，还没在天庭研究定级呢，所以人家说“没有品从”，也不能说人家错了。

后面猴哥细掰扯，问啥叫未入流。

这帮小吏给他解释，说是“末等。这样官儿，最低最小，只可与他看马。似堂尊到任之后，这等殷勤，喂得马肥，只落得道声‘好’字。如稍有些尪羸，还要见责；再十分伤损，还要罚赎问罪。”

小吏们强调了官小和责任重以及没前途，每个字都在戳猴哥肺管子。

猴哥怒了，掀了桌子，打出南天门回花果山去了。

猴哥到底还是养心的功夫不到家，也吃了没在天庭干过的亏，他这个下界为妖的野路子到了天庭后，第一件事该干啥呢？

过去官场讲究的是拜恩师，谁是主考官，谁点的你功名，今后你就与这个老师荣辱与共了。拜恩师之后还要拜同年，也就是一块儿被点中功名入了官场的同考们。猴哥属于单独特批，没有同年，但他其实是有所谓的恩师的，也就是太白金星。

他上天报到之后，其实是要找太白金星去拜拜码头的，而且谁也说不出啥，这种提携之恩是公认的恩义。第八十三回李天王因为那老鼠精干闺女的事跟悟空撕破脸后，李天王找太白金星帮着说情。当时原话是“天王道：‘老星怎说个方便，就没罪了。’金星道：‘我也要和解你们，却只是无情可说。’天王笑道：‘你把那奏招安授官衔的事说说，他也罢了’。”

瞅瞅，李靖都替太白金星想着“那奏招安授官衔的事”，后来，“金星对悟空笑道：‘你这猴忒恁寡情。我昔日也曾有些恩义儿到你，我这一些事儿，就不依我？’行者道：‘你与我有甚恩义？’金星道：‘你当年在花果山为怪，伏虎降龙，强消死籍，聚群妖大地猖狂，上天欲要擒你，也是老身力奏，降旨招安，把你宣上天堂，封你做“弼马温”。你吃了玉帝仙酒，后又招安，也是老身力奏，封你做“齐天大圣”。你又不守本分，偷桃盗酒，窃老君之丹，如此如此，才得个无灭无生。若不是我，你如何得到今日？’”（第八十三回）

悟空上班后应该第一时间问问太白金星天庭这水有多深。

他光顾着干活儿了，啥玩意儿都没顾上，结果一上来就被一帮小吏给阴了。

当你进入一个你完全不了解规则，两眼一抹黑的环境时，第一件事不是玩命干活儿，而是想方设法找各种你能找到的渠道去迅速熟悉规则，一上来至少有四件事是必问的。

1. 最大的领导和最有实权的领导都是谁，最好能探听出来是什么来历。

2. 你们单位最核心的业务是什么？最核心的业务能力是什么？

3. 你们单位过去五年最高光的前十个业绩项目分别是什么？

4. 你们单位过去提拔到核心岗位上的干部都是谁？他的履历业绩怎样？要是能了解到他的人脉资源有哪些就更好了。

再往后咱就不补充了，为啥问这四个问题咱也不展开了。总之，这个世界最值钱的永远是信息差，一件事“为什么要干”和“该不该干”永远是最重要的。

悟空脑子一热就把工作扔了，正常来讲，你就算不干了也要到武曲星君那里走辞职手续的，组织还得问清情况：小孙，你想辞职是啥原因啊？是要走安抚流程的，他这倒好，啥正式流程都没走，直接跑了，而且是影响极坏地打出了南天门。

他这一跑，意味着公然驳了玉帝的面子。

至此，玉帝跟须菩提的那个“也罢”叹息一样，该对他放弃了，该把他放回一个棋子的生态位了。

须臾，按落云头，回至花果山上。只见那四健将与各洞妖王，在那里操演兵卒。这猴王厉声高叫道：“小的们，老孙来了！”一群猴都来叩头，迎接进洞天深处，请猴王高登宝位，一壁厢办酒接风，都道：“恭喜大王，上界去十数年，想必得意荣归也。”猴王道：“我才半月有余，那里有十数年？”众猴道：“大王，你在天上，不觉时辰。天上一日，就是下界一年哩。请问大王，官居何职？”猴王摇手道：“不好说！不好说！活活的羞杀人！那玉帝不会用人，他见老孙这般模样，封我做个甚么‘弼马温’，原来是与他养马，不入流品之类。我初时到任不知，只在御马监中顽耍。只今日问我同寮，始知是这等卑贱。老孙心中大恼，推倒席面，不受官衔，因此走下来了。”众猴道：“来得好！来得好！大王在这福地洞天之处为王，多少尊重快乐，怎么肯去与他做马夫！教小的们快办酒来，与大王释闷。”

猴哥打回花果山后跟小的们讲了讲自己怎么不在天上受待见，并引入了西游宇宙中一个逻辑上出漏洞的理论，叫作“天上一日，地上一年”。

古代将天上和地上视为不同的境界，天上的神仙是超越尘世的存在，时间的流逝速度与人间不同。天上是长生不老的，地上是匆匆数十寒暑的。为了解释神仙永续这事，开始衍生出“天上一天，地上一年”的概念，地上一千年才相当于天上两年半，所以神仙们永远不老。而且无论是佛教还是道教，都有冥想和禅定的修行方式，据有境界的修行人说，他们一进入那种禅定状态时，就发现时间变得缓慢或者静止了，那感觉可太美妙了，等从那种境界回到俗世时，就会发现时间已经过去了好久。这种说法也算帮助“天上一天，地上一年”的概念生根发芽了，让大家认为神仙的生活就是这样的，每天都如此美妙，天上美妙的一天等于人间的一年。

西游宇宙中的这个时间设定其实是有漏洞的，猴哥每次到天上找救兵的时间都不短，按照这个时间换算，农历每年约 360 天，天上和地上的时间对比是 1∶360，地上的一天相当于天上的 4 分钟。这点工夫撒泡尿都不够，猴哥跟精细鬼、伶俐虫换宝贝那工夫，天上都开上装天研讨会了，开完会哪吒还得去真武那儿借旗子，这换算到地上少说也得十天半个月了，那俩小妖再傻也不可能跟你换啊！只看专门提到了“天上一天，地上一年”的无底洞那关，就猴哥折腾那一通，估计他师父真坚持不了那么久。

后面再出现这种“天上一天，地上一年”的设定时，咱们就不进行深究了，而且其实从权力的角度理解，高层是绝对不会允许底层有如此多的时间的，相当于天上过去仨月，人间已经百年了，那迭代多快啊！这一百年能爆发多少科技！地上那么多能人，一个没看住，万一给你天庭放二向箔了呢？你天庭开个会讨论剿匪的工夫，人间就又迭代了降维科技，真打你来了！

毕竟最值钱的资源永远是时间。

无论是“天上一天，地上一年”，还是上层占尽时间资源，底层只有黑夜，都脱离不了成书的那个时代带给作者的限制。

一代人有一代人的讲述角度！

正饮酒欢会间，有人来报道：“大王，门外有两个独角鬼王，要见大王。”猴王道：“教他进来。”那鬼王整衣跑入洞中，倒身下拜。美猴问他：“你见我何干？”鬼王

道："久闻大王招贤，无由得见。今见大王授了天箓，得意荣归，特献赭黄袍一件，与大王称庆。肯不弃鄙贱，收纳小人，亦得效犬马之劳。"猴王大喜，将赭黄袍穿起，众等欣然，排班朝拜，即将鬼王封为前部总督先锋。鬼王谢恩毕，复启道："大王在天许久，所授何职？"猴王道："玉帝轻贤，封我做个甚么'弼马温'！"鬼王听言，又奏道："大王有此神通，如何与他养马？就做个'齐天大圣'，有何不可？"猴王闻说，欢喜不胜，连道几个"好！好！好"，教四健将："就替我快置个旌旗，旗上写'齐天大圣'四大字，立竿张挂。自此以后，只称我为齐天大圣，不许再称大王。亦可传与各洞妖王，一体知悉。"此不在话下。

悟空这次回来后，花果山来了两个非常可疑的独角鬼王。悟空刚解释完这十几年去了哪儿，正饮酒欢会间，有人来报告说门外有两个独角鬼王要见大王，而且这俩鬼王消息相当灵通，表示"今见大王授了天箓，得意荣归，特献赭黄袍一件，与大王称庆"。

一个巨大的疑问：几乎是无缝对接的节奏，悟空刚下凡他们就来了，咋会那么巧？

而且他们送的那个"赭黄袍"可不是闹着玩的，这衣服自唐以后就成为皇帝专用服饰了。(《新唐书・车服志》："至唐高祖，以赭黄袍、巾带为常服……既而天子袍衫稍用赤黄，遂禁臣民服。")

独角鬼王在悟空刚反下天来之后就如此凑巧地出现，还直接劝悟空称帝。这没有说笑，悟空是真当皇帝了，所谓"猴王大喜，将赭黄袍穿起，众等欣然，排班朝拜"。

过去猴哥是花果山的老大，"各样妖王，共有七十二洞，都来参拜猴王为尊。每年献贡，四时点卯"（第三回），是参拜为尊。

如今悟空是穿着皇帝才能穿的赭黄袍，小的们是"排班朝拜"了。

"排班朝拜"是指在皇家宫廷或宗庙等国家级场所进行的高级仪式，是彰显皇权与等级秩序的。

所谓"排班"，是指在朝拜仪式前，负责礼仪的官员会提前安排好朝拜的场地和队列，官员们要根据品级和职位高低确定自己在队列中的位置，礼服的款式和颜色也有严格的规定以体现等级差异。

所谓"朝拜"，就是官员们按照队列依次上前行三拜九叩之礼。

综观整个西游宇宙，悟空是唯一一个穿赭黄袍的妖精，而且这两个独角鬼王鼓动悟空称帝还不够，他们还劝悟空做齐天大圣，所谓“鬼王听言，又奏道：‘大王有此神通，如何与他养马？就做个“齐天大圣”，有何不可？’”

这个“圣”字，繁体字更有意境。

聖，左上的“耳”，是闻道通达天地正理的意思；右上的“口”是宣扬道理，教化大众；下边的“王”代表统率万物为世作则，在古代通常有这么几个意思。

1. 指品德最高尚和最有智慧的人，通常是顶级思想家，是开宗立派的那种超级大家，比如孔子。

2. 对帝王的尊称，比如武曌那“天册金轮圣神皇帝”，还有她退位后的“则天大圣皇帝”，还有她孙子李隆基就让人称他为“圣人”。

3. 泛指佛、菩萨、仙道、方士等这种成仙得道者的尊称。

结合整部《西游记》来看，出现“圣”的地方倒是不少，“圣”在西游宇宙中也不用为玉帝避讳，不过和这个“齐天”连起来可就有点挑衅意味了。

与天齐平的大圣人，猴哥这是要搞“新天宫”啊！

悟空此时还没意识到这将给自己推到何种风口浪尖上，完完全全就是为了个虚名已经膨胀到无法无天了，第一时间就立了个“齐天大圣”的旗子，他不满足于自己在水帘洞里逗自己玩的状态了，他要昭告天下了。

注意，悟空的“作死”并非他的原生态萌发，引导他走上“作死”之路的是这两个独角鬼王，不仅献赭黄袍帮他称帝，还劝他造天宫的反，做齐天大圣。结合这鬼王前面无缝对接的凑巧，我们非常有理由怀疑，这两个独角鬼王就是被派来鼓励猴子膨胀，推进剧情的！

在西游宇宙中，除了这两个独角鬼王，还有一个鬼王会露面，叫大力鬼王。

作者虽然没有写明突然凭空蹦出来并对剧情起到巨大推进作用的独角鬼王的来历，但他后面相当突兀地详细描写了大力鬼王的归属。

作为鬼王，大力鬼王不在地府和人间待着，而是天庭的工作人员。作者将大力鬼王描写成了类似于明朝皇帝心腹宦官的角色，后面托塔李天王写奏章求援时，是大力鬼王和木叉带着奏章回天庭启奏的；此后玉帝又让大力鬼王领旨去二郎神那儿宣旨；孙悟空被二郎神擒获后，玉帝再次派大力鬼王监斩并回禀。

关于独角鬼王，咱们不再猜测了，毕竟证据不足，我们知道是这家伙鼓动悟空造反的就可以了。

悟空，在被推着走。

却说那玉帝次日设朝，只见张天师引御马监监丞、监副在丹墀下拜奏道："万岁，新任弼马温孙悟空，因嫌官小，昨日反下天宫去了。"正说间，又见南天门外增长天王领众天丁，亦奏道："弼马温不知何故，走出天门去了。"玉帝闻言，即传旨："着两路神元各归本职，朕遣天兵擒拿此怪。"班部中闪上托塔李天王与哪吒三太子，越班奏上道："万岁，微臣不才，请旨降此妖怪。"玉帝大喜，即封托塔天王李靖为降魔大元帅，哪吒三太子为三坛海会大神，即刻兴师下界。

玉帝还不知道悟空已经当上齐天大圣了，听说他反出天宫后表态要擒拿此怪。这个时候，托塔李天王与哪吒三太子主动请缨了。这里有个关键词，是"越班奏上"。

"越班"是指超越自己所在的班次和队列，"越班奏上"也就是说本来轮不到他们爷儿俩说话的，这李天王上面还有领导。这事就算布置，也是玉帝安排给专门负责征战的部门，比如按成书朝代的大明来讲，这事派谁去得由兵部汇总信息并进行推荐，内阁酝酿，皇帝裁决，是轮不到大将说话的。

"越班"这事在古代是相当忌讳的，因为皇权时代等级森严，这种行为往轻了说是严重违反礼仪制度，往重了说就是不懂朝廷规矩，破坏朝廷秩序，有辱皇权威严。一般来说，轻的处罚是斥责罚俸，较重的就会降职贬官甚至罢官治罪，尤其在皇权独大，皇帝有掌控力的时候，这种情况也就更不会发生，而且一旦出现惩罚往往也越重。

但李靖父子这次"越班"不仅没有受到惩罚，玉帝的反应甚至是"大喜，即封托塔天王李靖为降魔大元帅，哪吒三太子为三坛海会大神，即刻兴师下界"。

玉帝不仅没削这爷儿俩，甚至还大喜，当即封了官、给了兵权。

这说明了两件事：

1. 玉帝希望李家这爷儿俩"越班"；

2. 玉帝之所以希望看到这爷儿俩"越班"，是因为他这三界共主目前并非那么一言九鼎、大权独揽，他希望这爷儿俩架空他们的上司。

玉帝封李靖为降魔大元帅，封哪吒三太子为三坛海会大神，借着封这爷儿俩的官名就能看出来这爷儿俩背后的势力。"降魔"这个词很多时候会出现在佛教典籍中，象征着以佛法的力量、智慧和定力战胜邪恶与障碍，达到心灵的解脱和觉悟。这个词还并非专属用语，不过哪吒那个封号可就太明显了。"三坛"是指天、地、水三坛界，代表了海、陆、空三界，"海会"是佛教专属用语，意为德深犹如大海、圣众会聚之多，通常把许多高僧会聚在一起叫作海会。

通过这爷儿俩的官职，作者已经铺垫出了他们的背景，为了不让目前的大闹天宫变成"明牌"，作者一直在藏着，后面一点点抽丝剥茧，让你读完全书才恍然大悟，原来当初的描写是这么个意思啊！

但是我们做的是解读，而且解读的是《西游记》，很多"吴承恩的转世"认为我们的解读是阴谋论，所以我们得马上亮明作者这么写这爷儿俩用意的背书，不然我又该被骂"戏说不是胡说"了。

后面悟空在无底洞发现老鼠精供奉李天王牌位后到天宫告状，李天王认为悟空污蔑他，拿刀要砍悟空，然后被哪吒用斩妖剑拦住，随后李天王大惊失色地㞞[1]了。（第八十三回"说不了，天王抡过刀来，望行者劈头就砍。早有那三太子赶上前，将斩妖剑架住，叫道：'父王息怒。'天王大惊失色。噫！"）

接着原著中说："父见子以剑架刀，就当喝退，怎么返大惊失色？"

原著作者借用了传统神话中哪吒闹海的故事，并进行了改编。在西游宇宙中，哪吒三岁时下海洗澡，把水晶宫踏倒了，随后还抓了蛟龙要抽筋。李天王知道后担心哪吒给自己惹祸，想宰了这小子，结果哪吒脾气很大，拿刀在手，割肉还母，剔骨还父，自杀还了父精母血，一点灵魂到了西方极乐世界求佛祖救命。佛祖将碧藕为骨，荷叶为衣，念动起死回生真言，哪吒由此得了性命。（第八十三回"原来天王生此子时，他左手掌上有个'哪'字，右手掌上有个'吒'字，故名哪吒。这太子三朝儿就下海净身闯祸，踏倒水晶宫，捉住蛟龙，要抽筋为绦子。天王知道，恐生后患，欲杀之。哪吒奋怒，将刀在手，割肉还母，剔骨还父；还了父精母血，一点灵魂，径到西方极乐世界告佛。佛正与众菩萨讲经，只闻得幢幡宝盖有人叫道：'救

---

1 sóng，意为软弱无能。

命！’佛慧眼一看，知是哪吒之魂，即将碧藕为骨，荷叶为衣，念动起死回生真言，哪吒遂得了性命。”）

哪吒活了之后，成为佛祖的得力干将，立大功降九十六洞妖魔，后来准备宰李天王报仇。（第八十三回“运用神力，法降九十六洞妖魔，神通广大。后来要杀天王，报那剐骨之仇。”）

李天王作为天宫高级领导，并没有跟哪吒火并，而是在梳理脉络后找到了哪吒的救命恩人佛祖：这孩子是你救的，现在他要来杀我，佛祖您看着办。佛祖并没有被踢过来这球难住，也没有牵扯进这对父子的恩怨中，而是主张以和为贵，赐李天王一座玲珑剔透舍利子如意黄金宝塔，那塔上层层有佛，艳艳光明，让哪吒认佛为父。给老李磕头就是给佛祖磕头，老李手里托着这塔就相当于捧着哪吒他爹，从此老李塔不离手，连名号都被三界改成了托塔李天王。（第八十三回“天王无奈，告求我佛如来。如来以和为尚，赐他一座玲珑剔透舍利子如意黄金宝塔，那塔上层层有佛，艳艳光明。唤哪吒以佛为父，解释了冤仇。所以称为托塔李天王者，此也。”）

清官难断家务事，那些剪不断、理还乱的账本佛祖都没考虑过。

佛祖让哪吒认自己做父，而不是做评判人拆解他们过去的冤仇。

靠这个佛塔，“唤哪吒以佛为父，解释了冤仇”。

其实从理论上来讲，哪吒跟老李已经没关系了。父精母血都还了，他的命是佛祖给的，所以佛祖才让他拜佛为父，李天王在哪吒眼里就是个老李而已。

老李来求佛，佛祖有没有说，哪吒，别杀老李了，他是你爹？

理上说不通，哪吒当初自杀就是因为觉得老李这人不配当爹。

佛祖有没有对老李说，你家的事跟我佛门清净地没有关系？

那样就把关系走死了。

任何危机都是打破旧有的利益链条、重新布局的好机会。

那佛祖有没有单纯做了个和事佬，让这事彻底了断？

从博弈的长远角度来讲，当一次和事佬，仅仅是卖给了老李这名天庭高官一次面子，一锤子买卖可不值钱。绕了一个圈，赐了一座佛塔，效果就全不相同了。

哪吒认佛为父，但也给老李磕头，这就标志着两人重新建立关系了。

哪吒有理由始终在老李这名天将身边拓展佛门影响力，老李这名天将也要时时刻刻感恩佛祖赐宝塔的救命之恩。

老李之所以大惊失色，就是因为当天手里忘托那塔了，看见哪吒拔剑，以为他要借着猴子这事报仇。原著说得很明白：“今日因闲在家，未曾托着那塔，恐哪吒有报仇之意，故吓个大惊失色。”

父子关系啊！维系的关键却是佛祖的佛塔！

随后老李的反应堪称整部《西游记》最逗的桥段，老李赶紧回手先把塔托起来，然后问道：孩儿，你用剑架住我的刀，有啥事想说？（第八十三回“却即回手，向塔座上取了黄金宝塔，托在手间，问哪吒道：‘孩儿，你以剑架住我刀，有何话说？’”）

老李把塔托出来后，哪吒赶紧弃剑叩头回话。（第八十三回“哪吒弃剑叩头道：‘父王是有女儿在下界哩。’”）

没这塔，他就是老李；有这塔，他就是李天王。

这对父子，此后都有一个共同的、天长地久的恩人。这塔托得越久，这对父子在三界就越色彩鲜明。父子俩几乎公开代表了佛祖在天庭的权力触角。

这爷儿俩此时“越班”，玉帝还很高兴，并迅速给了兵权，从这里已经能判断出玉帝在抬举谁了。

再加上猴子第一次上天没规矩时，玉帝也是给予这个有着佛门背景的小机灵鬼相当嫡系且珍贵的机会。综合判断后我们已经能看出来了，玉帝是要引入灵山佛祖的力量，制衡天上的宫殿和衙门。

猴子既然不是那块料，那就利用他搅出浑水吧，把平时没机会提的官捎带手都提提吧。

李天王与哪吒叩头谢辞，径至本宫，点起三军，帅众头目，着巨灵神为先锋，鱼肚将掠后，药叉将催兵。一霎时出南天门外，径来到花果山，选平阳处安了营寨，传令教巨灵神挑战。巨灵神得令，结束整齐，抡着宣花斧，到了水帘洞外。只见那洞门外许多妖魔，都是些狼虫虎豹之类，丫丫叉叉，抡枪舞剑，在那里跳斗咆哮。这巨灵神喝道：“那业畜！快早去报与弼马温知道，吾乃上天大将，奉玉帝旨意到此收伏，教他早早出来受降，免致汝等皆伤残也。”那些怪奔奔波波，传报洞中道：“祸事了！祸事了！”猴王问：“有甚祸事？”众妖道：“门外有一员天将，口称大圣官

衔，道奉玉帝圣旨来此收伏，教早早出去受降，免伤我等性命。”猴王听说，教：“取我披挂来！”就戴上紫金冠，贯上黄金甲，登上步云鞋，手执如意金箍棒，领众出门，摆开阵势。这巨灵神睁睛观看，真好猴王：

身穿金甲亮堂堂，头戴金冠光映映。
手举金箍棒一根，足踏云鞋皆相称。
一双怪眼似明星，两耳过眉查又硬。
挺挺身才变化多，声音响亮如钟磬。
尖嘴咨牙弼马温，心高要做齐天圣。

巨灵神厉声高叫道：“那泼猴！你认得我么？”大圣听言，急问道：“你是那路毛神？老孙不曾会你，你快报名来！”巨灵神道：“我把你那欺心的猢狲！你是认不得我，我乃高上神霄托塔李天王部下先锋巨灵天将，今奉玉帝圣旨，到此收降你。你快卸下装束，归顺天恩，免得这满山诸畜遭诛。若道半个‘不’字，教你顷刻化为齑粉！”猴王听说，心中大怒道：“泼毛神！休夸大口，少弄长舌。我本待一棒打死你，恐无人去报信。且留你性命，快早回天，对玉皇说，他甚不用贤，老孙有无穷的本事，为何教我替他养马？你看我这旌旗上字号，若依此字号升官，我就不动刀兵，自然的天地清泰；如若不依时间，就打上灵霄宝殿，教他龙床定坐不成！”这巨灵神闻此言，急睁睛迎风观看，果见门外竖一高竿，竿上有旌旗一面，上写着“齐天大圣”四大字。巨灵神冷笑三声，道：“这泼猴，这等不知人事，辄敢无状！你就要做齐天大圣，好好的吃我一斧！”劈头就砍将去。那猴王正是会家不忙，将金箍棒应手相迎。这一场好杀：

棒名如意，斧号宣花。他两个乍相逢不知深浅，斧和棒左右交加。一个暗藏神妙，一个大口称夸。使动法喷云嗳雾，展开手播土扬沙。天将神通就有道，猴王变化实无涯。棒举却如龙戏水，斧来犹似凤穿花。巨灵名望传天下，原来本事不如他。大圣轻轻抡铁棒，着头一下满身麻。

巨灵神抵敌他不住，被猴王劈头一棒，慌忙将斧架隔，扢扠的一声，把个斧柄打做两截，急撤身败阵逃生。猴王笑道：“脓包！脓包！我已饶了你，你快去报信！快去报信！”

李天王带队来到花果山，先派了巨灵神打头阵。悟空表达了诉求：我不是要反，是玉帝不用贤，我这无穷的本事不可能养马！别跟我整论资排辈那套，我要当齐天大圣！要是不给这官，我就要造反了！

随后两人开打，悟空第一次展示金箍棒的法宝作用，就是放大他那担山的力量，“大圣轻轻抡铁棒，着头一下满身麻”。其实我们细看整部书，作者很少在招式上描写高低，哪个神仙牛也不是牛在了高端的招式上，都是纯练块儿的，招式也就那样，就看谁劲儿大。要么就是高维打低维，法宝一出让你有劲儿使不出来；要么就是几回合或者几十回合后，一方胳膊酸软，就跑了。

你仔细观察《西游记》全书，作者对能量的大小极度重视。

要不为啥说《西游记》的作者是见过高层斗争和高层权力架构的人呢，从他很多突出重点的描写中都能看出来。

巨灵神回至营门，径见托塔天王，忙哈哈跪下道：“弼马温是果神通广大！末将战他不过，败阵回来请罪。”李天王发怒道：“这厮挫我锐气，推出斩之！”旁边闪出哪吒太子，拜告：“父王息怒，且恕巨灵之罪，待孩儿出师一遭，便知深浅。”天王听谏，且教回营待罪管事。

这哪吒太子，甲胄齐整，跳出营盘，撞至水帘洞外。那孙悟空正来收兵，见哪吒来的勇猛。好太子：

总角才遮囟，披毛未盖肩。神奇多敏悟，骨秀更清妍。诚为天上麒麟子，果是烟霞彩凤仙。龙种自然非俗相，妙龄端不类尘凡。身带六般神器械，飞腾变化广无边。今受玉皇金口诏，敕封海会号三坛。

悟空迎近前来，问曰：“你是谁家小哥？闯近吾门，有何事干？”哪吒喝道：“泼妖猴！岂不认得我？我乃托塔父王三太子哪吒是也。今奉玉帝钦差，至此捉你。”悟空笑道：“小太子，你的奶牙尚未退，胎毛尚未干，怎敢说这般大话？我且留你的性命，不打你，你只看我旌旗上是甚么字号，拜上玉帝，是这般官衔，再也不须动众，我自皈依。若是不遂我心，定要打上灵霄宝殿。”哪吒抬头看处，乃“齐天大圣”四字。哪吒道：“这妖猴能有多大神通，就敢称此名号！不要怕，吃吾一剑！”悟空道：“我只站下不动，任你砍几剑罢。”那哪吒奋怒，大喝一声，叫“变！”即变做三头六臂，恶狠狠，手持着六般兵器，乃是斩妖剑、砍妖刀、缚妖索、降妖杵、

绣球儿、火轮儿，丫丫叉叉，扑面来打。悟空见了，心惊道：“这小哥倒也会弄些手段。莫无礼，看我神通！”好大圣，喝声“变”，也变做三头六臂；把金箍棒幌一幌，也变作三条，六只手拿着三条棒架住。这场斗，真个是地动山摇，好杀也：

六臂哪吒太子，天生美石猴王，相逢真对手，正遇本源流。那一个蒙差来下界，这一个欺心闹斗牛。斩妖宝剑锋芒快，砍妖刀狠鬼神愁。缚妖索子如飞蟒，降魔大杵似狼头。火轮掣电烘烘艳，往往来来滚绣球。大圣三条如意棒，前遮后挡运机谋。苦争数合无高下，太子心中不肯休。把那六件兵器多教变，百千万亿照头丢。猴王不惧呵呵笑，铁棒翻腾自运筹。以一化千千化万，满空乱舞赛飞虬。諕得各洞妖王都闭户，遍山鬼怪尽藏头。神兵怒气云惨惨，金箍铁棒响飕飕。那壁厢，天丁呐喊人人怕；这壁厢，猴怪摇旗个个忧。发狠两家齐斗勇，不知那个刚强那个柔。

三太子与悟空各骋神威，斗了个三十回合。那太子六般兵变做千千万万，孙悟空金箍棒变作万万千千，半空中似雨点流星，不分胜负。原来悟空手疾眼快，正在那混乱之时，他拔下一根毫毛，叫声“变！”就变做他的本相，手挺着棒，演着哪吒。他的真身却一纵，赶至哪吒脑后，着左膊上一棒打来。哪吒正使法间，听得棒头风响，急躲闪时，不能措手，被他着了一下，负痛逃走。收了法，把六件兵器依旧归身，败阵而回。

巨灵神被打回去后，李天王打算把他杀了祭旗，被哪吒劝阻，表示自己先去看看深浅，万一也打不过咋整呢。随后，书中展示出了另一项神通——三头六臂。

如果说法天象地是保证了悟空对战怪兽时的武力输出能力，那三头六臂就表达了悟空有着三百六十度全方位无死角的武力输出能力，与此同时再次为如意金箍棒这个武器背书。它这已经不是一般的如意了，它跟猴哥堪称灵魂伴侣了，是“把金箍棒幌一幌，也变作三条，六只手拿着三条棒架住”，注意，金箍棒在猴哥这里是可以被复制的！

重要的事情就别非得说三遍了！咱们高度警惕：金箍棒在猴哥这里是可以被复制的！

这也为后面真假美猴王的桥段埋好了伏笔。

接下来的这番打斗，将猴哥的身世和是哪位高人在后面保护猴哥三百多年温暖纯真的底给透露了出来：“六臂哪吒太子，天生美石猴王，相逢真对手，正遇本源流。”

悟空和哪吒，是“正遇本源流”。

源流即事物的起源，整部《西游记》中多次出现“源流”，都是往根儿上倒的意思。

如果我们第一次看这书，就会好奇，“正遇本源流”，是不是说哪吒也是须菩提祖师的弟子？

但我们要从全书角度宏观解读。刚刚已经讲明了，在全书快结束时的第八十三回，作者介绍了哪吒的身世，他是佛祖二次组装的“植物人”，所谓“佛慧眼一看，知是哪吒之魂，即将碧藕为骨，荷叶为衣，念动起死回生真言，哪吒遂得了性命”。

哪吒和猴哥碰上，这是“正遇本源流”，也就是说，这俩往根儿上溯源是同一个出品人。

再来回顾下猴哥，他是纯粹的天父地母吗？

当然，天父地母、日精月华这好体格子肯定是天生的，“三阳交泰产群生，仙石胞含日月精”不假，但还记得后面有两句灵魂的画龙点睛之笔吗？

“借卵化猴完大道，假他名姓配丹成。”（第一回）

是借的卵化的猴去完这大道。

猴哥背后这位保护他三百多年的大人物是谁，咱们已经清楚了，至于为什么西天佛祖能在东胜神洲的祖脉培养猴哥，我们后面会解开这个悬念，先看眼下的战斗。

两人在对战中打得不分上下，但是随后悟空展示出了高出哪吒一个维度的能力：拔毫毛复制本体，而且这毫毛还能复制本体的战斗力。“原来悟空手疾眼快，正在那混乱之时，他拔下一根毫毛，叫声‘变！’就变做他的本相，手挺着棒，演着哪吒。他的真身却一纵，赶至哪吒脑后，着左膊上一棒打来”，如果这毫毛没有他的战斗力，根本不可能扛下哪吒这三头六臂千千万万的“轰炸”。

通过这段打斗，作者已经为真假美猴王那一回做了铺垫。

那阵上李天王早已看见，急欲提兵助战。不觉太子倏至面前，战兢兢报道：“父王！弼马温真个有本事！孩儿这般法力，也战他不过，已被他打伤膊也。”天王大惊失色道：“这厮恁的神通，如何取胜？”太子道：“他洞门外竖一竿旗，上写‘齐天大圣’四字，亲口夸称，教玉帝就封他做齐天大圣，万事俱休；若还不是此号，定要打上灵霄宝殿哩！”天王道：“既然如此，且不要与他相持，且去上界将此言

回奏，再多遣天兵围捉这厮，未为迟也。”太子负痛，不能复战，故同天王回天启奏不题。

你看那猴王得胜归山，那七十二洞妖王与那六弟兄，俱来贺喜。在洞天福地，饮乐无比。他却对六弟兄说：“小弟既称齐天大圣，你们亦可以大圣称之。”内有牛魔王，忽然高叫道：“贤弟言之有理，我即称做个平天大圣。”蛟魔王道：“我称做覆海大圣。”鹏魔王道：“我称混天大圣。”狮狔王道：“我称移山大圣。”猕猴王道：“我称通风大圣。”禺狨王道：“我称驱神大圣。”此时七大圣自作自为，自称自号，耍乐一日，各散讫。

却说那李天王与三太子，领着众将，直至灵霄宝殿，启奏道：“臣等奉圣旨出师下界，收伏妖仙孙悟空，不期他神通广大，不能取胜，仍望万岁添兵剿除。”玉帝道：“谅一妖猴，有多少本事，还要添兵？”太子又近前奏道：“望万岁赦臣死罪！那妖猴使一条铁棒，先败了巨灵神，又打伤臣臂膊。洞门外立一竿旗，上书‘齐天大圣’四字，道是封他这官职，即便休兵来投；若不是此官，还要打上灵霄宝殿也。”玉帝闻言，惊讶道：“何敢这般狂妄！着众将即刻诛之。”正说间，班部中又闪出太白金星，奏道：“那妖猴只知出言，不知大小。欲加兵与他争斗，想一时不能收伏，反又劳师。不若万岁大舍恩慈，还降招安旨意，就教他做个齐天大圣。只是加他个空衔，有官无禄便了。”玉帝道：“怎么唤做‘有官无禄’？”金星道：“名是齐天大圣，只不与他事管，不与他俸禄，且养在天壤之间，收他的邪心，使不生狂妄，庶乾坤安靖，海宇得清宁也。”玉帝闻言道：“依卿所奏。”即命降了诏书，仍着金星领去。

哪吒回来后，李天王也废了，毕竟他都得托着那塔才能镇得住哪吒，如今连哪吒都打不过猴子，他就更别提了，赶紧回去搬救兵了。

悟空打响反击天庭第一枪后，他那几个结拜兄弟的胆子也肥了，看到悟空能赢，觉得自己也能赢，纷纷都做了大圣。

局面闹成这样，悟空理论上该被阶段性杀青了，因为他已经成为人间妖界势力反抗天庭的标杆，必须打掉他来震慑一下人间生态，但玉帝对猴哥已经有新的安排了。

李靖和哪吒回去报告时，玉帝的反应比较平淡，表示：“谅一妖猴，有多少本事，还要添兵？”哪吒随后为悟空的能力进行了背书，并给玉帝带了话，猴哥要当齐天大圣，不让他当他就打上来。玉帝这时惊讶地问："何敢这般狂妄！着众将即刻诛之。"这个时候，后来身为取经项目副总经理的太白金星又站出来了，再次给了玉帝台阶，表示还是招安吧，咱让他有官无禄，这猴子牛气了半天就是图个虚名，咱不给他事干，也不给他俸禄，您也不栽面子，毕竟这漫天的神仙图的都是您的俸禄！

既糊弄傻子，又不掉面子，有官无禄，两难自解！

至此，天庭的俸禄概念也被引入，啥东西能当神仙们的工资呢？

后面第六回玉帝对观音菩萨说猴子闯祸这事时，是这么说的，"及至设会，他乃无禄人员，不曾请他，他就设计赚哄赤脚大仙……"

天庭在蟠桃会上发放俸禄，也就是那蟠桃。

玉帝批准了金星的提议，他对悟空有新安排了。

金星复出南天门，直至花果山水帘洞外观看。这番比前不同，威风凛凛，杀气森森，各样妖精，无般不有，一个个都执剑拈枪，拿刀弄杖的在那里咆哮跳跃。一见金星，皆上前动手。金星道："那众头目来！累你去报你大圣知之。吾乃上帝遣来天使，有圣旨在此请他。"众妖即跑入报道："外面有一老者，他说是上界天使，有旨意请你。"悟空道："来得好！来得好！想是前番来的那太白金星。那次请我上界，虽是官爵不堪，却也天上走了一次，认得那天门内外之路。今番又来，定有好意。"教众头目大开旗鼓，摆队迎接。大圣即带引群猴，顶冠贯甲，甲上罩了赭黄袍，足踏云履，急出洞门，躬身施礼，高叫道："老星请进，恕我失迎之罪。"金星趋步向前，径入洞内，面南立着道："今告大圣，前者因大圣嫌恶官小，躲离御马监，当有本监中大小官员奏了玉帝。玉帝传旨道：'凡授官职，皆由卑而尊，为何嫌小？'即有李天王领哪吒下界取战，不知大圣神通，故遭败北，回天奏道：'大圣立一竿旗，要做齐天大圣。'众武将还要支吾，是老汉力为大圣冒罪奏闻，免兴师旅，请大王授箓。玉帝准奏，因此来请。"悟空笑道："前番动劳，今又蒙爱，多谢！多谢！但不知上天可有此'齐天大圣'之官衔也？"金星道："老汉以此衔奏准，方敢领旨而来；如有不遂，只坐罪老汉便是。"

悟空大喜，恳留饮宴不肯，遂与金星纵着祥云，到南天门外。那些天丁天将，都拱手相迎。径入灵霄殿下，金星拜奏道："臣奉诏宣弼马温孙悟空已到。"玉帝道：

“那孙悟空过来。今宣你做个‘齐天大圣’，官品极矣，但切不可胡为。”这猴亦止朝上唱个喏，道声“谢恩”。玉帝即命工干官张、鲁二班在蟠桃园右首起一座齐天大圣府，府内设个二司，一名安静司，一名宁神司。司俱有仙吏，左右扶持。又差五斗星君送悟空去到任，外赐御酒二瓶，金花十朵，着他安心定志，再勿胡为。那猴王信受奉行，即日与五斗星君到府，打开酒瓶，同众尽饮。送星官回转本宫，他才遂心满意，喜地欢天，在于天宫快乐，无挂无碍。正是：

仙名永注长生箓，不堕轮回万古传。

毕竟不知向后如何，且听下回分解。

太白金星又来花果山了，悟空听说“外面有一老者，他说是上界天使，有旨意请你”，马上激动了，他觉得这太白金星是他的福星，还是拳头好使，看来诉求被满足了，随后相当给面子地“急出洞门，躬身施礼，高叫道：‘老星请进，恕我失迎之罪’”。

这也再次表明，在百回本原著中，悟空并非有什么反抗天庭的大无畏精神，他内心深处是很看重天庭这组织的，是很想进去与组织融为一体的，就是想要个更大的官儿做。他老孙要面子，你瞅他一听有旨意请他，都给太白金星躬身施礼了，都高叫“老星请进，恕我失迎之罪”了！

太白金星进洞后，跟悟空说了官场的第一个规矩：“凡授官职，皆由卑而尊，为何嫌小”，随后表示，既然你能闹，还闹赢了，我就能帮你说话要待遇了，所谓“不知大圣神通，故遭败北，回天奏道：‘大圣立一竿旗，要做齐天大圣。’众武将还要支吾，是老汉力为大圣冒罪奏闻，免兴师旅，请大王授箓。玉帝准奏，因此来请”。

至此，悟空的价值观继续夯实，什么论资排辈，拳头大的有理！闹就对了！

此后，悟空哪怕到了西行之路上，这个观点也再没变过，他不按资历走，完全按能量大小排辈分，能量小的都是他孙子。那是“雷公是我孙子，夜叉是我重孙，马面是我玄孙哩”（第五十六回）！那是“我们虽不是神仙，神仙还是我的晚辈”（第二十一回），那是“玉帝认得我，天王随得我。二十八宿惧我，九曜星官怕我。府县城隍跪我，东岳天齐怖我。十代阎君曾与我为仆从，五路猖神曾与我当后生”（第五十六回）。

悟空听说玉帝答应他当齐天大圣后乐的哟，是“悟空大喜，恳留饮宴”，还是那句话，悟空并不反感天庭，他是想在天庭当大官的。

悟空跟金星又上了天，这回玉帝亲自宣悟空做了“官品极矣”的齐天大圣，随后有意思的来了，“玉帝即命工干官张、鲁二班在蟠桃园右首起一座齐天大圣府，府内设个二司，一名安静司，一名宁神司。司俱有仙吏，左右扶持”。

不给猴子安排事，还把他的家给安到蟠桃园边上去了，你猜玉帝这是个啥心思？

既然你不愿意当人家玉帝的嫡系，既然给了你那么大的面子你不接着，那人家要把你往死里整了。人都是这个样子的，都是不动声色的，很多时候你死都不知道怎么死的，此时悟空还在那儿“遂心满意，喜地欢天”呢，他还是年轻啊！

他还没琢磨明白，命运馈赠的礼物背后一定标着价格。你这个妖上了天后既然不想论资排辈地找靠山往上爬，既然迷恋自己的粗胳膊、大拳头，那对你的培养就不是重要岗位、嫡系提拔了，你这个没有根儿的嚣张猴子该成为很多势力的背锅替罪羊了。

第五回

乱蟠桃大圣偷丹，反天宫诸神捉怪

话表齐天大圣到底是个妖猴，更不知官衔品从，也不较俸禄高低，但只注名便了。那齐天府下二司仙吏，早晚伏侍，只知日食三餐，夜眠一榻，无事牵萦，自繇自在。闲时节会友游宫，交朋结义。见三清称个“老”字，逢四帝道个“陛下”，与那九曜星、五方将、二十八宿、四大天王、十二元辰、五方五老、普天星相、河汉群神，俱只以弟兄相待，彼此称呼。今日东游，明日西荡，云去云来，行踪不定。

一日，玉帝早朝，班部中闪出许旌阳真人，俯囟启奏道：“今有齐天大圣，日日无事闲游，结交天上众星宿，不论高低，俱称朋友。恐后来闲中生事，不若与他一件事管了，庶免别生事端。”玉帝闻言，即时宣诏。那猴王欣欣然而至，道：“陛下，诏老孙有何升赏？”玉帝道：“朕见你身闲无事，与你一件执事。你且权管那蟠桃园，早晚好生在意。”大圣欢喜谢恩，朝上唱喏而退。

这一回目上来第一句话就说“话表齐天大圣到底是个妖猴，更不知官衔品从，也不较俸禄高低，但只注名便了”，还是这该死的阶级味道。猴子不知道官场规则，到底是个妖。

猴哥当了大圣后，提前进入了退休状态，天天吃饱了就出去遛弯，啥事也不干，开始满世界结交朋友。在整个天庭中，悟空只有碰上三清级别的时候，才会称个“老”字，三清是道教的最高神，分别是玉清元始天尊、上清灵宝天尊、太清道德天尊；

遇到四帝级别的时候道个“陛下”，这四帝，也称四御，是道教辅佐“玉皇大帝”的四位尊神，又称“四辅”，分别是北极紫微大帝、南极长生大帝、西方太极天皇大帝、东极青华大帝。除了这三清四帝，猴哥与其他的神仙都以兄弟相称。

当然，这里的介绍并非指悟空把所有神仙都见了一遍，比如他偷丹的时候就说过没来拜过老君，他见到此时还是五方五老的西天佛老时，也不认识，这段描写就是形容一下悟空自己的辈分观。

悟空这种退休遛鸟的状态有点出乎玉帝所料：家都给你安蟠桃园去了！你离得那么近，咋不去偷桃呢？你白是个猴啊！于是，玉帝决定推悟空一把，有一天早朝，许旌阳启奏表示：“今有齐天大圣，日日无事闲游，结交天上众星宿，不论高低，俱称朋友。恐后来闲中生事，不若与他一件事管了，庶免别生事端。”就着这个茬儿，玉帝决定“明牌”了，把蟠桃园交给悟空管了。

让猴子去管桃园，这就跟让八戒去管月宫一样，其实此时天上的这些神仙已经都明白是怎么回事了。

猴子要完蛋了，上面这是要展开大整顿了，毕竟那桃可太关键了。

他等不得穷忙，即入蟠桃园内查勘。本园中有个土地，拦住问道：“大圣何往？”大圣道：“吾奉玉帝点差，代管蟠桃园，今来查勘也。”那土地连忙施礼，即呼那一班锄树力士、运水力士、修桃力士、打扫力士都来见大圣磕头，引他进去。但见那：

夭夭灼灼，颗颗株株。夭夭灼灼桃盈树，颗颗株株果压枝。果压枝头垂锦弹，花盈枝上簇胭脂。时开时结千年熟，无夏无冬万岁迟。先熟的，酡颜醉脸；晚结的，带蒂青皮。凝烟肌带绿，映日显丹姿。树下奇葩并异卉，四时不谢色齐齐。左右楼台并馆舍，盈空常见罩云霓。不是玄都凡俗种，瑶池王母自栽培。

大圣看玩多时，问土地道：“此树有多少株数？”土地道：“有三千六百株。前面一千二百株，花微果小，三千年一熟，人吃了成仙了道，体健身轻。中间一千二百株，层花甘实，六千年一熟，人吃了霞举飞升，长生不老。后面一千二百株，紫纹缃核，九千年一熟，人吃了与天地齐寿、日月同庚。”大圣闻言，欢喜无任，当日查明了株树，点看了亭阁，回府。自此后，三五日一次赏玩，也不交友，也不他游。

猴哥就这样来到了三界运营的核心——蟠桃园。

借着猴哥的视角，作者给我们介绍了蟠桃的来历、功效、产量。

1. 这蟠桃是三界第一园艺栽培大神瑶池王母亲自栽培的。

2. 这蟠桃的功效，我们在开篇第一回中说过，跟寿命有关。

小桃不值钱，人吃了能成仙了道，体健身轻，能来这儿的都是神仙，所以用不着这功能，也就能当个零嘴吃；中桃开始值钱了，吃了可以长生不老，永葆青春了；最值钱的是大桃，吃了能与天地齐寿、日月同庚。

还记得我们说过天地的寿是多久吗？

“盖闻天地之数，有十二万九千六百岁为一元。”（第一回）

也就是说，吃一个大桃能活十二万九千六百年。

这里面说蟠桃成熟的三千年、六千年、九千年，应该是人间纪年，要是按天上的纪年，这大桃成熟在人间要三百二十四万（$9000 \times 360=3240000$）年了，天地拢共不到十三万年，即便按人间年份换算，大桃成熟在天上也要九千天，二十五年了。

虽然成熟的时间长，但这蟠桃产量极大。我们今天的桃树基本上每株能结二百斤以上的桃子，蟠桃共三千六百株，单纯看能结出大桃的一千二百株大树，按照蟠桃园“夭夭灼灼桃盈树，颗颗株株果压枝”的模样，咱就算往少了算，每株树只结一百个桃，单这大桃成熟一季的产量就是惊人的十二万个。

肯定能保证领导们都吃饱吃好了。

在每次天地重启的十二万九千六百年中，这大株桃树会成熟十四次，等于说每次天地轮回重启的过程中，蟠桃园能产一百六十八万个大蟠桃。

说句实话，这产能实在太过剩了。

玉帝能当这三界共主，是因为众神仙指望着他家这桃续命，但是这“俸禄”产能太高的话，价值其实就没那么高了。

玉帝让猴哥来看桃子，其实也是想要一回价，别说偷桃了，猴子把蟠桃园的桃树烧一半才好呢！

猴哥一如既往地实干，领了差事后“当日查明了株树，点看了亭阁”，签字接手了。自此后，三五日一次赏玩，也不交友，也不他游，当起桃园保安了。

一日，见那老树枝头桃熟大半，他心里要吃个尝新。奈何本园土地、力士并齐

天府仙吏紧随不便。忽设一计道："汝等且出门外伺候，让我在这亭上少憩片时。"那众仙果退。只见那猴王脱了冠服，爬上大树，拣那熟透的大桃摘了许多，就在树枝上自在受用，吃了一饱，却才跳下树来。簪冠着服，唤众等仪从回府。迟三二日，又去设法偷桃，尽他享用。

"一日，见那老树枝头桃熟大半"，瞅瞅，猴哥这刚上任就赶上九千年一熟的大桃熟了，你说玉帝给猴哥安排这岗位有何居心？

猴哥也终于憋不住了，把工作人员支出去开始偷桃，每次以吃饱为准，两三天吃一顿，大概就是这么个频率。

其实自从猴哥把工作人员都支出去后，这局就已经做成了。

因为你已经说不清了。

工作中的铁律：一人为私；二人为公，异性沟通工作时要开着门，咱可得往心里去啊。

一朝，王母娘娘设宴，大开宝阁，瑶池中做"蟠桃胜会"，即着那红衣仙女、青衣仙女、素衣仙女、皂衣仙女、紫衣仙女、黄衣仙女、绿衣仙女，各顶花篮，去蟠桃园摘桃建会。七衣仙女直至园门首，只见蟠桃园土地、力士同齐天府二司仙吏，都在那里把门。仙女近前道："我等奉王母懿旨，到此摘桃设宴。"土地道："仙娥且住。今岁不比往年，玉帝点差齐天大圣在此督理，须是报大圣得知，方敢开园。"仙女道："大圣何在？"土地道："大圣在园内，因困倦，自家在亭子上睡哩。"仙女道："既如此，寻他去来，不可迟误。"土地即与同进。寻至花亭不见，只有衣冠在亭，不知何往。四下里都没寻处。原来大圣耍了一会，吃了几个桃子，变做二寸长的个人儿，在那大树梢头浓叶之下睡着了。七衣仙女道："我等奉旨前来，寻不见大圣，怎敢空回？"旁有仙吏道："仙娥既奉旨来，不必迟疑。我大圣闲游惯了，想是出园会友去了。汝等且去摘桃，我们替你回话便是。"

那仙女依言，入树林之下摘桃。先在前树摘了二篮，又在中树摘了三篮。到后树上摘取，只见那树上花果稀疏，止有几个毛蒂青皮的。原来熟的都是猴王吃了。七仙女张望东西，只见向南枝上止有一个半红半白的桃子。青衣女用手扯下枝来，红衣女摘了，却将枝子望上一放。原来那大圣变化了，正睡在此枝，被他惊醒。大

圣即现本相，耳朵内掣出金箍棒，幌一幌，碗来粗细，咄的一声道：“你是那方怪物，敢大胆偷摘我桃！”慌得那七仙女一齐跪下道：“大圣息怒。我等不是妖怪，乃王母娘娘差来的七衣仙女，摘取仙桃，大开宝阁，做‘蟠桃胜会’。适至此间，先见了本园土地等神，寻大圣不见。我等恐迟了王母懿旨，是以等不得大圣，故先在此摘桃，万望恕罪。”大圣闻言，回嗔作喜道：“仙娥请起。王母开阁设宴，请的是谁？”仙女道：“上会自有旧规。请的是西天佛老菩萨、圣僧罗汉，南方南极观音，东方崇恩圣帝，十洲三岛仙翁，北方北极玄灵，中央黄极黄角大仙，这个是五方五老。还有五斗星君，上八洞三清四帝、太乙天仙等众，中八洞玉皇九垒、海岳神仙，下八洞幽冥教主、注世地仙，各宫各殿大小尊神，俱一齐赴蟠桃嘉会。”大圣笑道：“可请我么？”仙女道：“不曾听得说。”大圣道：“我乃齐天大圣，就请我老孙做个席尊，有何不可？”仙女道：“此是上会旧规，今会不知如何。”大圣道：“此言也是，难怪汝等。你且立下，待老孙先去打听个消息，看可请老孙不请。”

终于来到整个《西游记》中关于玉帝的能量最令人细思极恐的桥段了。

王母娘娘要大开宝阁，在瑶池举办“蟠桃胜会”，七仙女来摘桃了。此时，猴哥刚吃了几个桃子，变作二寸长的小人儿，在那大树梢头浓叶之下睡着了。七仙女在前树摘了二篮，又在中树摘了三篮，到后树上摘取时，“只见那树上花果稀疏，止有几个毛蒂青皮的”。原来熟的都被猴王吃了。

猴哥签字接手桃园时是“夭夭灼灼桃盈树，颗颗株株果压枝”，他偷桃前是“老树枝头桃熟大半”，他偷桃的频率是两三天吃饱一次，他一只猴子能吃多少？能在这几天把十二万个桃都吃了？吃成“只见那树上花果稀疏，止有几个毛蒂青皮的”效果？

这天猴哥睡觉前桃园肯定还不是这样的，不然他那么灵，你能糊弄得了他？你想偷他的桃？

只有一种可能，大圣睡觉的时候被某种力量控制了，睡得很实，然后这神秘力量又在极短的时间里把大桃都收走了，这个时候七仙女也前后脚到了，而且猴哥是直到被“青衣女用手扯下枝来，红衣女摘了”才惊醒，也佐证了是有人对他使了手段，否则他可是悟空啊！他又没喝酒，咋可能睡那么死，连枝都被扯下来还没醒呢！直到摘他下来他才醒！

至此，证据链已经完整了。

1. 领导责任：让你看着蟠桃园，结果桃都看没了。

2. 直接人证：所有工作人员都能做证你天天自己在里面待着；你说你没吃那么多，你又没抓着贼，你不是本事挺大的吗？

以悟空的性格，他会承认他偷了桃子，但绝对不会承认有人在他眼皮子底下玩了他。

反正整个天庭所有神仙二十五年一熟的大桃目前被平账了，都赖到这只猴子身上了。

猴哥一醒就拿出金箍棒要执法，吓得七仙女一齐跪下表明来意，随后猴哥回嗔作喜道："仙娥请起。王母开阁设宴，请的是谁？"

仙女就此给猴哥做了盛会的人员名单普及。

首先是五方五老：

西方是西天佛老、菩萨、圣僧、罗汉，这意思就是西方灵山的罗汉以上都能吃蟠桃。

南方是南极观音，这比较出乎意料，南海落伽山的大慈大悲观世音菩萨此时在天庭的称呼序列中，居然跟西方佛老是一个级别的，当然，这不意味着在佛门体系内观音菩萨和如来佛祖是一个级别的。后面悟空从八卦炉里跑出来请佛祖的时候，观音菩萨正在灵山表示拥护呢，所谓"大众见了，皈身礼拜。少顷间，聚庆云彩雾，登上品莲台，端然坐下。那三千诸佛、五百罗汉、八金刚、四菩萨，合掌近前礼毕"（第八回）。

这里面的"八金刚、四菩萨"是佛教专属的人物泛称，"八金刚"分别是青除灾金刚、辟毒金刚、黄随求金刚、白净水金刚、赤声火金刚、定除灾金刚、紫贤金刚、大神金刚；"四菩萨"分别是文殊菩萨、观音菩萨、普贤菩萨和地藏王菩萨，在佛教中具有重要地位，分别代表了智慧、慈悲、德行和愿力。你瞅瞅如来佛祖的排面，不光观音菩萨来了，连地藏王菩萨都从地府出来，上灵山合掌来了。

这里观音菩萨跟西方佛祖同属五方五老，是天庭统治序列下的，所以各论各的。在西天关上门后，菩萨和佛祖说话都是"弟子什么什么的"，这就类似于在天庭的统治序列中，菩萨是落伽山州牧，佛祖是灵山州牧，天庭编办给落伽山和灵山批的都是州牧级别。

东方是崇恩圣帝、十洲三岛仙翁，这个势力咱们后面还会讲到，在此大家要有个印象，这跟灵山和落伽山是平级的单位。

北方是北极玄灵；中央是黄极黄角大仙。这两方势力在后面内容中没啥戏份，咱就不介绍了。这里咱们注意仙女的介绍顺序，她上来仔细地介绍了五方五老，随后是“五斗星君，上八洞三清四帝、太乙天仙等众，中八洞玉皇九垒、海岳神仙，下八洞幽冥教主、注世地仙，各宫各殿大小尊神，俱一齐赴蟠桃嘉会”。

这就很有意思，后面都没细说，但单独详细介绍了五方五老分别是谁，而且这仙女不可能不懂规矩，不可能不知道介绍领导时要从大到小介绍，那按照职务职级大小应该咋排序呢？

后面第七回安天大会时，是玉帝传旨，“即着雷部众神分头请三清、四御、五老、六司、七元、八极、九曜、十都、千真、万圣，来此赴会”。

五老要在三清、四御后面的。

作者不按规矩写，上来就单独把五方五老拎出来挨个介绍，其实就是暗示读者，要注意这个西方佛老和南极观音，观音菩萨在西游宇宙中跟别的菩萨不一样，这是个能量极大、待遇极高的特殊菩萨。

都介绍完之后，猴哥乐着问：请我了吗？

仙女们说没听说，并解释这是上次蟠桃会的旧规，这次的蟠桃会不知如何。

人家回答得有里有面、周到细致，随后猴哥非常让人疑惑地表示，你们都先立这儿，我去打听打听，看看请没请我。

好大圣，捻着诀，念声咒语，对众仙女道：“住！住！住！”这原来是个定身法，把那七衣仙女一个个睖睖睁睁，白着眼，都站在桃树之下。大圣纵朵祥云，跳出园内，径奔瑶池路上而去。正行时，只见那壁厢：

一天瑞霭光摇曳，五色祥云飞不绝。

白鹤声鸣振九皋，紫芝色秀分千叶。

中间现出一尊仙，相貌昂然丰采别。

神舞虹霓幌汉霄，腰悬宝箓无生灭。

名称赤脚大罗仙，特赴蟠桃添寿节。

那赤脚大仙觌面撞见大圣，大圣低头定计，赚哄真仙，他要暗去赴会，却问："老道何往？"大仙道："蒙王母见招，去赴蟠桃嘉会。"大圣道："老道不知。玉帝因老孙筋斗云疾，着老孙五路邀请列位先至通明殿下演礼，后方去赴宴。"大仙是个光明正大之人，就以他的诳语作真，道："常年就在瑶池演礼谢恩，如何先去通明殿演礼，方去瑶池赴会？"无奈，只得拨转祥云，径往通明殿去了。

猴哥为啥要把七仙女定这儿？

还是之前的质朴逻辑，请我的话一切都好说，这桃让你摘，不请我的话你们还开什么蟠桃会！五庄观的故事提前五百年就给你上演！

悟空在路上碰见了赤脚大仙，介绍赤脚大仙的时候，作者将蟠桃会的作用进行了白话翻译："名称赤脚大罗仙，特赴蟠桃添寿节。"

这盛会是给神仙们添寿的，不是闹着玩的。

猴哥看见赤脚大仙后改变了计划，要以赤脚大仙的模样去参会，一句瞎话给人家支到通明殿去了，他觉得没啥事，但实际上还不知道这已经犯了要死的罪名了！

他是假玉帝之名，他在假传圣旨！

大圣驾着云，念声咒语，摇身一变，就变做赤脚大仙模样，前奔瑶池。不多时，直至宝阁，按住云头，轻轻移步，走入里面。只见那里：

琼香缭绕，瑞霭缤纷。瑶台铺彩结，宝阁散氤氲。凤翥鸾腾形缥缈，金花玉萼影浮沉。上排着九凤丹霞扆，八宝紫霓墩。妆彩描金桌，千花碧玉盆。桌上有龙肝和凤髓，熊掌与猩唇。珍馐百味般般美，异果嘉肴色色新。

那里铺设得齐齐整整，却还未有仙来。这大圣点看不尽，忽闻得一阵酒香扑鼻，忽转头，见右壁厢长廊之下，有几个造酒的仙官、盘糟的力士，领几个运水的道人、烧火的童子，在那里洗缸刷瓮，已造成了玉液琼浆，香醪佳酿。大圣止不住口角流涎，就要去吃，奈何那些人都在那里。他就弄个神通，把毫毛拔下几根，丢入口中嚼碎，喷将出去，念声咒语，叫"变！"即变做几个瞌睡虫，奔在众人脸上。你看那伙人，手软头低，闭眉合眼，丢了执事，都去盹睡。大圣却拿了些百味八珍，佳肴异品，走入长廊里面，就着缸，挨着瓮，放开量痛饮一番。吃勾了多时，酕醄醉

了，自揣自摸道："不好！不好！再过会请的客来，却不怪我？一时拿住，怎生是好？不如早回府中睡去也。"

悟空来到瑶池，看见了蟠桃会的排场，随后就变成瞌睡虫控了场，开始吃席。

他对这些"造酒的仙官""盘糟的力士""运水的道人""烧火的童子"是降维打击，想让人睡就让人睡，实际上，比他维度高的人物对他也是一样的降维打击。

猴哥一如既往的酒量不行，又喝多了，随后准备回府睡觉。

在猴哥的眼中，这席他已经第一个吃了，还没被抓现行，顶多就是糊弄了赤脚大仙，到时候他还能抵赖说是逗人家玩呢，反正他没觉得有啥问题，准备回去睡觉了。

好大圣，摇摇摆摆，仗着酒，任情乱撞，一会把路差了，不是齐天府，却是兜率天宫。一见了，顿然醒悟道："兜率宫是三十三天之上，乃离恨天太上老君之处，如何错到此间？也罢！也罢！一向要来望此老，不曾得来，今趁此残步，就望他一望也好。"即整衣撞进去。那里不见老君，四无人迹。原来那老君与燃灯古佛在三层高阁朱丹陵台上讲道，众仙童、仙将、仙官、仙吏，都侍立左右听讲。这大圣直至丹房里面，寻访不遇，但见丹灶之旁，炉中有火，炉左右安放着五个葫芦，葫芦里都是炼就的金丹。大圣喜道："此物乃仙家之至宝，老孙自了道以来，识破了内外相同之理，也要炼些金丹济人，不期到家无暇。今日有缘，却又撞着此物，趁老子不在，等我吃他几丸尝新。"他就把那葫芦都倾出来，就都吃了，如吃炒豆相似。

猴哥喝多了，稀里糊涂就溜达到了三十三天上的兜率宫。猴哥表示，自己还没来串过门，择日不如撞日，就趁现在来看望一下吧。他这时倒还是很懂规矩的，整衣后才撞进去。

猴哥进去后发现没人，老君倒不是去赴蟠桃宴了，而是与燃灯古佛在三层高阁朱丹陵台上讲道，众仙童、仙将、仙官、仙吏，都侍立左右听讲。

这就有意思了，王母开蟠桃宴，但三清级别的太上老君和《西游记》最后一回灵山念佛时诸佛之上第一位的"南无燃灯上古佛"这俩大佬却私下搞起了论坛，而且太上老君还是带着整个班子去的。

你说太上老君是表达对燃灯古佛的重视呢，还是表达不给玉帝、王母的面子呢？

在西游宇宙中，太上老君跟"过去佛"的燃灯古佛在蟠桃会时开论坛；"未来佛"

的弥勒佛祖后来要赴元始天尊的元始会；取经收尾时，“现在佛”的如来佛祖在传了无字经后燃灯古佛要戳破这事（原因后讲）。这里面啊，关系套着关系，哪个门派背后都不是铁板一块，关系太复杂了，深啊！学吧！

这里太上老君极大概率不会是让猴哥来平账的，因为那炉左右安放着五个葫芦，葫芦里都是炼就的金丹，这些金丹吃完之后是能帮悟空炼成铜头铁臂的，肯定是值钱货！谁家平账也不至于拿出那么多葫芦的丹，有俩空葫芦就可以了，而且猴哥只要进屋就说不清了，太上老君不至于拿那么多值钱的货出来。

老君就是大意了，他是真没想到，三界居然真有人敢来他的地盘偷东西！

老君的这次大意，也补全了猴哥的最后一块短板——人家从此铜头铁臂，没有血条这一说了。

物理意义上，这猴子已经打不死了。

猴哥至此成为完全体，没有血条，没有气力条，打起来就没完没了，可谓三界第一狗皮膏药！

一时间丹满酒醒。又自己揣度道：“不好！不好！这场祸比天还大，若惊动玉帝，性命难存。走！走！走！不如下界为王去也！”他就跑出兜率宫，不行旧路，从西天门使个隐身法逃去。即按云头，回至花果山界。但见那旌旗炯灼，戈戟光辉，原来是四健将与七十二洞妖王，在那里演习武艺。大圣高叫道：“小的们！我来也！”众怪丢了器械，跪倒道：“大圣好宽心！丢下我等，许久不来相顾！”大圣道：“没多时！没多时！”且说且行，径入洞天深处。四健将打扫安歇，叩头礼拜毕，俱道：“大圣在天这百十年，实受何职？”大圣笑道：“我记得才半年光景，怎么就说百十年话？”健将道：“在天一日，即在下方一年也。”大圣道：“且喜这番玉帝相爱，果封做‘齐天大圣’，起一座齐天府，又设安静、宁神二司，司设仙吏侍卫。向后见我无事，着我去管蟠桃园。近因王母娘娘设‘蟠桃大会’，未曾请我，是我不待他请，先赴瑶池，把他那仙品仙酒，都是我偷吃了。走出瑶池，踉踉跄跄误入老君宫阙，又把他五个葫芦金丹也偷吃了。但恐玉帝见罪，方才走出天门来也。”

众怪闻言大喜。即安排酒果接风，将椰酒满斟一石碗奉上。大圣呷了一口，即咨牙倈嘴道：“不好吃！不好吃！”崩、芭二将道：“大圣在天宫吃了仙酒仙肴，是

以椰酒不甚美口。常言道：'美不美，乡中水。'"大圣道："你们就是'亲不亲，故乡人'。我今早在瑶池中受用时，见那长廊之下有许多瓶罐，都是那玉液琼浆，你们都不曾尝着。待我再去偷他几瓶回来，你们各饮半杯，一个个也长生不老。"众猴欢喜不胜。大圣即出洞门，又翻一筋斗，使个隐身法，径至蟠桃会上。进瑶池宫阙，只见那几个造酒、盘糟、运水、烧火的，还鼾睡未醒。他将大的从左右胁下挟了两个，两手提了两个，即拨转云头回来，会众猴在于洞中，就做个"仙酒会"，各饮了几杯，快乐不题。

把这五葫芦的金丹都吃完，猴哥酒醒了。他突然意识到偷老君金丹的事属于闯下弥天大祸了，所谓"这场祸比天还大，若惊动玉帝，性命难存"，猴哥知道偷了太上老君的劳动成果是多严重的事，随后溜回花果山了。

猴哥后来取经时说他是天下驰名的贼，这说的不是他做贼的手段，而是他的"头铁"程度。人家厉害的贼都是不会被抓到证据的，而猴哥整个做贼的过程跟小孩闯祸似的。难道他跑了就不知道是谁干的了？全程都那么天真。这个毛病，他此后也没改，后来偷人参果时也全程拙劣，连金击子都是随手撇回去的。

悟空这次回来，确定了上班的时长，也坐实了他就是被玉帝做局给阴了。

猴子们说他去了百十年，相当于悟空这大圣就当了一百多天，这一百多天的时间里，他先是满世界交朋友，随后闲出名了才被派管蟠桃园，他任期能有多久？

咱就按他干了一百天算！这一百天的任期里，两三天吃一次饱桃，就按吃了五十次算，一个一米三大个儿的猴，他能吃多少！一次吃十斤，这五十次也就是五百斤，三棵树他都吃不了！那一千二百棵树咋都秃了？

有的人会说：阴谋论害人啊！这是胡说啊！把齐天大圣都说成平账大圣啦！

这回可是原文都在这儿了，人家作者就这么写的！

却说那七衣仙女，自受了大圣的定身法术，一周天方能解脱，各提花篮，回奏王母说："齐天大圣使法术困住我等，故此来迟。"王母问道："汝等摘了多少蟠桃？"仙女道："只有两篮小桃，三篮中桃。至后面，大桃半个也无，想都是大圣偷吃了。及正寻间，不期大圣走将出来，行凶拷打，又问设宴请谁。我等把上会事说了一遍，他就定住我等，不知去向。直到如今，才得醒解回来。"

王母闻言，即去见玉帝，备陈前事。说不了，又见那造酒的一班人同仙官等来奏：“不知甚么人，搅乱了‘蟠桃大会’，偷吃了玉液琼浆，其八珍百味，亦俱偷吃了。”又有四大天师奏上：“太上道祖来了。”玉帝即同王母出迎。老君朝礼毕，道：“老道宫中炼了些‘九转金丹’，伺候陛下做‘丹元大会’，不期被贼偷去，特启陛下知之。”玉帝见奏悚惧。少时，又有齐天府仙吏叩头道：“孙大圣不守执事，自昨日出游，至今未转，更不知去向。”玉帝又添疑思。只见那赤脚大仙又俯囟上奏道：“臣蒙王母诏，昨日赴会，偶遇齐天大圣，对臣言万岁有旨，着他邀臣等先赴通明殿演礼，方去赴会。臣依他言语，即返至通明殿外，不见万岁龙车凤辇，又急来此俟候。”玉帝越发大惊道：“这厮假传旨意，赚哄贤卿，快着纠缉灵官缉访这厮踪迹！”

七仙女被大圣定了一周天才能动，回去后汇报了一下摘桃情况，仙女的口中，此时已经是“大桃半个也无，想都是大圣偷吃了”，仙女已经把猴哥当替罪羊了，而且说自己是被“大圣走将出来，行凶拷打”。这小嘴真能说啊，猴哥哪儿碰你们了！

很快，蟠桃会的工作人员也来平账了，表示“不知甚么人，搅乱了‘蟠桃大会’，偷吃了玉液琼浆，其八珍百味，亦俱偷吃了”。

我们来回顾一下，悟空第一次吃是“大圣却拿了些百味八珍，佳肴异品，走入长廊里面，就着缸，挨着瓮，放开量痛饮一番”，是拿了些吃的，但主要是喝，第二次给猴子猴孙们偷嘴也光拿的是酒，“他将大的从左右胁下挟了两个，两手提了两个”，现在汇报来了，账本是“其八珍百味，亦俱偷吃了”。

这饭量明明是八戒呀！咋可能是猴子！

这账让这帮人平的！

朋友们啊！品出来了吗，工作留痕可太重要了！还是那句话，啥时候都要想着“一人为私，二人为公”，否则你真说不清啊！好多套路都是老狐狸们设计好了让新猴子们平账的。

很快，原著第一次展示出了三清级别的排面，是“又有四大天师奏上：‘太上道祖来了。’玉帝即同王母出迎”。

玉帝这个三界共主是要出迎老君的，当然，老君也有君臣之礼，总之双方都很客气。

老君来跟玉帝汇报，给陛下炼的九转金丹都被偷了。

老君的丹丢了，这是文中第一次出现玉帝破防的状态，“玉帝见奏悚惧”。

蟠桃园的事那不叫事，但老君丢丹这事出乎玉帝意料了，也脱离他掌控了。

在玉帝的谋划之中，本来的设想是让悟空把蟠桃园的账平了，把事情都赖到猴子身上，让蟠桃变成稀缺品，提高自己的影响力，去拿捏即将到寿的神仙们，再派兵去打猴子，随后放放水佯装打不动，让佛祖出来收拾残局。玉帝不可能不知道悟空的背景，这一路太白金星也跟“明牌”了一样，等佛祖来了把猴子一管，把佛祖的地位也往上抬一级，成为自己的强力外援，皆大欢喜。

在西游宇宙中，玉帝和佛祖的关系是甜蜜合作的，后面佛祖的传经专项也是玉帝特批的，并上升到了“唐三藏西天取经，无神不保，无天不祐，三界通知，十方拥护”的地步，两家关系好着呢！

总之，悟空是佛祖呵护了三百多年的天造地设的灵猴，佛祖可以让你平账用，但绝对不希望你弄死他。

但是，老君突然来这儿上报他也丢东西了，这就不是单纯玉帝能说了算的了！

眼下玉帝首先要判断老君是啥意思。你是真丢了吗？就这么巧吗？还是你要对我让猴子平账这事做出反应了？

从这个时候开始，事情的发展已经脱离玉帝的掌控了。

老君介入后，这事就很费劲儿了，老君毕竟是三清级别，猴哥要是不偷丹，他那么大的辈分不可能管这么具体的事，人家元始天尊和灵宝天尊在全书中都没露过面。

计划有变，一切开始朝着不可控的方向发展。

玉帝这还琢磨着呢，很快又听说齐天府的报告来了，所谓“少时，又有齐天府仙吏”来告状，表示孙大圣不守执事，昨天出游后今天还没回来！瞅瞅猴哥混的，人家奎木狼下界那么久，四次点卯不到都没事，你瞅你，刚一天没回来，自家的吏就敢来告你的状。

最终，赤脚大仙又来补齐证据链，玉帝再次破防，越发大惊道：“这厮假传旨意”！派纠察灵官去查案子。

灵官领旨，即出殿遍访，尽得其详细。回奏道：“搅乱天宫者，乃齐天大圣也。”

又将前事尽诉一番。玉帝大恼。即差四大天王协同李天王并哪吒太子，点二十八宿、九曜星官、十二元辰、五方揭谛、四值功曹、东西星斗、南北二神、五岳四渎、普天星相，共十万天兵，布一十八架天罗地网，下界去花果山围困，定捉获那厮处治。众神即时兴师，离了天宫。这一去，但见那：

黄风滚滚遮天暗，紫雾腾腾罩地昏。只为妖王欺上帝，致令众圣降凡尘。四大天王，五方上帝，四大天王权总制，五方大圣调多兵。李托塔中军掌号，恶哪吒前部先锋。罗睺星为头检点，计都星随后峥嵘。太阴星精神抖擞，太阳星照耀分明。五行星偏能豪杰，九曜星最喜相争。元辰星子午卯酉，一个个都是大力天丁。五瘟五岳东西摆，六丁六甲左右行。四渎龙神分上下，二十八宿密层层。角亢氐房为总领，奎娄胃昴惯翻腾。斗牛女虚危室壁，心尾箕星个个能。井鬼柳星张翼轸，抡枪舞剑显威灵。停云降雾临凡世，花果山前扎下营。

诗曰：

天产猴王变化多，偷丹偷酒乐山窝。

只因搅乱蟠桃会，十万天兵布网罗。

很快，灵官出殿遍访，咱也不知是怎么“尽得其详细”的，反正回来后就下结案报告了。“回奏道：‘搅乱天宫者，乃齐天大圣也。’又将前事尽诉一番”。

玉帝随后派了四大天王，协同李天王并哪吒太子，“点二十八宿、九曜星官、十二元辰、五方揭谛、四值功曹、东西星斗、南北二神、五岳四渎、普天星相，共十万天兵，布一十八架天罗地网，下界去花果山围困”。

从这个配置能看出来两件事。

1. 天庭的神仙成分是很复杂的。比如四大天王就是佛教的护法天神，又称护世四天尊王，现在几乎所有汉传佛教的寺庙一进门都是正堂一尊弥勒佛，周围四大天王护法。这第一殿通常也叫天王殿，分别是东方持国天王，持玉琵琶，护持东胜神洲；南方增长天王，持青云剑，护持南赡部洲；西方广目天王，持蛇，护持西牛贺洲；北方多闻天王，持混元伞，护持北俱芦洲。

像“五方揭谛”，分别为金头揭谛、银头揭谛、波罗揭谛、波罗僧揭谛、摩诃揭谛，“揭谛”意为“去”，从痛苦中走向解脱。大名鼎鼎的《心经》中的最后一句是：“揭谛！揭谛！波罗揭谛！波罗僧揭谛！菩提萨婆诃！”翻译一下就是：去呀！去呀！

走到彼岸去啊！每个人都到彼岸去啊！去觉醒、去解脱啊！这五位揭谛是佛教五方守护大力神，相当于后面取经专项组的隐形保安兼直播摄像师。

六丁六甲是道教的护法神将。“六丁”为阴神，“六甲”为阳神。他们的名字分别是：六丁为丁卯、丁巳、丁未、丁酉、丁亥、丁丑；六甲为甲子、甲戌、甲申、甲午、甲辰、甲寅。

四值功曹是道教天庭中值年、值月、值日、值时的四神。

前面这些神仙都是能明确派系的，还有一些你中有我，我中有你的。比如前面说的跟佛祖有很深私人关系的托塔李天王与哪吒；又如一直没露底但整个取经路上不够他忙活的太白金星，他就是九曜星君中的金星；再如二十八宿中的昴宿，后面我们在盘丝洞那一回会知道他是毗蓝婆菩萨的儿子。

总体来讲，成分很复杂，后面我们也会反复讲天庭背景的复杂，玉帝这回蟠桃宴不想拿桃出来了，也是想通过拿捏蟠桃资源从而对天庭进行梳理洗牌并强化自己的影响力。

干过事业的，尤其大公司带过团队、做过实事的人肯定知道，一个派系如此繁杂的队伍是搞不了专项行动的，成员各怀心思，推诿扯皮，根本无法统一。

一旦领导这么安排了，通常有两种可能：要么这领导是个傻子，连这么简单的工作规则都不清楚；要么这领导是别有用心，他就是不想把这个专项办好。

2. 再来细看派出的这十万天兵的职责，“四大天王权总制，五方大圣调多兵。李托塔中军掌号，恶哪吒前部先锋”。

兵权在跟佛门派系绑定的领导手上。

像“罗睺星为头检点，计都星随后峥嵘。太阴星精神抖擞，太阳星照耀分明。五行星偏能豪杰，九曜星最喜相争。元辰星子午卯酉，一个个都是大力天丁。五瘟五岳东西摆，六丁六甲左右行。四渎龙神分上下，二十八宿密层层。角亢氐房为总领，奎娄胃昴惯翻腾。斗牛女虚危室壁，心尾箕星个个能。井鬼柳星张翼轸，抡枪舞剑显威灵”，这说的都是一些星官如何站位，没提他们手中掌兵的事。

如此安排兵权，表明玉帝就没想让这事办成。

你这儿的账确实是平了，佛祖那边还没抬举猴哥呢！

当时李天王传下令，着众天兵扎了营，把那花果山围得水泄不通。上下布了十八架天罗地网，先差九曜恶星出战。九曜即提兵径至洞外，只见那洞外大小群猴跳跃顽耍。星官厉声高叫道："那小妖！你那大圣在那里？我等乃上界差调的天神，到此降你这造反的大圣，教他快快来归降，若道半个'不'字，教汝等一概遭诛！"那小妖慌忙传入道："大圣，祸事了！祸事了！外面有九个凶神，口称上界差来的天神，收降大圣。"那大圣正与七十二洞妖王并四健将分饮仙酒，一闻此报，公然不理道："今朝有酒今朝醉，莫管门前是与非！"说不了，一起小妖又跳来道："那九个凶神，恶言泼语，在门前骂战哩！"大圣笑道："莫睬他，'诗酒且图今日乐，功名休问几时成'。"说繇未了，又一起小妖来报："爷爷！那九个凶神已把门打破，杀进来也！"大圣怒道："这泼毛神，老大无礼！本待不与他计较，如何上门来欺我？"即命独角鬼王领帅七十二洞妖王出阵，老孙领四健将随后。那鬼王疾帅妖兵，出门迎敌，却被九曜恶星一齐掩杀，抵住在铁板桥头，莫能得出。

李天王先派了九曜星来打头阵，此时那大圣"正与七十二洞妖王并四健将分饮仙酒"呢。这也再次说明了所谓的"天上一天，地上一年"其实就是一个漏洞，要知道七仙女是被定了一天的，随后又多方会案告状，然后还有纠察灵官去找证据，最后还得各部门通报调兵，这通折腾换算到人间最起码得一年了吧，猴哥这边咋还在喝酒呢？

所以，天上和地下的时间就是同步的！

人家天兵打门口来了，猴哥还很淡定呢："今朝有酒今朝醉，莫管门前是与非！"

人家在门口骂上了，他还笑呢："莫睬他，'诗酒且图今日乐，功名休问几时成'。"

你说猴哥是单纯心大吗？

并不是，往后看。

等人家把门打破，杀进来了，猴哥逮着理了，所谓"又一起小妖来报：'爷爷！那九个凶神已把门打破，杀进来也！'大圣怒道：'这泼毛神，老大无礼！本待不与他计较，如何上门来欺我？'"

在悟空的语境中，他前面那些违法乱纪的事已经烟消云散了，眼下是天庭上门来欺他。

要是放在今天这个法治社会，猴哥这行为属于偷窃兼老赖，因为被强制执行，法警上门把他防盗门拆了后，他讹上执法的了。

正嚷间，大圣到了，叫一声“开路”，掣开铁棒，幌一幌，碗来粗细，丈二长短，丢开架子，打将出来。九曜星那个敢抵，一时打退。那九曜星立住阵势道：“你这不知死活的弼马温！你犯了十恶之罪，先偷桃，后偷酒，搅乱了蟠桃大会，又窃了老君仙丹，又将御酒偷来此处享乐。你罪上加罪，岂不知之？”大圣笑道：“这几桩事，实有！实有！但如今你怎么？”九曜星道：“吾奉玉帝金旨，帅众到此收降你，快早皈依，免教这些生灵纳命。不然，就踊平了此山，掀翻了此洞也！”大圣大怒道：“量你这些毛神，有何法力，敢出浪言？不要走，请吃老孙一棒！”这九曜星一齐踊跃，那美猴王不惧分毫，抡起金箍棒，左遮右挡，把那九曜星战得筋疲力软，一个个倒拖器械，败阵而走。急入中军帐下，对托塔天王道：“那猴王果十分骁勇，我等战他不过，败阵来了。”

李天王即调四大天王与二十八宿，一路出师来斗。大圣也公然不惧，调出独角鬼王、七十二洞妖王与四个健将，就于洞门外列成阵势。你看这场混战，好惊人也：

寒风飒飒，怪雾阴阴。那壁厢旌旗飞彩，这壁厢戈戟生辉。滚滚盔明，层层甲亮。滚滚盔明映太阳，如撞天的银磬；层层甲亮砌岩崖，似压地的冰山。大杆刀，飞云掣电；楮白枪，度雾穿云。方天戟，虎眼鞭，麻林摆列；青铜剑，四明铲，密树排阵。弯弓硬弩雕翎箭，短棍蛇矛挟了魂。大圣一条如意棒，翻来覆去战天神。杀得那空中无鸟过，山内虎狼奔，扬砂走石乾坤黑，播土飞尘宇宙昏。只听兵兵朴朴惊天地，煞煞威威振鬼神。

这一场自辰时布阵，混杀到日落西山。那独角鬼王与七十二洞妖怪，尽被众天神捉拿去了，止走了四健将与那群猴，深藏在水帘洞底。这大圣一条棒，抵住了四大天神与李托塔、哪吒太子，俱在半空中。杀勾多时，大圣见天色将晚，即拔毫毛一把，丢在口中，嚼碎了，喷将出去，叫声“变！”就变了千百个大圣，都使的是金箍棒，打退了哪吒太子，战败了五个天王。

大圣得胜，收了毫毛，急转身回洞，早又见铁板桥头四个健将，领众叩迎着大圣，哽哽咽咽大哭三声，又唏唏哈哈大笑三声。大圣道：“汝等见了我，又哭又笑，何也？”健将道：“今早帅众将与天王交战，把七十二洞妖王与独角鬼王尽被众神捉了，我等逃生，故此该哭。这见大圣得胜回来，未曾伤损，故此该笑。”大

圣道："胜负乃兵家之常。古人云：'杀人一万，自损三千。'况捉了去的头目乃是虎豹狼虫、獾獐狐狢之类，我同类者未伤一个，何须烦恼？他虽被我使个分身法杀退，他还要安营在我山脚下。我等且紧紧防守，饱餐一顿，安心睡觉，养养精神。天明看我使个大神通，拿这些天将与众报仇。"四将与众猴将椰酒吃了几碗，安心睡觉不题。

那四大天王收兵罢战，众各报功，有拿住虎豹的，有拿住狮象的，有拿住狼虫狐狢的，更不曾捉着一个猴精。当时果又安辕营，下大寨，赏劳了得功之将，分付了天罗地网之兵，各各提铃喝号，围困了花果山，专待明早大战。各人得令，一处处谨守。此正是：

妖猴作乱惊天地，布网张罗昼夜看。

毕竟天晓后如何处治，且听下回分解。

猴哥打出洞门去，九曜星立住阵势开始念执法通知书：你这不知死活的弼马温！你犯了十恶不赦之罪，先偷桃，后偷酒，搅乱了蟠桃大会，又窃了老君仙丹，又将御酒偷来此处享乐，你罪上加罪，你承认吗？

猴哥表示：认账，你想怎么地吧？

猴哥稀里糊涂地就承认了，单纯得让人心疼。偷一百二十个桃和偷十二万个桃能一样吗？窃了老君仙丹，他说数了吗你就认？你知道老君回来要怎么报账吗？

反正他此时认为天下没人能打得过他，他就是法，随后就开打。

猴哥开始展现出吃了丹后铜头铁臂、没有血条的完全体战力，将"九曜星战得筋疲力软，一个个倒拖器械，败阵而走"。

咱不能说猴哥的战斗力已经逆天了，毕竟太白金星就是九曜星官之一，你觉得这老爷子会跟悟空好好打吗？

只能说悟空确实很强，要是换成八戒造反，再怎么放水也演不下去。

随后九曜星撤回，对托塔天王道："那猴王果十分骁勇，我等战他不过，败阵来了。"李天王即刻调四大天王与二十八宿带着大队伍与花果山的独角鬼王、七十二洞妖王和四个健将带领的花果山妖兵们列阵厮杀了。

他们从辰时布阵，混杀到日落西山，杀得很凶猛，最终以悟空再次使出了自己的大招——身外身法，打退了哪吒太子，战败了五个天王，作为这一天大战的收尾。

此次天庭围剿花果山的战果很惊人，天庭集团军展现出了极强的控场能力，将独角鬼王与七十二洞妖怪全部逮捕归案，但一个猴都没动!

这是双方都认可的战报，不是悟空单方面宣称的，所谓“那四大天王收兵罢战，众各报功，有拿住虎豹的，有拿住狮象的，有拿住狼虫狐狢的，更不曾捉着一个猴精”。

看看老李控场的能力！佛祖没白送你这塔啊，够意思！这场控得比把花果山用核弹炸了的难度都要高!

这只能说明一件事：以李天王为首的十万天兵不想动这群猴子。

客观来讲，这戏演得就有点过了。

既然如此，就得来个第三方势力点破这场戏了。

第六回

观音赴会问原因，小圣施威降大圣

且不言天神围绕，大圣安歇。话表南海普陀落伽山大慈大悲救苦救难灵感观世音菩萨，自王母娘娘请赴蟠桃大会，与大徒弟惠岸行者同登宝阁瑶池。见那里荒荒凉凉，席面残乱，虽有几位天仙，俱不就座，都在那里乱纷纷讲论。菩萨与众仙相见毕，众仙备言前事。菩萨道："既无盛会，又不传杯，汝等可跟贫僧去见玉帝。"众仙依言随往。至通明殿前，早有四大天师、赤脚大仙等众俱在此，迎着菩萨，即道玉帝烦恼，调遣天兵擒怪未回等因。菩萨道："我要见见玉帝，烦为转奏。"

天师丘弘济即入灵霄宝殿，启知宣入。时有太上老君在上，王母娘娘在后。菩萨引众同入里面，与玉帝礼毕，又与老君、王母相见，各坐下，便问："蟠桃盛会如何？"玉帝道："每年请会，喜喜欢欢，今年被妖猴作乱，甚是虚邀也。"菩萨道："妖猴是何出处？"玉帝道："妖猴乃东胜神洲傲来国花果山石卵化生的。当时生出即目运金光，射冲斗府。始不介意，继而成精，降龙伏虎，自削死籍。当有龙王、阎王启奏，朕欲擒拿，是长庚星启奏道：'三界之间，凡有九窍者，可以成仙。'朕即施教育贤，宣他上界，封为御马监弼马温官。那厮嫌恶官小，反了天宫，即差李天王与哪吒太子收降，又降诏抚安，宣至上界，就封他做个'齐天大圣'，只是有官无禄。他因没事干管理，东游西荡，朕又恐别生事端，着他代管蟠桃园。他又不遵法律，将老树大桃，尽行偷吃。及至设会，他乃无禄人员，不曾请他，他就设计赚哄赤脚大仙，却自变他相貌入会，将仙肴仙酒尽偷吃了。又偷老君仙丹，又偷御酒若干，去与本山众猴享乐。朕心为此烦恼，故调十万天兵，天罗地网收伏。这一日不见回报，不知胜负如何。”

花果山第一战结束这工夫，五方五老之一的南海普陀落伽山大慈大悲救苦救难灵感观世音菩萨应王母娘娘邀请来赴蟠桃大会了。在天庭，菩萨看到几位天仙在那儿聊闲话，大概听明白了前面的事，于是展现出了自己的高排面，表示“既无盛会，又不传杯，汝等可跟贫僧去见玉帝”。品品这句话，说的是“汝等”，随后众仙怡然随往。

到了通明殿前，又是“早有四大天师、赤脚大仙等众俱在此，迎着菩萨”，还是那句话，观音菩萨在西游宇宙中不是普通菩萨，这是个规格极高、能力极强的菩萨。

这帮神仙又跟菩萨细说了说，“玉帝烦恼，调遣天兵擒怪未回等因”，随后菩萨又来了句“我要见见玉帝，烦为转奏”，此时也注意一下灵霄宝殿里大领导们的座次，“时有太上老君在上，王母娘娘在后”。

要注意，太上老君在玉帝之上。

观音菩萨随后“引众同入里面”，依旧是最高咖位代表。观音菩萨行完礼，先开口问道：“蟠桃盛会如何？”

你可能会有疑问，前面不是已经有两拨人给菩萨讲了吗？咋还要问？

菩萨要通过“一把手”的描述来搜索细节，判断领导对这事是什么看法。

要知道领导对这事是怎么看的，再判断后面这事该咋回答。我们平时工作中也是如此，不要急于表态，永远牢记一句话：最牛的人，都是动脑子的人！最有价值的动脑子，是尽可能地搜索有用信息去分析，然后给出自己的判断。

贵人话语迟，不要急着表态，要把声音都听全了。

玉帝回答菩萨的第一句话就很关键：“每年请会，喜喜欢欢，今年被妖猴作乱，甚是虚邀也。”

今年的俸禄，没啦！

然后你看菩萨问的第二句话：“妖猴是何出处？”

上来就得问这猴子的来历，单纯一只猴子为什么闹出这么大动静？

玉帝给菩萨复述了一遍，讲了三个重点。

1. 猴子第一次闯祸时，朕就想擒拿他，是长庚星启奏才给了面子。

玉帝说出了太白金星，这是在表示他很早就给了猴子背后的人面子。

2. 猴子“将老树大桃，尽行偷吃”。

玉帝官方定义平账了，确实也是忒看得起猴子了，一只猴吃了一千二百株树结出的桃。

3. 此猴犯的罪极重，他假传圣旨，还偷了老君的仙丹，目前这事已经不好收场了。

此后又有个天上一日，地上一年的漏洞，玉帝说“这一日不见回报，不知胜负如何”，明明地上打了一日，他天上咋也一日了？

菩萨闻言，即命惠岸行者道：“你可快下天宫，到花果山打探军情如何。如遇相敌，可就相助一功，务必的实回话。”

惠岸行者整整衣裙，执一条铁棍，驾云离阙，径至山前。见那天罗地网，密密层层，各营门提铃喝号，将那山围绕的水泄不通。惠岸立住，叫把营门的天丁：“烦你传报，我乃李天王二太子木叉、南海观音大徒弟惠岸，特来打探军情。”那营里五岳神兵，即传入辕门之内。早有虚日鼠、昴日鸡、星日马、房日兔，将言传到中军帐下，李天王发下令旗，教开天罗地网，放他进来。此时东方才亮，惠岸随旗进入，见四大天王与李天王下拜。拜讫，李天王道：“孩儿，你自那厢来者？”惠岸道：“愚男随菩萨赴蟠桃会，菩萨见胜会荒凉，瑶池寂寞，引众仙并愚男去见玉帝。玉帝备言父王等下界收伏妖猴，一日不见回报，胜负未知，菩萨因命愚男到此，打听虚实。”李天王道：“昨日到此安营下寨，着九曜星挑战，被这厮大弄神通，九曜星俱败走而回。后我等亲自提兵，那厮也排开阵势。我等十万天兵，与他混战至晚，他使个分身法战退。及收兵查勘时，止捉得些狼虫虎豹之类，不曾捉得他半个妖猴。今日还未出战。”说不了，只见辕门外有人来报道：“那大圣引一群猴精，在外面叫战。”四大天王与李天王并太子正议出兵。木叉道：“父王，愚男蒙菩萨分付，下来打探消息，就说若遇战时，可助一功。今不才愿往，看他怎么个大圣！”天王道：“孩儿，你随菩萨修行这几年，想必也有些神通，切须在意。”

好太子，双手抡着铁棍，束一束绣衣，跳出辕门，高叫：“那个是齐天大圣？”大圣挺如意棒，应声道：“老孙便是。你是甚人，辄敢问我？”木叉道：“吾乃李天王第二太子木叉，今在观音菩萨宝座前为徒弟护教，法名惠岸是也。”大圣道：“你不在南海修行，却来此见我做甚？”木叉道：“我蒙师父差来打探军情，见你这般猖獗，特来擒你！”大圣道：“你敢说那等大话，且休走！吃老孙这一棒！”木叉全然不惧，使铁棒劈手相迎。他两个在那半山中，辕门外，这场好斗：

棍虽对棍铁各异，兵纵交兵人不同。一个是太乙散仙呼大圣，一个是观音徒弟正元龙。浑铁棍乃千锤打，六丁六甲运神功；如意棒是天河定，镇海神珍法力洪。两个相逢真对手，往来解数实无穷。这个的混铁棍万千凶，绕腰贯索疾如风；那个的夹枪棒不放空，左遮右挡怎相容。那阵上旌旗闪闪，这阵上鼍鼓冬冬。万员天将团团绕，一洞妖猴簇簇丛。怪雾愁云漫地府，狼烟煞气射天宫。昨朝混战还犹可，今日争持更又凶。堪羡猴王真本事，木叉复败又逃生。

这大圣与惠岸战经五六十合，惠岸臂膊酸麻，不能迎敌，虚幌一幌，败阵而走。大圣也收了猴兵，安扎在洞门之外。只见天王营门外，大小天兵，接住了太子，让开大路，径入辕门，对四天王、李托塔、哪吒，气哈哈的喘息未定：“好大圣！好大圣！着实神通广大。孩儿战不过，又败阵而来也。”李天王见了心惊，即命写表求助，便差大力鬼王与木叉太子上天启奏。

观音听完这段话，心里大概已经有了数，这事升级得很大了，玉帝已经定性了，不过此时信息要素还是不够全，这猴子的本事到底有多大呢？

随后，观音派了木叉去探听情报，而且要求木叉跟猴子打一架，所谓“如遇相敌，可就相助一功，务必的实回话”，菩萨要收集全部要素整合分析。

木叉听他爹说了“止捉得些狼虫虎豹之类，不曾捉得他半个妖猴”的控场战绩，随后发现悟空来叫战了，木叉代表落伽山跟猴哥打了五六十合，最后“臂膊酸麻，不能迎敌”，败阵回去表示打不过。木叉这一来算是给了李天王继续糊弄的理由，随后他写表求助，差大力鬼王与木叉上天启奏。

木叉是观音的代表，这大力鬼王就是李天王和玉帝启奏的媒介，从功能性上说就是明朝监军太监。

二人当时不敢停留，闯出天罗地网，驾起瑞霭祥云。须臾径至通明殿下，见了四大天师，引至灵霄宝殿，呈上表章。惠岸又见菩萨施礼，菩萨道：“你下界的如何？”

惠岸道："始领命到花果山，叫开天罗地网，拜见了父亲，道师父差命之意。父王道：'昨日与那猴王战了一场，止捉得他虎豹狮象之类，更未捉他一个猴精。'正讲间，他又索战，是弟子使铁棍与他战经五六十合，不能取胜，败走回营。父亲因此差大力鬼王同弟子上界求助。"菩萨低头思忖。

却说玉帝拆开表章，见有求助之言，笑道："叵耐这个猴精，能有多大手段，就敢敌过十万天兵！李天王又来求助，却将那路神兵助之？"言未毕，观音合掌启奏："陛下宽心，贫僧举一神，可擒这猴。"玉帝道："所举者何神？"菩萨道："乃陛下令甥显圣二郎真君，见居灌洲灌江口，享受下方香火。他昔日曾力诛六怪，又有梅山兄弟与帐前一千二百草头神，神通广大。奈他只是听调不听宣，陛下可降一道调兵旨意，着他助力，便可擒也。"玉帝闻言，即传调兵的旨意，就差大力鬼王赍调。

木叉回去后，很详细地跟菩萨汇报了自己打不过人家以及"昨日与那猴王战了一场，止捉得他虎豹狮象之类，更未捉他一个猴精"这件事，随后菩萨开始思考了。

玉帝看见那奏章以后都乐了，"叵耐这个猴精，能有多大手段，就敢敌过十万天兵"，演得实在是有点过了，毕竟这事已经扯上老君了，人家太上老君在上面正看着呢。随后玉帝又问："李天王又来求助，却将那路神兵助之？"

一般来讲，这个时候该有他的嫡系递台阶了，佛门派系的李天王、哪吒、四大金刚、五方揭谛带兵抓不着人家，那就派人去找他们背后的西方佛老。不要觉得突兀，后面第七回悟空从八卦炉中蹦出来急眼后，玉帝直接就让人去找佛祖了，原著是"当时众圣把大圣攒在一处，却不能近身，乱嚷乱斗。早惊动玉帝，遂传旨着游奕灵官同翊圣真君上西方请佛老降伏"。

大家不要带着1986年版电视剧《西游记》的印象，认为猴哥几乎把天都掀了，玉帝才命人快去请最牛最牛的如来佛祖，而是玉帝听说这事后直接就宣召西方佛老了。

而且，玉帝在这个时候找佛祖来，绝对是为了把事情闹到最大，是为了最大程度地抬举佛祖，因为那完全是玉帝在打老君的脸：你看，从你炉子里跑出来的，人家佛祖来了轻而易举就能解决。

玉帝扶持灵山的目的相当露骨，所以此时他去找佛祖收服妖猴也属正常。

结果观音菩萨插了一句出乎玉帝意料的话。菩萨在玉帝话还没说完的时候就插嘴了，没给任何人跟玉帝递话演戏的机会，是“言未毕，观音合掌启奏：‘陛下宽心，贫僧举一神，可擒这猴’”。

菩萨把这事揽过去了。

菩萨这里明显是不希望有人建言递话的，相当不寻常地在玉帝“言未毕”时就张嘴了。

随后菩萨提出了一个四方得利、一方不得利的建议，给玉帝推荐了“听调不听宣”的外甥——显圣二郎真君。

啥叫听调不听宣呢?

“调”，是具有国家正式合法性的指派。

“宣”，是皇帝的宣召，召见。

意思是这人听从天庭的调动，但不上朝见驾。

他们貌似关系不好，但从后面来看，这是菩萨抓紧时机、借花献佛地送了玉帝和二郎神一个老大老大的面子，与此同时，还照顾了老君的面子。

相当于观音菩萨的一次推荐，让自己收获了玉帝、二郎神、老君三方面的人情，唯一没得利的是佛祖。

在灵山会议中，你叫我弟子我不挑你礼；在三界大场合中，你不叫我观音州牧我不高兴。这张你中有我、我中有你，互相制衡、时刻权衡的网啊!

下面该引出这位超级会做神的显圣二郎真君了。

那鬼王领了旨，即驾起云，径至灌江口。不消半个时辰，直至真君之庙。早有把门的鬼判传报至里，道：“外有天使，捧旨而至。”二郎即与众兄弟出门迎接旨意，焚香开读。旨意上云：“花果山妖猴齐天大圣作乱。因在宫偷桃、偷酒、偷丹，搅乱蟠桃大会，见着十万天兵，一十八架天罗地网，围山收伏，未曾得胜。今特调贤甥同义兄弟，即赴花果山助力剿除，成功之后，高升重赏。”真君大喜道：“天使请回，吾当就去拔刀相助也。”鬼王回奏不题。

这真君即唤梅山六兄弟，乃康、张、姚、李四太尉，郭申、直健二将军，聚集殿前道：“适才玉帝调遣我等往花果山，收降妖猴，同去去来。”众兄弟俱欣然愿往。即点本部神兵，驾鹰牵犬，踏弩张弓，纵狂风，霎时过了东洋大海，径至花果山。

见那天罗地网，密密层层，不能前进。因叫道："把天罗地网的将校听着：吾乃二郎显圣真君，蒙玉帝调来，擒拿妖猴者，快开营门放行。"一时，各神一层层传入。四大天王与李天王俱出辕门迎接。相见毕，问及胜败之事，天王将上项事备陈一遍。真君笑道："小圣来此，必须与他斗个变化。列公将天罗地网不要幔了顶上，只四围紧密，待我赌斗。若我输与他，不必列位相助，我自有兄弟扶持；若赢了他，也不必列位绑缚，我自有兄弟动手。只请托塔天王与我使个照妖镜，住立空中，恐他一时败阵，逃窜他方，切须与我照耀明白，勿走了他。"天王各居四维，众天兵各挨排列阵去讫。

大力鬼王去灌江口传旨，原著的描写让我们很疑惑，刚才菩萨不是说了二郎神听调不听宣吗？不是很有性格吗？咋还真君大喜呢？

接着往后看吧，很多时候不是宣称关系不好就真的关系不好。

二郎神点起灌江口兵马来花果山了，到了天兵大营，听李天王说了战况后乐了，也明白为啥叫他来了，有派系的兵不好好打嘛！他灌江口的兵马目前是没有派系的"雇佣兵军团"嘛！

二郎神乐完，跟众仙说了两件事：

1. 天罗地网不要幔了顶上，只四围紧密。

这倒不仅仅是为了给他后面搞法天象地抖威风做准备，其实从一般打仗的角度就能看出二郎神的用意，所谓"围师必阙，穷寇勿追"，二郎神单独在天上放了口子啥意思呢？

他并不介意把猴哥赶天上去，他甚至想把围剿的主战场搞到天宫，让大领导们都看看咱二郎显圣真君的水平！地上打多没意思，难得有场三界直播的戏！

2. 提前说好了，这次不需要天庭军掺和，我输了有人兜底，我赢了你们也别抢功。其实前面说的那句输了的话就是个场面话，你输了谁会搭理你呀！主要是为后面你们别抢功做铺垫的。

咱也不是看不起你们，你们也有任务，请托塔天王使个照妖镜把他的定位给我打开，咱天庭军的兄弟们受累提供个数据支持。

这真君领着四太尉、二将军，连本身七兄弟，出营挑战，分付众将，紧守营盘，

收拴了鹰犬，众草头神得令。真君直到那水帘洞外，见那一群猴齐齐整整，排作个蟠龙阵势，中军里立一竿旗，上书“齐天大圣”四字。真君道：“那泼妖，怎么称得起齐天之职！”梅山六弟道：“且休赞叹，叫战去来。”那营口小猴见了真君，急走去报知。那猴王即掣金箍棒，整黄金甲，登步云履，按一按紫金冠，腾出营门。急睁睛观看，那真君的相貌，果是清奇，打扮得又秀气。真个是：

仪容清俊貌堂堂，两耳垂肩目有光。
头戴三山飞凤帽，身穿一领淡鹅黄。
缕金靴衬盘龙袜，玉带团花八宝妆。
腰挂弹弓新月样，手执三尖两刃枪。
斧劈桃山曾救母，弹打棕罗双凤凰。
力诛八怪声名远，义结梅山七圣行。
心高不认天家眷，性傲归神住灌江。
赤城昭惠英灵圣，显化无边号二郎。

大圣见了，笑嘻嘻的将金箍棒掣起，高叫道：“你是何方小将，乃敢大胆到此挑战？”真君喝道：“你这厮有眼无珠，认不得我也！吾乃玉帝外甥，敕封昭惠灵显王二郎是也。今蒙上命，到此擒你这反天宫的弼马温猢狲，你还不知死活！”大圣道：“我记得当年玉帝妹子思凡下界，配合杨君，生一男子，曾使斧劈桃山的，是你么？我待要骂你几声，曾奈无甚冤仇；待要打你一棒，可惜了你的性命。你这郎君小辈，可急急回去，唤你四大天王出来。”真君闻言，心中大怒，道：“泼猴！休得无礼！吃吾一刃！”大圣侧身躲过，疾举金箍棒，劈手相还。

西游宇宙的武打片天花板来了，这场好杀先搁后面，前面这两段话信息量极大。

首先是那段诗，交代了三件事：

1. 二郎神有着极其英武的样貌和双耳垂肩的大福大报；这外貌背书了玉帝妹子的颜值和能跟悟空这天父地母、日精月华匹敌的先天条件。

2. 介绍了二郎神的三大战绩：斧劈桃山救母、弹弓子崩凤凰、力诛八怪。

劈山救母引出了他跟舅舅表面上不和的关系。弹弓子打凤凰大概率是作者在表达二郎神跟佛门的关系不太好。凤凰这种动物在西游宇宙中跟佛门渊源很深，比如后面观音菩萨的坐骑找朱紫国国王麻烦，就是因为他射死过凤凰，佛祖还介绍过凤凰生了孔雀和大鹏，这俩跟他都有关系。能进入二郎神个人简介的事迹，说明他打的肯定不是啥没背景的野凤凰。力诛八怪是说人家不是第一次率领雇佣兵军团，之前就灭过妖怪，而且并非私下诛的，是“力诛八怪声名远”，人家能“声名远”肯定是受主流认可的，菩萨说他“听调不听宣”，这也佐证了人家之前被“调”过。

3. 介绍了他跟玉帝的关系，甥舅之间关系不太好，所谓“心高不认天家眷，性傲归神住灌江”。

看到这里，第一次看小说的读者就会产生疑惑。不对啊，关系不好、心高性傲的话，他接了玉帝圣旨不得阴阳两句吗？不得呵呵冷笑两声，也有你玉帝搞不定的事？不得来句“这个时候想起外甥来了”？

接下来他跟悟空见面时，读者的疑惑就更大了：“你这厮有眼无珠，认不得我也！吾乃玉帝外甥，敕封昭惠灵显王二郎是也。”

二郎神提起玉帝那可是满满的自豪感，而且他这封号是敕封的。

随后悟空道明了二郎神的出身：“当年玉帝妹子思凡下界，配合杨君，生一男子，曾使斧劈桃山。”

至此，我们来解开前面关于二郎神的这些疑惑。

之所以会“听调不听宣”，之所以会心高气傲，是因为玉帝妹妹思凡下界跟凡人相恋，之后被罚，压在了桃山下，二郎神长大后斧劈桃山救母。

玉帝作为最高领导，把自己妹妹给严惩了，但外甥又把他脸打了，所以两人之间挺不愉快的。

但是，这都是表面上的。

从二郎神的态度和自豪感来看，人家跟舅舅亲着呢！

玉帝和二郎神貌似关系不好，还整个啥“听调不听宣”，但实际上，这堪称玉帝对自家人偷跑下界跟凡人相恋最好的解决办法了。

我的妹妹，我给惩罚了，镇在桃山底下了，谁也说不出啥。

救我妹妹的，是他儿子。儿子救娘，天经地义，还是谁也说不出啥。

而且玉帝对二郎神做的事绝对是默许的，因为前面咱说了，玉帝给了二郎神天庭正式封号，人家是“敕封昭惠灵显王二郎”。后面也还有例证，说：“康、张、姚、李道：‘兄长不必多叙，且押这厮去上界见玉帝，请旨发落去也。’”底下的兄弟们闹着要见玉帝，但二郎神打住道：“贤弟，汝等未受天箓，不得面见玉帝。教六甲神兵押着，我同天王等上界回旨。”懂规矩的二郎神说：梅山兄弟，你们都是我的合同工，没受天箓，不能去，但我能去。言外之意人家是受天箓、有地位的，人家也听调！不听宣是他和玉帝的私人关系。

二郎神不仅被玉帝承认，还有正式职位，你再想想他哪儿来的这么大的本事？

他是玉帝妹妹和凡人生的孩子，是私生子！他母亲还被玉帝亲自判了，这么敏感的关系，除了玉帝点头安排，谁敢去当二郎神的师父？

所以玉帝对他这计划外的外甥其实是相当够意思的。

二郎救母后，玉帝选择了大度，不追究这事了，实际上不就是给他妹妹这罪过平账了嘛！

这其实是玉帝为了撇清自己绕了个圈救妹妹：不是我安排的，这小子跟我关系差着呢！

最后这一圈绕下来，相当圆满。

1. 玉帝的威信保住了，自家妹子都判，领导真是大公无私！

2. 妹妹犯了天规这事也翻篇了，压个十几二十年对于神仙来讲还叫事啊！

3. 二郎神这私生子外甥也被玉帝培养成才了，还批了天箓！

咱们再回看玉帝给二郎神那旨意写的：“花果山妖猴齐天大圣作乱。因在宫偷桃、偷酒、偷丹，搅乱蟠桃大会。”

潜台词：罪极重。

“见着十万天兵，一十八架天罗地网，围山收伏，未曾得胜。”

潜台词：炮已经点好了，现成的功名。

“今特调贤甥同义兄弟，即赴花果山助力剿除，成功之后，高升重赏。”

潜台词：好外甥，破冰的机会来了，你灌江口想雇佣兵转天庭正规军的机会到了。

知道为啥“真君大喜道：‘天使请回，吾当就去拔刀相助也’”了吧。

他两个这场好杀：

昭惠二郎神，齐天孙大圣。这个心高欺敌美猴王，那个面生压伏真梁栋。两个乍相逢，各人皆赌兴。从来未识浅和深，今日方知轻与重。铁棒赛飞龙，神锋如舞凤。左挡右攻，前迎后映。这阵上梅山六弟助威风，那阵上马流四将传军令。摇旗擂鼓各齐心，呐喊筛锣都助兴。两个钢刀有见机，一来一往无丝缝。金箍棒是海中珍，变化飞腾能取胜。若还身慢命该休，但要差池为蹭蹬。

真君与大圣斗经三百余合，不知胜负。那真君抖擞神威，摇身一变，变得身高万丈，两只手举着三尖两刃神锋，好便似华山顶上之峰，青脸獠牙，朱红头发，恶狠狠望大圣着头就砍。这大圣也使神通，变得与二郎身躯一样，嘴脸一般，举一条如意金箍棒，却就是昆仑顶上擎天之柱，抵住二郎神。諕得那马、流元帅，战兢兢摇不得旌旗；崩、芭二将，虚怯怯使不得刀剑。这阵上，康、张、姚、李、郭申、直健，传号令，撒放草头神，向他那水帘洞外，纵着鹰犬，搭弩张弓，一齐掩杀。可怜冲散妖猴四健将，捉拿灵怪二三千。那些猴，抛戈弃甲，撇剑丢枪，跑的跑，喊的喊，上山的上山，归洞的归洞，好似夜猫惊宿鸟，飞洒满天星。众兄弟得胜不题。

却说真君与大圣变做法天象地的规模，正斗时，大圣忽见本营中妖猴惊散，自觉心慌，收了法象，掣棒抽身就走。真君见他败走，大步赶上道："那里走？趁早归降，饶你性命！"大圣不恋战，只情跑起。将近洞口，正撞着康、张、姚、李四太尉，郭申、直健二将军，一齐帅众挡住道："泼猴！那里走？"大圣慌了手脚，就把金箍棒捏做绣花针，藏在耳内，摇身一变，变作个麻雀儿，飞在树梢头钉住。那六兄弟，慌慌张张，前后寻觅不见，一齐吆喝道："走了这猴精也！走了这猴精也！"

二郎神和悟空一样没有血条，哥儿俩打了三百回合不知胜负。随后，二郎神和悟空法天象地起来，两个人使着同样的手段，兵器也都是一样的等级，都是如意大小的。花果山匪帮看见对面出现了能跟他家大王对抗的牛人后，开始尿了，赤尻马猴和通背猿猴也怯了。梅山六兄弟开始带兵暴打群猴，在水帘洞外抓了两三千猴子。猴哥看见猴子猴孙遭殃崩溃了，自觉心慌，开始往水帘洞逃奔，结果被梅山六兄弟拦住去路，随后就是著名的赌斗变化环节。

正嚷处，真君到了，问："兄弟们，赶到那厢不见了？"众神道："才在这里围住，就不见了。"二郎圆睁凤目观看，见大圣变了麻雀儿，钉在树上，就收了法象，撇了神锋，卸下弹弓，摇身一变，变作个饿鹰儿，抖开翅，飞将去扑打。大圣见了，抖的一翅飞起去，变作一只大鹚老，冲天而去。二郎见了，急抖翎毛，摇身一变，变作一只大海鹤，钻上云霄来嗛。大圣又将身按下，入涧中，变作一个鱼儿，淬入水内。二郎赶至涧边，不见踪迹，心中暗想道："这猢狲必然下水去也，定变作鱼虾之类，等我再变变拿他。"果一变变作个鱼鹰儿，飘荡在下溜头波面上，等待片时。

那大圣变鱼儿，顺水正游，忽见一只飞禽，似青庄毛片不青，似鹭鸶顶上无缨，似老鹳腿又不红，"想是二郎变化了等我哩！"急转头，打个花就走。二郎看见，道："打花的鱼儿，似鲤鱼尾巴不红，似鳜鱼花鳞不见，似黑鱼头上无星，似鲂鱼腮上无针。他怎么见了我就回去了？必然是那猴变的。"赶上来，刷的啄一嘴，那大圣就撺出水中，一变，变作一条水蛇，游近岸，钻入草中。二郎因嗛他不着，他见水响中，见一条蛇撺出去，认得是大圣，急转身又变做着一只朱绣顶的灰鹤，伸着一个长嘴，与一把尖头铁钳子相似，径来吃这水蛇。水蛇跳一跳，又变做一只花鸨，木木樗樗的立在蓼汀之上。二郎见他变得低贱，——花鸨乃鸟中至贱至淫之物，不拘鸾、凤、鹰、鸦都与交群，故此不去拢傍，即现原身，走将去，取过弹弓，拽满，一弹子把他打个踵踵。

那大圣趁着机会，滚下山崖，伏在那里，又变，变一座土地庙儿，大张着口，似个庙门，牙齿变做门扇，舌头变做菩萨，眼睛变做窗棂，只有尾巴不好收拾，竖在后面，变做一根旗竿。真君赶到崖下，不见打倒的鸨鸟，只有一间小庙，急睁凤眼，仔细看之，见旗竿立在后面，笑道："是这猢狲了！他今又在那里哄我。我也曾见庙宇，更不曾见一个旗竿竖在后面的，断是这畜生弄喧！他若哄我进去，他便一口咬住。我怎肯进去？等我掣拳先捣窗棂，后踢门扇！"大圣听得心惊，道："好狠！好狠！门扇是我牙齿，窗棂是我眼睛。若打了牙，捣了眼，却怎么是好？"扑的一个虎跳，又冒在空中不见。

这段赌斗环节突出两件事：

1. 二郎神有超高智商。猴哥的变化他不都是看出来的，好多变化是他自己分析出来的。

2. 猴哥变化后，二郎神就变成克星来捉。这是西游宇宙第一次引入物种相克理论，两人既然有一样的能量，一样的本事，那你变化后我就要变成你的克星来获得这个克星加成。

这段情节也为后面西游宇宙中的鸡灭蝎子、木星克土牛等大量天克案例埋下了伏笔。

真君前前后后乱赶，只见四太尉、二将军一齐拥至，道："兄长，拿住大圣了么？"真君笑道："那猴儿才自变座庙宇哄我。我正要捣他窗棂，踢他门扇，他就纵一纵，又渺无踪迹。可怪！可怪！"众皆愕然，四望更无形影。真君道："兄弟们在此看守巡逻，等我上去寻他。"急纵身驾云，起在半空，见那李天王高擎照妖镜，与哪吒住立云端。真君道："天王，曾见那猴王么？"天王道："不曾上来。我这里照着他哩。"真君把那赌变化、弄神通、拿群猴一事说毕，却道："他变庙宇，正打处，就走了。"李天王闻言，又把照妖镜四方一照，呵呵的笑道："真君，快去！快去！那猴使了个隐身法，走出营围，往你那灌江口去也。"二郎听说，即取神锋，回灌江口来赶。

却说那大圣已至灌江口，摇身一变，变作二郎爷爷的模样，按下云头，径入庙里。鬼判不能相认，一个个磕头迎接。他坐中间，点查香火，见李虎拜还的三牲，张龙许下的保福，赵甲求子的文书，钱丙告病的良愿。正看处，有人报："又一个爷爷来了。"众鬼判急急观看，无不惊心。真君却道："有个甚么齐天大圣，才来这里否？"众鬼判道："不曾见甚么大圣，只有一个爷爷在里面查点哩。"真君撞进门，大圣见了，现出本相道："郎君不消嚷，庙宇已姓孙了。"这真君即举三尖两刃神锋，劈脸就砍，那猴王使个身法，让过神锋，掣出那绣花针儿，幌一幌，碗来粗细，赶到前，对面相还。两个嚷嚷闹闹，打出庙门，半雾半云，且行且战，复打到花果山，慌得那四大天王等众堤防愈紧。这康、张太尉等，迎着真君，合心努力，把那美猴王围绕不题。

打着打着，悟空隐了身，偷二郎神的家去了。作者点出所谓的"天罗地网"也就那么回事，被悟空轻松就破了。随后作者借悟空视角揭露了一件事，二郎神在灌江口展现了那么大的能耐，却过得相当心酸，你瞅他管的那些破事："点查香火，见李虎拜还的三牲，张龙许下的保福，赵甲求子的文书，钱丙告病的良愿。"

这里再次呼应前面二郎神为啥看见这机会后大喜，他肯定是不想管那么具体的张家长李家短了，而且他平时大概率没少给手下画大饼，因为这点香火根本养不起他这雇佣兵军团！钱不够，饼来凑！他不想自收自支了，他太想拿到全额拨款了！

话表大力鬼王既调了真君与六兄弟提兵擒魔去后，却上界回奏。玉帝与观音菩萨、王母并众仙卿，正在灵霄殿讲话，道："既是二郎已去赴战，这一日还不见回报？"观音合掌道："贫僧请陛下同道祖出南天门外，亲去看看虚实何如？"玉帝道："言之有理。"即摆驾，同道祖、观音、王母与众仙卿至南天门。早有些天丁力士接着，开门遥观。只见众天丁布罗网，围住四面，李天王与哪吒擎照妖镜，立在空中，真君把大圣围绕中间，纷纷赌斗哩。菩萨开口对老君说："贫僧所举二郎神如何？果有神通，已把那大圣围困，只是未得擒拿。我如今助他一功，决拿住他也。"老君道："菩萨将甚兵器，怎么助他？"菩萨道："我将那净瓶杨柳抛下去，打那猴头，即不能打死，也打个一跌，教二郎小圣好去拿他。"老君道："你这瓶是个磁器，准打着他便好，如打不着他的头，或撞着他的铁棒，却不打碎了？你且莫动手，等我老君助他一功。"菩萨道："你有甚么兵器？"老君道："有，有，有。"捋起衣袖，左膊上取下一个圈子，说道："这件兵器乃锟钢抟炼的，被我将还丹点成，养就一身灵气，善能变化，水火不侵，又能套诸物。一名'金钢琢'，又名'金钢套'。当年过函关化胡为佛，甚是亏他，早晚最可防身。等我丢下去，打他一下。"

话毕，自天门上往下一掼，滴流流径落花果山营盘里，可可的着猴王头上一下。猴王只顾苦战七圣，却不知天上坠下这兵器，打中了天灵，立不稳脚，跌了一跤，爬将起来就跑，被二郎爷爷的细犬赶上，照腿肚子上一口，又扯了一跌。他睡倒在地，骂道："这个亡人，你不去妨家长，却来咬老孙！"急翻身爬不起来，被七圣一拥按住，即将绳索捆绑，使勾刀穿了琵琶骨，再不能变化。

又打了一天，大领导们都比较端着，最后又是观音菩萨破冰："贫僧请陛下同道祖出南天门外，亲去看看虚实何如？"

众位大领导到了南天门，有意思的地方来了。菩萨开口对老君说："贫僧所举二郎神如何？果有神通，已把那大圣围困，只是未得擒拿。我如今助他一功，决拿住他也。"

按理来说，菩萨是跟玉帝举荐的二郎神，这话得跟玉帝说，她对老君说是啥意思呢？

一方面，她在对老君邀功：您看，玉帝派的李天王等人，都不好好打仗，这是拿您老丢丹这事不当回事啊！如今我再以高辈分亲自下场，帮二郎神一把，既是收妖猴给您出气，也是收揽此次解决大闹天宫突发事件的全部功劳，老君您不会有意见吧？

随后老君问："菩萨将甚兵器，怎么助他？"

菩萨表示：我拿净瓶杨柳砸他。

老君表示：你这瓶是个瓷器，太脆，言外之意是你的宝贝不行，我这"金钢琢"更牛，善能变化，水火不侵，又能套诸物。这里为后面取经时的金岘山之难埋下了伏笔。与此同时，后面这句话很关键："当年过函关化胡为佛，甚是亏他。"

这个"化胡为佛"牵扯出了我国自魏晋开始佛道相争的一段千年故事。

东汉时，佛教传入中国，在魏晋时期开始不断壮大，与本土道教的争端也随之出现。佛道争斗到了西晋惠帝时，道士王浮为了与佛教斗争，利用《史记·老子韩非列传》中"居周久之，见周之衰，乃遂去。至关……莫知其所终"这件事，编造出版了《老子化胡经》，说老子在天竺，乘日精进入净饭王妃净妙腹中，出生后自号释迦牟尼，建立了佛教，并开始对当地人实行教化，这就是所谓的老子"化胡为佛"。释迦牟尼是老子的一个化身。(《晋世杂录》记载："道士王浮每与沙门帛远抗论，王浮屡屈焉，遂改换《西域传》为《化胡经》。")

北魏孝明帝正光元年（520），清道馆道士姜斌同融觉寺沙门昙无最上殿辩论，道士姜斌引《老子开天经》，说老子生于东周周定王三年，即公元前 604 年，结果沙门昙无最引《周书异记》《汉法本内传》，以释迦牟尼生于西周周昭王二十四年，即公元前 1029 年，证明释迦牟尼比老子早出生了四百多年。就此，老子"化胡为佛"这事是假的算是有了公论。

虽如此，后面很多次的佛道之争中道门方面还是都要把老子"化胡为佛"这事拎出来说一说。最著名的就是元初全真教大量刻印王浮的《老子化胡经》,并新造《老子八十一化图》大量印发。说道教和佛教都是由太上老君创立的，人家佛门当然不干了，后来官司打到了蒙哥那儿，专门为此又搞了两次佛道大辩论。

具体他们咋辩论的，咱就不关心了。原著中，作者安排太上老君说出这句话，表明了西游宇宙中的一个设定：太上老君点化了西方胡人，使其成佛。

之前我们说过，百回本《西游记》成书于明嘉靖中后期，这个设定大概率是作者为了过审用的。

作者具体是啥想法，咱不深究了，道祖亲口说出“化胡为佛”也表达了一个强烈的信号：从此时开始，佛和道要开始相争了。

老君不让菩萨再助这一功，要自己助力，也是为了在后面处置猴子时有主动权。

随后，老君扔金刚琢把猴哥天灵盖给砸了。该说不说，咱猴哥是真猛啊，此时正一挑七苦战呢，仅仅被砸了个“立不稳脚，跌了一跤”，紧接着被狗咬了一口又跌了一跤，然后被那七个对手按住捆了，穿了琵琶骨，才最终落网。

那老君收了金钢琢，请玉帝同观音、王母、众仙等，俱回灵霄殿。这下面四大天王与李天王诸神，俱收兵拔寨，近前向小圣贺喜，都道：“此小圣之功也！”小圣道：“此乃天尊洪福，众神威权，我何功之有？”康、张、姚、李道：“兄长不必多叙，且押这厮去上界见玉帝，请旨发落去也。”真君道：“贤弟，汝等未受天箓，不得面见玉帝。教六甲神兵押着，我同天王等上界回旨。你们帅众在此搜山，搜净之后，仍回灌口。待我请了赏，讨了功，回来同乐。”四太尉、二将军依言领诺。这真君与众即驾云头，唱凯歌，得胜朝天。不多时，到通明殿外。天师启奏道：“四大天王等众已捉了妖猴齐天大圣了，来此听宣。”玉帝传旨，即命大力鬼王与天丁等众，押至斩妖台，将这厮碎剁其尸。咦！正是：

欺诳今遭刑宪苦，英雄气概等时休。

毕竟不知那猴王性命何如，且听下回分解。

猴哥归案后，四大天王与李天王诸神向小圣贺喜，都道：“此小圣之功也！”而小圣说：“此乃天尊洪福，众神威权，我何功之有？”

帮人忙的时候，不要居自己的功。

为啥这么说?

因为人性是爱放大自己在一段事情中的贡献的。尤其成了事之后，总是觉得自己哪儿哪儿都厉害，是特别爱把功劳揽在自己身上的。

这个时候，你要是显摆出了很大的力，对方的潜意识就会防范你，而且还会背上包袱。

人性对于包袱的本能是往外甩的，因为压在心里很难受。

别试探人性，别让人觉得心累。

你不提你的帮助，最万试万灵的一句话就是：本来就是兄弟的大福大报，跟我有啥关系？我撑死就是个锦上添花。

后面第六十三回，二郎神再次露面帮着悟空夺回佛宝后，“行者随后捧着两个匣子上岸，对二郎道：‘感兄长威力，得了宝贝，扫净妖贼也。’二郎道：‘一则是那国王洪福齐天，二则是贤昆玉神通无量，我何功之有？’”

瞅见没有，人家这就是养成习惯了！

这也再次背书了作者的写作功力，第六回和第六十三回，人设根本没变化。

二郎神的话是很有智慧的，是能上台面的话，是能运用到我们日常生活中的。

说到这儿，回答一下很多朋友可能会产生的疑问：不提这功劳，不就被别人抢功了吗？我这忙不就白帮了吗？

这里注意我们的前提，我们说的是朋友之间或者对等关系之间的帮忙，不是领导安排工作的情况。

你说我这忙白帮了，对喽，白帮就白帮了，这人要是得了你的好处后贪天之功把你忘得一干二净，是成不了气候的，因为他占不了真正的牛人长期的便宜。

他失去了你的欣赏是他的巨大损失，他和注定成龙成凤的你是不同的。

这世上稳定的成功都出自长期主义者，他们思考的都是赚取长期的、稳定的、合适的利润，他们做人的那套算法是成功率很高的。

遇到事了，你先做一个判断，这人值不值得帮。

决定帮了之后，要么你就事前谈好入股，要么你就当自己在送钱，送出自己能承受的钱后，这钱绝不再往回要了。

这样你“贤昆玉神通无量，我何功之有”的话说完后，会帮你筛选出那些值得你长期与之合作的、和你一样值钱的人，你们之后的价值也会越来越高。

不要总纠结眼下被人忘记了，那只是因为对面不是那块料，而且你一开始的眼光就有问题，你应该尽早看出端倪，这种人本就不值得你去帮。

大气点，你本来就不需要所有人都懂你，也不需要你的每次帮助都能换来对等的回报，那成现货现结了。

你只需要知道，一个牛人的友谊远远超过一百个普通人的友谊。

普通人深陷于自己人生的泥潭，他天天满世界乱拽救命稻草，他提供不了外溢价值，但牛人不同，牛人之所以会和你有友谊，是因为你们的算法相同，因为你们都是贵人。

贵人都是“您大福大报，我何功之有”地互相捧的。

越是在泥潭里，才越是“我最厉害，别人都是傻子”地互相踩的。

贺喜完毕，二郎神那几个兄弟表示：“兄长不必多叙，且押这厮去上界见玉帝，请旨发落去也。”

这个时候，极其懂规矩的二郎神表示：你们还未受天箓，咱规矩不能坏，让天甲神兵押着猴子，你们先率众在此搜山，搜净之后回灌江口等我请赏同乐。

分寸感拿捏得实在是太好了。

猴哥被逮捕归案后，被押到了天上。他偷了老君的丹，还是被老君一锤定音拿下的，甭管背后是谁都没法网开一面了，玉帝下令把猴哥押至斩妖台，要干掉他了。

第七回

八卦炉中逃大圣，五行山下定心猿

富贵功名，前缘分定，为人切莫欺心。正大光明，忠良善果弥深。些些狂妄天加谴，眼前不遇待时临。问东君因甚，如今祸害相侵。只为心高图罔极，不分上下乱规箴。

话表齐天大圣被众天兵押去斩妖台下，绑在降妖柱上，刀砍斧剁，枪刺剑刳，莫想伤及其身。南斗星奋令火部众神，放火煨烧，亦不能烧着。又着雷部众神，以雷屑钉打，越发不能伤损一毫。那大力鬼王与众启奏道："万岁，这大圣不知是何处学得这护身之法，臣等用刀砍斧剁，雷打火烧，一毫不能伤损，却如之何？"玉帝闻言道："这厮这等妖力，如何处治？"太上老君即奏道："那猴吃了蟠桃，饮了御酒，又盗了仙丹。我那五壶丹有生有熟，被他都吃在肚里，运用三昧火，煅成一块，所以浑做金钢之躯，急不能伤。不若与老道领去，放在八卦炉中，以文武火煅炼，炼出我的丹来，他身自为灰烬矣。"玉帝闻言，即教六丁六甲将他解下，付与老君，老君领旨去讫。一壁厢宣二郎显圣，赏赐金花百朵，御酒百瓶，还丹百粒，异宝明珠，锦绣等件，教与义兄弟分享。真君谢恩，回灌江口不题。

第七回一开始，原著作者作了首词，"欺心""狂妄""天加谴""心高"这些词，都表明了作者本人并不认可悟空这是反抗旧势力的正面行为。

大圣此次闹天宫中的反抗精神还需要到几百年后才会被挖掘出来。

客观来讲，悟空要是没吃老君的丹，不会被往死里整的，因为老君的势力参与不进来，玉帝能说了算，但悟空也得益于吃了老君的丹，获得的铜头铁臂在被处死的关头救了自己一命，此时刀砍斧剁、枪刺剑割、火烧雷劈这些物理攻击都奈何不了他。

老君这时候说话了，解释了目前这猴子铜头铁臂的原因："我那五壶丹有生有熟，被他都吃在肚里，运用三昧火，煅成一块，所以浑做金钢之躯，急不能伤。"

老君这丹是真好，这也再次说明猴哥闯进兜率宫就是巧了，是计划外的，因为老君不可能把这么值钱的东西拿来给猴子平账，而且人家也根本没想平账。悟空偷丹时是"炉左右安放着五个葫芦，葫芦里都是炼就的金丹"，人家老君说的也是丢了五壶丹，完全就是猴子惹祸，惹到了不该惹的人。

老君随后说出了他这个道祖要亲自出手砸猴子的目的：把这猴子给我吧，我放在八卦炉里把丹还原一下。

一方面，人家的丹真的很值钱；另一方面，也得树树典型：敢偷我东西的就这下场！

玉帝听后，巴不得如此：千万别死我这儿，你赶紧领走！

等老君走后，玉帝赏他外甥"金花百朵，御酒百瓶，还丹百粒，异宝明珠，锦绣等件，教与义兄弟分享"。

二郎神谢恩，回灌江口不题。

这时疑惑又来了，不对啊！之前旨意中说了"成功之后，高升重赏"，你这光有赏，不见升啊！这舅舅说话不算话啊！

其实吧，再思考下玉帝的心思，这么做是有他的长远打算和考量的。

这回二郎神收了孙悟空，其实时机上对于提拔二郎神相当不好，而且玉帝本来也没打算这个时候把二郎神显出来，他是观音菩萨推荐来的，李天王这帮人一个猴子不抓，那是为了给你外甥抬轿子吗？人家是为了给佛祖献礼，结果被你外甥窃取了威名果实。你真当我们一个猴子都抓不到吗？而且非佛门派系的天神们也不高兴，所有人都能看出这是你做的局，你莫名其妙给猴子那么高的待遇，还把他安排在蟠桃园边上，天天盼着他监守自盗，派的还都是与佛门有关系的四大天王和李天王掌兵权，谁不知道你这是在做局呢！

二郎神要是因此高升了，会成为整个天庭的集火点的。

这还不够，还得把你外甥从雇佣兵转成禁军，是吧？

玉帝冷处理此次立下大功的二郎神，也是在平衡各方面的不爽。

这次大功其实实现了一个真正重要的目的：二郎神已经听宣破冰了，外甥和舅舅关系缓和了。

雇佣兵转禁军的事，将来会有机会的。

玉帝对他外甥的思路，是长期主义。

他这个嫡系、能干的外甥所控制的灌江口雇佣兵军团，是个相当关键的棋子。

好多不方便的事，只能由这贤甥来干。无论多大的佛菩萨，都是需要护法金刚的。尤其这外甥又那么懂上层的人情世故，好多事交代过去玉帝不用担心办砸了。

心里踏实！

虽然没升官，但真君谢恩，回灌江口不题，这孩子多懂事，哪里是什么听调不听宣。从头到尾，这外甥都很听舅舅的话。

那老君到兜率宫，将大圣解去绳索，放了穿琵琶骨之器，推入八卦炉中，命看炉的道人、架火的童子，将火扇起煅炼。原来那炉是乾、坎、艮、震、巽、离、坤、兑八卦，他即将身钻在“巽宫”位下，巽乃风也，有风则无火，只是风搅得烟来，把一双眼煼红了，弄做个老害病眼，故唤作“火眼金睛”。

真个光阴迅速，不觉七七四十九日，老君的火候俱全。忽一日，开炉取丹，那大圣双手侮着眼，正自揉搓流涕，只听得炉头声响，猛睁睛看见光明，他就忍不住将身一纵，跳出丹炉，唿喇的一声，蹬倒八卦炉，往外就走。慌得那架火看炉与丁甲一班人来扯，被他一个个都放倒，好似癫痫的白额虎、风狂的独角龙。老君赶上抓一把，被他一捽，捽了个倒栽葱，脱身走了。即去耳中掣出如意棒，迎风幌一幌，碗来粗细，依然拿在手中，不分好歹，却又大乱天宫，打得那九曜星闭门闭户，四天王无影无形。好猴精！有诗为证。诗曰：

混元体正合先天，万劫千番只自然。

渺渺无为浑太乙，如如不动号初玄。

炉中久炼非铅汞，物外长生是本仙。

变化无穷还变化，三皈五戒总休言。

又诗：

一点灵光彻太虚，那条拄杖亦如之。

或长或短随人用，横竖横排任卷舒。

又诗：

猿猴道体配人心，心即猿猴意思深。

大圣齐天非假论，官封弼马是知音。

马猿合作心和意，紧缚牢拴莫外寻。

万相归真从一理，如来同契住双林。

老君回去后开始对猴哥下毒手了，把他焖到了炉子里。有说法认为“将大圣解去绳索，放了穿琵琶骨之器”是老君要放水，其实并非如此，因为悟空并不是拿变化躲灾的，而是靠方寸山所学过的关。他没有变化，是将身钻在“巽宫”位下过风躲火的，捎带脚儿还得了个眼病，这眼病被叫作“火眼金睛”。

这就是在闯生死关，完全要靠自己了，跟后面悟空被装进葫芦和阴阳二气瓶时一样，佛祖顶多提前给他预警，他只能靠自己去闯，闯过去了才有后面的事，死在法宝里了也就完了。

猴哥被炼了整整七七四十九天，随后在老君开炉时再次展示出了自己没有血条的恐怖天赋。四十九天被风吹火烤，没吃没喝，但啥影响都没有，还加了狂暴属性！他蹬倒八卦炉，疯如猛虎下山般，把太上老君都给“摔了个倒栽葱”。

这也再次证明，太上老君完全就是想弄死猴子，他如果想放水，不会没有防备地被推倒，他是真没想到猴子居然没被炼死！对于他来说，最关键的就是自己三清的威望！这猴子只要进了他的炉子，那就绝对不能活！他活了就是打了自己的脸！更不要说自己被“摔了个倒栽葱”！

悟空出了炉子开始狂打，见谁打谁，打得那九曜星闭门闭户，四天王无影无形，都躲了。

主要是这群神纳闷，什么情况，这猴子咋还能从炉子里蹦出来？关键那可是太上老君的炉子啊！这回你就算能打赢这猴子，你也不能打赢了！这就好比后面观音菩萨说蝎子精她也近身不得，其实哪里是打不过，扔个瓶子就能给蝎子砸死，她也近身不得是因为佛祖都被这蝎子蜇得疼痛难忍。你能收它，那就显得领导不行了！

这种跟领导产生直接比较的事，必须得躲！

随后作者作了三首诗，开始亮出所有底牌了，为西游宇宙前七回所述的宏大故事的阶段性收尾，做了最后的铺垫。

第一首诗，落脚在“三皈五戒总休言”，“三皈”为佛门用语，皈同归，指归依佛、法、僧三宝；“五戒”为佛门不杀生、不偷盗、不邪淫、不妄语、不饮酒的五戒。

猴哥要闭上嘴接受佛祖让他皈依受戒的小小震撼了。

第二首诗，说的貌似是猴哥，但是咱们要仔细品这四句话。

第一句“一点灵光彻太虚”说的是悟空，紧跟着说“那条拄杖亦如之”，这说的是金箍棒，随后“或长或短随人用，横竖横排任卷舒”貌似说的是金箍棒被猴哥如意使用，但这句话可不是啥夸奖，是“随人用”，是“任卷舒”，核心意思是被人利用拿捏。

这说的是猴哥用金箍棒吗？金箍棒是猴哥的战友，是心意相通，不会用这种字眼的，而且后面两句要和前面两句对仗，所以“或长或短随人用，横竖横排任卷舒”，说的是“那条拄杖”的金箍棒呢，还是那“一点灵光”的孙悟空呢？

咱这里不下定论，任君来品。

第三首诗，“猿猴道体配人心，心即猿猴意思深”。这句重申猴哥是“心猿”。

“大圣齐天非假论，官封弼马是知音。”你最终确确实实做成了齐天大圣，但实际上当初封你做弼马温的才是你的知音。

“马猿合作心和意，紧搏牢拴莫外寻。”“马猿合作”即成语心猿意马，心像猿猴跳、意识像马儿跑，形容心绪难以控制。让你当这个弼马温的时候，其实是让你牢牢管住自己的心，让你“紧搏牢拴莫外寻”，但是你不干啊！你还是外寻了。

“万相归真从一理，如来同契住双林。”世间万物的表象虽然各不相同，但最终都可以归结到一个本真的智慧上，就是修好这颗心，就是“紧搏牢拴莫外寻”，驯服你的心猿意马，随后就能达到觉悟与解脱了。

“如来”是对佛的一种称呼，“同契”表契合、符合，“双林”在佛教中有特定含义，指释迦牟尼涅槃的地方。翻译一下，达到与佛法契合的佛之境界，就如同住在佛陀涅槃的双林之地，可获得解脱升华。

第一首诗，说了悟空即将迎来的结局。

第二首诗，说了悟空前面的猿生其实就是被人利用的棋子。

第三首诗，说了悟空本体的寓意以及作者对于莫向外求的智慧理解。

当然，这仅仅是我的理解，是一家之言。名著最伟大的地方就是千人千面的理解角度，各取所需的深度，以不同的心境、不同的维度看待，感悟就会不同，每隔十年再看，都会是另一番感触。这样的名著要珍惜啊，看一本少一本。

这一番，那猴王不分上下，使铁棒东打西敌，更无一人可挡。直打到通明殿里，灵霄殿外。幸有佑圣真君的佐使王灵官直殿，他见大圣纵横，掣金鞭近前挡住道："泼猴何往！有吾在此，切莫猖狂！"这大圣不由分说，举棒就打，那灵官急起相迎，两个在灵霄殿前厮浑一处。好杀：

赤胆忠良名誉大，欺天诳上声名坏。一低一好幸相持，豪杰英雄同赌赛。铁棒凶，金鞭快，正直无私怎忍耐？这个是太乙雷声应化尊，那个是齐天大圣猿猴怪。金鞭铁棒两家能，都是神宫仙器械。今日在灵霄宝殿弄威风，各展雄才真可爱。一个欺心要夺斗牛宫，一个竭力匡扶元圣界。苦争不让显神通，鞭棒往来无胜败。

他两个斗在一处，胜败未分。早有佑圣真君，又差将佐发文到雷府，调三十六员雷将齐来，把大圣围在垓心，各骋凶恶鏖战。那大圣全无一毫惧色，使一条如意棒，左遮右挡，后架前迎。一时，见那众雷将的刀枪剑戟、鞭简挝锤、钺斧金瓜、旄镰月铲来的甚紧。他即摇身一变，变做三头六臂，把如意棒幌一幌，变作三条，六只手使开三条棒，好便似纺车儿一般，滴流流在那垓心里飞舞，众雷神莫能相近。真个是：

圆陀陀，光灼灼，亘古常存人怎学？入火不能焚，入水何曾溺？光明一颗摩尼珠，剑戟刀枪伤不着。也能善，也能恶，眼前善恶凭他作。善时成佛与成仙，恶处披毛并带角。无穷变化闹天宫，雷将神兵不可捉。

当时众圣把大圣攒在一处，却不能近身，乱嚷乱斗。早惊动玉帝，遂传旨着游奕灵官同翊圣真君上西方请佛老降伏。

猴哥一路打到通明殿里、灵霄殿外时，被当班的佑圣真君的助手王灵官挡住，随后两人开战。

介绍一下，佑圣真君为四御中的北极紫微大帝手下。

再来介绍下北极紫微大帝的手下，主要因为这里面有熟人。

北极紫微大帝下有北极四圣，四圣之首为天蓬大元帅真君。

呵呵，八戒那战斗力居然是北极四圣之首，只能说有的位置真的并不看能力。

剩下三个是天猷副元帅真君（又名天佑副帅）、翊圣保德真君（又名黑煞将军）、灵应佑圣真君（又名真武将军，明代随着民间对真武崇拜的日益普及与高涨，真武元帅升格为真武大帝）。

这个跟猴哥对战的灵应佑圣真君的佐使，也就是眼下这王灵官，他的全称为“先天首将赤心护道三五火车王天君威灵显化天尊”，为五百灵官之首，是道教的第一护法灵官。

他能跟加了狂暴属性的猴哥斗在一处不分胜负，至少是拖住了猴哥，这能力可要比八戒强太多了！

但是，八戒，不对，天蓬元帅，人家此时可是北极四圣之首哦。

这复杂的人事政治啊！

佑圣真君调来三十六员雷将把猴哥围在垓心，但真的不好使，顶多就是围住，弄不动他。他没有血条和气力条，简直是三界第一狗皮膏药，粘上你就撕不下来。

作者又给出了猴哥正主来前的最后一次暗示：“圆陀陀，光灼灼，亘古常存人怎学？入火不能焚，入水何曾溺？光明一颗摩尼珠，剑戟刀枪伤不着。”

“亘古常存人怎学”说的是猴哥天父地母、日精月华的出身，这个出身和背景是孤例，非人力所能及也！别瞎学！

“入火不能焚，入水何曾溺？光明一颗摩尼珠，剑戟刀枪伤不着”，这都是说悟空的光荣事迹。

再来看“圆陀陀，光灼灼”，“光明一颗摩尼珠”，这摩尼珠是佛门宝珠，后面唐师父那锦襕袈裟上就有。这诗句说的是两种可能：一是比喻猴哥像一颗光明的摩尼珠一样；二是说猴哥“借卵化猴完大道”的本体是“光明一颗摩尼珠”。

他具体是咋被造出来的已经不重要了，重要的是他是谁造出来的，前面都已经讲明他的背景了，他跟哪吒是“正遇本源流”。

作者这诗就是重申，悟空是佛造猴。

就在乱嚷乱斗之时，玉帝被惊动了，传旨着游奕灵官同北极四圣之一的翊圣真君上西方请佛老降魔了。

绕了一圈，本以为这猴子要被老君炼死了，没想到人家不但没死，而且居然把老君的脸打了！

佛祖得来了极其罕见的进步的机会！

玉帝摊牌了：我要扶持灵山！把如来佛祖喊来，不用给老君留面子！

那二圣得了旨，径到灵山胜境雷音宝刹之前，对四金刚、八菩萨礼毕，即烦转达。众神随至宝莲台下启知，如来召请，二圣礼佛三匝，侍立台下。如来问："玉帝何事烦二圣下临？"二圣即启道："向时花果山产一猴，在那里弄神通，聚众猴搅乱世界。玉帝降招安旨，封为'弼马温'，他嫌官小反去。当遣李天王、哪吒太子擒拿未获，复招安他封做'齐天大圣'，先有官无禄。着他待管蟠桃园，他即偷桃；又走至瑶池偷肴偷酒，搅乱大会；仗酒又暗入兜率宫，偷老君仙丹，反出天宫。玉帝复遣十万天兵，亦不能收伏。后观世音举二郎真君同他义兄弟追杀，他变化多端，亏老君抛金钢琢打重，二郎方得拿住。解赴御前，即命斩之。刀砍斧剁，火烧雷打，俱不能伤。老君奏准领去，以火煅炼四十九日，开鼎，他却又跳出八卦炉，打退天丁，径入通明殿里，灵霄殿外；被佑圣真君的佐使王灵官挡住苦战。又调三十六员雷将，把他困在垓心，终不能相近。因此玉帝特请如来救驾。"如来闻说，即对众菩萨道："汝等在此稳坐法堂，休得乱了禅位，待我炼魔救驾去来。"

如来即唤阿难、迦叶二尊者相随，离了雷音，径至灵霄门外。忽听得杀声振耳，乃三十六员雷将围困着大圣哩。佛祖传法旨："教雷将停息干戈，放开营所，叫那大圣出来，等我问他有何法力。"众将果退。大圣也收了法象，现出原身近前，怒气昂昂，厉声高叫道："你是那方善士，敢来止住刀兵问我？"如来笑道："我是西方极乐世界释迦牟尼尊者，南无阿弥陀佛。今闻你猖狂村野，屡反天宫，不知是何方生长，何年得道，为何这等暴横？"大圣道："我本：

天地生成灵混仙，花果山中一老猿。

水帘洞里为家业，拜友寻师悟太玄。

炼就长生多少法，学来变化广无边。

因在凡间嫌地窄，立心端要住瑶天。

灵霄宝殿非他久，历代人王有分传。

强者为尊该让我，英雄只此敢争先。”

玉帝派的请佛特使是北极四圣级别，他们见了佛祖后要“礼佛三匝，侍立台下”，听到佛祖问才敢回话，这下看出佛祖的级别了吧。

佛祖随后的交代也重申了一个西游宇宙里的设定：佛祖是需要听从以玉帝为核心的天庭体系的诏令的，是闻诏，是救驾，是道领导佛。

西游宇宙的男一号与男二号也就此相遇了。

对，没看错！佛祖是男二号！什么？你认为御弟哥哥是男二号？

他在西游宇宙的设定中是人如其名的“江流儿”，活的是一个随波逐流。

西游宇宙虽然明面上又是“道领导佛”，又是“化胡为佛”，但实际上讲的是悟空闯了一堆祸后，道教大佬解决不了问题，然后这猴子皈依了佛教，成了斗战胜佛，是佛祖通过布局完成了全书最核心的传经计划。

原著作者其实也是“金蝉子”，这部书在嘉靖朝出版，还流传下来成为四大名著，人家也成功金蝉脱壳了！

两个男主相遇了，准确来说是师祖和徒孙相遇了，是悟空遇到源流了。

见面的第一句话也很有意思，悟空哪怕怒气昂昂，厉声高叫，也问的是：“你是那方善士，敢来止住刀兵问我？”

这既能说明悟空没见过佛祖，也能说明悟空看佛祖的排场和装束一定极其眼熟。

像谁呢？

悟空能说出“善士”俩字，说明他带着敬畏。

能让他有所敬畏的，此时也就只有把他逐出师门的师父了。

这里其实也能再次佐证佛祖跟须菩提祖师不是一个人。因为佛祖被请来的时候，灵山的排场是极大的，佛祖不可能为了教你个猴子而去改头换面、隐姓埋名，这也忒掉价了。而且悟空学艺成功也没有多长时间，就算佛祖之前是须菩提，也不可能在这么短的时间内整出来这么大的排场。

佛祖听到猴子问话后笑了，做了自我介绍，然后问猴哥来历。猴哥又作了首诗，说了自己是天地生成，也说了自己有师父，然后表示：现在我住在凡间已经嫌地方窄了，我想要住在天上了，我现在就要夺了玉帝之位！“强者为尊该让我，英雄只此敢争先。”

按理说，猴哥也领悟到了精髓，他这辈子都对“强者为尊”有着极度的认可和迷恋，他现在的思维惯性是基于他目前的猿生，他是自己放眼望去的最强战力拥有者，没有人能弄死他，而且没有血条，因此他现在认为自己是三界最强的人，在八卦炉里被烤了四十九天的经历让他觉得三清也就那么回事。

他就一个态度：放眼三界，还有谁？

客观来讲，猴哥的出身以及玉帝半“明牌”似的人事布局导致整个天庭都在观望，他还没遇到法力层面的降维打击。

他只看到了金刚琢能砸他，却没见识到这金刚琢能很轻松地让十万天兵卸甲；老君那葫芦有声音捕捉系统，吭一声就能给人关了禁闭并将其化为脓血，这种降维打击的法力才是三清的排面。跟他说话的佛祖，人家扔出来一个箍儿就能死死套住他。包括同为五方五老的观音，人家那净瓶接上一海的水扔下去，别说给他砸一跟头了，能给他压在那净瓶底下五百年。哪怕是纯物理层面，他也只有担山的力量，没有驾海的神通。

一切的一切，还是因为他见识少。

很快他就要品味来自灵山力量的小小震撼了。

佛祖听言，呵呵冷笑道：“你那厮乃是个猴子成精，怎敢欺心，要夺玉皇上帝尊位？他自幼修持，苦历过一千五百五十劫，每劫该十二万九千六百年。你算他该多少年数，方能享受此无极大道？你那个初世为人的畜生，如何出此大言！不当人子，不当人子！折了你的寿算！趁早皈依，切莫胡说！但恐遭了毒手，性命顷刻而休，可惜了你的本来面目。”大圣道：“他虽年劫修长，也不应久住在此。常言道：‘皇帝轮流做，明年到我家。’只教他搬出去，将天宫让与我便罢了。若还不让，定要搅乱，未能清平！”佛祖道：“你除了长生变化之法，再有何能，敢占天宫胜境？”大圣道：“我的手段多哩！我有七十二般变化，万劫不老长生，会驾筋斗云，一纵十万八千里，如何坐不得天位？”佛祖道：“我与你打个赌赛：你若有本事，一筋斗打出我这右手掌中，算你赢，再不用动刀兵苦争战，就请玉帝到西方居住，把天宫让你；若不能打出手掌，你还下界为妖，再修几劫，却来争吵。”

佛祖听完呵呵冷笑，说了两件事：

1.“他自幼修持，苦历过一千五百五十劫，每劫该十二万九千六百年。你算他该多少年数，方能享受此无极大道？”佛祖对玉帝尊位的背书是岁数，是年头，是寿命，再次客观表达玉帝拿捏三界的“撒手锏”是掌握着时间。

2.“趁早皈依，切莫胡说！但恐遭了毒手，性命顷刻而休，可惜了你的本来面目。”佛祖永远是爱才的，是疼这只猴子的，这也是非常值得庆幸的。

佛祖在猴哥进老君炉子的时候，估计也预判到这号要炼废了，这三百多年搭进去那么多资源，最终仅仅帮玉帝平了蟠桃园的账，根本没把灵山给显出来，但是他没想到这猴子居然活了下来，而且效果比预期还好，不仅自己有机会入场了，还是在猴子踢完老君的炉子后这个关键的节点！不是天造地设的猴子哪里能整出这么大的动静！

佛祖此时相当明显是要包庇悟空了，教他趁早皈依，入佛门下，别再胡说八道了。佛祖说的不是悟空在胡说“强者为尊该让我”，而是他已经扯到“拜友寻师悟太玄”了，猴哥只要把“须菩提”仨字说出来，就要大祸临头了！猴子，仔细听话音！真就没点悟性吗？

还真就没有悟性！

猴子此时已经膨胀到极点了，只听得懂强者的桥段了。悟空表示，不能只混年头，还是要看能力，玉帝不把天宫给他，他就一直搅和。

佛祖道：行啦，你还有啥本事吧！

猴哥表示自己还有七十二般变化，还会驾筋斗云，一纵十万八千里，在猴哥短浅的见识里，这点东西就是“如何坐不得天位”了？

之所以说猴哥此时已经膨胀到不知自己姓啥了，是因为他没往深里想一个问题。

他会的这些东西基本都是别人教的。他自己当然也有独门绝技，比如身外身法，这就很了不得，他看不起十万天兵是因为他有八万四千毫毛，他急眼了可以把自己薅秃了开打，但是，他并没有控制别人的能力。

也就是说，他再牛，不过是他一个人牛。

他能把自己的力量放大，但他没法控制别人的力量为自己所用。

佛祖听完这个，要给他点来自师爷的小小震撼了，表示你不是觉得你那云牛吗，来比比吧！

当初我们说筋斗云时，说过这是一个需要口诀密码开启的法宝，也就是说这朵云是人为创造出来的“超跑”。

从佛祖此时这口气看，当初大概率是他把这云传给须菩提祖师的。

佛祖给了猴哥一个不可能拒绝的提议：你赢了我，我就摆平玉帝；你输了，不用受到惩罚，只需要下界为妖再练练。

只有权利，没有义务，比的还是猴子的最强项，佛祖也要借此向三界展现自己的强大法力了。

那大圣闻言，暗笑道：“这如来十分好呆！我老孙一筋斗去十万八千里。他那手掌方圆不满一尺，如何跳不出去？”急发声道：“既如此说，你可做得主张？”佛祖道：“做得！做得！”伸开右手，却似个荷叶大小。那大圣收了如意棒，抖擞神威，将身一纵，站在佛祖手心里，却道声：“我出去也！”你看他一路云光，无影无形去了。佛祖慧眼观看，见那猴王风车子一般相似不住，只管前进。大圣行时，忽见有五根肉红柱子，撑着一股青气。他道：“此间乃尽头路了。这番回去，如来作证，灵霄宫定是我坐也。”又思量说：“且住！等我留下些记号，方好与如来说话。”拔下一根毫毛，吹口仙气，叫“变！”变作一管浓墨双毫笔，在那中间柱子上写一行大字云：“齐天大圣到此一游。”写毕，收了毫毛，又不庄尊，却在第一根柱子根下撒了一泡猴尿。翻转筋斗云，径回本处，站在如来掌内，道：“我已去，今来了。你教玉帝让天宫与我。”

如来骂道：“我把你这个尿精猴子！你正好不曾离了我掌哩！”大圣道：“你是不知。我去到天尽头，见五根肉红柱撑着一股青气，我留个记在那里，你敢和我同去看么？”如来道：“不消去，你只自低头看看。”那大圣睁圆火眼金睛，低头看时，原来佛祖右手中指写着“齐天大圣到此一游”，大指丫里还有些猴尿臊气。大圣吃了一惊道：“有这等事！有这等事！我将此字写在撑天柱子上，如何却在他手指上？莫非有个未卜先知的法术？我决不信！不信！等我再去来！”

好大圣，急纵身又要跳出，被佛祖翻掌一扑，把这猴王推出西天门外，将五指化作金、木、水、火、土五座联山，唤名“五行山”，轻轻的把他压住。众雷神与阿难、

迦叶一个个合掌称扬道："善哉！善哉！

当年卵化学为人，立志修行果道真。

万劫无移居胜境，一朝有变散精神。

欺天罔上思高位，凌圣偷丹乱大伦。

恶贯满盈今有报，不知何日得翻身。"

接下来就是著名的"齐天大圣到此一游"环节。猴哥也算是做了三界第一人，毕竟这是第一个往佛祖手里撒尿的传奇人物，妖精做到这份上也是没谁了。

佛祖能拿捏悟空的筋斗云，说明这云大概率就是佛祖开发的，人家念个让你一个跟头飞一厘米的口诀，悟空就只能驾着那朵云在佛祖手里转圈圈，等于瞬间把悟空降维了。猴哥还在那儿美呢，佛祖则是在看小人国皮猴子耍。

这在天宫神仙们看来就很震撼了，这么能打的猴子，放到佛祖手心里啥也不是，跟个玩具一样。

猴哥还不信呢，又要跳出来重新取证，结果被佛祖翻掌一扑推出西天门外，将五指化作金、木、水、火、土五座联山，唤名"五行山"，"轻轻的"把他压住，注意这句"轻轻的"，佛祖对他还是很爱护的。

无论这只猴子多狂，他还是有功的，这猴子超额完成了任务，把灵山的咖位堪称跨越级地提起来了！

作者随后又写了一首诗，表达了自己对悟空从慧根猴发展到膨胀猴的整体态度。

"当年卵化学为人，立志修行果道真。"当初"卵化学为人"时的你那是多么美好的状态啊！"人若骂我，我也不恼；若打我，我也不嗔，只是陪个礼儿就罢了。一生无性。"（第一回）

"万劫无移居胜境，一朝有变散精神。"你住的花果山是万劫无移大地根，还不知足，你这心乱了，野了，欲望大了，也就开始"散精神"了。

"欺天罔上思高位，凌圣偷丹乱大伦。"这就不用翻译了，都是当时社会批判反贼的词。

"恶贯满盈今有报，不知何日得翻身。"你如今这是恶贯满盈的报应啊！

还是那句话，悟空的反抗精神需要几百年后再挖掘，作者前面七回的谋篇布局和遣词造句，就是表述了一个有能量但见识不够的猴子被降维打击后，现了眼的故事。

如来佛祖殄灭了妖猴，即唤阿难、迦叶同转西方极乐世界。时有天蓬、天佑急出灵霄宝殿，道："请如来少待，我主大驾来也。"佛祖闻言，回首瞻仰。须臾，果见八景鸾舆，九光宝盖，声奏玄歌妙乐，咏哦无量神章，散宝花，喷真香，直至佛前，谢曰："多蒙大法收灭妖邪，望如来少停一日，请诸仙做一会筵奉谢。"如来不敢违悖，即合掌谢道："老僧承大天尊宣命来此，有何法力？还是天尊与众神洪福，敢劳致谢？"玉帝传旨，即着雷部众神分头请三清、四御、五老、六司、七元、八极、九曜、十都、千真、万圣，来此赴会，同谢佛恩。又命四大天师、九天仙女，大开玉京金阙、太玄宝宫、洞阳玉馆，请如来高座七宝灵台，调设各班坐位，安排龙肝凤髓，玉液蟠桃。

不一时，那玉清元始天尊、上清灵宝天尊、太清道德天尊、五炁真君、五斗星君、三官四圣、九曜真君、左辅右弼、天王哪吒、玄虚一应灵通，对对旌旗，双双幡盖，都捧着明珠异宝，寿果奇花，向佛前拜献曰："感如来无量法力，收伏妖猴。蒙大天尊设宴呼唤，我等皆来陈谢。请如来将此会立一名如何？"如来领众神之托曰："今欲立名，可作个'安天大会'。"各仙老异口同声，俱道："好个'安天大会'！好个'安天大会'！"言讫，各坐座位，走斝传觞，簪花鼓瑟，果好会也！有诗为证：

宴设蟠桃猴搅乱，安天大会胜蟠桃。
龙旂鸾辂祥光蔼，宝节幢幡瑞气飘。
仙乐玄歌音韵美，凤箫玉管响声高。
琼香缭绕群仙集，宇宙清平贺圣朝。

如来佛祖灭了妖猴后马上要走，因为排面必须拉满，必须得让人请。随后，北极四圣的天蓬、天佑急出灵霄宝殿表示："请如来少待，我主大驾来也。"

八戒也看到了他的佛祖，此时他还不知道，他的好日子也要到头了。

面对收服妖猴的致谢，看看佛祖是咋回话的："老僧承大天尊宣命来此，有何法力？还是天尊与众神洪福，敢劳致谢？"

跟二郎神的句式一样吗？

想一想，这对我们平时的为人处世有啥启发吗？

随后，三清、四御、五老、六司、七元、八极、九曜、十都、千真、万圣都被邀请来了，这回是三界第一大会的规格了。

玉帝把人都请来要干啥呢？

三界公示，他要为如来佛祖抬级别，是命四大天师、九天仙女，大开玉京金阙、太玄宝宫、洞阳玉馆，请如来高座七宝灵台。

以玉清元始天尊、上清灵宝天尊、太清道德天尊为首的天庭诸神都到了，他们盘的第一句道就是：“感如来无量法力，收伏妖猴。蒙大天尊设宴呼唤，我等皆来陈谢。请如来将此会立一名如何？”

这其实是对玉帝和如来的双下马威，在玉帝张罗的宴上，一个客人问另一个被请的客人，今天的会是啥题目？

这是对玉帝和佛祖表达不满了：这戏演完了吗？有意思吗？

佛祖也不推辞，摊牌了：“今欲立名，可作个‘安天大会’。”

我来就是扬名立万来的！安天！

“各仙老异口同声，俱道：‘好个“安天大会”！好个“安天大会”！’”

这话就值得玩味了，是好名字，也是好大的口气！

咱们不下定论，很多事现在是一种理解，过几年可能理解又变了，再过几年也许又变回来了，这部《西游记》我们会翻一辈子的。

随后，安天大会顺利召开。

众皆畅然喜会。只见王母娘娘引一班仙子仙娥、美姬毛女，飘飘荡荡舞向佛前，施礼曰：“前被妖猴搅乱蟠桃嘉会，请众仙众佛，俱未成功。今蒙如来大法，炼锁顽猴，喜庆‘安天大会’，无物可谢，今是我净手亲摘大株蟠桃数颗奉献。”真个是：

半红半绿喷香雾，艳丽仙根万载长。

堪笑武陵源上种，争如天府更奇强。

紫纹娇嫩寰中少，缃核清甜世莫双。

延寿延年能易体，有缘食者自非常。

佛祖合掌向王母谢讫。王母又着仙姬仙子唱的唱，舞的舞，满会群仙，又皆赏赞。正是：

缥缈天香满座，缤纷仙蕊仙花。

玉京金阙大荣华，异品奇珍无价。

对对与天齐寿，双双万劫增加。

桑田沧海任更差，他自无惊无讶。

王母正着仙姬仙子歌舞，觥筹交错，不多时，忽又闻得：

一阵异香来鼻嗅，惊动满堂星与宿。

天仙佛祖把杯停，各各抬头迎目候。

霄汉中开现老人，手捧灵芝飞蔼绣。

葫芦藏蓄万年丹，宝箓名书千纪寿。

洞里乾坤任自由，壶中日月随成就。

遨游四海乐清闲，散淡十洲容辐辏。

曾赴蟠桃醉几遭，醒时明月还依旧。

长头大耳短身躯，南极之方称老寿。

寿星又到。见玉帝礼毕，又见如来申谢曰："始闻那妖猴被老君引至兜率宫煅炼，以为必致平安，不期他又反出。幸如来善伏此怪，设宴奉谢，故此闻风而来。更无他物可献，特具紫芝瑶草、碧藕金丹奉上。"诗曰：

碧藕金丹奉释迦，如来万寿若恒沙。

清平永乐三乘锦，康泰长生九品花。

无相门中真法主，色空天上是仙家。

乾坤大地皆称祖，丈六金身福寿赊。

如来欣然领谢。寿星就座，依然走斝传觞。只见赤脚大仙来至，向玉帝前俯囟礼毕，又对佛祖谢道："深感法力，降伏妖猴。无物可以表敬，特具交梨二颗、火枣数枚奉献。"诗曰：

大仙赤脚枣梨香，敬献弥陀寿算长。

七宝莲台山样稳，千金花座锦般妆。

寿同天地言非谬，福比洪波话岂狂。

福寿如期真个是，清闲极乐那西方。

神奇的事情出现了，七仙女去摘桃的时候，老树上的大桃都没了，现在王母却能“净手亲摘大株蟠桃数颗”。

王母献桃完毕，来了两个神仙：一个寿星，一个赤脚大仙，都向佛祖献礼，作者安排这两个人物是为啥呢？

关键在送的东西，寿星送的东西那肯定是增寿的，“碧藕金丹奉释迦，如来万寿若恒沙”嘛；赤脚大仙送的东西其实也是增寿的，“大仙赤脚枣梨香，敬献弥陀寿算长”。

西游宇宙最关键的是啥？

是寿。

玉帝控制三界，用来发俸禄的是啥？

是蟠桃。

寿星的紫芝瑶草、碧藕金丹以及赤脚大仙的交梨、火枣，都是“低配版”增寿的东西，献这种礼也是在表明自己的价值。

佛祖有那么大的法力、那么大的排面、那么大的口气，要是采众家所长，也整个“新蟠桃”呢？

寿命啊寿命，这是贯穿整个《西游记》的关键主线。

如来又称谢了。叫阿难、迦叶将各所献之物，一一收起，方向玉帝前谢宴。众各酩酊，只见个巡视灵官来报道：“那大圣伸出头来了。”佛祖道：“不妨，不妨。”袖中只取出一张帖子，上有六个金字“唵嘛呢叭咪吽”，递与阿难，叫贴在那山顶上。这尊者即领帖子，拿出天门，到那五行山顶上，紧紧的贴在一块四方石上。那座山即生根合缝，可运用呼吸之气，手儿爬出可以摇挣。阿难回报道：“已将帖子贴了。”

如来即辞了玉帝、众神，与二尊者出天门之外，又发一个慈悲心，念动真言咒语，将五行山召一尊土地神祇，会同五方揭谛，居住此山监押。但他饥时，与他铁丸子吃；渴时，与他溶化的铜汁饮。待他灾愆满日，自有人救他。正是：

妖猴大胆反天宫，却被如来伏手降。

渴饮溶铜捱岁月，饥餐铁弹度时光。

天灾苦困遭磨蛰，人事凄凉喜命长。

若得英雄重展挣，他年奉佛上西方。

又诗曰：

伏逞豪强大势兴，降龙伏虎弄乖能。
偷桃偷酒游天府，受箓承恩在玉京。
恶贯满盈身受困，善根不绝气还升。
果然脱得如来手，且待唐朝出圣僧。

毕竟不知向后何年何月方满灾殃，且听下回分解。

大伙儿都喝多了，此时巡视灵官来报：猴哥把头伸出来了。佛祖从袖中取出一张写着六个金字"唵嘛呢叭咪吽"的帖子贴在了山顶上，猴哥的牢门就此被焊死了，他自此有了五百多年思考猿生的时间。佛祖走了后，又念动真言咒语，给这座自己创造的五行山召了一尊土地神祇，会同五方揭谛居住此山监押。

玉帝麾下的五方揭谛，如来说调就能调，瞅瞅这你中有我、我中有你的权力网络。

佛祖给猴哥开了五百年的铁丸子配铜汁的补金方子，毕竟他在八卦炉中烤了四十九天，火克金嘛。

佛祖最后撂下话："待他灾愆满日，自有人救他。"

这句话很关键，言外之意是：这人将来我还得用。

另一个言外之意是：他灾愆满日是何时，得看我什么时候再想用他。

猴哥觉得自己齐天了，实际上就是个小棋子。

最后两首诗展望了一下悟空的重生之日："若得英雄重展挣，他年奉佛上西方""果然脱得如来手，且待唐朝出圣僧"。

猴哥终将再次成为师爷的棋子，保着他的"师叔"重走西游之路。

第三章

如来传经，
佛祖本来安排的取经四人有谁？
菩萨如何布局的神级意念植入

第八回

我佛造经传极乐，观音奉旨上长安

试问禅关，参求无数，往往到头虚老。磨砖作镜，积雪为粮，迷了几多年少？毛吞大海，芥纳须弥，金色头陀微笑。悟时超十地三乘，凝滞了四生六道。谁听得绝想崖前，无阴树下，杜宇一声春晓？曹溪路险，鹫岭云深，此处故人音杳。千丈冰崖，五叶莲开，古殿帘垂香袅。那时节，识破源流，便见龙王三宝。

继第一回咱们拎出标题单独讲解后，这一回咱们又要专门说道说道标题了。

开宗明义，标题就说了，是我佛造经要传，是观音奉佛旨上长安去攒这个取经的局。

这是佛祖的顶层设计，后面九十二回的故事从纲领到骨架，大部分都是定下来的游戏关卡，当然，中间会有些非重点环节的变数，但这个取经项目整体就是佛祖起心动念后启动的佛法东传。

综观《西游记》全文，我们会看到很多很多的努力与艰辛、奋斗与拼搏、坚韧与无畏，但是，细品原著作者表达的这个故事的核心味道，无论是呵护悟空三百多年温暖纯真的“学前西游”，还是悟空五百年灾满重获新生后的“除魔西征”，其实都在提醒我们要有些冥冥中的敬畏感。

珍惜我们的好运，珍惜我们的机会。

来，看看这一回开篇的一首词吧。

“试问禅关，参求无数，往往到头虚老。”探求佛理，追寻禅意，古往今来参禅求道的人那么多，却往往一无所成到终老。

“磨砖作镜”是一个成语，其典故出自《景德传灯录·慧能大师》。唐朝有个叫马祖道一的和尚，每天打坐参禅，希望能够悟道。怀让禅师拿了一块砖头在其禅房外用力地磨，参禅的那位问这是在干啥，磨砖头的说自己打算把砖头磨成镜子。参禅的那位惊讶道：“这咋可能？”磨砖的那位就回道：“磨砖不能成镜，那么一味地枯坐就能成佛吗？”

“积雪为粮”就是储备雪做粮食。

“磨砖作镜”和“积雪为粮”都是在说做事方法不对就是在做无用功，所以词中说：“迷了几多年少？”

之前我们说过，作者是信奉“从实践中来，到实践中去”的，对那种屋中静坐苦思开悟的做法是持保留态度的。

“毛吞大海，芥纳须弥，金色头陀微笑。”一毛能吞大海，一芥子能纳须弥山，这通常出现在禅宗语境，体现了微观事物对宏观事物的涵盖，展现了打破大小、空间常规认知的境界。当你达到这种境界时，金色头陀，也就是摩诃迦叶，就会因为看到你悟道而对你微笑了。

咱是俗人，前面说“磨砖作镜”时，我这写历史的能理解，不见遍人性咋可能思考全面，不经遍世事咋能总结出一通百通的智慧，后面这种境界咱就没法触及了，咱也不评价，只把原意翻译出来给诸君品读。

“悟时超十地三乘”，“十地”是菩萨修行的十个阶位，“三乘”是声闻乘、缘觉乘和菩萨乘这三种引导众生解脱的途径。这句的意思是，当一个人觉悟时，他的境界能够超越十地和三乘。

“凝滞了四生六道”，“四生”是佛教对众生出生方式的四个分类：胎生、卵生、湿生、化生；“六道”是天道、人道、阿修罗道、畜生道、饿鬼道、地狱道，是众生轮回的六个途径。这句话的意思是，人要是没觉悟，就得永远被困在这轮回里。

“谁听得绝想崖前，无阴树下，杜宇一声春晓？”在那断绝妄念的崖前、没有杂念遮蔽的树下，谁能听到杜鹃那一声带来新希望的啼叫？

“曹溪路险”，曹溪是禅宗南宗发源地，六祖慧能曾在曹溪宝林寺（今南华寺）

弘扬佛法，这条路讲究的是顿悟，“曹溪路险”也在说顿悟的修行之路艰辛。

“鹫岭云深”，鹫岭即灵鹫山，为佛陀讲经说法的重要场所，这说的是佛法高深。

这两个地方“故人音杳”，表明了修行之路的孤独。

“千丈冰崖，五叶莲开，古殿帘垂香袅。”通过对冰崖、莲花、古殿等景象的描绘，营造出一种神秘、高远、庄严的氛围，表达了对佛法的敬畏。

“那时节，识破源流，便见龙王三宝。”到了那个时候，便可识破源流，证悟佛门三宝。（这里龙王三宝意为佛门三宝，后面很快也会有诗句形容灵山是：“安享净土祇园，受用龙宫法界。”）

这开篇词写得很深，里面涉及很多佛门的典故和境界，咱虽然没有深度剖析这些故事，但不意味着咱抓不准作者的意思，因为这是原著作者改编自元人的词（见彭致中《鸣鹤馀音》)，咱们看他改了哪儿就成。

原文为：

试问禅关，参求无数，往往到头虚老。磨砖作镜，积雪为粮，迷了几多年少。毛吞大海，芥纳须弥，金色头陀微笑。悟时超十地三乘，凝滞四生六道。谁听得绝相岩前，无阴树下，杜宇一声春晓。曹溪路险，鹫岭云深，此处故人音杳。千丈冰崖、五叶莲开，古殿帘垂香袅。免葛藤丛里，婆娑游子，梦魂颠倒。

这跟改编的词里有两个不同的地方。

1.《西游记》说的是“绝想崖”，原词说的却是“绝相岩”，一个是绝想断念，一个是绝相看破，估计是为了让语调更押韵改的。

2. 另一个不同点很关键，在结尾。

原词的结尾是“免葛藤丛里，婆娑游子，梦魂颠倒”，说的是众生在烦恼和杂念中迷失，如陷入葛藤丛中无法自拔，被欲望执念左右，精神恍惚，梦魂颠倒。

原词的结尾是没悟道的状态。

《西游记》改编后的词是“那时节，识破源流，便见龙王三宝”，最终强调了“识破源流”这四个字。

“源流”这个词，咱们已经说了好多遍了，它在西游宇宙中占有太关键的地位了。我个人感觉，作者通过改这词的最后一句，还是想在这“佛祖顶层设计”的关键回目的一开始就点一下题——取经的“源流”，不是唐想取，是佛欲传，是“我佛造经传极乐，观音奉旨上长安”！

这一篇词，名《苏武慢》。话表我佛如来，辞别了玉帝，回至雷音宝刹，但见那三千诸佛、五百阿罗、八大金刚、无边菩萨，一个个都执着幢幡宝盖，异宝仙花，摆列在灵山仙境、娑罗双林之下接迎。如来驾住祥云，对众道：“我以——

甚深般若，遍观三界。

根本性原，毕竟寂灭。

同虚空相，一无所有。

殄伏乖猴，是事莫识。

名生死始，法相如是。”

说罢，放舍利之光，满空有白虹四十二道，南北通连。大众见了，皈身礼拜。少顷间，聚庆云彩雾，登上品莲台，端然坐下。那三千诸佛、五百罗汉、八金刚、四菩萨，合掌近前礼毕，问曰：“闹天宫搅乱蟠桃者，何也？”如来道：“那厮乃花果山产的一妖猴，罪恶滔天，不可名状，概天神将，俱莫能降伏。虽二郎捉获，老君用火煅炼，亦莫能伤损。我去时，正在雷将中间扬威耀武，卖弄精神，被我止住兵戈，问他来历，他言有神通，会变化，能驾筋斗云，一去十万八千里，我与他打了个赌赛，他出不得我手，却将他一把抓住，指化五行山，封压他在那里。玉帝大开金阙瑶宫，请我坐了首席，立‘安天大会’谢我，却方辞驾而回。”大众听言喜悦，极口称扬。谢罢，各分班而退，各执乃事，共乐天真。果然是：

瑞霭漫天竺，虹光拥世尊。西方称第一，无相法王门。常见玄猿献果，麋鹿衔花。青鸾舞，彩凤鸣。灵龟捧寿，仙鹤噙芝。安享净土祇园，受用龙宫法界。日日花开，时时果熟。习静归真，参禅果正。不灭不生，不增不减。烟霞缥缈随来往，寒暑无侵不记年。

诗曰：

去来自在任优游，也无恐怖也无愁。

极乐场中俱坦荡，大千之处没春秋。

佛祖判了猴哥、吃了席后，回了灵山。来看看佛祖这排面，“但见那三千诸佛、五百阿罗、八大金刚、无边菩萨，一个个都执着幢幡宝盖，异宝仙花，摆列在灵山仙境、娑罗双林之下接迎”。

这样的实力，当个五方五老也确确实实有点委屈佛祖了，佛祖这团队实力咋的也得跟三清并驾齐驱了。

佛祖跟众神讲了段佛理，随后开始放舍利之光，满空有白虹四十二道，南北通连。大众见了，皈身礼拜，都拜完，佛祖还要聚庆云彩雾后才登上品莲台落座。

你说佛祖为啥要放那些光？为啥要那么大的排面？又是全体献宝来接，又是全体礼拜？

时不时借助事件展现自己的号召力，时不时在三界重大场面展现自己的超强能力震慑与武力威慑，是维持团队凝聚力的重要招式。

灵山有那么多能人，有猴哥那样心态的人永远不是少数，“强者为尊该让我，英雄只此敢争先”嘛！时不时展示自己的实力和威信，时不时拿出点压箱底的绝活有助于巩固自己的权威，不至于让谁来大闹灵山或者自己要逼不得已地搞玉帝那一套。

你说猴哥为啥能大闹天宫？

是玉帝纵容和默许的。

玉帝为啥要让猴哥折腾这一趟？

因为天庭的锅太多，派系太杂，他要借猴哥这通折腾搅浑这水，光明正大地停一次蟠桃会嘛！玉帝要告诉不跟他一条心的势力：你们的桃没了！下一次再熟得九千天（天历）以后了，这二十五年（天历）你们好好想想吧！再拿我不当回事，下次桃熟时你们信不信再来只猴子？还有马上到寿的神仙们，也好好想想你们的领导到底是谁。

本质上，玉帝是为了抬高自己的威慑力。

佛祖这大放光芒和超大排面也是这意思，为了凝聚意志。

佛祖落座后讲了讲自己这趟办了啥事，说是有一只花果山产的妖猴，罪恶滔天，满天神将都拿不住他，虽然二郎神抓住了他，老君还给他推炉子里了，但是他们都弄不死他。我去了以后，那猴子都出不得我手，被我“指化五行山”扣在山下了，然后玉帝摆宴，请我坐了首席，立“安天大会”谢我。

佛祖这话的意思，总体是突出了天庭现在是空架子，自己这回去给灵山上大分了，随后大众那是“极口称扬”。

原著作者写的哪里是灵山啊，他有他的心思和要夹带的私货啊。

佛祖居于灵山、大雷音宝刹之间。一日，唤聚诸佛、阿罗、揭谛、菩萨、金刚、比丘、僧尼等众曰：“自伏乖猿安天之后，我处不知年月，料凡间有半千年矣。今值孟秋望日，我有一宝盆，盆中具设百样奇花、千般异果等物，与汝等享此‘盂兰盆会’如何？”概众一个个合掌礼佛三匝，领会。如来却将宝盆中花果品物，着阿难捧定，着迦叶布散。大众感激，各献诗伸谢。

福诗曰：

福星光耀世尊前，福纳弥深远更绵。

福德无疆同地久，福缘有庆与天连。

福田广种年年盛，福海洪深岁岁坚。

福满乾坤多福荫，福增无量永周全。

禄诗曰：

禄重如山彩凤鸣，禄随时泰祝长庚。

禄添万斛身康健，禄享千钟世太平。

禄俸齐天还永固，禄名似海更澄清。

禄恩远继多瞻仰，禄爵无边万国荣。

寿诗曰：

寿星献彩对如来，寿域光华自此开。

寿果满盘生瑞霭，寿花新采插莲台。

寿诗清雅多奇妙，寿曲调音按美才。

寿命延长同日月，寿如山海更悠哉。

众菩萨献毕，因请如来明示根本，指解源流。那如来微开善口，敷演大法，宣扬正果，讲的是三乘妙典，五蕴楞严。但见那天龙围绕，花雨缤纷。正是：

禅心朗照千江月，真性清涵万里天。

一晃五百年过去了，佛祖唤聚诸佛、阿罗、揭谛、菩萨、金刚、比丘、僧尼等众，要开大会了。

佛祖开会，可不是乱开的，每次开会是要分红的。佛祖表示自己有一宝盆，盆中具设百样奇花、千般异果等物，与大家享此“盂兰盆会”，随后开始分发宝盆中的花果品物。

佛祖这大会不是第一次开，后面镇元子说他五百年前参加过，所谓“那和尚乃金蝉子转生，西方圣老如来佛第二个徒弟。五百年前，我与他在‘兰盆会’上相识，他曾亲手传茶”（第二十四回）。毗蓝婆菩萨说她三百年前参加过，所谓“我自赴了鱼蓝会，到今三百余年，不曾出门。我隐姓埋名，更无一人得知，你却怎么知道？”（第七十三回）

这大会总开，可以简单理解为是佛界的“蟠桃会”。大家拿了佛祖盆里的宝物后开始献诗，菩萨们献礼诗的主题是“福、禄、寿”。

没错，是菩萨们作的诗，赛完诗后，“众菩萨献毕，因请如来明示根本，指解源流”。

在西游宇宙和原著作者的人生观中，灵山最高级别的献礼口号也是“福、禄、寿”。

这是作者自己搭建的一个西游宇宙，咱尽量不跟真正的佛法、佛门混为一谈，把灵山当个诸侯国看就顺当了。

众菩萨献礼后，又到了让佛祖“指解源流”的环节了，这回作者没说佛祖具体讲了啥，只强调佛祖讲得相当好，“天龙围绕，花雨缤纷”，效果极佳。

如来讲罢，对众言曰：“我观四大部洲众生善恶者，各方不一。东胜神洲者，敬天敬地，心爽气平；北俱芦洲者，虽好杀生，只因糊口，性拙情疏，无多作践；我西牛贺洲者，不贪不杀，养气潜灵，虽无上真，人人固寿；但那南赡部洲者，贪淫乐祸，多杀多争，正所谓口舌凶场，是非恶海。我今有三藏真经，可以劝人为善。”诸菩萨闻言，合掌皈依，向佛前问曰：“如来有那三藏真经？”如来曰：“我有《法》一藏谈天，《论》一藏说地，《经》一藏度鬼。三藏共计三十五部，该一万五千一百四十四卷，乃是修真之经，正善之门。我待要送上东土，叵耐那方众生愚蠢，毁谤真言，不识我法门之旨要，怠慢了瑜伽之正宗。怎么得一个有法力的，去东土寻一个善信，交他苦历千山，询经万水，到我处求取真经，永传东土，劝化众生，却乃是个山大的福缘，海深的善庆。谁肯去走一遭来？”当有观音菩萨，行近莲台，礼佛三匝，道：“弟子不才，愿上东土寻一个取经人来也。”诸众抬头观看，

那菩萨：

理圆四德，智满金身。缨络垂珠翠，香环结宝明。乌云巧叠盘龙髻，绣带轻飘彩凤翎。碧玉纽，素罗袍，祥光笼罩；锦绒裙，金落索，瑞气遮迎。眉如小月，眼似双星。玉面天生喜，朱唇一点红。净瓶甘露年年盛，斜插垂杨岁岁青。解八难，度群生，大慈悯。故镇太山，居南海，救苦寻声，万称万应，千圣千灵。兰心欣紫竹，蕙性爱香藤。他是落伽山上慈悲主，潮音洞里活观音。

讲法完毕，佛祖说了一下这次召开大会的真正目的：我观这四大部洲，东胜神洲，北俱芦洲，西牛贺洲，这三个洲都挺好，但是那南赡部洲没法要了，那里贪淫乐祸，多杀多争，口舌凶场，是非恶海。

有的解读里经常说佛祖这是张嘴就来，妖怪都是在你西牛贺洲遇到的！你瞅给我们大唐埋汰的！

别上火，这是误会。佛祖说的是各大部洲的人，而不是说各大部洲的妖怪。

后来取经团队在西牛贺洲途经了宝象国、乌鸡国、车迟国、西梁女国、祭赛国、朱紫国、狮驼国、比丘国、灭法国、天竺国……该说不说，除了在狮驼国碰见了领导亲戚，比丘国做上“人体实验”了，其他国百姓的生活质量真都还行，而且国家普遍都不大。再看此时的大唐，刚刚经历了史上惨烈之最的“隋末群雄争霸赛”，拜杨广所赐，天下暴土狼烟，隋末还成了华夏几千年历史中最武德充沛的一个乱世，整个北境各势力膘肥体壮、武德凶猛，佛祖评价的这句“贪淫乐祸，多杀多争，正所谓口舌凶场，是非恶海”真不能说是说错了。

从这里也能辩证地看出点门道，西牛贺洲这一路上的妖精之所以那么多，其实也是因为人类政权的实力不够强大，在咱南赡部洲根本不可能出现那种几百里都是妖怪地盘的情况，牛魔王来了也得被拉去耕地！刘邦、刘彻、刘秀、曹操、石勒、慕容垂、拓跋珪、尔朱荣、宇文泰、李世民，随便哪个都能打死妖怪！举个最简单的例子，西牛贺洲有西梁女国，一群女人居然能组成一个政权而不被邻邦吞并，这就完全说明了为啥西牛贺洲有那么多妖怪。

你把李世民放在西牛贺洲，估计那通关文牒上盖了一个国家的印，他就到灵山了。除了狮驼国确实不是一个维度的，剩下的国有一个算一个，李二爷都得给剿喽！

准确地说，在整个南赡部洲，大唐的护照就是免签的。到观音禅院时，已过了西番哈咇国，收八戒的地方是乌斯藏国高老庄，这两国可都是不用盖通关文牒的，唐长老想咋走咋走，几个月可就走出去万里了。直到过了流沙河，四圣试禅心时，菩萨明确说了，他们到了西牛贺洲后，才需要从后面的宝象国开始盖章。

在整个南赡部洲，一本大唐护照就好使。

以华夏为核心的南赡部洲自古就比较卷，斗争比较凶猛，别说妖怪了，此时光灭佛运动都搞两次了……

全世界的古代史中，华夏文明是罕见的“人王大于法王”的文明，在真实历史中，是观世音菩萨要避李世民的讳，变成了观音菩萨。

佛祖说那三个洲还行，南赡部洲不行的另一层含义是：只有南赡部洲的大唐政权最厉害！

也正因为最厉害，所以大唐的信仰最值钱，所以后面取经的路上，佛和道斗得那么厉害。

佛祖说南赡部洲需要教育后，接着表示：“我今有三藏真经，可以劝人为善。”话说出来了，得有人接，“诸菩萨闻言，合掌皈依，向佛前问曰：‘如来有那三藏真经？’”

佛祖说自己有“三藏共计三十五部，该一万五千一百四十四卷，乃是修真之经，正善之门”。我想把这些好东西送上东土，但是吧，那地方的众生愚蠢，毁谤真言，这经我不能送，得他们来取。现在我批个项目：得来个有法力的，去东土寻一个善信，教他苦历千山万水来我这儿取经。咱这经要永传东土，要永远作为南赡部洲众生的心灵指导，这是个“山大的福缘，海深的善庆”。谁肯去走一遭来？

随后观音菩萨表态了：这项目弟子接了！

如来见了，心中大喜道：“别个是也去不得，须是观音尊者，神通广大，方可去得。”菩萨道：“弟子此去东土，有甚言语分付？”如来道：“这一去，要踏看路道，不许在霄汉中行，须是要半云半雾，目过山水，谨记程途远近之数，叮咛那取经人。但恐善信难行，我与你五件宝贝。”即命阿难、迦叶，取出锦襕袈裟一领，九环锡杖一根，对菩萨言曰：“这袈裟、锡杖，可与那取经人亲用。若肯坚心来此，穿我的袈裟，免堕轮回；持我的锡杖，不遭毒害。”这菩萨皈依拜领。如来又取三个箍儿，

递与菩萨道："此宝唤做'紧箍儿'，虽是一样三个，但只是用各不同。我有金、紧、禁的咒语三篇。假若路上撞见神通广大的妖魔，你须是劝他学好，跟那取经人做个徒弟。他若不伏使唤，可将此箍儿与他戴在头上，自然见肉生根。各依所用的咒语念一念，眼胀头疼，脑门皆裂，管交他入我门来。"

佛祖看见观音菩萨后那是"心中大喜"，因为佛祖知道，要是观音菩萨应了，这事肯定就稳了，不至于被扔河里泡三天，用佛祖的话讲："别个是也去不得，须是观音尊者，神通广大，方可去得。"

必须是神通广大的观音尊者，才能搞定那位华夏顶流的李世民。

随后菩萨问：咱这趟专项行动，您老有啥中心思想吗？

你看，观音菩萨又教咱怎么工作了，启动一项工作的第一件事就是要先问领导的愿景：这事要干成啥效果，最终要达成啥目的。咱上班后一定养成个习惯，接到工作指派后，先问问领导这工作的指导思想，别直接就去干了。

干活儿不由东，累死也无功。

佛祖交代了两件事。

1. 你去的时候要半云半雾，目过山水，谨记程途远近之数，把这一路的所有难关都记下来叮咛那取经人。

2. 这趟取经行动要动太多的旧有利益，要掀不少桌子，没有武力不行。我给这个项目批五件宝贝，其中的锦襕袈裟和九环锡杖，可以拿给那取经人，超级关键的一句话："这袈裟、锡杖，可与那取经人亲用。若肯坚心来此，穿我的袈裟，免堕轮回；持我的锡杖，不遭毒害。"

从这里就能看出佛祖安排这个项目的目的了——这不是取经请愿团，是取经专项组！

这金光灿灿的袈裟是要披在唐僧身上的！那锡杖也是要拿在他手里的！

佛祖原话，都说得不能再明了了：你要是真的诚心前来，那你穿我的袈裟，可以免堕轮回。不是让你把袈裟藏在包袱皮里的，是让你穿上、金光灿灿地给别人看的！

佛祖就是让西行这一路上的连人带妖怪都知道，连南赡部洲最牛国家的最牛和尚都要十万八千里地来我灵山取经，何况你们这些小国离我这么近。你们比那李世民如何？比那气吞万里的大唐如何？

佛祖不仅仅是要让大唐来取经，而是要让整个西牛贺洲的所有国家都来取经！

从后面给的那三个法宝也能看出佛祖的打算，这三个箍儿，可以把路上撞见的神通广大的妖魔直接收编做徒弟，不听话就念死他。

注意，佛祖最初布局时绝对不是想让观音菩萨扣下两个箍儿的，这三个名额都是给取经专项组的。那接下来问题来了，佛祖对这仨徒弟的要求是“神通广大的妖魔”，也就是说，除了老早就内定的在大唐边境两界山压着的悟空之外，剩下那俩徒弟其实都是不符合佛祖标准的。

现在我们知道，八戒和沙僧这俩不够格的是被观音菩萨招进来的，那佛祖真正要招的是谁呢？

这仨徒弟不能在取经的中后半段才出现，必须是早早入伙的。

其实应该是收八戒前面一关的黑熊精和收沙僧前面一关的黄风怪。

这俩妖怪的能力比八戒和沙僧都强没边了，身份也没问题，都是佛门妖怪。黑熊精一直在对观音菩萨示好，希望能求得门路，渴望进步。黄风怪那就更明显了。他是灵山的老鼠，跟佛祖对猴哥的安排一样，老早就在黄风岭等着的。猴哥和黄风怪打架时，原著第二十一回中的诗都不能再明了了：“他二人在那黄风洞外，这一场好杀：妖王发怒，大圣施威。妖王发怒，要拿行者抵先锋；大圣施威，欲捉精灵救长老。叉来棒架，棒去叉迎。一个是镇山都总帅，一个是护法美猴王。”

这灵山的黄毛老鼠是镇山都总帅，可不是普通妖怪，而且所谓看押他的灵吉菩萨却在正南两千里外，要知道揭谛看押悟空那可是始终不离开两界山的。黑熊精和黄风怪也都不是那种狂妄无边的妖怪，无论是从黑熊精写给金池长老的信，还是黄风怪对虎先锋的交代，都能看出他们相当知道进退，我们后面讲到时会细说。

所以黑熊和黄鼠，分别要比八戒和沙僧早一回出现，能更早效力，也更有能力。

准确地说，佛祖对取经计划的预期，是唐僧穿着金光灿灿的拉风袈裟，拿着叮当乱响的音响锡杖，然后配上金猴、黑熊、黄鼠这仨徒弟，走一路、打一路、掀一路的桌子去的。

这么个配置，一路上绝对寸妖不生，这仨徒弟内部就得卷死，谁冲得慢了谁丢脸，除了过河时可能需要找找帮手，剩下的关卡都能平推！这一路下来，绝对能把威风抖得名扬三界！

没有八戒，人参果那关根本就不会发生，而且最难的青牛精那关也不叫事，用金刚琢随便套，还能把那黄毛老鼠的嘴套走？一阵黄风吹死他！还有那芭蕉扇，都用不着借！黄毛老鼠直接张嘴就吹！哪怕到了最难的狮驼岭也没问题，都是兄弟，拼拼呗！打上一百回合后，大概率就是猴、熊、鼠碾压狮、象、雕了。

佛祖布局时，早就已经配齐了硬件，至少猴哥和黄风怪都是老早就安排好了的。准确来说，只要这俩入了组，取经这一路上的妖怪就都不叫事了，根本不用猴哥满世界找人平事，佛祖也不用因为取经拉下那么多人情饥荒。而且，此去取经也根本就不能低调！就是要让沿路的所有国家、地区都看到，我灵山的经是多么重要！

所以佛祖需要观音菩萨去这一趟，是要她搞定那个武德凶猛、天日之表、人中龙凤、万王之王的李世民的，剩下的硬件和成员都安排好了。

此一去，菩萨确实搞定李世民了，但是佛祖期望的效果，却被菩萨打了相当大的折扣。应该光明正大获批进入佛门的四位，最终只来了俩，也别怪后面佛祖看见八戒和沙僧时的评语是“因汝挑担有功”和“登山牵马有功”。

真不是看不起他俩，确确实实是没有这个能力，哥儿俩绑一块儿还得有取经摄像组加持才能跟奎木狼打个平手。按理来说，这能力是进不来这种规格的取经队伍的。

从这里也能看出来，一个项目的总经理权力有多大！

只要是没明确说的，都有操作的空间！当然，前提是得达到核心目的。大唐如果没派玄奘来取经，玄奘如果这趟没走到灵山，那观音菩萨就属于办砸了，只要核心目的达到了，中间都有解释空间。

黑熊精可能永远不会知道，他本来有可能当上灵山的守山大神；黄毛老鼠可能更加不会知道，自己这么大的能力本来是可“转正”的，这次错过了，不知又要再等上几个五百年了。

那菩萨闻言踊跃，作礼而退。即唤惠岸行者随行，那惠岸使一条浑铁棍，重有千斤，只在菩萨左右，作一个降魔的大力士。菩萨遂将锦襕袈裟作一个包裹，令他背了。菩萨将金箍藏了，执了锡杖，径下灵山。这一去，有分教：

佛子还来归本愿，金蝉长老裹栴檀。

那菩萨到山脚下，有玉真观金顶大仙在观门首接住，请菩萨献茶。菩萨不敢久停，曰："今领如来法旨，上东土寻取经人去。"大仙道："取经人几时方到？"菩萨道："未定，约模二三年间，或可至此。"遂辞了大仙，半云半雾，约记程途。有诗为证。诗曰：

万里相寻自不言，却云谁得意难全。

求人忽若浑如此，是我平生岂偶然。

传道有方成妄说，说明无信也虚传。

愿倾肝胆寻相识，料想前头必有缘。

菩萨下了灵山后，又有一句诗铺垫透底："佛子还来归本愿，金蝉长老裹栴檀。"

这个栴檀是檀香科檀香属植物，常绿小乔木，因香气悠远、持久，能够让人内心平静而被视为佛教圣木，广泛用于建造寺庙的佛像和建筑。

这是连唐僧后来的佛号都给起好了。

而且大家记住这句"佛子还来归本愿"，"佛子"是指唐僧，"还来"是返回之意，"归本愿"是回归自己的根本誓愿。"本愿"这个词在佛教中有巨大意义，比如地藏王菩萨发下弘誓大愿的《地藏经》，它的全名就叫《地藏菩萨本愿经》。

我们也由此埋一个小伏笔，金蝉长老真的是被"贬"下去的吗？

菩萨到了灵山脚下，在这里证明天庭控制三界的证据出现了——灵山山脚下的接待处负责人是道教的金顶大仙。

金顶大仙身处佛国，住的却是道观玉真观。

此时作者没有细说这金顶大仙，但后面第九十八回唐僧一行来到灵山时，对金顶大仙的描述如下："身披锦衣，手摇玉麈。身披锦衣，宝阁瑶池常赴宴；手摇玉麈，丹台紫府每挥尘。肘悬仙箓，足踏履鞋。飘然真羽士，秀丽实奇哉。炼就长生居胜境，修成永寿脱尘埃。圣僧不识灵山客，雷音金顶大仙来。"

"羽士"是道士的别称，人家还"肘悬仙箓"，是天庭的驻灵山办事处主任。

《西游记》这部作品，从小说的角度来讲，真的算是顶级的了，谋篇布局都是前后呼应的。细讲西游宇宙中的人物时，要拢出来该人物的所有出场内容去综合评定，比如这金顶大仙，刚出来时你会纳闷这是个什么角色，菩萨为啥要跟他唠，等后来到灵山时，读者就恍然大悟了。

唐僧一行走到灵山脚下时，通往灵山的物理道路要从玉真观穿过去，所谓“原来这条路不出山门，就是观宇中堂穿出后门便是。大仙指着灵山道：‘圣僧，你看那半天中有祥光五色，瑞霭千重的，就是灵鹫高峰，佛祖之圣境也。’”（第九十八回）

取经从开始到收尾，无论是观音菩萨还是取经团队，都要经过灵山道门办事处，而且凡人想上灵山，要从道观的后门进。

瞅见玉帝对灵山的影响力了吗？

玉帝不同意，唐僧这凡僧就上不了灵山！

之后，玉帝不仅给取经团队批了摄像组，还把取经项目升格为“唐三藏西天取经，无神不保，无天不祐，三界通知，十方拥护”的级别。

佛祖安排取经这事，首先就要跟玉帝碰头。玉帝点头了，佛祖才能安排观音菩萨去攒局。

所有大项目在实施之前，都需要在大领导们之间酝酿沟通，去利益配平。玉帝同意这事，那猴子西行这一路的上天求援就都好使，死亡率高的关卡还有日值功曹和太白金星提前预警；太上老君不同意这事，就会像前半部那样跟你没完没了，设置一关又一关，必须得是如来和玉帝的手下都在大庭广众下受挫，道祖的位分提高，佛祖付出了大代价，面子和里子都找回来了，这事才算完！

师徒二人正走间，忽然见弱水三千，乃是流沙河界。菩萨道：“徒弟呀，此处却是难行。取经人浊骨凡胎，如何得渡？”惠岸道：“师父，你看河有多远？”那菩萨停云步看时，只见：

东连沙碛，西抵诸番。南达乌戈，北通鞑靼。径过有八百里遥，上下有千万里远。水流一似地翻身，浪滚却如山耸背。洋洋浩浩，漠漠茫茫，十里遥闻万丈洪。仙槎难到此，莲叶莫能浮。衰草斜阳流曲浦，黄云影日暗长堤。那里得客商来往？何曾有渔叟依栖？平沙无雁落，远岸有猿啼。只是红蓼花繁知景色，白蘋香细任依依。

菩萨正然点看，只见那河中泼剌一声响亮，水波里跳出一个妖魔来，十分丑恶。他生得：

青不青，黑不黑，晦气色脸；长不长，短不短，赤脚筋躯。眼光闪烁，好似灶底双灯；口角丫叉，就如屠家火钵。獠牙撑剑刃，红发乱蓬松。一声叱咤如雷吼，两脚奔波似滚风。

那怪物手执一根宝杖，走上岸就捉菩萨，却被惠岸掣浑铁棒挡住，喝声："休走！"那怪物就持宝杖来迎。两个在流沙河边，这一场恶杀，真个惊人：

木叉浑铁棒，护法显神通。怪物降妖杖，努力逞英雄。双条银蟒河边舞，一对神僧岸上冲。那一个，威镇流沙施本事；这一个，力保观音建大功。那一个翻波跃浪，这一个吐雾喷风。翻波跃浪乾坤暗，吐雾喷云日月昏。那个降妖杖，好便似出山的白虎；这个浑铁棒，却就如卧道的黄龙。那个使将来，寻蛇拨草；这个丢开去，扑鹞分松。只杀得昏漠漠，星辰灿烂；雾腾腾，天地朦胧。那个久居弱水夸他狠，这个初出灵山第一功。

他两个来来往往，战上数十合，不分胜负。那怪物架住了铁棒道："你是那里和尚，敢来与我抵敌？"木叉道："我是托塔天王二太子木叉惠岸行者，今保我师父往东土寻取经人去。你是何怪，敢大胆阻路？"那怪方才醒悟道："我记得你跟南海观音在紫竹林中修行，你为何来此？"木叉道："那岸上不是我师父？"

菩萨师徒二人来到流沙河，撞见了沙僧在这里收过路费，这段描写表明了三件事。

1. 流沙河宽且长，是菩萨认证了的不好过，所谓"徒弟呀，此处却是难行。取经人浊骨凡胎，如何得渡"？

2. 沙僧跟木叉能打上数十回合。

这个木叉的武功是个啥水平呢？

我们说过，西游宇宙中的比武不看招式，看力量。武器是最直观的力量放大器，木叉那武器仅重千斤。所谓"那菩萨闻言踊跃，作礼而退。即唤惠岸行者随行，那惠岸使一条浑铁棍，重有千斤，只在菩萨左右，作一个降魔的大力士"，木叉在书中也有高光时刻，他居然曾跟猴哥过招几十回合才被打跑，估计也是赶上猴哥当时心情好了，因为猴哥心情好打着玩的时候，跟八戒也能逗一宿。猴哥是纯爱打架，他急与不急时的战斗力是两种水平。

木叉这千斤武器，其实也是暗示他就这千斤的力气，而且从他爹对他的评价也能看出来，老李其实并不觉得他这儿子有多大实力。第六回木叉奉命叫阵猴哥的时候，老李是这那么说的："孩儿，你随菩萨修行这几年，想必也有些神通，切须在意。"

是"想必也有些"，你问老李敢对哪吒这么说话吗？你问他敢把那塔放下吗？

木叉这武力就那么回事，所以沙僧这武力也不高，后面一路表现平平也算是理所应当。

3. 这怪是奔菩萨来的，所谓"菩萨正然点看，只见那河中泼剌一声响亮，水波里跳出一个妖魔来……那怪物手执一根宝杖，走上岸就捉菩萨"。

他之前是玉帝身边的卷帘将，会不认识五方五老的观音菩萨？

这就是存心的。

最牛的创造偶遇，是让对方觉得他能拯救你。

怪物闻言，连声喏喏，收了宝杖，让木叉揪了去见观音，纳头下拜，告道："菩萨恕我之罪，待我诉告。我不是妖邪，我是灵霄殿下侍銮舆的卷帘大将。只因在蟠桃会上失手打碎了玻璃盏，玉帝把我打了八百，贬下界来，变得这般模样。又叫七日一次，将飞剑来穿我胸胁百余下方回，故此这般苦恼。没奈何，饥寒难忍，三二日间，出波涛寻一个行人食用；不期今日无知，冲撞了大慈菩萨。"菩萨道："你在天有罪，既贬下来，今又这等伤生，正所谓罪上加罪。我今领了佛旨，上东土寻取经人。你何不入我门来，皈依善果，跟那取经人做个徒弟，上西天拜佛求经？我叫飞剑不来穿你。那时节，功成免罪，复你本职，心下如何？"那怪道："我愿皈正果。"乃向前道："菩萨，我在此间，吃人无数，向来有几次取经人来，都被我吃了。凡吃的人头，抛落流沙，竟沉水底。这个水，鹅毛也不能浮。惟有九个取经人的骷髅，浮在水面，再不能沉。我以为异物，将索儿穿在一处，闲时拿来顽耍。这去，但恐取经人不得到此，却不是反误了我的前程也？"菩萨曰："岂有不到之理？你可将骷髅儿挂在头项下，等候取经人，自有用处。"怪物道："既然如此，愿领教诲。"菩萨即与他摩顶受戒，指沙为姓，就姓了沙，起个法名，叫做个沙悟净。当时入了沙门，送菩萨过了河，他洗心涤虑，再不伤生，专等取经人。

沙师弟对菩萨说的这段话信息量极大，咱们一句句看。

"我不是妖邪，我是灵霄殿下侍銮舆的卷帘大将。"这一句表明了他之前的工作单位，"銮舆"指的是皇帝的车驾，也代指天子；"卷帘"是皇权礼仪的重要组成部分。当皇帝上朝时，太监将珠帘或其他厚重的帘子卷起，意味着场景从宫廷的私人空间转换到了公共的政务空间，象征着正式仪式的开始；国宴时，在皇帝进入宴会厅之前，帘子是垂下的，等皇帝驾到，这帘子才能卷起，象征着皇帝至高无上的地位。卷帘是皇权等级秩序的重要体现环节。

综上，这句话交代了他是玉帝的贴身礼仪官。

接下来是他倒霉的原因：他在蟠桃会上失手打碎了玻璃盏，随后被玉帝“打了八百，贬下界来”。

注意，是玻璃盏，不是电视剧里的琉璃盏。

玻璃这东西，今天是不值钱了，不过在当时属于高端奢侈品。

中国古代玻璃主要是铅钡玻璃，与西方常见的钠钙玻璃成分不同，虽然也具有一定的透明度，但与西方的钠钙玻璃相比，质地较脆，不耐高温，在质量和性能上差很多，再加上咱们本来有瓷器，玻璃就一直没受到重视，玻璃制品也相对稀少珍贵。玻璃盏这种东西通常都是从国外买来的，属于珍贵奢侈品，一般只有皇室或大贵族才能有。

作者想表达沙师弟打碎的这玩意儿有多珍贵，为玉帝贬他下来创造合理性，后面第二十二回他跟八戒唠时还有补充：“只因王母降蟠桃，设宴瑶池邀众将。失手打破玉玻璃，天神个个魂飞丧。玉皇即便怒生嗔，却令掌朝左辅相。卸冠脱甲摘官衔，将身推在杀场上。多亏赤脚大天仙，越班启奏将吾放。饶死回生不典刑，遭贬流沙东岸上。”

他失手打破玉玻璃后，是“天神个个魂飞丧”的。

这可不是“失手”那么简单，性质是很严重的。

不仅仅是这东西贵重的问题，送这玻璃盏的大佬恐怕才是“天神个个魂飞丧”的原因。

他作为象征皇权礼仪体面的卷帘大将，在这么重要的场合把这么贵重的东西打了，尤其还不知道这玻璃盏是哪个大佬送的，送礼的大佬是相信他是失手打的呢，还是会觉得玉帝授意他在这么重要的场合打人家的脸呢?

所以玉帝才要表现得那么生气，要杀他这礼仪官，一方面撇清自己的关系：确实是这小子无心砸的；另一方面以儆效尤：在重大场合出了纰漏，都是这个下场!

送这个玻璃盏的肯定是玉帝不想惹的，从后面“又叫七日一次，将飞剑来穿我胸胁百余下方回”来看，沙师弟真的是一时失手，惹到了根本惹不起的人，这才叫飞来横祸啊！

菩萨听说了来龙去脉后，估计是考虑到了流沙河难过，这时将第一个取经徒弟的名额给了沙僧。

理论上来讲，这个没问题，说得过去。

一方面，过这八百流沙界确实不容易；另一方面，这是人家沙僧自己搏来的前程。

有一种说法是，沙僧是被假贬下来进入取经队伍的。客观来讲，这个从道理上说不通，因为沙僧此时绝对是没有后台了，有的话绝对不会被七日一次飞剑穿胸胁百余下。同样是被贬，八戒那是有后台的，八戒活得滋润着呢，而且后面沙僧取经的坚定程度是不亚于悟空的，跟有退路的八戒的状态完全不同，他只是能力太弱了。

更大的可能性是沙僧没事就搁水里观察，不仅仅是吃人填饱肚子的事。还有一种可能，他不放过所有路过的大领导去创造见面的机会，期望改变自己的命运，他不想再受“又叫七日一次，将飞剑来穿我胸胁百余下方回”的罪了。

沙僧说自己“在此间，吃人无数”，还吃过九个取经人。这九个取经人在原著后面的内容中没有对照，咱们不做过多分析，但肯定跟唐僧的前世没关系，因为唐僧这个所谓十世修行的好人是人家拢共十辈子都是修行好人的意思，金蝉子是第九世。后面算取经经历多少难时，第一难是金蝉遭贬，等于贬下来就投胎大唐了，不是说他前面十辈子都被沙僧吃了。这九个取经人的深意，咱们到了流沙河那关时再拆解。

临别的最后一句很有意思：“当时入了沙门，送菩萨过了河，他洗心涤虑，再不伤生，专等取经人。”

说了他“再不伤生”，也说了他“专等取经人”。

从这句结尾也能看出，后面流沙河打的那一仗，也是沙僧明知故犯专门打的。

整部《西游记》中，沿路的妖怪要么是明确背后有主人的，要么是没背景的野妖怪。这些妖怪中，只有沙僧和八戒这俩被贬下凡的前天庭官员是主动去拦菩萨创造机会的。

野妖精们就没有这个门路和脑子。

从作者给的线索中看，八戒确实是有门路和消息的，人家师父不简单，但沙僧这个前程真是自己搏出来的，与其说他们俩是背后下大棋的人用了苦肉计后安插在取经队伍里的棋子，倒不如说作者为我们展示了前天庭官员对于主动创造新的上岸窗口的机会把控能力。

在天庭待过的，就是不一样啊！

菩萨与他别了，同木叉径奔东土。行了多时，又见一座高山，山上有恶气遮漫，不能步上。正欲驾云过山，不觉狂风起处，又闪上一个妖魔。他生得又甚凶险，但见他：

卷脏莲蓬吊搭嘴，耳如蒲扇显金睛。

獠牙锋利如钢锉，长嘴张开似火盆。

金盔紧系腮边带，勒甲丝绦蟒退鳞。

手执钉钯龙探爪，腰挎弯弓月半轮。

纠纠威风欺太岁，昂昂志气压天神。

他撞上来，不分好歹，望菩萨举钉钯就筑，被木叉行者挡住，大喝一声道："那泼怪，休得无礼！看棒！"妖魔道："这和尚不知死活，看钯！"两个在山底下，一冲一撞，赌斗输赢。真好杀：

妖魔凶猛，惠岸威能。铁棒分心捣，钉钯劈面迎。播土扬尘天地暗，飞砂走石鬼神惊。九齿钯，光耀耀，双环响喨；一条棒，黑悠悠，两手飞腾。这个是天王太子，那个是元帅精灵。一个在普陀为护法，一个在山洞作妖精。这场相遇争高下，不知那个亏输那个赢。

他两个正杀到好处，观世音在半空中，抛下莲花，隔开钯杖。怪物见了心惊，便问："你是那里和尚，敢弄甚么眼前花哄我？"木叉道："我把你这个肉眼凡胎的泼物！我是南海菩萨的徒弟，这是我师父抛来的莲花，你也不认得哩！"那怪道："南海菩萨，可是扫三灾、救八难的观世音么？"木叉道："不是他是谁？"怪物撇了钉钯，纳头下礼道："老兄，菩萨在那里？累烦你引见一引见。"木叉仰面指道："那不是？"怪物朝上磕头，厉声高叫道："菩萨恕罪！恕罪！"观音按下云头，前

来问道："你是那里成精的野豕，何方作怪的老彘，敢在此间挡我？"那怪道："我不是野豕，亦不是老彘，我本是天河里天蓬元帅，只因带酒戏弄嫦娥，玉帝把我打了二千锤，贬下尘凡。一灵真性，径来夺舍投胎，不期错了道路，投在个母猪胎里，变得这般模样。是我咬杀母猪，打死群彘，在此处占了山场，吃人度日。不期撞着菩萨，万望拔救拔救。"菩萨道："此山叫做甚么山？"怪物道："叫做福陵山。山中有一洞，叫做云栈洞。洞里原有个卵二姐。他见我有些武艺，招我做个家长，又唤做'倒踏门'。不上一年，他死了，将一洞的家当尽归我受用。在此日久年深，没有个赡身的勾当，只是依本等吃人度日。万望菩萨恕罪。"菩萨道："古人云：'若要有前程，莫做没前程。'你既上界违法，今又不改凶心，伤生造孽，却不是二罪俱罚？"那怪道："前程！前程！若依你，教我嗑风！常言道：'依着官法打杀，依着佛法饿杀。'去也！去也！还不如捉个行人，肥腻腻的吃他家娘！管甚么二罪三罪，千罪万罪！"菩萨道："'人有善愿，天必从之。'汝若肯归依正果，自有养身之处。世有五谷，不能济饥？为何吃人度日？"怪物闻言，似梦方觉，向菩萨道："我欲从正，奈何'获罪于天，无所祷也'！"菩萨道："我领了佛旨，上东土寻取经人。你可跟他做个徒弟，往西天走一遭来将功折罪，管教你脱离灾瘴。"那怪满口道："愿随！愿随！"菩萨才与他摩顶受戒，指身为姓，就姓了猪，替他起个法名，就叫做猪悟能。遂此领命归真，持斋把素，断绝了五荤三厌，专候那取经人。

观音菩萨往前走，跨过了另一个几乎就差被写明了是内定的取经徒弟黄毛老鼠的地盘，这个咱们写到黄风岭时会细说，然后再往前走遇到了一个知道消息的妖怪，这妖怪找碴儿般，"他撞上来，不分好歹，望菩萨举钉钯就筑"。

八戒之前是天蓬元帅，他会不知道这是观音菩萨？

跟沙僧一样，他也要改变自己的命运。

但是，他跟沙僧又不一样，沙僧是抓救命稻草，他是选个新前程。

这回没说木叉跟八戒打了多少回合，就被菩萨在半空中抛下莲花隔开钯杖了，随后八戒如愿以偿见了菩萨，说了一下自己的来历：他本是天河里天蓬元帅，只因醉酒戏弄嫦娥，玉帝把他打了二千锤，贬下尘凡后投错了胎。

这是天庭犯了作风问题的干部。

提前说一下，八戒这不是普通的作风问题，他某种意义上也算是大闹天宫了，后面咱们再细讲。

菩萨劝他“若要有前程，莫做没前程”，其实这话说完的时候，八戒已经得到救赎了，但是吧，这货不愧是老谋深算，竟跟菩萨要起价来了。问你能给我啥前程？跟着佛法混，三天饿九顿。

菩萨表示：“汝若肯归依正果，自有养身之处。”

跟你明说了，我给你解决身份问题。

然后八戒大概是“悟了”，似梦方觉，表示吃素也行，向菩萨施礼求个门路。

菩萨随后让他做了取经人的第二个徒弟。

八戒这一蹦出来，让那黑熊精彻底成菩萨的储备干部了。

菩萨却与木叉辞了悟能，半兴云雾前来。正走处，只见空中有一条玉龙叫唤。菩萨近前问曰：“你是何龙，在此受罪？”那龙道：“我是西海龙王敖闰之子。因纵火烧了殿上明珠，我父王表奏天庭，告了忤逆。玉帝把我吊在空中，打了三百，不日遭诛。望菩萨搭救搭救。”观音闻言，即与木叉撞上南天门里。早有丘、张二天师接着，问道：“何往？”菩萨道：“贫僧要见玉帝一面。”二天师即忙上奏，玉帝遂下殿迎接。菩萨上前礼毕道：“贫僧领佛旨上东土寻取经人，路遇孽龙悬吊，特来启奏，饶他性命，赐与贫僧，教他与取经人做个脚力。”玉帝闻言，即传旨赦宥，差天将解放，送与菩萨。菩萨谢恩而出。这小龙叩头谢活命之恩，听从菩萨使唤。菩萨把他送在深涧之中，只等取经人来，变做白马，上西方立功。小龙领命，潜身不题。

菩萨继续走，见空中吊着一条龙，在那儿叫唤。菩萨问了问，得知是西海龙王敖闰之子，因纵火烧了殿上明珠，他父王表奏天庭，告了忤逆。玉帝把他吊在空中，打了三百，不日遭诛。

大家可能觉得这里面有隐情，忤逆罪还至于让亲爹把儿子往死里整啊！

大家不要用现在的眼光来看这事，古代皇权是讲究三纲五常的，是君为臣纲，夫为妻纲，父为子纲，从唐朝开始，“不孝”就已经属于“十恶”的范畴了。

到了《西游记》成书的明朝，凡是不孝顺或弃养父母的人，会被杖罚八十大板；如果有诬陷、辱骂、虐待父母的情况，被核实认定后会被处以死刑的。

所以被爹告了忤逆遭诛这事是很正常的，搁人间也得这么判。

这条小白龙“纵火烧了殿上明珠”，是纵火犯，咱不知道这小白龙跟他爹闹了啥矛盾至于纵火，也许小白龙想夺嫡整个玄武门之变啥的呢，毕竟好端端的，他烧那殿上明珠干啥呢？反正敖闰认定这孩子有忤逆的心，没法要了。而且龙这个种族在西游宇宙中属于谁来都能踢两脚的群体，后面会不断出现体现龙王地位的桥段，很有可能也因为“殿上明珠”背后的大佬惹不起，西海龙王最终决定走合法流程，让天庭审判这孩子。

菩萨听说这事后，顺水推舟地去玉帝那儿求情，给唐僧要了个坐骑。

提到坐骑，这在西游宇宙中可是一个巨大的阶级含义。

坐骑是一种高级身份的象征，首先这坐骑必须得很牛，下去能占山为王，才能体现出主人的气质和咖位。

你看西游路上遇到的这些坐骑，哪个是善茬儿？

后面讲到牛魔王时，我们会发现，这货极其招恨，连一直隐藏在幕后的摄像组也上手打他，其实主要就是因为这货狂得没边，方方面面都不知道自己姓啥。一个野妖怪还整了个坐骑，那么多大领导还都腿儿着呢，他却骑个傻冤家满世界嘚瑟。

理论上来讲，唐僧骑啥都无所谓，马累死了或被吃了就再买一匹呗，菩萨给配坐骑，是因为取经项目这规格是尊贵崇高的，唐僧是佛祖二徒弟，别看这一世是个凡僧，那也得骑龙！

菩萨带引木叉行者过了此山，又奔东土。行不多时，忽见金光万道，瑞气千条。木叉道：“师父，那放光之处，乃是五行山了，见有如来的‘压帖’在那里。”菩萨道：“此却是那搅乱蟠桃会、大闹天宫的齐天大圣，今乃压在此也。”木叉道：“正是，正是。”师徒俱上山来，观看帖子，乃是“唵嘛呢叭𠺗吽”六字真言。菩萨看罢，叹惜不已，作诗一首。诗曰：

堪叹妖猴不奉公，当年狂妄逞英雄。

欺心搅乱蟠桃会，大胆私行兜率宫。

十万军中无敌手，九重天上有威风。

自遭我佛如来困，何日舒伸再显功。

师徒们正说话处，早惊动了那大圣。大圣在山根下，高叫道："是那个在山上吟诗，揭我的短哩？"菩萨闻言，径下山来寻看。只见那石崖之下，有土地、山神、监押大圣的天将，都来拜接了菩萨，引至那大圣面前看时，他原来压于石匣之中，口能言，身不能动。菩萨道："姓孙的，你认得我么？"大圣睁开火眼金睛，点着头儿高叫道："我怎么不认得你！你好像是那南海普陀落伽山救苦救难大慈大悲南无观世音菩萨。承看顾！承看顾！我在此度日如年，更无一个相知的来看我一看。你从那里来也？"菩萨道："我奉佛旨，上东土寻取经人去，从此经过，特留残步看你。"大圣道："如来哄了我，把我压在此山，五百余年了，不能展挣。万望菩萨方便一二，救我老孙一救！"菩萨道："你这厮罪业弥深，救你出来，恐你又生祸害，反为不美。"大圣道："我已知悔了，但愿大慈悲指条门路，情愿修行。"这才是：

人心生一念，天地尽皆知。

善恶若无报，乾坤必有私。

那菩萨闻得此言，满心欢喜，对大圣道："圣经云：'出其言善，则千里之外应之；出其言不善，则千里之外远之。'你既有此心，待我到了东土大唐国，寻一个取经的人来，教他救你。你可跟他做个徒弟，秉教加持，入我佛门，再修正果，如何？"大圣声声道："愿去！愿去！"菩萨道："既有善果，我与你起个法名。"大圣道："我已有名了，叫做孙悟空。"菩萨又喜道："我前面也有二人归降，正是'悟'字排行。你今也是'悟'字，却与他相合，甚好，甚好。这等也不消叮嘱，我去也。"

那大圣，见性明心归佛教；这菩萨，留情在意访神僧。

终于来到了五行山，菩萨作诗一首，一方面说悟空活该，一方面夸悟空当年还是有些威风的。随后把悟空惊动，引得他高叫求见，等土地、山神、监押大圣的天将拜接引见后，菩萨拿出了对牢犯的问话态度："姓孙的，你认得我么？"

猴哥随后展示了自己五百多年来的思考成果，点着头高叫道："我怎么不认得你！你好像是那南海普陀落伽山救苦救难大慈大悲南无观世音菩萨。"

上来就是一整套全名，游历人间那十几年的本事又拾起来了，佛学气质重新占领高地了！

猴子嘴又甜了，表明这孩子可以沟通了。

随后，悟空讲明了这五百多年自己有多可怜：我度日如年且没有一个老朋友来看我！世态炎凉啊！你从哪儿来啊？

菩萨说：我奉佛旨上东土寻取经人去，从此经过来看看你。

猴哥这时候还提佛祖说话不算话那事呢，然后求菩萨救他一救，注意猴哥这句话：“如来哄了我，把我压在此山，五百余年了，不能展挣。万望菩萨方便一二，救我老孙一救！”

别看菩萨说奉佛旨意，但悟空被七仙女科普后是知道观音菩萨和如来佛祖都是五方五老级别的。他这是牢牢抓住菩萨这根救命稻草了。

菩萨摆了摆姿态，表示你是个祸害不能救，然后猴哥表态了：“我已知悔了，但愿大慈悲指条门路，情愿修行。”

从悟空对菩萨的全称到最后求“大慈悲指条门路”，此时猴哥的态度都已经低到无限，愿意做菩萨的小弟了。

随后菩萨表示，取经的最后一个名额给你了，你给我的取经项目做一个保镖吧！

猴哥终于等来了脱困的机会，“声声道：‘愿去！愿去’”！

接着就到了菩萨起法名环节。

其实细琢磨，他们明明是要给唐僧当徒弟的，法名让人家师父起呗，菩萨为啥要先给这哥儿仨挨个取法名呢？

冠名权意味着归属，菩萨要先起法名，象征着这仨取经保镖是她观音菩萨的弟子。

你们是我救的，是我的人。

那为啥菩萨没给小白龙起法名？

因为他的角色就是唐僧的一个坐骑，都不配当弟子，更不配有法名。

这也是小白龙明明入门更早，却依旧要喊八戒二师兄的原因。

因为级别不同。

他与木叉离了此处，一直东来，不一日就到了长安大唐国。敛雾收云，师徒们变作两个疥癞游僧，入长安城里，早不觉天晚。行至大市街旁，见一座土地庙祠，二人径入，諕得那土地心慌，鬼兵胆战。知是菩萨，叩头接入。那土地又急跑报与城隍社令及满城长安各庙神祇，都知是菩萨，参见告道：“菩萨，恕众接迟之罪。”

菩萨道：“汝等切不可走漏一毫消息。我奉佛旨，特来此处寻访取经人。借你庙宇，权住几日，待访着真僧即回。”众神各归本处，把个土地赶在城隍庙里暂住，他师徒们隐遁真形。毕竟不知寻出那个取经人来，且听下回分解。

悟空入组以后，菩萨也就来到大唐境内了。进入长安，作者解释了菩萨为啥要接这个项目。

菩萨虽然把长安底层官员吓得心惊肉跳，所谓“諕得那土地心慌，鬼兵胆战。知是菩萨，叩头接入”，随后土地又急跑报与全长安各庙神祇，他们都得在参见时说上一句“恕众接迟之罪”，但是，观音菩萨在长安居然是没有道场的，居然要暂住土地庙宇！

观音菩萨也要就着这个机会在东土好好发发威，把她的道场建起来！

菩萨见到长安的底层官员后，就嘱咐了一句话：我来的事，一个字也不许走漏！

为啥呢？

因为菩萨来视察了，长安各地底层官员会小心，不会松懈，露不出本来面目，菩萨后面这局就不好布置了。

其实这也再次印证了观音菩萨在长安是真没有道场，她如果有道场的话，入自己的庙，保密工作是最好做的。

她选择入土地庙，还下令全体封口，是没有办法的事。

随着菩萨入了长安，西游宇宙即将迎来最为精彩的“观音做局赚太宗”环节了。

第九回
袁守诚妙算无私曲，老龙王拙计犯天条

开篇先问个问题，《西游记》的作者是谁?

考试时要是问这题了，你肯定得写吴承恩，不写不给分。

但咱们这个系列中总说“西游宇宙的作者”，这是为啥呢?

现存《西游记》各种古本中最接近百回本原著的是世德堂本，于明朝万历二十年（1592）由金陵世德堂刊行，是目前已知最早的《西游记》完整刻本，他当时的署名是“华阳洞天主人校”。

除世德堂本外，明万历三十一年（1603）清白堂本的《鼎镌京本全像西游记》、崇祯四年（1631）的《新刻增补批评全像西游记》等刻本均署“华阳洞天主人校”。

“吴承恩是《西游记》作者”的说法在清代开始有了苗头，依据是《淮安府志》卷十九《艺文志·淮贤文目》里记载了吴承恩的著作有《西游记》，后来鲁迅先生在《中国小说史略》《中国小说的历史的变迁》中也确定了此事，胡适也支持《西游记》是吴承恩所作，所以这个观点在20世纪基本成为定论。

主要是支持吴承恩这人的影响力太大了。

在清初著名大藏书家黄虞稷所编的《千顷堂书目·卷八·史部地理类》中倒是记载了：“唐鹤征《南游记》三卷，吴承恩《西游记》，沈明臣《四明山游籍》一卷。”

我们不怀疑吴承恩先生确实写了《西游记》，但他这《西游记》被藏书大家跟《四明山游籍》这种书一起放在“史部地理类”，我们其实相当怀疑是不是重名了。

我们来看一下吴承恩的生平，其父是商人，他并非出身官宦世家。虽然十多岁时就因文才出众而声名大噪，但随后在科举中多次名落孙山，四十多岁的时候才在嘉靖二十九年（1550）被补为贡生，然后接着落榜，直到嘉靖四十五年（1566）时，年逾六十岁的吴承恩终以贡生的资格升为长兴县丞，但在任仅两年便被人诬为贪污入狱罢官，隆庆二年（1568）获得平反，应召赴湖北任荆王府纪善，两年后辞官归乡。

也就是说，他没有祖荫，一辈子也没在哪怕稍微高一点层级的位置混过，那个时代没有互联网，没见过的东西就真的想象不到，而且很多官场规矩和智慧还都是官宦世家的不传之密，你觉得有这样一个人生履历的人能够搭建出西游宇宙中的佛道组织框架吗？能一层层地设计出放大主人能量、降维对手能量、让敌人为我所用乃至降雨和地府这种统治三界的法宝吗？

无论是体制内还是体制外，无论是国企还是私企，只要层级高些，组织结构复杂些，当你要协调林林总总的事时，翻开这本《西游记》，你会发现写《西游记》的这个作者是见过天、见过大世面的，里面的很多诀窍，没见识过是写不出来的。

还是那句话，我从不怀疑草根天纵英才，但那个时代没有互联网，信息交互很难实现，尤其是权力信息规则方面，存在着巨大壁垒。比如《道咸宦海见闻录》中写的，各地官员换岗交接时都要花几十两银子买一本账册，这个册子是干啥的呢？是陋规的册子，明确记录这个岗位应该怎么送钱，多送一两，属于哄抬物价，这个价格算是再也降不下去了；少送一两，那就是不懂事，与整个官僚机构为敌。所以说，那个时代没在高层混过，确确实实很难写出有西游宇宙这般见识的书。

当然，咱们只是怀疑。

在鲁迅先生定调之前，那位大名鼎鼎的华阳洞天主人，大有来头。

华阳洞天主人，一般被认为是嘉靖年间的著名阁老李春芳，祖籍江苏句容，年少时于句容茅山华阳洞读书。

你再品品这位爷的履历，人家是嘉靖二十六年（1547）的状元，经六次升迁后于嘉靖四十四年（1565）为礼部尚书、加太子太保兼武英殿大学士，入阁拜相。隆庆二年，继徐阶致仕后接任首辅，累加少师兼太子太师，进吏部尚书，隆庆五年（1571）荣归故里。

人家是有明一代最腥风血雨的嘉靖朝的阁老，接了徐阶的班，还在高拱的手上全身而退，这得是个啥样的人瑞。

你说他搭建或者最终校订出了西游宇宙的权力框架和法宝框架，我觉得可能性倒是相当高。

当然，说李春芳为作者，也仅仅是推测，至于当年到底是谁写的这部惊世骇俗、永远流传的《西游释厄传》，确实已经很难考据了。有可能是一个大神，也很可能是一群大神反复校订，最终呈现给了我们这么有深度、这么宝贵的文化名著。

所以，关于《西游记》的作者是谁的问题，在咱们这个系列中就不下定论了，只敬称为“西游宇宙的作者”，以此表达敬意。

在讲“第九回：袁守诚妙算无私曲，老龙王拙计犯天条”前，我们要说几句题外话，百回本《西游记》中，通常会在第八回到第九回之间夹一个“陈光蕊赴任逢灾，江流僧复仇报本”的附录。

这个附录在现存《西游记》各种古本中最接近百回本原著的世德堂本《西游记》中是没有的，它最早出现于成书康熙年间的《西游证道书》，经过对附录的仔细比对，我个人倾向于此附录并非百回本《西游记》原作者的手笔，而是后人仿作，理由如下。

1. 百回本《西游记》的作者笔力虽然没有曹雪芹那么巅峰，但无论是从见识还是谋篇布局上看，都属于顶级高手了，他是没有闲笔的。抛开唐僧的身世不谈，是完全不影响全书连贯性的，而且百回本作者的写作主角很明显就是孙悟空，剩下的都是配角，所有的进度和人物的冲突都是在写孙悟空一步步的成佛之路，加入这个附录反而落了下乘。

2. 百回本《西游记》中有很多极有意境的诗词，诗句是作者极其看重的写作方式，大量的线索都藏在诗句中，每一回都有大量的诗句，但附录中居然一首诗也没有，从写作习惯来讲这也明显不是一个作者的手笔，作诗是极看功底的，行就是行，不行就是不行。

3. 附录的开头如下：“话表陕西大国长安城，乃历代帝王建都之地。自周、秦、汉以来，三州花似锦，八水绕城流，真个是名胜之邦。方今却是大唐太宗文皇帝登基，改元贞观，此时已登极十三年，岁在己巳，天下太平，八方进贡，四海称臣……”

百回本第九回的开头如下。

诗曰：

都城大国实堪观，八水周流绕四山。

多少帝王兴此处，古来天下说长安。

此单表陕西大国长安城，乃历代帝王建都之地。自周、秦、汉以来，三川花似锦，八水绕城流。三十六条花柳巷，七十二座管弦楼。华夷图上看，天下最为头，真是个奇胜之方。今却是大唐太宗文皇帝登基，改元龙集贞观。此时已登极十三年，岁在己巳……

附录基本抄的是百回本第九回的开头，而且时间是一样的，“已登极十三年，岁在己巳”。

附录作者估计也知道自己的才情与水平比不上原作者，所以专门露出这个纰漏提醒读者们，如果觉得这一回目的内容不好，不是原著作者的问题，是后人狗尾续貂了。

鉴于以上三点原因，以及对于顶级作者产出的顶级作品的完整性和连贯性的尊重与肯定，咱们就不解读附录了。客观来讲，单纯论附录写的那个故事，也跟原作者的西游宇宙对不上，龙王一会儿弱到是一条被渔民抓到的鱼，需要被放生，一会儿又强到能直接让淹死了十八年的陈光蕊还阳，他要是那么厉害，后面猴哥在乌鸡国还用得着去找老君要仙丹吗？

所以咱们舍弃附录，直接接着百回本的第九回开讲。

诗曰：

都城大国实堪观，八水周流绕四山。

多少帝王兴此处，古来天下说长安。

此单表陕西大国长安城，乃历代帝王建都之地。自周、秦、汉以来，三川花似锦，八水绕城流。三十六条花柳巷，七十二座管弦楼。华夷图上看，天下最为头，真是个奇胜之方。今却是大唐太宗文皇帝登基，改元龙集贞观。此时已登极十三年，岁在己巳。且不说他驾前有安邦定国的英豪，与那创业争疆的杰士。却说长安城

外，泾河岸边，有两个贤人：一个是渔翁，名唤张稍；一个是樵子，名唤李定。他两个是不登科的进士，能识字的山人。一日，在长安城里，卖了肩上柴，货了篮中鲤，同入酒馆之中，吃了半酣，各携一瓶，顺泾河岸边，徐步而回。张稍道："李兄，我想那争名的，因名丧体；夺利的，为利亡身；受爵的，抱虎而眠；承恩的，袖蛇而走。算起来，不如我们水秀山青，逍遥自在，甘淡薄，随缘而过。"李定道："张兄说得有理。但只是你那水秀不如我的山青。"张稍道："你山青不如我的水秀。有一《蝶恋花》调为证，词曰：

烟波万里扁舟小，静依孤篷，西施声音绕。涤虑洗心名利少，闲攀蓼穗蒹葭草。数点沙鸥堪乐道，柳岸芦湾，妻子同欢笑。一觉安眠风浪悄，无荣无辱无烦恼。"

李定道："你的水秀不如我的山青。也有个《蝶恋花》词为证，词曰：

云林一段松花满，默听莺啼，巧舌如调管。红瘦绿肥春正暖，倏然夏至光阴转。又值秋来容易换，黄花香，堪供玩。迅速严冬如指捻，逍遥四季无人管。"

渔翁道："你山青不如我水秀，受用些好物。有一《鹧鸪天》为证：

仙乡云水足生涯，摆橹横舟便是家。活剖鲜鳞烹绿鳖，旋蒸紫蟹煮红虾。青芦笋，水荇芽，菱角鸡头更可夸。娇藕老莲芹叶嫩，慈菇茭白鸟英花。"

樵子道："你水秀不如我山青，受用些好物。亦有一《鹧鸪天》为证：

崔巍峻岭接天涯，草舍茅庵是我家。腌腊鸡鹅强蟹鳖，獐犯兔鹿胜鱼虾。香椿叶，黄楝芽，竹笋山茶更可夸。紫李红桃梅杏熟，甜梨酸枣木樨花。"

渔翁道："你山青真个不如我的水秀。又有《天仙子》一首：

一叶小舟随所寓，万叠烟波无恐惧。垂钩撒网捉鲜鳞，没酱腻，偏有味，老妻稚子团圆会。鱼多又货长安市，换得香醪吃个醉。蓑衣当被卧秋江，鼾鼾睡，无忧虑，不恋人间荣与贵。"

樵子道："你水秀还不如我的山青。也有《天仙子》一首：

茆舍数椽山下盖，松竹梅兰真可爱。穿林越岭觅干柴，没人怪，从我卖，或少或多凭世界。将钱沽酒随心快，瓦钵磁瓯殊自在。酕醄醉了卧松阴，无挂碍，无利害，不管人间兴与败。"

渔翁道："李兄，你山中不如我水上生意快活。有一《西江月》为证：

红蓼花繁映月，黄芦叶乱摇风。碧天清远楚江空，牵搅一潭星动。入网大鱼捉队，吞钩小鳜成丛。得来烹煮味偏浓，笑傲江湖打哄。”

樵夫道：“张兄，你水上还不如我山中的生意快活。亦有《西江月》为证：

败叶枯藤满路，破梢老竹盈山。女萝干葛乱牵攀，折取收绳杀担。虫蛀空心榆柳，风吹断头松楠。采来堆积备冬寒，换酒换钱从俺。”

渔翁道：“你山中虽可比过，还不如水秀的幽雅。有一《临江仙》为证：

潮落旋移孤艇去，夜深罢棹歌来。蓑衣残月甚幽哉，宿鸥惊不起，天际彩云开。困卧芦洲无个事，三竿日上还捱。随心尽意自安排，朝臣寒待漏，怎似我宽怀！”

樵夫道：“你水秀的幽雅，还不如我山青更幽雅。亦有《临江仙》可证：

苍径秋高拽斧去，晚凉抬担回来。野花插鬓更奇哉。拨云寻路出，待月叫门开。稚子山妻欣笑接，草床木枕欹捱。蒸梨炊黍旋铺排。瓮中新酿熟，真个壮幽怀！”

渔翁道：“这都是我两个生意，赡身的勾当，你却没有我闲时节的好处。有诗为证。诗曰：

闲看苍天白鹤飞，停舟溪畔掩苍扉。

倚篷教子搓钓线，罢棹同妻晒网围。

性定果然知浪静，身安自是觉风微。

绿蓑青笠随时着，胜挂朝中紫绶衣。”

樵夫道：“你那闲时，又不如我的闲时好也。亦有诗为证：

闲观缥缈白云飞，独坐茅庵掩竹扉。

无事训儿开卷读，有时对客把棋围。

喜来策杖歌芳径，兴到携琴上翠微。

草履麻绦粗布被，心宽强似着罗衣。”

张稍道：“李定，我两个‘真是微吟可相狎，不须檀板共金樽’。但散道词章，不为稀罕，且各联几句，看我们渔樵攀话何如？”李定道：“张兄言之最妙，请兄先吟。”

“舟停绿水烟波内，家住深山旷野中。

偏爱溪桥春水涨，最怜岩岫晓云蒙。

龙门鲜鲤时烹煮，虫蛀干柴日燎烘。

钓网多般堪赡老，担绳二事可容终。

小舟仰卧观飞雁，草径斜欹听唳鸿。

口舌场中无我分，是非海内少吾踪。

溪边挂晒缯如锦，石上重磨斧似锋。

秋月晖晖常独钓，春山寂寂没人逢。

鱼多换酒同妻饮，柴剩沽壶共子丛。

自唱自斟随放荡，长歌长叹任颠风。

呼兄唤弟邀船伙，挈友携朋聚野翁。

行令猜拳频递盏，拆牌道字漫传钟。

烹虾煮蟹朝朝乐，炒鸭爊鸡日日丰。

愚妇煎茶情散淡，山妻造饭意从容。

晓来举杖淘轻浪，日出担柴过大衢。

雨后披蓑擒活鲤，风前弄斧伐枯松。

潜踪避世妆痴蠢，隐姓埋名作哑聋。”

张稍道：“李兄，我才僭先起句，今到我兄，先起一联，小弟亦当续之。”

“风月佯狂山野汉，江湖寄傲老余丁。

清闲有分随消洒，口舌无闻喜太平。

月夜身眠茅屋稳，天昏体盖箬蓑轻。

忘情结识松梅友，乐意相交鸥鹭盟。

名利心头无算计，干戈耳畔不闻声。

随时一酌香醪酒，度日三餐野菜羹。

两束柴薪为活计，一竿钓线是营生。

闲呼稚子磨钢斧，静唤憨儿补旧缯。

春到爱观杨柳绿，时融喜看荻芦青。

夏天避暑修新竹，六月乘凉摘嫩菱。

霜降鸡肥常日宰，重阳蟹壮及时烹。

冬来日上还沉睡，数九天高自不蒸。

八节山中随放性，四时湖里任陶情。

采薪自有仙家兴，垂钓全无世俗形。

门外野花香艳艳，船头绿水浪平平。

身安不说三公位，性定强如十里城。

十里城高防阃令，三公位显听宣声。

乐山乐水真是罕，谢天谢地谢神明。”

他二人既各道词章，又相联诗句，行到那分路去处，躬身作别。张稍道：“李兄呵，途中保重！上山仔细看虎，假若有些凶险，正是‘明日街头少故人’！”李定闻言，大怒道：“你这厮惫懒！好朋友也替得生死，你怎么咒我？我若遇虎遭害，你必遇浪翻江！”张稍道：“我永世也不得翻江。”李定道：“天有不测风云，人有暂时祸福。你怎么就保得无事？”张稍道：“李兄，你虽这等说，你还没捉摸，不若我的生意有捉摸，定不遭此等事。”李定道：“你那水面上营生，极凶极险，隐隐暗暗，有甚么捉摸？”张稍道：“你是不晓得。这长安城里西门街上，有一个卖卦的先生。我每日送他一尾金色鲤，他就与我袖占一课，依方位百下百着。今日我又去买卦，他教我在泾河湾头，东边下网，西岸抛钩，定获满载鱼虾而归。明日上城来卖钱沽酒，再与老兄相叙。”二人从此叙别。

一上来，作者写了泾河岸边有两个贤人，他们都是没考上进士的文人，这为后面赛诗会的合理性进行了背书。这俩落榜文化人一个是渔翁，一个是樵子，两人就“你那水秀不如我的山青”和“你山青不如我的水秀”展开命题作诗大赛，随后两人一口气赛了近两千字的诗和词。

初看这段赛诗，你可能会觉得这纯属是作者在炫技。其实并非如此，还是那句话，百回本作者是没有闲笔的，顶级的小说家如果写出了闲笔，以他的自尊心来看，他绝对会删掉的。文豪通常都有强烈的自尊心，绝对不会凑字数，作者之所以写了如此巨大篇幅的赛诗，是为了合理推进剧情，这俩赛诗的人是要引起整个泾河工作人员的注意和好奇。

哥儿俩在这儿打窝呢。

就跟天桥说相声的撂地拉客和直播卖货上来拿一堆九块九的东西炒热度一样，哥儿俩赛诗折腾这么长时间，是为了引出长安城西门街的这个卖卦先生。最后临别时，渔夫透露自己打鱼的工作现在处于毫无风险的稳赚不赔阶段，每日只需一尾金色鲤就能测得“百下百着”的方位，从而满载而归。

随着这番炫富的故事把窝打好，鱼儿就上钩了，故事就这么开场了。

这正是“路上说话，草里有人”。原来这泾河水府有一个巡水的夜叉，听见了“百下百着”之言，急转水晶宫，慌忙报与龙王道：“祸事了！祸事了！”龙王问：“有甚祸事？”夜叉道：“臣巡水去到河边，只听得两个渔樵攀话。相别时言语，甚是利害。那渔翁说长安城里西门街上，有个卖卦先生，算得最准。他每日送他鲤鱼一尾，他就占一课，教他百下百着。若依此等算准，却不将水族尽情打下？何以壮观水府，何以跃浪翻波，辅助大王威力？”龙王甚怒，急提了剑就要上长安城，诛灭这卖卦的。旁边闪过龙子、龙孙、虾臣、蟹士、鲥军师、鳜少卿、鲤太宰，一齐启奏道：“大王且息怒。常言道：‘过耳之言，不可听信。’大王此去，必有云从，必有雨助，恐惊了长安黎庶，上天见责。大王隐显莫测，变化无方，但只变一秀士，到长安城内，访问一番。果有此辈，容加诛灭不迟；若无此辈，可不是妄害他人也？”龙王依奏，遂弃宝剑，也不兴云雨，登岸上，摇身一变，变作一个白衣秀士，真个：

丰姿英伟，耸壑昂霄。步履端祥，循规蹈矩。语言遵孔孟，礼貌体周文。身穿绿色罗襕服，头戴逍遥一字巾。

上路来，拽开云步，径到长安城西门大街上。只见一簇人，济济杂杂，闹闹哄哄，内有高谈阔论的道：“属龙的本命，属虎的相冲。寅辰巳亥，虽称合局，但只怕的是日犯岁君。”龙王闻言，情知是那卖卜之处。先上前，分开众人，望里观看，只见：

四壁珠玑，满堂绮绣。宝鸭香无断，磁瓶水恁清。两边罗列王维画，座上高悬鬼谷形。端溪砚，金烟墨，相衬着霜毫大笔；火珠林，郭璞数，谨对了台政新经。六爻熟谙，八卦精通。能知天地理，善晓鬼神情。一盘子午安排定，满腹星辰布列清。真个那未来事，过去事，观如月镜；几家兴，几家败，鉴若神明。知凶定吉，断死言生。开谈风雨迅，下笔鬼神惊。招牌有字书名姓，神课先生袁守诚。

此人是谁？原来是当朝钦天监台正先生袁天罡的叔父，袁守诚是也。那先生果然相貌稀奇，仪容秀丽；名扬大国，术冠长安。龙王入门来，与先生相见。礼毕，请龙上坐，童子献茶。先生问曰：“公来问何事？”龙王曰：“请卜天上阴晴事如何。”先生即袖占一课，断曰：

云迷山顶，雾罩林梢。

若占雨泽，准在明朝。

龙曰：“明日甚时下雨？雨有多少尺寸？”先生道：“明日辰时布云，巳时发雷，午时下雨，未时雨足，共得水三尺三寸零四十八点。”龙王笑曰：“此言不可作戏。如是明日有雨，依你断的时辰、数目，我送课金五十两奉谢。若无雨，或不按时辰、数目，我与你实说，定要打坏你的门面，扯碎你的招牌，即时赶出长安，不许在此惑众！”先生欣然而答：“这个一定任你。请了，请了。明朝雨后来会。”

这可疑的“文化砍柴打鱼二人组”成功地把泾河水府的一个吃瓜夜叉惊动了，这是大情报啊！夜叉赶紧回去跟泾河龙王汇报，说咱们遇着坏事了，有个算命的老牛了，咱泾河水族早晚得让那算命的给绝了根啊！

泾河龙王听完急眼了，准备直接去杀了那算卦的。

注意这句“龙王甚怒，急提了剑就要上长安城，诛灭这卖卦的”，作者此时已经描写出这龙王的性格了，他很冲动，不像是个龙王，倒像是个黑社会的，而且整个泾河班子对他这德行都见惯不怪了，都有预案的，所谓“旁边闪过龙子、龙孙、虾臣、蟹士、鲥军师、鳜少卿、鲤太宰，一齐启奏道：‘大王且息怒。常言道：“过耳之言，不可听信。”’……”

是全体班子“一齐启奏”，是“过耳之言，不可听信”，劝他冷静点，别听了一句话就又急了！

此时作者已经为他的结局埋了伏笔。

他的班子表示，你看，又急，您出去一趟动静太大，您先微服私访一下，真那么准再动手呗，咱是龙王啊，咱不是妖怪啊！

这么一来，龙王就变成白衣秀士去调研了。在长安城中，泾河龙王见到了袁守诚，龙王把算卦的内容引向自己的舒适区，问了问下雨的事，随后双方打赌，袁守诚赢了送金五十两，他赢了砸摊赶人。

这里再次表现了龙王的不谨慎与狂妄，他并没有对这个算卦万试万灵的袁守诚做背景调查。这是钦天监台正先生袁天罡的叔父，人家的水平名扬大国，术冠长安。人家祖传的手艺就是观天，水平也是得到验证的，你咋就那么狂呢！

龙王辞别，出长安，回水府。大小水神接着，问曰："大王访那卖卦的如何？"龙王道："有，有，有！但是一个掉嘴口讨春的先生。我问他几时下雨，他就说明日下雨；问他甚么时辰，甚么雨数，他就说辰时布云，巳时发雷，午时下雨，未时雨足，得水三尺三寸零四十八点。我与他打了个赌赛：若果如他言，送他谢金五十两；如略差些，就打破他门面，赶他起身，不许在长安惑众。"众水族笑曰："大王是八河都总管，司雨大龙神，有雨无雨，惟大王知之，他怎敢这等胡言？那卖卦的定是输了！定是输了！"此时龙子、龙孙与那鱼卿、蟹士正欢笑谈此事未毕，只听得半空中叫："泾河龙王接旨。"众抬头上看，是一个金衣力士，手擎玉帝敕旨，径投水府而来。慌得龙王整衣端肃，焚香接了旨。金衣力士回空而去。龙王谢恩，拆封看时，上写着：

敕命八河总，驱雷掣电行。

明朝施雨泽，普济长安城。

旨意上时辰、数目，与那先生判断者毫发不差，諕得那龙王魂飞魄散。少顷苏醒，对众水族曰："尘世上有此灵人！真个是能通天地理，却不输与他呵！"鲥军师奏云："大王放心，要赢他有何难处？臣有小计，管教灭那厮的口嘴。"龙王问计，军师道："行雨差了时辰，少些点数，就是那厮断卦不准，怕不赢他？那时捽碎招牌，赶他跑路，果何难也？"龙王依他所奏，果不担忧。

龙王回去后泾河一众已经半场开香槟了，大家兴奋的依据是，龙王是"八河都总管，司雨大龙神"。

说到这里，咱们解释一下泾河龙王这"八河都总管"是个啥意思，古代夸长安这地方时总会有个词，叫"八水绕长安"，也就是说关中平原上有八条河围绕着长安城，分别为渭河、泾河、沣河、涝河（古称潦水）、潏河、滈河、浐河、灞河。

按理来说，如果有"八河都总管"这官，也应该是渭河龙王，因为渭河是黄河的最大支流，全长 818 千米，而泾河是渭河的最大支流，全长 455 千米，两条河差着级别呢。

那为啥这八河都总管是泾河龙王呢？

因为渭河在经过秦朝至南北朝的岁月变迁后，此时已经被用废了，大量的泥沙淤积，根本通不了漕运。到了李世民他姨爷爷——杨坚在位时，专门从大兴城，也就是长安，新凿了一条广通渠疏导漕运，所谓“其后以渭水多沙，流有深浅，漕者苦之。四年，诏宇文恺率水工凿渠，引渭水自大兴城东至潼关，三百余里，名曰广通渠。转运通利，关内赖之”。

东土的皇帝都嫌弃渭水了，所以此时八河总管的领导也得换成泾河龙王。

作者相当政治正确地写出了，在东土，神仙编制都得皇帝批准这个朴实规矩。

话说回来，泾河一众正乐呢，玉帝传旨了，圣旨上写着明天下雨，时辰、数目跟算卦的算得毫发不差，这下泾河龙王被吓得魂飞魄散，直接昏过去了。

醒来以后，龙王承认了尘世上确实有这种“能通天地理”的能人，紧接着又说出了一句身居高位久了之后输不起的话：“却不输与他呵！”

这龙王的性格和脾气已经被观音菩萨算定了，道行太浅，一激就怒，脑子热了智商就滑坡，他不死谁死！

现在核心问题根本就不是什么输赢，明明是泾河的水族不能被打绝了的问题。

其实到了此时，龙王去杀了那算卦的还真就是正解，告到哪里都有理。所谓天机不可泄露，你让我断子绝孙，还破坏生态平衡，我是替天行道，怎么又变成打赌输赢的事了？

咱应该就事论事才对！要么你跟这算卦的谈谈价，让他别再泄露天机了；要么你此时已经知道这人确实很牛了，就直接解决了他，让他张不开嘴。

你的核心目的本来是要保护泾河水族不被一网打尽的，现在却变成了争打赌输赢，你就算赶走他，砸了他的招牌，他去了离你泾河更近的泾阳城接着算卦，你的问题不是还没解决吗？

泾河龙王气性上来了，表示自己不能丢面儿，随后鲥军师出馊主意来了，表示：行雨差了时辰，少些点数，这不就赢他了嘛！

从这也能看出泾河一众平时有多狂，他们对自己的职责已经出现理解偏差了。

天庭对人间的终极控制手段就是下雨。

你平时弄片云彩，下点私雨，其实是不叫事的，比如后面龙王没少帮猴哥下私雨。猴哥跟红孩儿打仗时，龙王本来是不同意助雨的，听说下雨是灭火用的，龙王就开口子了，但还是紧张得要把他那南海、北海、西海三兄弟都喊来一块儿去帮这个忙，法不责众嘛。用于降妖的降雨还是有风险的，类似于间接动兵，所以敖广喊来了其他三兄弟，但后来朱紫国需要降雨治病时，龙王连兄弟都没叫就直接帮忙了。

下雨作为控制农业生产的关键要素，被天庭把控得极严，后面我们会看到，下不下雨这事是能直接促使当地国王换领导思想的。是道士能把雨求来还是和尚能把雨求来，那是能直接决定国教是啥的。

涉及农业生产的降雨，性质从来都是极其严肃的，这是天庭对人间最直接的控制手段。天旨明确说了“普济长安城”，在这上面你也敢做文章，真是狂得没边了！你以为你是悟空吗？

不是每个人都有重来的机会的！

再延伸一下，其实这狂妄的泾河龙王很像一个半瓶水的普通关系户模样。他是四海龙王的妹夫，所以仗着这层关系觉得自己很牛，但是他引以为傲的那几个舅哥靠山在西游宇宙中其实根本不叫个人物，他的见识太浅。

之前说过，龙这个物种在西游宇宙中属于谁来都能踢一脚的。后面取经路上我们将不止一次地看到，悟空一个咒语就能把四海龙王给叫来，这种随传随到的效果跟猴哥传唤土地神和山神一样，而且龙王看见悟空是很卑微的，说话滴水不漏到了让人心疼的地步。

海龙王们是见过世面的，是知道自己的定位的，听上去管得很多，实际上就是个“上面千条线，下面一根针”的小县官，谁来了都能踢一脚。

天欲发其福，必先开其慧；天欲灭其身，必先纵其狂。

每个疯狂的结局都是灭亡，没有例外。

至次日，点札风伯、雷公、云童、电母，直至长安城九霄空上。他挨到那巳时方布云，午时发雷，未时落雨，申时雨止，却只得三尺零四十点：改了他一个时辰，克了他三寸八点。雨后发放众将班师。他又按落云头，还变作白衣秀士，到那西门里大街上，撞入袁守诚卦铺，不容分说，就把他招牌、笔砚等一齐摔碎。那先生坐在椅上，公然不动。这龙王又抡起门板便打，骂道：“这妄言祸福的妖人，擅惑众心的泼汉！你卦又不灵，言又狂谬！说今日下雨的时辰、点数俱不相对。你还危然高坐，趁早去，饶你死罪！”守诚犹公然不惧分毫，仰面朝天冷笑道：“我不怕！

我不怕！我无死罪，只怕你倒有个死罪哩！别人好瞒，只是难瞒我也。我认得你，你不是秀士，乃是泾河龙王。你违了玉帝敕旨，改了时辰，克了点数，犯了天条。你在那剐龙台上，恐难免一刀，你还在此骂我？”龙王见说，心惊胆战，毛骨悚然，急丢了门板，整衣伏礼，向先生跪下道：“先生休怪。前言戏之耳，岂知弄假成真，果然违犯天条，奈何？望先生救我一救！不然，我死也不放你。”守诚曰：“我救你不得，只是指条生路与你投生便了。”龙曰：“愿求指教。”先生曰：“你明日午时三刻，该赴人曹官魏徵处听斩。你果要性命，须当急急去告当今唐太宗皇帝方好。那魏徵是唐王驾下的丞相，若是讨他个人情，方保无事。”龙王闻言拜辞，含泪而去。不觉红日西沉，太阴星上，但见：

烟凝山紫归鸦倦，路远行人投旅店。渡头新雁宿汀沙，银河现，催更箭，孤村灯火光无焰。风袅炉烟清道院，蝴蝶梦中人不见。月移花影上栏杆，星光乱，漏声换，不觉深沉夜已半。

转过天来，泾河龙王下雨的时候整体往后错了一个时辰，还克了三寸八点。

这就是闯大祸了，还是救不回来的那种！要是仅改改点数，是有回旋余地的，你可以说自己马虎了，或者肚子不舒服得赶紧撤。没想到居然为了个赌注连时辰都改，这就属于公然藐视玉帝的圣旨了。

泾河龙王还自我感觉良好呢，下了班就砸人家摊儿去了，越砸越爽，结果袁守诚一句话就吓死他了：你这个泾河龙王违了玉帝敕旨，改了时辰，克了点数，犯了天条，你离死不远了！

龙王不狂了，他意识到了这事会被追责，直接跪了，求袁守诚给他指条明路。袁守诚说：要斩你的是魏徵，你去找李世民求情吧。

就这样，剧情成功地被引到了李世民身上。

其实细看整个取经过程，头和尾是相当对仗的。

开头是从泾河龙王闯祸引出了李世民游地府；收尾的最后一难，是原本视取经四人为恩人的那只老鼋，因为唐僧没帮他问话就急眼了。

别人帮他的时候，那家伙“恩重若丘山，深如大海”，一口一个唐师父，说的比唱的都好听，所谓“今蒙大圣至此搭救唐师父，请了观音菩萨，扫净妖氛，收去怪物，将第宅还归于我。我如今团圞老小，再不须挨土帮泥，得居旧舍。此恩重若丘山，深如大海”（第四十九回）。

忘了帮他问事，就给人扔水里了。

且不说你当初是咋被金鱼占了家的，你当初打不过那金鱼，取经的这几位捧得起你，自然也砸得了你。你知道得罪悟空的没背景的妖怪里，有几个跑了的？

眼皮子浅，忘恩负义，强弱不明，就这脑瓜子还想脱壳，你老鼋还是在水里泡着吧。

可笑吗？可笑之余想想熟悉吗？身边见过这种人吗？

泾河龙王这段写的是龙性呢，还是人性呢？这傻鼋写的又是鼋性呢，还是人性呢？

无论在取经的开头还是结尾，观音菩萨都算准了人性中的那些弱点，预判了人的丑陋，随后利用泾河龙王的赌性作死以及眼皮子浅的小人丑陋毛病，不费一丁点资源就完成了自己的项目。

这眼光是咋来的呢？

无他，见的赌狗和龟孙多罢了。

这泾河龙王也不回水府，只在空中，等到子时前后，收了云头，敛了雾角，径来皇宫门首。此时唐王正梦出宫门之外，步月花阴。忽然龙王变作人相，上前跪拜，口叫：“陛下，救我！救我！”太宗云：“你是何人？朕当救你。”龙王云：“陛下是真龙，臣是业龙。臣因犯了天条，该陛下贤臣人曹官魏徵处斩，故来拜求，望陛下救我一救！”太宗曰：“既是魏徵处斩，朕可以救你。你放心前去。”龙王欢喜，叩谢而去。

却说那太宗梦醒后，念念在心。早已至五更三点，太宗设朝，聚集两班文武官员。但见那：

烟笼凤阙，香蔼龙楼。光摇丹扆动，云拂翠华流。君臣相契同尧舜，礼乐威严近汉周。侍臣灯，宫女扇，双双映彩；孔雀屏，麒麟殿，处处光浮。山呼万岁，华祝千秋。静鞭三下响，衣冠拜冕旒。宫花灿烂天香袭，堤柳轻柔御乐讴。珍珠帘，翡翠帘，金钩高控；龙凤扇，山河扇，宝辇停留。文官英秀，武将抖擞。御道分高下，丹墀列品流。金章紫绶乘三象，地久天长万万秋。

众官朝贺已毕，各各分班。唐王闪凤目龙睛，一一从头观看，只见那文官内是房玄龄、杜如晦、徐世勣、许敬宗、王珪等，武官内是马三保、段志贤、殷开山、程咬金、刘洪纪、胡敬德、秦叔宝等，一个个威仪端肃，却不见魏徵丞相。唐王召徐世勣上殿道："朕夜间得一怪梦，梦见一人迎面拜谒，口称是泾河龙王，犯了天条，该人曹官魏徵处斩，拜告寡人救他，朕已许诺。今日班前独不见魏徵，何也？"世勣对曰："此梦告徵，须唤魏徵来朝，陛下不要放他出门。过此一日，可救梦中之龙。"唐王大喜，即传旨，着当驾官，宣魏徵入朝。

泾河龙王大半夜直接来找李世民，在梦中向李世民求了情。李世民看到业龙跪他这真龙，相当开心，便答应下来。这龙王连对待保命之事都粗枝大叶的，他见李世民都得梦里见，就没想着补上一句：您老不光得看着魏徵，关键是别让魏徵睡觉啊！

转过天来，李世民把这梦跟徐世勣说了，这徐世勣就是大名鼎鼎的李勣，姓是被李渊赐的，"世"是被李治摘的，他此时应该叫李世勣，而且不该归在文臣那里，他可是名将，跟李靖哥儿俩在一个"传"里，那是大唐二李。

李世勣对这梦的解释充满了阳间视角的局限："唤魏徵来朝，陛下不要放他出门。过此一日，可救梦中之龙"。

你说这作者的水平有多高，梦里事自然梦里办，提前就给你画下了框框，让事后的发展又是那么合情合理。

人家没有废笔！

靠写作吃饭的从业者们真的要仔细研究四大名著，对写作的理解真的绝了，草蛇灰线，伏脉千里，绵绵不绝。

却说魏徵丞相在府，夜观乾象，正爇宝香，只闻得鹤唳九霄，却是天差仙使，捧玉帝金旨一道，着他午时三刻，梦斩泾河老龙。这丞相谢了天恩，斋戒沐浴，在府中试慧剑，运元神，故此不曾入朝。一见当驾官赍旨来宣，惶惧无任；又不敢违迟君命，只得急急整衣束带，同旨入朝，在御前叩头请罪。唐王出旨道："赦卿无罪。"那时诸臣尚未退朝，至此，却命卷帘散朝。独留魏徵，宣上金銮，召入便殿。先议论安邦之策，定国之谋。将近巳末午初时候，却命宫人取过大棋来，"朕与贤卿对

弈一局”。众嫔妃随取棋枰，铺设御案。魏徵谢了恩，即与唐王对着。毕竟不知胜负如何，且听下回分解。

魏徵此时正在家预习怎么当刽子手呢，就被李世民喊去下棋了。

其实客观来讲，无论魏徵斩不斩龙王，菩萨围绕李世民的局已经设好了。

李世民没救业龙，是说话不算数，龙王可去阎王那儿告状。

李世民救了业龙，是干涉天条，也可以找碴儿给他办个地府一日游的培训班。

总之，找个碴儿让李世民意外入地府，就是这个局的入手点。

为啥要让李世民意外入地府？

因为不能让他真死了！吓唬一通后还得再给他踢回来，他还有大用！这是个关键支点，佛祖还指着他撬动南赡部洲呢！

至于那条泾河赌龙是死是活，早已不重要了，他仅仅是领导推进棋局的一枚弃子，而且他本就活该，屁大点的亲戚也拿来当个靠山，狂妄得不知道自己姓啥，这回正好杀鸡儆猴，给天下的龙王看看，让他们都躬身自省，好好想想自己。

第十回

二将军宫门镇鬼，唐太宗地府还魂

却说太宗与魏徵在便殿对弈，一第一着，摆开阵势。正合《烂柯经》云：

博弈之道，贵乎严谨。高者在腹，下者在边，中者在角，此棋家之常法。法曰："宁输一子，不失一先。击左则视右，攻后则瞻前。有先而后，有后而先。两生勿断，皆活勿连。阔不可太疏，密不可太促。与其恋子以求生，不若弃之而取胜；与其无事而独行，不若固之而自补。彼众我寡，先谋其生；我众彼寡，务张其势。善胜者不争，善阵者不战；善战者不败，善败者不乱。夫棋始以正合，终以奇胜。凡敌无事而自补者，有侵绝之意；弃小而不救者，有图大之心；随手而下者，无谋之人；不思而应者，取败之道。《诗》云：'惴惴小心，如临于谷。'此之谓也。"

诗曰：

棋盘为地子为天，色按阴阳造化全。

下到玄微通变处，笑夸当日烂柯仙。

开篇讲下棋的事，这段挺值钱的，挨句唠唠。

"博弈之道，贵乎严谨。"这是点题。

"高者在腹"，高手棋力深，看得远，所以注重在棋盘中央的腹地布局。因为空间广阔、变着多，可以更好地控制全局，中央落子形成厚势后，可以向棋盘的各个方向辐射影响力去限制对手；中央的棋子往往能在多个局部战斗中发挥作用，起到牵一发而动全身的效果，能够快速地支援各个方向的战斗。

“下者在边”，初学者通常都是将棋子步在边缘，可拓展的空间较小，变化也简单，对棋盘全局的影响力较弱。它们很难像中央的棋子那样形成大规模的势力，对于对手的威慑力和限制力也相对较小。

“中者在角”，普通水平的棋手，通常在角落落子，棋盘的角落属于相对稳定的区域，利用角落的特殊形状，能够快速地建立起较为稳固的根据地。不过虽如此，角落的资源依旧相对有限，与中央腹地相比，战略意义较弱，单纯注重角落会在后期陷入被动。中等水平的人能认识到角落的价值，但还没有完全把握中央腹地的重要性和复杂的布局策略。

上面三点，是“棋家之常法”。

这说的也是棋力的高低决定着下棋的布局方法，而棋力的高和低取决于谁打谱多，谁见得更多，谁能看出更远的步数，他看三步开外，你看五步开外，你就更厉害。

再琢磨琢磨观音菩萨布的这局棋，作者一上来用这段棋理开场，其实也是在说菩萨她老人家见得多、看得远，就是把每个棋子都看透啦。

“宁输一子，不失一先。”强调了先手的重要性，宁愿损失一个棋子，也不能失去先手的优势，也强调要去调动对手的主动性。

“击左则视右，攻后则瞻前。”进攻时要有全局观念，打左边时要留意右边的情况，进攻后方时要考虑前方的局势。不能只盯着局部的战斗，而忽略了整个棋局的平衡。

“有先而后，有后而先。”先后手不是绝对的，不要因优势而骄傲，不要因劣势而低沉，心态放平，一步步把棋下好。

“两生勿断”，如果两块棋都有生机，都有自己独立的生存空间和活力，能够在棋盘上稳定地存在，保持它们不断开，可以将它们作为一个整体发挥战略作用，在控制地盘、限制对手发展上，它们可以共同对对手形成威慑，或者相互配合进行后续的战略部署。如果轻易断开，可能会使自己的布局变得零散，还会给对手提供可乘之机。

“皆活勿连”，如果多块棋子已经是活棋状态，具有足够的安全性了，那就不要将它们连起来，因为在这种情况下连接它们，可能会使棋形变得不够灵活，过于集中且缺乏弹性。没连起来时，每块活棋都可以独立地进行战术操作，如在围棋中进行扩张、做活、对对方棋子进行骚扰等。如果连接在一起，就可能限制了这些棋子的自主性，使它们只能作为一个整体行动。保持独立则可以让棋手根据棋局的发展，灵活地选择让哪块棋发挥作用，或者利用两块棋之间的空间进行一些复杂的战术布局，如设置陷阱、引诱对手。

“两生勿断，皆活勿连。”这两句说的都是要保持总览全局的眼光，要时刻保持灵活性，要给自己留后手，把棋走死了就失去能动性了。

“阔不可太疏，密不可太促。”布局时，空间开阔的地方不能过于稀疏，否则容易被对手渗透；密集的地方也不能过于局促，否则会影响棋子的活动空间。

这里讲的还是个“度”字。

“与其恋子以求生，不若弃之而取胜。”不要局限于一城一地的得失，没有必保的子，一切棋子都要为全局的胜利服务，有些弃子是必需的，是换得胜利的关键。

“与其无事而独行，不若固之而自补。”如果没有明确的进攻目标就不要贸然行动，不如巩固自己的阵地，先为不可胜，以待敌之可胜。

“彼众我寡，先谋其生；我众彼寡，务张其势。”对手棋子多于我方时，先考虑活下来的问题；我方棋子多于对手时，就努力扩大自己的势力。

“善胜者不争，善阵者不战；善战者不败，善败者不乱。”善于取胜的人不会一味地争斗，善于布局的人不需要通过战斗就能取得优势；善于战斗的人不会轻易失败，善于面对失败的人不会慌乱。

“夫棋始以正合，终以奇胜。”这句话咱太熟了，以常规打法僵持，以巧思奇谋破敌，简直算是披着围棋外衣的《孙子兵法》了。

“凡敌无事而自补者，有侵绝之意。”如果对手在没有明显威胁的情况下进行自我修补，这是对方正在谋划着侵略或者准备截断我方棋路。

“弃小而不救者，有图大之心。”对手放弃一些小的利益而不进行救援，可能是有更大的图谋。

“随手而下者，无谋之人；不思而应者，取败之道。”随意落子的和不深思熟虑的都是外行。

“《诗》云：‘惴惴小心，如临于谷。’此之谓也。”这句话出自《诗经·小雅·小宛》，原文为“温温恭人，如集于木。惴惴小心，如临于谷。战战兢兢，如履薄冰”。

不用翻译也能看得懂，告诫大家要永远保持清醒，永远别飘。

综上所述，要始终全局性思考，始终保持谨慎。

这段内容因为含金量过大，堪称异曲同工版的《孙子兵法》，咱给挨句翻译了，其实不细翻译也没事，因为这段内容开头的题眼是“烂柯”。

“烂柯”指岁月流逝，人事变迁，是围棋著名典故，语出南朝梁任昉《述异记》：“信安郡石室山，晋时王质伐木至，见童子数人棋而歌，质因听之。童子以一物与质，如枣核，质含之而不觉饥。俄顷，童子谓曰：‘何不去？’质起视，斧柯烂尽。既归，无复时人。”

说的是，晋代王质砍柴的时候到了信安郡石室山，看到有几位童子，有的在下棋，有的在唱歌，王质就到近前去听。童子把一个形状像枣核一样的东西给王质，他把它含在嘴里就不觉得饿了。过了一会儿，童子问他：你咋还不走？王质起身要走，看到自己斧子的斧柄都已经完全腐烂了。他回去后，才发现已经过去好多年了。

开篇点题说棋，说的还是洞中一日、世上千年的神仙下棋。

作者这是在告诉我们：这一回要讲的故事，都是神仙下的棋。

君臣两个对弈，此棋正下到午时三刻，一盘残局未终，魏徵忽然俯伏在案边，鼾鼾盹睡。太宗笑曰：“贤卿真是匡扶社稷之心劳，创立江山之力倦，所以不觉盹睡。”太宗任他睡着，更不呼唤。不多时，魏徵醒来，俯伏在地道：“臣该万死！臣该万死！却才倦困，不知所为，望陛下赦臣慢君之罪。”太宗道：“卿有何慢罪？且起来，拂退残棋，与卿从新更着。”魏徵谢了恩，却才撚子在手，只听得朝门外，大呼小叫。原来是秦叔宝、徐茂公等，将着一个血淋的龙头，掷在帝前，启奏道：“陛下，海浅河枯曾有见，这般异事却无闻。”太宗与魏徵起身道：“此物何来？”叔宝、茂公道：“千步廊南，十字街头，云端里落下这颗龙头，微臣不敢不奏。”唐王惊问魏徵：“此是何说？”魏徵转身叩头道：“是臣才一梦斩的。”唐王闻言，大惊道：“贤卿盹睡之时，又不曾见动身动手，又无刀剑，如何却斩此龙？”魏徵奏道：“主公，臣的——

身在君前，梦离陛下。身在君前对残局，合眼朦胧；梦离陛下乘瑞云，出神抖擞。那条龙在剐龙台上，被天兵将绑缚其中。是臣道：‘你犯天条，合当死罪。我

奉天命，斩汝残生。’龙闻哀苦，臣抖精神。龙闻哀苦，伏爪收鳞甘受死；臣抖精神，撩衣进步举霜锋。扢扠一声刀过处，龙头因此落虚空。”

太宗闻言，心中悲喜不一。喜者，夸奖魏徵好臣，朝中有此豪杰，愁甚江山不稳？悲者，谓梦中曾许救龙，不期竟致遭诛。只得强打精神，传旨着叔宝将龙头悬挂市曹，晓谕长安黎庶。一壁厢赏了魏徵，众官散讫。

君臣下棋下到午时三刻时，魏徵“忽然俯伏在案边，鼾鼾盹睡”，其实此时李世民无论叫不叫他都是没有用的，因为魏徵“梦离陛下乘瑞云，出神抖擞”，他元神已经出窍去执行任务了。李世民就算叫人家，人家不理他不就得了，元神该干啥就干啥，毕竟跟李世民有一万种解释方式，比如说自己突然昏倒了，元神被拎到了剐龙台，手里还被塞过来一把刀，不砍都不行。李世民也没法追责。魏徵那么灵的人，不可能得罪天庭，若误了时辰不砍这龙，就该他自己被砍了。

总之，龙被砍了，该龙王去告李世民说话不算数了。

当晚回宫，心中只是忧闷，想那梦中之龙，哭啼啼哀告求生，岂知无常，难免此患。思念多时，渐觉神魂倦怠，身体不安。当夜二更时分，只听得宫门外有号泣之声，太宗愈加惊恐。正朦胧睡间，又见那泾河龙王，手提着一颗血淋淋的首级，高叫：“唐太宗！还我命来！还我命来！你昨夜满口许诺救我，怎么天明时反宣人曹官来斩我？你出来！你出来！我与你到阎君处折辨折辨！”他扯住太宗，再三嚷闹不放。太宗钳口难言，只挣得汗流遍体。正在那难分难解之时，只见正南上香云缭绕，彩雾飘飘，有一个女真人上前，将杨柳枝用手一摆，那没头的龙，悲悲啼啼，径往西北而去。原来这是观音菩萨领佛旨，上东土寻取经人，此住长安城都土地庙里，夜闻鬼泣神号，特来喝退业龙，救脱皇帝。那龙径到阴司地狱具告不题。

李世民当晚就梦见泾河龙王手提首级高叫找他索命，理由是他说话不算数，得跟自己一块儿去地府！

这龙跟当初打赌嘚瑟时一个德行，认为都是别人的错。

就在这龙抓李世民的时候，观音菩萨专门出现，救了李世民。

之所以说菩萨是专门来的，是因为这不是捎带脚儿的事。

文中说菩萨“住长安城都土地庙里，夜闻鬼泣神号，特来喝退业龙，救脱皇帝”，此时菩萨住的土地庙在哪儿呢？第八回最后说了“师徒们变作两个疥癞游僧，入长安城里，早不觉天晚。行至大市街旁，见一座土地庙祠，二人径入”，这庙在大市街旁。大半夜的，菩萨从大市街旁突然出现在这深宫之中，肯定是专门来的。

这也表明了棋手对此时棋子们的动态是时刻关注的。

此时，李世民还不能就这么被拉到地府去，因为还有封介绍信没开呢！地府那边还没打点利索呢！

却说太宗苏醒回来，只叫：“有鬼！有鬼！”慌得那三宫皇后、六院嫔妃与近侍太监，战兢兢一夜无眠。不觉五更三点，那满朝文武多官，都在朝门外候朝。等到天明，犹不见临朝，唬得一个个惊惧踌躇。及日上三竿，方有旨意出来道：“朕心不快，众官免朝。”不觉候五七日，众官忧惶，都正要撞门见驾问安，只见太后有旨，召医官入宫用药。众人在朝门外候讨信。少时，医官出来，众问何疾。医官道：“皇上脉气不正，虚而又数，狂言见鬼，又诊得十动一代，五脏无气，恐不讳只在七日之内矣。”众官闻言，大惊失色。

正怆惶间，又听得太后有旨，宣徐茂公、护国公、尉迟公见驾。三公奉旨急入，到分宫楼下。拜毕，太宗正色强言道：“贤卿，寡人十九岁领兵，南征北伐，东挡西除，苦历数载，更不曾见半点邪祟，今日之下，却反见鬼！”尉迟公道：“创立江山，杀人无数，何怕鬼乎？”太宗道：“卿是不信，朕这寝宫门外，入夜就抛砖弄瓦，鬼魅呼号，着然难处。白日犹可，昏夜难禁。”叔宝道：“陛下宽心，今晚臣与敬德把守宫门，看有甚么鬼祟。”太宗准奏，茂公谢恩而出。当日天晚，各取披挂，他两个介胄整齐，执金瓜钺斧，在宫门外把守。好将军！你看他怎生打扮：

头戴金盔光烁烁，身披铠甲龙鳞。护心宝镜幌祥云，狮蛮收紧扣，绣带彩霞新。这一个凤眼朝天星斗怕，那一个环睛映电月光浮。他本是英雄豪杰旧勋臣，只落得千年称户尉，万古作门神。

二将军侍立门旁，一夜天晓，更不曾见一点邪祟。是夜，太宗在宫，安寝无事。晓来宣二将军，重重赏劳道：“朕自得疾，数日不能得睡，今夜仗二将军威势甚安。卿且请出，安息安息，待晚间再一护卫。”二将谢恩而出。遂此二三夜把守俱安，只是御膳减损，病转觉重。太宗又不忍二将辛苦，又宣叔宝、敬德与杜、房诸公入

宫，分付道："这两日朕虽得安，却只难为秦、胡二将军彻夜辛苦。朕欲召巧手丹青，传二将真容，贴于门上，免得劳他，如何？"众臣即依旨，选两个会写真的，着胡、秦二公依前披挂，照样画了，贴在门上，夜间也即无事。

如此二三日，又听得后宰门，乒乒乓乓，砖瓦乱响。晓来即宣众臣曰："连日前门幸喜无事，今夜后门又响，却不又惊杀寡人也！"茂公进前奏道："前门不安，是敬德、叔宝护卫；后门不安，该着魏徵护卫。"太宗准奏，又宣魏徵今夜把守后门。徵领旨，当夜结束整齐，提着那诛龙的宝剑，侍立在后宰门前。真个的好英雄也！他怎生打扮：

熟绢青巾抹额，锦袍玉带垂腰。兜风鹤袖采霜飘，压赛垒荼神貌。脚踏乌靴坐折，手持利刃凶骁。圆睛两眼四边瞧，那个邪神敢到？

李世民醒来以后，就逐步走向地府了，此处作者还捎带脚儿解释了门神的由来。原著作者将很多民间典故都融入了作品中，并为其做了解读，比如这个门神的由来，又如下一回要说的大相国寺，再如讲红孩儿时提到的善财童子五十三参。

作者借用尉迟恭那句名言"创立江山，杀人无数，何怕鬼乎？"阐述了"恶鬼怕狠人"的朴素思想。

这也符合整个西游宇宙的价值观：狠角色都会臣服于更狠的角色。

一夜通明，也无鬼魅。虽是前后门无事，只是身体渐重。一日，太后又传旨，召众臣商议殡殓之事。太宗又宣徐茂公，分付国家大事，叮嘱仿刘蜀主托孤之意。言毕，沐浴更衣，待时而已。旁闪魏徵，手扯龙衣，奏道："陛下宽心，臣有一事管保陛下长生。"太宗道："病势已入膏肓，命将危矣，如何保得？"徵云："臣有书一封，进与陛下，捎去到阴司，付酆都判官崔珏。"太宗道："崔珏是谁？"徵云："崔珏乃是太上先皇帝驾前之臣，先受兹州令，后升礼部侍郎。在日与臣八拜为交，相知甚厚。他如今已死，现在阴司，做掌生死文簿的酆都判官，梦中常与臣相会。此去若将此书付与他，他念微臣薄分，必然放陛下回来。管教魂魄还阳世，定取龙颜转帝都。"太宗闻言，接在手中，笼入袖里，遂瞑目而亡。那三宫六院、皇后嫔妃、侍长储君及两班文武，俱举哀戴孝；又在白虎殿上，停着梓宫不题。

终于到了李世民的临终关怀阶段了，李世民已经洗好澡穿上寿衣等时辰了。这会儿魏徵给李世民递了小字条，说咱在那边有人，我给您写了封信，您带给酆都判官崔珏，您死不了。

李世民比较疑惑，问这崔珏是谁，魏徵表示他是先皇帝的驾前之臣，当年与臣是八拜之交，死后在阴司做掌生死文簿的酆都判官。

李世民揣着这信就死了。

继梦斩老龙之后，作者又安排了魏徵这个关键人物在这个时候送信，这是在和读者们强调这件事不同寻常。

这背后，肯定有事。

却说太宗，渺渺茫茫，魂灵径出五凤楼前，只见那御林军马，请大驾出朝采猎。太宗欣然从之，缥缈而去。行多时，人马俱无，独自一个，散步荒郊草野之间。正惊惶，难寻道路，只见那一边有一人高声大叫道："大唐皇帝，往这里来！往这里来！"太宗闻言，抬头观看，只见那人：

头顶乌纱，腰悬犀角。头顶乌纱飘软带，腰围犀角显金厢。手擎牙笏凝祥霭，身着罗袍隐瑞光。脚踏一双粉底靴，登云促雾；怀揣一本生死簿，注定存亡。鬓发蓬松飘耳上，胡须飞舞绕腮旁。昔日曾为唐国相，如今掌案侍阎王。

太宗行到那边，只见他跪拜路旁，口称："陛下，赦臣失误远迎之罪！"太宗问曰："你是何人？因甚事前来接拜？"那人道："微臣半月前，在森罗殿上，见泾河鬼龙告陛下许救反诛之故。第一殿秦广大王即差鬼使催请陛下，要三曹对案。臣已知之，故来此间候接。不期今日来迟，望乞恕罪，恕罪。"太宗道："你姓甚名谁？是何官职？"那人道："微臣存日在阳曹侍先君驾前，为兹州令，后拜礼部侍郎，姓崔名珏。今在阴司，得受酆都掌案判官。"太宗大喜，近前来，御手忙搀道："先生远劳，朕驾前魏徵有书一封，正寄与先生，却好相遇。"判官谢恩，问书在何处。太宗即袖中取出递与，崔珏拜接了，拆封而看。其书曰：

辱爱弟魏徵顿首书拜

大都案契兄崔老先生台下：忆昔交游，音容如在。倏尔数载，不闻清教。常只是遇节令，设蔬品奉祭，未卜享否？又承不弃，梦中临示，始知我兄长大人高迁。奈何阴阳两隔，各天一方，不能面觌。今因我太宗文皇帝倏然而故，料是对案三曹，必然得与兄长相会。万祈俯念生日交情，方便一二，放我陛下回阳，殊为爱也。容再修谢。不尽。

那判官看了书，满心欢喜道："魏人曹前日梦斩老龙一事，臣已早知，甚是夸奖不尽。又蒙他早晚看顾臣的子孙，今日既有书来，陛下宽心，微臣管送陛下还阳，重登玉阙。"太宗称谢了。

正在李世民乍死，找不到路时，崔珏出现了，告诉李世民他这次是来配合调查的，"微臣半月前，在森罗殿上，见泾河鬼龙告陛下许救反诛之故。第一殿秦广大王即差鬼使催请陛下，要三曹对案"，随后李世民拿出了魏徵的书信，作者也就此揭露出魏徵早就知情的真相，因为信中写了"今因我太宗文皇帝倏然而故，料是对案三曹"。

这个崔判官随后说了一句更有味道的话："魏人曹前日梦斩老龙一事，臣已早知，甚是夸奖不尽。"

魏徵斩龙这事，为啥崔判官要夸他？

这是公事，是派下来的，如果崔珏因魏徵得到重用感到高兴，应该说"甚是赞叹"或者"甚是欣喜"，为啥要"甚是夸奖不尽"呢？

结合魏徵早就知道这"三曹对案"的事，这句"甚是夸奖不尽"，大概率夸的是魏徵识时务者为俊杰，能抓住机会！作为李世民身边的钉子，积极地参与到了这个项目中！

崔判官这句话也早早表明了自己的立场，从第一回我们就看到了幽冥十王是在地藏王菩萨的领导下进行工作的，连给天庭的上奏都是地藏王菩萨署名，此时也能看出来，地府的演员们已经准备就绪，就等李世民了。

二人正说间，只见那边有一对青衣童子，执幢幡宝盖，高叫道："阎王有请，有请。"太宗遂与崔判官并二童子举步前进。忽见一座城，城门上挂着一面大牌，上写着"幽冥地府鬼门关"七个大金字。那青衣将幢幡摇动，引太宗径入城中，顺街而走。只见那街旁边有先主李渊、先兄建成、故弟元吉，上前道："世民来了！世民来了！"那建成、元吉就来揪打索命。太宗躲闪不及，被他扯住。幸有崔判官唤一青面獠牙鬼使，喝退了建成、元吉，太宗方得脱身而去。行不数里，见一座碧

瓦楼台，真个壮丽。但见：

飘飘万叠彩霞堆，隐隐千条红雾现。

耿耿檐飞怪兽头，辉辉五叠鸳鸯片。

门钻几路赤金钉，槛设一横白玉段。

窗牖近光放晓烟，帘栊幌亮穿红电。

楼台高耸接青霄，廊庑平排连宝院。

兽鼎香云袭御衣，绛纱灯火明宫扇。

左边猛烈摆牛头，右下峥嵘罗马面。

接亡送鬼转金牌，引魄招魂垂素练。

唤作阴司总会门，下方阎老森罗殿。

李世民往里走，见到了三个熟人，他爹、他哥、他弟，李建成和李元吉要打李世民，被崔判官唤一个青面獠牙鬼使喝退了。

这三人的出现也算是埋下个小伏笔，大家记住，他们没有投胎超生，此时是鬼。

后面讲六道时，咱们会回过来说作者的小心思。

太宗正在外面观看，只见那壁厢环珮叮当，仙香奇异，外有两对提烛，后面却是十代阎王，降阶而至。是那十代阎君：

秦广王、楚江王、宋帝王、忤官王、阎罗王、平等王、泰山王、都市王、卞城王、转轮王。

十王出在森罗宝殿，控背躬身，迎迓太宗。太宗谦下，不敢前行。十王道："陛下是阳间人王，我等是阴间鬼王，分所当然，何须过让？"太宗道："朕得罪麾下，岂敢论阴阳人鬼之道？"逊之不已。太宗前行，径入森罗殿上，与十王礼毕，分宾主坐定。

约有片时，秦广王拱手而进言曰："泾河鬼龙告陛下许救而反杀之，何也？"太宗道："朕曾夜梦老龙求救，实是允他无事。不期他犯罪当刑，该我那人曹官魏徵处斩。朕宣魏徵在殿着棋，不知他一梦而斩。这是那人曹官出没神机，又是那龙王犯罪当死，岂是朕之过也？"十王闻言，伏礼道："自那龙未生之前，南斗星死簿上，已注定该遭杀于人曹之手，我等早已知之。但只是他在此折辨，定要陛下来

此三曹对案，是我等将他送入轮藏转生去了。今又有劳陛下降临，望乞恕我催促之罪。”

言毕，命掌生死簿判官：“急取簿子来，看陛下阳寿天禄该有几何？”崔判官急转司房，将天下万国国王天禄总簿，先逐一简阅。只见南赡部洲大唐太宗皇帝，注定“贞观一十三年”。崔判官吃了一惊，急取浓墨大笔，将“一”字上添了两画，却将簿子呈上。十王从头一看，见太宗名下注定“三十三年”。阎王惊问：“陛下登基多少年了？”太宗道：“朕即位今一十三年了。”阎王道：“陛下宽心勿虑，还有二十年阳寿。此一来，已是对案明白，请返本还阳。”太宗闻言，躬身称谢。十阎王差崔判官、朱太尉二人，送太宗还魂。太宗出森罗殿，又起手问十王道：“朕宫中老少，安否如何？”十王道：“俱安，但恐御妹，寿似不永。”太宗又再拜启谢：“朕回阳世，无物可酬谢，惟答瓜果而已。”十王喜曰：“我处颇有东瓜、西瓜，只少南瓜。”太宗道：“朕回去即送来，即送来。”从此遂相揖而别。

李世民来到森罗殿，见到了幽冥十王，互相客气一阵后便进入对案环节，秦广王先问：“泾河鬼龙告陛下许救而反杀之，何也？”

李世民解释后，十王的回答再次证明了那就是个让他来地府的借口：“自那龙未生之前，南斗星死簿上，已注定该遭杀于人曹之手，我等早已知之。但只是他在此折辨，定要陛下来此三曹对案，是我等将他送入轮藏转生去了。今又有劳陛下降临，望乞恕我催促之罪。”

翻译一下就是，我们早就知道那龙该死，而且我们也早就送他转生去了，其实那龙也不知道我们找没找你来地府对案，我们就是成心让你来的！

随后，阎王找崔判官要生死簿，崔判官看到南赡部洲大唐太宗皇帝，注定死于贞观一十三年后吃了一惊，连忙发挥了判官的主观能动性，直接加了二十年。

这可是天下最牛国家的最牛皇帝啊！二十年这判官说加就加，权力是真大啊！

然后，原著相当有意思的一幕出现了：“十王从头一看，见太宗名下注定‘三十三年’。阎王惊问：‘陛下登基多少年了？’”

阎王看见生死簿时是“惊问”，他好好的突然“惊”哪门子啊？

作者很快就交代了。

阎王安排李世民还阳，李世民走前问了一句：“朕宫中老少，安否如何？”十王回答他说："俱安，但恐御妹，寿似不永。"

这说明啥？

阎王不用查生死簿！他本来就知道谁该活多长时间！查生死簿就是走个过场！他早就知道李世民的阳寿到头了，所以看见生死簿时才惊了，发现对不上了！阎王爷都没想到这地府的水这么深！

他们的原计划大概率是，十王看到生死簿后以贸然把李世民拎过来要赔礼为由，请示地藏王菩萨，给他加二十年寿，让他知道是佛家给了自己第二次生命，先对佛门感一次恩！这都好操作，就是地藏王菩萨一句话的事。后面第九十七回取经马上到站时，也是地藏王菩萨看悟空的面子直接给寇洪加了十二年寿命，所谓"菩萨喜道：'寇洪阳寿，止该卦数，命终不染床席，弃世而去。我因他斋僧，是个善士，收他做个掌善缘簿子的案长。既大圣来取，我再延他阳寿一纪，教他跟大圣去。'"

这个面子是要留给大领导的，结果现在倒好，这判官直接动了手脚，变成了人家李世民本来就还有二十年寿，让菩萨当他重生父母这事干不成了。

无论是阎王说老龙注定该死，我们就是存心让你来的，还是看生死簿时的那个"惊"，抑或是马上露出马脚，明明不看生死簿也能知道人的寿命，作者仅用了五百字就写明：这就是一场针对李世民的做局演出！

最后，李世民要给阎王送礼表示感谢，作者安排这个剧情也是有目的的。

作者不是想表示李世民有多懂事，而是要通过后面送礼的普通人还魂来阐述重要事项。

那太尉执一首引魂幡，在前引路。崔判官随后，保着太宗，径出幽司。太宗举目而看，不是旧路，问判官曰："此路差矣？"判官道："不差。阴司里是这般，有去路，无来路。如今送陛下自'转轮藏'出身，一则请陛下游观地府，一则教陛下转托超生。"太宗只得随他两个，引路前来。

接下来，崔判官和朱太尉要引李世民往前走了，李世民相当机灵，说路不对啊！随后崔判官解释：阴司里的规矩是有去路，无来路。

呵呵，真的吗？

猴哥当年销生死簿时是"一路棒打出幽冥界。那十王不敢相近，都去翠云宫同

拜地藏王菩萨，商量启表，奏闻上天，不在话下。这猴王打出城中……”（第三回）

猴哥就是从来路打回去的，人家可没走六道系统呀！

还是那句话，顶级的文学作品都会做成这种伏脉千里的效果，人家不会明说，而是用一句“太宗举目而看，不是旧路，问判官曰：‘此路差矣？’”来提醒你，这事有问题，等你读第二遍时再细咂摸，才能读出其中意味。

理论上来讲，李世民是还阳，不是去重新投胎，根本用不着走六道，就应该像猴哥那样，从哪儿来的回哪儿去，而且从后面描写唐御妹两口子的还魂时也能看出，人家也没走啥六道，是鬼使直接推回去的。

作者写这些，都是为了给读者们提醒：接下来是一场专门针对李世民的恐怖演出。

径行数里，忽见一座高山，阴云垂地，黑雾迷空。太宗道：“崔先生，那厢是甚么山？”判官道：“乃幽冥背阴山。”太宗悚惧道：“朕如何去得？”判官道：“陛下宽心，有臣等引领。”太宗战战兢兢，相随二人，上得山岩，抬头观看，只见：

形多凸凹，势更崎岖。峻如蜀岭，高似庐岩。非阳世之名山，实阴司之险地。荆棘丛丛藏鬼怪，石崖磷磷隐邪魔。耳畔不闻兽鸟噪，眼前惟见鬼妖行。阴风飒飒，黑雾漫漫。阴风飒飒，是神兵口内哨来烟；黑雾漫漫，是鬼祟暗中喷出气。一望高低无景色，相看左右尽猖亡。那里山也有，峰也有，岭也有，洞也有，涧也有；只是山不生草，峰不插天，岭不行客，洞不纳云，涧不流水。岸前皆魍魉，岭下尽神魔。洞中收野鬼，涧底隐邪魂。山前山后，牛头马面乱喧呼；半掩半藏，饿鬼穷魂时对泣。催命的判官，急急忙忙传信票；追魂的太尉，吆吆喝喝趱公文。急脚子，旋风滚滚；勾司人，黑雾纷纷。

太宗全靠着那判官保护，过了阴山前进。又历了许多衙门，一处处俱是悲声振耳，恶怪惊心。太宗又道：“此是何处？”判官道：“此是阴山背后‘一十八层地狱’。”太宗道：“是那十八层？”判官道：“你听我说：

吊筋狱、幽枉狱、火坑狱，寂寂寥寥，烦烦恼恼，尽皆是生前作下千般业，死后通来受罪名。酆都狱、拔舌狱、剥皮狱，哭哭啼啼，凄凄惨惨，只因不忠不孝伤天理，佛口蛇心堕此门。磨捱狱、碓捣狱、车崩狱，皮开肉绽，抹嘴咨牙，乃是瞒心昧己不公道，巧语花言暗损人。寒冰狱、脱壳狱、抽肠狱，垢面蓬头，愁眉皱眼，都是大斗小秤欺痴蠢，致使灾累自身。油锅狱、黑暗狱、刀山狱，战战兢兢，悲悲切切，皆因强暴欺良善，藏头缩颈苦伶仃。血池狱、阿鼻狱、秤杆狱，脱皮露骨，折臂断筋，也只为谋财害命，宰畜屠生，堕落千年难解释，沉沦永世不翻身。一个个紧缚牢拴，绳缠索绑，差些赤发鬼、黑脸鬼，长枪短剑；牛头鬼、马面鬼，铁简铜锤；只打得皱眉苦面血淋淋，叫地叫天无救应。正是：人生却莫把心欺，神鬼昭彰放过谁？善恶到头终有报，只争来早与来迟。”

太宗听说，心中惊惨。进前又走，不多时，见一伙鬼卒，各执幢幡，路旁跪下道：“桥梁使者来接。”判官喝令起去，上前引着太宗，从金桥而过。太宗又见那一边，有一座银桥，桥上行几个忠孝贤良之辈，公平正大之人，亦有幢幡接引。那壁厢，又有一桥，寒风滚滚，血浪滔滔，号泣之声不绝。太宗问道：“那座桥是何名色？”判官道：“陛下，那叫做奈河桥。若到阳间，切须传记。那桥下，都是些：

奔流浩浩之水，险峻窄窄之路。俨如匹练搭长江，却似火坑浮上界。阴气逼人寒透骨，腥风扑鼻味钻心。波翻浪滚，往来并没渡人船；赤脚蓬头，出入尽皆作业鬼。桥长数里，阔只三皶，高有百尺，深却千重。上无扶手栏杆，下有抢人恶怪。枷缠身，打上奈河险路。你看那桥边神将甚凶顽，河内孽魂真苦恼。桠杈树上，挂的是青红黄紫色丝衣；壁斗崖前，蹲的是毁骂公婆淫泼妇。铜蛇铁狗任争餐，永堕奈河无出路。

诗曰：

时闻鬼哭与神号，血水浑波万丈高。

无数牛头并马面，狰狞把守奈河桥。”

这三段介绍了“幽冥背阴山”“十八层地狱”“奈何桥”有多恐怖。判官给李世民科普得非常细致，还专门嘱咐“若到阳间，切须传记”，这都是铺垫，马上就到李世民的重头戏了。

正说间，那几个桥梁使者早已回去了。太宗心又惊惶，点头暗叹，默默悲伤，相随着判官、太尉，早过了奈河恶水、血盆苦界。前又到枉死城，只听哄哄人嚷，分明说：“李世民来了！李世民来了！”太宗听叫，心惊胆战，见一伙拖腰折臂、有足无头的鬼魅，上前拦住，都叫道：“还我命来！还我命来！”慌得那太宗藏藏

躲躲，只叫："崔先生救我！崔先生救我！"判官道："陛下，那些人都是那六十四处烟尘，七十二处草寇，众王子、众头目的鬼魂，尽是枉死的冤业，无收无管，不得超生，又无钱钞盘缠，都是孤寒饿鬼。陛下得些钱钞与他，我才救得哩。"太宗道："寡人空身到此，却那里得有钱钞？"判官道："陛下，阳间有一人，金银若干，在我这阴司里寄放。陛下可出名立一约，小判可作保，且借他一库，给散这些饿鬼，方得过去。"太宗问曰："此人是谁？"判官道："他是河南开封府人氏，姓相名良，他有十三库金银在此。陛下若借用过他的，到阳间还他便了。"太宗甚喜，情愿出名借用。遂立了文书与判官，借钱金银一库，着太尉尽行给散。判官复分付道："这些金银，汝等可均分用度，放你大唐爷爷过去，他的阳寿还早哩。我领了十王钧语，送他还魂。教他到阳间，做一个'水陆大会'，度汝等超生，再休生事。"众鬼闻言，得了金银，多唯唯而退。判官令太尉摇动引魂幡，领太宗出离了枉死城中，奔上平阳大路，飘飘荡荡而去。

毕竟不知从那条路出身，且听下回分解。

枉死城中这个热闹啊！鬼魅们很激动，纷纷表示：李世民来了！向他索命呀！

手里没兵的李世民此时也哆嗦了，开始求救。崔判官表示："陛下，那些人都是那六十四处烟尘，七十二处草寇，众王子、众头目的鬼魂，尽是枉死的冤业，无收无管，不得超生，又无钱钞盘缠，都是孤寒饿鬼。陛下得些钱钞与他，我才救得哩。"

这里定义了西游宇宙中"枉死城"的收留标准：收的是枉死者，也就是寿命未到而死于非命的冤鬼，比如战争中被杀害的士兵和百姓，或者是被谋害的人。由于他们不是寿终正寝，不是在生死簿上走正式流程勾来的，所以灵魂不能像正常死亡者那样顺利进入轮回。

可想而知，这种鬼心中的冤屈和执念有多深。

至此，我们先稍微回顾一下作者的态度，他没把李渊、李建成、李元吉这三人放这里，说明作者认为他们属于命该如此，那哥儿俩就该被李世民干掉，这都是命中注定的失败者。

这个枉死城也暗示了一件事：枉死的冤鬼虽然很可怜，但并不被优待，"无收无管，不得超生"，属于活该死了，而且待遇极低，都是些孤、寒、饿的鬼，太惨了。

李世民借钱过了关之后，崔判官替李世民对枉死城里的冤鬼们表了态：大唐皇帝会在阳间做一个“水陆大会”帮你们超生。

也就是说，这么惨的鬼其实是有办法超生的，阳间给做法会就成了。

这法会要是不做，这帮冤鬼就会无休无止地惨下去，对阳间的怨恨就会越来越大，到时候，皇帝的江山就不稳了。

前面我们说了，天庭通过下雨来控制人间，你现在知道西游宇宙中的佛教是怎样控制人间的了吗?

至此，佛祖立项、玉帝批准、观音攒局、地藏支持的“李世民要做法会”概念被成功植入了。

伟大的作者！读《西游记》真的是一种智力体操般的享受！

第十一回

还受生唐王遵善果，度孤魂萧瑀正空门

诗曰：

百岁光阴似水流，一生事业等浮沤。

昨朝面上桃花色，今日头边雪片浮。

白蚁阵残方是幻，子规声切早回头。

古来阴骘能延寿，善不求怜天自周。

这一回内容是说，李世民从地府回来后，开始了大规模的，甚至可以说是一厢情愿的，为了做好事而做好事。开篇这首诗比较好理解，说的都是人生苦短，时光匆匆过，行善要在当下，不是每个人都有机会像李世民那样去了地府还能回来的，普通人去了就真的去了，而且走的时间很无常，不知道啥时候就突然走了，所以大家都力所能及地多做善事吧。

“古来阴骘能延寿，善不求怜天自周。”这里的“阴骘”是指阴德。我们的传统文化中有阴德和阳德之分，比如你捐款了，昭告天下了，这是阳德；又如你救了人，没人知道这事，这是阴德。

只要是德，就没有白积的，作者说“阴骘”是能延寿的，意思就是做善事别纠结成本和传播效应，肯定对自己有好处。

作者在传播自己的价值观，让大家别跟这一回里的李世民一样，做好事的功利性那么强。

作者也在自己搭建的西游宇宙中呼吁读者朋友们力所能及地做个好人，好人肯定有好报。

却说唐太宗随着崔判官、朱太尉，自脱了冤家债主，前进多时，却来到“六道轮回”之所，又见那腾云的身披霞帔，受箓的腰挂金鱼。僧尼道俗、走兽飞禽、魑魅魍魉，滔滔都奔走那轮回之下，各进其道。唐王问曰：“此意何如？”判官道：“陛下明心见性，是必记了，传与阳间人知。这唤做‘六道轮回’，那行善的升化仙道，尽忠的超生贵道，行孝的再生福道，公平的还生人道，积德的转生富道，恶毒的沉沦鬼道。”唐王听说，点头叹曰：

“善哉真善哉，作善果无灾。

善心常切切，善道大开开。

莫教兴恶念，是必少刁乖。

休言不报应，神鬼有安排。”

判官送唐王直至那“超生贵道门”，拜呼唐王道：“陛下呵，此间乃出头之处，小判告回，着朱太尉再送一程。”唐王谢道：“有劳先生远跋。”判官道：“陛下到阳间，千万做个‘水陆大会’，超度那无主的冤魂，切勿忘了。若是阴司里无报怨之声，阳世间方得享太平之庆。凡百不善之处，俱可一一改过。普谕世人为善，管教你后代绵长，江山永固。”唐王一一准奏，辞了崔判官，随着朱太尉同入门来。那太尉见门里有一匹海骝马，鞍鞴齐备，急请唐王上马。太尉左右扶持，马行如箭，早到了渭水河边。只见那水面上有一对金色鲤鱼，在河里翻波跳斗。唐王见了心喜，兜马贪看不舍。太尉道：“陛下，趱动些，趁早赶时辰进城去也。”那唐王只管贪看，不肯前行，被太尉撮着脚，高呼道：“还不走，等甚！”扑的一声，望那渭河推下马去。却就脱了阴司，径回阳世。

李世民来到六道轮回环节了，崔判官继续让他记知识点：行善的，升化仙道；尽忠的，超生贵道；行孝的，再生福道；公平的，还生人道；积德的，转生富道；恶毒的，沉沦鬼道。

继前面玄武门之变是正义的、李建成和李元吉命该如此的表态后，作者再补一刀：李渊那爷儿仨都属于恶毒的，所以沉沦鬼道。

李世民被安排到“超生贵道门”，倒不是因为他这辈子有多忠，而是因为他们家那些事是笔烂账，算不清楚。他此时也还没为佛门尽啥忠，之前说的事都还是空头支票状态。他之所以入贵道，是因为他是大唐皇帝，只能入贵道，这个尽忠的贵道设定其实是在为后面大忠臣两口子还魂埋伏笔。

临别之时，崔判官专门又嘱咐了一句：“陛下到阳间，千万做个‘水陆大会’，超度那无主的冤魂，切勿忘了。若是阴司里无报怨之声，阳世间方得享太平之庆。凡百不善之处，俱可一一改过。普谕世人为善，管教你后代绵长，江山永固。”

地狱里有多可怕，你都看到了，但是，甭管枉死了多少，账都能平！只要去做“水陆大会”！“凡百不善之处，俱可一一改过”！

折腾这一遭，那么玩命地吓唬你，就是为了“盗梦空间”式地植入这个概念！你可千万别忘了！

却说那唐朝驾下有徐茂公、秦叔宝、胡敬德、段志贤、马三保、程咬金、高士廉、张公谨、房玄龄、杜如晦、萧瑀、傅奕、张道源、张士衡、王珪等两班文武，俱保着那东宫太子与皇后、嫔妃、宫娥、侍长，都在那白虎殿上举哀。一壁厢议传哀诏，要晓谕天下，欲扶太子登基。时有魏徵在旁道：“列位且住。不可！不可！假若惊动州县，恐生不测。且再按候一日，我王必还魂也。”下边闪上许敬宗道：“魏丞相言之甚谬。自古云：‘泼水难收，人逝不返。’你怎么还说这等虚言，惑乱人心，是何道理！”魏徵道：“不瞒许先生说，下官自幼得授仙术，推算最明，管取陛下不死。”

你说观音菩萨为啥要提前安排魏徵知情呢？按理来说，他砍了老龙后就可以杀青了，他送不送那封信其实都影响不了后面的剧情，李世民肯定能回来，而且他送那封信其实还起了坏效果，明明该落在地藏王菩萨身上的人情都被搅和了，那为啥还要让他掺和那么多呢？

魏徵发挥关键作用的时刻就是现在！他必须明确知道李世民死不了！他必须稳住朝廷，不能让太子登基！要是太子真登基了，后面这事可就难办了！

正讲处，只听得棺中连声大叫道：“渰杀我耶！”諕得个文官武将心慌，皇后

嫔妃胆战。一个个：

面如秋后黄桑叶，腰似春前嫩柳条。储君脚软，难扶丧杖进哀仪；侍长魂飞，怎戴梁冠遵孝礼。嫔妃打跌，彩女欹斜。嫔妃打跌，却如狂风吹倒败芙蓉；彩女欹斜，好似骤雨冲歪娇菡萏。众臣悚惧，骨软筋麻。战战兢兢，痴痴痖痖。把一座白虎殿却相断梁桥，闹丧台就如倒塌寺。

此时众宫人走得精光，那个敢近灵扶柩。多亏了正直的徐茂公，理冽的魏丞相，有胆量的秦琼，忒猛撞的敬德，上前来扶着棺材，叫道："陛下有甚么放不下心处，说与我等，不要弄鬼，惊骇了眷族。"魏徵道："不是弄鬼，此乃陛下还魂也。快取器械来！"打开棺盖，果见太宗坐在里面，还叫："渰死我了！是谁救捞？"茂公等上前扶起道："陛下苏醒，莫怕，臣等都在此护驾哩。"唐王方才开眼道："朕当好苦，躲过阴司恶鬼难，又遭水面丧身灾。"众臣道："陛下宽心勿惧，有甚水灾来？"唐王道："我骑着马，正行至渭水河边，见双头鱼戏，被朱太尉欺心，将朕推下马来，跌落河中，几乎渰死。"魏徵道："陛下鬼气尚未解。"急着太医院进安神定魄汤药，又安排粥膳。连服一二次，方才反本还原，知得人事。一计唐王死去，已三昼夜，复回阳间为君。有诗为证：

万古江山几变更，历来数代败和成。

周秦汉晋多奇事，谁似唐王死复生？

当日天色已晚，众臣请王归寝，各各散讫。次早，脱却孝衣，换了彩服，一个个红袍乌帽，一个个紫绶金章，在那朝门外等候宣召。

却说太宗自服了安神定魄之剂，连进了数次粥汤，被众臣扶入寝室，一夜稳睡，保养精神，直至天明方起，抖擞威仪。你看他怎生打扮：

戴一顶冲天冠，穿一领赭黄袍。系一条蓝田碧玉带，踏一对创业无忧履。貌堂堂，赛过当朝；威冽冽，重兴今日。好一个清平有道的大唐王，起死回生的李陛下！

唐王上金銮宝殿，聚集两班文武，山呼已毕，依品分班。只听得传旨道："有事出班来奏，无事退朝。"那东厢闪过徐世勣、魏徵、王珪、杜如晦、房玄龄、袁天罡、李淳风、许敬宗等，西厢闪过殷开山、刘弘基、马三保、段志贤、程咬金、秦叔宝、胡敬德、薛仁贵等，一齐上前，在白玉阶前俯伏，启奏道："陛下前朝一梦，如何许久方觉？"太宗道："朕前接得魏徵书，自觉神魂出殿，只见羽林军请朕出猎。正行时，人马无踪，又见那先君父王与先兄弟争嚷。正难解处，见一人乌帽皂袍，乃是判官崔珏，喝退先兄弟。朕将魏徵书传递与他。正看时，又见青衣者执幢幡引朕入内，到森罗殿上，与十代阎王叙坐。他说那泾河龙诬告我许救转杀之事，是朕将前言陈具一遍。他说已三曹对过案了，急命取生死文簿，检看我的阳寿。时有崔判官传上簿子，阎王看了，道寡人有三十三年天禄，才过得一十三年，还该我二十年阳寿。即着朱太尉、崔判官送朕回来。朕与十王作别，允了送他瓜果谢恩。自出了森罗殿，见那阴司里，不忠不孝、非礼非义、作践五谷、明欺暗骗、大斗小秤、奸盗诈伪、淫邪欺罔之徒，受那些磨烧舂锉之苦，煎熬吊剥之刑，有千千万万，看之不足。又过着枉死城中，有无数的冤魂，尽都是六十四处烟尘的草寇，七十二处叛贼的魂灵，挡住了朕之来路。幸亏崔判官作保，借得河南相老儿的金银一库，买转鬼魂，方解前行。崔判官教朕回阳世，千万作一场'水陆大会'，超度那无主的孤魂，将此言叮咛分别。出了那'六道轮回'之下，有朱太尉请朕上马，飞也相似，行到渭水河边。我看见那水面上有双头鱼戏，正欢喜处，他将我撮着脚，推下水中，朕方得还魂也。"众臣闻此言，无不称贺。遂此编行传报天下，各府县官员上表称庆不题。

李世民还阳后，为自己的死而复生做了以下陈述。

1. 跟那龙王的官司，朕赢了。

2. 朕的阳寿还很长！

3. 没有人比朕更懂坏蛋的下场，不忠不孝、非礼非义、作践五谷、明欺暗骗、大斗小秤、奸盗诈伪、淫邪欺罔之徒都在地狱受罪呢！

4. 枉死城中有鬼拦朕去路。他隐去了自己很㞞和鬼很惨的事，强调了这帮鬼很贪财、能收买，是"买转鬼魂，方解前行"，说临走之前崔判官让自己去做一场"水陆大会"，超度那无主的孤魂。

却说太宗又传旨，赦天下罪人，又查狱中重犯。时有审官将刑部绞斩罪人，查有四百余名呈上。太宗放赦回家，拜辞父母兄弟，托产与亲戚子侄，明年今日赴曹，仍领应得之罪。众犯谢恩而退。又出恤孤榜文，又查宫中老幼彩女三千六百人，出旨配军。自此，内外俱善。有诗为证：

大国唐王恩德洪，道过尧舜万民丰。

死囚四百皆离狱，怨女三千放出宫。

天下多官称上寿，朝中众宰贺元龙。

善心一念天应佑，福荫应传十七宗。

太宗既放宫女、出死囚已毕，又出御制榜文，遍传天下。榜曰：

乾坤浩大，日月照鉴分明；宇宙宽洪，天地不容奸党。使心用术，果报只在今生；善布浅求，获福休言后世。千般巧计，不如本分为人；万种强徒，争似随缘节俭。心行慈善，何须努力看经；意欲损人，空读如来一藏。

李世民还阳后，传旨放宫女配军，给死囚临终关怀的时间，这里其实是作者比较一厢情愿地根据自己认为的善良行径来写剧情了。实际上，从真实的人性推演来看，突然给宫女放出宫以及给死囚犯们一年时间安排后事，绝对不会是什么好事。这一点咱就不深究了，重点看李世民遍传天下劝善的这个御榜，主题就是：举头三尺有神明，别机关算尽，本本分分做人，心善不用努力念经，心恶读上一藏的经也没有用，所谓"心行慈善，何须努力看经；意欲损人，空读如来一藏"。

这就是帝王专属双标了，他是知道答案的，就算从现在开始，天天都行善，他敢不做那法会吗？

咱永远不否认李家这天下是你李世民打下来的，但你本分吗？

你要是本分，你会是"天策上将、太尉、尚书令、陕东道大行台尚书令、益州道行台尚书令、雍州牧、蒲州都督、领十二卫大将军、中书令、上柱国、秦王"吗？

你去了这一趟地府后，过得更从容了，因为你有平账方法了，你是太知道"陛下到阳间，千万做个'水陆大会'，超度那无主的冤魂，切勿忘了。若是阴司里无报怨之声，阳世间方得享太平之庆。凡百不善之处，俱可一一改过"的分量了。

没有人比你更懂得诵经办法会的平账效果（仅限于西游宇宙中的设定，不要延伸到实际生活中），结果你强调的是做本分的人、做没心眼的人、心善比念经那些形式都强。

读者们，不光要听领导说了些什么，更要仔细看他做了些什么。

自此时，盖天下无一人不行善者。一壁厢又出招贤榜，招人进瓜果到阴司里去。

一壁厢将宝藏库金银一库，差鄂国公胡敬德上河南开封府，访相良还债。榜张数日，有一赴命进瓜果的贤者，本是均州人，姓刘名全。家有万贯之资，只因妻李翠莲在门首拔金钗斋僧，刘全骂了他几句，说他不遵妇道，擅出闺门。李氏忍气不过，自缢而死，撇下一双儿女年幼，昼夜悲啼。刘全又不忍见，无奈遂舍了性命，弃了家缘，撇了儿女，情愿以死进瓜，将皇榜揭了，来见唐王。王传旨意，教他去金亭馆里，头顶一对南瓜，袖带黄钱，口噙药物。

那刘全果服毒而死，一点魂灵，顶着瓜果，早到鬼门关上。把门的鬼使喝道："你是甚人，敢来此处？"刘全道："我奉大唐太宗皇帝钦差，特进瓜果与十代阎王受用的。"那鬼使欣然接引。刘全径至森罗宝殿，见了阎王，将瓜果进上道："奉唐王旨意，远进瓜果，以谢十王宽宥之恩。"阎王大喜道："好一个有信有德的太宗皇帝！"遂此收了瓜果，便问那进瓜的人姓名，那方人氏。刘全道："小人是均州城民籍，姓刘名全。因妻李氏缢死，撇下儿女无人看管，小人情愿舍家弃子，捐躯报国，特与我王进贡瓜果，谢众大王厚恩。"十王闻言，即命查勘刘全妻李氏。那鬼使速取来，在森罗殿下，与刘全夫妻相会。诉罢前言，回谢十王恩宥，那阎王却检生死簿子看时，那夫妻们都有登仙之寿，急差鬼使送回。鬼使启上道："李翠莲归阴日久，尸首无存，魂将何付？"阎王道："唐御妹李玉英，今该促死，你可借他尸首，教他还魂去也。"那鬼使领命，即将刘全夫妻二人还魂。待定出了阴司，那阴风绕绕，径到了长安大国，将刘全的魂灵推入金亭馆里，将翠莲的灵魂带进皇宫内院。只见那玉英宫主，正在花阴下徐步绿苔而行，被鬼使扑个满怀，推倒在地，活捉了他魂，却将翠莲的魂灵推入玉英身内。鬼使回转阴司不题。

进行大唐价值观宣传后，李世民开始招募送死的人去给阎王送瓜。有一个叫刘全的大富翁决定来送死。他媳妇李翠莲在门首拔金钗斋僧，刘全骂了她几句，说她不遵妇道，擅出闺门。这李翠莲气性极大，连孩子也不管了，直接自杀了。一双年幼的儿女天天哭着找妈妈，这刘全不忍心看孩子天天哭，决定抛家弃子，以死进瓜。

两人都太冲动。

刘全到了地府以后，阎王很高兴，决定赏这快递员，一查他们的寿命，发现这两口子都有登仙之寿，言外之意，这两人没到寿就死了，不是被勾来的，这是枉死，按理来说他们该孤、该寒、该饿去了，但是阎王表示这不叫事，制度是死的，人是可以活的嘛，于是让他们都还了魂！

鬼使表示，李翠莲死得太久，尸首无存，还不了魂。阎王说：没事，没有人比我更懂变通，那唐御妹今天就要死！让这李翠莲借她的腔子还魂吧！咱地府对有功之人的态度主打的就是一个灵活！

注意，鬼使随后也没走啥六道，而是直接出了阴司。到了长安后，把刘全的魂灵推入金亭馆里，转头去找玉英宫主。然后更劲爆的来了，那宫主正在散步呢，这鬼使直接把人家扑倒在地，活生生地把她的魂抓走了，然后把李翠莲的魂给推到宫主身上了，所谓“只见那玉英宫主，正在花阴下徐步绿苔而行，被鬼使扑个满怀，推倒在地，活捉了他魂，却将翠莲的魂灵推入玉英身内”。

也就是说，这唐御妹不是正常死亡的，也不是自己出了意外，完全就是被鬼使弄死的……

知道作者为啥安排这个献瓜的剧情了吧，有两个用意：

一方面告诉读者，李世民的那段地府考察，从路线到景点都是为其量身定制的，其实想怎么还魂就怎么还魂，极其灵活。

另一方面体现出西游宇宙中地府工作的灵活性，枉死的鬼不用念经也能超生，得看你有没有缘，或者有没有价值，还得看阎王愿不愿意搭理你。特殊情况下，哪怕你死透了、招苍蝇了都没关系，特事特办，可以派鬼差杀人帮你还魂。

却说宫院中的大小侍婢，见玉英跌死，急走金銮殿，报与三宫皇后道：“宫主娘娘跌死也！”皇后大惊，随报太宗。太宗闻言，点头叹曰：“此事信有之也。朕曾问十代阎君：‘老幼安乎？’他道：‘俱安，但恐御妹寿促。’果中其言。”合宫人都来悲切，尽到花阴下看时，只见那宫主微微有气。唐王道：“莫哭！莫哭！休惊了他。”遂上前将御手扶起头来，叫道：“御妹，苏醒苏醒。”那宫主忽的翻身叫：“丈夫慢行，等我一等！”太宗道：“御妹，是我等在此。”宫主抬头睁眼看道：“你是谁人，敢来扯我？”太宗道：“是你皇兄、皇嫂。”宫主道：“我那里得个甚么皇兄、皇嫂！我娘家姓李，我的乳名唤做李翠莲，我丈夫姓刘名全，两口儿都是均州人氏。因为我三个月前，拔金钗在门首斋僧，我丈夫怪我擅出内门，不遵妇道，骂了我几句，是我气塞胸堂，将白绫带悬梁缢死，撇下一双儿女，昼夜悲啼。今因我丈夫被

唐王钦差，赴阴司进瓜果，阎王怜悯，放我夫妻回来。他在前走，因我来迟，赶不上他，我绊了一跌。你等无礼，不知姓名，怎敢扯我！”太宗闻言，与众宫人道：“想是御妹跌昏了，胡说哩！”传旨教太医院进汤药，将玉英扶入宫中。

唐王当殿，忽有当驾官奏道：“万岁，今有进瓜果人刘全还魂，在朝门外等旨。”唐王大惊，急传旨将刘全召进，俯伏丹墀。太宗问道：“进瓜果之事何如？”刘全道：“臣顶瓜果，径至鬼门关，引上森罗殿，见了那十代阎君，将瓜果奉上，备言我王殷勤致谢之意。阎君甚喜，多多拜上我王道：‘真是个有信有德的太宗皇帝！’”唐王道：“你在阴司见些甚么来？”刘全道：“臣不曾远行，没见甚的，只闻得阎王问臣乡贯、姓名。臣将弃家舍子，因妻缢死，愿来进瓜之事，说了一遍。他急差鬼使引过我妻，就在森罗殿下相会。一壁厢又检看死生文簿，说我夫妻都有登仙之寿，便差鬼使送回。臣在前走，我妻后行，幸得还魂。但不知妻投何所。”唐王惊问道：“那阎王可曾说你妻甚么？”刘全道：“阎王不曾说甚么，只听得鬼使说：‘李翠莲归阴日久，尸首无存。’阎王道：‘唐御妹李玉英今该促死，教翠莲即借玉英尸还魂去罢。’臣不知‘唐御妹’是甚地方，家居何处，我还未曾得去寻哩。”

唐王闻奏，满心欢喜，当对多官道：“朕别阎君，曾问宫中之事，他言老幼俱安，但恐御妹寿促。却才御妹玉英，花阴下跌死，朕急扶看，须臾苏醒，口叫‘丈夫慢行，等我一等’，朕只道是他跌昏了胡言。又问他详细，他说的话与刘全一般。”魏徵奏道：“御妹偶尔寿促，少苏醒即说此言，此是刘全妻借尸还魂之事。此事也有。可请公主出来，看他有甚话说。”唐王道：“朕才命太医院去进药，不知何如。”便教妃嫔入宫去请。那宫主在里面乱嚷道：“我吃甚么药！这里那是我家！我家是清凉瓦屋，不像这个害黄病的房子，花狸狐哨的门扇！放我出去！放我出去！”

正嚷处，只见四五个女官，两三个太监，扶着他直至殿上。唐王道：“你可认得你丈夫么？”玉英道：“说那里话，我两个从小儿的结发夫妻，与他生男育女，怎的不认得？”唐王叫内官搀他下去。那宫主下了宝殿，直至白玉阶前，见了刘全，一把扯住道：“丈夫，你往那里去，就不等我一等！我跌了一跌，被那些没道理的人围住我嚷，这是怎的说！”那刘全听他说的话是妻之言，观其人非妻之面，不敢相认。唐王道：“这正是山崩地裂有人见，捉生替死却难逢！”好一个有道的君王，即将御妹的妆奁、衣物、首饰，尽赏赐了刘全，就如陪嫁一般。又赐与他永免差徭的御旨，着他带领御妹回去。他夫妻两个便在阶前谢了恩，欢欢喜喜还乡。有诗为证：

人生人死是前缘，短短长长各有年。

刘全进瓜回阳世，借尸还魂李翠莲。

他两个辞了君王，径来均州城里，见旧家业儿女俱好，两口儿宣扬善果不题。

接下来是李翠莲给读者们展示为啥她狠起来连自己都杀。这人就是一个“彪子玩意儿”！再怎么样也是个富家太太，不认识皇家的排场也就算了，连点眼力见儿都没有，对李世民说：“你是谁人，敢来扯我？”“我那里得个甚么皇兄、皇嫂！”难道不知道“皇”是啥意思吗？等李世民跟还魂的刘全唠完来龙去脉后，李翠莲还在发飙，女版孙猴似的大闹后宫：“我吃甚么药！这里那是我家！我家是清凉瓦屋，不像这个害黄病的房子，花狸狐哨的门扇！放我出去！放我出去！”

这姐姐见了刘全后，“一把扯住道：‘丈夫，你往那里去，就不等我一等！我跌了一跌，被那些没道理的人围住我嚷，这是怎的说’”！

这两个人的性格都有大问题，但是因为给阎王爷送了个快递，结局就变得不同了。

制度绝大多数时候都是冰冷的，你看那枉死城中的尸山血海多么可怜，要是阳间没人给他们念经，他们就永远看不到头儿。

但制度也总会有那些破例的“温暖”。

却说那尉迟公将金银一库，上河南开封府访看相良。原来卖水为活，同妻张氏在门首贩卖乌盆瓦器营生，但撰得些钱儿，只以盘缠为足，其多少斋僧布施，买金银纸锭，记库焚烧，故有此善果臻身。阳世间是一条好善的穷汉，那世里却是个积玉堆金的长者。尉迟公将金银送上他门，諕得那相公、相婆魂飞魄散；又兼有本府官员，茅舍外车马骈集，那老两口子如痴如痖，跪在地下，只是磕头礼拜。尉迟公道：“老人家请起。我虽是个钦差官，却赍着我王的金银，送来还你。”他战兢兢的答道：“小的没有甚么金银放债，如何敢受这不明之财？”尉迟公道：“我也访得你是个穷汉，只是你斋僧布施，尽其所用，就买办金银纸锭，烧记阴司，阴司里有你积下的钱钞。是我太宗皇帝，死去三日，还魂复生，曾在那阴司里借了你一库金银。今此照数送还与你，你可一一收下，等我好去回旨。”那相良两口儿只是朝天礼拜，那

里敢受，道：“小的若受了这些金银，就死得快了。虽然是烧纸记库，此乃冥冥之事；况万岁爷爷那世里借了金银，亦何凭据？我决不敢受。”尉迟公道：“陛下说，借你的东西，有崔判官作保可证，你收下罢。”相良道：“就死也是不敢受的。”

尉迟公见他苦苦推辞，只得具本差人启奏。太宗见了本，知相良不受金银，道：“此诚为善良长者！”即传旨，教胡敬德将金银与他修理寺院，起盖生祠，请僧作善，就当还他一般。旨意到日，敬德望阙谢恩宣旨，众皆知之。遂将金银买到城里军民无碍的地基一段，周围有五十亩宽阔，在上兴工，起盖寺院，名“敕建相国寺”，左有相公、相婆的生祠，镌碑刻石，上写着“尉迟公监造”，即今大相国寺是也。

接下来，作者要给过枉死城时的借钱环节收尾了，作者将结局写得相当圆满。阳间这穷汉如果拿了李世民的钱，绝对不会有啥好下场，作者相当智慧地替这穷汉拒绝了，顺便在西游宇宙中将著名的大相国寺的建寺功德给了这个穷汉，也算是两全之法，不负太宗不负卿了。〔大相国寺的来历实不如此，其始建于北齐天保六年（555），后来毁于战火之中。长安元年（701），僧人慧云来汴，以此地有灵气为由，筹钱购买此地建寺。动工时挖出了北齐建国寺的旧牌子，当时就仍称其为建国寺。延和元年（712），李旦为了纪念他由相王登上皇位，为其赐名大相国寺。到北宋时期，大相国寺由于地处汴梁、历史悠久而深得皇家尊崇，此后多次扩建，成为汴梁最大的寺院和全国佛教活动中心。〕

工完回奏，太宗甚喜。却又聚集多官，出榜招僧，修建“水陆大会”，超度冥府孤魂。榜行天下，着各处官员推选有道的高僧，上长安做会。那消个月之期，天下多僧俱到。唐王传旨，着太史丞傅奕选举高僧，修建佛事。傅奕闻旨，即上疏止浮图，以言无佛。表曰：

西域之法，无君臣父子。以三涂六道，蒙诱愚蠢。追既往之罪，窥将来之福。口诵梵言，以图偷免。且生死寿夭，本诸自然；刑德威福，系之人主。今闻俗徒矫托，皆云由佛。自五帝三王，未有佛法，君明臣忠，年祚长久。至汉明帝始立胡神，然惟西域桑门，自传其教，实乃夷犯中国，不足为信。

太宗闻言，遂将此表掷付群臣议之。时有宰相萧瑀，出班俯囟奏曰：

佛法兴自屡朝，弘善遏恶，冥助国家，理无废弃。佛，圣人也。非圣者无法，请置严刑。

傅奕与萧瑀论辨，言礼本于事亲事君，而佛背亲出家，以匹夫抗天子，以继体悖所亲。萧瑀不生于空桑，乃遵无父之教，正所谓非孝者无亲。萧瑀但合掌曰："地狱之设，正为是人。"太宗召太仆卿张道源、中书令张士衡，问："佛事营福，其应何如？"二臣对曰："佛在清净仁恕，果正佛空。周武帝以三教分次，大慧禅师有赞幽远，历众供养而无不显，五祖投胎，达摩现象。自古以来，皆云三教至尊而不可毁，不可废。伏乞陛下圣鉴明裁。"太宗甚喜道："卿之言合理，再有所陈者罪之。"遂着魏徵与萧瑀、张道源，邀请诸佛，选举一名有大德行者作坛主，设建道场。众皆顿首谢恩而退。自此时出了法律，但有毁僧谤佛者，断其臂。

把地府的人情和欠债都还完后，李世民要搞那重中之重的"水陆大会"了。他先是榜行天下，把全国有道的高僧都聚到长安来做法会。太史丞傅奕不识好歹，明明知道皇帝死而复生这事，还要上疏止浮图，认为佛法为西域之法，无君臣父子，以三涂六道，蒙诱愚蠢，尤其这两句"口诵梵言，以图偷免"正打在李世民脸上，皇帝正满世界找和尚念经呢，结果他说念经是平账。作者虽然没明说李世民急眼，但是用一个字表明了老李的愤怒，"太宗闻言，遂将此表掷付群臣议之"。

"掷"，说明李世民把这东西扔出去了。

随后，李世民的表姑父兼儿女亲家萧瑀出来跟傅奕大辩论了。李世民都"掷"了，人精们怎么会看不懂？太仆卿张道源和中书令张士衡也加入撑傅奕的行列中。最终，李世民盖棺论定：宏佛的爱卿说得好，再有谤佛的人，就治他的罪！朝廷火速出台了法律：但有毁僧谤佛者，断其臂！李世民还安排铁定支持他的魏徵和明确支持他的萧瑀、张道源去选一个有大德行的和尚作坛主设建道场。

次日，三位朝臣，聚众僧在那山川坛里，逐一从头查选。内中选得一名有德行的高僧。你道他是谁人？

灵通本讳号金蝉，只为无心听佛讲。
转托尘凡苦受磨，降生世俗遭罗网。
投胎落地就逢凶，未出之前临恶党。
父是海州陈状元，外公总管当朝长。

出身命犯落江星，顺水随波逐浪泱。
海岛金山有大缘，迁安和尚将他养。
年方十八认亲娘，特赴京都求外长。
总管开山调大军，洪州剿寇诛凶党。
状元光蕊脱天罗，子父相逢堪贺奖。
复谒当今受主恩，凌烟阁上贤名响。
恩官不受愿为僧，洪福沙门将道访。
小字江流古佛儿，法名唤做陈玄奘。

当日对众举出玄奘法师。这个人自幼为僧，出娘胎就持斋受戒。他外公见是当朝一路总管殷开山。他父亲陈光蕊，中状元，官拜文渊殿大学士。一心不爱荣华，只喜修持寂灭。查得他根源又好，德行又高，千经万典无所不通，佛号仙音无般不会。当时三位引至御前，扬尘舞蹈，拜罢奏曰："臣瑀等，蒙圣旨，选得高僧一名陈玄奘。"太宗闻其名，沉思良久道："可是学士陈光蕊之儿玄奘否？"江流儿叩头曰："臣正是。"太宗喜道："果然举之不错。诚为有德行有禅心的和尚。朕赐你左僧纲、右僧纲、天下大阐都僧纲之职。"玄奘顿首谢恩，受了大阐官爵。又赐五彩织金袈裟一件，毗卢帽一顶。教他用心再拜明僧，排次阇黎班首。书办旨意，前赴化生寺，择定吉日良时，开演经法。

玄奘再拜领旨而出。遂到化生寺里，聚集多僧，打造禅榻，妆修功德，整理音乐。选得大小名僧共计一千二百名，分派上中下三堂。诸所佛前，物件皆齐，头头有次。选到本年九月初三日，黄道良辰，开启做七七四十九日"水陆大会"。即具表申奏，太宗及文武国戚皇亲，俱至期赴会，拈香听讲。毕竟不知圣意何如，且听下回分解。

三位领导开启海选，一通查选后把玄奘给挑出来了。唐僧第一次登场了。作者用一首诗介绍了一下玄奘的背景，一如既往地开门见山，第一句就给这个人物的设定做了铺垫，"灵通本讳号金蝉"。

金蝉这个名字，很有意思。

在佛经宇宙中，释迦牟尼佛有十大弟子，分别为：舍利弗，智慧第一；目犍连，神通第一；摩诃迦叶，头陀第一；阿那律，天眼第一；须菩提，解空第一；富楼那，说法第一；迦旃延，论义第一；优婆离，持律第一；罗睺罗，密行第一；阿难，多闻第一。

在此前，已经出现了三位佛祖弟子了，分别是须菩提以及跟着佛祖去拍悟空的阿难与迦叶，后面介绍那九环锡杖之前的主人时还有诗说“摩诃五祖游天阙，罗卜寻娘破地关”，这说的是摩诃迦叶和目犍连的典故。由此可以发现，原著作者将佛祖弟子杂糅进了西游宇宙中，作者没有明说金蝉子的原型是哪个弟子，佛经中也没有给佛祖的弟子进行排名，比较可能的是阿那律尊者。他刚出家时经常懈怠贪睡，有一次在佛陀说法时睡着了，被佛陀当面训斥。被训斥的阿那律羞愧万分，发誓永远不眠，此后勤勉修行，修得了“天眼通”，据说他能看见天上地下的六道众生，能知过去未来三世的因缘。

无论唐僧的原型是不是阿那律，作者单独将他拎出来都是有特殊寓意的。

金蝉在我国的文化语境中是有特殊含义的。

因为它的后面是要连上“脱壳”俩字的。

在《西游记》成书两三百年前，这个词就已经出现在元代关汉卿创作的《谢天香》中了：“便使尽些伎俩，千愁断我肚肠，觅不的个金蝉脱壳这一个谎。”

金蝉脱壳的意思是，寒蝉在蜕变时，本体脱离皮壳而走，只留下蝉蜕还挂在枝头，后比喻制造或利用假象脱身，使人不能及时发觉。

金蝉子这个名字，其实更大概率是在表达，你们真以为人家遭贬了？人家只不过是脱了壳，摆脱了原有的束缚，绕了一圈后成佛了。

下一回开头的诗就专门把玄奘跟金蝉脱壳绑定了，所谓“御敕垂恩修上刹，金蝉脱壳化西涵”，寓意就是当唐僧踏上取经路的那一刻，他就已经完成了金蝉脱壳的蜕变。

再把“金蝉”两字拆开，单纯论“蝉”，也有飞升之意。蝉在我国传统文化中也与升仙有一定的象征关联。蝉从幼虫蜕变为成虫的过程被视为一种蜕变、重生的象征。道教追求羽化成仙，即通过修炼使肉身或灵魂得到升华，如同蝉蜕皮一样，摆脱尘世的束缚，进入更高层次的境界；蝉的飞升寓意在古代墓葬文化中也有体现，蝉形的玉琀（一种含在死者口中的葬玉）较为常见，其寓意就是希望死者的灵魂能够像蝉一样蜕变获得新生，在另一个世界得以超脱。

从这个名字，作者就表达了金蝉子这趟取经之旅的深意。

布局一件事前，必须先绕一个圈子，等所有人反应过来时，你已经金蝉脱壳了。

《西游记》最后一回中，取经成功皆大欢喜之时，整个灵山念了在座的所有高级领导的名号。

“大众合掌皈依，都念：南无燃灯上古佛。南无药师琉璃光王佛。南无释迦牟尼佛。南无过去未来现在佛。南无清净喜佛。南无毗卢尸佛。南无宝幢王佛。南无弥勒尊佛。南无阿弥陀佛。南无无量寿佛。南无接引归真佛。南无金刚不坏佛。南无宝光佛。南无龙尊王佛。南无精进喜佛。南无宝月光佛。南无现无愚佛。南无婆留那佛。南无那罗延佛。南无功德华佛。南无才功德佛。南无善游步佛。南无旃檀光佛。南无摩尼幢佛。南无慧炬照佛。南无海德光明佛。南无大慈光佛。南无慈力王佛。南无贤善首佛。南无广庄严佛。南无金华光佛。南无才光明佛。南无智慧胜佛。南无世静光佛。南无日月光佛。南无日月珠光佛。南无慧幢胜王佛。南无妙音声佛。南无常光幢佛。南无观世灯佛。南无法胜王佛。南无须弥光佛。南无大慧力王佛。南无金海光佛。南无大通光佛。南无才光佛。南无旃檀功德佛。南无斗战胜佛。

南无观世音菩萨。南无大势至菩萨。南无文殊菩萨。南无普贤菩萨。南无清净大海众菩萨。南无莲池海会佛菩萨。南无西天极乐诸菩萨。南无三千揭谛大菩萨。南无五百阿罗大菩萨。南无比丘夷塞尼菩萨。南无无边无量法菩萨。南无金刚大士圣菩萨。南无净坛使者菩萨。南无八宝金身罗汉菩萨。南无八部天龙广力菩萨。”

地藏王菩萨、灵吉菩萨、国师王菩萨这些在各地有着重要职能的菩萨没在灵山，也就都没念。

但是，大家注意到没有，佛祖身边不离左右的阿难、伽叶两位尊者，并不在上述高级领导范畴。

燃灯古佛派去揭穿无字经的白雄尊者，乃至灵山中的那么多神灵，最后就念了上面这些位。

唐僧的前世就叫金蝉子。

自家门派中提起来时，可能会省略职务职级，但镇元大仙留故友时是这么说的：“你那里得知。那和尚乃金蝉子转生，西方圣老如来佛第二个徒弟。五百年前，我与他在‘兰盆会’上相识，他曾亲手传茶。佛子敬我，故此是为故人也。”（第

二十四回）

他不是什么金蝉子佛祖、金蝉子菩萨，单纯就是“金蝉子”，是“佛弟子”，是没有职务职级的。

其实和阿难、伽叶这种尊者的意思差不多。

《西游记》里最后念出来的佛，就四十八位。

就因为你是佛祖的二弟子，你就能得到那么高的位子？凭什么？人家每个佛祖都是有弟子的，能挨个安排吗？燃灯古佛的白雄尊者能随便安排吗？弥勒佛祖的黄眉能安排吗？

佛祖的智慧是极其高深的，永远合理合情，顺水推舟。爱护弟子，就得先让这孩子“遭难”，先贬下去，退一步，把阻力都打消了，再安排这孩子往上走。

不能上来就让这孩子“亢龙有悔”，要让他“潜龙勿用”“见龙在田”“终日乾乾”“或跃在渊”“飞龙在天”这一步步稳稳走好。

佛祖如果早就放风出去，说要搞个取经行动，那估计大家都抢着投胎去了。因为进步是要看业绩、看成绩的，提拔是需要有话说的，在原地等着论资排辈，得等到哪辈子？

唐僧作为佛祖的二弟子，因为不好好听经被贬了。这件事一方面震慑了灵山：瞅瞅，佛祖执法是一视同仁的，金蝉子睡个觉就被踢下去了。

另一方面，他毕竟是佛祖的二弟子，不看僧面还得看佛面呢！

佛祖的二弟子，改过自新了，受了磨难，又立了那么大的功，得给他一个高级身份。

咱们再提前结合后文讲一段，后面第十五回观音菩萨给小白龙化马前，作者说了这么一段诗：“佛说蜜多三藏经，菩萨扬善满长城。摩诃妙语通天地，般若真言救鬼灵。致死金蝉重脱壳，故令玄奘再修行。只因路阻鹰愁涧，龙子归真化马形。”

“致死金蝉重脱壳，故令玄奘再修行。”金蝉子肯定不只是面上的“只为无心听佛讲”那么简单，他应该是犯了极重的罪，得罪了大人物，佛祖重罪轻罚地把他以不听佛讲经的理由贬下去了。

最终，绕了一圈后，金蝉子金蝉脱壳，取经人取经成佛。

当然，这是我的一家之言，是我从一个文字工作者的视角，结合前后文揣摩的作者将佛祖弟子改名融入自己西游宇宙的用意，你要是说作者就是不喜欢听蝉叫，所以后面把唐僧描绘得像夏天的蝉一样，是个吵得让人脑袋爆炸的讨厌鬼，也没问题。

原著作者离开近五百年了，对《西游记》的解读没有标准答案，我只是提供一种新维度的解释，读者朋友们可以“六经注我”式地挑着看，觉得有用，我荣幸；觉得无用，您弃之。

“灵通本讳号金蝉，只为无心听佛讲”这段诗，是补写附录那位作者的素材来源。诗里介绍，玄奘他爹是状元，外公是殷开山，家庭背景的含金量极高，但他还没出生就遇到坏蛋了，刚出生就被扔到了江里随波逐流，随后被迁安和尚救下，给他取了小名叫江流儿，也算是为他的人生定调了。诗句里没有提他爹妈中间发生了啥，只是说玄奘十八岁时认了亲娘、找了外公、报了仇、救了爹，当时就作为“感动大唐”的风云人物受到李世民的亲切接见。李世民给他官，他不做，又去出家了。

三位领导给出的选拔理由有三。

1. 僧龄足。自幼为僧，出娘胎就持斋受戒。

2. 背景强。外公是殷开山，爹是状元陈光蕊。

3. 学问高。千经万典，无所不通；佛号仙音，无般不会。

李世民听见陈玄奘的名字后仔细想了想，就问了一句话：“可是学士陈光蕊之儿玄奘否？”

什么僧龄和学问啊，那都不重要！你爹是陈光蕊吗？

“江流儿叩头曰：‘臣正是。’”

然后李世民就喜了，直接赐玄奘“左僧纲、右僧纲、天下大阐都僧纲”。

这个“僧纲”是指管理僧人的僧官，“都僧纲”则是管理僧纲的总僧官，“天下大阐都僧纲”就是天下僧官体系中最高级别的管理职务，这个“左僧纲、右僧纲、天下大阐都僧纲”的职位意味着玄奘就此成了李唐官方认定的天下佛门最高负责人。

该说不说，佛祖安排他二弟子下来这一趟考虑得多周全啊！

投胎是很关键的！

玄奘被李世民直接提拔成大唐僧王的决定性因素真的是“自幼为僧，出娘胎就持斋受戒”吗？是因为“千经万典无所不通，佛号仙音无般不会”吗？

相信我，这样的和尚在大唐绝对不是少数。

关键原因是“查得他根源又好”。殷开山那是自太原起兵时就跟李世民混的，是李世民的铁杆嫡系，历史上的殷开山没活那么久，在讨伐刘黑闼的路上去世了。李世民当时哭的哟，所谓“太宗亲临丧，哭之甚恸，赠陕东道大行台右仆射，谥曰节”。从李世民的悲伤程度和他赠给殷开山的这个官，就能看出两人的关系。看过我《大唐气象》一书的读者应该都知道陕东道大行台是个什么机关。

凌烟阁二十四功臣中，只有殷开山是死在李世民登基前的，他死得最早，但依旧位列凌烟阁第十三功臣！

这是啥关系？

顶级自己人！

虽然魏徵肯定得到要选玄奘的消息了，但毕竟是由三个领导组成的选拔委员会，最重要的是，李世民也得批嘛！

封的这个“左僧纲、右僧纲、天下大阐都僧纲之职”是要管理天下僧人的，最关键的是啥？

这孩子得是咱自己人！

素质和能力是一方面，咱们之间最关键的是啥？

你外公和你爹，跟我关系都深，选你当僧王，我放心啊！

事实就是，后面玄奘发下弘誓大愿：取经是为了保李世民江山永固，取不回经就下地狱！

这哪是出家人的表态！这明明是自己人的表态！

玄奘领命后开始筹办硬件，选了一千二百名高僧，要做七七四十九日的“水陆大会”了。

至此，观音菩萨攒的这个局已经成了，就差她现身否定经文疗效了。

第十二回

玄奘秉诚建大会，观音显像化金蝉

诗曰：

龙集贞观正十三，王宣大众把经谈。

道场开演无量法，云雾光乘大愿龛。

御敕垂恩修上刹，金蝉脱壳化西涵。

普施善果超沉没，秉教宣扬前后三。

贞观十三年，岁次己巳，九月甲戌，初三日，癸卯良辰。陈玄奘大阐法师，聚集一千二百名高僧，都在长安城化生寺，开演诸品妙经。那皇帝早朝已毕，帅文武多官，乘凤辇龙车，出离金銮宝殿，径上寺来拈香。怎见那銮驾？真个是：

一天瑞气，万道祥光。仁风轻淡荡，化日丽非常。千官环珮分前后，五卫旌旗列两旁。执金瓜，擎斧钺，双双对对；绛纱烛，御炉香，霭霭堂堂。龙飞凤舞，鹗荐鹰扬。圣明天子正，忠义大臣良。介福千年过舜禹，升平万代赛尧汤。又见那曲柄伞，滚龙袍，辉光相射；玉连环，彩凤扇，瑞霭飘扬。珠冠玉带，紫绶金章。护驾军千队，扶舆将两行。这皇帝沐浴虔诚尊敬佛，皈依善果喜拈香。

唐王大驾，早到寺前。分付住了音乐响器，下了车辇，引着多官，拜佛拈香。三匝已毕，抬头观看，果然好座道场！但见：

幢幡飘舞，宝盖飞辉。幢幡飘舞，凝空道道彩霞摇；宝盖飞辉，映日翩翩红电彻。世尊金象貌臻臻，罗汉玉容威烈烈。瓶插仙花，炉焚檀降。瓶插仙花，锦树辉辉漫宝刹；炉焚檀降，香云霭霭透清霄。时新果品砌朱盘，奇样糖酥堆彩案。高僧罗列诵真经，愿拔孤魂离苦难。

太宗文武俱各拈香，拜了佛祖金身，参了罗汉。又见那大阐都纲陈玄奘法师，引众僧罗拜唐王。礼毕，分班，各安撂位。法师献上济孤榜文与太宗看，榜曰：

至德渺茫，禅宗寂灭。清净灵通，周流三界。千变万化，统摄阴阳。体用真常，无穷极矣。观彼孤魂，深宜哀愍。此是奉太宗圣命，选集诸僧，参禅讲法。大开方便门庭，广运慈悲舟楫。普济苦海群生，脱免沉疴六趣。引归真路，普玩鸿蒙；动止无为，混成绝素。仗此良因，邀赏清都绛阙；乘吾胜会，脱离地狱凡笼。早登极乐任逍遥，来往西方随自在。

诗曰：

一炉永寿香，一卷超生箓。

无边妙法宣，无际天恩沐。

冤孽尽消除，孤魂皆出狱。

愿保我邦家，清平万咸福。

太宗看了满心欢喜，对众僧道："汝等秉立丹衷，切休怠慢佛事，待后功成完备，各各福有所归，朕当重赏，决不空劳。"那一千二百僧，一齐顿首称谢。当日三斋已毕，唐王驾回。待七日正会，复请拈香。时天色将晚，各官俱退。怎见得好晚？你看那：

万里长空淡落晖，归鸦数点下楼迟。

满城灯火人烟静，正是禅僧入定时。

一宿晚景题过。次早，法师又升坐，聚众诵经不题。

开篇这首诗一方面对本回预演了总结性概括，另一方面点出了我们之前说的文眼："御敕垂恩修上刹，金蝉脱壳化西涵。"当唐僧踏上取经之路时，他就已经金蝉脱壳般启动新生了。

金蝉遭贬？金蝉脱壳！

上辈子你叫我金蝉子我不挑你理，这辈子你不喊我功德佛我不高兴！

贞观十三年九月初三"水陆大会"胜利召开这段，可分析的内容不多，核心就是玄奘真争气，"水陆大会"办得相当红火。大唐各级官员莅临化生寺，李世民率百官亲自上香拜佛。玄奘法师将此次“水陆大会”的济孤榜文拿给他看，强调奉太宗圣命帮孤魂们脱离地狱的核心宗旨。李世民看后大喜，表示朕就这意思，大家辛苦了，好好干，这活儿最后绝不白干，随后结束了此次谈话。

却说南海普陀山观世音菩萨，自领了如来佛旨，在长安城访察取经的善人，日久未逢真实有德行者。忽闻得太宗宣扬善果，选举高僧，开建大会。又见得法师坛主，乃是江流儿和尚，正是极乐中降来的佛子，又是他原引送投胎的长老。菩萨十分欢喜，就将佛赐的宝贝捧上长街，与木叉货卖。你道他是何宝贝？有一件锦襕异宝袈裟、九环锡杖，还有那金、紧、禁三个箍儿，密密藏收，以俟后用。只将袈裟、锡杖出卖。长安城里，有那选不中的愚僧，倒有几贯村钞。见菩萨变化个疥癞形容，身穿破衲，赤脚光头，将袈裟捧定，艳艳生光，他上前问道：“那癞和尚，你的袈裟要卖多少价钱？”菩萨道：“袈裟价值五千两，锡杖价值二千两。”那愚僧笑道：“这两个癞和尚是疯子！是傻子！这两件粗物，就卖得七千两银子？只是除非穿上身长生不老，就得成佛作祖，也值不得这许多！拿了去！卖不成！”那菩萨更不争吵，与木叉往前又走。

行的多时，来到东华门前，正撞着宰相萧瑀散朝而回，众头踏喝开街道。那菩萨公然不避，当街上拿着袈裟，径迎着宰相。宰相勒马观看，见袈裟艳艳生光，着手下人问那卖袈裟的要价几何。菩萨道：“袈裟要五千两，锡杖要二千两。”萧瑀道：“有何好处，值这般高价？”菩萨道：“袈裟有好处，有不好处；有要钱处，有不要钱处。”萧瑀道：“何为好？何为不好？”菩萨道：“着了我袈裟，不入沉沦，不堕地狱，不遭恶毒之难，不遇虎狼之灾，便是好处；若贪淫乐祸的愚僧，不斋不戒的和尚，毁经谤佛的凡夫，难见我袈裟之面，这便是不好处。”又问道：“何为要钱？不要钱？”菩萨道：“不遵佛法，不敬三宝，强买袈裟、锡杖，定要卖他七千两，这便是要钱；若敬重三宝，见善随喜，皈依我佛，承受得起，我将袈裟、锡杖情愿送他，与我结个善缘，这便是不要钱。”萧瑀闻言，倍添春色，知他是个好人，即便下马，与菩萨以礼相见，口称：“大法长老，恕我萧瑀之罪。我大唐皇帝十分好善，满朝的文武，无不奉行。即今起建‘水陆大会’，这袈裟正好与大都阐陈玄奘法师穿用。我和你入朝见驾去来。”

“水陆大会”正式开始后，观音菩萨该走自己的最后一步棋了，她拿出锦襕袈裟和九环锡杖当街售卖，直接拦了把玄奘选出来的萧瑀的马，一句“有好处，有不好处；有要钱处，有不要钱处”成功拿捏了萧瑀的好奇心，观音就此被引荐到了李世民那儿。

作者写这段主要是因为古代拦皇帝车驾是重罪，菩萨化为凡人是没法直接向李世民推销的，所以只能退而求其次地去找萧瑀。

为什么不能找魏徵呢？

因为后面菩萨要现真身的，如果又是魏徵引荐的，这从头到尾就太明显了，以李世民那么聪明的脑子，他慢慢会琢磨过来的。

让他真心觉得佛教是好思想，和让他逼不得已地派人取经，效果是不同的。

还是那句话，作者没有闲笔。

菩萨欣然从之，拽转步，径进东华门里。黄门官转奏，蒙旨宣至宝殿。见萧瑀引着两个疥癞僧人立于阶下，唐王问曰：“萧瑀来奏何事？”萧瑀俯伏阶前道：“臣出了东华门前，偶遇二僧，乃卖袈裟与锡杖者。臣思法师玄奘可着此服，故领僧人启奉。”太宗大喜，便问那袈裟价值几何。菩萨与木叉侍立阶下，更不行礼，因问袈裟之价，答道：“袈裟五千两，锡杖二千两。”太宗道：“那袈裟有何好处，就值许多？”

菩萨道：“这袈裟，

龙披一缕，免大鹏吞噬之灾；鹤挂一丝，得超凡入圣之妙。但坐处，有万神朝礼；凡举动，有七佛随身。

这袈裟，是冰蚕造茧抽丝，巧匠翻腾为线。仙娥织就，神女机成。方方簇幅绣花缝，片片相帮堆锦筘。玲珑散碎斗妆花，色亮飘光喷宝艳。穿上满身红雾绕，脱来一段彩云飞。三天门外透元光，五岳山前生宝气。重重嵌就西番莲，灼灼悬珠星斗象。四角上有夜明珠，攒顶间一颗祖母绿。虽无全照原本体，也有生光八宝攒。

这袈裟，闲时折叠，遇圣才穿。闲时折叠，千层包裹透虹霓；遇圣才穿，惊动诸天神鬼怕。上边有如意珠、摩尼珠、辟尘珠、定风珠。又有那红玛瑙、紫珊瑚、夜明珠、舍利子。偷月沁白，与日争红。条条仙气盈空，朵朵祥光捧圣。条条仙气盈空，照彻了天关；朵朵祥光捧圣，影遍了世界。照山川，惊虎豹；影海岛，动鱼龙。沿边两道销金锁，叩领连环白玉琮。

诗曰：

三宝巍巍道可尊，四生六道尽评论。

明心解养人天法，见性能传智慧灯。

护体庄严金世界，身心清净玉壶冰。

自从佛制袈裟后，万劫谁能敢断僧。”

菩萨见到李世民后，详细地讲了一下这袈裟有多好。

1. 功效：“这袈裟，龙披一缕，免大鹏吞噬之灾；鹤挂一丝，得超凡入圣之妙。但坐处，有万神朝礼；凡举动，有七佛随身。”

2. 来头和做工：“这袈裟，是冰蚕造茧抽丝，巧匠翻腾为线。仙娥织就，神女机成。”“上边有如意珠、摩尼珠、辟尘珠、定风珠。又有那红玛瑙、紫珊瑚、夜明珠、舍利子。”

摩尼珠和定风珠，听着耳熟吗？

“闲时折叠，遇圣才穿。闲时折叠，千层包裹透虹霓；遇圣才穿，惊动诸天神鬼怕。”这句话有违佛祖法令了。

佛祖原话说的是：“这袈裟、锡杖，可与那取经人亲用。若肯坚心来此，穿我的袈裟，免堕轮回；持我的锡杖，不遭毒害。”

人家佛祖就是让取经人亲用的，是想让取经人坚心穿着袈裟来的！就是要这“惊动诸天神鬼怕”的效果。

菩萨在这儿打了折扣，导致灵山第一拉风“皮肤”压了箱子底了。

菩萨为啥要打折扣？

浑身是铁能打几根钉子？想把那猴累死？就八戒和沙僧这挑担牵马的水平，菩萨能让唐僧那么扎眼吗？

唐王在那宝殿上闻言，十分欢喜，又问：“那和尚，九环杖有甚好处？”

菩萨道：“我这锡杖，是那：

铜镶铁造九连环，九节仙藤永驻颜。

入手厌看青骨瘦，下山轻带白云还。

摩诃五祖游天阙，罗卜寻娘破地关。

不染红尘些子秽，喜伴神僧上玉山。”

接下来是介绍九环锡杖的来历，重点在“摩诃五祖游天阙，罗卜寻娘破地关”。

摩诃五祖，指摩诃迦叶，释迦牟尼佛十大弟子之一。摩诃迦叶曾经拿着这锡杖去天宫游历。

罗卜，指目犍连，释迦牟尼佛十大弟子之一。目犍连曾经拿着这锡杖突破地狱救母。

这九环锡杖也算是如来佛祖弟子的专用道具了，如今又流转到金蝉子这里了。

唐王闻言，即命展开袈裟，从头细看，果然是件好物，道：“大法长老，实不瞒你，朕今大开善教，广种福田，见在那化生寺聚集多僧，敷演经法。内中有一个大有德行者，法名玄奘。朕买你这两件宝物，赐他受用。你端的要价几何？”菩萨闻言，与木叉合掌皈依，道声佛号，躬身上启道：“既有德行，贫僧情愿送他，决不要钱。”说罢，抽身便走。唐王急着萧瑀扯住，欠身立于殿上，问曰：“你原说袈裟五千两，锡杖二千两，你见朕要买，就不要钱，敢是说朕心倚恃君位，强要你的物件？更无此理。朕照你原价奉偿，却不可推避。”菩萨起手道：“贫僧有愿在前，原说果有敬重三宝，见善随喜，皈依我佛，不要钱，愿送与他。今见陛下明德正善，敬我佛门；况又高僧有德有行，宣扬大法，理当奉上，决不要钱。贫僧愿留下此物告回。”唐王见他这等恳恳，甚喜，随命光禄寺大排素宴酬谢。菩萨又坚辞不受，畅然而去，依旧望都土地庙中隐避。不题。

李世民要买，菩萨不要钱，顺带夸了夸李世民和玄奘，陛下是“明德正善，敬我佛门”，高僧是“有德有行，宣扬大法”，对二人进行了双重肯定，也算是又宣扬了一次佛法。

却说太宗设午朝，着魏徵赍旨，宣玄奘入朝。那法师正聚众登坛，讽经诵偈，一闻有旨，随下坛整衣，与魏徵同往见驾。太宗道：“求证善事，有劳法师，无物酬谢。早间萧瑀迎着二僧，愿送锦襕异宝袈裟一件，九环锡杖一条。今特召法师领

去受用。”玄奘叩头谢恩。太宗道：“法师如不弃，可穿上与朕看看。”长老遂将袈裟抖开，披在身上，手持锡杖，侍立阶前。君臣个个欣然，诚为如来佛子，你看他：

凛凛威颜多雅秀，佛衣可体如裁就。

晖光艳艳满乾坤，结彩纷纷凝宇宙。

朗朗明珠上下排，层层金线穿前后。

兜罗四面锦沿边，万样希奇铺绮绣。

八宝妆花缚钮丝，金环束领攀绒扣。

佛天大小列高低，星象尊卑分左右。

玄奘法师大有缘，现前此物堪承受。

浑如十八阿罗汉，赛过西方真觉秀。

锡杖叮当斗九环，毗卢帽映多丰厚。

诚为佛子不虚传，胜似菩提无诈谬。

当时文武阶前喝采，太宗喜之不胜。即着法师穿了袈裟，持了宝杖；又赐两队仪从，众多官送出朝门，教他上大街行道，往寺里去，就如中状元游街的一般。这去，玄奘再拜谢恩。在那大街上，烈烈轰轰，摇摇摆摆。你看那长安城里，行商坐贾、公子王孙、墨客文人、大男小女，无不争看夸奖，俱道：“好个法师！真是个罗汉下降，活菩萨临凡。”玄奘直至寺里，僧人出寺来迎，一见他披此袈裟，执此锡杖，都道是地藏王来了，各各归依，侍于左右。玄奘上殿，炷香礼佛。又对众感述圣恩已毕，各归禅座。又不觉红轮西坠，正是那：

日落烟迷草树，帝都钟鼓初鸣。叮叮三响断人行，前后街前寂静。上刹辉煌灯火，孤村冷落无声。禅僧入定理残经，正好炼魔养性。

接下来的玄奘穿袈裟持锡杖游街阶段，再次说明了一个道理：人靠衣装，佛靠金装。扮相是很重要的，这世界上绝大多数都是俗人，都吃这一套。

整个长安的行商坐贾、公子王孙、墨客文人、大男小女，无不争看夸奖，俱道：“好个法师！真是个罗汉下降，活菩萨临凡。”甚至玄奘回到寺里，僧人们都以为是地藏王来了。

让这花花世界升起敬意和信心，就需要这些世俗耀眼的东西进行点缀。

后面我们会看到，无论是灵山还是落伽山，都跟宝藏山一样。

佛为音译，意为觉悟者，与此同时，佛又是福慧两足尊的，也就是说福德和智慧都达到圆满。

不是仅仅智慧圆满就能成佛的，福报也得是满的，否则拿什么去普度众生呢?

只有架起锅子煮白米，没有架起锅子煮道理的。

天下熙熙，皆为利来；天下攘攘，皆为利往。众生最在乎的从来不是理，是利。

光阴捻指，却当七日正会，玄奘又具表，请唐王拈香。此时善声遍满天下。太宗即排驾，率文武多官、后妃国戚，早赴寺里。那一城人，无论大小尊卑，俱诣寺听讲。当有菩萨与木叉道："今日是水陆正会，以一七继七七，可矣了。我和你杂在众人丛中，一则看他那会何如，二则看金蝉子可有福穿我的宝贝，三则也听他讲的是那一门经法。"两人随投寺里。正是：

有缘得遇旧相识，般若还归本道场。

入到寺里观看，真个是天朝大国，果胜娑婆，赛过祇园舍卫，也不亚上刹招提。那一派仙音响喨，佛号喧哗。这菩萨直至多宝台边，果然是明智金蝉之相。诗曰：

万象澄明绝点埃，大兴玄奘坐高台。

超生孤魂暗中到，听法高流市上来。

施物应机心路远，出生随意藏门开。

对看讲出无量法，老幼人人放喜怀。

又诗曰：

因游法界讲堂中，逢见相知不俗同。

尽说目前千万事，又谈尘劫许多功。

法云容曳舒群岳，教网张罗满太空。

检点人生归善念，纷纷天雨落花红。

那法师在台上，念一会《受生度亡经》，谈一会《安邦天宝篆》，又宣一会《劝修功卷》。这菩萨近前来，拍着宝台，厉声高叫道："那和尚，你只会谈'小乘教法'，可会谈'大乘教法'么？"玄奘闻言，心中大喜，翻身跳下台来，对菩萨起手道："老师父，弟子失瞻，多罪。见前的盖众僧人都讲的是'小乘教法'，却不知'大乘教法'如何。"菩萨道："你这小乘教法，度不得亡者超升，只可浑俗和光而已。我有大乘

佛法三藏，能超亡者升天，能度难人脱苦，能修无量寿身，能作无来无去。”

到了七日正会，李世民莅临指导的这天，菩萨来砸场子了。她拍着宝台，厉声高叫道：“那和尚，你只会谈‘小乘教法’，可会谈‘大乘教法’么？（这里作者出于推动剧情需要，为了西游宇宙的文学创作而改了一些事实，唐朝时东土已经遍地是大乘佛法了。）

玄奘说目前大家讲的都是小乘，菩萨说小乘是白费功夫，度不得亡者超升，自己有大乘佛法三藏，能超亡者升天，能度难人脱苦。

其实作者很快就会在下一回让我们看到，无论大乘还是小乘，所有的经文都有疗效，都能救鬼脱离苦海，只不过领导们掌握着最终解释权。

哪怕小乘有效果，但取经项目总经理观音菩萨说不管用，回头给地府下达指示，那长安城里念啥经都不好使。

事实上，此时李世民举办的这个法会明明已经能够救苦救难了，但是为了大局，枉死城里这帮孤寒饿鬼要再等十四年。

缘还没到。

正讲处，有那司香巡堂官，急奏唐王道：“法师正讲谈妙法，被两个疥癞游僧扯下来，乱说胡话。”王令擒来，只见许多人将二僧推拥进后法堂。见了太宗，那僧人手也不起，拜也不拜，仰面道：“陛下问我何事？”唐王却认得他，道：“你是前日送袈裟的和尚？”菩萨道：“正是。”太宗道：“你既来此处听讲，只该吃些斋便了，为何与我法师乱讲，扰乱经堂，误我佛事？”菩萨道：“你那法师讲的是小乘教法，度不得亡者升天。我有大乘佛法三藏，可以度亡脱苦，寿身无坏。”太宗正色喜问道：“你那大乘佛法，在于何处？”菩萨道：“在大西天天竺国大雷音寺我佛如来处。能解百冤之结，能消无妄之灾。”太宗道：“你可记得么？”菩萨道：“我记得。”太宗大喜道：“教法师引去，请上台开讲。”

那菩萨带了木叉，飞上高台，遂踏祥云，直至九霄，现出救苦原身，托了净瓶杨柳，左边是木叉惠岸，执着棍，抖擞精神。喜的个唐王朝天礼拜，众文武跪地焚香。满寺中僧尼道俗、士人工贾，无一人不拜祷道：“好菩萨！好菩萨！”有诗为证，但见那：

瑞霭散缤纷，祥光护法身。九霄华汉里，现出女真人。那菩萨，头上戴一顶金叶纽、翠花铺、放金光、生瑞气的垂珠缨络；身上穿一领淡淡色、浅浅妆、盘金龙、飞彩凤的结素蓝袍；胸前挂一面对月明、舞清风、杂宝珠、攒翠玉的砌香环珮；腰间系一条冰蚕丝、织金边、登彩云、促瑶海的锦绣绒裙；面前又领一个飞东洋、游普世、感恩行孝、黄毛红嘴白鹦哥；手内托着一个施恩济世的宝瓶，瓶内插着一枝洒青霄、撒大恶、扫开残雾垂杨柳。玉环穿绣扣，金莲足下深。三天许出入，这才是救苦救难观世音。

菩萨成功引起了司香巡堂官的注意并再次见到了李世民。她重申主题：你那法师讲的是小乘教法，度不得亡者升天。我有大乘佛法三藏，可以“度亡脱苦，寿身无坏”。

这句话直接击中了李世民的痛点，他都顾不上调查考证了，也不问玄奘这说的是真是假，直接就正色喜问道：“你那大乘佛法，在于何处？”

菩萨道：“在大西天天竺国大雷音寺我佛如来处。能解百冤之结，能消无妄之灾。”

随后，李世民请菩萨上台讲讲。

菩萨这时候现出原身，给自己这趟“盗梦空间”式的意念植入盖棺论定。

喜的个唐太宗，忘了江山；爱的那文武官，失却朝礼。盖众多人，都念“南无观世音菩萨”。太宗即传旨，教巧手丹青，描下菩萨真像。旨意一声，选出个图神写圣、远见高明的吴道子。此人即后图功臣于凌烟阁者。当时展开妙笔，图写真形。那菩萨祥云渐远，霎时间不见了金光。只见那半空中，滴流流落下一张简帖，上有几句颂子，写得明白，颂曰：

礼上大唐君，西方有妙文。程途十万八千里，大乘进殷勤。此经回上国，能超鬼出群。若有肯去者，求正果金身。

太宗见了颂子，即命众僧：“且收胜会，待我差人取得‘大乘经’来，再秉丹诚，重修善果。”众官无不遵依。当时在寺中问曰：“谁肯领朕旨意，上西天拜佛求经？”问不了，旁边闪过法师，帝前施礼道：“贫僧不才，愿效犬马之劳，与陛下求取真经，祈保我王江山永固。”唐王大喜，上前将御手扶起道：“法师果能尽此忠贤，不

怕程途遥远，跋涉山川，朕情愿与你拜为兄弟。”玄奘顿首谢恩。唐王果是十分贤德，就去那寺里佛前，与玄奘拜了四拜，口称“御弟圣僧”。玄奘感谢不尽道：“陛下，贫僧有何德何能，敢蒙天恩眷顾如此。我这一去，定要捐躯努力，直至西天。如不到西天，不得真经，即死也不敢回国，永堕沉沦地狱。”随在佛前拈香，以此为誓。唐王甚喜，即命回銮，待选良利日辰，发牒出行，遂此驾回，各散。

菩萨亮相后走了，相当高深地从半空落下一张简帖：“礼上大唐君，西方有妙文。程途十万八千里，大乘进殷勤。此经回上国，能超鬼出群。若有肯去者，求正果金身。”

这张简帖说了三件事：

1. 给足面子，是“礼上”，是“上国”，充分肯定了李世民和大唐；

2. 能平账的大乘经在十万八千里外；

3. 取经的人，能求来正果金身。

言简意赅，无论是受益人还是快递员，都有光明的未来。

李世民赶紧表示，法会暂停，达不到目的的咱不办，等取回经来再修这善果。

依旧是导向思维。

随后，李世民问群僧：“谁肯领朕旨意，上西天拜佛求经？”

这个时候，大唐僧王说出了自己要为大唐发展尽一份力的朴素回答：“贫僧不才，愿效犬马之劳，与陛下求取真经，祈保我王江山永固。”

这句表态也很精彩，玄奘没说弘扬佛法到大唐每个角落等愿望，拍胸脯要保的是“我王江山永固”。

瞅瞅！人家玄奘没说啥鬼神的事，说的是江山！

玄奘这些年修佛就修明白两件事：一个是国家社稷！一个是苍生百姓！

面对自己人的高调表态，李世民大喜，随后赐予玄奘人间的最大加成：咱哥儿俩结为兄弟，你就放心大胆地往前走！跟那些国王递个话，要么放我弟弟过去！要么他哥哥带兵过来！

李世民认为，以他的威名，玄奘这趟应该是稳了。

玄奘又受封僧王，又受封御弟，此时已经对李世民无以为报了，激动道：“我这一去，定要捐躯努力，直至西天。如不到西天，不得真经，即死也不敢回国，永堕沉沦地狱。”

李世民很功利，玄奘的话语中也充满了功利。

双方对话围绕的核心，都是平账的疗效。

就这样，菩萨完成了自己的布局，取经计划正式启动，而且是佛祖最想要的效果：咱没逼着他大唐皇帝，咱也没用不下雨等手段作践他东土百姓。总之，东土最大的领导派来了他最忠诚的御弟，带着国家意志心甘情愿地前往西天取经了。

玄奘亦回洪福寺里。那本寺多僧与几个徒弟早闻取经之事，都来相见，因问："发誓愿上西天，实否？"玄奘道："是实。"他徒弟道："师父呵，尝闻人言，西天路远，更多虎豹妖魔，只怕有去无回，难保身命。"玄奘道："我已发了弘誓大愿，不取真经，永堕沉沦地狱。大抵是受王恩宠，不得不尽忠以报国耳。我此去真是渺渺茫茫，吉凶难定。"又道："徒弟们，我去之后，或三二年，或五七年，但看那山门里，松枝头向东，我即回来。不然，断不回矣。"众徒将此言切切而记。

次早，太宗设朝聚集文武，写了取经文牒，用了通行宝。即有钦天监奏曰："今日是人专吉星，堪宜出行远路。"唐王大喜。又见黄门官奏道："御弟法师朝门外候旨。"随即宣上宝殿，道："御弟，今日是出行吉日。这是通关文牒，朕又有一个紫金钵盂，送你途中化斋而用。再选两个长行的从者，又银揭的马一匹，送为远行脚力。你可就此行程。"玄奘大喜，即便谢了恩，领了物事，更无留滞之意。唐王排驾，与多官同送至关外。只见那洪福寺僧与诸徒，将玄奘的冬夏衣服，俱送在关外相等。唐王见了，先教收拾行囊、马匹俱备，然后着官人执壶酌酒。太宗举爵，又问曰："御弟雅号甚称？"玄奘道："贫僧出家人，未敢称号。"太宗道："当时菩萨说，西天有经三藏。御弟可指经取号，号作'三藏'何如？"玄奘又谢恩，接了御酒道："陛下，酒乃僧家头一戒。贫僧自为人，不会饮酒。"太宗道："今日之行，比他事不同。此乃素酒，只饮此一杯，以尽朕奉饯之意。"三藏不敢不受。接了酒，方待要饮。只见太宗低头，将御指拾一撮尘土，弹入酒中。三藏不解其意，太宗笑道："御弟呵，这一去，到西天，几时可回？"三藏道："只在三年，径回上国。"太宗道："日久年深，山遥路远，御弟可进此酒，宁恋本乡一捻土，莫爱他乡万两金。"三藏方悟捻土之意，复谢恩饮尽，辞谢出关而去。唐王驾回。毕竟不知此去何如，且听下回分解。

李世民认为他给玄奘封了御弟后，取经这事算是稳了，但僧人们其实是并不看好的。李世民还不知道他御弟为了他是硬着头皮拍胸脯的，连玄奘的徒弟都知道，“尝闻人言，西天路远，更多虎豹妖魔，只怕有去无回，难保身命”。

这不是人的事，是虎豹妖魔的事啊！

玄奘也掏心窝子说实话了，发誓“大抵是受王恩宠，不得不尽忠以报国耳。我此去真是渺渺茫茫，吉凶难定”。

又是封我僧王，又是赐我袈裟、锡杖，给咱架那儿了，不得不表态了。结果我刚一表态又被加封了个御弟，这让我不发誓都不行了，李世民你是忒会让人为你肝脑涂地了。

就这样，在一个黄道吉日，李世民给玄奘配了通关文牒、紫金钵盂、两个长行的从者和一匹白马，临别时又担心玄奘作为他的御弟会被别的国家留为吉祥物，以此来狐假虎威，于是先赐名三藏。表示朕可给你起名了，你得知道真正的靠山是谁。然后又作诗、喝土酒，让他千万别忘了自己这事！

你说为啥李世民最后说的这句话是“宁恋本乡一捻土，莫爱他乡万两金”呢？

因为他心里还是没底，他跟玄奘之前所有的绑定，其实都是基于利益。

玄奘没有孩子在大唐，没有能被攥住的短儿，所以李世民最终点破的这一句也还是利益：御弟啊！不要被更大的利益收买！

唐僧就这样启程了，菩萨也结束了自己在长安近一年的工作。

忙活了近一年？你是不是有疑问，哪儿来的那么长时间！

后面第十八回收八戒时，作者不止一次地强调了时间，高才说高小姐是“三年前被一个妖精占了”，高太公说“不期三年前，有一个汉子，模样儿倒也精致，他说是福陵山上人家……”，第二十回八戒打死虎先锋时的那首诗则是：“三二年前归正宗，持斋把素悟真空。诚心要保唐三藏，初秉沙门立此功。”

菩萨是在唐僧到高老庄的三年前点化了八戒，当然，这个三年并非三个整年。咱们来捋一下时间，佛祖召开“盂兰盆会”的时间应该是贞观十二年（638）的七月十五，菩萨领旨一路半云半雾地观察情况，在贞观十二年冬天时遇到了八戒，在贞观十三年（639）正月时遇到白龙，之所以判断菩萨是在正月左右遇到白龙的，是因为在贞观十三年腊月，小白龙遇到悟空时感慨“这才是福无双降，祸不单行。我才脱了天条死难，不上一年，在此随缘度日，又撞着这般个泼魔，他来害我”（第十五回），相当于小白龙差一点就在鹰愁涧待满了一整年，转过年来的贞观十四年（640）春天，取经团队就到了高老庄，相当于八戒这个三年是贞观十二年冬加贞观十三年整，再加贞观十四年春。

我们也就此捋出来了，菩萨攒局的时间是整个贞观十三年的前三个季度，菩萨布局大半年，直到入秋后才正式启动项目。

再回看菩萨对李世民摆的这个环环相扣的精妙棋局，我们看的时候很爽，那这局棋最终布成这个效果，最核心的因素是啥呢？

还是时间。

思考整体方案需要时间；考察长安周边所有基层官员谁最狂悖，这需要时间；跟地藏王菩萨前期通气沟通、敲定方案，这需要时间；找袁守诚算卦做诱饵，也需要时间，光是袁守诚派那渔夫打窝的时间就短不了，还得找玉帝去沟通下雨的事项，桩桩件件细碎的小事都需要落实。总之，如果想要一切看起来顺理成章、不出纰漏，就需要时间去等待瓜熟蒂落，去让一切水到渠成。

以菩萨之尊，落实这个项目要一直屈尊在土地庙里，耗费大半年的时间。

这对我们有什么启发吗？

我们再想想，佛祖想传经，为啥要等到李世民的时代？

因为前面的三国两晋南北朝外加隋朝的时代实在是太乱了！

时候不对，火候不到，那就不能推动。

再想想猴哥在花果山玩的那三百多年，用三百多年去等一只猴自己看透人间不值得，只要这猴自己没琢磨明白，就不许有人去提醒，不许有妖怪去侵袭，就让他在花果山这块灵地玩。

佛祖都不相信速成，你说咱有啥可心急的呢？

再延伸一下，当你不相信速成后，就会有耐心去研究，抓住那些人性中的弱点。

菩萨是怎么拿下太宗的？

等你渴了，再去卖水。

“难！难！难！道最玄，莫把金丹作等闲。不遇至人传妙诀，空言口困舌头干。”

还是我们曾经说过的那句话，创造“至人”以及引导他来求你传妙诀，是这本书通篇都在讲的故事。

第四章

紧箍禁箍，
大师兄阴差阳错的成佛幸运

第十三回

陷虎穴金星解厄，双叉岭伯钦留僧

诗曰：

大有唐王降敕封，钦差玄奘问禅宗。

坚心磨琢寻龙穴，着意修持上鹫峰。

边界远游多少国，云山前度万千重。

自今别驾投西去，秉教迦持悟大空。

却说三藏，自贞观十三年九月望前三日，蒙唐王与多官送出长安关外。一二日马不停蹄，早至法云寺。本寺住持、上房长老、滞头众僧，有五百余人，两边罗列，接至里面，相见献茶。茶罢进斋，斋后，不觉天晚。正是那：

影动星河近，月明无点尘。

雁声鸣远汉，砧韵响西邻。

归鸟栖枯树，禅僧讲梵音。

蒲团一榻上，坐到夜将分。

众僧们灯下议论佛门定旨，上西天取经的原由。有的说水远山高，有的说路多虎豹，有的说峻岭陡崖难度，有的说毒魔恶怪难降。三藏钳口不言，但以手指自心，点头几度。众僧们莫解其意，合掌请问道："法师指心点头者，何也？"三藏答曰："心生，种种魔生；心灭，种种魔灭。我弟子曾在化生寺，对佛说下洪誓大愿，不

由我不尽此心。这一去，定要到西天见佛求经，使我们法轮回转，愿圣王皇图永固。”众僧闻得此言，人人称羡，个个宣扬，都叫一声“忠心赤胆大阐法师”，夸赞不尽，请师入榻安寐。

唐师父启程了，来到了著名的法门寺，在这里遇到了很多同行。众僧都在说去西天的三个难度：一个是路况不好；一个是野兽出没；一个是妖魔众多。表达的意思就是哪儿都没有大唐好。唐长老听完打了个禅机，不说话地指心点头。

众僧觉得很高深，纷纷请教其何意。唐僧此时还没经受考验，所以他的回答是一句纸上谈兵：“心生，种种魔生；心灭，种种魔灭。”

真的相当讽刺：一方面，后来所有故事都在告诉唐僧，这魔灭不灭跟你的心没有关系，而是跟比你更高能量、更高维度的大神的起心动念有关；另一方面，唐僧西行实质意义上的灵魂导师孙悟空先生后来也常拿类似的话批评他。取经路上，每逢高山峻岭，唐僧便开始哆嗦，悟空就问他，乌巢禅师教你那经又忘了？心无挂碍，无有恐怖啊！别总胡琢磨，要远离颠倒梦想啊！

书到用时方恨少，事非经过不知难。你天天坐在屋里参出来的禅，真的能达到境界吗？

“纸上得来终觉浅，绝知此事要躬行。”还是得到滚滚红尘中证悟一下。

后面唐僧又跟同行们说自己已经发下大愿了：“这一去，定要到西天见佛求经，使我们法轮回转，愿圣王皇图永固。”这个高调唱完，众僧鼓掌赞叹，法门寺的接待任务也就圆满完成了。

唐僧这定去灵山的弘誓大愿后来在取经路上以一种近似于玩笑的方式破灭了。第八十一回，唐僧得了三天的病，他让悟空给李世民送信，说自己取不了经了，赶紧派第二拨人吧。猴哥差点没乐死。所谓“行者听得此言，忍不住呵呵大笑道：‘师父，你忒不济，略有些些病儿，就起这个意念。你若是病重，要死要活，只消问我。我老孙自有个本事，问道：“那个阎王敢起心？那个判官敢出票？”’”

这种事其实大家都能理解，众生离佛最近的地方都在医院的住院部里。你去那儿听听去，人们每句都是感悟，声声都是禅机。自己这辈子咋活瞎了的事都想起来了，后面咋好好活的表态也都生出来了，拿病一磨，多大的英雄都容易心灰意冷。唐僧不是没经过磨难和考验，他不是不知道猴哥的本事，也不是不知道自己这项目是天庭和灵山设计的，到后面他见了妖怪都不哭了，都麻木了，反正也别着急，要么猴子来救，要么猴子叫人来救，要么佛祖“开修改器”给你降难度。但是，他生病后，所有坚定和决心都散了，这其实就是拿事情把境界给检验了。

不是取笑唐师父此时的信誓旦旦和后面得病打退堂鼓，而是感叹作者通过一部小说架构了自己的人生观，把人性中的种种精微都给揉进去了，越看越有味道。

原著作者一定见过很多牛人，经历过很多牛事，长年在书斋里的真写不出他这味道。

早又是竹敲残月落，鸡唱晓云生。那众僧起来，收拾茶水早斋。玄奘遂穿了袈裟，上正殿佛前礼拜道：“弟子陈玄奘，前往西天取经，但肉眼愚迷，不识活佛真形。今愿立誓：路中逢庙烧香，遇佛拜佛，遇塔扫塔。但愿我佛慈悲，早现丈六金身，赐真经，留传东土。”祝罢，回方丈进斋。斋毕，那二从者整顿了鞍马，促趱行程。三藏出了山门，辞别众僧。众僧不忍分别，直送有十里之遥，噙泪而返。三藏遂直西前进，正是那季秋天气，但见：

数村木落芦花碎，几树枫杨红叶坠。路途烟雨故人稀，黄菊丽，山骨细，水寒荷破人憔悴。白蘋红蓼霜天雪，落霞孤鹜长空坠。依稀黯淡野云飞，玄鸟去，宾鸿至，嘹嘹呖呖声宵碎。

师徒们行了数日，到了巩州城。早有巩州合属官吏人等，迎接入城中。安歇一夜，次早出城前去。一路饥餐渴饮，夜住晓行者三日，又至河州卫。此乃是大唐的山河边界。早有镇边的总兵与本处僧道，闻得是钦差御弟法师，上西方见佛，无不恭敬，接至里面供给了，着僧纲请往福原寺安歇。本寺僧人，一一参见，安排晚斋。斋毕，分付二从者饱喂马匹，天不明就行。及鸡方鸣，随唤从者，却又惊动寺僧，整治茶汤斋供。斋罢，出离边界。

接下来是唐僧再次发誓环节，在法门寺又来感了：“今愿立誓：路中逢庙烧香，遇佛拜佛，遇塔扫塔。但愿我佛慈悲，早现丈六金身，赐真经，留传东土。”

这段一方面突出一项工程刚起步时心气是多么足，咱唐师父那劲儿都使横了；另一方面也为后面诸如祭赛国的剧情埋下合理性伏笔，否则吃饱了撑的啊，非要去扫塔。

唐师父随后就是个走，算上法门寺这通表态，作者仅仅用了一千多字就要给唐僧送出大唐界了。沿路无虎豹豺狼，无妖魔邪祟，充分证明了这片土地自古都是由人主导。

南赡部洲虽然贪淫乐祸，多杀多争，口舌凶场，是非恶海，但是，这片土地早已内卷到了自古都是人说了算。

在东土大唐，神权皇授，神仙享受待遇的同时得办事、得解决问题，不办事的话俩月你的庙就得被砸了；妖怪通常也混不成大妖怪，因为谁敢猖狂谁就会被老百姓找能办事的神仙给你斩妖除魔，比如咱关二爷，那就是斩妖大户。神仙们在这片土地上也很卷，都背着绩效考核，光受香火不办事的都长不了，不是每个神仙都能混成汉丞相忠武侯诸葛孔明那样，老百姓不求你办事也会给你烧香祈福的伟大神仙的。

别着急，到西牛贺洲后我们就会看到国家力量不强大的土地是个啥样子了。

这长老心忙，太起早了。原来此时秋深时节，鸡鸣得早，只好有四更天气。一行三人，连马四口，迎着清霜，看着明月，行有数十里远近，见一山岭，只得拨草寻路，说不尽崎岖难走，又恐走错了路径。正疑思之间，忽然失足，三人连马都跌落坑坎之中。三藏心慌，从者胆战。却才悚惧，又闻得里面哮吼高呼，叫："拿将来！拿将来！"只见狂风滚滚，推出五六十个妖邪，将三藏、从者揪了上去。这法师，战战兢兢的偷睛观看，上面坐的那魔王，十分凶恶，真个是：

雄威身凛凛，猛气貌堂堂。

电目飞光艳，雷声振四方。

锯牙舒口外，凿齿露腮旁。

锦绣围身体，文斑裹脊梁。

钢须稀见肉，钩爪利如霜。

东海黄公惧，南山白额王。

諕得个三藏魂飞魄散，二从者骨软筋麻。魔王喝令绑了，众妖一齐将三人用绳索绑缚。正要安摆吞食，只听得外面喧哗，有人来报："熊山君与特处士二位来也。"三藏闻言，抬头观看，前走的是一条黑汉。你道他是怎生模样：

雄豪多胆量，轻健夯身躯。

涉水惟凶力，跑林逞怒威。

向来符吉梦，今独露英姿。

绿树能攀折，知寒善论时。

准灵惟显处，故此号山君。

又见那后边来的，是一条胖汉。你道怎生模样：

嵯峨双角冠，端肃耸肩背。

性服青衣稳，蹄步多迟滞。

宗名父作牯，原号母称牸。

能为田者功，因名特处士。

这两个，摇摇摆摆走入里面，慌得那魔王奔出迎接。熊山君道："寅将军，一向得意，可贺！可贺！"特处士道："寅将军丰姿胜常，真可喜！真可喜！"魔王道："二公连日如何？"山君道："惟守素耳。"处士道："惟随时耳。"三个叙罢，各坐谈笑。

只见那从者绑得痛切悲啼。那黑汉道："此三者何来？"魔王道："自送上门来者。"处士笑云："可能待客否？"魔王道："奉承！奉承！"山君道："不可尽用，食其二，留其一可也。"魔王领诺，即呼左右，将二从者剖腹剜心，剁碎其尸。将首级与心肝奉献二客，将四肢自食，其余骨肉分给各妖。只听得啯啅之声，真似虎啖羊羔，霎时食尽。把一个长老，几乎諕死。这才是初出长安第一场苦难。

唐僧出长安后遇到了第一场苦难——让妖精抓了。

我一方面感叹，眼瞅到大唐边境了，在国家力量不强大的地方，妖怪终于出现了；另一方面感叹，没在领导计划中的人连参与的资格都没有，一上来唐僧那俩从者就被吃了。

其实很多工作并不要求很高的技术含量，比如后面佛祖封八戒为净坛使者的理由是"因汝挑担有功"，封沙僧为金身罗汉的理由是"登山牵马有功"。这活儿明明这俩从者就能干，但只因没在计划内，想挑担牵马都没这门子。真让你们挑担牵马去了灵山那还了得！到时候给你俩驴友封个啥呢？

所以出境之前就得安排这哥儿俩领盒饭。

正怆慌之间，渐渐的东方发白，那二怪至天晓方散，俱道：“今日厚扰，容日竭诚奉酬。”方一拥而退。不一时，红日高升。三藏昏昏沉沉，也辨不得东西南北。正在那不得命处，忽然见一老叟，手持拄杖而来，走上前，用手一拂，绳索皆断。对面吹了一口气，三藏方苏。跪拜于地道：“多谢老公公搭救贫僧性命！”老叟答礼道：“你起来，你可曾疏失了甚么东西？”三藏道：“贫僧的从人已是被怪食了，只不知行李、马匹在于何处？”老叟用杖指定道：“那厢不是一匹马、两个包袱？”三藏回头看时，果是他的物件，并不曾失落，心才略放下些。问老叟曰：“老公公，此处是甚所在？公公何由在此？”老叟道：“此是双叉岭，乃虎狼巢穴处。你为何陷此？”三藏道：“贫僧鸡鸣时出河州卫界，不料起得早了，冒霜拨露，忽失落此地。见一魔王，凶顽太甚，将贫僧与二从者绑了。又见一条黑汉，称是熊山君；一条胖汉，称是特处士；走进来，称那魔王是寅将军。他三个，把我二从者吃了，天明才散。不知我是那里有这大缘大分，感得老公公来此救我。”老叟道：“处士者是个野牛精，山君者是个熊罴精，寅将军者是个老虎精。左右妖邪，尽都是山精树鬼、怪兽苍狼。只因你的本性元明，所以吃不得你。你跟我来，引你上路。”三藏不胜感激，将包袱捎在马上，牵着缰绳，相随老叟径出了坑坎之中。走上大路，却将马拴在道旁草头上，转身拜谢那公公。那公公遂化作一阵清风，跨一只朱顶白鹤，腾空而去。只见风飘飘，遗下一张简帖，书上四句颂子。颂子曰：

吾乃西天太白星，特来搭救汝生灵。
前行自有神徒助，莫为艰难报怨经。

正在唐僧感觉自己要交待的时候，一位老叟救了他，并告诉他此地是双叉岭，唐僧遇到的那仨分别是成精的野牛、熊罴、老虎，因唐僧“本性元明”，所以吃不得他。

呵呵，这是神仙领导们比较惯用的无厘头借口，所谓“本性元明”就是指你现在是原生态的，拥有本性具足的佛性，没被这五浊恶世污染。

请问，这跟妖精吃不吃你有啥关系吗？

在我看来，神仙说这句话的目的只是把救你不救那俩的责任撇干净，因为不能明说你是内定主角，那俩活该死，一个借口而已。太白金星把唐僧救出来后现出原形，还给了剧情提示：我是太白金星，是特地来救你的，你瞅瞅你规格多高。千万别被这妖怪吓倒，前面马上就有神徒保你平安了，千万别抱怨哈。

西游宇宙中堪称取经项目副总经理的太白金星第一次伸出援手，后面他还会露面好多次，他是“特来搭救汝生灵”的，取经的起步阶段他得亲自下场进行干预，看到这儿，还觉得当初他跟猴哥那些故事是意外吗？

而且老爷子是很厚道的，不仅仅提示前面不远处就有神徒保护了，还专门嘱咐了一句“莫为艰难报怨经”。

你的嘴千万把住门哈！

你的一举一动都是有人时刻汇报的，你这个取经核心要是说了啥丧气不团结的话，那就犯大忌讳了。

三藏看了，对天礼拜道：“多谢金星度脱此难。”拜毕，牵了马匹，独自个孤孤恓恓，往前苦进。这岭上，真个是：

寒飒飒雨林风，响潺潺涧下水。香馥馥野花开，密丛丛乱石磊。闹嚷嚷鹿与猿，一队队獐和麂。喧杂杂鸟声多，静悄悄人事靡。那长老，战兢兢心不宁；这马儿，力怯怯蹄难进。

三藏舍身拼命，上了那峻岭之间。行经半日，更不见个人烟村舍。一则腹中饥了，二则路又不平。正在危急之际，只见前面有两只猛虎咆哮，后边有几条长蛇盘绕。左有毒虫，右有怪兽。三藏孤身无策，只得放下身心，听天所命。又无奈那马腰软蹄弯，即便跪下，伏倒在地，打又打不起，牵又牵不动。苦得个法师衬身无地。真个有万分凄楚，已自分必死，莫可奈何。却说他虽有灾迍，却有救星。正在那不得命处，忽然见毒虫奔走，妖兽飞逃，猛虎潜踪，长蛇隐迹。三藏抬头看时，只见一人，手执钢叉，腰悬弓箭，自那山坡前转出，果然是一条好汉。你看他：

头上戴一顶艾叶花斑豹皮帽，身上穿一领羊绒织锦叵罗衣，腰间束一条狮蛮带，脚下蹦一对麂皮靴。环眼圆睛如吊客，圈须乱扰似河奎。悬一囊毒药弓矢，拿一杆点钢大叉。雷声震破山虫胆，勇猛惊残野雉魂。

三藏见他来得渐近，跪在路旁合掌高叫道：“大王救命！大王救命！”那条汉到跟前，放下钢叉，用手搀起道：“长老休怕。我不是歹人，我是这山中的猎户，姓刘名伯钦，绰号‘镇山太保’。我才自来，要寻两只山虫食用，不期遇着你，多

有冲撞。”三藏道：“贫僧是大唐驾下钦差，往西天拜佛求经的和尚。适间来到此处，遇着些狼虎蛇虫，四边围绕，不能前进。忽见太保来，众兽皆走，救了贫僧性命。多谢！多谢！”伯钦道：“我在这里住人，专倚打些狼虎为生，捉些蛇虫过活，故此众兽怕我，走了。你既是唐朝来的，与我都是乡里。此间还是大唐的地界，我也是唐朝的百姓，我和你同食皇王的水土，诚然是一国之人。你休怕，跟我来，到我舍下歇马，明朝我送你上路。”三藏闻言，满心欢喜，谢了伯钦，牵马随行。

唐僧接着往前走，途中又遇到了大老虎，他再次进入闭眼等死状态。这时候，一个有“山神”属性的猛男出来救他了，所谓“毒虫奔走，妖兽飞逃，猛虎潜踪，长蛇隐迹”。唐僧跟他交换了姓名，得知此君为山中猎户，叫刘伯钦，绰号镇山太保，刘伯钦说他也是大唐人，随后带着唐僧回家了。

作者设计刘伯钦这个角色的出现，不是为了体现唐师父没有人保护一步也走不动，主要是为了后面超度刘家亡魂的环节。

过了山坡，又听得呼呼风响。伯钦道：“长老休走，坐在此间。风响处，是个山猫来了，等我拿他家去管待你。”三藏见说，又胆战心惊，不敢举步。那太保执了钢叉，拽开步，迎将上去，只见一只斑斓虎，对面撞见。他看见伯钦，急回头就走。这太保霹雳一声，咄道：“业畜，那里走！”那虎见赶得急，转身抡爪扑来。这太保三股叉举手迎敌，諕得个三藏软瘫在草地。这和尚自出娘肚皮，那曾见这样凶险的勾当。太保与那虎在那山坡下，人虎相持，果是一场好斗。但见：

怒气纷纷，狂风滚滚。怒气纷纷，太保冲冠多膂力；狂风滚滚，斑彪逞势喷红尘。那一个张牙舞爪，这一个转步回身。三股叉擎天幌日，千花尾扰雾飞云。这一个当胸乱刺，那一个劈面来吞。闪过的再生人道，撞着的定见阎君。只听得那斑彪哮吼，太保声哏。斑彪哮吼，振裂山川惊鸟兽；太保声哏，喝开天府现星辰。那一个金睛努出，这一个壮胆生嗔。可爱镇山刘太保，堪夸据地兽之君。人虎贪生争胜负，些儿有慢丧三魂。

他两个斗了有一个时辰，只见那虎爪慢腰松，被太保举叉平胸刺倒。可怜呵，钢叉尖穿透心肝，霎时间血流满地。揪着耳朵，拖上路来。好男子！气不连喘，面不改色，对三藏道：“造化！造化！这只山猫，勾长老食用几日。”三藏夸赞不尽

道："太保真山神也！"伯钦道："有何本事，敢劳过奖？这个是长老的洪福。去来，赶早儿剥了皮，煮些肉，管待你也。"他一只手执着叉，一只手拖着虎，在前引路，三藏牵着马，随后而行。迤逦行过山坡，忽见一座山庄。那门前真个是：

参天古树，漫路荒藤。万壑风尘冷，千崖气象奇。一径野花香袭体，数竿幽竹绿依依。卓门楼，篱笆院，堪描堪画；石板桥，白土壁，真乐真稀。秋容萧索，爽气孤高。道旁黄叶落，岭上白云飘。疏林内山禽聒聒，庄门外细犬嘹嘹。

这段上山打老虎的描写是为了展示刘伯钦这个山大王的武力，打了一个时辰，也就是两个小时，干掉了一只老虎。这是为后文埋下伏笔，神和人之间武力完全不在一个维度，刘伯钦已经属于人类"天花板"了，打虎费了这么大劲儿，后来那猴子一棒子就把虎敲死了，老虎都不敢反抗。

伯钦到了门首，将死虎掷下，叫："小的们何在？"只见走出三四个家僮，都是怪形恶相之类，上前拖拖拉拉，把只虎扛将进去。伯钦分付教："赶早剥了皮，安排将来待客。"复回头迎接三藏进内。彼此相见，三藏又拜谢伯钦厚恩，怜悯救命。伯钦道："同乡之人，何劳致谢。"坐定茶罢，有一老妪，领着一个媳妇，对三藏进礼。伯钦道："此是家母、山妻。"三藏道："请令堂上坐，贫僧奉拜。"老妪道："长老远客，各请自珍，不劳拜罢。"伯钦道："母亲呵，他是唐王驾下差往西天见佛求经者。适间在岭头上遇着孩儿，孩儿念一国之人，请他来家歇马，明日送他上路。"老妪闻言，十分欢喜道："好！好！好！就是请他不得，这般恰好。明日你父亲周忌，就浼长老做些好事，念卷经文，到后日送他去罢。"这刘伯钦，虽是一个杀虎手，镇山的太保，他却有些孝顺之心，闻得母言，就要安排香纸，留住三藏。

说话间，不觉的天色将晚。小的们排开桌凳，拿几盘烂熟虎肉，热腾腾的放在上面。伯钦请三藏权用，再另办饭。三藏合掌当胸道："善哉！贫僧不瞒太保说，自出娘胎，就做和尚，更不晓得吃荤。"伯钦闻得此说，沉吟了半晌，道："长老，寒家历代以来，不晓得吃素；就是有些竹笋，采些木耳，寻些干菜，做些豆腐，也都是獐鹿虎豹的油煎，却无甚素处。有两眼锅灶，也都是油腻透了，这等如何？反是我请长老的不是。"三藏道："太保不必多心，请自受用。我贫僧就是三五日不吃饭，也可忍饥，只是不敢破了斋戒。"伯钦道："倘或饿死，却如之何？"三藏道："感

得太保天恩，搭救出虎狼丛里，就是饿死，也强如喂虎。”伯钦的母亲闻说，叫道：“孩儿不要与长老闲讲，我自有素物，可以管待。”伯钦道：“素物何来？”母亲道：“你莫管我，我自有素的。”叫媳妇将小锅取下，着火烧了油腻，刷了又刷，洗了又洗，却仍安在灶上。先烧半锅滚水别用，却又将些山地榆叶子，着水煎作茶汤，然后将些黄粮粟米，煮起饭来，又把些干菜煮熟，盛了两碗，拿出来铺在桌上。老母对着三藏道：“长老请斋，这是老身与儿妇亲自动手整理的，极洁极净的茶饭。”三藏下来谢了，方才上坐。那伯钦另设一处，铺排些没盐没酱的老虎肉、香獐肉、蟒蛇肉、狐狸肉、兔肉，点剁鹿肉干巴，满盘满碗的，陪着三藏吃斋。方坐下，心欲举箸，只见三藏合掌诵经，唬得个伯钦不敢动箸，急起身立在旁边。三藏念不数句，却教“请斋”。伯钦道：“你是个念短头经的和尚？”三藏道：“此非念经，乃是一卷揭斋之咒。”伯钦道：“你们出家人，偏有许多计较，吃饭便也念诵念诵。”

吃了斋饭，收了盘碗，渐渐天晚，伯钦引着三藏出中宅，到后边走走。穿过夹道，有一座草亭，推开门，入到里面。只见那四壁上挂几张强弓硬弩，插几壶箭；过梁上搭两块血腥的虎皮；墙根头插着许多枪刀叉棒；正中间设两张坐器。伯钦请三藏坐坐，三藏见这般凶险腌臜，不敢久坐，遂出了草亭。又往后再行，是一座大园子，却看不尽那丛丛菊蕊堆黄，树树枫杨挂赤。又见呼的一声，跑出十来只肥鹿，一大阵黄獐，见了人，呢呢痴痴，更不恐惧。三藏道：“这獐鹿想是太保养家了的？”伯钦道：“似你那长安城中人家，有钱的集财宝，有庄的集聚稻粮，似我们这打猎的，只得聚养些野兽，备天阴耳。”他两个说话闲行，不觉黄昏，复转前宅安歇。

次早，那家老小都起来，就整素斋，管待长老，请开启念经。这长老净了手，同太保家堂前拈了香，拜了家堂。三藏方敲响木鱼，先念了净口业的真言，又念了净身心的神咒，然后开《度亡经》一卷。诵毕，伯钦又请写荐亡疏一道，再开念《金刚经》《观音经》，一一朗音高诵。诵毕，吃了午斋，又念《法华经》《弥陀经》，各诵几卷。又念一卷《孔雀经》及谈苾蒭洗业的故事。早又天晚。献过了种种香火，化了众神纸马，烧了荐亡文疏，佛事已毕，又各安寝。

却说那伯钦的父亲之灵，超荐得脱沉沦，鬼魂儿早来到东家宅内，托一梦与合宅长幼道：“我在阴司里苦难难脱，日久不得超生。今幸得圣僧念了经卷，消了我的罪业，阎王差人送我上中华富地长者人家托生去了。你们可好生谢送长老，不要

怠慢，不要怠慢！我去也。”这才是，万法庄严端有意，荐亡离苦出沉沦。那合家儿梦醒，又早太阳东上，伯钦的娘子道：“太保，我今夜梦见公公来家，说他在阴司苦难难脱，日久不得超生。今幸得圣僧念了经卷，消了他的罪业。阎王差人，送他上中华富地长者人家托生去，教我们好生谢那长老，不得怠慢他。说罢，径出门，徜徉去了。我们叫他不应，留他不住，醒来却是一梦。”伯钦道：“我也是那等一梦，与你一般。我们起去对母亲说去。”他两口子正欲去说，只见老母叫道：“伯钦孩儿，你来，我与你说话。”二人至前，老母坐在床上道：“儿呵，我今夜得了个喜梦，梦见你父亲来家说，多亏了长老超度，已消了罪业，上中华富地长者家去托生。”夫妻们俱呵呵大笑道：“我与媳妇皆有此梦，正来告禀，不期母亲呼唤，也是此梦。”遂叫一家大小起来，安排谢意，替他收拾马匹，都至前拜谢道：“多谢长老超荐我亡父脱难超生，报答不尽！”三藏道：“贫僧有何能处，敢劳致谢？”

终于来到作者安排刘伯钦一家出场的专属功能时刻了。让你家出场不是为了展示武艺的，你那死去的老父亲才是关键。也不知咋就那么巧，转天是刘伯钦他爹的周年祭，刘老太太留唐僧做佛事，唐师父为了报答刘伯钦的救命之恩，整整念了一天的经，又是《度亡经》，又是《金刚经》《观音经》，吃完中午饭又念了《法华经》《弥陀经》《孔雀经》，晚上还烧了香火、纸活以及荐亡文疏，活活折腾了一天，绝对够意思。

当天晚上，咱唐师父的超度效果就出现了。“却说那伯钦的父亲之灵，超荐得脱沉沦，鬼魂儿早来到东家宅内，托一梦与合宅长幼道：‘我在阴司里苦难难脱，日久不得超生。今幸得圣僧念了经卷，消了我的罪业，阎王差人送我上中华富地长者人家托生去了。’”

谁说平账非得去取经啊！这效果多显著！刘伯钦他爹肯定也是个猛男猎户，这辈子不知造了多少的杀业，但咱唐师父念一天经，不仅前面所有罪孽全部平账，还为亡者增加了巨大功德，使得上辈子的边疆猎户直接去中华富地长者人家托生去了。

作者其实是在告诉读者们一件事：西游宇宙中，领导是会说一些善意的谎言的。明明不用取经也可以，菩萨还是得说你这经不好使，得去十万八千里之外走一趟，枉死城中的冤魂一定要再等十四年才有脱离苦海的机会。对于李世民弄死的枉死城里那些冤魂来说，就是他们的恶业未尽；对于车迟国天天恨不得自杀的和尚们来讲，就是他们善有天怜。

天庭和朝廷根据自己意愿制定了游戏和规则后，会有跟着受益的普罗大众，也会有被时代列车碾死的芸芸众生，这对于世间万物来讲，就是冥冥不可捉摸的善缘和恶缘。

一切，皆有缘法。

伯钦把三口儿的梦话，对三藏陈诉一遍，三藏也喜。早供给了素斋，又具白银一两为谢。三藏分文不受。一家儿又恳恳拜央，三藏毕竟分文未受，但道："是你肯发慈悲送我一程，足感至爱。"伯钦与母妻无奈，急做了些粗面烧饼干粮，叫伯钦远送。三藏欢喜收纳。太保领了母命，又唤两三个家僮，各带捕猎的器械，同上大路，看不尽那山中野景，岭上风光。

行经半日，只见对面处，有一座大山，真个是高接青霄，崔巍险峻。三藏不一时，到了边前。那太保登此山如行平地。正走到半山之中，伯钦回身立于路下道："长老，你自前进，我却告回。"三藏闻言，滚鞍下马道："千万敢劳太保再送一程！"伯钦道："长老不知，此山唤做两界山，东半边属我大唐所管，西半边乃是鞑靼的地界。那厢狼虎，不伏我降，我却也不能过界。故此告回，你自去罢。"三藏心惊，抡开手，牵衣执袂，滴泪难分。正在叮咛拜别之际，只听得山脚下叫喊如雷道："我师父来也，我师父来也！"諕得个三藏痴呆，伯钦打挣。

毕竟不知是甚人叫喊，且听下回分解。

得到托梦的刘伯钦一家要谢唐师父，唐师父已经被老虎吓怕了，钱就不收了，问能不能换算成保镖服务。刘伯钦送了唐僧半日后来到了五行山，此时这山已经在俗世被叫作两界山了。佛祖的手成大唐界碑了，刘伯钦很有边界意识，表示自己没有护照，不能越界。一听这个唐师父又被吓哭了，"滚鞍下马"，又是"三藏心惊，抡开手，牵衣执袂，滴泪难分"。

都㞞出圈了。

也正在这个时候，佛祖五百年前给他准备好的保镖相隔五回后终于再次上线了。

真正的主角，终于要二次上场了。

亮个相吧！

第十四回

心猿归正，六贼无踪

诗曰：

佛即心兮心即佛，心佛从来皆要物。
若知无物又无心，便是真如法身佛。
法身佛，没模样，一颗圆光涵万象。
无体之体即真体，无相之相即实相。
非色非空非不空，不来不向不回向。
无异无同无有无，难舍难取难听望。
内外灵光到处同，一佛国在一沙中。
一粒沙含大千界，一个身心万法同。
知之须会无心诀，不染不滞为净业。
善恶千端无所为，便是南无释迦叶。

这首诗非作者原创，出自《即心是佛颂》，第一句中的“心佛从来皆要物”应该是传抄过程中出现了误差，原诗为“心佛从来皆妄物”。

这首诗谈了“心”与“佛”的关系，为悟空的成长点题并埋下伏笔。

很多内容都涉及佛家修行，咱们照例不深讲，值得往深里说说的，是这首诗的作者张伯端。

张伯端，号紫阳。已经细读过《西游记》的朋友们会知道，他在朱紫国中有戏份。其实他是北宋时期著名的道士，被作者安排提前出生了几百年，还被拉进了西游宇宙中。是不是有点诧异？

道士咋写出了这么有模有样的佛诗？

张伯端这位道家大德比较特殊，自幼涉猎三教经书及刑法、书算、医卜、战阵、天文、地理等书，一生云游四方。他这个浙江台州人也是在西行的路上取到了自己的经，于成都天回寺遇异人，得金丹火候之诀，晚年返回台州，居桐柏山崇道观广授道徒。他是北宋内丹学的集大成者，主张以内丹为修仙途径，以“性命双修”为其内炼大旨，认为应以人体为鼎炉，以人身心中的精气为药物，以神为火候，通过内炼（炼神返虚），使精气凝聚不散结成“金丹大药”。他也是主张“三教合一”的代表人物，他的道教思想深受佛教禅宗影响，力推以道教修炼性命之说融合儒释道三教。

从作者对悟空“刑满释放”时这首诗的选择以及强行跨越时代也要把张紫阳加进西游宇宙，还有像前面说的须菩提祖师的“三家配合本如然”和后面借由猴哥之口说出的道理中，我们是能看出作者“三教合一”的人生观和价值观的。

从我个人的角度来讲，我也是支持这种“六经注我”的思维方式的。这世上没有完美的理论这一说，所有的理论和思想，都需要设身处地地具体问题具体分析，生搬硬套会出现水土不服。用句与时俱进的话来讲，就是要进行本土化。

所谓“三教合一”，其实就是将儒释道中的核心精华加到自己的人生算法中，谁家说得好，哪方面的思想经过实践后能指导我们的人生，就可以去采纳。

所谓的“三教合一”，也不仅仅是在说只能从儒、释、道三家中寻找思想。我的主业是写历史的，我写唐师父他干哥们儿时详细地比对过李世民的军事思想与《孙子兵法》的共通之处，这些共通的大智慧就是在不断的实践过程中总结形成的智慧结晶，从作者对整个西游故事的描写中可以看出：唐僧真到了西行路才知道自己发的那些誓有多大的分量；悟空是戴上紧箍以后头脑才逐渐清醒，长了智慧的。我们通过剧情的推进会不断感受到作者想表达的“从实践中来，到实践中去”的思想观点。

却说那刘伯钦与唐三藏，惊惊慌慌，又闻得叫声“师父来也”。众家僮道：“这叫的必是那山脚下石匣中老猿。”太保道：“是他！是他！”三藏问：“是甚么老猿？”太保道：“这山旧名五行山，因我大唐王征西定国，改名两界山。先年间曾闻得老人家说，王莽篡汉之时，天降此山，下压着一个神猴，不怕寒暑，不吃饮食，自有土神监押，教他饥餐铁丸，渴饮铜汁，自昔到今，冻饿不死。这叫必定是他。长老莫怕，我每下山去看来。”三藏只得依从，牵马下山。行不数里，只见那石匣之间，果有一猴，露着头，伸着手，乱招手道：“师父，你怎么此时才来？来得好！来得好！救我出来，我保你上西天去也！”这长老近前细看，你道他是怎生模样：

尖嘴缩腮，金睛火眼。头上堆苔藓，耳中生薜萝。鬓边少发多青草，颔下无须有绿莎。眉间土，鼻凹泥，十分狼狈；指头粗，手掌厚，尘垢余多。还喜得眼珠转动，喉舌声和。语言虽利便，身体莫能那。正是五百年前孙大圣，今朝难满脱天罗。

猴哥在两界山有些名气。刘伯钦简要介绍了一下猴哥的来历，主要表达了猴哥咋也死不了的神奇。唐僧走到近前，看清了猴哥的模样：比较惨，别说没人样了，都没猴样了。

刘伯钦说“王莽篡汉之时，天降此山，下压着一个神猴”，这里时间上出现了 bug（漏洞）。唐贞观十三年为公元 639 年，王莽篡汉是公元 8 年，中间差了六百三十一年，而不是著名的五百年，这里有两种可能：一种是古代纪年概念并不那么严谨，作者算时间时出现了偏差；另一种是突出悟空在长期的佛门关押下已经屈从于佛门体系的一个表现。在佛教经典中你会看到大量的“五百比丘”“五百弟子”“五百阿罗汉”等表述，这都是形容大量信众和弟子的意思，并不意味着固定的数字，而是一种虚指。之所以说猴哥已经被佛门改造，是因为所谓的五百余年最开始是从他自己嘴里说出来的，所谓“如来哄了我，把我压在此山，五百余年了，不能展挣”（第八回），这是表现猴哥心里已经潜移默化地入了佛门加入佛语体系了。

无论是哪种说法，任君挑选，我只是将更多可能的情况解读出来供大家参考。

刘太保诚然胆大，走上前来，与他拔去了鬓边草，颔下莎，问道：“你有甚么说话？”那猴道：“我没话说，教那个师父上来，我问他一问。”三藏道：“你问我甚么？”那猴道：“你可是东土大王差往西天取经去的么？”三藏道：“我正是，你问怎么？”那猴道：“我是五百年前大闹天宫的齐天大圣，只因犯了诳上之罪，被佛祖压于此处。前者有个观音菩萨，领佛旨意，上东土寻取经人。我教他救我一救，他劝我再莫行凶，归依佛法，尽殷勤保护取经人，往西方拜佛，功成后自有好处。故此昼夜提心，晨昏吊胆，只等师父来救我脱身。我愿保你取经，与你做个徒弟。”三藏闻言，满心欢喜道：“你虽有此善心，又蒙菩萨教诲，愿入沙门，只是我又没斧凿，如何救得你出？”那猴道：“不用斧凿，你但肯救我，我自出来也。”三藏道：“我自救你，你怎得出来？”那猴道：“这山顶上，有我佛如来的金字压帖。你只上山去将帖儿揭起，我就出来了。”

三藏依言，回头央浼刘伯钦道：“太保啊，我与你上山走一遭。”伯钦道：“不知真假何如。”那猴高叫道：“是真！决不敢虚谬！”伯钦只得呼唤家童，牵了马匹。他却扶着三藏，复上高山。攀藤附葛，只行到那极巅之处，果然见金光万道，瑞气千条，有块四方大石，石上贴着一封皮，却是“唵嘛呢叭𠺗吽”六个金字。三藏近前跪下，朝石头看着金字，拜了几拜，望西祷祝道：“弟子陈玄奘，特奉旨意求经，果有徒弟之分，揭得金字，救出神猴，同证灵山；若无徒弟之分，此辈是个凶顽怪物，哄赚弟子，不成吉庆，便揭不得起。”祝罢，又拜。拜毕，上前将六个金字轻轻揭下。只闻得一阵香风，劈手把“压帖儿”刮在空中，叫道：“吾乃监押大圣者。今日他的难满，吾等回见如来，缴此封皮去也。”吓得个三藏与伯钦一行人望空礼拜。径下高山，又至石匣边，对那猴道：“揭了压帖矣，你出来么？”那猴欢喜叫道：“师父，你请走开些，我好出来，莫惊了你。”

猴哥是对唐师父这么介绍自己的。

我是谁：我是五百年前大闹天宫的齐天大圣。

我为啥搁这儿待着：只因犯了诳上之罪，被佛祖压于此处。

我为啥喊你师父：观音菩萨介绍的，让你救我，让我保你去取经。

唐师父问咋救他，悟空说：“这山顶上，有我佛如来的金字压帖。你只上山去将帖儿揭起，我就出来了。”

注意这句，是“我佛如来的金字压帖”。

猴哥已经服了，或者说成长了。

每次读到这里时，我总能想起古代人熬鹰的故事。捉到鹰之后先把鹰放在一个安静、黑暗且相对狭小的笼子里去饿它，每天仅喂少量的水，消磨它的攻击力与精力。

当鹰的精力被大量消耗后，驯鹰人开始亲自给鹰喂食，不吃不要紧，再饿饿，总会吃的。等它开始吃食后，驯鹰人会用温柔的语气和鹰说话，并且抚摸它的羽毛，建立声音和气味等联系。

所谓熬鹰，最关键的一点就是整个驯鹰的过程不能让鹰睡觉，要日夜不停地折腾它，当鹰的眼皮开始打架或者脑袋耷拉时，驯鹰人要么摇晃笼子，要么用小棍敲鹰。整个熬鹰过程可能会持续数天，当鹰的野性和倔强被彻底磨平后，这鹰也就熬成了。

被熬完的鹰，在主人靠近时不会再有强烈的攻击性，会听从主人的指挥，会愿意从主人手中进食，连眼神都温驯许多。未被驯服的鹰眼神通常锐利、警觉且充满敌意，这些特质在熬完的鹰身上是看不见的，你能看到鹰眼变得柔和、依赖、顺从。当然，对别的生物该狂暴还狂暴，就是对驯服它的这个人没脾气了。

所谓驯化的本质，就是以高出被驯化物种维度的暴力去摧毁它的生存底线。

悟空是天父地母、日精月华诞生的，是修了大品天仙诀并吃了大量蟠桃和仙丹的“无血条”物种，他是不会饿不会困的，那怎么摧毁这只猴子？

通过限制他的自由。

悟空的生存底线，是自由，是无拘无束，是“点头径过三千里，扭腰八百有余程”。

但他的所有荣耀与威风，在那一纸金帖面前一文不值。

他不仅仅被压得寸步难行，甚至连这些年满世界结交的朋友圈都不值一提。这几百年没有一个人来看他。是悟空不够朋友吗？是悟空哪怕一个朋友都没交到吗？

并不是！只是因为你悟空是佛祖判的！友谊在惹不起的势力面前不值一提！

猴哥后来再面对佛祖，面对这个压了他六百三十多年还骗了他的狠人，不仅行了全书中最大的礼，甚至连嘴都跟抹了蜜一样，没有丝毫怨恨之言。他后来见佛祖时的场面如下：“行者低头礼拜毕。如来问道：‘悟空，前闻得观音尊者解脱汝身，皈依释教，保唐僧来此求经。你怎么独自到此？有何事故？’行者顿首道：‘上告我佛，弟子自秉迦持，与唐朝师父西来……无法收降。因此特告我佛，望垂慈与弟子看看，果然是何物出身。我好去拿他家属四邻，擒此魔头，救我师父，合拱虔诚，

拜求正果。'"(第五十二回)

是礼拜完才有被问的资格，是佛祖问完才敢回话，是顿首上告我佛，是特告我佛望垂慈。

压五天，是恨；

压五年，是刻骨的恨；

压五十年，是心如死灰的忘记；

压五百年，是情愿修行的顿悟与崇拜。

唐师父求刘伯钦跟他上山，随后在山顶极巅之处看到了金光万道、瑞气千条的“唵嘛呢叭𠺗吽”六字大明咒，唐师父跪下叩拜、望西祷祝后亲手揭下六个金字，随后“典狱长”五方揭谛现身，表示大圣难满：“吾等回见如来，缴此封皮去也。”

你猜佛祖为啥要让五方揭谛居住此山监押悟空呢？

其实就是防止真的有啥不长眼的妖精朋友或者存心憋坏的势力揭开这帖子把猴哥放出来。如果不是观音菩萨点化，不是唐师父亲手把猴哥放出来，这鹰可就熬失败了，猴哥从此就该躲着佛祖了，佛祖于他而言将是一辈子不敢再见的老狠人，而不是赐予新生的佛祖。

综观整部小说，在这西游宇宙中，无论是压悟空，还是紧箍咒，抑或是给李天王佛塔，佛祖的目的都是让人为他所用。

你弄死个牛人不叫威风，让这牛人礼拜、顿首、听指挥才叫真正的气派。

伯钦听说，领着三藏，一行人回东即走。走了五七里远近，又听得那猴高叫道：“再走，再走。”三藏又行了许远，下了山，只闻得一声响亮，真个是地裂山崩，众人尽皆悚惧。只见那猴早到了三藏的马前，赤淋淋跪下，道声：“师父，我出来也！”对三藏拜了四拜。急起身，与伯钦唱个大喏道：“有劳大哥送我师父，又承大哥替我脸上薅草。”谢毕，就去收拾行李，扣背马匹。那马见了他，腰软蹄矬，战兢兢的立站不住。盖因那猴原是弼马温，在天上看养龙马的，有些法则，故此凡马见他害怕。

三藏见他意思实有好心，真个像沙门中的人物，便叫：“徒弟呵，你姓甚么？”猴王道：“我姓孙。”三藏道：“我与你起个法名，却好呼唤。”猴王道：“不劳师父

盛意，我原有个法名，叫做孙悟空。”三藏欢喜道：“也正合我们的宗派。你这个模样，就相那小头陀一般，我与你再起个混名，称为‘行者’好么？”悟空道：“好！好！好！”自此时又称为孙行者。

那伯钦见孙行者一心收拾要行，却转身对三藏唱个喏道：“长老，你幸此间收得个好徒，甚喜，甚喜。此人果然去得，我却告回。”三藏躬身作礼相谢道：“多有拖步，感激不胜。回府多多致意令堂老夫人、令荆夫人，贫僧在府多扰，容回时踵谢。”伯钦回礼，遂此两下分别。

悟空重获新生后人生中第二次给人下拜了，并且刘伯钦也获得了人类能够得到猴哥的最高礼遇“唱个大喏”。随后唐僧要对悟空宣布主权了，师父要给弟子起名字。结果悟空说“不劳师父盛意，我原有个法名，叫做孙悟空”。

初次相识，面对这从山里蹦出来的猛男，唐师父没敢改他“悟空”这个名字，而是自己给自己台阶，又给他起了个混名为孙行者。

所谓混名，也称诨名，其实就是绰号、外号的意思，《水浒传》里那一百零五个男人和三个女人前面那些“及时雨”“黑旋风”的外号就是“混名”。

总之，冠名权有着主权归属的重大意义，尽量别放弃对自己子嗣、产业冠名的权利，也别抢了自己权责范围外的冠名权。

此后在第三人称的描述中，提及悟空之时都用的“行者”二字，因为这趟镖保的是唐僧，当然得用人家唐僧给起的名字。

却说那孙行者请三藏上马，他在前边背着行李，赤条条拐步而行。不少时，过了两界山，忽然见一只猛虎咆哮剪尾而来。三藏在马上惊心，行者在路旁欢喜道：“师父莫怕他，他是送衣服与我的。”放下行李，耳朵里拔出一个针儿，迎着风幌一幌，原来是个碗来粗细一条铁棒。他拿在手中，笑道：“这宝贝，五百余年不曾用着他，今日拿出来，挣件衣服儿穿穿。”你看他拽开步，迎着猛虎，道声：“业畜，那里去！”那只虎蹲着身伏在尘埃，动也不敢动动，却被他照头一棒，就打的脑浆迸万点桃红，牙齿喷几点玉块。諕得那陈玄奘滚鞍落马，咬指道声：“天那！天那！刘太保前日打的斑斓虎，还与他斗了半日，今日孙悟空不用争持，把这虎一棒打得稀烂，正是‘强中更有强中手’！”

行者拖将虎来道："师父略坐一坐，等我脱下他的衣服来，穿了走路。"三藏道："他那里有甚衣服？"行者道："师父莫管我，我自有处置。"好猴王，把毫毛拔下一根，吹口仙气，叫"变！"变作一把牛耳尖刀，从那虎腹上挑开皮，往下一剥，剥下个囫囵皮来，剁去了爪甲，割下头来，割个四四方方一块虎皮。提起来，量了一量道："阔了些儿，一幅可作两幅。"拿过刀来，又裁为两幅，收起一幅，把一幅围在腰间，路旁揪了一条葛藤，紧紧束定，遮了下体，道："师父，且去！且去！到了人家，借些针线去缝不迟。"他把条铁棒捻一捻，依旧相个针儿，收在耳里，背着行李，请师父上马。

两个前进，长老在马上问道："悟空，你才打虎的铁棒，如何不见？"行者笑道："师父，你不晓得。我这棍本是东洋大海龙宫里得来的，唤做'天河镇底神珍铁'，又唤做'如意金箍棒'。当年大反天宫，甚是亏他。随身变化，要大就大，要小就小。刚才变做一个绣花针儿模样，收在耳内矣，但用时方可取出。"三藏闻言暗喜。又问道："方才那只虎见了你，怎么就不动动？让你自在打他，何说？"悟空道："不瞒师父说，莫道是只虎，就是一条龙，见了我也不敢无礼。我老孙颇有降龙伏虎的手段，翻江搅海的神通；见貌辨色，聆音察理；大之则量于宇宙，小之则摄于毫毛；变化无端，隐显莫测。剥这个虎皮，何为稀罕？若到那疑难处，看展本事么！"三藏闻得此言，愈加放怀无虑，策马前行。师徒两个走着路，说着话，不觉得太阳星坠。但见：

焰焰斜晖返照，天涯海角归云。千山鸟雀噪声频，觅宿投林成阵。野兽双双对对，回窝族族群群。一钩新月破黄昏，万点明星光晕。

接下来到了师徒加深了解环节。二人刚过了两界山就遇到一只不长眼的老虎，给猴哥送了套虎皮裙。这让唐师父见识到了人与神之间的维度差距，也让他觉得有了这位保镖，这把取经稳了，所谓"三藏闻得此言，愈加放怀无虑，策马前行"。

行者道："师父走动些，天色晚了。那壁厢树木森森，想必是人家庄院，我们赶早投宿去来。"三藏果策马而行，径奔人家，到了庄院前下马。行者撇了行李，走上前，叫声："开门！开门！"那里面有一老者，扶筇而出，唿喇的开了门，看见行者这般恶相，腰系着一块虎皮，好似雷公模样，諕得脚软身麻，口出谵语道："鬼来了！鬼来了！”三藏近前搀住，叫道：“老施主，休怕。他是我贫僧的徒弟，不是鬼怪。”老者抬头，见了三藏的面貌清奇，方才立定，问道：“你是那寺里来的和尚，带这恶人上我门来？”三藏道：“我贫僧是唐朝来的，往西天拜佛求经的。路过此间，天晚，特造檀府借宿一宵，明早不犯天光便行。万望方便一二。”老者道：“你虽是个唐人，那个恶的却非唐人。”悟空厉声高呼道：“你这个老儿全没眼色！唐人是我师父，我是他徒弟！我也不是甚‘糖人’‘蜜人’，我是齐天大圣。你们这里人家，也有认得我的，我也曾见你来。”那老者道：“你在那里见我？”悟空道：“你小时不曾在我面前扒柴？不曾在我脸上挑菜？”老者道：“这厮胡说！你在那里住？我在那里住？我来你面前扒柴、挑菜！”悟空道：“我儿子便胡说！你是认不得我了，我本是这两界山石匣中的大圣，你再认认看。”老者方才省悟道：“你倒有些相他；但你是怎么得出来的？”悟空将菩萨劝善、令我等待唐僧揭帖脱身之事，对那老者细说了一遍。老者却才下拜，将唐僧请到里面，即唤老妻与儿女都来相见，具言前事，个个欣喜。又命看茶。

茶罢，问悟空道：“大圣呵，你也有年纪了？”悟空道：“你今年几岁了？”老者道：“我痴长一百三十岁了。”行者道：“还是我重子重孙哩！我那生身的年纪，我不记得是几时，但只在这山脚下已五百余年了。”老者道：“是有，是有。我曾记得祖公公说，此山乃从天降下，就压了一个神猴。只到如今，你才脱体。我那小时见你，是你头上有草，脸上有泥，还不怕你；如今脸上无了泥，头上无了草，却相瘦了些，腰间又苫了一块大虎皮，与鬼怪能差多少？”一家儿听得这般话说，都呵呵大笑。

这老儿颇贤，即令安排斋饭。饭后，悟空道：“你家姓甚？”老者道：“舍下姓陈。”三藏闻言，即下来起手道：“老施主与贫僧是华宗。”行者道：“师父，你是唐姓，怎的和他是华宗？”三藏道：“我俗家也姓陈，乃是唐朝海州弘农郡聚贤庄人氏。我的法名叫做陈玄奘。只因我大唐太宗皇帝，赐我做御弟三藏，指唐为姓，故名唐僧也。”那老者见说同姓，又十分欢喜。行者道：“老陈，左右打搅你家，我有五百多年不洗澡了，你可去烧些汤来，与我师徒们洗浴洗浴，一发临行谢你。”那老儿即令烧汤拿盆，掌上灯火。师徒浴罢，坐在灯前。行者道：“老陈，还有一事累你，有针线借我用用。”那老儿道：“有，有，有。”即教妈妈取针线来，递与行者。行者又有眼色：见师父洗浴，脱下一件白布短小直裰未穿，他即扯过来披在身上，却将那虎皮脱下，联接一处，打一个马面样的折子，围在腰间，勒了藤条，走到师父面前道："老孙今日这等打扮，比昨日如何？"三藏道："好！好！好。这等样才相个行者。"三藏道："徒弟，你不嫌残旧，那件直裰儿你就穿了罢。"悟空唱个喏道："承赐！承赐！"他又去寻些草料喂了马。此时各各事毕，师徒与那老儿亦各归寝。

次早，悟空起来，请师父走路。三藏着衣，教行者收拾铺盖行李。正欲告辞，只见那老儿早具脸汤，又具斋饭。斋罢，方才起身。三藏上马，行者引路，不觉饥餐渴饮，夜宿晓行，又值初冬时候。但见那：

霜凋红叶千林瘦，岭上几株松柏秀。未开梅蕊散香幽，暖短昼，小春候，菊残荷尽山茶茂。寒桥古树争枝斗，曲涧涓涓泉水溜。淡云欲雪满天浮，朔风骤，牵衣袖，向晚寒威人怎受？

猴哥被放出来后对路过的第一户人家主动干了两件事：第一是告诉人家自己是齐天大圣，还说人家老爷子是他重子重孙；第二就是整理了一下自己的外在形象。

作者的这段描写也是有用意的，他通过悟空找老爷爷要洗澡水和针线以及自己动手改造虎皮时装这些事来说明咱大圣是个体面人，毕竟当年就号称美猴王。

人靠衣装，佛靠金装，大圣很在意自己的外在形象，这也暗暗为后面猴哥看见漂亮衣帽很心动，主动把紧箍戴上埋下了伏笔。

而且，作者还通过一个小细节道出了猴哥这辈子做的就是个没本买卖。他使唤人家老爷子一家子时是"你可去烧些汤来，与我师徒们洗浴洗浴，一发临行谢你"，这意思是不让你白忙活，我们走的时候跟你算钱，可等走的时候又不提这事了。

不过比五百年前也算是进步了，之前他抢完人家的东西还得骂人家。

现在他最起码不骂街了。

师徒们正走多时，忽见路旁唿哨一声，闯出六个人来。各执长枪短剑，利刀强弓，大咤一声道："那和尚！那里走！赶早留下马匹，放下行李，饶你性命过去！"諕得那三藏魂飞魄散，跌下马来，不能言语。行者用手扶起道："师父放心，没些儿事，这都是送衣服送盘缠与我们的。"三藏道："悟空，你想有些耳闭？他说教我们留马匹、行李，你倒问他要甚么衣服、盘缠？"行者道："你管守着衣服、行李、马匹，待老孙与他争持一场，看是何如。”三藏道：“好手不跌双拳，双拳不如四手。他那里六条大汉，你这般小小的一个人儿，怎么敢与他争持？”

行者的胆量原大，那容分说，走上前来，叉手当胸，对那六个人施礼道：“列位有甚么缘故，阻我贫僧的去路？”那人道：“我等是剪径的大王，行好心的山主。大名久播，你量不知！早早的留下东西，放你过去，若道半个不字，教你碎尸粉骨！”行者道：“我也是祖传的大王，积年的山主，却不曾闻得列位有甚大名。”那人道：“你是不知，我说与你听。一个唤做眼看喜，一个唤做耳听怒，一个唤做鼻嗅爱，一个唤作舌尝思，一个唤作意见欲，一个唤作身本忧。”悟空笑道：“原来是六个毛贼！你却不认得我这出家人是你的主人公，你倒来挡路。把那打劫的珍宝拿出来，我与你作七分儿均分，饶了你罢！”那贼闻言，喜的喜，怒的怒，爱的爱，思的思，忧的忧，欲的欲，一齐上前乱嚷道：“这和尚无礼！你的东西全然没有，转来和我等要分东西！”他抡枪舞剑，一拥前来，照行者劈头乱砍，乒乒乓乓砍有七八十下。悟空停立中间，只当不知。那贼道：“好和尚！真个的头硬！”行者笑道：“将就看得过罢了！你们也打得手困了，却该老孙取出个针儿来耍耍。”那贼道：“这和尚是一个行针灸的郎中变的，我们又无病症，说甚么动针的话！”

行者伸手去耳朵里拔出一根绣花针儿，迎风一幌，却是一条铁棒，足有碗来粗细，拿在手中道：“不要走也！让老孙打一棍儿试试手！”諕得这六个贼四散逃走，被他拽开步团团赶上，一个个尽皆打死。剥了他的衣服，夺了他的盘缠，笑吟吟走将来道：“师父请行，那贼已被老孙剿了。”三藏道：“你十分撞祸！他虽是剪径的强徒，就是拿到官司，也不该死罪。你纵有手段，只可退他去便了，怎么就都打死？这却是无故伤人的性命，如何做得和尚？出家人‘扫地恐伤蝼蚁命，爱惜飞蛾纱罩灯’，你怎么不分皂白，一顿打死？全无一点慈悲好善之心！早还是山野中无人查考；若到城市，倘有人一时冲撞了你，你也行凶，执着棍子，乱打伤人，我可做得白客，怎能脱身？”悟空道：“师父，我若不打死他，他却要打死你哩。”三藏道：“我这出家人，宁死决不敢行凶。我就死，也只是一身，你却杀了他六人，如何理说？此事若告到官，就是你老子做官，也说不过去。”行者道：“不瞒师父说，我老孙五百年前，据花果山称王为怪的时节，也不知打死多少人。假似你说这般到官，倒也得些状告是。”三藏道：“只因你没收没管，暴横人间，欺天诳上，才受这五百年前之

难。今既入了沙门，若是还相当时行凶，一味伤生，去不得西天，做不得和尚！忒恶！忒恶！”

来到著名的悟空灭“六贼”环节了，所谓“六贼”，就是“眼、耳、鼻、舌、身、意”这“六根”，也叫“六尘”，之所以被称为“贼”，是因为这“六根”会攀缘外境，产生种种欲望和烦恼，如同盗贼一样，能偷走人性本真的善法和智慧。

比如眼能看到各种色相，被灯红酒绿迷惑；耳朵听到赞美的声音而心生傲慢，听到挑衅的声音而心生愤怒，听到谣言和批评而心生嗔恨；鼻闻到好闻的就喜欢，闻到不好闻的就讨厌；舌能尝到味道，令人贪图口腹之欲；身能感知触觉，让人身陷爱欲和舒适；意是人的思维和意识，会对前“五根”所接触的外境进行分别、判断，产生种种念头。

有些解读认为悟空打死这六个是亲手扫除了自己的“六尘”，这是他修行的重大阶段性成果。我个人是不认同的，因为后面悟空一如既往且从头到尾“六根”不清净，哪怕是猴哥最不薄弱的舌根。猴哥可是啥好东西都吃过，但听说人参果后还是偷来尝了尝；舌根都如此，就更别提猴哥最薄弱的耳根了，这一路他就是个“耳听怒”，两句不对付大棒子就抡过去了。“扫六贼”在佛门修行中也是一个永远在路上的常抓项目，不是形式主义地扫完就完了，这“六贼”是源源不断的。王阳明曾说：“破山中贼易，破心中贼难。”佛教通常会通过持戒、禅定等方法来守护“六根”，使其不被外境所转，从而达到内心的清净和平静。

所以这里我的个人观点是，作者引出这“六贼”是说悟空要进入修心阶段了。打死“六贼”仅仅是个开始，这“六贼”的扫除需要时常照镜子、正衣冠，洗洗澡、治治病，以他那么大的野性，指望他自己管自己是不可能的。这也是为后面马上就要出现的紧箍咒做铺垫，菩萨要给他上上强度了。

悟空打死“六贼”后迎来了他师父对他的第一轮教育，比较有意思的是唐师父的教育内容，这也是作者在用说话的侧重点来凸显唐僧这个人物的性格特点。

我们都知道，一句话中，通常后半段是重点，前面唐师父骂猴哥全无慈悲好善之心，紧接着这句才是关键点：“早还是山野中无人查考；若到城市，倘有人一时冲撞了你，你也行凶，执着棍子，乱打伤人，我可做得白客，怎能脱身？”

唐师父的核心点其实是你惹了祸连累到我怎么办！

猴哥说自己这是为民除害,但唐师父却说出家人宁死不行凶。随后再次划重点："此事若告到官，就是你老子做官，也说不过去。"

猴哥这回听明白重点了，原来是怕受执法连带责任啊，随后表态，人间的法律约束不了他，他都不知打死多少人了。

唐师父说：就因为你没收没管，暴横人间，欺天诳上，才受这五百年前之难！今既入了沙门，就必须改！

今天我们法治社会处理这种事很容易，遇到罪犯行凶我们要在保证自己生命安全的前提下反抗并逃跑，随后去报警，让警察叔叔去执法，但如果事情发生在古代这种荒郊野岭，你觉得是猴哥对，还是唐僧对？

此地是山野之中，没有公权力可以依赖，悟空不杀这"六贼"，将来还会有多少人遭难？

你唐僧修佛持戒是为了自己这出家人不破杀戒呢？还是为了让好人不再被祸害呢？

你有保镖保护，你大可以宽宏，可那些没有保镖的呢？

在双叉岭时刘伯钦为救你杀了老虎，你感恩不尽；如今猴哥杀了六个杀人越货的强盗，你说他忒恶，都是要害你的生灵，咋就此时起了分别心了呢？那虎就活该死？

而且在这里我们补上一件给刘伯钦他爹做法事时没说的事。

唐师父给刘伯钦他爹做了法事，但跟随他取经的那两个从者可没见他给人家捎带脚儿超度超度，那可都是枉死，要进枉死城受罪的！

再加上这段他跟猴哥的对白，作者写到了"我可做得白客，怎能脱身"以及"此事若告到官，就是你老子做官，也说不过去"，都在从文字的角度表现此时的唐师父是个啥样的人。

唐僧更多想到的是自己，持戒也是为了自己，他这个高僧，此时境界还差得远。

在这里重申一下，此处的唐师父与真实历史中的玄奘大师是完全不同的两个人。作者已经在他的西游宇宙中对唐僧这个角色进行"二创"了，其实所有神与佛，都是作者在自己的这部小说中进行的角色"二创"，都是为了服务于他要表达的思想和写作目的，咱们不就此与历史和现实中的人物及宗教进行衍生关联。

原来这猴子一生受不得人气，他见三藏只管绪绪叨叨，按不住心头火发道："你既是这等说我做不得和尚，上不得西天，不必恁般绪聒恶我，我回去便了！"那三藏却不曾答应，他就使一个性子，将身一耸，说一声："老孙去也！"三藏急抬头，早已不见，只闻得呼的一声，回东而去。撇得那长老孤孤零零，点头自叹，悲怨不已道："这厮这等不受教诲！我略说他几句，他怎么就无形无影的径回去了？罢，罢，罢！也是我命里不该招徒弟、进人口。如今欲寻他无处寻，欲叫他叫不应，去来！去来！"正是：舍身拚命归西去，莫倚旁人自主张。

那长老只得收拾行李，捎在马上，也不骑马，一只手拄着锡杖，一只手揪着缰绳，凄凄凉凉，往西前进。行不多时，只见山路前面，有一个年高的老母，捧一件绵衣，绵衣上有一顶花帽。三藏见他来得至近，慌忙牵马立于右侧让行。那老母问道："你是那里来的长老？孤孤恓恓，独行于此。"三藏道："弟子乃东土大唐王奉圣旨往西天拜佛求真经者。"老母道："西方佛乃大雷音寺天竺国界，此去有十万八千里路。你这等单人独马，又无个伴侣，又无个徒弟，你如何去得？"三藏道："弟子日前收得一个徒弟，他性泼凶顽，是我说了他几句，他不受教，遂渺然而去也。"老母道："我有这一领绵布直裰，一顶嵌金花帽，原是我儿子用的。他只做了三日和尚，不幸命短身亡。我才去他寺里哭了一场，辞了他师父，将这两件衣帽拿来，做个忆念。长老呵，你既有徒弟，我把这衣帽送了你罢。"三藏道："承老母盛赐，但只是我徒弟已走了，不敢领受。"老母道："他那厢去了？"三藏道："我听得呼的一声，他回东去了。"老母道："东边不远，就是我家，想必往我家去了。我那里还有一篇咒儿，唤做'定心真言'，又名做'紧箍儿咒'。你可暗暗的念熟，牢记心头，再莫泄漏一人知道。我去赶上他，教他还来跟你，你却将此衣帽与他穿戴。他若不服你使唤，你就默念此咒，他再不敢行凶，也再不敢去了。"

三藏闻言，低头拜谢。那老母化一道金光，回东而去。三藏情知是观音菩萨授此真言，急忙撮土焚香，望东恳恳礼拜。拜罢，收了衣帽，藏在包袱中间，却坐于路旁，诵习那"定心真言"。来回念了几遍，念得烂熟，牢记心胸不题。

唐僧的出发点是自己，其实悟空也是如此，他被唐僧嘚嘚几句之后怒了，然后直接跑了。

这五百年他琢磨明白了啥？

对比他狠的人，要低头；对没他狠的人，继续不用考虑人家的感受。

唐僧虽然肩膀软不担责，但他这师父可货真价实是你的再生父母啊！

没人家唐僧，你就从那山底下出不来，还记得佛祖当年对你说的啥吗？

“若不能打出手掌，你还下界为妖，再修几劫，却来争吵！”（第七回）

人家佛祖说的也没问题啊，让你下界接着当妖去了，就是原地当妖，还盖了层厚被，而且佛祖最开始给你判的是“几劫”，还记得一劫是多久吗？

是十二万九千六百年。

要是想想这个，还会嫌唐僧啰唆吗？心里还会不平衡吗？人家数落你是不是就应该听着？

莫以小恶，忘人大善。

此时的悟空还没有同理心呢，所有能惹得起的人他通通不会考虑人家的感受！你让我不爽了，爷还不伺候了！

唐师父相当凄凉地自己往前走，行不多时，取经项目总指挥观音菩萨来了。由此也能看出菩萨对悟空是相当不放心的，一直现场观察着呢，猜到两人肯定得闹矛盾，马上就送法宝来了。

菩萨教唐师父念的这个咒的名字也很有意思，叫“定心真言”。

一语双关，表面上是“安定心猿真言”，深层次是得把你勒得脑浆子都快出来，让你生不如死，这样震慑着你，才能把你的心定住。

降服这颗心，不仅仅是靠自控力的事！

得有个大法力的东西始终利剑高悬！

却说那悟空别了师父，一筋斗云，径转东洋大海。按住云头，分开水道，径至水晶宫前，早惊动龙王出来迎接。接至宫里坐下，礼毕。龙王道：“近闻得大圣难满，失贺！想必是重整仙山，复归古洞矣。”悟空道：“我也有此心性，只是又做了和尚了。”龙王道：“做甚和尚？”行者道：“我亏了南海菩萨劝善，教我正果，随东土唐僧，上西方拜佛，皈依沙门，又唤为行者了。”龙王道：“这等真是可贺！可贺！这才叫做改邪归正，惩创善心。既如此，怎么不西去，复东回何也？”行者笑道：“因

是唐僧不识人性。有几个毛贼剪径，是我将他打死。唐僧就绪绪叨叨，说了我若干的不是。你想，老孙可是受得闷气的？是我撇了他，欲回本山，故此先来望你一望，求钟茶吃。”龙王道：“承降！承降！”当时龙子龙孙即捧香茶来献。

茶毕，行者回头一看，见后壁上挂着一幅“圯桥进履”的画儿。行者道：“这是甚么景致？”龙王道：“大王在先，此事在后，故你不认得。这叫做‘圯桥三进履’。”行者道：“怎的是‘三进履’？”龙王道：“此仙乃是黄石公，此子乃是汉世张良。石公坐在圯桥上，忽然失履于桥下，遂唤张良取来。此子即忙取来，跪献于前。如此三度，张良略无一毫倨傲怠慢之心，石公遂爱他勤谨，夜授天书，着他扶汉。后果然运筹帷幄之中，决胜千里之外。太平后，弃职归山，从赤松子游，悟成仙道。大圣，你若不保唐僧，不尽勤劳，不受教诲，到底是个妖仙，休想得成正果。”悟空闻言，沉吟半晌不语。龙王道：“大圣自当裁处，不可图自在，误了前程。”悟空道：“莫多话，老孙还去保他便了。”龙王欣喜道：“既如此，不敢久留。请大圣早发慈悲，莫要疏久了你师父。”行者见他催促请行，急耸身出离海藏，驾着云，别了龙王。

正走，却遇着南海菩萨。菩萨道：“孙悟空，你怎么不受教诲，不保唐僧，来此处何干？”慌得个行者在云端里施礼道：“向蒙菩萨善言，果有唐朝僧到，揭了压帖，救了我命，跟他做了徒弟。他却怪我凶顽，我才子闪他一闪，如今就去保他也。”菩萨道：“赶早去，莫错过了念头。”言毕，各回。

悟空跑路后没有直接回家，而是先去了东海龙宫。龙王赶紧出来迎接，从后面的对话中能看出东海龙王有多么会察言观色。

龙王此时还不知道猴哥要跟唐僧取经这件事，毕竟他问了那句“做甚和尚？”

当他看见猴哥后的第一句话是：“近闻得大圣难满，失贺！想必是重整仙山，复归古洞矣。”

这就是会猜，您既然跑出来了那肯定就是难满了，您住的又是仙山了。

悟空讲了讲自己是咋出来的，表示自己如今已经皈依沙门了，龙王再次表示“可贺！可贺！”

猴哥给龙王讲了讲“唐僧不识人性”和自己不是个受气包之后，看到了“圯桥进履”的画，龙王通过讲故事告诉悟空一件事：“你若不保唐僧，不尽勤劳，不受教诲，到底是个妖仙，休想得成正果。”

妖的日子你还没过够吗？三界联合围剿你的局面还想再经历一次吗？哪天要是再找个碴儿给你拍山底下怎么办？

得正果的代价就是保唐僧、尽勤劳、受教诲，就是你要听调、听宣、听人管。

自己顶起一片天没问题，你甚至可以自封正果，前提是别的正果来了以后拿你没有办法。

眼下猴哥知道了人外有人，天外有天，他不是怕唐僧，而是怕唐僧背后的佛祖。佛祖要是知道他毁约了，再找个理由说他灾还是没满，万一再压他五百年呢？

哪怕被压了五百年，猴哥的人生观其实都没有太大变化，他的变化是见识，他知道了人外有人，天外有天，他知道了世上还有他也搞不定的狠人，对比他厉害的强权他知道低头了。

猴哥直接被龙王说无语了，紧接着老龙王又劝了一句："不可图自在，误了前程。"

你无忧无虑的三百多年"新手村"好日子已经过去了！

随后悟空继续不拿龙王当回事地表示，别废话了，我去保他就得了，咱没污蔑他哈，原话是"莫多话，老孙还去保他便了"。

龙王对猴哥而言堪称贵人，因为人家送了他兵器，又对他进行了堪称猿生转折点的心理辅导，尽管他这辈子就没看得起过龙王。

他又去保唐僧了，为啥？

他不是想啥报恩的事，他只是害怕了而已。

这世界绝大多数人其实都是猴哥，别谈恩义，要谈利益、谈威胁。

悟空刚出东海就遇到观音菩萨了，随后你瞅他："慌得个行者在云端里施礼道：'向蒙菩萨善言，果有唐朝僧到，揭了压帖，救了我命，跟他做了徒弟。他却怪我凶顽，我才子闪他一闪，如今就去保他也。'"

对龙王是"莫多话"，对菩萨是"慌得施礼"，主动解释我闹着玩呢，马上就回去，态度好得让菩萨都没机会数落他。

瞅见没有，他是不懂规矩吗？还是那句话，他就是不拿龙王当回事罢了。

这行者，须臾间看见唐僧在路旁闷坐，他上前道："师父，怎么不走路？还在

此做甚？”三藏抬头道：“你往那里去来？教我行又不敢行，动又不敢动，只管在此等你。”行者道：“我往东洋大海老龙王家讨茶吃吃。”三藏道：“徒弟呵，出家人不要说谎。你离了我多一个时辰，就说到龙王家吃茶？”行者笑道：“不瞒师父说，我会驾筋斗云，一个筋斗有十万八千里路，故此得即去即来。”三藏道：“我略略的言语重了些儿，你就怪我，使个性子丢了我去。像你这有本事的，讨得茶吃，像我这去不得的，只管在此忍饿。你也过意不去呀！”行者道：“师父，你若饿了，我便去与你化些斋吃。”三藏道：“不用化斋，我那包袱里还有些干粮，是刘太保母亲送的，你去拿钵盂寻些水来，等我吃些儿走路罢。”

行者去解开包袱，在那包裹中间见有几个粗面烧饼，拿出来递与师父，又见那光艳艳的一领绵布直裰，一顶嵌金花帽。行者道：“这衣帽是东土带来的？”三藏就顺口儿答应道：“是我小时穿戴的。这帽子若戴了，不用教经就会念经，这衣服若穿了，不用演礼就会行礼。”行者道：“好师父，把与我穿戴了罢。”三藏道：“只怕长短不一，你若穿得，就穿了罢。”行者遂脱下旧白布直裰，将绵布直裰穿上，也就是比量着身体裁的一般，把帽儿戴上。

猴哥回去后，在包袱里给唐师父翻干粮时，发现了那光艳艳的一领“绵布直裰”和一顶“嵌金花帽”，前面他爱体面的伏笔就此兑现，他求着唐僧：“好师父，把与我穿戴了罢。”

悟空痛恨了十四年的梦魇，其实是他自己亲手套在头上的。

他要是真打死了六贼，哪里至于这么快就“眼看喜”了。

三藏见他戴上帽子，就不吃干粮，却默默的念那“紧箍咒”一遍。行者叫道：“头疼！头疼！”那师父不住的又念了几遍，把个行者疼得打滚，抓破了嵌金的纱帽。三藏又恐怕扯断金箍，住了口不念。不念时，他就不疼了。伸手去头上摸摸，似一条金线儿模样，紧紧的勒在上面，取不下，揪不断，已是生下根了。他就耳里取出针儿来，插入箍里，往外乱捎。三藏又恐怕他捎断了，口中又念起来，他依旧生疼，疼得竖蜻蜓翻筋斗，耳红面赤，眼胀身麻。那师父见他这等，又不忍不舍，复住了口，他的头又不疼了。行者道：“我这头，原来是师父咒我的。”三藏道：“我念的是‘紧箍经’，何曾咒你？”行者道：“你再念念看。”三藏真个又念，行者真个又疼，只教："莫念！莫念！念动我就疼了！这是怎么说？"三藏道："你今番可听我教诲了？"行者道："听教了！""你再可无礼了？"行者道："不敢了！"

他口里虽然答应，心上还怀不善，把那针儿幌一幌，碗来粗细，望唐僧就欲下手，慌得长老口中又念了两三遍，这猴子跌倒在地，丢了铁棒，不能举手，只教："师父，我晓得了，再莫念！再莫念！"三藏道："你怎么欺心，就敢打我？"行者道："我不曾敢打，我问师父，你这法儿是谁教你的？"三藏道："是适间一个老母传授我的。"行者大怒道："不消讲了！这个老母坐定是那个观世音！他怎么那等害我！等我上南海打他去！"三藏道："此法既是他授与我，他必然先晓得了。你若寻他，他念起来，你却不是死了？"行者见说得有理，真个不敢动身，只得回心，跪下哀告道："师父！这是他奈何我的法儿，教我随你西去。我也不去惹他，你也莫当常言，只管念诵。我愿保你，再无退悔之意了。"三藏道："既如此，伏侍我上马去也。"那行者才死心塌地，抖擞精神，束一束绵布直裰，叩背马匹，收拾行李，奔西而进。毕竟这一去，后面又有甚话说，且听下回分解。

西游宇宙的第三等级法宝登场："似一条金线儿模样，紧紧的勒在上面，取不下，揪不断，已是生下根了"的紧箍儿。

这种紧箍法宝是不显眼的，后面我们还会看到很多大佬的坐骑都安装了这种类似于紧箍儿的法宝，大佬们来了以后都是先骂一句"孽畜"，然后嘴里念叨两句，随后那坐骑就打滚变乖了。

唐师父终于掌握了能搞死悟空的暴力威慑后，瞬间就有师父样了，表示："你今番可听我教诲了？……你再可无礼了？"猴哥还想抽冷子打死唐僧，唐僧发现后又开念了。

从理论上来讲，猴哥想弄死唐僧有一万种方法，唐僧总不能不睡觉吧，但为啥后面猴哥从此放弃对唐僧下黑手了呢？

因为唐僧给猴哥讲明白了一件事："此法既是他授与我，他必然先晓得了。你若寻他，他念起来，你却不是死了？"

他弄死唐僧当玩儿，但唐僧背后的那个观音菩萨弄死他也当玩儿，菩萨背后还有佛祖呢，轻轻压他还是当玩儿。

随后，"行者见说得有理，真个不敢动身，只得回心，跪下哀告道：'师父！这是他奈何我的法儿，教我随你西去。我也不去惹他，你也莫当常言，只管念诵。我愿保你，再无退悔之意了。’”

瞅见没有，是行者见说得有理，才只得回心的！

西游宇宙的核心男主就此戴上了这个阶级感极强的圈子跟往事干杯，开始了自己的“修行”之路。

当然，与其说是“修行”，倒不如说是“立功”。

当这箍一次次地拿捏悟空后，悟空也许会回忆起五百多年前的那个偷丹的午后，想当年，真的以为自己无所不能……

第十五回

蛇盘山诸神暗佑，鹰愁涧意马收缰

却说行者伏侍唐僧西进，行经数日，正是那腊月寒天，朔风凛凛，滑冻凌凌，去的是些悬崖峭壁崎岖路，叠岭层峦险峻山。三藏在马上，遥闻唿喇喇水声聒耳，回头叫："悟空，是那里水响？"行者道："我记得此处叫做蛇盘山鹰愁涧，想必是涧里水响。"说不了，马到涧边，三藏勒缰观看，但见：

涓涓寒脉穿云过，湛湛清波映日红。

声摇夜雨闻幽谷，彩发朝霞眩太空。

千仞浪飞喷碎玉，一泓水响吼清风。

流归万顷烟波去，鸥鹭相忘没钓逢。

师徒两个正然看处，只见那涧当中响一声，钻出一条龙来，推波掀浪，撺出崖山，就抢长老。慌得个行者丢了行李，把师父抱下马来，回头便走。那条龙就赶不上，把他的白马连鞍辔一口吞下肚去，依然伏水潜踪。行者把师父送在那高阜上坐了，却来牵马挑担，止存得一担行李，不见了马匹。他将行李担送到师父面前道："师父，那业龙也不见踪影，只是惊走我的马了。"三藏道："徒弟呵，却怎生寻得马着么？"行者道："放心，放心，等我去看来。"

腊月，师徒走到鹰愁涧，李世民给唐僧配套的最后一条性命也要"杀青"了。这回题目"鹰愁涧意马收缰"，将小白龙比作了意马，其实也是在暗示这小子的心跟猴哥一样野，这俩能搭配成“心猿意马”的野性组合。事实也确实如此，这小白龙明明知道自己在这儿是要等取经人，唐僧明明是个和尚模样，居然问都不问直接奔着唐僧来了，是“推波掀浪，撺出崖山，就抢长老”，猴哥抱着唐僧跑路后他才退而求其次地吃了白马。

他不可能看不出来唐僧是个和尚，他的目的是啥呢？

把唐僧从猴子手里抢过来，猴子还好意思当大师兄吗？

师父，您老人家别骑我啦，骑猴吧！

他打个唿哨，跳在空中，火眼金睛，用手搭凉篷，四下里观看，更不见马的踪迹。按落云头，报道：“师父，我们的马断乎是那龙吃了，四下里再看不见。”三藏道：“徒弟呀，那厮能有多大口，却将那匹大马连鞍辔都吃了？想是惊张溜缰，走在那山凹之中。你再仔细看看。”行者道：“你也不知我的本事。我这双眼，白日里常看一千里路的吉凶，相那千里之内蜻蜓儿展翅，我也看见，何况那匹大马我就不见！”三藏道：“既是他吃了，我如何前进？可怜呵！这万水千山，怎生走得！”说着话，泪如雨落。行者见他哭将起来，他那里忍得住，暴燥发声喊道：“师父，莫要这等脓包形么！你坐着，坐着！等老孙去寻着那厮，教他还我马匹便了。”三藏却才扯住道：“徒弟呵，你那里去寻他？只怕他暗地里窜将出来，却不又连我都害了？那时节人马两亡，怎生是好！”行者闻得这话，越加嗔怒，就叫喊如雷道：“你忒不济！不济！又要马骑，又不放我去。似这般看着行李，坐到老罢！”

哏哏的吆喝，正难息怒，只听得空中有人言语，叫道：“孙大圣莫恼，唐御弟休哭。我等是观音菩萨差来的一路神祇，特来暗中保取经者。”那长老闻言，慌忙礼拜。行者道：“你等是那几个？可报名来，我好点卯。”众神道：“我等是六丁六甲、五方揭谛、四值功曹、一十八位护教伽蓝，各各轮流值日听候。”行者道：“今日先从谁起？”众揭谛道：“丁甲、功曹、伽蓝轮次。我五方揭谛，惟金头揭谛昼夜不离左右。”行者道：“既如此，不当值者且退，留下六丁神将与日值功曹和众揭谛保守着我师父。等老孙寻那涧中的业龙，教他还我马来。”众神遵令。三藏才放下心，坐在石崖之上，分付行者仔细。行者道：“只管宽心。”好猴王，束一束绵布直裰，撩起虎皮裙子，揝着金箍铁棒，抖擞精神，径临涧壑，半云半雾的在那水面上高叫

道："泼泥鳅，还我马来！还我马来！"

接下来进入唐僧展示软弱阶段，听说马被吃了，唐僧居然哭了，理由是"可怜呵！这万水千山，怎生走得"！

这话其实让人很无语，是你取经还是这马取经？咋地，没了马就走不了了？那行李也都是猴哥扛着的，而且关键是他是真拿这当个事了，是"说着话，泪如雨落"。

猴哥见唐僧哭了之后又"耳听怒"了，立刻开骂，骂完要去寻马，唐僧又说猴哥走了他害怕，气得猴哥"越加嗔怒，就叫喊如雷"，随后在唐僧的"身本忧"和悟空的"耳听怒"下，取经直播摄像组登场了！

六丁六甲、五方揭谛、四值功曹、一十八位护教伽蓝组成的三十九人超大规模跟拍组纷纷进行了自我介绍，六丁六甲和四值功曹是道教代表玉帝的，五方揭谛和一十八位护教伽蓝是佛教代表佛祖的，这帮轮着番地直播，不对，轮着番地保护，只有金头揭谛是个定编，算是个隐形徒弟，昼夜不离左右。

听说有那么大的保镖团，"三藏才放下心，坐在石崖之上，分付行者仔细"，终于有个师父样了。

却说那龙吃了三藏的白马，伏在那涧底中间潜灵养性，只听得有人叫骂索马，他按不住心中火发，急纵身跃浪翻波，跳将上来道："是那个敢在那里海口伤吾？"行者见了他，大咤一声："休走！还我马来！"抡着棍劈头就打，那条龙张牙舞爪来抓。他两个在涧边前这一场赌斗，果是骁雄。但见那：

龙舒利爪，猴举金箍。那个须垂白玉线，这个眼幌赤金灯。那个须下明珠喷彩雾，这个手中铁棒舞狂风。那个是迷爷娘的业子，这个是欺天将的妖精。他两个都因有难遭磨折，今要成功各显能。

来来往往，战罢多时，盘旋良久，那条龙力软筋麻，不能抵敌，打一个转身，又撺于水内，深潜涧底，再不出头，被猴王骂詈不绝，他也只推耳聋。行者没及奈何，只得回见三藏道："师父，这个怪被老孙骂将出来，他与我赌斗多时，怯战而走，只躲在水中间，再不出来了。"三藏道："不知端的可是他吃了我马？"行者道："我看你说的话！不是他吃了，他怎肯出来招声，与老孙犯对？"三藏道："你前日打虎时，曾说有降龙伏虎的手段，今日如何便不能降他？"原来那猴子吃不得人急

他，见三藏抢白了他这一句，他就发起神威道："不要说！不要说！等我与他再见个上下！"

这猴王拽开步，跳到涧边，使出那翻江搅海的神通，把一条鹰愁陡涧彻底澄清的水，搅得似那九曲黄河泛涨的波。那孽龙在于深涧中，坐卧不宁，心中思想道："这才是福无双降，祸不单行。我才脱了天条死难，不上一年，在此随缘度日，又撞着这般个泼魔，他来害我！"你看他越思越恼，受不得屈气，咬着牙跳将出去，骂道："你是那里来的泼魔，这等欺我！"行者道："你莫管我那里不那里，你只还了马，我就饶你性命！"那龙道："你的马是我吞下肚去，如何吐得出来！不还你，便待怎的！"行者道："不还马时看棍！只打杀你，偿了我马的性命便罢！"他两个又在那山崖下苦斗。斗不数合，小龙委实难搪，将身一幌，变作一条水蛇儿，钻入草科中去了。

猴哥骂街来了，这小白龙是个暴脾气："他按不住心中火发，急纵身跃浪翻波，跳将上来道：'是那个敢在那里海口伤吾？'"随后开打，等一过招力软筋麻，发现对面比他更狠后，小白龙躲起来了，也不生气了，开始装耳聋了。

悟空也就此暴露出了自己唯一的战斗短板——水里的活儿他不行，他得捻着避水诀下水，可是这样就没法双手抡棒子了。他回去后又被唐僧一通挤对：你说你有降龙伏虎的手段，你咋就不能降他？

猴哥听不得这个，急了，直接拿棍子搅鹰愁涧去了，随后小白龙展现双标："这才是福无双降，祸不单行。我才脱了天条死难，不上一年，在此随缘度日，又撞着这般个泼魔，他来害我！"

你不是吃了野马，你这是吃了有主人的马，吃完了人家的马想穷横、想老赖，但又打不过人家，现在变成了人家来害你。

取经团队收的这一帮不靠谱的啊！

小白龙那气性不比猴哥小哪儿去："你看他越思越恼，受不得屈气，咬着牙跳将出去，骂道：'你是那里来的泼魔，这等欺我！'"

明知打不过，还得出来还还嘴，随后的战斗展现出了猴哥的战斗特点。

他打架分为生气与不生气两种状态，很多时候他是打着玩，或者说是看看你都有什么招式，尤其小白龙是他五百年来第一次遇到的对手。他玩得美啊，第一次对战，是“来来往往，战罢多时，盘旋良久，那条龙力软筋麻，不能抵敌”，等猴哥被唐师父挤对急眼了后，为了证明自己能降龙伏虎，猴哥下了死手。这回是“斗不数合，小龙委实难搪，将身一幌，变作一条水蛇儿，钻入草科中去了”。

整个西行路上，让猴哥真正急眼的时候不多，他每次的战力表现其实也能反映出他的真实态度。

猴王拿着棍，赶上前来，拨草寻蛇，那里得些影响？急得他三尸神咋，七窍烟生，念一声“唵”字咒语，即唤出当坊土地、本处山神，一齐来跪下道：“山神、土地来见。”行者道：“伸过孤拐来，各打五棍见面，与老孙散散心！”二神叩头哀告道：“望大圣方便，容小神诉告。”行者道：“你说甚么？”二神道：“大圣一向久困，小神不知几时出来，所以不曾接得，万望恕罪。”行者道：“既如此，我且不打你。我问你，鹰愁涧里，是那方来的怪龙？他怎么抢了我师父的白马吃了？”二神道：“大圣自来不曾有师父，原来是个不伏天不伏地混元上真，如何得有甚么师父的马来？”行者道：“你等是也不知。我只为那诳上的勾当，整受了这五百年的苦难。今蒙观音菩萨劝善，着唐朝驾下真僧救出我来，故我跟他做徒弟，往西天去拜佛求经。因路过此处，失了我师父的白马。”二神道：“原来是如此。这涧中自来无邪，只是深陡宽阔，水光彻底澄清，鸦鹊不敢飞过，因水清照见自己的形影，便认做同群之鸟，往往身掷于水内，故名‘鹰愁陡涧’。只是向年间，观音菩萨因为寻访取经人去，救了一条业龙，送他在此，教他等候那取经人，不许为非作歹，他只是饥了时，上岸来扑些鸟鹊吃，或是捉些獐鹿食用。不知他怎么无知，今日冲撞了大圣。”行者道：“先一次，他还与老孙侮手，盘旋了几合；后一次，是老孙叫骂，他再不出。因此使了一个翻江搅海的法儿，搅混了他涧水，他就撺将上来，还要争持。不知老孙的棍重，他遮架不住，就变做一条水蛇，钻在草里。我赶来寻他，却无踪迹。”土地道：“大圣不知，这条涧千万个孔窍相通，故此这波澜深远。想是此间也有一孔，他钻将下去也。不须大圣发怒，在此找寻；要擒此物，只消请将观世音来，自然伏了。”

小白龙跑了，猴哥突然想起了土地。这是猴哥取经路上第一次使唤土地，后面基本上每次遇难，猴哥都得喊当地这帮小吏给他做情况汇报。猴哥也是在这一次次的土地调研中慢慢成长起来的，毕竟问了土地后，好多问题就变成了跑图游戏，比如这次，找菩萨就能过关。

啥样的妖怪可以杀，啥样的妖怪该找主人，啥样的妖怪该找领导，猴哥在一次次的“分别心”下逐渐成熟起来。

行者见说，唤山神、土地同来见了三藏，具言前事。三藏道：“若要去请菩萨，几时才得回来？我贫僧饥寒怎忍！”说不了，只听得暗空中有金头揭谛叫道：“大圣，你不须动身，小神去请菩萨来也。”行者大喜，道声：“有累，有累！快行，快行！”那揭谛急纵云头，径上南海。行者分付山神、土地守护师父，日值功曹去寻斋供，他又去涧边巡绕不题。

猴哥把这龙是菩萨给他们准备的这件事汇报给唐僧后，作者再次埋汰了这位唐师父。这次的理由是“若要去请菩萨，几时才得回来？我贫僧饥寒怎忍”！

又走不了路，又㞞，又受不了饥寒，这就是大唐的“左僧纲、右僧纲、天下大阐都僧纲”。

作者为啥要使劲儿埋汰唐僧呢？

估计是因为他在现实生活中受过“佛祖二弟子殷开山外孙子”的伤害，他有气啊！

最后是隐身徒弟，那个昼夜不离左右的金头揭谛去了南海，猴哥安排土地山神当保镖，日值功曹跑外卖，自己找了个“去涧边巡绕”的事赶紧离开了这又哭又㞞且忍不了饥寒的“弘誓大愿取经僧”。

却说金头揭谛，一驾云，早到了南海。按祥光，直至落伽山紫竹林中，托那金甲诸天与木叉惠岸转达，得见菩萨。菩萨道：“汝来何干？”揭谛道：“唐僧在蛇盘山鹰愁陡涧失了马，急得孙大圣进退两难。及问本处土神，说是菩萨送在那里的业龙吞了，那大圣着小神来告请菩萨，降这业龙，还他马匹。”菩萨闻言道：“这厮本是西海敖闰之子。他为纵火烧了殿上明珠，他父告他忤逆，天庭上犯了死罪。是我亲见玉帝，讨他下来，教他与唐僧做个脚力。他怎么反吃了唐僧的马？这等说，等我去来。”那菩萨降莲台，径离仙洞，与揭谛驾着祥光，过了南海而来，有诗为证：

佛说蜜多三藏经，菩萨扬善满长城。

摩诃妙语通天地，般若真言救鬼灵。

致死金蝉重脱壳，故令玄奘再修行。

只因路阻鹰愁涧，龙子归真化马形。

金头揭谛去见了菩萨，菩萨第一时间也有点纳闷，这个小白龙，“教他与唐僧做个脚力。他怎么反吃了唐僧的马”，无奈只得亲自来了。菩萨是很识人的，后面收沙僧时她就只派木叉来了，但这彪龙不行，还是得亲自来。

随后的诗句也证实了我们之前说过的，金蝉遭贬大概率并非不听佛讲那么简单，他是“致死金蝉重脱壳，故令玄奘再修行”，估计是犯了重罪，佛祖以不听佛讲的理由给重罪轻罚地贬下界来，如今人家又要去成佛喽。

这里我们再多说几句。当局面僵在那儿了以后，要学会迂回，退一步，转移注意力。这和刘和平老师借吕芳的嘴说出的那句著名的“做官要三思”一样。什么叫“三思”，三思就是思危、思退、思变。知道了危险就能躲开危险，这就叫思危；躲到人家都不再注意你的地方，这就叫思退；退下来就有了机会，再慢慢看、慢慢想，自己以前哪儿错了，往后该怎么做，这就叫思变。

能掌控大局的领导通常会让自己真正想培养的心腹远离纷争，去干一些苦活儿累活儿，甚至打压一下，其实就是为了将来山水大显时顺理成章地将培养的核心人员提拔起来。

那菩萨与揭谛，不多时到了蛇盘山。却在那半空里留住祥云，低头观看。只见孙行者正在涧边叫骂。菩萨着揭谛唤他来。那揭谛按落云头，不经由三藏，直至涧边，对行者道：“菩萨来也。”行者闻得，急纵云跳到空中，对他大叫道：“你这个七佛之师、慈悲的教主！你怎么生方法儿害我！”菩萨道：“我把你这个大胆的马流、村愚的赤尻！我倒再三尽意，度得个取经人来，叮咛教他救你性命，你怎么不来谢我活命之恩，反来与我嚷斗？”行者道：“你弄得我好哩！你既放我出来，让我逍遥自在耍子便了，你前日在海上逢着我，伤了我几句，教我来尽心竭力，伏侍唐僧便罢了，你怎么送他一顶花帽，哄我戴在头上受苦？把这个箍子长在老孙头上，又教他念一卷甚么‘紧箍儿咒’，着那老和尚念了又念，教我这头上疼了又疼，这不是你害我也？”菩萨笑道：“你这猴子！你不遵教令，不受正果。若不如此拘系你，

你又诳上欺天，知甚好歹！再似从前撞出祸来，有谁收管？须是得这个魔头，你才肯入我瑜伽之门路哩！”行者道：“这桩事，作做是我的魔头罢，你怎么又把那有罪的业龙，送在此处成精，教他吃了我师父的马匹？此又是纵放歹人为恶，太不善也！”菩萨道：“那条龙，是我亲奏玉帝讨他在此，专为求经人做个脚力。你想那东土来的凡马，怎历得这万水千山？怎到得那灵山佛地？须是得这个龙马，方才去得。”行者道：“像他这般惧怕老孙，潜躲不出，如之奈何？”菩萨叫揭谛道：“你去涧中，叫一声‘敖闰龙王玉龙三太子，你出来，有南海菩萨在此’，他就出来了。”

菩萨来了，悟空这个识时务者是咋表达对紧箍咒不满的呢？

“行者闻得，急纵云跳到空中，对他大叫道：‘你这个七佛之师、慈悲的教主！你怎么生方法儿害我！’”

这句话很显水平，是纵云跳到空中，你知我知，咱们的对话只涉及咱俩，菩萨，我给您留面子。随后是先夸菩萨的资历，你是七佛之师，你是慈悲教主，夸完之后才问，你为啥要害我？

这不是对领导梗脖子，这是拍彩虹屁撒娇，菩萨直奔主题：你这条猴命谁救的？你再跟我嚷一句试试！

猴哥随后开始明目张胆地撒娇，你那箍儿把人家弄疼了。菩萨笑道：你这不知天高地厚的猴子就需要这个“魔头”教你规矩，恶猴自有恶箍磨。猴哥只好认栽了，“这桩事，作做是我的魔头罢”。

他对狠人一如既往地顶级识时务。此事作罢，随后开始追究领导责任，说你把有罪的业龙送在此处成精，教他吃了我师父的马匹，你这是“纵放歹人为恶，太不善也”！

注意猴哥的这个事实追责，猴哥说得没错，但菩萨也是高手，直接岔开了话题，只说凡马不配去西天。别说他恶不恶的事了，我还你一匹马不就完了。

猴哥的这句追责，后面也为自己要到了宝贝，也就是那三根救命毫毛。

谈判是拉锯的艺术，会褒贬的才是买卖人，将语境拉到利于自己这边，才好要价。

那揭谛果去涧边叫了两遍。那小龙翻波跳浪，跳出水来，变作一个人相，踏了云头，到空中对菩萨礼拜道：“向蒙菩萨解脱活命之恩，在此久等，更不闻取经人的音信。”菩萨指着行者道：“这不是取经人的大徒弟？”小龙见了道：“菩萨，这是我的对头。我昨日腹中饥馁，果然吃了他的马匹。他倚着有些力量，将我斗得力怯而回，又骂得我闭门不敢出来。他更不曾提着一个‘取经’的字样。”行者道：“你又不曾问我姓甚名谁，我怎么就说？”小龙道：“我不曾问你是那里来的泼魔？你嚷道：‘管甚么那里不那里，只还我马来！’何曾说出半个‘唐’字！”菩萨道：“那猴头专倚自强，那肯称赞别人。今番前去，还有归顺的哩。若问时，先提起‘取经’的字来，却也不用劳心，自然拱伏。”

行者欢喜领教。菩萨上前，把那小龙的项下明珠摘了，将杨柳枝蘸出甘露，往他身上拂了一拂，吹口仙气，喝声叫“变！”那龙即变做他原来的马匹毛片。又将言语分付道：“你须用心，了还业障，功成后，超越凡龙，还你个金身正果。”那小龙口衔着横骨，心心领诺。菩萨教：“悟空，领他去见三藏，我回海上去也。”行者扯住菩萨不放道：“我不去了，我不去了！西方路这等崎岖，保这个凡僧，几时得到？似这等多磨多折，老孙的性命也难全，如何成得甚么功果！我不去了，我不去了！”菩萨道：“你当年未成人道，且肯尽心修悟；你今日脱了天灾，怎么倒生懒惰？我门中以寂灭成真，须是要信心果正。假若到了那伤身苦磨之处，我许你叫天天应，叫地地灵。十分再到那难脱之际，我也亲来救你。你过来，我再赠你一般本事。”菩萨将杨柳叶儿摘下三叶，放在行者的脑后，喝声“变！”即变做三根救命的毫毛，教他：“若到那无济无生的时节，可以随机应变，救得你急苦之灾。”行者闻了这许多好言，才谢了大慈大悲的菩萨。那菩萨香风绕绕，彩雾飘飘，径转普陀而去。

这彪龙见了菩萨后也规矩了，一上来就感谢菩萨解脱活命之恩，随后把责任推到了猴哥身上，说猴哥没说他们是取经人。

呵呵，顶着大光头的唐僧还得穿成啥样才能让你看出来是个和尚，这也叫个理由？反正是我饿我吃你就有理，你倚着有些力量就是欺负我的泼魔，而且这龙理直气壮的理由是：“我不曾问你是那里来的泼魔？你嚷道：‘管甚么那里不那里，只还我马来！’何曾说出半个‘唐’字！”

这就类似于有人抢劫，你反抗他，他打不过你，然后问你是哪里来的傻子，你的第一反应是接着打呢，还是回答你是哪里来的呢？

随后菩萨打圆场，告诉悟空，前面还有归顺的，你再遇到就赶紧亮明取经人身份。

菩萨化龙为马后，悟空进入要价环节，说这趟太难了，我这命都保不住，不去了，随后菩萨展示自己的大神通，直接点名了猴哥的来历：“你当年未成人道，且肯尽心修悟；你今日脱了天灾，怎么倒生懒惰？”

言外之意，你藏的那师承我一眼看穿，我不仅看穿，你的过去我都知道！你在我眼中没有秘密，别矫情了！接着菩萨给出金牌救援许诺，并拔了相当值钱的三枚杨柳叶变作三根救命毫毛，给猴哥加了一个顶级法宝。

猴哥满意了，谢过菩萨。其实看到这儿，我们还是要感慨一声，所谓的人情世故猴哥其实真的都懂，他甚至会对强者通过示弱的手段来要溢价。

你攒的饭局人家推托不来，你追的女孩人家借口有事，啥话也别说，提升自己的价值去。

这世界就是这个规则，根据你值不值钱，对方判断他有没有空，权衡而已。

尊重从来不是别人给的，是自己挣来的。

这行者才按落云头，揪着那龙马的顶鬃，来见三藏道：“师父，马有了也。”三藏一见，大喜道：“徒弟，这马怎么比前反肥盛了些？在何处寻着的？”行者道：“师父，你还做梦哩！却才是金头揭谛请了菩萨来，把那涧里龙化作我们的白马。其毛片相同，只是少了鞍辔，着老孙揪将来也。”三藏大惊道：“菩萨何在？待我去拜谢他。”行者道：“菩萨此时已到南海，不耐烦矣。”三藏就撮土焚香，望南礼拜。拜罢起身，即与行者收拾前进。行者喝退了山神、土地，分付了揭谛、功曹，却请师父上马。三藏道：“那无鞍辔的马，怎生骑得？且待寻船渡过涧去，再作区处。”行者道：“这个师父好不知时务！这个旷野山中，船从何来？这匹马，他在此久住，必知水势，就骑着他做个船儿过去罢。”三藏无奈，只得依言，跨了刬马。行者挑着行囊，到了涧边。

只见那上溜头，有一个渔翁，撑着一个枯木的筏子，顺流而下。行者见了，用手招呼道：“老渔，你来，你来。我是东土取经去的。我师父到此难过，你来渡他一渡。”渔翁闻言，即忙撑拢。行者请师父下了马，扶持左右。三藏上了筏子，揪上马匹，安了行李。那老渔撑开筏子，如风似箭，不觉的过了鹰愁陡涧，上了西岸。三藏教行者解开包袱，取出大唐的几文钱钞，送与老渔。老渔把筏子一篙撑开道：“不

要钱，不要钱。”向中流渺渺茫茫而去。三藏甚不过意，只管合掌称谢。行者道：“师父休致意了，你不认得他，他是此涧里的水神。不曾来接得我老孙，老孙还要打他哩，只如今免打就勾了他也，怎敢要钱！”那师父也似信不信，只得又跨着刬马，随着行者径投大路，奔西而去。这正是：

广大真如登彼岸，诚心了性上灵山。

同师前进，不觉的红日沉西，天光渐晚，但见：

淡云撩乱，山月昏蒙。满天霜色生寒，四面风声透体。孤鸟去时苍渚阔，落霞明处远山低。疏林千树吼，空岭独猿啼。长途不见行人迹，万里归舟入夜时。

菩萨走后，悟空给唐僧介绍了这马的来历，随后继续展现猴哥拿底层不当人的态度，他“喝退了山神、土地”，人家水神接他过河，他说：“……他是此涧里的水神。不曾来接得我老孙，老孙还要打他哩，只如今免打就勾了他也，怎敢要钱！”

我每次看到这里的第一反应正如当年《小兵张嘎》中那个翻译官说的话：老子在城里下馆子都不要钱，别说吃你这几个烂西瓜！

为啥说 86 版电视剧《西游记》改编得经典呢？

因为真的做到了老少皆宜，皆大欢喜。

百回本的《西游记》原著内容在如今播放必须进行合理的“二创”！真百分之百按照原著的台本拍，我们就喜欢不上大圣了，因为毛病太多了，很多地方还会把模仿崇拜大圣的孩子们教坏了。

至于唐僧就更别提了，马到手后第一反应是：“那无鞍辔的马，怎生骑得？”

依旧不够他矫情的，反正就是一堆问题，自己找不出解题办法就知道抱怨，菩萨对他也是太了解了，随后就安排送马具的来了。

三藏在马上遥观，忽见路旁一座庄院。三藏道：“悟空，前面人家可以借宿，明早再行。”行者抬头看见道：“师父，不是人家庄院。”三藏道：“如何不是？”行者道：“人家庄院，却没飞鱼稳兽之脊，这断是个庙宇庵院。”

师徒们说着话，早已到了门首。三藏下了马，只见那门上有三个大字，乃“里社祠”，遂入门里。那里边有一个老者，项挂着数珠儿，合掌来迎，教声：“师父请坐。”三藏慌忙答礼，上殿去参拜了圣像，那老者即呼童子献茶。茶罢，三藏问老者道：

"此庙何为'里社'?"老者道:"敝处乃西番哈泌国界。这庙后有一庄人家,共发虔心,立此庙宇。里者,乃一乡里地;社者,乃一社土神。每遇春耕、夏耘、秋收、冬藏之日,各办三牲花果,来此祭社,以保四时清吉、五谷丰登、六畜茂盛故也。"三藏闻言,点头夸赞:"正是'离家三里远,别是一乡风'。我那里人家更无此善。"老者却问:"师父仙乡是何处?"三藏道:"贫僧是东土大唐国奉旨意上西天拜佛求经的。路过宝坊,天色将晚,特投圣祠,告宿一宵,天光即行。"那老者十分欢喜,道了几声"失迎",又叫童子办饭。三藏吃毕,谢了。

行者的眼乖,见他房檐下,有一条搭衣的绳子,走将去一把扯断,将马脚系住。那老者笑道:"这马是那里偷来的?"行者怒道:"你那老头子,说话不知高低,我们是拜佛的圣僧,又会偷马?"老儿笑道:"不是偷的,如何没有鞍辔缰绳,却来扯断我晒衣的索子?"三藏陪礼道:"这个顽皮,只是性躁。你要拴马,好生问老人家讨条绳子,如何就扯断他的衣索?老先,休怪,休怪。我这马,实不瞒你说,不是偷的。昨日东来,至鹰愁陡涧,原有骑的一匹白马,鞍辔俱全;不期那涧里有条孽龙,在彼成精,他把我的马连鞍辔一口吞之。幸亏我徒弟有些本事,又感得观音菩萨来涧边擒住那龙,教他就变做我原骑的白马,毛片俱同,驮我上西天拜佛。过了此涧,未经一日,却到了老先的圣祠,还不曾置得鞍辔哩。"那老者道:"师父休怪,我老汉作笑耍子,谁知你高徒认真。我小时也有几个村钱,也好骑匹骏马。只因累岁迍邅,遭丧失火,到此没了下梢,故充为庙祝,侍奉香火,幸亏这后庄施主家募化度日。我那里倒还有一副鞍辔,是我平日心爱之物,就是这等贫穷,也不曾舍得卖了。才听老师父之言,菩萨尚且救护神龙,教他化马驮你,我老汉却不能少有周济,明日将那鞍辔取来,愿送老师父叩背前去,乞为笑纳。"三藏闻言,称谢不尽。早又见童子拿出晚斋。斋罢,掌上灯,安了铺,各各寝歇。

至次早,行者起来道:"师父,那庙祝老儿昨晚许我们鞍辔,问他要,不要饶他。"说未了,只见那老儿果擎着一副鞍辔、衬屉缰笼之类,凡马上一切用的,无不全备,放在廊下道:"师父,鞍辔奉上。"三藏见了,欢喜领受。教行者拿了,背上马,看可相称否。行者走上前,一件件的取起看了,果然是些好物。有诗为证:

雕鞍彩幌柬银星,宝凳光飞金线明。

衬屉几层绒苫叠,牵缰三股紫丝绳。

辔头皮札团花粲，云扇描金舞兽形。

环嚼叩成磨炼铁，两垂蘸水结毛缨。

行者心中暗喜，将鞍辔背在马上，就似量着做的一般。三藏拜谢那老，那老慌忙搀起道："惶恐！惶恐！何劳致谢？"那老者也不再留，请三藏上马。那长老出得门来，攀鞍上马。行者担着行李。那老儿复袖中取出一条鞭儿来，却是皮丁儿寸札的香藤柄子，虎筋丝穿结的梢儿，在路旁拱手奉上道："圣僧，我还有一条挽手儿，一发送了你罢。"那三藏在马上接了道："多承布施！多承布施！"

正打问讯，却早不见了那老儿，及回看那里社祠，是一片光地。只听得半空中有人言语道："圣僧，多简慢你。我是落伽山山神土地，蒙菩萨差送鞍辔与汝等的。汝等可努力西行，却莫一时怠慢。"慌得个三藏滚鞍下马，望空礼拜道："弟子肉眼凡胎，不识尊神圣面，望乞恕罪。烦转达菩萨，深蒙恩祐。"你看他只管朝天磕头，也不计其数。

路旁边活活的笑倒个孙大圣，孜孜的喜坏个美猴王，上前来扯住唐僧道："师父，你起来罢。他已去得远了，听不见你祷祝，看不见你磕头。只管拜怎的？"长老道："徒弟呀，我这等磕头，你也就不拜他一拜，且立在旁边，只管哂笑，是何道理？"行者道："你那里知道，相他这个藏头露尾的，本该打他一顿，只为看菩萨面上，饶他打，尽勾了，他还敢受我老孙之拜？老孙自小儿做好汉，不晓得拜人，就是见了玉皇大帝、太上老君，我也只是唱个喏便罢了。"三藏道："不当人子！莫说这空头话！快起来，莫误了走路。"那师父才起来收拾，投西而去。

此去行有两个月太平之路，相遇的都是些虏虏、回回，狼虫虎豹。光阴迅速，又值早春时候，但见山林铺翠色，草木发青芽；梅英落尽，柳眼初开。师徒们行玩春光，又见太阳西坠。三藏勒马遥观，山凹里有楼台影影、殿阁沉沉。三藏道："悟空，你看那里是甚么去处？"行者抬头看了道："不是殿宇，定是寺院。我们赶起些，那里借宿去。"三藏欣然从之，放开龙马，径奔前来。毕竟不知此去是甚么去处，且听下回分解。

落伽山的山神土地送马具来了，唐僧只管朝天磕头，也不计其数。随后作者借悟空之口说了句自己的宗教观："他已去得远了，听不见你祷祝，看不见你磕头。只管拜怎的？"

这种形式主义谁看得见呢？又有何用呢？后文作者也会不止一次地借用悟空之口说出他看不上泥塑之像的态度。

总体而言，这段唐僧收了心猿意马的内容，作者以极高的写作水平，通过很多语言细节描写，勾勒出了悟空被监禁五百多年后的思想状态，就是该狂还是狂，只不过是知道人外有人，天外有天，对狠人低头了。唐僧也通过走不了路、忍不了饿、怕官司、担不起责等一次次的抱怨把形象立起来了，至于那马就别提了，他爹跟他断绝关系不冤，不仅有强盗逻辑，说话做事还不经大脑。

取经队伍在早春时节来到了出国后的第一家寺院。

猴子要报紧箍咒之仇了。

第十六回
观音院僧谋宝贝，黑风山怪窃袈裟

却说他师徒两个，策马前来，直至山门首观看，果然是一座寺院。但见那：

层层殿阁，叠叠廊房。三山门外，巍巍万道彩云遮；五福堂前，艳艳千条红雾绕。两路松篁，一林桧柏。两路松篁，无年无纪自清幽；一林桧柏，有色有颜随傲丽。又见那钟鼓楼高，浮屠塔峻。安禅僧定性，啼树鸟音关。寂寞无尘真寂寞，清虚有道果清虚。

诗曰：

上刹祇园隐翠窝，招提胜景赛娑婆。

果然净土人间少，天下名山僧占多。

长老下了马，行者歇了担，正欲进门，只见那门里走出一众僧来。你看他怎生模样：

头戴左笄帽，身穿无垢衣。

铜环双坠耳，绢带束腰围。

草履行来稳，木鱼手内提。

口中常作念，般若总皈依。

唐僧和悟空来到了一座禅院，作者用一段“层层殿阁，叠叠廊房。三山门外，巍巍万道彩云遮；五福堂前，艳艳千条红雾绕”的描写和一首诗写出了这座寺庙有多么阔绰、多么美丽灵秀，又通过一众僧人穿得多么高档来突出这座寺庙多么有钱。铜环和绢带很重要。

三藏见了，侍立门旁，道个问讯。那和尚连忙答礼，笑道：“失瞻。”问：“是那里来的？请入方丈献茶。”三藏道：“我弟子乃东土钦差，上雷音寺拜佛求经。至此处天色将晚，欲借上刹一宵。”那和尚道：“请进里坐，请进里坐。”三藏方唤行者牵马进来。那和尚忽见行者相貌，有些害怕，便问：“那牵马的是个甚么东西？”三藏道：“悄声的言！他的性急，若听见你说是甚么东西，他就恼了。他是我的徒弟。”那和尚打了个寒噤，咬着指头道：“这般一个丑头怪脑的，好招他做徒弟？”三藏道：“你看不出来哩，丑自丑，甚是有用。”

这段内容继穿着描写后又点明了这座寺庙里的僧人以貌取人的特点，也贡献了那个取经名句——“那牵马的是个甚么东西？”随后还加以点评：招这个丑头怪脑的做徒弟干啥？

作者通过排场的寺庙、高档的穿着、以貌取人的举止一步步进行铺垫，只为引出财迷方丈。

那和尚只得同三藏与行者进了山门。山门里，又见那正殿上书四个大字，是“观音禅院”。三藏又大喜道：“弟子屡感菩萨圣恩，未及叩谢。今遇禅院，就如见菩萨一般，甚好拜谢。”那和尚闻言，即命道人开了殿门，请三藏朝拜。那行者拴了马，丢了行李，同三藏上殿。三藏展背舒身，铺胸纳地，望金像叩头。那和尚便去打鼓，行者就去撞钟。三藏俯伏台前，倾心祷祝。祝拜已毕，那和尚住了鼓，行者还只管撞钟不歇，或紧或慢，撞了许久。那道人道：“拜已毕了，还撞怎么？”行者方丢了钟杵，笑道：“你那里晓得！我这是‘做一日和尚撞一日钟’的。”此时却惊动那寺里大小僧人、上下房长老，听得钟声乱响，一齐拥出道：“那个野人在这里乱敲钟鼓？”行者跳将出来，咄的一声道：“是你孙外公撞了耍子的！”那些和尚一见了，諕得跌跌滚滚，都爬在地下道：“雷公爷爷！”行者道：“雷公是我的重孙儿哩！起来，起来，不要怕，我们是东土大唐来的老爷。”众僧方才礼拜，见了三藏，都才放心不怕。内有本寺院主请道：“老爷们，到后方丈中奉茶。”遂而解缰牵马，抬了

行李，转过正殿，径入后房，序了坐次。

师徒进山门后，通过正殿牌匾知道了这是“观音禅院”，也就是观音菩萨受香火的地方。

唐僧大喜，开始玩命磕头，猴哥则相当意味深长地开始疯狂撞钟。

这种远来是客的行脚僧到了人家寺院没完没了撞钟是极其挑衅的举动，基本类似于踢馆了。

在寺院撞钟是有着严格时间规定的，在规定用于作息提示（如早钟、晚钟）和特定宗教仪式、节日的时间外，随意撞钟是不被允许的。因为钟声在寺院象征着一种神圣的信号，乱敲可能会扰乱寺院日常的修行秩序，也被视为对佛法的不尊重。

通常一天是两遍钟，早钟在清晨敲响，称为“开静”，唤醒僧众起床、洗漱，开始一天的修行；晚钟则在傍晚敲响，称为“止静”，示意一天的活动结束，僧众该休息，进入安静的状态了。

这钟不仅不能随便敲，甚至撞钟的人都得跟旗手一样专门选拔，必须是专门指定的人才能敲。本寺的僧众都不能乱敲，更不要说外来僧众或是信众了，而且撞钟的时候也有规矩，要缓慢有节奏，敲出沉稳、悠扬的声音。一般来说，钟声以“紧七慢八平二十”为基本节奏，先敲七下快钟，接着敲八下慢钟，然后以适中的速度敲二十下，如此反复，通常总共敲一百零八下，代表着消除一百零八种烦恼。

所以猴哥看见观音禅院后开始找碴儿撞钟，代表着猴哥要找这寺院的麻烦了。

惹不起观音菩萨本人，那就来观音禅院踢馆解解紧箍咒的气！

猴哥这通钟起到了效果：“惊动那寺里大小僧人、上下房长老，听得钟声乱响，一齐拥出道：‘那个野人在这里乱敲钟鼓？’”

随后猴哥跳出来喊：“是你孙外公撞了耍子的！”

咱不能总拿有色眼镜去看猴哥，觉得他啥举动都特可爱，谁要是上你们单位大厅闹一通，然后表示你爷爷拿你们消遣消遣，你想想你是个啥感受。

猴哥已经摊牌了，不装了，爷就是来找碴儿的！你们赶紧，要么打我，要么骂我，只要你们敢招惹我，我就拆了这观音禅院！

不过猴哥的模样起到了意外效果，和尚们认为是雷公下凡了，都跪那儿喊爷爷，猴哥没了发火的台阶，这事就暂且这么过去了。

那院主献了茶，又安排斋供。天光尚早。三藏称谢未毕，只见那后面有两个小童，搀着一个老僧出来。看他怎生打扮：

头上戴一顶毗卢方帽，猫睛石的宝顶光辉。身上穿一领锦绒褊衫，翡翠毛的金边幌亮。一对僧鞋攒八宝，一根拄杖嵌云星。满面皱痕，好似骊山老母；一双昏眼，却如东海龙君。口不关风因齿落，腰驼背屈为筋挛。

众僧道：“师祖来了。”三藏躬身施礼迎接道：“老院主，弟子拜揖。”那老僧还了礼，又各叙坐。老僧道：“适间小的们说，东土唐朝来的老爷，我才出来奉见。”三藏道：“轻造宝山，不知好歹，恕罪！恕罪！”老僧道：“不敢！不敢！”因问：“老爷东土到此，有多少路程？”三藏道：“出长安边界，有五千余里，过两界山，收了一众小徒，一路来，行过西番哈咇国，经两个月，又有五六千里，才到了贵处。”老僧道：“也有万里之遥了。我弟子虚度一生，山门也不曾出去，诚所谓‘坐井观天’‘樗朽之辈’。”三藏又问：“老院主高寿几何？”老僧道：“痴长二百七十岁了。”行者听见道：“这还是我万代孙儿哩！”三藏瞅了他一眼道：“谨言！莫要不识高低冲撞人。”那和尚便问：“老爷，你有多少年纪了？”行者道：“不敢说。”那老僧也只当一句风话，便不介意，也再不问，只叫献茶。

有一个小幸童，拿出一个羊脂玉的盘儿，有三个法蓝镶金的茶钟；又一童，提一把白铜壶儿，斟了三杯香茶。真个是色欺榴蕊艳，味胜桂花香。三藏见了，夸爱不尽道：“好物件，好物件！真是美食、美器！”那老僧道：“污眼，污眼。老爷乃天朝上国，广览奇珍，似这般器具，何足过奖？老爷自上邦来，可有甚么宝贝，借与弟子一观？”三藏道：“可怜！我那东土无甚宝贝；就有时，路程遥远，也不能带得。”

这通钟也把这个寺院最大的头儿撞出来了，看这段描写，不知道的还以为是个珠光宝气的老富婆呢。

众僧的一句“师祖来了”后，唐僧开始正式跟寺主盘道，说取经路已经走了万里之遥，寺主说“我弟子虚度一生，山门也不曾出去，诚所谓‘坐井观天’‘樗朽之辈’”，这倒也不是自谦，坐家里“悟”最终就“悟”成了一个“钱孙子”。

随着唐僧问老院主多大岁数，猴哥开始见缝插针说人家是他孙子，还是万代孙儿。这还是在找碴儿，唐僧示意他住口，那寺主问猴哥多大岁数，猴哥回了句“不敢说”，随后老院主拿猴哥当神经病，不问了，这个碴儿又被岔过去了。

猴哥也是比较郁闷，两次想找碴儿，对面都没接招。

最终，在上茶环节，唐师父“眼见喜”了，故事也就这么开场了。

注意，后面火烧禅院一切的缘起其实是唐僧开的头。“真个是色欺榴蕊艳，味胜桂花香。三藏见了，夸爱不尽道：‘好物件，好物件！真是美食、美器！’”

这应该是出家人说的话吗？唐师父此时的境界差太远了。他这个出家人居然对一个物件夸爱不尽，随后引出了老院主后面的请求：我这不叫个东西！你那天朝上国有啥宝贝可以让我开开眼吗？

就在这个时候，猴哥终于抓住了第三个找碴儿的机会！

行者在旁道：“师父，我前日在包袱里，曾见那领袈裟，不是件宝贝？拿与他看看何如？”众僧听说袈裟，一个个冷笑。行者道：“你笑怎的？”院主道：“老爷才说袈裟是件宝贝，言实可笑。若说袈裟，似我等辈者，不上二三十件；若论我师祖，在此处做了二百五六十年和尚，足有七八百件。”叫：“拿出来看看。”那老和尚，也是他一时卖弄，便叫道人开库房，头陀抬柜子，就抬出十二柜，放在天井中。开了锁，两边设下衣架，四围牵了绳子，将袈裟一件件抖开挂起，请三藏观看。果然是满堂绮绣，四壁绫罗。

行者一一观之，都是些穿花纳锦、刺绣销金之物，笑道：“好，好，好。收起，收起！把我们的也取出来看看。”三藏把行者扯住，悄悄的道：“徒弟，莫要与人斗富。你我是单身在外，只恐有错。”行者道：“看看袈裟，有何差错？”三藏道：“你不曾理会得。古人有云：‘珍奇玩好之物，不可使见贪婪奸伪之人。’倘若一经人目，必动其心；既动其心，必生其计。汝是个畏祸的，索之而必应其求，可也；不然，则殒身灭命，皆起于此，事不小矣。”行者道：“放心！放心！都在老孙身上！”你看他不由分说，急急的走了去，把个包袱解开，早有霞光迸迸；尚有两层油纸裹定，去了纸，取出袈裟，抖开时，红光满室，彩气盈庭。众僧见了，无一个不心欢口赞。真个好袈裟！上头有：

千般巧妙明珠坠，万样稀奇佛宝攒。

上下龙须铺彩绮，兜罗四面锦沿边。

体挂魍魉从此灭，身披魑魅入黄泉。

托化天仙亲手制，不是真僧不敢穿。

那老和尚见了这般宝贝，果然动了奸心，走上前，对三藏跪下，眼中垂泪道："我弟子真是没缘！"三藏搀起道："老院师有何话说？"他道："老爷这件宝贝，方才展开，天色晚了，奈何眼目昏花，不能看得明白，岂不是无缘！"三藏教："掌上灯来，让你再看。"那老僧道："爷爷的宝贝已是光亮，再点了灯，一发幌眼，莫想看得仔细。"行者道："你要怎的看才好？"老僧道："老爷若是宽恩放心，教弟子拿到后房，细细的看一夜，明早送还老爷西去，不知尊意何如？"三藏听说，吃了一惊，埋怨行者道："都是你，都是你！"行者笑道："怕他怎的？等我包起来，等他拿了去看。但有疏虞，尽是老孙管整。"那三藏阻当不住，他把袈裟递与老僧道："凭你看去，只是明早照旧还我，不得损污些须。"老僧喜喜欢欢，着幸童将袈裟拿进去，却分付众僧，将前面禅堂扫净，取两张藤床，安设铺盖，请二位老爷安歇。一壁厢又分付安排早斋送行，遂而各散。师徒们关了禅堂，睡下不题。

唐僧说自己没宝贝，猴哥说咱有，咱那袈裟就是宝贝，随后整个寺院的和尚一个个冷笑起来，很看不起的样子。唉，全寺有一个算一个，哪里还有个出家人的样子！那老院主更是狂到没边地直接说猴哥可笑，随后展示了自己的七八百件袈裟。

说到这里，咱们要重申一下作者给"西游宇宙"安排的一个关键规则，从当初悟空三更得道时就提到过的——"修漏泄"！

你的宝贝一定得藏起来！不要挑战人性！只要露了就会被抢！就会招灾！在西游宇宙中无一例外！

老寺主这一显摆，终于掉进了悟空的陷阱。唐僧这时候是清醒的，提醒猴哥不要斗富，但猴哥铁了心要让这些财迷心窍的和尚自取灭亡，直接做主把锦襕袈裟亮了相。

这袈裟给那老院主看跪了，是真跪了，"走上前，对三藏跪下，眼中垂泪"地求唐僧借他看一宿。唐僧开始埋怨，猴哥笑了，随后做主把袈裟给了这老财迷。

猴哥被压这五百年估计是想明白为啥当年玉帝让他这只猴子去看蟠桃园了。

却说那和尚把袈裟骗到手，拿在后房灯下，对袈裟号咷痛哭，慌得那本寺僧，不敢先睡。小幸童也不知为何，却去报与众僧道："公公哭到二更时候，还不歇声。"有两个徒孙是他心爱之人，上前问道："师公，你哭怎的？"老僧道："我哭无缘，看不得唐僧宝贝。"小和尚道："公公年纪高大，发过了。他的袈裟，放在你面前，你只消解开看便罢了，何须痛哭？"老僧道："看的不长久。我今年二百七十岁，空挣了几百件袈裟，怎么得有他这一件？怎么得做个唐僧？"小和尚道："师公差了。唐僧乃是离乡背井的一个行脚僧。你这等年高，享用也勾了，倒要相他做行脚僧，何也？"老僧道："我虽是坐家自在，乐乎晚景，却不得他这袈裟穿穿。若教我穿得一日儿，就死也闭眼，也是我来阳世间为僧一场！"众僧道："好没正经！你要穿他的，有何难处？我们明日留他住一日，你就穿他一日，留他住十日，你就穿他十日，便罢了。何苦这般痛哭？"老僧道："纵然留他住了半载，也只穿得半载，到底也不得气长。他要去时只得与他去，怎生留得长远？"

正说话处，有一个小和尚，名唤广智，出头道："公公，要得长远也容易。"老僧闻言，就欢喜起来道："我儿，你有甚么高见？"广智道："那唐僧两个是走路的人，辛苦之甚，如今已睡着了。我们想几个有力量的，拿了枪刀，打开禅堂，将他杀了，把尸首埋在后园，只我一家知道。却又谋了他的白马、行囊，却把那袈裟留下，以为传家之宝，岂非子孙长久之计耶？"老和尚见说，满心欢喜，却才揩了眼泪道："好，好，好！此计绝妙！"即便收拾枪刀。

内中又有一个小和尚，名唤广谋，就是那广智的师弟，上前来道："此计不妙。若要杀他，须要看看动静。那个白脸的似易，那个毛脸的似难。万一杀他不得，却不返招己祸？我有一个不动刀枪之法，不知你尊意如何？"老僧道："我儿，你有何法？"广谋道："依小孙之见，如今唤聚东山大小房头，每人要干柴一束，舍了那三间禅堂，放起火来，教他欲走无门，连马一火焚之。就是山前山后人家看见，只说是他自不小心，失了火，将我禅堂都烧了。那两个和尚却不都烧死？又好掩人耳目。袈裟岂不是我们传家之宝？"那些和尚闻言，无不欢喜，都道："强，强，强！此计更妙，更妙！"遂教各房头搬柴来。咦！这一计，正是弄得个高寿老僧该尽命，观音禅院化为尘！原来他那寺里有七八十个房头，大小有二百余众。当夜一拥搬柴，把个禅堂前前后后四面围绕不通，安排放火不题。

老和尚回去后根本不装了，“对袈裟号咷痛哭”，这二百多年经算是白念了，而且这身体是真好，一口气哭到了二更，他的两个徒孙问：你老哭啥啊？老财迷说：我空活二百七十年啊！我想做唐僧啊！

注意这俩徒孙的劝解：“师公差了。唐僧乃是离乡背井的一个行脚僧。你这等年高，享用也勾了，倒要相他做行脚僧，何也？”

这俩徒孙评价成就高低的依据是享乐。

随着话语的展开，作者在为我们揭示观音禅院的真正底色——这是个打着菩萨名号的欺世盗名之地。

老财迷说出了心愿：我就想穿穿这袈裟！教我穿一日，就死也闭眼，也不枉我来阳间为僧一场！

为僧一世不以没有证得智慧、求得解脱为耻，反而以没穿上这外在形式的空皮囊而哀。

随后众僧劝他：多留唐僧几日，你就穿去呗。老财迷表示刚才说的那句话是一个比喻，比喻你们明白吗？那是表达的一种心情，你们得细品啊！非逼我把话挑明了？他就是住上一年，我也只能穿一年，怎样才能穿起来没完没了呢？

这时候，一个叫广智的小和尚出场了，你听这名字，作者是在强烈反讽啊，这个广大智慧随后表示：别闹心，杀了他们不就得了。

随后老财迷也不装了：“满心欢喜，却才揩了眼泪道：‘好，好，好！此计绝妙！’”

这个时候，又一个叫广谋的广大谋略劝道：此计不妙，那毛脸的咱打不过，烧死得了。

接下来的这句话，作者其实暗示了这座如此富有阔绰的禅院是怎么来的，那些和尚闻言，无不欢喜，都道：“强，强，强！此计更妙，更妙！”

这群修行之人听到这种毒计后产生了跟土匪窝子开会一样的附和赞叹之声，作者的言外之意——这是个贼窝子。

可见杀人夺宝这事他们绝不是第一次干。杀人这种行为哪怕是个坏人，第一次干也是要突破心理障碍的，而在这座禅院里这种杀人放火的决议居然被全票通过了，还被赞叹强和妙，这只能说明这就是个贼窝。

知道这禅院为啥那么富裕了吧。

禅院里七八十个房头，大小二百余众，当夜一拥搬柴，把个禅堂前前后后，四面围绕不通，安排放火。

这个观音禅院从上到下都烂透了。

作者这个时候也在暗暗地嘲讽：菩萨啊菩萨，这么一座贼窝子的寺院，你平时不管管吗？

这也算是给后面的那些故事提前打了轻剂量的预防针，不要等看到尸山血海的狮驼岭时才纳闷领导怎么不管，作者早就给你铺垫好了。

却说三藏师徒安歇已定。那行者却是个灵猴，虽然睡下，只是存神炼气，朦胧着醒眼。忽听得外面不住的人走，查查的柴响风生，他心疑惑道："此时夜静，如何有人行得脚步之声？莫敢是贼盗谋害我们的？"他就一骨鲁跳起，欲要开门出看，又恐惊醒师父。你看他弄个精神，摇身一变，变做一个蜜蜂儿，真个是：

口甜尾毒，腰细身轻。穿花度柳飞如箭，粘絮寻香似落星。小小微躯能负重，嚣嚣薄翅会风云。却自椽梭下，钻出看分明。

只见那众僧们搬柴运草，已围住禅堂放火哩。行者暗笑道："果依我师父之言，他要害我们性命，谋我的袈裟，故起这等毒心。我待要拿棍打他呵，可怜又不禁打，一顿棍都打死了，师父又怪我行凶。罢，罢，罢！与他个顺手牵羊，将计就计，教他住不成罢！"好行者，一筋斗跳上南天门里，諕得个庞、刘、苟、毕躬身，马、赵、温、关控背，俱道："不好了，不好了！那闹天宫的主子又来了！"行者摇着手道："列位免礼，休惊，我来寻广目天王的。"

说不了，却遇天王早到，迎着行者道："久阔，久阔。前闻得观音菩萨来见玉帝，借了四值功曹、六丁六甲并揭谛等，保护唐僧往西天取经去，说你与他做了徒弟，今日怎么得闲到此？"行者道："且休叙阔。唐僧路遇歹人，放火烧他，事在万分紧急，特来寻你借'辟火罩儿'，救他一救。快些拿来使使，即刻返上。"天王道："你差了，既是歹人放火，只该借水救他，如何要辟火罩？"行者道："你那里晓得就里。借水救之，却烧不起来，倒相应了他，只是借此罩，护住了唐僧无伤，其余管他，尽他烧去。快些！快些！此时恐已无及，莫误了我下边干事！"那天王笑道：

“这猴子还是这等起不善之心，只顾了自家，就不管别人。”行者道：“快着！快着！莫要调嘴，害了大事！”那天王不敢不借，遂将罩儿递与行者。

行者拿了，按着云头，径到禅堂房脊上，罩住了唐僧与白马、行李。他却去那后面老和尚住的方丈房上头坐着，意护那袈裟。看那些人放起火来，他转捻诀念咒，望巽地上吸一口气吹将去，一阵风起，把那火转刮得烘烘乱着，好火！好火！但见：

黑烟漠漠，红焰腾腾。黑烟漠漠，长空不见一天星；红焰腾腾，大地有光千里赤。起初时，灼灼金蛇；次后来，煨煨血马。南方三炁逞英雄，回禄大神施法力。燥干柴烧烈火性，说甚么燧人钻木；熟油门前飘彩焰，赛过了老祖开炉。正是那无情火发，怎禁这有意行凶；不去弭灾，返行助虐。风随火势，焰飞有千丈余高；火逞风威，灰迸上九霄云外。乒乒乓乓，好便似残年爆竹；泼泼喇喇，却就如军中炮响。烧得那当场佛像莫能逃，东院伽蓝无处躲。胜如赤壁夜鏖兵，赛过阿房宫内火！

这正是，星星之火，能烧万顷之田。须臾间，风狂火盛，把一座观音院处处通红。你看那众和尚，搬箱抬笼，抢桌端锅，满院里叫苦连天。孙行者护住了后边方丈，辟火罩罩住了前面禅堂，其余前后火光大发，真个是照天红焰辉煌，透壁金光照耀！

猴哥听到动静，变成了一只“口甜尾毒”的蜜蜂，你瞅他变的这东西，作者的比喻多妙啊！悟空看见众僧要放火后暗笑，随后去了南天门，找广目天王要了辟火罩。

通过广目天王一见面的主动递话我们可以知道，此时取经项目已经公示了，天庭各部门都知道了，而且级别很高，所以这法宝天王是不敢不借给猴子的。随后悟空下来罩住了唐僧与白马、行李，他自己去方丈房上坐着护那袈裟，等僧人放火后他开始放风，这家伙给助力的哟，“胜如赤壁夜鏖兵，赛过阿房宫内火”“真个是照天红焰辉煌，透壁金光照耀”！

猴哥这回可是解了气了，让你给我戴紧箍！烧了你的禅院！这风吹得，过瘾！过瘾啊！

但是，他这通风助火势也引来了妖怪。

不期火起之时，惊动了一山兽怪。这观音院正南二十里远近，有座黑风山，山中有一个黑风洞，洞中有一个妖精，正在睡醒翻身。只见那窗间透亮，只道是天

明。起来看时，却是正北下的火光幌亮，妖精大惊道："呀！这必是观音院里失了火，这些和尚好不小心！我看时与他救一救来。"好妖精，纵起云头，即至烟火之下。果然冲天之火，前面殿宇皆空，两廊烟火方灼。他大拽步撞将进去，正呼唤叫取水来，只见那后房无火，房脊上有一人放风。他却情知如此，急入里面看时，见那方丈中间有些霞光彩气，台案上有一个青毡包袱。他解开一看，见是一领锦襕袈裟，乃佛门之异宝。正是财动人心，他也不救火，他也不叫水，拿着那袈裟，趁哄打劫，拽回云步，径转东山而去。

观音禅院正南二十里黑风山黑风洞中的一个妖精睡到一半发现了这场火，"大惊道：'呀！这必是观音院里失了火，这些和尚好不小心！我看时与他救一救来。'"

作者安排这妖精出场后说的第一句话说明了这妖精不坏，是个罕见的不吃人却来帮人的妖怪。

后来，这个妖精为我们展示了一个没背景妖怪怎么攀高枝的全过程，他在抓紧一切机会靠近观音菩萨，这次来救观音禅院，就是想立功。

随后的剧情，让我们看到了这个妖怪的脑子转得有多快。

这段原文："他大拽步撞将进去，正呼唤叫取水来，只见那后房无火，房脊上有一人放风。他却情知如此，急入里面看时，见那方丈中间有些霞光彩气，台案上有一个青毡包袱。他解开一看，见是一领锦襕袈裟，乃佛门之异宝。"

猴哥也是玩高兴了，眼皮子底下进来个妖怪都没看见，这妖怪看到后房无火，又看到房脊上有人放风后意识到了不同寻常，随后他急入里面来看，见到了佛门异宝——锦襕袈裟，然后他的行动计划就变了，他不救火了，直接拿走了袈裟。

他进了火场看见猴哥后意识到了不同寻常，这不是简单的失火，这是有人在放火，局面眼下不清楚，他先把这佛宝拿走，将来可以做保护佛宝的文章。有这么一件宝贝，主人肯定非比寻常，无论是将来卖个面子还是抢下这佛宝作为送礼的硬通货，都是只赚不亏。

这脑子转得多快！

那场火，只烧到五更天明，方才灭息。你看那众僧们，赤赤精精，啼啼哭哭，都去那灰内寻铜铁，拨腐炭，扑金银。有的在墙筐里苫搭窝棚，有的赤壁根头支锅

造饭，叫冤叫屈，乱嚷乱闹不题。

却说行者取了辟火罩，一筋斗送上南天门，交与广目天王道：“谢借！谢借！”天王收了道：“大圣至诚了。我正愁你不还我的宝贝，无处寻讨，且喜就送来也。”行者道：“老孙可是那当面骗物之人？这叫做‘好借好还，再借不难’。”天王道：“许久不面，请到宫少坐一时，何如？”行者道：“老孙比在前不同，‘烂板凳，高谈阔论’了，如今保唐僧，不得身闲。容叙！容叙！”急辞别坠云，又见那太阳星上。径来到禅堂前，摇身一变，变做蜜蜂儿，飞将进去。现了本相看时，那师父还沉睡哩。

行者叫道：“师父，天亮了，起来罢。”三藏才醒觉，翻身道：“正是。”穿了衣服，开门出来，忽抬头，只见些倒壁红墙，不见了楼台殿宇，大惊道：“呀！怎么这殿宇俱无？都是红墙，何也？”行者道：“你还做梦哩！今夜走了火的。”三藏道：“我怎不知？”行者道：“是老孙护了禅堂，见师父浓睡，不曾惊动。”三藏道：“你有本事护了禅堂，如何就不救别房之火？”行者笑道：“好教师父得知。果然依你昨日之言，他爱上我们的袈裟，算计要烧杀我们。若不是老孙知觉，到如今皆成灰骨矣。”三藏闻言，害怕道：“是他们放的火么？”行者道：“不是他是谁？”三藏道：“莫不是怠慢了你，你干的这个勾当？”行者道：“老孙是这等惫懒之人，干这等不良之事？实实是他家放的。老孙见他心毒，果是不曾与他救火，只是与他略略助些风的。”三藏道：“天那！天那！火起时，只该助水，怎转助风？”行者道：“你可知古人云：‘人没伤虎心，虎没伤人意。’他不弄火，我怎肯弄风？”三藏道：“袈裟何在？敢莫是烧坏了也？”行者道：“没事，没事，烧不坏！那放袈裟的方丈无火。”三藏恨道：“我不管你！但是有些儿伤损，我只把那话儿念动念动，你就是死了！”行者慌了道：“师父，莫念！莫念！管寻还你袈裟就是了。等我去拿来走路。”三藏就牵着马，行者挑了担，出了禅堂，径往后方丈去。

火烧到五更天，把可燃物都烧没了之后猴哥去还了辟火罩，广目天王松了口气，正担心猴哥不还呢。

悟空回来叫醒了唐僧，其实从唐僧的话中也透露出，唐师父早就看出猴哥在找碴儿，所以问“是他们放的火么？”“莫不是怠慢了你，你干的这个勾当？”

此时猴哥还是显摆，不会装傻藏拙，说自己可不干这事，也就是略略助些风。唐僧随后问：你不助水为何助风？猴哥说：他不弄火，我怎会弄风？眼瞅说不过猴哥，唐僧恨道：“我不管你！但是有些儿伤损，我只把那话儿念动念动，你就是死了！”

也不怪唐僧生气，打一进了这观音禅院，悟空就是个根本管不住的存在，总替领导做决定，也活该被唐师父吓唬，从此时起，直到三打白骨精，这段时间是这两师徒矛盾不断升级的过程。

却说那些和尚，正悲切间，忽的看见他师徒牵马挑担而来，諕得一个个魂飞魄散，道：“冤魂索命来了！”行者喝道：“甚么冤魂索命？快还我袈裟来！”众僧一齐跪倒叩头道：“爷爷呀！冤有冤家，债有债主。要索命，不干我们事，都是广谋与老和尚奸计害你的，莫问我们讨命。”行者咄的一声道：“我把你这些该死的畜生！那个问你讨甚么命！只拿袈裟来还我走路！”其间有两个胆量大的和尚道：“老爷，你们在禅堂里已烧死了，如今又来讨袈裟，端的还是人是鬼？”行者笑道：“这伙业畜！那里有甚么火来？你去前面看看禅堂，再来说话！”众僧们爬起来往前观看，那禅堂外面的门窗槅扇，更不燎灼了半分。众人悚惧，才认得三藏是种神僧，行者是尊护法。一齐上前叩头道：“我等有眼无珠，不识真人下界！你的袈裟在后面方丈中老师祖处哩。”三藏行过了三五层败壁破墙，嗟叹不已。只见方丈果然无火，众僧抢入里面，叫道：“公公！唐僧乃是神人，未曾烧死，如今反害了自己家当！趁早拿出袈裟，还他去也。”

原来这老和尚寻不见袈裟，又烧了本寺的房屋，正在万分烦恼焦燥之处，一闻此言，怎敢答应。因寻思无计，进退无方，拽开步，躬着腰，往那墙上着实撞了一头。可怜，只撞得脑破血流魂魄散，咽喉气断染红沙！有诗为证：

堪叹老衲性愚蒙，枉作人间一寿翁。
欲得袈裟传远世，岂知佛宝不凡同。
但将容易为长久，定是萧条取败功。
广智广谋成甚用？损人利己一场空。

唐僧出现后，这帮和尚以为唐僧是冤魂来索命了，等他们看见禅堂无事后服了，众僧让老财迷交出袈裟，原话很有味道，颇有些逼宫追责的含义：“公公！唐僧乃是神人，未曾烧死，如今反害了自己家当！趁早拿出袈裟，还他去也。”

无论是“唐僧乃是神人”，还是“反害了自己家当”，都已经让此时找不到袈裟的老财迷求生无门了。要知道，这其实不是僧院，这是土匪窝子，土匪头子把山寨毁了，等待他的结局是啥呢?

随后老财迷在“寻思无计，进退无方”后自杀了，他不敢不死。

翻译一下最后给他盖棺论定的那首诗：

“堪叹老衲性愚蒙，枉作人间一寿翁。”这么大岁数白活了！

“欲得袈裟传远世，岂知佛宝不凡同。”抢错人了你这回！

“但将容易为长久，定是萧条取败功。”甭管啥玩意儿，只要你动了天长地久占有的心思，就一定是萧条取败的结局！

“广智广谋成甚用？损人利己一场空。”小聪明有什么用！损人利己一场空！

总体来看核心还是这句“岂知佛宝不凡同”，这匪窝肯定是做了太多案了，所以才如此上下一心、轻车熟路，前面肯定都没事，不然哪儿来那么大家业，但这回惹错人了。

“恶有恶报”虽然是个概率问题，但如果你是强盗思维，那你总会碰到比你更狠的人，得到你的报应。

一个人的人生风景和结局其实就是自己人生算法的外在体现。

强盗逻辑不可取，你总会遇到你惹不起的人。

做人一定要思考自己的人生算法。

慌得个众僧哭道：“师公已撞杀了，又不见袈裟，怎生是好？”行者道：“想是汝等盗藏起也。都出来！开具花名手本，等老孙逐一查点！”那上下房的院主，将本寺和尚、头陀、幸童、道人尽行开具手本二张，大小人等，共计二百三十名。行者请师父高坐，他却一一从头唱名搜简，都要解放衣襟，分明点过，更无袈裟。又将那各房头搬抢出去的箱笼物件，从头细细寻遍，那里得有踪迹。

三藏心中烦恼，懊恨行者不尽，却坐在上面念动那咒。行者扑的跌倒在地，抱着头，十分难禁，只教：“莫念！莫念！管寻还了袈裟！”那众僧见了，一个个战兢的上前跪下劝解，三藏就合口不念。行者一骨鲁跳起来，耳朵里掣出铁棒，要打那些和尚，被三藏喝住道：“这猴头！你头疼还不怕，还要无礼？休动手！且莫伤人，

再与我审问一问！”众僧们磕头礼拜，哀告三藏道：“老爷饶命！我等委实的不曾看见。这都是那老死鬼的不是。他昨晚看着你的袈裟，只哭到更深时候，看也不曾敢看，思量要图长久，做个传家之宝，设计定策，要烧杀老爷。自火起之候，狂风大作，各人只顾救火，搬抢物件，更不知袈裟去向。”

行者大怒，走进方丈屋里，把那触死鬼尸首抬出，选剥了细看，浑身更无那件宝贝；就把个方丈掘地三尺，也无踪影。行者忖量半晌，问道：“你这里可有甚么妖怪成精么？”院主道：“老爷不问，莫想得知。我这里正东南，有座黑风山，黑风洞内有一个黑大王。我这老死鬼常与他讲道，他便是个妖精。别无甚物。”行者道：“那山离此有多远近？”院主道：“只有二十里，那望见山头的就是。”行者笑道：“师父放心，不须讲了，一定是那黑怪偷去无疑。”三藏道：“他那厢离此有二十里，如何就断得是他？”行者道：“你不曾见，夜间那火光腾万里，亮透三天，且休说二十里，就是二百里也照见了！坐定是他见火光焜耀，趁着机会，暗暗的来到这里。看见我们袈裟是件宝贝，必然趁哄掳去也。等老孙去寻他一寻。”三藏道：“你去了时，我却何倚？”行者道：“这个放心，暗中自有神灵保护，明中等我叫那些和尚伏侍。”即唤众和尚过来道：“汝等着几个去埋那老鬼，着几个伏侍我师父，看守我白马。”众僧领诺。行者又道：“汝等莫顺口儿答应，等我去了，你就不来奉承。看师父的，要怡颜悦色；养白马的，要水草调匀，假有一毫儿差了，照依这个样棍，与你们看看！”他掣出棍子，照那火烧的砖墙扑的一下，把那墙打得粉碎，又振倒了有七八层墙。众僧见了，个个骨软身麻，跪着磕头滴泪道：“爷爷宽心前去，我等竭力虔心，供奉老爷，决不敢一毫怠慢！”好行者，急纵筋斗云，径上黑风山，寻找这袈裟。正是那：

金蝉求正出京畿，仗锡投西涉翠薇。
虎豹狼虫行处有，工商士客见时稀。
路逢异国愚僧妒，全仗齐天大圣威。
火发风生禅院废，黑熊夜盗锦襕衣。

毕竟此去，不知袈裟有无，吉凶如何，且听下回分解。

袈裟丢了，猴哥有点蒙，在搜查了二百三十名观音禅院僧人并查明全寺财产后，发现袈裟确实没有了。唐僧开始念紧箍咒，众僧见了一个个战战兢兢地上前跪下劝解，唐僧给了面子，猴哥不疼后马上要打这帮僧贼，随后被唐僧喝住，让再审问！

眼瞅这师徒俩都是狠人，众僧贼磕头礼拜，表示真不知道，师公在他们口中也变成了“老死鬼”，最后把方丈的屋子掘地三尺后猴哥才想起来，问附近有没有妖怪。

就此得到了妖怪的信息，那妖怪叫黑大王，经常来听老死鬼讲道。

呵呵，就那老财迷能有啥水平！从这里我们能知道，这黑大王真的不一般，他还能放下身段通过作秀听讲来表达自己亲近佛法的态度。

猴哥要去黑风山会会这个追求进步的妖怪了。

第十七回

孙行者大闹黑风山，观世音收伏熊罴怪

话说孙行者一筋斗跳将起去，諕得那观音院大小和尚并头陀、幸童、道人等，一个个朝天礼拜道："爷爷呀，原来是腾云驾雾的神圣下界，怪道火不能伤！恨我那个不识人的老剥皮，使心用心，今日反害了自己。"三藏道："列位请起，不须恨了。这去寻着袈裟，万事皆休；但恐找寻不着，我那徒弟性子有些不好，汝等性命，不知如何，恐一人不能脱也。"众僧闻得此言，一个个提心吊胆，告天许愿，只要寻得袈裟，各全性命，不题。

随着猴哥展示飞天技能，观音禅院全体开始将老死鬼称为老剥皮，唐僧也展示了自己给我一句口诀我能撬动地球的能力，表示悟空这趟去要是寻着袈裟万事皆休，要是寻不着，我那徒弟性子有些不好，估计你们一个都活不了。

有些教父的范儿了，一句话将自己升级为观音禅院的活祖宗级的 VIP，后面差点给咱唐师父撑死。

却说孙大圣到空中，把腰儿扭了一扭，早来到黑风山上。住了云头仔细看，果然是座好山。况正值春光时节，但见：

万壑争流，千崖竞秀。鸟啼人不见，花落树犹香。雨过天连青壁润，风来松卷翠屏张。山草发，野花开，悬崖峭嶂；薜萝生，佳木丽，峻岭平岗。不遇幽人，那寻樵子？涧边双鹤饮，石上野猿狂。矗矗堆螺排黛色，巍巍拥翠弄岚光。

那行者正观山景，忽听得芳草坡前，有人言语。他却轻步潜踪，闪在那石崖之下，偷睛观看。原来是三个妖魔，席地而坐。上首的是一条黑汉，左首下是一个道人，右首下是一个白衣秀士，都在那里高谈阔论。讲的是立鼎安炉，抟砂炼汞，白雪黄牙，旁门外道。正说中间，那黑汉笑道："后日是我母难之日，二公可光顾光顾？"白衣秀士道："年年与大王上寿，今年岂有不来之理？"黑汉道："我夜来得了一件宝贝，名唤锦襕佛衣，诚然是件玩好之物。我明日就以他为寿，大开筵宴，邀请各山道官，庆贺佛衣，就称为'佛衣会'如何？"道人笑道："妙！妙！妙！我明日先来拜寿，后日再来赴宴。"

行者闻得佛衣之言，定以为是他宝贝。他就忍不住怒气，跳出石崖，双手举起金箍棒，高叫道："我把你这伙贼怪！你偷了我的袈裟，要做甚么'佛衣会'！趁早儿将来还我！"喝一声："休走！"抡起棒照头一下，慌得那黑汉化风而逃，道人驾云而走，只把个白衣秀士一棒打死，拖将过来看处，却是一条白花蛇怪。索性提起来，捽做五七断，径入后山，找寻那个黑汉。转过尖峰，行过峻岭，又见那壁陡崖前，耸出一座洞府，但见那：

烟霞渺渺，松柏森森。烟霞渺渺采盈门，松柏森森青绕户。桥踏枯槎木，峰巅绕薜萝。鸟衔红蕊来云壑，鹿践芳丛上石台。那门前时催花发，风送花香。临堤绿柳转黄鹂，傍岸夭桃翻粉蝶。虽然旷野不堪夸，却赛蓬莱山下景。

猴哥来到了黑风山，作者通过山色景致描写，告诉我们这黑大王不是普通妖精。猴哥在观山景过程中见到了那黑大王和一个道人、一个白衣秀士讨论业务，捎带脚儿宣布了自己生日要开佛衣会。

这妖怪再次表明了自己崇佛尊佛的心情。

猴哥震怒，一棒子打死了白衣秀士，并找到黑风洞前。作者再次用景致描写，通过"虽然旷野不堪夸，却赛蓬莱山下景"写出了这黑大王不是普通妖怪，他连工作室都在向神佛靠拢，方方面面透露出了体面和雅致。

行者到于门首，又见那两扇石门，关得甚紧。门上有一横石板，明书六个大字，乃"黑风山黑风洞"。即便抡棒叫声"开门"，那里面有把门的小妖，开了门，出来

问道："你是何人，敢来击吾仙洞？"行者骂道："你个作死的业畜！甚么个去处，敢称仙洞！'仙'字是你称的？快进去报与你那黑汉，教他快送老爷的袈裟出来，饶你一窝性命！"小妖急急跑到里面报道："大王，'佛衣会'做不成了！门外有一个毛脸雷公嘴的和尚，来讨袈裟哩！"那黑汉被行者在芳草坡前赶将来，却才关了门，坐还未稳，又听得那话，心中暗想道："这厮不知是那里来的，这般无礼，他敢嚷上我的门来。"教取披挂。随结束了，绰一杆黑缨枪，走出门来。这行者闪在门外，执着铁棒，睁睛观看，只见那怪果生得凶险：

碗子铁盔火漆光，乌金铠甲亮辉煌。

皂罗袍罩风兜袖，黑绿丝绦亸穗长。

手执黑缨枪一杆，足踏乌皮靴一双。

眼幌金睛如掣电，正是山中黑风王。

行者暗笑道："这厮真个如烧窑的一般，筑煤的无二！想必是在此处刷炭为生，怎么这等一身乌黑？"那怪大声高叫道："你是个甚么和尚，敢在我这里大胆？"行者执铁棒撞至面前，大咤一声道："不要闲讲！快还你老外公的袈裟来！"那怪道："你是那寺里和尚？你的袈裟在那里失落了，敢来我这里索取？"行者道："我的袈裟，正直北观音院后方丈里放着。只因那院里失了火，你这厮趁哄掳掠盗了来，要做'佛衣会'庆寿，怎敢抵赖？快快还我，饶你性命！若牙迸半个'不'字，我推倒了黑风山，平了黑风洞，把你这一洞妖邪，都碾为齑粉！"

悟空叫门后，把门的小妖问："你是何人，敢来击吾仙洞？"

这也证明了这妖怪平时对自己的要求有多高，他就是个神仙模仿狂人，已经自诩仙洞了，类似于水泊梁山叫自己"梁山水泊综合事务管理局"，估计这黑大王平时对内都要求小妖们叫他"上仙"。

猴哥骂道：你也配叫仙洞！"仙"字是你称的？我受那么大罪就是为了奔这个前程！你们也敢自封！

黑大王刚才之所以往回跑，是因为要回来取披挂和兵器，等穿戴整齐亮相后，相当精神，还是突出一个体面。仔细看那诗就知道为啥后面菩萨会让他当守山大神了，火漆光的碗子铁盔，亮辉煌的乌金铠甲，正经有个将军模样。

那怪闻言，呵呵冷笑道：“你那个泼物，昨夜那火就是你放的！你在那方丈屋上，行凶招风，是我把一件袈裟拿来了，你待怎么？你是那里来的？姓甚名谁？有多大手段，敢那等海口浪言！”行者道：“是你也认不得你老外公哩！你老外公，乃大唐上国驾前御弟三藏法师之徒弟，姓孙名悟空行者。若问老孙的手段，说出来，教你魂飞魄散，死在眼前！”那怪道：“我不曾会你，有甚么手段，说来我听。”行者笑道：“我儿子，你站稳着，仔细听之！我：

自小神通手段高，随风变化逞英豪。
养性修真熬日月，跳出轮回把命逃。
一点诚心曾访道，灵台山上采药苗。
那山有个老仙长，寿年十万八千高。
老孙拜他为师父，指我长生路一条。
他说身内有丹药，外边采取枉徒劳。
得传大品天仙诀，若无根本实难熬。
回光内照宁心坐，身中日月坎离交。
万事不思全寡欲，六根清净体坚牢。
返老还童容易得，超凡入圣路非遥。
三年无漏成仙体，不同俗辈受煎熬。
十洲三岛还游戏，海角天涯转一遭。
活该三百多余岁，不得飞升上九霄。
下海降龙真宝贝，才有金箍棒一条。
花果山前为帅首，水帘洞里聚群妖。
玉皇大帝传宣诏，封我齐天极品高。
几番大闹灵霄殿，数次曾偷王母桃。
天兵十万来降我，层层密密布枪刀。
吓得天王归上界，哪吒负痛领兵逃。
显圣真君能变化，老孙硬赌跌平交。
道祖观音同玉帝，南天门上看降妖。
却被老君助一阵，二郎擒我到天曹。

将身绑在降妖柱，即命神兵把首枭。
刀砍锤敲不得坏，又教雷打火来烧。
老孙其实有手段，全然不怕半分毫。
送在老君炉里炼，六丁神火慢煎熬。
日满开炉我跳出，手持铁棒绕天跑。
纵横到处无遮挡，三十三天闹一遭。
我佛如来施法力，五行山压老孙腰。
整整压该五百载，幸逢三藏出唐朝。
吾今皈正西方去，转上雷音见玉毫。
你去乾坤四海问一问，我是历代驰名第一妖！”

那怪闻言，笑道：“你原来是那闹天宫的弼马温么？”行者最恼的是人叫他弼马温，听见这一声，心中大怒，骂道：“你这贼怪！偷了袈裟不还，倒伤老爷！不要走，看棍！”那黑汉侧身躲过，缠长枪，劈手来迎。两家这场好杀：

如意棒，黑缨枪，二人洞口逞刚强。分心劈脸刺，着臂照头伤。这个横丢阴棍手，那个直撚急三枪。白虎爬山来探爪，黄龙卧道转身忙。喷彩雾，吐毫光，两个妖仙不可量：一个是修正齐天圣，一个是成精黑大王。这场山里相争处，只为袈裟各不良。

盘道的环节展开后，妖怪展示出了自己的超高智力，反来追责悟空放火。人家看见了你在那方丈屋上行凶招风，是人家把袈裟抢救回来的！

一句话就扭转了语境，人家是在你这纵火犯造孽时保护了佛宝。

这妖怪相当有城府地继续探听悟空的底细，鼓励悟空说出自己的手段，随后悟空终于吹出了五百多年都没吹出来的牛，创作出了全书最长的一段个人履历单口。整段炫耀把他的所有底细漏得干干净净，甚至他居然说了那句绝不该说的“灵台山上采药苗。那山有个老仙长”，他居然泄了师承底细，还传了大品天仙诀“回光内照宁心坐，身中日月坎离交。万事不思全寡欲，六根清净体坚牢”的修行秘诀。

客观来讲，悟空此时的智慧层面比这黑大王差远了，悟空显摆了这一通，不过是为了证明自己的结论：“你去乾坤四海问一问，我是历代驰名第一妖！”

他要证明他是妖界的扛旗！他是没仙箓的妖中混得最好的！你这黑厮啥玩意儿不是！

这妖怪得到了关键信息，这猴子不是观音禅院派来索要袈裟的，背后没有观音菩萨，那就能打！然后这妖怪也展现了自己的高智商和消息灵通的大见识，前面猴哥专门把去天上养马这段掐了没播，结果这怪哪儿疼摔哪儿地笑道：弼马温。

哈哈哈。

吹了这么一通，被人家一句话破防，猴哥大怒，随后开打。

那怪与行者斗了十数回合，不分胜负。渐渐红日当午，那黑汉举枪架住铁棒道："孙行者，我两个且收兵，等我进了膳来，再与你赌斗。"行者道："你这个业畜，教做汉子？好汉子半日儿就要吃饭？似老孙在山根下，整压了五百余年，也未曾尝些汤水，那里便饿哩？莫推故，休走！还我袈裟来，方让你去吃饭！"那怪虚幌一枪，翻身入洞，关了石门，收回小怪，且安排筵宴，书写请帖，邀请各山魔王庆会，不题。

却说行者攻门不开，也只得回观音院。那本寺僧人已葬埋了那老和尚，都在方丈里伏侍唐僧。早斋已毕，又摆尚午斋，正那里添汤换水，只见行者从空降下，众僧礼拜，接入方丈，见了三藏。三藏道："悟空，你来了，袈裟何如？"行者道："已有了根由。早是不曾冤了这些和尚，原来是那黑风山妖怪偷了。老孙去暗暗的寻他，只见他与一个白衣秀士，一个老道人，坐在那芳草坡前讲话。也自个不打自招的怪物，他忽然说出道，后日是他母难之日，邀请诸邪，来做生日，夜来得了一件锦襕佛衣，要以此为寿，作一大宴，唤做庆赏'佛衣会'。是老孙抢到面前，打了一棍，那黑汉化风而走，道人也不见了，只把个白衣秀士打死，乃是一条白花蛇成精。我又急急赶到他洞口，叫他出来，与他赌斗。他已承认了是他拿回。战勾这半日，不分胜负。那怪回洞，却要吃饭，关了石门，惧战不出。老孙却来回看师父，先报此信。已是有了袈裟的下落，不怕他不还我。"

众僧闻言，合掌的合掌，磕头的磕头，都念声："南无阿弥陀佛！今日寻着下落，我等方有了性命矣！"行者道："你且休喜欢畅快，我还未曾到手，师父还未曾出门哩。只等有了袈裟，打发得我师父好好的出门，才是你们的安乐处。若稍有些须不虞，老孙可是好惹的主子！可曾有好茶饭与我师父吃？可曾有好草料喂马？"众僧俱满口答应道："有，有，有！更不曾一毫有怠慢了老爷。"三藏道："自你去了这半日，我已吃过了三次茶汤，两餐斋供了。他俱不曾敢慢我。但只是你还尽心竭力，去寻取袈裟回来。”行者道：“莫忙！既有下落，管情拿住这厮，还你原物。放心，放心！”

正说处，那上房院主，又整治素供，请孙老爷吃斋。行者却吃了些须，复驾祥云，又去找寻。正行间，只见一个小怪，左胁下夹着一个花梨木匣儿，从大路而来。行者度他匣内，必有甚么柬札，举起棒劈头一下，可怜不禁打，就打得似个肉饼一般，却拖在路旁，揭开匣儿观看，果然是一封请帖。帖上写着：

侍生熊罴顿首拜，启上大阐金池老上人丹房：屡承佳惠，感激渊深。夜观回禄之难，有失救护，谅仙机必无他害。生偶得佛衣一件，欲作雅会，谨具花酌，奉扳清赏。至期，千乞仙驾过临一叙。是荷。先二日具。

打了十多个回合，这妖怪看出来猴哥不好惹，随后找了个吃饭的理由休兵了，而且这妖怪真是哪儿哪儿都透着自尊自爱自强，回去吃饭叫“等我进了膳来”。

这才叫大文豪，这才叫写小说，每一个形象无论穿戴还是说话，都与人设相应。

这妖怪进洞后，根本就不是什么吃饭，而是不理猴哥了，人家要继续办佛衣会，是“且安排筵宴，书写请帖，邀请各山魔王庆会”。

人家要把这事闹大，跟这猴子属于傻打，没有意义。

猴哥回去跟唐师父汇报了大概情况，表示已有下落，肯定能要回来，您老别念那玩意儿。唐师父此时也在“这半日，我已吃过了三次茶汤，两餐斋供”的伺候下心情好了很多，没再骂猴头或是威胁他，还鼓励了一下。

猴哥吃了点东西后继续去找那妖怪，中途看到那妖怪派小怪来请老财迷。从细节可以看出，这妖怪依旧是个讲究人，请帖是放在花梨木匣儿里的。

猴哥打死小怪，看见了请帖，内容有两个重点。

1. 态度极其恭敬，称自己是“侍生熊罴”，就此我们知道了这妖精是个黑熊成精，对老财迷是“启上大阐金池老上人丹房”，我们也终于知道了老财迷的法号，叫金池，多么形象！而且后面的用词也相当谦卑，“感激渊深”“千乞仙驾”，这是给足了面子。

2. 表示佛衣在我这儿，来我这儿喝酒。

行者见了，呵呵大笑道：“那个老剥皮，死得他一毫儿也不亏！他原来与妖精结党！怪道他也活了二百七十岁。想是那个妖精，传他些甚么服气的小法儿，故有此寿。老孙还记得他的模样，等我就变做那和尚，往他洞里走走，看我那袈裟放在何处。假若得手，即便拿回，却也省力。"

好大圣，念动咒语，迎着风一变，果然就相那老和尚一般，藏了铁棒，拽开步，径来洞口，叫声"开门"。那小妖开了门，见是这般模样，急转身报道："大王，金池长老来了。"那怪大惊道："刚才差了小的去，下简帖请他，这时候还未到那里哩，如何他就来得那等迅速？想是小的不曾撞他，他断是孙行者呼他来讨袈裟的。管事的，可把佛衣藏了，莫教他看见。"行者进了洞门，但见那天井中，松篁交翠，桃李争妍，丛丛花发，簇簇兰香，却也是个洞天之处。又见那二门上，有一联对子，写着："静隐深山无俗虑，幽居仙洞乐天真。"行者暗道："这厮也是脱垢离尘、知命的怪物。"入门里，往前又进，到于三层门里，都是些画栋雕梁，明窗彩户。只见那黑汉子，穿的是黑绿纻丝袢袄，罩一领鸦青花绫披风，戴一顶乌角软巾，穿一双麂皮皂靴。见行者进来，整顿衣巾，降阶迎接道："金池老友，连日欠亲。请坐，请坐。"行者以礼相见。见毕而坐，坐定而茶。茶罢，妖精欠身道："适有小简奉启，后日一叙，何老友今日就下顾也？"行者道："正来进拜，不期路遇华翰，见有佛衣雅会，故此急急奔来，愿求见见。"那怪笑道："老友差矣。这袈裟本是唐僧的，他在你处住札，你岂不曾看见，返来就我看看？"行者道："贫僧借来，因夜晚还不曾展看，不期被大王取来。又被火烧了荒山，失落了家私。那唐僧的徒弟，又有些骁勇，乱忙中，四下里都寻觅不见。原来是大王的洪福收来，故特来一见。"

正讲处，只见有一个巡山的小妖来报道："大王！祸事了！下请书的小校，被孙行者打死在大路旁边，他绰着经儿，变化做金池长老，来骗佛衣也！"那怪闻言，暗道："我说那长老，怎么今日就来，又来得迅速，果然是他！"急纵身，拿过枪来就刺行者。行者耳朵里急掣出棍子，现了本相，架住枪尖，就在他那中厅里跳出，自天井中斗到前门外，唬得那洞里群妖都丧胆，家间老幼尽无魂。这场在山头好赌斗，比前番更是不同。好杀：

那猴王胆大充和尚，这黑汉心灵隐佛衣。语去言来机会巧，随机应变不差池。袈裟欲见无由见，宝贝玄微真妙微。小怪寻山言祸事，老妖发怒显神威。翻身打出黑风洞，枪棒争持辨是非。棒架长枪声响亮，枪迎铁棒放光辉。悟空变化人间少，妖怪神通世上稀。这个要把佛衣来庆寿，那个不得袈裟肯善归？这翻苦战难分手，就是活佛临凡也解不得围。

猴哥变作金池模样去叫门，黑熊精智商在线，表示时间不对啊！人家还做出了自己的分析：估计是被孙行者派来讨要袈裟的。

你瞅瞅这聪明劲儿，猴哥根本不想这时间问题，他就没想到应该再等等，把来回路程的时间算进去。

截至此时，猴哥虽然拳脚棍棒上没输，但其实在和黑熊精的过招中堪称完败了。

因为他一直在被这黑熊精牵着鼻子走。

猴哥变的金池进入洞府，作者再次不厌其烦地描写了黑风洞的装修和对联，连猴哥都得暗夸一句"这厮也是脱垢离尘、知命的怪物"，入于三层门里，再看黑熊精"穿的是黑绿纻丝袢袄，罩一领鸦青花绫披风，戴一顶乌角软巾，穿一双麂皮皂靴"。作者在这里再次描写了黑熊精卸甲后的体面模样。

见面后黑熊精降阶迎接，看茶，随后欠身问出疑问：我的请帖说的是后日一叙，咋今天就来了？

黑熊精在探话：你此行目的是啥？你看没看见我那请帖？

猴哥说：赶巧了，半路遇到了，听说了佛衣雅会，故此急来求见。

黑熊精笑了：那袈裟你不可能没看见啊！给我个合理的理由！

猴哥回道：还没来得及看就丢了。

其实我估计如果黑熊精再盘问两句猴哥就该露馅了，也就在黑熊精还没来得及再问一句的时候，巡山的小妖报告，这个金池是假的，咱信使被打死了。接下来黑熊精的这句话证明了自己已经怀疑老和尚是悟空变的了，所谓"我说那长老，怎么今日就来，又来得迅速，果然是他"，随后两人开打，这次打得相当凶，猴哥开巅峰战力了，所谓"这翻苦战难分手，就是活佛临凡也解不得围"。

至此，我们已经能确认，无论是对佛门的崇拜与钻营，还是聪明的脑瓜子，抑或是跟悟空平手的战斗力，这黑熊精都完美符合佛祖口中第二个神通广大妖魔的要求。

奈何这里是人家观音菩萨的"自留地"啊！

他两个从洞口打上山头，自山头杀在云外，吐雾喷风，飞砂走石，只斗到红日

沉西，不分胜败。那怪道：“姓孙的，你且住了手。今日天晚，不好相持。你去，你去！待明早来，与你定个死活。”行者叫道：“儿子莫走！要战便相个战的，不可以天晚相推。”看他没头没脸的，只情使棍子打来，这黑汉又化阵清风，转回本洞，紧闭石门不出。

行者却无计策奈何，只得也回观音院里，按落云头，道声“师父”。那三藏眼儿巴巴的正望他哩。忽见到了面前，甚喜；又见他手里没有袈裟，又惧。问道：“怎么这番还不曾有袈裟来？”行者袖中取出个简帖儿来，递与三藏道：“师父，那怪物与这死的老剥皮，原是朋友。他着一个小妖送此帖来，还请他去赴‘佛衣会’。是老孙就把那小妖打死，变做那老和尚，进他洞去，骗了一钟茶吃。欲问他讨袈裟看看，他不肯拿出。正坐间，忽被一个甚么巡风的走了风信，他就与我打将起来，只斗到这早晚，不分上下。他见天晚，闪回洞去，紧闭石门。老孙无奈，也暂回来。”三藏道：“你手段比他何如？”行者道：“我也硬不多儿，只战个手平。”三藏才看了简帖，又递与那院主道：“你师父敢莫也是妖精么？”那院主慌忙跪下道：“老爷，我师父是人。只因那黑大王修成人道，常来寺里与我师父讲经，他传了我师父些养神服气之术，故以朋友相称。”行者道：“这伙和尚没甚妖精，他一个个头圆顶天，足方履地，但比老孙肥胖长大些儿，非妖精也。你看那帖儿上，写着‘侍生熊罴’，此物必定是个黑熊成精。”三藏道：“我闻得古人云，熊与猩猩相类，都是兽物，他却怎么成精？”行者笑道：“老孙是兽类，见做了齐天大圣，与他何异？大抵世间之物，凡有九窍者，皆可以修行成仙。”三藏又道：“你才说他本事与你手平，你却怎生得胜，取我袈裟回来？”行者道：“莫管，莫管，我有处治。”

正商议间，众僧摆上晚斋，请他师徒们吃了。三藏教掌灯，仍去前面禅堂安歇。众僧都挨墙倚壁，苫搭窝棚，各各睡下，只把个后方丈让与那上下院主安身。此时夜静，但见：

银河现影，玉宇无尘。满天星灿烂，一水浪收痕。万籁声宁，千山鸟绝。溪边渔火息，塔上佛灯昏。昨夜阇黎钟鼓响，今宵一遍哭声闻。

是夜在禅堂歇宿。那三藏想着袈裟，那里得稳睡？忽翻身见窗外透白，急起叫道：“悟空，天明了，快寻袈裟去。”行者一骨鲁跳将起来，早见众僧侍立，供奉汤水。行者道：“你等用心伏侍我师父，老孙去也。”三藏下床扯住道：“你往那里去？”

行者道："我想这桩事都是观音菩萨没理，他有这个禅院在此，受了这里人家香火，又容那妖精邻住。我去南海寻他，与他讲一讲，教他亲来，问妖精讨袈裟还我。"三藏道："你这去，几时回来？"行者道："时少只在饭罢，时多只在晌午，就成功了。那些和尚，可好伏侍，老孙去也。"

两人打了好几个战场，吐雾喷风，飞沙走石，一直打到太阳落山时，估计黑熊精的"耐力条"到头了，于是约明天的架，猴哥不依不饶，但这黑熊精有个化风的本事，猴哥还就抓不住人家，又让人家回洞了。

猴哥没办法又回去了，面对唐僧的"怎么这番还不曾有袈裟来"，猴哥拿那请金池的简帖转移注意力，并对黑熊精的战力给予了高级评价："我也硬不多儿，只战个手平。"

转过天来天刚透亮，唐僧就把猴哥催起来寻袈裟去了。

估计也担心自己催得忒紧了，猴哥说"你等用心伏侍我师父，老孙去也"，给唐僧吓一跳，扯住问他：往哪里去？

他担心猴子跑了。

猴哥表示，我找观音菩萨去。唐僧还是不放心，问啥时候回来，从后面的内容也能看出，唐僧此时对悟空还是完全不放心的状态，担心猴子跑路。

说声去，早已无踪。须臾间到了南海，停云观看，但见那：

汪洋海远，水势连天。祥光笼宇宙，瑞气照山川。千层雪浪吼青霄，万叠烟波滔白昼。水飞四野，浪滚周遭。水飞四野振轰雷，浪滚周遭鸣霹雳。休言水势，且看中间。五色朦胧宝叠山，红黄紫皂绿和蓝。才见观音真胜境，试看南海落伽山。好去处！山峰高耸，顶透虚空。中间有千样奇花，百般瑞草。风摇宝树，日映金莲。观音殿，瓦盖琉璃；潮音洞，门铺玳瑁。绿杨影里语鹦哥，紫竹林中啼孔雀。罗纹石上，护法威严；玛瑙滩前，木叉雄壮。

这行者观不尽那异景非常，径直按云头，到竹林之下。早有诸天迎接道："菩萨前者对众言大圣归善，甚是宣扬。今保唐僧，如何得暇到此？"行者道："因保唐僧，路逢一事，特见菩萨，烦为通报。"诸天遂来洞口报知，菩萨唤入。行者遵法而行，至宝莲台下拜了。菩萨问曰："你来何干？"行者道："我师父路遇你的禅院，你受

了人间香火，容一个黑熊精在那里邻住，着他偷了我师父袈裟，屡次取讨不与，今特来问你要的。”菩萨道：“这猴子，说话这等无状！既是熊精偷了你的袈裟，你怎来问我取讨？都是你这个业猴大胆，将宝贝卖弄，拿与小人看见，你却又行凶，唤风发火，烧了我的留云下院，反来我处放刁！”行者见菩萨说出这话，知他晓得过去未来之事，慌忙礼拜道：“菩萨，乞恕弟子之罪，果是这般这等。但恨那怪物不肯与我袈裟，师父又要念那话儿咒语，老孙忍不得头疼，故此来拜烦菩萨。望菩萨慈悲之心，助我去拿他妖精，取衣西进也。”菩萨道：“那怪物有许多神通，却也不亚于你。也罢，我看唐僧面上，和你去走一遭。”行者闻言，谢恩再拜。即请菩萨出门，遂同驾祥云，早到黑风山，坠落云头，依路找洞。

猴哥很快到了南海，作者也借猴哥的视角第一次描写了南海落伽山的气派。打远处看，是“祥光笼宇宙，瑞气照山川”；周遭护城海是“千层雪浪”“水飞四野振轰雷，浪滚周遭鸣霹雳”。再看那山，是“五色朦胧宝叠山”，太有钱了！瓦是琉璃的，洞门铺的是玳瑁，木叉站岗那地方是玛瑙滩。

在西游宇宙的描写中，大佛大菩萨们的所在都是天下第一等的富贵，等后面猴哥去灵山时你再看吧，比菩萨这儿有钱太多了。

猴子来到落伽山后，这家伙给他规矩的，先是麻烦通报菩萨求见，等菩萨喊他进来后，又是“遵法而行，至宝莲台下拜了”，动作是很尿的，嘴上试探性地把自己找碴儿助风烧了观音禅院这事推到了菩萨身上。悟空说：菩萨有领导责任，你受了人间香火，容一个黑熊精在那里邻住，着他偷了我师父袈裟，屡次取讨不与，今特来问你要的。

人家菩萨随后就拆穿了他的那点小心思：都是你这业猴惹的祸，不仅卖弄还唤风发火烧了我的留云下院，反来我处放刁！

猴子听完就尿了，这是比他高出一个维度的神通，能算出过去之事，随后嘴马上软了，求菩萨恕罪，并表示自己被那咒语弄得很可怜，故此来拜烦菩萨。“望菩萨慈悲之心，助我去拿他妖精，取衣西进也。”

听到猴子尿了，菩萨说出自己已经考察这怪物很久了的暗示：“那怪物有许多神通，却也不亚于你。”

随后菩萨表示看在唐僧的面子上去帮一把，猴子谢恩再拜。

正行处，只见那山坡前，走出一个道人，手拿着一个玻璃盘儿，盘内安着两粒仙丹，往前正走，被行者撞个满怀，掣出棒就照头一下，打得脑里粉流出，腔中血迸撺。菩萨大惊道："你这个猴子，还是这等放泼！他又不曾偷你袈裟，又不与你相识，又无甚冤仇，你怎么就将他打死？"行者道："菩萨，你认他不得。他是那黑熊精的朋友。他昨日和一个白衣秀士，都在芳草坡前坐讲。后日是黑熊精的生日，请他们来庆'佛衣会'。今日他先来拜寿，明日来庆'佛衣会'，所以我认得。定是今日替那妖去上寿。"菩萨说："既是这等说来，也罢。"行者才去把那道人提起来看，却是一只苍狼。旁边那个盘儿底下却有字，刻道"凌虚子制"。

行者见了，笑道："造化！造化！老孙也是便益，菩萨也是省力。这怪教做不打自招，那怪教他今日了劣。"菩萨说道："悟空，这教怎么说？"行者道："菩萨，我悟空有一句话儿，教作'将计就计'，不知菩萨可肯依我？"菩萨道："你说。"行者说道："菩萨，你看这盘儿中是两粒仙丹，便是我们与那妖魔的贽见。这盘儿后面刻的四个字，说'凌虚子制'，便是我们是那妖魔的勾头。菩萨若要依得我时，我好替你作个计较，也就不须动得干戈，也不须劳得征战，妖魔眼下遭瘟，佛衣眼下出现。菩萨要不依我时，菩萨往西，我悟空往东，佛衣只当相送，唐三藏只当落空。"菩萨笑道："这猴熟嘴！"行者道："不敢，倒是一个计较。"菩萨说："你这计较怎说？"行者道："这盘上刻那'凌虚子制'，想这道人就叫做凌虚子。菩萨，你要依我时，可就变做这个道人。我把这丹吃了一粒，变上一粒，略大些儿，菩萨你就捧了这假盘儿，两粒仙丹，去与那妖上寿，把这丸大些的让与那妖。待那妖一口吞之，老孙便于中取事，他若不肯献出佛衣，老孙将他板肠就也织将一件出来。"

悟空回来的路上看见那个之前见过的道人，继续一棒子打了下去。随后作者通过猴哥想的变成丹药的计谋，也算是内涵了一下《西游记》成书时的那个皇帝——道士练的丹那是能随便吃的？吃了之后你还好得了吗？

这个"凌虚子"的称呼也有意思，要知道，朱厚熜先生在嘉靖三十五年（1556）给自己起了个"太上大罗天仙紫极长生圣智昭灵统元证应玉虚总掌五雷大真人玄都境万寿帝君"的封号。

菩萨没法，只得也点点头儿。行者笑道："如何？"尔时菩萨，乃以广大慈悲，无边法力，亿万化身，以心会意，以意会身，恍惚之间，变作凌虚仙子：

鹤氅仙风飒，飘飖欲步虚。

苍颜松柏老，秀色古今无。

去去还无住，如如自有殊。

总来归一法，只是隔邪躯。

行者看道："妙啊！妙啊！还是妖精菩萨，还是菩萨妖精？"菩萨笑道："悟空，菩萨、妖精，总是一念；若论本来，皆属无有。"行者心下顿悟，转身却就变做一粒仙丹：

走盘无不定，圆明未有方。

三三勾漏合，六六少翁商。

瓦铄黄金焰，牟尼白昼光。

外边铅与汞，未许易论量。

行者变了那颗丹，终是略大些儿。菩萨认定，拿了那个琉璃盘儿，径到妖洞门口。看时，果然是：

崖深岫险，云生岭上。柏苍松翠，风飒林间。崖深岫险，果是妖邪出没人烟少；柏苍松翠，也可仙真修隐道情多。山有涧，涧有泉，潺潺流水咽鸣琴，便堪洗耳；崖有鹿，林有鹤，幽幽仙籁动闲岑，亦可赏心。这是妖仙有分降菩提，弘誓无边垂恻隐。

菩萨看了，心中暗喜道："这业畜，占了这座山洞，却是也有些道分。"因此，心中已是有个慈悲。走到洞口，只见守洞小妖都有些认得，道："凌虚仙长来了。"一边传报，一边接引。那妖早已迎出二门道："凌虚，有劳仙驾珍顾，蓬荜有光。"菩萨道："小道敬献一粒仙丹，敢称千寿。"他二人拜毕，方才坐定，又叙起他昨日之事。菩萨不答，连忙拿丹盘道："大王，且见小道鄙意。"觑定一粒大的，推与那妖道："愿大王千寿。"那妖亦推一粒，递与菩萨道："愿与凌虚子同之。"让毕，那妖才待要咽，那药顺口儿一直滚下。现了本像，理起四平，那妖滚倒在地。菩萨现相，问妖取了佛衣。行者早已从鼻孔中出去。菩萨又怕那妖无礼，却把一个箍儿，丢在那妖头上。那妖起来，提枪要刺，行者、菩萨早已起在空中，菩萨将真言念起。那怪依旧头疼，丢了枪，落地乱滚。半空里笑倒个美猴王，平地下滚坏个黑熊怪。

菩萨依悟空之计变成凌虚子，亲自来考察黑熊精了，看到工作室的环境后已经定下收编打算了，当猴哥进肚子控制了妖怪后，菩萨将禁箍送给了黑熊精。

黑熊被咒的时候，给猴哥乐的哟！

菩萨道："孽畜，你如今可皈依么？"那怪满口道："心愿皈依，只望饶命！"行者道："耽阁了工夫。"意欲就打，菩萨急止住道："休伤他命，我有用他处哩。"行者道："这样怪物，不打死他，返留他在何处用他？"菩萨道："我那落伽山后，无人看管，我要带他去做个守山大神。"行者笑道："诚然是个救苦慈尊，一灵不损。若是老孙有这样咒语，就念上他娘千遍！这回儿就有许多黑熊，都教他了帐。"

却说那怪苏醒多时，公道难禁疼痛，只得跪在地下哀告道："但饶性命，愿皈正果！"菩萨方坠落祥光，又与他摩顶受戒，教他执了长枪，跟随左右，那黑熊才一片野心今日定，无穷顽性此时收。菩萨分付道："悟空，你回去罢。好生伏侍唐僧，是休懈惰生事。"行者道："深感菩萨远来，弟子还当回送回送。"菩萨道："免送。"行者才捧着袈裟，叩头而别。菩萨亦带了熊罴，径回大海。有诗为证：

祥光霭霭凝金像，万道缤纷实可夸。

普济世人垂悯恤，遍观法界现金莲。

今来多为传经意，此去原无落点瑕。

降怪成真归大海，空门复得锦袈裟。

毕竟不知向后事情如何，且听下回分解。

菩萨就此给了黑熊精守山大神的职位，猴哥依旧对权力理解得不到位，还不知道高级的妖怪要留下为我所用，还觉得那咒语是把人弄死的利器。

他还是得历练啊！

观音菩萨堪称悟空这辈子的顶级恩人，没有菩萨就没有后面的斗战胜佛。倒不是说菩萨给他取经的机会，给他救命毫毛，还一路帮他这么简单，而是假如菩萨真就大公无私地将这个黑熊精贡献给取经团队了，以黑熊精的脑子和眼力，猴哥估计在三打白骨精前就被唐僧赶出去了。

估计佛祖也不会预料到，哪怕已经被压了五百年，这只猴子依旧是那么多的刺，那么多的毛病，连个几十岁的、用他的话讲"万代孙"的唐僧都摆弄不好。

这黑熊可不是八戒、沙僧那种绑一块儿都打不过黄袍怪的孬货，人家不仅有脑子，会来事，还有真本事。

在掌控唐僧这个环节中，猴哥后面连八戒都比不过，如果这黑熊精进了取经队伍，就他这捧金池老鬼的态度和察言观色的本事，猴哥用不了俩月就得让唐僧彻底烦死。不同于爱惹祸还自大的猴子，这熊得天天早请示晚汇报，求唐僧每日给他讲经，突出唐僧的领导力，而且八戒的那堆毛病这黑熊还没有。估计猴哥被赶走后可就再也回不来了，唐僧就不会同意，一句滥杀无辜就彻底把猴子否了，人家黑熊精又不是打不过别的妖怪，遇到了关系户人家还会去跟观音把取经工作"对齐颗粒度"，让这一趟西行之路都充满观音菩萨的光辉。

猴哥唯二的优势是战斗力和满世界都认识的关系网，而这些人家黑熊精都有解决办法：论打架，人家不㞞；遇到关系户问题人家去趟南海就解决了。

后面猴哥跟唐僧闹翻之后，如果不是唐僧看到了八戒和沙僧的战斗力确实是"放屁添风"级别，他是不可能让猴哥回来的。

猴哥永远不会知道，他这辈子最关键的一项技能，是幸运。

他这辈子得到了太多重来的机会。

每个成年人都知道，不是谁都有重来的机会的。

当然，与其说猴哥最关键的技能是幸运，倒不如说他最大的幸运是他有从他出生就站在背后的那个人。

这个世界看的从来不是僧面，是佛面。

黑熊也永远不会知道，原本他在更高层领导的安排中，有着更光明的未来，如果不是观音菩萨负责取经项目，他原本在不远的未来也能成为菩萨。

他跟悟空比起来，差的还是出身问题。

棋子是没有选择权的，他们掌控不了自己的命运，一生的命运充满了随机性，都是因势利导下的时势使然。

第五章

取经编满，猪妖的底气，
风魔的不甘，水怪的算计

第十八回

观音院唐僧脱难，高老庄行者降魔

行者辞了菩萨，按落云头，将袈裟挂在香楠树上，掣出棒来，打入黑风洞里。那洞里那得一个小妖？原来是他见菩萨出现，降得那老怪就地打滚，急急都散走了。行者一发行凶，将他那几层门上，都积了干柴，前前后后，一齐发火，把个黑风洞烧做个红风洞。却拿了袈裟，驾祥光转回直北。

话说那三藏望行者急忙不来，心甚疑惑，不知是请菩萨不至。不知是行者托故而逃。正在那胡猜乱想之中，只见半空中彩雾灿灿，行者忽坠阶前，叫道："师父，袈裟来了。"三藏大喜。众僧亦无不欢悦道："好了！好了！我等性命今日方才得全了。"三藏接了袈裟道："悟空，你早间去时，原约到饭罢、晌午，如何此时日西方回？"行者将那请菩萨、施变化、降妖的事情备陈了一遍。三藏闻言，遂设香案朝南礼拜罢，道："徒弟啊，既然有了佛衣，可快收拾包裹去也。"行者道："莫忙，莫忙。今日将晚，不是走路的时候，且待明日早行。"众僧们一齐跪下道："孙老爷说得是。一则天晚，二来我等有些愿心儿，今幸平安，有了宝贝，待我还了愿，请老爷散了福，明早再送西行。"行者道："正是，正是。"你看那些和尚，都倾囊倒底，把那火里抢出的余资，各出所有，整顿了些斋供，烧了些平安无事的纸，念了几卷消灾解厄的经。当晚事毕。

次早方刷扮了马匹，包裹了行囊出门。众僧远送方回。行者引路而去，正是那春融时节。但见那：

草衬玉骢蹄迹软，柳摇金线露华新。桃杏满林争艳丽，薜萝绕径放精神。沙堤日暖鸳鸯睡，山涧花香蛱蝶驯。这般秋去冬残春过半，不知何年行满得真文。

猴哥等菩萨收了黑熊后，跟当初灭他的二郎神一样，对反动势力老窝进行了清算，所谓“行者一发行凶，将他那几层门上，都积了干柴，前前后后，一齐发火，把个黑风洞烧做个红风洞”。

正邪不两立嘛，虽然小妖都跑了，但已经皈依了的曾经的天下第一妖眼里绝容不得这种沙子！此后西行路上的妖魔无论是被消灭还是有后台被带走了，剿灭余党和烧毁洞府都是猴哥的标配操作。

举起杯，跟往事干杯！

猴哥放完火回来了，此时唐僧那“意根”都快累死了，怀疑菩萨请不到，怀疑猴子畏罪潜逃，这通猜啊！等见到袈裟后问的第一句话也是：你和我约定的中午回，咋快黑天了才回来？

挨不了饿，吃不了苦，走不了路，受不了寒，眼下再加上一条心里担不得事，这样的一个人，居然是取经项目的核心代表。

还是那句话，作者对“佛祖二弟子转世，殷开山外孙，状元郎之子”满满的“恶意”啊！简直拿唐师父这角色下了狠手了！

唐僧得了佛衣就要走，但猴哥说天色已晚，不走。

自从进了这观音禅院，所有的事情都是猴哥在做主，他肆意撞钟，他做主借佛衣，唐僧这个师父说的话，除了借着佛衣丢了的茬儿念咒撒气外，没有一次是好使的。一切都是由猴哥做主导，哪怕连啥时候走都得猴哥说了算。

作者在通过一件件小事的细节描写，一步步铺垫这对师徒之间的矛盾积累。

离婚时的理由都不是真的，矛盾都是日积月累的，所以白骨精就是个引子罢了。

师徒们行了五七日荒路，忽一日天色将晚，远远的望见一村人家。三藏道：“悟空，你看那壁厢，有座山庄相近，我们去告宿一宵，明日再行何如？”行者道：“且等老孙去看看吉凶，再作区处。”那师父挽住丝缰，这行者定睛观看，真个是：

竹篱密密，茅屋重重。参天野树迎门，曲水溪桥映户。道旁杨柳绿依依，园内花开香馥馥。此时那夕照沉西，处处山林喧鸟雀；晚烟出爨，条条道径转牛羊。又见那食饱鸡豚眠屋角，醉酣邻叟唱歌来。

行者看罢道："师父请行，定是一村好人家，正可借宿。"那长老催动白马，早到街衢之口。又见一个少年，头裹绵布，身穿蓝袄，持伞背包，敛裩扎裤，脚踏着一双三耳草鞋，雄纠纠的出街忙走。行者顺手一把扯住道："那里去？我问你一个信儿，此间是甚么地方？"那个人只管苦挣，口里嚷道："我庄上没人？只是我好问信！"行者陪着笑道："施主莫恼，与人方便，自己方便。你就与我说说地名何害？我也可解得你的烦恼。"那人挣不脱手，气得乱跳道："蹭蹬！蹭蹬！家长的屈气受不了，又撞着这个光头，受他的清气！"行者道："你有本事劈开我的手，你便就去了也罢。"那人左扭右扭，那里扭得动，却似一把铁钤拑住一般，气得他丢了包袱撇了伞，两只手雨点般来抓行者。行者把一只手扶着行李，一只手抵住那人，凭他怎么支吾，只是不能抓着。行者愈加不放，急得爆燥如雷。三藏道："悟空，你那里不有人来了，你再问那人就是，只管扯住他怎的？放他去罢。"行者笑道："师父不知，若是问了别人没趣，须是问他，才有买卖。"那人被行者扯住不过，只得说出道："此处乃是乌斯藏国界之地，叫做高老庄。一庄人家有大半姓高，故此唤做高老庄。你放了我去罢。"行者又道："你这样行装，不是个走近路的。你实与我说，你要往那里去，端的所干何事，我才放你。"

走出观音禅院后已入了春天，师徒来到了乌斯藏国高老庄。马上要遇到二师兄了，其实从理论上来讲，这个二师兄很可能稀里糊涂就错过去了。

之所以能遇到，是因为猴哥在满世界找碴儿，他进庄子后看到一个少年正要出远门，随后也不打招呼，也不问个好，上来就一把扯住人家，"行者顺手一把扯住道：'那里去？我问你一个信儿，此间是甚么地方？'"

我年轻时很幸运没遇到过猴哥，要是遇到这种人我直接就说：就不告诉你，把手给我撒开！我大概率会被猴哥打死，然后入地无门，连个告状的地方都没有。

不管你承不承认，强权之人绝大多数时候就是可以不考虑别人感受也不用有什么礼貌的。

人家小伙子也没骂他，一边苦挣，一边嚷道：那么多人呢，你偏抓我干啥？

猴哥搁那儿赔笑，反正就是不撒开，最后给人家急得暴躁如雷，连唐僧都发话了：那不是来人了吗？你再问别人呗！你跟他没完没了干啥？随后猴哥给出了理由："若是问了别人没趣，须是问他，才有买卖。"

猴哥折腾人家啥意思呢？

大概率就是看出他是个出远门办事的，他想给人家跑个快递，随后作为交换求宿一宿，因为后面人家告诉他此地叫啥了，他又说："你这样行装，不是个走近路的。你实与我说，你要往那里去，端的所干何事，我才放你。"

猴哥大概率想强行"扶老太太过马路"换取住宿，随后在这机缘巧合之下，把他二师弟给牵出来了。

这人无奈，只得以实情告诉道："我是高太公的家人，名唤高才。我那太公有一个女儿，年方二十岁，更不曾配人，三年前被一个妖精占了。那妖整做了这三年女婿。我太公不悦，说道：'女儿招了妖精，不是长法。一则败坏家门，二则没个亲家来往。'一向要退这妖精。那妖精那里肯退，转把女儿关在他后宅，将有半年，再不放出与家内人相见。我太公与了我几两银子，教我寻访法师，拿那妖怪。我这些时不曾住脚，前前后后请了有三四个人，都是不济的和尚、脓包的道士，降不得那妖精。刚才骂了我一场，说我不曾干事；又与了我五钱银子做盘缠，教我再去请好法师降他。不期撞着你这个纥刺星扯住，误了我走路。故此里外受气，我无奈，才与你叫喊。不想你又有些拿法，我挣不过你，所以说此实情，你放我去罢。"行者道："你的造化，我有营生，这才是凑四合六的勾当。你也不须远行，莫要花费了银子。我们不是那不济的和尚、脓包的道士，其实有些手段，惯会拿妖。这正是'一来照顾郎中，二来又医得眼好'。烦你回去，上覆你那家主，说我们是东土驾下差来的御弟圣僧，往西天拜佛求经者，善能降妖缚怪。"高才道："你莫误了我。我是一肚子气的人，你若哄了我，没甚手段，拿不住那妖精，却不又带累我来受气？"行者道："管教不误了你。你引我到你家门首去来。"那人也无计奈何，真个提着包袱，拿了伞，转步回身，领他师徒到于门首道："二位长老，你且在马台上略坐坐，等我进去报主人知道。"行者才放了手，落担牵马，师徒们坐立门旁等候。

这少年快被猴哥磨叽死了，最终无可奈何地说，我是去寻访法师捉妖怪女婿的。

从少年说的话中能提炼出两个信息。

1. 这个妖怪谈不上凶残，居然抢了这家的女孩后不杀了这一家子，还容忍他们接二连三地请人降妖。

2. 这高太公是个鸡贼的人设。“我太公与了我几两银子，教我寻访法师，拿那妖怪”，就几两银子，而且越给越少，这次是“刚才骂了我一场，说我不曾干事；又与了我五钱银子做盘缠，教我再去请好法师降他”。

接着，猴哥又没有任何对唐僧的请示，直接做主要去降妖了。

他后面被贬其实真赖不得别人，就是自己摆不正位置一步步作的。

那高才入了大门，径往中堂上走，可可的撞见高太公。太公骂道：“你那个蛮皮畜生，怎么不去寻人，又回来做甚？”高才放下包伞道：“上告主人公得知，小人才行出街口，忽撞见两个和尚，一个骑马，一个挑担。他扯住我不放，问我那里去。我再三不曾与他说及，他缠得没奈何，不得脱手，遂将主人公的事情，一一说与他知。他却十分欢喜，要与我们拿那妖怪哩。”高老道：“是那里来的？”高才道：“他说是东土驾下差来的御弟圣僧，前往西天拜佛求经的。”太公道：“既是远来的和尚，怕不真有些手段。他如今在那里？”高才道：“见在门外等候。”

那太公即忙换了衣服，与高才出来迎接，叫声“长老”。三藏听见，急转身，早已到了面前。那老者戴一顶乌绫巾，穿一领葱白蜀锦衣，踏一双糙米皮的犊子靴，系一条黑绿绦子，出来笑语相迎，便叫：“二位长老，作揖了。”三藏还了礼，行者站着不动。那老者见他相貌凶丑，便就不敢与他作揖。行者道：“怎么不唱老孙喏？”那老儿有几分害怕，叫高才道：“你这小厮却不弄杀我也？家里现有一个丑头怪脑的女婿打发不开，怎么又引这个雷公来害我？”行者道：“老高，你空长了许大年纪，还不省事！若专以相貌取人，干净错了。我老孙丑自丑，却有些本事，替你家擒得妖精，捉得鬼魅，拿住你那女婿，还了你女儿，便是好事，何必谆谆以相貌为言！”太公见说，战兢兢的，只得强打精神，叫声“请进”。这行者见请，才牵了白马，教高才挑着行李，与三藏进去。他也不管好歹，就把马拴在敞厅柱上，扯过一张退光漆交椅，叫三藏坐下。他又扯过一张椅子，坐在旁边。那高老道：“这个小长老，倒也家怀。”行者道：“你若肯留我住得半年，还家怀哩。”

坐定，高老问道：“适间小价说，二位长老是东土来的？”三藏道：“便是。贫僧奉朝命往西天拜佛求经，因过宝庄，特借一宿，明日早行。”高老道：“二位原是

借宿的，怎么说会拿怪？”行者道：“因是借宿，顺便拿几个妖怪儿耍耍的。动问府上有多少妖怪？”高老道：“天那！还吃得有多少哩！只这一个怪女婿也被他磨慌了！”行者道：“你把那妖怪的始末，有多大手段，从头儿说说我听，我好替你拿他。”高老道：“我们这庄上，自古至今，也不晓得有甚么鬼祟魍魉，邪魔作耗。只是老拙不幸，不曾有子，止生三个女儿：大的唤名香兰，第二的名玉兰，第三的名翠兰。那二个从小儿配与本庄人家，止有小的个要招个女婿，指望他与我同家过活，做个养老女婿，撑门抵户，做活当差。不期三年前，有一个汉子，模样儿倒也精致，他说是福陵山上人家，姓猪，上无父母，下无兄弟，愿与人家做个女婿。我老拙见是这般一个无羁无绊的人，就招了他。一进门时，倒也勤谨，耕田耙地不用牛具，收割田禾不用刀杖。昏去明来，其实也好，只是一件，有些会变嘴脸。”行者道：“怎么样变？”高老道：“初来时，是一条黑胖汉，后来就变做一个长嘴大耳朵的呆子，脑后又有一溜鬃毛，身体粗糙怕人，头脸就象个猪的模样。食肠却又甚大，一顿要吃三五斗米饭，早间点心也得百十个烧饼才勾。喜得还吃斋素，若再吃荤酒，便是老拙这些家业田产之类，不上半年就吃个罄净！”三藏道：“只因他做得，所以吃得。”高老道：“吃还是件小事。他如今又会弄风，云来雾去，走石飞沙，唬得我一家并左邻右舍俱不得安生。又把那翠兰小女关在后宅子里，一发半年也不会见面，更不知死活如何。因此知他是个妖怪，要请个法师与他去退去退。”行者道：“这个何难。老儿你管放心，今夜管情与你拿住，教他写个退亲文书，还你女儿如何？”高老大喜道：“我为招了他不打紧，坏了我多少清名，疏了我多少亲眷。但得拿住他，要甚么文书？就烦与我除了根罢。”行者道：“容易！容易！入夜之时，就见好歹。”

老儿十分欢喜，才教展抹桌椅，摆列斋供。斋罢将晚，老儿问道：“要甚兵器？要多少人随？趁早好备。”行者道：“兵器我自有。”老儿道：“二位只是那根锡杖，锡杖怎么打得妖精？”行者随于耳内取出一个绣花针来，捻在手中，迎风幌了一幌，就是碗来粗细的一根金箍铁棒，对着高老道：“你看这条棍子，比你家兵器如何？可打得这怪否？”高老又道：“既有兵器，可要人跟？”行者道：“我不用人，只是要几个年高有德的老儿，陪我师父清坐闲叙，我好撇他而去。等我把那妖精拿来，对众取供，替你除了根罢。”那老儿即唤家僮，请了几个亲故朋友。一时都到，相见已毕，行者道：“师父，你放心稳坐，老孙去也。”

高才回去后，再次被高太公骂道："你那个蛮皮畜生，怎么不去寻人，又回来做甚？"

为富不仁、没有素质的地主模样跃然纸上。唐僧师徒见到这位高太公后，我们再来看看在这位高太公的语境描述下，这件事是个啥情况。

1. 他没儿子，招养老女婿撑门抵户，做活儿当差。

2. 三年前有个模样精致的汉子来倒插门了，相当勤快，而且生产力极强，比牛猛得多，但是也极能吃，一顿三五斗米饭。

3. 初来时是黑胖汉，后来就变成了长嘴大耳朵的猪，再后来开始云来雾去、走石飞沙地打扰社区居民生活了，还把他闺女给关起来了。

猴哥听完他的单方面叙述，发现人家顶多算是犯了骗婚罪和限制高老庄公民行动自由的非法拘禁罪，于是问他要来退亲文书，还他女儿如何？

但高太公表示：这货坏了我多少清名，疏了我多少亲眷！你抓了他就帮我弄死得了！

猴哥表示这不叫事，这是你提的除妖诉求。等价格谈好了，这高太公才安排了食宿，依旧是不见兔子不撒鹰的鸡贼人设。所谓"行者道：'容易！容易！入夜之时，就见好歹。'老儿十分欢喜，才教展抹桌椅，摆列斋供"。

至此，我们听完了高太公的单方面表述，别当真，后面有反转。

猴哥对高太公开出的除妖硬件条件是："只是要几个年高有德的老儿，陪我师父清坐闲叙，我好撇他而去。"

观音禅院丢袈裟事件后，悟空对转移唐僧注意力这件事已经相当重视了，毕竟他只要闲下来就开始嘀咕。

你看他，搀着铁棒，扯着高老道："你引我去后宅子里妖精的住处看看。"高老遂引他到后宅门首，行者道："你去取钥匙来。"高老道："你且看看，若是用得钥匙，却不请你了。"行者笑道："你那老儿，年纪虽大，却不识耍。我把这话儿哄你一哄，你就当真。"走上前，摸了一摸，原来是铜汁灌的锁子。狠得他将金箍棒一捣，捣开门扇，道："老高，你去叫你女儿一声，看他可在里面？"那老儿硬着胆叫道："三姐姐。"那女儿认得是他父亲的声音，才少气无力的应了一声道："爹爹，我在这里

哩。”行者闪金睛，向黑影里仔细看时，你道他怎生模样？但见那：

云鬓乱堆无掠，玉容未洗尘淄。
一片兰心依旧，十分娇态倾颓。
樱唇全无气血，腰肢屈屈偎偎。
愁蹙蹙蛾眉淡，瘦怯怯语声低。

他走来看见高老，一把扯住，抱头大哭。行者道：“且莫哭！且莫哭！我问你，妖怪往那里去了？”女子道：“不知往那里去。这些时，天明就去，入夜方来，云云雾雾，往回不知何所。因是晓得父亲要祛退他，他也常常防备，故此昏来朝去。”行者道：“不消说了。老儿，你带令爱往前边宅里，慢慢的叙阔，让老孙在此等他。他若不来，你却莫怪；他若来了，定与你剪草除根。”那老高欢欢喜喜的把女儿带将前去。

行者却弄神通，摇身一变，变得就如那女子一般，独自个坐在房里等那妖精。不多时，一阵风来，真个是走石飞沙，好风：

起初时微微荡荡，向后来渺渺茫茫。
微微荡荡乾坤大，渺渺茫茫无阻碍。
凋花折柳胜摁麻，倒树摧林如拔菜。
翻江搅海鬼神愁，裂石崩山天地怪。
衔花麋鹿失来踪，摘果猿猴迷在外。
七层铁塔侵佛头，八面幢幡伤宝盖。
金梁玉柱起根摇，房上瓦飞如燕块。
举棹梢公许愿心，开船忙把猪羊赛。
当坊土地弃祠堂，四海龙王朝上拜。
海边撞损夜叉船，长城刮倒半边塞。

猴哥破开锁，带着高太公来到了关高翠兰的地方，作者用“少气无力”“樱唇全无气血，腰肢屈屈偎偎”“瘦怯怯语声低”等语言写出了眼瞅高翠兰阳寿不久的状态。

后面会说到八戒这个“采阴补阳”的本事。一般凡人根本受不住他的“熬战之法”。

猴哥让高太公带高翠兰先走，自己变成了高翠兰的模样等八戒。八戒来的时候，作者描写了一场风，这风的规模在西游宇宙中倒算不上啥，都是对凡间建筑物、动植物的摧残，不过从一个凡人视角来看，那应该是极其可怕的，毕竟又是“倒树摧林如拔菜”，又是“长城刮倒半边塞”的，再回想一下前面高太公拿几两银子就想平了这个级别的妖怪，是不是很好笑？你女婿是泰森，你拿五千块钱找的杀手能有用吗，你可真有意思。

那阵狂风过处，只见半空里来了一个妖精，果然生得丑陋：黑脸短毛，长喙大耳，穿一领青不青、蓝不蓝的梭布直裰，系一条花布手巾。行者暗笑道：“原来是这个买卖。”好行者，却不迎他，也不问他，且睡在床上推病，口里哼哼喷喷的不绝。那怪不识真假，走进房，一把搂住，就要亲嘴。行者暗笑道：“真个要来弄老孙哩！”即使个拿法，托着那怪的长嘴，叫做个小跌。漫头一料，扑的掼下床来。那怪爬起来，扶着床边道：“姐姐，你怎么今日有些怪我？想是我来得迟了？”行者道：“不怪！不怪！”那妖道：“既不怪我，怎么就丢我这一跌？”行者道：“你怎么就这等样小家子，就搂我亲嘴？我因今日有些不自在，若每常好时，便起来开门等你了。你可脱了衣服睡是。”那怪不解其意，真个就去脱衣。行者跳起来，坐在净桶上。那怪依旧复来床上，摸一把，摸不着人，叫道：“姐姐，你往那里去了？请脱衣服睡罢。”行者道：“你先睡，等我出个恭来。”那怪果先解衣上床。

行者忽然叹口气，道声：“造化低了！”那怪道：“你恼怎的？造化怎么得低的？我得到了你家，虽是吃了些茶饭，却也不曾白吃你的。我也曾替你家扫地通沟，搬砖运瓦，筑土打墙，耕田耙地，种麦插秧，创家立业。如今你身上穿的锦，戴的金，四时有花果观玩，八节有蔬菜烹煎。你还有那些儿不趁心处，这般短叹长呼，说甚么造化低了？”行者道：“不是这等说。今日我的父母，隔着墙，丢砖料瓦的，甚么打我骂我哩。”那怪道：“他打骂你怎的？”行者道：“他说我和你做了夫妻，你是他门下一个女婿，全没些儿礼体。这样个丑嘴脸的人，又会不得姨夫，又见不得亲戚，又不知你云来雾去的，端的是那里人家，姓甚名谁，败坏他清德，玷辱他门风，故此这般打骂，所以烦恼。”那怪道：“我虽是有些儿丑陋，若要俊，却也不难。我一来时，曾与他讲过，他愿意方才招我，今日怎么又说起这话？我家住在福陵山

云栈洞，我以相貌为姓，故姓猪，官名叫做猪刚鬣。他若再来问你，你就以此话与他说便了。”

这段话，信息量相当大。

1. 八戒走进房，一把搂住猴哥就要亲嘴，被猴哥推下床后疑问道：“姐姐，你怎么今日有些怪我？想是我来得迟了？”

这其实能说明人家两口子平时生活还行，八戒忙活这事时是不被责怪的，别看高翠兰都快死了，但八戒被推下床去的第一反应是怪我来迟了，估计高翠兰没少夸奖，你这猪头真让我欢喜！

从后面八戒涉及这事时总有一股荣耀感来看，他应该是对自己某些方面的能力相当自信。

2. 高太公这个家业其实是八戒打下来的，人家虽然能吃，却也不曾白吃。“我也曾替你家扫地通沟，搬砖运瓦，筑土打墙，耕田耙地，种麦插秧，创家立业。如今你身上穿的锦，戴的金，四时有花果观玩，八节有蔬菜烹煎。你还有那些儿不趁心处，这般短叹长呼，说甚么造化低了？”

3. 最开始做上门女婿时，人家八戒已经把自己的底细跟高太公说了，当时双方是达成共识的，所谓“我虽是有些儿丑陋，若要俊，却也不难。我一来时，曾与他讲过，他愿意方才招我，今日怎么又说起这话？”

为什么八戒不变成人样？因为变化后就没有标识度了，弄不好便跟取经团队错过！八戒专门为了不变身，已经提前沟通好了。

事情发展到此时，已经不是高太公口中的妖怪强霸凡女了，而是猪刚鬣帮助没儿子的高太公创业。高太公拿闺女入股，猪刚鬣拿生产力入股，双方在组建公司前就已经充分进行了细节沟通和短板公示。猪刚鬣创业成功后，高太公认为自己属于大公司了，要注意影响了，这时候仓廪实而知礼节了，觉得股东有涉妖背景，影响他在高老庄的市值了，想去外面找暴力团伙直接弄死股东猪刚鬣。猪刚鬣股东在老鸡贼股东动手之后不同意退股，随后把高太公的入股闺女限制起来，但并没有对下了狠手的高太公进行反伤害的报复。

各位看官，大家给评评理，是人坏还是猪坏？

行者暗喜道：“那怪却也老实，不用动刑，就供得这等明白。既有了地方、姓名，不管怎的也拿住他。”行者道：“他要请法师来拿你哩。”那怪笑道：“睡着！睡着！莫睬他！我有天罡数的变化、九齿的钉钯，怕甚么法师、和尚、道士！就是你老子有虔心，请下九天荡魔祖师下界，我也曾与他做过相识，他也不敢怎的我。”行者道：“他说请一个五百年前大闹天宫姓孙的齐天大圣，要来拿你哩。”那怪闻得这个名头，就有三分害怕道：“既是这等说，我去了罢，两口子做不成了。”行者道：“你怎的就去？”那怪道：“你不知道。那闹天宫的弼马温有些本事，只恐我弄他不过，低了名头，不像模样。”

他套上衣服，开了门，往外就走，被行者一把扯住，将自己脸上抹了一抹，现出原身喝道：“好妖怪，那里走！你抬头看看，我是那个？”那怪转过眼来，看见行者咨牙俫嘴，火眼金睛，磕头毛脸，就是个活雷公相似，慌得他手麻脚软，划剌的一声，挣破了衣服，化狂风脱身而去。行者急上前，掣铁棒，望风打了一下。那怪化万道火光，径转本山而去。行者驾云，随后赶来，叫声：“那里走！你若上天，我就赶到斗牛宫；你若入地，我就追至枉死狱。”咦！毕竟不知这一去赶至何方，有何胜败，且听下回分解。

这段描写了八戒天罡数变化的本事和九齿钉钯的法宝，并透露了八戒的人脉，就算你爹把九天荡魔祖师请来那也是我的旧相识。

当初大闹天宫时我们就说过，八戒原是北极四圣之首的天蓬元帅，这个九天荡魔祖师也就是当年跟八戒平级的北极四圣之一的灵应佑圣真君，又名真武将军，随着民间对真武崇拜日益普及与高涨，真武将军后来升格为真武大帝，并被尊称为九天荡魔祖师。

八戒对自己的人脉和人缘相当自信，但听说把大闹天宫姓孙的齐天大圣请来时，八戒认㞞了，表示恐怕打不过，随后准备开溜，别取经人还没等到先被那猴子打死了。猴哥也就此现了原形，扯住八戒开启了没完没了模式。

第十九回

云栈洞悟空收八戒，浮屠山玄奘受心经

却说那怪的火光前走，这大圣的彩雾随跟。正行处，忽见一座高山，那怪把红光结聚，现了本相，撞入洞内，取出一柄九齿钉钯来战。行者喝一声道：“泼怪！你是那里来的邪魔？怎么知道我老孙的名号？你有甚么本事，实实供来，饶你性命！”那怪道：“是你也不知我的手段！上前来站稳着，我说与你听，我：

自小生来心性拙，贪闲爱懒无休歇。
不曾养性与修真，混沌迷心熬日月。
忽朝闲里遇真仙，就把寒温坐下说。
劝我回心莫堕凡，伤生造下无边业。
有朝大限命终时，八难三途悔不喋。
听言意转要修行，闻语心回求妙诀。
有缘立地拜为师，指示天关并地阙。
得传九转大还丹，工夫昼夜无时辍。
上至顶门泥丸宫，下至脚板涌泉穴。
周流肾水入华池，丹田补得温温热。
婴儿姹女配阴阳，铅汞相投分日月。
离龙坎虎用调和，灵龟吸尽金乌血。

三花聚顶得归根，五气朝元通透彻。

功圆行满却飞升，天仙对对来迎接。

朗然足下彩云生，身轻体健朝金阙。

玉皇设宴会群仙，各分品级排班列。

敕封元帅管天河，总督水兵称符节。

只因王母会蟠桃，开宴瑶池邀众客。

那时酒醉意昏沉，东倒西歪乱撒泼。

逞雄撞入广寒宫，风流仙子来相接。

见他容貌挟人魂，旧日凡心难得灭。

全无上下失尊卑，扯住嫦娥要陪歇。

再三再四不依从，东躲西藏心不悦。

色胆如天叫似雷，险些震倒天关阙。

纠察灵官奏玉皇，那日吾当命运拙。

广寒围困不通风，进退无门难得脱。

却被诸神拿住我，酒在心头还不怯。

押赴灵霄见玉皇，依律问成该处决。

多亏太白李金星，出班俯囟亲言说。

改刑重责二千锤，肉绽皮开骨将折。

放生遭贬出天关，福陵山下图家业。

我因有罪错投胎，俗名唤做猪刚鬣。”

猴哥追上八戒盘问底细，随后八戒来了一段堪比猴哥对黑熊精的超长单口，信息量很大。

他自述自己从小就懒，天天五迷三道混吃等死的，因为祖坟冒青烟的大运遇到了一位真仙，劝他修行，并收其为徒，还传了一颗九转大还丹。八戒随后开始照着传授的功法修行。从“三花聚顶”“五气朝元”等道教修行词汇可以知道，八戒拜的师父是道教大佬，而且辈分极高，等他功圆行满之时，是“天仙对对来迎接”的，不仅排场大，还在定官职时被安排为仅次于三清的四御之一北极紫微大帝麾下北极四圣之首的天蓬元帅。

从八戒的前半生能看出来，他就是传说中风口上飞起来的猪！

八戒不是猴哥这种天造地设的，也没有猴哥那种慧根，天天混吃等死比谁都懒，能改变命运完全就是遇到贵人了。

他遇到的这位贵人是谁呢？

我们先按下不表，等线索齐了之后一起说。

后来，八戒在蟠桃会上喝多了，他东倒西歪撒泼不说，还逞雄撞入广寒宫，注意，他是“逞雄撞入”，他不是猴哥那样喝多了稀里糊涂来到兜率宫的，他是平时不敢，喝多了以后酒壮夙人胆了，他要干啥呢？

他扯住嫦娥要陪歇。

这里“嫦娥”指的是月宫中的仙女们所担任的一种职位名，不是一个人，后文在天竺国时太阴星君带了一队嫦娥来，八戒要调戏的那个应该是霓裳仙子。八戒直接抱住了这位老相识，所谓“正此观看处，猪八戒动了欲心，忍不住跳在空中，把霓裳仙子抱住道：‘姐姐，我与你是旧相识，我和你耍子儿去也。’”（第九十五回）

说回来，八戒喝多了非要跟人家亲近，人家不同意，随后八戒居然大叫，声音如雷，差点震倒了天关阙，这狂妄劲儿比猴哥差不了多少，强奸未遂嗷嗷叫。他这一现场直播，就被纠察灵官上奏给玉皇大帝了。

这罪依律当斩，太白金星为他求情，才改为打两千锤，把他贬下凡间，后来他投错了胎，变成了今天的猪刚鬣。

这里八戒对猴哥其实也隐藏了些关键剧情，取经到第八十五回时，八戒介绍自己时说了这么一段话：

“巨口獠牙神力大，玉皇升我天蓬帅。

掌管天河八万兵，天宫快乐多自在。

只因酒醉戏宫娥，那时就把英雄卖。

一嘴拱倒斗牛宫，吃了王母灵芝菜。

玉皇亲打二千锤，把吾贬下三天界。

教吾立志养元神，下方却又为妖怪。”

他被封为天蓬元帅之前就“巨口獠牙神力大”，而且强奸未遂嗷嗷叫时还“一嘴拱倒斗牛宫”，这厮原本就是个野猪成精，他可不是后来投错了胎！

自始至终投错了胎都是他的单方面解释，况且谁投胎还能带着兵器投啊！

二师兄颇有点虚荣心，他不愿意承认自己原本就是野猪成精，而且对猪这个出身是相当不认可的。我们再回顾下第八回他对菩萨说的话：“我不是野豕，亦不是老彘，我本是天河里天蓬元帅，只因带酒戏弄嫦娥，玉帝把我打了二千锤，贬下尘凡。一灵真性，径来夺舍投胎，不期错了道路，投在个母猪胎里，变得这般模样。是我咬杀母猪，打死群彘，在此处占了山场，吃人度日。”

在他的故事语境中，他变成猪后直接咬杀了母猪，也就是他故事语境中的娘，又弄死了群彘，也就是弄死了同族。

作者为啥要这么安排呢？

《西游记》成书是在明朝，国姓为朱，作者这是骂闲街呢。

百回本《西游记》成书年代为嘉靖朝，嘉靖的上位过程我给大家介绍一下。著名的熊孩子明武宗朱厚照驾崩后，由于没有子嗣，内阁首辅杨廷和与张太后议定，由兴献王之子朱厚熜继位。最开始杨廷和等制定的礼仪程序是让朱厚熜以太子身份由东华门入宫，暂住文华殿，然后再由朝中大臣上表“劝进”，最后择日举行登基大典，但十五岁的朱厚熜是个天生的权力怪兽，政治天赋胎里带，表示遗诏说的是“嗣皇帝位”，他从遗诏发布时起就是皇帝，所以绝不过继继位！这皇帝天赐就该是我！最终经过一系列协调博弈后，朱厚熜在郊外接受群臣的“劝进”，以皇帝身份由大明门入宫。接下来他的上半辈子就围绕不承认这皇位是别人给的，而是他命里有的，展开了没完没了的折腾，为此他还得把他根本没当过皇帝的爹运作为皇帝，这就是轰轰烈烈的大礼议事件。最终他爹被追尊为“皇考恭穆献皇帝”，神主入太庙，当你在明朝文献中看到一个叫明睿宗的无厘头时，别疑惑，那就是嘉靖他爹。

你说八戒这事要是这么看：“咬杀母猪”（张太后和杨廷和），“打死群彘”（在大礼议事件高潮的左顺门事件中，嘉靖逮捕了一百三十四人，待罪八十六人，四品以上官员全部停职待罪，四品以下官员则被当廷杖责，其中十七人因杖责过重而死，以杨慎等为首的官员被发配边疆），“在此处占了山场”（大明江山），“吃人度日”（嘉靖嘉靖，家家皆净），是不是有些味道呢。

这是咱一家之言的延伸，给大家提供一种解读的参考，不保准哈，也许跟前面金蝉子的解读一样，可能就是作者讨厌猪，然后替八戒也讨厌了。

说回八戒，他不仅原本就是猪，也不光是强奸未遂的罪过，他把斗牛宫给拱倒了，还吃了王母娘娘的灵芝。

这厮其实某种意义上也算是大闹天宫了。

但是对他的惩罚很有意思，本来该死，却被太白金星救下来了。太白金星在前面的内容中是佛祖和玉帝之间的关键角色，从下一关打黄风怪时太白金星现身为悟空指路，让他去找灵吉菩萨的状况看，八戒和太白金星并不熟，“行者把帖儿递与八戒，念了一遍道：‘李长庚是那个？’行者道：‘是西方太白金星的名号。’八戒慌得望空下拜道：‘恩人！恩人！老猪若不亏金星奏准玉帝时，性命也不知化作甚的了！’”（第二十一回）熟的话不会连太白金星名讳都不知道，关系一般却被太白金星救命，说明这背后有事。

八戒是玉帝亲自执法的，所谓“玉皇亲打二千锤，把吾贬下三天界”。这就更有意思了，能让玉帝这个三界共主亲自执法的，有两种可能：一种可能是恨到了骨头里；另一种是关系非常近。结合贬下界后玉帝还要“教吾立志养元神”的嘱咐，可见八戒跟玉帝的关系不浅。

在西游宇宙中，由于太白金星是玉帝和佛祖的小棉袄，所以前面太白金星的求情很可能就是玉帝授意的。

带着八戒跟玉帝的这层关系，我们接着往下看。

行者闻言道：“你这厮原来是天蓬水神下界，怪道知我老孙名号。”那怪道声：“哏！你这诳上的弼马温，当年撞那祸时，不知带累我等多少，今日又来此欺人。不要无礼，吃我一钯！”行者怎肯容情，举起棒，当头就打。他两个在那半山之中，黑夜里赌斗。好杀：

行者金睛似闪电，妖魔环眼似银花。这一个口喷彩雾，那一个气吐红霞。气吐红霞昏处亮，口喷彩雾夜光华。金箍棒，九齿钯，两个英雄实可夸。一个是大圣临凡世，一个是元帅降天涯。那个因失威仪成怪物，这个幸逃苦难拜僧家。钯去好似龙伸爪，棒迎浑若凤穿花。那个道你破人亲事如杀父，这个道你强奸幼女正该拿。闲言语，乱喧哗，往往来来棒架钯。看看战到天将晓，那妖精两膊觉酸麻。

他两个自二更时分，直战到东方发白。那怪不能迎敌，败阵而逃，依然又化狂

风，径回洞内，把门紧闭，再不出头。行者在这洞门外，看有一座石碣，上书“云栈洞”三字，见那怪不出，天又大明，心却思量：“恐师父等候，且回去见他一见，再来捉此怪不迟。”随踏云，点一点，早到高老庄。

八戒这句“你这诳上的弼马温，当年撞那祸时，不知带累我等多少”说明，大闹天宫后这帮天上的神仙没少被事后追责。客观来讲，其实对八戒应该没有影响，因为如果纠察灵官们入驻天河水军了，八戒还敢喝多了作死吗？人都是在放松警惕后才会飘起来的。不过这句话明显压低了弼马温的怒气值，猴哥不好意思了，随后两人“自二更时分，直战到东方发白”。这里也能看出猴哥的喜好，猴哥是真的喜欢打架，有段时间不打就闷得慌。八戒的战力咱是都清楚的，后面现眼的地方可太多了，猴哥跟他打了那么久单纯就是喜欢打那么久，搁这儿玩呢，耍猪呢。玩了大半宿给八戒玩麻了，八戒回去睡觉悟空也不追究了，回高老庄看他师父去了。

却说三藏与那诸老谈今论古，一夜无眠。正想行者不来，只见天井里，忽然站下行者。行者收藏铁棒，整衣上厅，叫道：“师父，我来了。”慌得那诸老一齐下拜，谢道：“多劳！多劳！”三藏问道：“悟空,你去这一夜,拿得妖精在那里？”行者道：“师父，那妖不是凡间的邪祟，也不是山间的妖兽。他本是天蓬元帅临凡，只因错投了胎，嘴脸像一个野猪模样，其实灵性尚存。他说以相为姓，唤名猪刚鬣。是老孙从后宅里掣棒就打，他化一阵狂风走了。被老孙着风一棒，他就化道火光，径转他那本山洞内，取出一柄九齿钉钯，与老孙战了一夜。他适才天将明，怯战而走，把洞门紧闭不出。老孙还要打开那门，与他见个好歹，恐师父在此疑虑盼望，故先来回个信息。”

说罢，那老高上前跪下道：“长老，没及奈何，你虽赶得去了，他等你去后复来，却怎区处？索性累你与我拿住，除了根，才无后患。我老夫不敢怠慢，自有重谢，将这家财田地凭众亲友写立文书，与长老平分。只是要剪草除根，莫教坏了我高门清德。”行者笑道：“你这老儿不知分限。那怪也曾对我说，他虽是食肠大，吃了你家些茶饭，他与你干了许多好事。这几年挣了许多家资，皆是他之力量。他不曾白吃了你东西，问你祛他怎的。据他说，原是一个天神下界，替你巴家做活，又未曾害了你家女儿。想这等一个女婿，也门当户对，不怎么坏了家声，辱了行止。当真的留他也罢。”老高道：“长老，虽是不伤风化，但名声不甚好听，动不动着人就说：‘高家招了一个妖怪女婿！’这句话儿教人怎当？”三藏道：“悟空，你既是与他做了一场，一发与他做个决绝，才见始终。”行者道：“我才试他一试耍子，此去一定拿来与你们看，且莫忧愁。”叫：“老高，你还好生管待我师父，我去也。”

猴哥回来了，此时“却说三藏与那诸老谈今论古，一夜无眠”，我也是服了，你要是谈谈佛理，度度高老庄这帮人，唠一宿也行，咱唐师父跟猴哥爱打架一样，单纯也就是个爱聊天，“谈今论古”了一宿。猴哥汇报还没弄死八戒后，那老高直接跪了，表示求你帮我把这创业股东弄死吧，我宁愿拿一半家产平事。

这和找黑社会开暗花弄死合伙人已经没有区别了，连猴哥都替八戒说话了：你这老东西没有分寸！那怪物就是多吃了你家东西！人家是天神下界，替你家干活儿创下了这家业，又未曾害了你家女儿，哪儿跟哪儿啊就坏了你家名声！依猴哥的意思，此时这事已经没必要管了！所谓“当真的留他也罢”！

这时候，这老家伙终于在猴哥知道真相后不再胡喷了，表示“虽是不伤风化，但名声不甚好听”。

所谓“风化”就是风俗教化，老高终于承认人家八戒完全是合理合法入赘了，但又开始没理由找理由地说招妖怪女婿有损名声的事了。

你之前没产业的时候咋就不考虑名声呢？面对这么个烂人买凶的事，唐师父发话了：“悟空，你既是与他做了一场，一发与他做个决绝，才见始终。”

如果八戒不是有取经的这个缘分，他这条命也就送在唐僧嘴里了。凡人请愿，师父批准，猴子非整死他不可，哪怕他其实没犯什么罪。

说声去，就无形无影的，跳到他那山上，来到洞口，一顿铁棒，把两扇门打得粉碎，口里骂道：“那馕糠的夯货，快出来与老孙打么！”那怪正喘虚虚的睡在洞内，听见打得门响，又听见骂馕糠的夯货，他却恼怒难禁，只得拖着钯，抖擞精神，跑将出来，厉声骂道：“你这个弼马温，着实惫懒！与你有甚相干，你把我大门打破？你且去看看律条，打进大门而入，该个杂犯死罪哩！”行者笑道：“这个呆子！我就打了大门，还有个辨处；像你强占人家女子，又没个三媒六证，又无些茶红酒礼，该问个真犯斩罪哩。”那怪道：“且休闲讲，看老猪这钯！”行者使棒支住道：

“你这钯，可是与高老家做园工筑地种菜的？有何好处怕你！”那怪道：“你错认了！这钯岂是凡间之物？你且听我道来：

此是煅炼神水铁，磨琢成工光皎洁。老君自己动钤锤，荧惑亲身添炭屑。五方五帝用心机，六丁六甲费周折。造成九齿玉垂牙，铸就双环金坠叶。身妆六曜排五星，体按四时依八节。短长上下定乾坤，左右阴阳分日月。六爻神将按天条，八卦星辰依次列。名为上宝沁金钯，进与玉皇镇丹阙。因我修成大罗仙，为吾养就长生客。敕封元帅号天蓬，钦赐钉钯为御节。举起烈焰并毫光，落下猛风飘瑞雪。天曹神将尽皆惊，地府阎罗心胆怯。人间那有这般兵，世上更无此等铁。随身变化可心怀，任意翻腾依口诀。相携数载未曾离，伴我几年无日别。日食三飧并不丢，夜眠一宿浑无撇。也曾佩去赴蟠桃，也曾带他朝帝阙。皆因仗酒却行凶，只为倚强便撒泼。上天贬我降凡尘，下世尽我作罪业。石洞心邪曾吃人，高庄情喜婚姻结。这钯下海掀翻龙住窝，上山抓碎虎狼穴。诸般兵刃且休题，惟有吾当钯最切。相持取胜有何难，赌斗求功不用说。何怕你铜头铁脑一身钢，钯到魂消神气泄。”

悟空和八戒再战，八戒介绍起了钉钯的来历。这钉钯承造单位是兜率宫，抡锤的是太上老君，五方五帝和六丁六甲也都跟着使劲儿了。这钉钯是根据四时八节阴阳日月一大堆规律做的，是给玉皇大帝镇丹阙用的。客观来讲，它的装饰属性更重一些，真要是实战需求的话不会做这玩意儿的，毕竟十八般兵器中从没有钉钯这么个东西。后来封他当天蓬元帅时，玉帝是“钦赐钉钯为御节”的，也就是说，这东西就是个吉祥物，是象征玉帝影响力、代表皇权威慑的，类似于古代大将假节钺象征皇帝亲临，不是战场上厮杀用的。

作者借由兵器这事，再次点出了八戒跟玉帝的关系不浅。

说到这儿了，咱们来结合后面回目的线索，试着去还原一下八戒的师父是谁吧。（百回本《西游记》中并没有明说八戒的授业恩师是谁，这里仅仅是尝试进行一个合乎逻辑的推理，仅为一家之言。）

八戒飞升时有一个关键的助力，就是一枚九转大还丹。

所谓九转，是九次提炼之意，道教丹药的炼制有一至九转之别，以九转为贵。

所谓还丹，这个解释比较宽泛，道家术语说丹砂烧成水银之后放置一定时间，水银又还原成丹砂叫还丹；也有仙丹的意思；也有精心炼制的丹药之意。

整个《西游记》中，出现类似九转大还丹的神仙一共有两位：

一个是太上老君，猴哥偷吃的是九转金丹，后面给乌鸡国国王讨的是九转还魂丹，他那金刚琢也是用还丹点成的，所谓“这件兵器乃锟钢抟炼的，被我将还丹点成，养就一身灵气”（第六回）；

另一个是东华帝君，猴哥找他救人参果树时他说他有一颗，所谓“帝君道：‘我有一粒“九转太乙还丹”，但能医治世间生灵，却不能医树。’”（第二十六回）

首先明确排除太上老君，因为后面车迟国时八戒直接把三清的像给扔茅房了。所谓“那呆子扛在肩上，且不丢了去，口里啯啯哝哝的祷道：‘三清，三清，我说你听。远方到此，惯灭妖精。欲享供养，无处安宁。借你坐位，略略少停。你等坐久，也且暂下毛坑。你平日家受用无穷，做个清净道士；今日里不免享些秽物，也做个受臭气的天尊！’”（第四十四回）

要知道，徒弟绝不敢对师父如此的。

老君被排除后，不是说剩下的东华帝君就一定是八戒的师父，而是从逻辑推断来讲，东华帝君是非常有可能的。

东华帝君又称东王公，最早记载见于汉代，被认为是“阴阳”中的阳神，与之对应的阴神就是西王母。有些记载说东王公和西王母为配偶关系，但在西游宇宙中这个关系被否了；还有一种说法是两人是兄妹关系，根据东晋葛洪所著的《元始上真众仙记》（又名《枕中书》）中的记载，东王公和西王母是元始天王与太元圣母（也称太元玉女）通气结精所生，在这本书中，这个元始天王就是盘古，所谓“昔二仪未分，瞑涬鸿蒙，未有成形，天地日月未具，状如鸡子，混沌玄黄，已有盘古真人，天地之精，自号元始天王，游乎其中”。

东华帝君在西游宇宙中仅出现了这一次，专门提了九转太乙还丹，并且描写他的诗也相当有玄机：

“盈空万道霞光现，彩雾飘飖光不断。

丹凤衔花也更鲜，青鸾飞舞声娇艳。

福如东海寿如山，貌似小童身体健。

壶隐洞天不老丹，腰悬与日长生箓。

人间数次降祯祥，世上几番消厄愿。

武帝曾宣加寿龄，瑶池每赴蟠桃宴。

教化众僧脱俗缘，指开大道明如电。

也曾跨海祝千秋，常去灵山参佛面。

圣号东华大帝君，烟霞第一神仙眷。”

这诗强调了两件事，先说第一件，他是“烟霞第一神仙眷”，所谓“眷”就是亲属的意思，啥亲戚才是第一神仙眷呢？其实这就侧面证实了西游宇宙中作者将东华帝君安排为王母兄弟、玉帝舅子的设定，而且诗的前半段都在强调他的寿，这也能跟玉帝王母两口子最核心的资源挂上钩。

作者给东华帝君在西游宇宙中安排为玉皇大帝的舅子，八戒作为东华帝君的弟子上天后被相当看重，封为北极四圣之首并被玉帝拉为嫡系，还“钦赐钉钯为御节”，就能解释得通了。

八戒在蟠桃会上如此猖狂，以及后面玉帝亲自惩罚，这也能解释通了，没有背景不至于狂成这样，但也因为是玉帝舅子的徒弟作了大死，所以玉帝必须亲自惩罚以儆效尤，与此同时，还“教吾立志养元神”，给予了谆谆告诫，再咋地打猪也得看主人。

上面那首诗强调的第二件事，是东华帝君跟道、佛的关系都非常深。他不仅“腰悬与日长生箓”，而且是“烟霞第一神仙眷”，他跟灵山佛祖的关系也非常好，所谓“常去灵山参佛面”。

由此也能解释两件事：

1. 为什么猴哥身在东胜神洲的祖脉来龙能三百多年温暖纯真，因为五方五老的东方这位跟佛祖关系不浅；

2. 为什么八戒这个好吃懒做的会得到佛祖传经的消息专门守在路上拦菩萨，因为八戒有个好师父。佛祖传经这事提前是要跟玉帝通气的，也就是说，无论是从灵山旁敲侧击还是从玉帝那儿得到消息，东华帝君都有门路，而且后面八戒经常性地在取经遇到危机时表示无所谓了，分行李散伙，跟猴哥和沙僧的状态完全不同，其实也是因为人家的背景确实硬。这次的前程能奔到挺好，奔不到也无所谓。他师父可不会像当年须菩提祖师不认悟空那样不认他这个徒弟，人家对徒弟是负责任的。

后面，作者会通过对东华帝君的描写，将前面悟空有新手村保护之谜和八戒身世之谜，给出合理的解释。这是什么功力？后面人参果那回我们还会细说八戒跟东华帝君的师徒关系的旁证。

当然，讲到这儿我们重申一下，咱这是根据原著作者给予的线索进行的逻辑推理，并不是绝对证据，为一家之言，仅供参考。

说完八戒的出身，接着说这钯子。据八戒说这玩意儿“举起烈焰，落下瑞雪”，整得“天曹神将尽皆惊，地府阎罗心胆怯”，实际上他们应该是怕背后象征玉帝的影响力，因为这是“御节”嘛！这钉钯也有随身变化的口诀，反正八戒认为这玩意儿老厉害了，所谓“何怕你铜头铁脑一身钢，钯到魂消神气泄”！

这就触碰到猴哥的专业领域了。

行者闻言，收了铁棒，道：“呆子不要说嘴！老孙把这头伸在那里，你且筑一下儿，看可能魂消气泄？”那怪真个举起钯，着气力筑将来，扑的一下，钻起钯的火光焰焰，更不曾筑动一些儿头皮。谎得他手麻脚软，道声：“好头！好头！”行者道：“你是也不知老孙，因为闹天宫，偷了仙丹，盗了蟠桃，窃了御酒，被小圣二郎擒住，押在斗牛宫前，众天神把老孙斧剁锤敲，刀砍剑刺，火烧雷打，也不曾损动分毫。又被那太上老君拿了我去，放在八卦炉中，将神火煅炼，炼做个火眼金睛，铜头铁臂。不信，你再筑几下，看看疼与不疼。”那怪道：“你这猴子，我记得你闹天宫时，家住在东胜神洲傲来国花果山水帘洞里，到如今久不闻名。你怎么来到这里，上门子欺我？莫敢是我丈人去那里请你来的？”行者道：“你丈人不曾去请我。因是老孙改邪归正，弃道从僧，保护一个东土大唐驾下御弟，叫做三藏法师，往西天拜佛求经，路过高庄借宿，那高老儿因话说起，就请我救他女儿，拿你这馕糠的夯货。”

那怪一闻此言，丢了钉钯，唱个大喏道：“那取经人在那里？累烦你引见引见。”行者道：“你要见他怎的？”那怪道：“我本是观世音菩萨劝善，受了他的戒行，这里持斋把素，教我跟随那取经人，往西天拜佛求经，将功折罪，还得正果。教我等他这几年，不闻消息。今日既是你与他做了徒弟，何不早说取经之事，只倚凶强，上门打我？”行者道：“你莫诡诈欺心软我，欲为脱身之计。果然是要保护唐僧，略无虚假，你可朝天发誓，我才带你去见我师父。”那怪扑的跪下，望空似捣碓的一般，只管磕头道：“阿弥陀佛、南无佛，我若不是真心实意，还叫我犯了天条，劈尸万段。”行者见他赌咒发愿，道：“既然如此，你点把火来烧了你这住处，我方带你去。”那怪真个搬些芦苇荆棘，点着一把火，将那云栈洞烧得相个破瓦窑，对行者道：“我今已无挂碍了，你却引我去罢。”行者道：“你把钉钯与我拿着。”那怪就把钯递与行者。行者又拔了一根毫毛，吹口仙气，叫“变！”即变做一条三股麻绳，走过来，把手背绑剪了。那怪真个倒背着手，凭他怎么绑缚。却又揪着耳朵，拉着他，叫：“快走！快走！”那怪道：“轻着些儿！你的手重，揪得我耳根子疼。”行者道：“轻不成，顾你不得！常言道：‘善猪恶拿。’只等见了我师父，果有真心，方才放你。”他两个半云半雾的，径转高家庄来。有诗为证：

金性刚强能克木，心猿降得木龙归。

金从木顺皆为一，木恋金仁总发挥。

一主一宾无间隔，三交三合有玄微。

性情并喜贞元聚，同证西方话不违。

顷刻间，到了庄前。行者拑着他的钯，揪着他的耳道：“你看那厅堂上端坐的是谁？乃吾师也。”那高氏诸亲友与老高，忽见行者把那怪背绑揪耳而来，一个个欣然迎到天井中，道声：“长老，长老，他正是我家的女婿。”那怪走上前，双膝跪下，背着手对三藏叩头，高叫道：“师父，弟子失迎。早知是师父住在我丈人家，我就来拜接，怎么又受到许多周折？”三藏道：“悟空，你怎么降得他来拜我？”行者才放了手，拿钉钯柄儿打着，喝道：“呆子，你说么！”那怪把菩萨劝善事情，细陈了一遍。

三藏大喜，便叫：“高太公，取个香案用用。”老高即忙抬出香案。三藏净了手，焚香望南礼拜道：“多蒙菩萨圣恩！”那几个老儿也一齐添香礼拜。拜罢，三藏上厅高坐，教悟空放了他绳，行者才把身抖了一抖，收上身来，其缚自解。那怪从新礼拜三藏，愿随西去。又与行者拜了，以先进者为兄，遂称行者为师兄。三藏道：“既从吾善果，要做徒弟，我与你起个法名，早晚好呼唤。”他道：“师父，我是菩萨已与我摩顶受戒，起了法名，叫做猪悟能也。”三藏笑道：“好！好！你师兄叫做悟空，你叫做悟能，其实是我法门中的宗派。”悟能道：“师父，我受了菩萨戒行，断了五荤三厌，在我丈人家持斋把素，更不曾动荤。今日见了师父，我开了斋罢。”三藏道：

“不可！不可！你既是不吃五荤三厌，我再与你起个别名，唤为八戒。”那呆子欢欢喜喜道：“谨遵师命。”因此又叫做猪八戒。

猴哥一听，既然你这钯子这么牛，那咱拼拼，脑袋搁这儿了，你来试试！

八戒使尽全身功力擦不破猴哥一点头皮，随后㞞了，开始拉家常：你不是东胜神洲傲来国花果山水帘洞的吗，咋上这儿来欺负人呢？猴哥说他如今“弃道从僧”了，不跟天庭体系混了，眼下保护东土大唐驾下御弟往西天拜佛求经。

至此，八戒收到了取经信号，请求引见，表示自己是菩萨点化的徒弟，随后又发誓又烧洞又交出钉钯，认头被捆绑着来见唐僧了。

唐僧见到八戒，听说来龙去脉后找老高头要了香案，净手焚香望南礼拜，给菩萨磕了头。该说不说人家唐僧对菩萨的态度永远端正，八戒拜完唐僧后拜悟空，以悟空先入队伍为由称其为师兄，实际上这就是被那铜头铁脑给吓唬住了，他要是打得过悟空，那就以观音菩萨收徒的时间为准了。

唐僧收徒弟后第一件事就是起名字，但是很遗憾，人家菩萨提前起了，叫悟能，唐僧又不敢跟菩萨抢冠名权，随后根据他受菩萨戒行断了五荤三厌的事起了别名，叫八戒。

高老见这等去邪归正，更十分喜悦，遂命家僮安排筵宴，酬谢唐僧。八戒上前扯住老高道：“爷，请我拙荆出来拜见公公、伯伯，如何？”行者笑道：“贤弟，你既入了沙门，做了和尚，从今后再莫题起那‘拙荆’的话说。世间只有个火居道士，那里有个火居的和尚？我们且来叙了坐次，吃顿斋饭，赶早儿往西天走路。”高老儿摆了桌席，请三藏上坐。行者与八戒坐于左右两旁，诸亲下坐。高老把素酒开樽，满斟一杯，奠了天地，然后奉与三藏。三藏道：“不瞒太公说，贫僧是胎里素，自幼儿不吃荤。”老高道：“因知老师清素，不曾敢动荤。此酒也是素的，请一杯不妨。”三藏道：“也不敢用酒。酒是我僧家第一戒者。”悟能慌了道：“师父，我自持斋，却不曾断酒。”悟空道：“老孙虽量窄，吃不上坛把，却也不曾断酒。”三藏道：“既如此，你兄弟们吃些素酒也罢，只是不许醉饮误事。”遂而他两个接了头钟。各人俱照旧坐下，摆下素斋，说不尽那杯盘之盛，品物之丰。

师徒们燕罢，老高将一红漆丹盘，拿出二百两散碎金银，奉三位长老为途中之

费；又将三领绵布褊衫为上盖之衣。三藏道："我们是行脚僧，遇店化饭，逢处求斋，怎敢受金银财帛？"行者近前，抡开手抓了一把，叫："高才，昨日累你引我师父，今日招了一个徒弟，无物谢你，把这些碎金碎银权作带领钱，拿了去买草鞋穿。以后但有妖精，多作成我几个，还有谢你处哩。"高才接了，叩头谢赏。老高又道："师父们既不受金银，望将这粗衣笑纳，聊表寸心。"三藏又道："我出家人，若受了一丝之贿，千劫难修。只是把席上吃不了的饼果，带些去做干粮足矣。"八戒在旁边道："师父、师兄，你们不要便罢，我与他家做了这几年女婿，就是挂脚粮也该三石哩。丈人呵，我的直裰，昨晚被师兄扯破了，与我一件青锦袈裟；鞋子绽了，与我一双好新鞋子。"高老闻言，不敢不与，随买一双新鞋，将一领褊衫，换下旧时衣物。

那八戒摇摇摆摆，对高老唱个喏道："上覆丈母、大姨、二姨并姨夫、姑舅诸亲，我今日去做和尚了，不及面辞，休怪。丈人呵，你还好生看待我浑家；只怕我们取不成经时，好来还俗，照旧与你做女婿过活。"行者喝道："夯货，却莫胡说！"八戒道："哥呵，不是胡说，只恐一时间有些儿差池，却不是和尚误了做，老婆误了娶，两下里都耽阁了？"三藏道："少题闲话，我们赶早儿去来。"遂此收拾了一担行李，八戒担着；背了白马，三藏骑着；行者肩担铁棒，前面引路。一行三众，辞别高老及众亲友，投西而去。有诗为证：

满地烟霞树色高，唐朝佛子苦劳劳。
饥飧一钵千家饭，寒着千针一衲袍。
意马胸头休放荡，心猿乖劣莫教嚎。
情和性定诸缘合，月满金华是伐毛。

八戒就这样以一种意想不到的方式退了股，老高很高兴。走的时候，八戒对他老丈人说了这么一段人情味十足的话："上覆丈母、大姨、二姨并姨夫、姑舅诸亲，我今日去做和尚了，不及面辞，休怪。丈人呵，你还好生看待我浑家；只怕我们取不成经时，好来还俗，照旧与你做女婿过活。"

人家八戒是真的融入这高家了，是真的拿老高当老丈人的，这话说得充满人情味，而且从这里也能看出两件事：

1. 八戒作为前天庭高官，知道这趟取经有多凶险，会得罪多少势力，还不一定能成功。

2. 八戒对取经这件事并不坚定，相当随缘，所以从最开始就两手准备。还是那句话，人家的师父很牛，这孩子有人疼，人家的下限很高。

取经四人中，包括唐僧在内，最坚定的是悟空和沙僧。（唐僧后面都要写信让李世民再派人了。）

为什么这俩最坚决？

因为这俩的下限最低。

悟空和沙僧要是再比的话，还是悟空最坚决。

因为他遇到过顶级狠人，受到过超级大苦，他知道没有背景在这个世道是个什么结局，他的师父须菩提祖师不认他，所以他只能去卖命卖出个未来。

三众进西，路途有个月平稳，行过了乌斯庄界，猛抬头见一座高山。三藏停鞭勒马道："悟空、悟能，前面山高，须索仔细，仔细！"八戒道："没事。这山唤做浮屠山，山中有一个乌巢禅师，在此修行，老猪也曾会他。"三藏道："他有些甚么勾当？"八戒道："他倒也有些道行。他曾劝我跟他修行，我不曾去罢了。"师徒们说着话，不多时，到了山上。好山！但见那：

山南有青松碧桧，山北有绿柳红桃。闹聒聒，山禽对语；舞翩翩，仙鹤齐飞。香馥馥，诸花千样色；青冉冉，杂草万般奇。涧下有滔滔绿水，崖前有朵朵祥云。真个是景致非常幽雅处，寂然不见往来人。

那师父在马上遥观，见香桧树前，有一柴草窝。左边有麋鹿衔花，右边有山猴献果。树梢头，有青鸾彩凤齐鸣，玄鹤锦鸡咸集。八戒指道："那不是乌巢禅师！"三藏纵马加鞭，直至树下。

却说那禅师见他三众前来，即便离了巢穴，跳下树来。三藏下马奉拜，那禅师用手搀道："圣僧请起，失迎，失迎。"八戒道："老禅师，作揖了。"禅师惊问道："你是福陵山猪刚鬣，怎么有此大缘，得与圣僧同行？"八戒道："前年蒙观音菩萨劝善，愿随他做个徒弟。"禅师大喜道："好，好，好！"又指定行者，问道："此位是谁？"行者笑道："这老禅怎么认得他，倒不认得我？"禅师道："因少识耳。"三藏道："他是我的大徒弟孙悟空。"禅师陪笑道："欠礼，欠礼。"

收了八戒，取经师徒三人走了一个多月，出了乌斯藏国，突然看见一座高山，唐僧来感了，认为又要悬，提醒大家小心。八戒做了介绍，说这山唤作浮屠山，山中有一个乌巢禅师修行。

所谓“浮屠”，为佛的音译，也为佛塔之意，这座浮屠山很明显地暗示了乌巢禅师的派系。

八戒说这禅师有道行，曾经招募过他，但八戒没同意。

上山后作者描写了山的景致和“青鸾、彩凤、玄鹤、锦鸡”这些高级宠物，给乌巢禅师这位有道高人做了背书。等大家见到乌巢禅师后，禅师的一番表演很有意思。禅师对唐僧极为热情，称之为圣僧，对八戒赞叹，说他有大缘，但对猴哥表示不认识。

从后面的诗中我们可以看出，他不是不认识猴哥，他是成心那么说的。

三藏再拜，请问西天大雷音寺还在那里。禅师道：“远哩！远哩！只是路多虎豹难行。”三藏殷勤致意，再问：“路途果有多远？”禅师道：“路途虽远，终须有到之日，却只是魔障难消。我有《多心经》一卷，凡五十四句，共计二百七十字。若遇魔障之处，但念此经，自无伤害。”三藏拜伏于地恳求，那禅师遂口诵传之。经云：

《摩诃般若波罗蜜多心经》：观自在菩萨，行深般若波罗蜜多时，照见五蕴皆空，度一切苦厄。舍利子，色不异空，空不异色；色即是空，空即是色。受相行识，亦复如是。舍利子，是诸法空相，不生不灭，不垢不净，不增不减。是故空中无色，无受相行识，无眼耳鼻舌身意，无色声香味触法，无眼界，乃至无意识界，无无明，亦无无明尽，乃至无老死，亦无老死尽。无苦集灭道，无智亦无得。以无所得故，菩提萨埵。依般若波罗蜜多故，心无挂碍；无挂碍故，无有恐怖；远离颠倒梦想，究竟涅槃。三世诸佛，依般若波罗蜜多故，得阿耨多罗三藐三菩提。故知般若波罗蜜多，是大神咒，是大明咒，是无上咒，是无等等咒，能除一切苦，真实不虚。故说般若波罗蜜多咒，即说咒曰：“揭谛！揭谛！波罗揭谛！波罗僧揭谛！菩提萨婆诃！”

此时，唐朝法师本有根源，耳闻一遍《多心经》，即能记忆，至今传世。此乃修真之总经，作佛之会门也。

那禅师传了经文，踏云光，要上乌巢而去，被三藏又扯住奉告，定要问个西去的路程端的。那禅师笑云：

道路不难行，试听我分付：千山千水深，多瘴多魔处。若遇接天崖，放心休恐怖。行来摩耳岩，侧着脚踪步。仔细黑松林，妖狐多截路。精灵满国城，魔主盈山住。老虎坐琴堂，苍狼为主簿。狮象尽称王，虎豹皆作御。野猪挑担子，水怪前头遇。多年老石猴，那里怀嗔怒。你问那相识，他知西去路。

行者闻言，冷笑道："我们去，不必问他，问我便了。"三藏还不解其意，那禅师化作金光，径上乌巢而去。长老往上拜谢。行者心中大怒，举铁棒望上乱捣，只见莲花生万朵，祥雾护千层。行者纵有搅海翻江力，莫想挽着乌巢一缕藤。三藏见了，扯住行者道："悟空，这样一个菩萨，你捣他窝巢怎的？"行者道："他骂了我兄弟两个一场去了。"三藏道："他讲的西天路径，何尝骂你？"行者道："你那里晓得。他说'野猪挑担子'，是骂的八戒；'多年老石猴'，是骂的老孙。你怎么解得此意？"八戒道："师兄息怒。这禅师也晓得过去未来之事，但看他'水怪前头遇'这句话，不知验否？饶他去罢。"行者见莲花祥雾近那巢边，只得请师父上马，下山往西而去。那一去：

管教清福人间少，致使灾魔山里多。

毕竟不知前程端的如何，且听下回分解。

唐僧见到了大德高人乌巢禅师后，问了一个自己一路都没人能问的问题——这西天大雷音寺在哪里。乌巢禅师表示很远，不过那点路不叫啥，只是魔障难消，随后传给唐僧一部《多心经》，让他以后遇到魔障时就念此经，也就是大名鼎鼎的《摩诃般若波罗蜜多心经》。

这段二百六十字的经文是六百卷《大般若经》的总纲，因阐述五蕴、三科、四谛、十二因缘等概念，讲述自性本空的佛教义理，被认为是全部般若学说的核心，故称《心经》。

这里也纠正原著作者出现的一个小瑕疵，这经是《心经》，断句是摩诃，般若，波罗蜜多，心经，不是《多心经》。

所谓"摩诃"是广大的意思，所谓"般若"是指能洞察诸法实相、证悟宇宙万物空性的智慧，所谓"波罗蜜多"是"到彼岸"的意思。之所以会出现这个断句问题，是因为在一些早期的佛教经典翻译及部分佛教传统中较为常见的是“般若波罗蜜”，而“般若波罗蜜多”恰恰是真实历史中的玄奘法师在取回经，对相关梵语词汇更为精确和完整地翻译后，将过去的“波罗蜜”改译为“波罗蜜多”，“多”字在梵语中有“完全、圆满”等含义，“般若波罗蜜多”更加强调这种智慧的圆满性以及到达彼岸的彻底性和完整性，在后来的佛教经典翻译及正统佛教教义阐释中使用更为广泛和规范。

这段故事记载是作者将一段真实的典故加入了自己的西游宇宙中，在《唐梵翻对字音般若波罗蜜多心经序》中，真实历史中玄奘法师的大弟子窥基法师写了这么一段当初听他师父说起的有关《心经》的过往：当年玄奘法师取经之前，曾在四川空惠寺遇到过一个来自印度的病僧，玄奘跟人家念叨自己想去印度取经，眼下这经文翻译得都有瑕疵……病僧告诉他，此去天竺十万里，不仅翻山越岭、路途坎坷，还有种种魔障，并讲了他这一路会遇到怎样的艰难险阻，表示自己有三世诸佛心要法门，若能受持，可保往来西天一切平安，随后传授给玄奘法师梵文的《般若波罗蜜多心经》。

第二天，这病僧就不见踪影了。

后来在取经途中，玄奘法师遭遇了太多次大难临头，但每次遇难之时，便持诵《心经》四十九遍，每每都能化险为夷，最终到达印度。

极其神奇的是，玄奘法师到达那烂陀寺开始学习后，居然又见到了当年的那个病僧。玄奘纳闷，这病病歪歪的人咋比我这好人腿脚还利索，病僧告诉玄奘，恭喜你取经成功，我是观世音菩萨。

作者写这段内容大概率和前面大相国寺的由来以及后面类似善财童子五十三参这种典故一样，将玄奘法师亲口说的取经经历加入了自己的西游宇宙中。

后来乌巢禅师说出了黑松林和狮驼岭的预言，其实也更像是作者对当初病僧给玄奘法师提前示警西天路魔障众多的致敬与模仿。

至于乌巢禅师是谁，咱们没必要纠结，因为他就占这点篇幅，他已经杀青了。如果非要推导一下的话，结合《唐梵翻对字音般若波罗蜜多心经序》中的故事，作者大概率想表达的是这乌巢禅师是观音菩萨的化身，一方面致敬病僧为观音化身的历史故事原型，另一方面跟语境也有关系。这禅师刚一见面没用介绍就表示认识唐圣僧，还故意说不认识猴哥，事后又说“多年老石猴，那里怀嗔怒”，这更像是西游宇宙中菩萨对悟空的态度。咱们前面说过，菩萨知道猴哥的学艺过往，菩萨也不喜欢爱显摆、性格狂妄的猴哥，尤其之前猴哥还烧了菩萨的观音禅院，所以菩萨成心不搭理猴哥并事后嘲笑。而且菩萨是看过取经路上全程山水的，所以人家知道奎木狼和狮驼岭的事。

这个假设只是一家之言，根据典故和前后语境做的一个推测，权且一看，其实乌巢禅师是谁对剧情发展根本没有影响。

人家一说“多年老石猴”，猴哥就怒了，而且说实在的，猴哥挺不讲究的，还背后偷袭人家。刚听见人家骂他，猴哥仅仅是冷笑，等“那禅师化作金光，径上乌巢而去。长老往上拜谢”时，“行者心中大怒，举铁棒望上乱捣”。

不讲武德啊！

结果这禅师法力太强了，猴哥跟人家差着维度，偷袭变成耍猴了，所谓“只见莲花生万朵，祥雾护千层。行者纵有搅海翻江力，莫想挽着乌巢一缕藤”。

最终是八戒收尾，说道：“师兄息怒。这禅师也晓得过去未来之事，但看他‘水怪前头遇’这句话，不知验否？饶他去罢。”

猪弟弟很给他猴哥哥面子，明明是耍猴，八戒却说“师兄息怒”“饶他去罢”。

观察这些细节，八戒自打知道了悟空的身份后一直对猴哥很尊敬。

欲知后面这俩为啥闹得水火不容，咱们下回分解。

第二十回

黄风岭唐僧有难，半山中八戒争先

偈曰：

法本从心生，还是从心灭。生灭尽繇谁，请君自辨别。既然皆己心，何用别人说？只须下苦功，扭出铁中血。绒绳着鼻穿，挽定虚空结。拴在无为树，不使他颠劣。莫认贼为子，心法都忘绝。休教他瞒我，一拳先打彻。现心亦无心，现法法也辍。人牛不见时，碧天光皎洁。秋月一般圆，彼此难分别。

这一篇偈子，乃是玄奘法师悟彻了《多心经》，打开了门户。那长老常念常存，一点灵光自透。

简单翻译一下这篇偈子：佛法的产生与消亡皆源于自心，其生灭的关键在于自己这颗心，要仔细体会辨别，既然法由心生心灭，那还用去外求吗？自己下苦功夫以拧出铁中血的劲头去努力吧！像拴牛鼻子一样把自己的心拴在无为树上去驯服它，不要将妄念和烦恼当成亲儿子，把真正的心法抛诸脑后，如果妄念来蒙蔽欺骗你，直接一拳打废它！当修到一定境界时，就超越有无、虚实了，到时候就不再有执着和妄念，如“碧天光皎洁”，如“秋月一般圆”了。

一句话总结，就是修佛修的是智慧，修的是自己这颗心，文中比较有意思的是唐僧悟了这经文后自此“打开了门户”。“那长老常念常存，一点灵光自透。”

这说明其实唐僧在大唐这些年这和尚当得有瑕疵，都是形式主义，修了一堆戒律，却没修心，要不为啥前面那么多毛病啊！这是才刚被领进了门，此后唐僧的那些怕苦、怕累、怕饿、离不开人的现眼操作也明显少了很多。

这也深层次印证了那句话：真经一句话，假经万卷书。

得听真神讲法！得拜真正的牛人学艺啊！

且说他三众在路，餐风宿水，带月披星，早又至夏景炎天。但见那：

花尽蝶无情叙，树高蝉有声喧。

野蚕成茧火榴妍，沼内新荷出现。

那日正行时，忽然天晚，又见山路旁边，有一村舍。三藏道："悟空，你看那日落西山藏火镜，月升东海现冰轮。幸而道旁有一人家，我们且借宿一宵，明日再走。"八戒道："说得是，我老猪也有些饿了，且到人家化些斋吃，有力气，好挑行李。"行者道："这个恋家鬼，你离了家几日，就生报怨！"八戒道："哥呵，比不得你这喝风呵烟的人。我从跟了师父这几日，长忍半肚饥，你可晓得？"三藏闻之道："悟能，你若是在家心重时，不是个出家的了，你还回去罢。"那呆子慌得跪下道："师父，你莫听师兄之言，他有些赃埋人。我不曾报怨甚的，他就说我报怨。我是个直肠的痴汉，说道肚内饥了，好寻个人家化斋，他就骂我是恋家鬼。师父呵，我受了菩萨的戒行，又承师父怜悯，情愿要伏侍师父往西天去，誓无退悔，这叫做'恨苦修行'，怎的说不是出家的话！"三藏道："既是如此，你且起来。"

有人的地方就有江湖，八戒刚入了队伍，猴哥就开始摆师兄的谱了。师徒三人往前走，看到一个村舍，唐僧表示咱去借宿吧，随后八戒仅仅跟上去说句饿了，吃饱了好挑行李，就被猴哥批评为恋家鬼了。

人家八戒赶紧解释，自己进入团队后表现一直良好，就是食量大，一直都忍着饿呢，态度多良好。随后唐僧吓唬八戒，既然你跟着我挨饿，那还是回去吧。给八戒吓得赶紧跪下表忠诚，并充分展开了反击："师父，你莫听师兄之言，他有些赃埋人。我不曾报怨甚的，他就说我报怨。我是个直肠的痴汉，说道肚内饥了，好寻个人家化斋，他就骂我是恋家鬼。师父呵，我受了菩萨的戒行，又承师父怜悯，情愿要伏侍师父往西天去，誓无退悔，这叫做'恨苦修行'，怎的说不是出家的话！"

到底是天庭出来的，斗争经验丰富，一句话就点破了是猴子在挑唆。他找那碴儿都荒诞，我这工作是菩萨批的，能入门是您怜悯，态度是“誓无退悔”，修行方式是“恨苦”，我是标准的好徒弟啊！

悟空想拿捏八戒，但后面慢慢他就发现了，文斗他真不是对手。

佛祖给你安排了三百多年当猴王的温暖纯真去摆脱低级趣味，你天天低头只见脚下的笑脸，没抬起头看见上面那屁股，你的人生追求和上限的确是八戒再投十回胎也比不了的，但你人际斗争方面确实不可能搞得过八戒，从小你就没学过。

那呆子纵身跳起，口里絮絮叨叨的，挑着担子，只得死心塌地，跟着前来。早到了路旁人家门首，三藏下马，行者接了缰绳，八戒歇了行李，都伫立绿阴之下。三藏拄着九环锡杖，按按藤缠篾织斗篷，先奔门前。只见一老者斜倚竹床之上，口里嘤嘤的念佛。三藏不敢高言，慢慢的叫一声：“施主，问讯了。”那老者一毂辘跳将起来，忙敛衣襟，出门还礼道：“长老，失迎。你自那方来的？到我寒门何故？”三藏道：“贫僧是东土大唐和尚，奉圣旨上雷音寺拜佛求经。适至宝方天晚，意投檀府告借一宵，万祈方便方便。”那老儿摆手摇头道：“去不得，西天难取经；要取经，往东天去罢。”三藏口中不语，意下沉吟：“菩萨指道西去，怎么此老说往东行？东边那得有经？”腼腆难言，半晌不答。

却说行者素性凶顽，忍不住上前高叫道：“那老儿，你这们大年纪，全不晓事。我出家人远来借宿，就把这厌钝的话虎唬我。十分你家窄狭，没处睡时，我们在树底下，好道也坐一夜，不打搅你。”那老者扯住三藏道：“师父，你倒不言语，你那个徒弟，那般拐子脸、别颏腮、雷公嘴、红眼睛的一个痨病魔鬼，怎么返冲撞我这年老之人！”行者笑道：“你这个老儿，忒也没眼色！似那俊刮些儿的，叫做中看不中吃。想我老孙虽小，颇结实，皮裹一团筋哩。”那老者道：“你想必有些手段。”行者道：“不敢夸言，也将就看得过。”老者道：“你家居何处？因甚事削发为僧？”行者道：“老孙祖贯东胜神洲海东傲来国，花果山水帘洞居住，自小儿学做妖怪，称名悟空。凭本事挣了一个齐天大圣。只因不受天禄，大反天宫，惹了一场灾愆。如今脱难消灾，转拜沙门，前求正果，保我这唐朝驾下的师父，上西天拜佛走遭。怕甚么山高路险，水阔波狂！我老孙也捉得怪，降得魔，伏虎擒龙，踢天弄井，都晓得些儿。倘若府上有甚么丢砖打瓦，锅叫门开，老孙便能安镇。”

那老儿听得这篇言语，哈哈笑道："原来是个撞头化缘的熟嘴儿和尚。"行者道："你儿子便是熟嘴！我这些时，只因跟我师父走路辛苦，还懒说话哩。"那老儿道："若是你不辛苦，不懒说话，好道活活的聒杀我！你既有这样手段，西方也还去得，去得。你一行几众？请至茅舍里安宿。"三藏道："多蒙老施主不叱之恩，我一行三众。"老者道："那一众在那里？"行者指着道："这老儿眼花，那绿阴下站的不是？"老儿果然眼花，忽抬头细看，一见八戒这般嘴脸，就唬得一步一跌，往屋里乱跑，只叫："关门！关门！妖怪来了！"行者赶上扯住道："老儿莫怕，他不是妖怪，是我师弟。"老者战兢兢的道："好，好，好！一个丑似一个的和尚！"八戒上前道："老官儿，你若以相貌取人，干净差了。我们丑自丑，却都有用。"

那老者正在门前与三个和尚相讲，只见那庄南边有两个少年人，带看一个老妈妈，三四个小男女，敛衣赤脚，插秧而回。他看见一匹白马，一担行李，都在他家门首喧哗，不知是甚来历，都一拥上前问道："做甚么的？"八戒调过头来，把耳朵摆了几摆，长嘴伸了一伸，吓得那些人东倒西歪，乱蹿乱跌。慌得那三藏满口招呼道："莫怕！莫怕！我们不是歹人，我们是取经的和尚。"那老儿才出了门，搀着妈妈道："婆婆起来，少要惊恐。这师父是唐朝来的，只是他徒弟脸嘴丑些，却也山恶人善。带男女们家去。"那妈妈才扯着老儿，二少年领着儿女进去。

三藏却坐在他门楼里竹床之上，埋怨道："徒弟呀，你两个相貌既丑，言语又粗，把这一家儿吓得七损八伤，都替我身造罪哩。"八戒道："不瞒师父说，老猪自从跟了你，这些时俊了许多哩。若像往常在高老庄时，把嘴朝前一掬，把耳两头一摆，常吓杀二三十人哩。"行者笑道："呆子不要乱说，把那丑也收拾起些。"三藏道："你看悟空说的话！相貌是生成的，你教他怎么收拾？"行者道："把那个耙子嘴，揣在怀里，莫拿出来；把那蒲扇耳，贴在后面，不要摇动，这就是收拾了。"那八戒真个把嘴揣了，把耳贴了，拱着头，立于左右。行者将行李拿入门里，将白马拴在桩上。

唐僧找老者借宿，老者说西天难取经，你往回走吧，这就把悬念铺垫出来了，看来后面肯定有大妖怪。随后猴哥又怒了，老爷子被吓得够呛，问唐僧这猴咋长这模样，注意，同样都是被喷丑，从猴哥和八戒的回答你就能看出语言水平的高低。

猴哥说："似那俊刮些儿的，叫做中看不中吃。想我老孙虽小，颇结实，皮裹一团筋哩。”

八戒说：“老官儿，你若以相貌取人，干净差了。我们丑自丑，却都有用。”

前者捎带脚儿骂了唐师父的闲街，好看的中看不中用。我要是唐僧我当时就得念念咒，猴子你再说一遍！嘴咋那么欠呢！

后者八戒却说我很丑，但我很有用。

如果你是唐僧，你爱听哪句？

紧接着面对老者的一句：“你家居何处？因甚事削发为僧？”猴哥差点就把身份证号给人家报出来了，这家伙这通白话啊！人家笑他是个说相声的和尚，猴哥回道：我要是耍嘴皮子是你儿子，要不是我师父赶路累了，我给你来段大的！

此时的猴哥依旧是受不得一点气的状态，只要听见有人质疑他的能力，马上就急眼，一秒等不了就得给你证明证明，咱也不知道他哪儿来那么大工夫跟个老头在这儿说个没完，你直接飞天上去，让他给你跪下不就完了嘛！

此时的猴哥方方面面都差得远，还是没开窍。

人教人教不会，事教人一教就会，他不被赶出去一次，是不知道反省的。

等八戒把人家一家子都差点吓死后，唐僧进屋开始埋怨起俩徒弟：你瞅你俩给人一家子吓的，真给我造孽啊！

然后你瞅人家八戒咋说的：老猪自从跟了你，这些时俊了许多哩，搁之前几十个人见了都得吓死。

你看人家八戒，人家甭管心里拿不拿你当回事，但绝对已经进入取经徒弟的状态了：我跟着师父是被拯救了，每一天都在变好。

如果你是唐僧，一个天天张嘴闭嘴就数落自己，还不够他嘚瑟的；另一个天天拿自己当领导，你喜欢谁？

猴哥说：呆子，你把你那耳朵、鼻子收拾收拾。但唐师父这时候就已经开始帮着老二说话了：“你看悟空说的话！相貌是生成的，你教他怎么收拾？”

品出宠溺来了吗？

猴哥让八戒把嘴揣怀里，把耳朵贴后面，八戒也听话照做了。

此时八戒还不敢进攻猴哥，为啥说这《西游记》是神作呢，它没有闲笔，它利用每一个专场的机会在为后面的剧情冲突进行铺垫。这段剧情对话有不小篇幅，就是在写悟空是如何一步步把路走窄了，让唐僧、八戒组成联盟的。

只见那老儿才引个少年，拿一个板盘儿，托三杯清茶来献。茶罢，又分付办斋。那少年又拿一张有窟窿无漆水的旧桌，端两条破头折脚的凳子，放在天井中，请三众凉处下坐下。三藏方问道："老施主高姓？"老者道："在下姓王。""有几位令嗣？"道："有两个小儿，三个小孙。"三藏道："恭喜恭喜。"又问："年寿几何？"道："痴长六十一岁。"行者道："好，好，好！花甲重逢矣。"三藏后问道："老施主始初说西天经难取者，何也？"老者道："经非难取，只是道中艰涩难行。我们这向西去，只有三十里远近，有一座山，叫做八百里黄风岭，那山中多有妖怪。故有难取者，此也。若论此位小长老，说有许多手段，却也去得。"行者道："不妨！不妨！有了老孙与我这师弟，任他是甚么妖怪，不敢惹我。"

正说处，又见儿子拿将饭来，摆在桌上，道声"请斋"。三藏就合掌讽起斋经。八戒早已吞了一碗，长老的几句经还未了，那呆子又吃勾三碗。行者道："这个馕糠！好道撞着饿鬼了！"那老王倒也知趣，见他吃得快，道："这个长老，想着实饿了，快添饭来。"那呆子真个食肠大，看他不抬头，一连就吃有十数碗，三藏、行者俱各吃不尚两碗，呆子不住，便还吃哩。老王道："仓卒无肴，不敢苦劝，请再进一箸。"三藏、行者俱道："勾了。"八戒道："老儿滴答甚么，谁和你发课，说甚么五爻六爻，有饭只管添将来就是。"呆子一顿，把他一家子饭都吃得罄尽，还只说才得半饱。却才收了家火，在那门楼下，安排了竹床板铺睡下。

入门安定好之后，老者说出为啥担心他们取不成经，因为西去三十里有个八百里黄风岭，这岭中有一堆妖怪，近似于一个东西往来的天然屏障。这也为后面的黄风怪做了铺垫。

这里从吃饭也能看出来八戒的精致利己主义，他们入门后是"那少年又拿一张有窟窿无漆水的旧桌，端两条破头折脚的凳子，放在天井中，请三众凉处下坐下"。能看出来，这家的条件是很一般的，但老者很善良，在八戒吃了十数碗后继续鼓励他接着吃。随后八戒说的跟人家欠他的一样，这老人是"老儿"，人家劝他多吃是"滴答"，还很不耐烦，说"有饭只管添将来就是"！最后这货把人家一家子的饭都吃了，还说只吃了个半饱。

作者通过入村歇息的一段对话，把八戒的形象就此树立起来了，摆得清自己的位置，拥护领导师父，不惹猛男师兄，除了这俩，所有撞上他的都是对面倒霉。

还是那句话，取经团队就是个问题军团。

次日天晓，行者去背马，八戒去整担，老王又教妈妈整治些点心汤水管待，三众方致谢告行。老者道："此去倘路间有甚不虞，是必还来茅舍。"行者道："老儿莫说哈话。我个出家人，不走回头路。"遂此策马挑担西行。

噫！这一去，果无好路；朝西域，定有邪魔降大灾。三众前来，不上半日，果逢一座高山，说起来，十分险峻。三藏马到临崖，斜挑宝鞗观看，果然那：

高的是山，峻的是岭；陡的是崖，深的是壑；响的是泉，鲜的是花。那山高不高，顶上接青霄；这涧深不深，底中见地府。山前面，有骨都都白云，屹嶝嶝怪石，说不尽千丈万丈挟魂崖。崖后有湾湾曲曲藏龙洞，洞中有叮叮当当滴水岩。又见些丫丫叉叉带角鹿，泥泥痴痴看人獐；盘盘曲曲红鳞蟒，耍耍顽顽白面猿。至晚巴山寻穴虎，带晓翻波出水龙，登的洞门唿喇喇响。草里飞禽，扑轳轳起；林中走兽，掬律律行。猛然一阵狼虫过，吓得人心趷蹬蹬惊。正是那当倒洞当当倒洞，洞当当倒洞当山。青岱染成千丈玉，碧纱笼罩万堆烟。

那师父缓促银骢，孙大圣停云慢步，猪悟能磨担徐行。正看那山，忽闻得一阵旋风大作，三藏在马上心惊道："悟空，风起了！"行者道："风却怕他怎的！此乃天家四时之气，有何惧哉！"三藏道："此风甚恶，比那天风不同。"行者道："怎见得不比天风？"三藏道："你看这风：

巍巍荡荡飒飘飘，渺渺茫茫出碧霄。

过岭只闻千树吼，入林但见万竿摇。

岸边摆柳连根动，园内吹花带叶飘。

收网渔舟皆紧缆，落篷客艇尽抛锚。

途半征夫迷失路，山中樵子担难挑。

仙果林间猴子散，奇花丛内鹿儿逃。

崖前桧柏棵棵倒，涧下松篁叶叶凋。

播土扬尘沙迸迸，翻江搅海浪涛涛。"

八戒上前，一把扯住行者道："师兄，十分风大！我们且躲一躲儿干净。"行者笑道："兄弟不济！风大时就躲，倘或亲面撞见妖精，怎的是好？"八戒道："哥啊，你不曾闻得'避色如避仇，避风如避箭'哩！我们躲一躲，也不亏人。"行者道："且莫言语，等我把这风抓一把来闻一闻看。"八戒笑道："师兄又扯空头谎了，风又好抓得过来闻？就是抓得来，便也钻了去了。"行者道："兄弟，你不知道，老孙有个抓风之法。"好大圣！让过风头，把那风尾抓过来闻了一闻，有些腥气，道："果然不是好风！这风的味道，不是虎风，定是怪风，断乎有些蹊跷。"

说不了，只见那山坡下，剪尾跑蹄，跳出一只那斑斓猛虎，慌得那三藏坐不稳雕鞍，翻跟头跌下白马，斜倚在路旁，真个是魂飞魄散。八戒丢了行李，掣钉钯，不让行者，走上前，大喝一声道："业畜！那里走！"赶将去，劈头就筑。那只虎直挺挺站将起来，把那前左爪抡起，抠住自家的胸膛，往下一抓，唿喇的一声，把个皮剥将下来，站立道旁。你看他怎生恶相！咦，那模样：

血津津的赤剥身躯，红媸媸的湾环腿足。

火焰焰的两鬓蓬松，硬搠搠的双眉直竖。

白森森的四个钢牙，光耀耀的一双金眼。

气昂昂的努力大哮，雄纠纠的厉声高喊。

喊道："慢来！慢来！吾党不是别人，乃是黄风大王部下的前路先锋。今奉大王严命，在山巡逻，要拿几个凡夫去做案酒。你是那里来的和尚，敢擅动兵器伤我？"八戒骂道："我把你这个业畜！你是认不得我，我等不是那过路的凡夫，乃东土大唐御弟三藏之弟子，奉旨上西方拜佛求经者。你早早的远避他方，让开大路，休惊了我师父，饶你性命；若似前猖獗，钯举处，却不留情！"

那妖精那容分说，急近步，丢一个架子，望八戒劈脸来抓，这八戒忙闪过，抡钯就筑，那怪手无兵器，回头就走，八戒随后赶来。那怪到了山坡下乱石丛中，取出两口赤铜刀，急抡起，转身来迎，两个在这坡前，一往一来，一冲一撞的赌斗。那里孙行者搀起唐僧道："师父，你莫害怕，且坐住，等老孙去助助八戒，打倒那怪好走。"三藏才坐将起来，战兢兢的，口里念着《多心经》不题。

那行者掣了铁棒，喝声教："拿了！"此时八戒抖擞精神，那怪败下阵去。行者道："莫饶他，务要赶上！"他两个，抡钉钯，举铁棒，赶下山来。那怪慌了手脚，

使个“金蝉脱壳计”，打个滚，现了原身，依然是一只猛虎。行者与八戒那里肯舍，赶着那虎，定要除根。那怪见他赶得至近，却又抠着胸膛，剥下皮来，苫盖在那卧虎石上，脱真身，化一阵狂风，径回路口。路口上，那师父正念《多心经》，被他一把拿住，驾长风摄将去了，可怜那三藏呵！江流注定多磨蛰，寂灭门中功行难。

取经团队来到了理论上的第一座有大妖怪居住的山，来瞅瞅有大妖怪的山是个啥样子。高、峻、陡、深，怪石，千丈万丈挟魂崖，弯弯曲曲藏龙洞，动物也都是些带角鹿、看人獐、红鳞蟒、白面猿这种你瞅着就吓人的，随后凭空风起，连唐僧都能看出这风甚恶了。接着猴哥展示了自己的抓风法，他对虎风的判断很准确。

遇到了虎先锋，八戒难得展现了自己的战斗意愿，比猴哥冲得还快，妥妥地给他师父展现了一把自己的英勇。

这老虎则跟码头的无赖青皮一样，自己把自己皮扒了，露出了血津津的赤剥身躯后开始跟八戒盘道，自报家名：我是黄风大王虎先锋，你们是哪座庙的?

从盘道这事来看，这虎是挺懂土匪规矩的，看你挺有手段先问问，别是附近势力的，等知道八戒是个纯外地的之后就开打了。

虎先锋和八戒开打后，猴哥爱打架的毛病又犯了，他真的是格斗爱好者，直接把唐僧撇下就杀过来了。唐僧自从学了《心经》确实有长进，没说别的话，自己就搁那儿念经了。其实猴哥纯属多余，八戒已经把那虎先锋击败了，两人没完没了地上山打老虎，结果虎先锋再次剥皮，玩了个金蝉脱壳捉金蝉，把唐僧给抓走了。

那怪把唐僧擒来洞口，按住狂风，对把门的道：“你去报大王，说前路虎先锋拿了一个和尚，在门外听令。”那洞主传令，教：“拿进来！”那虎先锋，腰撒着两口赤铜刀，双手捧着唐僧，上前跪下道：“大王，小将不才，蒙钧令差山上巡逻，忽遇一个和尚，他是东土大唐驾下御弟三藏法师，上西方拜佛求经，被我擒来奉上，聊具一馔。”

那洞主闻得此言，吃了一惊道：“我闻得前者有人传说，三藏法师乃大唐奉旨意取经的神僧，他手下有一个徒弟，名唤孙行者，神通广大，智力高强。你怎么能勾捉得他来？”先锋道：“他有两个徒弟：先来的使一柄九齿钉钯，他生得嘴长耳大；又一个，使一根金箍铁棒，他生得火眼金睛。正赶着小将争持，被小将使一个‘金

蝉脱壳'之计，彻身得空，把这和尚拿来，奉献大王，聊表一餐之敬。"洞主道："且莫吃他哩。"先锋道："大王，'见食不食，呼为劣蹶'。"洞主道："你不晓得，吃了他不打紧，只恐怕他那两个徒弟上门吵闹，未为稳便。且把他绑在后园定风桩上，待三五日，他两个不来搅扰，那时节，一则图他身子干净，二来不动口舌，却不任我们心意？或煮或蒸，或煎或炒，慢慢的自在受用不迟。"先锋大喜道："大王深谋远虑，说得有理。"教："小的们，拿了去。"旁边拥上七八个绑缚手，将唐僧拿去，好便似鹰拿燕雀，索绑绳缠。这的是苦命江流思行者，遇难神僧想悟能，道声："徒弟呵！不知你在那山擒怪，何处降精，我却被魔头拿来，遭此毒害，几时再得相见？好苦啊！你们若早些儿来，还救得我命；若十分迟了，断然不能保矣！"一边嗟叹，一边泪落如雨。

虎先锋带着唐僧入洞后，说出了唐僧的取经人身份，随后黄风怪的反应很有意思："我闻得前者有人传说，三藏法师乃大唐奉旨意取经的神僧，他手下有一个徒弟，名唤孙行者，神通广大，智力高强。你怎么能勾捉得他来？"

此时唐僧肉能长生不老的事在这一关通篇没有提，准确地说，其实是直到唐僧吃了人参果之后江湖上才盛传唐僧肉的功效，是唐僧肉原本就有长生不老的功效还是那人参果占了大股份这事不好说。反正此时这个取经团队是谈不上多扎眼、多稀缺的，而且"孙行者"这个名字是唐僧把猴哥救出来后才取的，可见这个黄风大王对取经团队不是一般关注。

黄风大王听了虎先锋的交战描述后表示，等他两个徒弟不来搅扰时再吃唐僧。

这个妖精不仅耳目通灵，而且很有些章法。

却说那行者、八戒，赶那虎下山坡，只见那虎跑倒了，塌伏在崖前。行者举棒，尽力一下，转震得自己手疼，八戒复筑了一钯，亦将钯齿迸起。原来是一张虎皮，盖着一块卧虎石。行者大惊道："不好了！不好了！中了他计也！"八戒道："中他甚计？"行者道："这个叫做'金蝉脱壳计'，他将虎皮盖在此，他却走了。我们且回去看看师父，莫遭毒手。"两个急急转来，早已不见了三藏。行者大叫如雷道："怎的好！师父已被他擒去了。"八戒即便牵着马，眼中滴泪道："天那！天那！却往那里找寻！"行者抬着头跳道："莫哭！莫哭！一哭就挫了锐气。横竖想只在此山，我们寻寻去来。”

他两个果奔入山中，穿冈越岭，行勾多时，只见那石崖之下，耸出一座洞府。两人定步观瞻，果然凶险，但见那：

叠嶂尖峰，回峦古道。青松翠竹依依，绿柳碧梧冉冉。崖前有怪石双双，林内有幽禽对对。涧水远流冲石壁，山泉细滴漫沙堤。野云片片，瑶草芊芊。妖狐狡兔乱撺梭，角鹿香獐齐斗勇。劈崖斜挂万年藤，深壑半悬千岁柏。奕奕巍巍欺华岳，闲花啼鸟赛天台。

行者道：“贤弟，你可将行李歇在藏风山凹之间，撒放马匹，不要出头。等老孙去他门首，与他赌斗，必须拿住妖精，方才救得师父。”八戒道：“不消分付，请快去。”

行者整一整直裰，束一束虎裙，掣了棒，撞至门前，只见那门上有六个大字，乃“黄风岭黄风洞”。却便丁字脚站定，执着棒，高叫道：“妖怪！趁早儿送我师父出来，省得掀翻了你窝巢，蹦平了你住处！”那小怪闻言，一个个害怕，战兢兢的跑入里面报道：“大王！祸事了！”那黄风怪正坐间，问有何事。小妖道：“洞门外来了一个雷公嘴毛脸的和尚，手持着一根许大粗的铁棒，要他师父哩！”那洞主惊张，即唤虎先锋道：“我教你去巡山，只该拿些山牛、野彘、肥鹿、胡羊，怎么拿那唐僧来！却惹他那徒弟来此闹吵，怎生区处？”先锋道：“大王放心稳便，高枕勿忧。小将不才，愿带领五十个小校出去，把那甚么孙行者拿来凑吃。”洞主道：“我这里除了大小头目，还有五七百名小校，凭你选择，领多少去。只要拿住那行者，我们才自自在在吃那和尚一块肉，情愿与你拜为兄弟。但恐拿他不得，返伤了你，那时休得埋怨我也。”

见中了虎先锋的计，八戒开哭，猴哥很生气，跳脚让他别哭。随后二人找到了黄风洞，猴哥亲自去叫阵。这黄风大王的表现很有意思，他先是“惊张”了，开始追责虎先锋：我让你打猎去，你咋抓了人来！现在人家徒弟来了怎么办？

前面连啥时候吃都想好了，现在却撇得一干二净。

他这样做有两个目的：

1. 激将，你去给我平事；

2. 不担责任，抓唐僧是你虎先锋干的，我本心是不想惹取经团队的。

等到虎先锋表态自己可以去平事后，黄风大王给予了极高授权和极大的事成奖励：你只要能抓了那猴子，咱就吃那和尚，完事我还跟你拜为兄弟，但我怕你打不过他，死他手上你可别怪我。

明明就是抓个和尚，也没提啥长生不老的事，至于赌这么大的吗？

啥意思呢？

能赢最好，打赢猴子或弄死猴子都是你的功劳，同样，也是你担责任，将来有人来追责时你得担着。

你死了也好，我可以名正言顺给你报仇，我啥事都不知道，我就知道我家先锋被猴子弄死了，我要报仇。

看过原文的我们都知道，这黄风大王的来历不一般，接着往后看他真正的目的是啥吧。

虎怪道："放心！放心！等我去来。"果然点起五十名精壮小妖，擂鼓摇旗，撚两口赤铜刀，腾出门来，厉声高叫道："你是那里来的猴和尚，敢在此间大呼小叫的做甚？"行者骂道："你这个剥皮的畜生！你弄甚么脱壳法儿，把我师父摄了，倒转问我做甚！趁早好好送我师父出来，还饶你这个性命！"虎怪道："你师父是我拿了，要与我大王做顿下饭。你识起倒，回去罢！不然，拿住你一齐凑吃，却不是'买一个又饶一个'？"行者闻言，心中大怒，扢迸迸钢牙错啮，滴流流火眼睁圆。掣铁棒喝道："你有多大手段，敢说这等大话！休走，看棒！"那先锋急持刀按住。这一场果然不善，他两个各显威能。好杀：

那怪是个真鹅卵，悟空是个鹅卵石。

赤铜刀架美猴王，浑如垒卵来击石。

乌鹊怎与凤凰争？鹁鸽敢和鹰鹞敌？

那怪喷风灰满山，悟空吐雾云迷日。

来往不禁三五回，先锋腰软全无力。

转身败了要逃生，却被悟空抵死逼。

那虎怪抵架不住，回头就走。他原来在那洞主面前说了嘴，不敢回洞，径往山坡上逃生。行者那里肯放，执着棒随后赶来，呼呼吼吼，喊声不绝，却赶到那藏风山凹之间。正抬头，见八戒在那里放马。八戒忽听见呼呼声喊，回头观看，乃是行

者赶败的虎怪，就丢了马，举起钯，刺斜着头一筑。可怜那先锋，脱身要跳黄丝网，岂知又遇罩鱼人，却被八戒一钯，筑得九个窟窿鲜血冒，一头脑髓尽流干。有诗为证：

三二年前归正宗，持斋把素悟真空。

诚心要保唐三藏，初秉沙门立此功。

那呆子一脚踬住他的脊背，两手抡钯又筑。行者见了，大喜道："兄弟，正是这等！他领了几十个小妖，敢与老孙赌斗，彼我打败了，他转不往洞跑，却跑来这里寻死。亏你接着，不然又走了。"八戒道："弄风摄师父去的可是他？行者道："正是，正是。"八戒道："你可曾问他师父的下落么？"行者道："这怪把师父拿在洞里，要与他甚么鸟大王做下饭。是老孙恼了，就与他斗将这里来，却被你送了性命。兄弟呵，这个功劳算你的。你可还守着马与行李，等我把这死怪拖了去，再到那洞口索战。须是拿得那老妖，方才救得师父。"八戒道："哥哥说得有理。你去，你去，若是打败了这老妖，还赶将这里来，等老猪截住杀他。"好行者！一只手提着铁棒，一只手拖着死虎，径至他洞口。正是：

法师有难逢妖怪，情性相和伏乱魔。

毕竟不知此去可降得妖怪，救得唐僧，且听下回分解。

这虎先锋被领导的许诺给撩得来感了，随后来跟丢了师父的暴怒版悟空开打。丢了师父的暴怒猴子是不能惹的，这虎根本就禁不住猴哥的大粗棍子。但这时候领导给他的许诺和激将法开始发力了，他因为前面吹了牛，此时不敢回洞，跑路过程中被藏风山凹中守着行李和马匹的八戒一钯子打死了。

猴哥随后一手提铁棒一手提死虎去找正主去了。

工具人死了，两个牛人要碰碰了。

第二十一回

护法设庄留大圣，须弥灵吉定风魔

却说那五十个败残的小妖，拿着些破旗、破鼓，撞入洞里报道："大王，虎先锋战不过那毛脸和尚，被他赶下东山坡去了。"老妖闻说，十分烦恼。正低头不语，默思计策，又有把前门的小妖道："大王，虎先锋被那毛脸和尚打杀了，拖在门口骂战哩。"那老妖闻言，愈加烦恼道："这厮却也无知！我倒不曾吃他师父，他转打杀我家先锋，可恨！可恨！"叫："取披挂来。我也只闻得讲甚么孙行者，等我出去看是个甚么九头八尾的和尚，拿他进来，与我虎先锋对命。"众小妖急急抬出披挂。老妖结束齐整，绰一杆三股钢叉，帅群妖跳出本洞。那大圣停立门外，见那怪走将出来，着实骁勇。看他怎生打扮，但见：

金盔幌日，金甲凝光。盔上缨飘山雉尾，罗袍罩甲淡鹅黄。勒甲绦，盘龙耀彩；护心镜，绕眼辉煌。鹿皮靴，槐花染色；锦围裙，柳叶绒妆。手持三股钢叉利，不亚当年显圣郎。

那老妖出得门来，厉声高叫道："那个是孙行者？"这行者脚踊着虎怪的皮囊，手执着如意的铁棒，答道："你孙外公在此，送出我师父来！"那怪仔细观看，见行者身躯鄙猥，面容羸瘦，不满四尺，笑道："可怜，可怜！我只道是怎么样扳翻不倒的好汉，原来是这般一个骷髅的病鬼！"行者笑道："你这个儿子忒没眼力！你外公虽是小小的，你若肯照头打一叉柄，就长六尺。"那怪道："你硬着头，吃吾

一柄。”大圣公然不惧。那怪果打一下来，他把腰躬一躬，足长了六尺，有一丈长短，慌得那妖把钢叉按住，喝道：“孙行者，你怎么把这护身的变化法儿，拿来我门前使出？莫弄虚头！走上来，我与你见见手段！”行者笑道：“儿子啊，常言道：‘留情不举手，举手不留情。’你外公手儿重重的，只怕你捱不起这一棒！”那怪那容分说，撚转钢叉，望行者当胸就刺。这大圣，正是会家不忙，忙家不会，理开铁棒，使一个“乌龙掠地势”，拨开钢叉，又照头便打。他二人在那黄风洞外，这一场好杀：

妖王发怒，大圣施威。妖王发怒，要拿行者抵先锋；大圣施威，欲捉精灵救长老。叉来棒架，棒去叉迎。一个是镇山都总帅，一个是护法美猴王。初时还在尘埃战，后来各起在中央。点钢叉，尖明锐利；如意棒，身黑箍黄。戳着的，魂归冥府；打着的，定见阎王。全凭着手疾眼快，必须要力壮身强。两家舍死忘生战，不知那个平安那个伤。

话说小妖们向黄风大王汇报虎先锋战不过那毛脸和尚，被他赶下东山坡去了，这黄风大王十分烦恼，低头不语，默思计策。

他低头不语搁那儿默思啥计策呢？

这虎要是跑路了，猴子来追责的话他就不占理了，所以这唐僧交是不交呢？

后来见虎先锋死了，黄风大王开始单方面宣布正义：我没吃他师父，他打死了我的先锋，我要抓他给虎先锋偿命。

这黄风大王穿上披挂一亮相，那是相当精神的，人家并没有跟那猴和猪一样以老鼠面目本色出演剧情，人家那扮相可是不输给二郎神的！是不亚于当年显圣真君的！

见到悟空，黄风大王笑了：“可怜！可怜！我只道是怎么样扳翻不倒的好汉，原来是这般一个骷髅的病鬼！”

这句话结合后面的剧情其实可以有另一层的解读：取经没选上我，选了什么齐天大圣，我当是个多牛的人物，闹半天我原来就输给了这么个东西！

随后两个牛人开打，介绍战斗过程时作者留了句非常关键的线索：“一个是镇山都总帅，一个是护法美猴王。”

人家是镇着这八百里黄风岭的都总帅，不是普通的妖精，而且他跟虎先锋追责时说的是“我教你去巡山，只该拿些山牛、野彘、肥鹿、胡羊，怎么拿那唐僧来”！

人家平时的规矩也仅仅是吃些山里野味，并不像沙僧那样没人肉就吃不了饭地肆意妄为。

随着剧情的发展，这黄风大王的背景被一层层揭开了。

那老妖与大圣斗经三十回合，不分胜败。这行者要见功绩，使一个“身外身”的手段：把毫毛揪下一把，用口嚼得粉碎，望上一喷，叫声“变！”变有百十个行者，都是一样打扮，各执一根铁棒，把那怪围在空中。那怪害怕，也使一般本事，急回头，望着巽地上，把口张了三张，呼的一口气，吹将出去，忽然间，一阵黄风从空刮起，好风！真个利害：

冷冷飕飕天地变，无影无形黄沙旋。
穿林折岭倒松梅，播土扬尘崩岭坫。
黄河浪泼彻底浑，湘江水涌翻波转。
碧天振动斗牛宫，争些刮倒森罗殿。
五百罗汉闹喧天，八大金刚齐嚷乱。
文殊走了青毛狮，普贤白象难寻见。
真武龟蛇失了群，梓橦骡子飘其鞯。
行商喊叫告苍天，梢公拜许诸般愿。
烟波性命浪中流，名利残生随水办。
仙山洞府黑攸攸，海岛蓬莱昏暗暗。
老君难顾炼丹炉，寿星收了龙须扇。
王母正去赴蟠桃，一风吹乱裙腰钏。
二郎迷失灌州城，哪吒难取匣中剑。
天王不见手中塔，鲁班吊了金头钻。
雷音宝阙倒三层，赵州石桥崩两断。
一轮红日荡无光，满天星斗皆昏乱。
南山鸟往北山飞，东湖水向西湖漫。
雌雄折对不相呼，子母分离难叫唤。
龙王遍海找夜叉，雷公到处寻闪电。

十代阎王觅判官，地府牛头追马面。

这风吹到普陀山，卷起观音经一卷。

白莲花卸海边飞，吹倒菩萨十二院。

盘古至今曾见风，不似这风来不善。

唿喇喇乾坤险不咋崩开，万里江山都是颤。

那妖怪使出这阵狂风，就把孙大圣毫毛变的小行者，刮得在半空中，却似纺车儿一般乱转，莫想抡得棒，如何拢得身？慌得行者将毫毛一抖，收上身来，独自个举着铁棒，上前来打，又被那怪劈脸喷了一口黄风，把两只火眼金睛，刮得紧紧闭合，莫能睁开，因此难使铁棒，遂败下阵来。那妖收风回洞不题。

猴哥着急救唐僧，打了三十回合，见黄风大王居然扛得住他的棒子，立刻使出绝招，放“身外身”叫出毫毛。这黄风大王看来是不会三头六臂，打不了群架，惊慌之下也使出绝招，吹出了整个西游宇宙中最大的一场风。

这风上振天宫，下刮地府，西搅灵山，东迷蓬莱，甚至惊动了老君、王母这种高级神仙。总之，这是盘古开天辟地以来最猛的风。

这段风的描写中，有两个有意思的地方。

1. 这风刮得“文殊走了青毛狮，普贤白象难寻见”，实际上这是在说文殊发现青毛狮走了，普贤发现白象找不着了。这两只坐骑不是趁着这个机会才跑的，因为前面第十九回乌巢禅师已经说了：“精灵满国城，魔主盈山住。老虎坐琴堂，苍狼为主簿。狮象尽称王，虎豹皆作御。”人家当时就透露狮驼岭集团已经就位了。

有意思的地方来了，两位菩萨已经知道青狮、白象下界了，但这些年该不管还不管，而且狮驼岭集团是个长期团伙，后文第七十七回原话如下。

“如来道：‘菩萨之兽，下山多少时了？’文殊道：‘七日了。’如来道：‘山中方七日，世上几千年。不知在那厢伤了多少生灵，快随我收他去。’”

别听前面那个七日，听后面佛祖给两位菩萨面子的那句话，是“世上已千年”。

2.“哪吒难取匣中剑。天王不见手中塔。”

作者太逗了，还记得咱们前面说过，这俩是塑料父子情吗？老李找不着塔了，但哪吒也取不了剑了，这也算是间接救了李天王的命。

3. 在神仙的不动产中，灵山和普陀山受损严重，所谓“雷音宝阙倒三层……

这风吹到普陀山，卷起观音经一卷。白莲花卸海边飞，吹倒菩萨十二院”。作者用诗句针对性很强地写出了黄风大王在对谁发怒。佛祖你为啥不把话讲明了，到底让谁进组！观音你过黄风岭时为啥不站一脚，问问为啥这疙瘩风这么大！

别看这风那么猛，但咱猴哥该说不说比这风还猛，真是非水中战斗的顶级选手。人家依旧能够迎风举铁棒开打，但被劈脸喷了一口黄风后算是被喷到命门了，那火眼金睛闹了毛病，随后败阵而退。

甭管多牛的钢筋铁骨“无血条”战士，总得有个“阿喀琉斯之踵”，这火眼金睛就是猴哥的命门。用猴哥取经成功后的感悟来说就是：天地本不全，岂人力所能及哉！

却说猪八戒见那黄风大作，天地无光，牵着马，守着担，伏在山凹之间，也不敢睁眼，不敢抬头，口里不住的念佛许愿，又不知行者胜负何如，师父死活何如。正在那疑思之时，却早风定天晴，忽抬头往那洞门前看处，却也不见兵戈，不闻锣鼓。呆子又不敢上他门，又没人看守马匹、行李，果是进退两难，怆惶不已。

忧虑间，只听得孙大圣从西边吆喝而来，他才欠身迎着道：“哥哥，好大风啊！你从那里走来？”行者摆手道：“利害！利害！我老孙自为人，不曾见这大风。那老妖使一柄三股钢叉，来与老孙交战，战到有三十余合，是老孙使一个‘身外身’的本事，把他围打，他甚着急，故弄出这阵风来，果是凶恶，刮得我站立不住，收了本事，冒风而逃。哏，好风！哏，好风！老孙也会呼风，也会唤雨，不曾似这个妖精的风恶！”八戒道：“师兄，那妖精的武艺如何？”行者道：“也看得过，叉法儿倒也齐整，与老孙也战个手平。却只是风恶了，难得赢他。”八戒道：“似这般怎生救得师父？”行者道：“救师父且等再处，不知这里可有眼科先生，且教他把我眼医治医治。”八戒道：“你眼怎的来？”行者道：“我被那怪一口风喷将来，吹得我眼珠酸痛，这会子冷泪常流。”八戒道：“哥啊，这半山中，天色又晚，且莫说要甚么眼科，连宿处也没有了。”行者道：“要宿处不难。我料着那妖精还不敢伤我师父，我们且找上大路，寻个人家住下，过此一宵，明日天明再来降怪罢。”八戒道：“正是，正是。”

他却牵了马，挑了担，出山凹，行上路口。此时渐渐黄昏，只听得路南山坡下，有犬吠之声。二人停身观看，乃是一家庄院，影影的有灯火光明。他两个也不管有路无路，漫草而行，直至那家门首，但见：

紫芝翳翳，白石苍苍。紫芝翳翳多青草，白石苍苍半绿苔。数点小萤光灼灼，一林野树密排排。香兰馥郁，嫩竹新栽。清泉流曲涧，古柏倚深崖。地僻更无游客到，门前惟有野花开。

他两个不敢擅入，只得叫一声："开门，开门！"那里边有一老者，带几个年幼的农夫，叉钯扫帚齐来，问道："甚么人？甚么人？"行者躬身道："我们是东土大唐圣僧的徒弟，因往西方拜佛求经，路过此山，被黄风大王拿了我师父进去，我们还未救得。天色已晚，特来府上告借一宵，万望方便方便。"那老者答礼道："失迎，失迎。此间乃云多人少之处，却才闻得叫门，恐怕是妖狐、老虎，及山中强盗等类，故此小介愚顽，多有冲撞。不知是二位长老。请进，请进。"

他兄弟们牵马挑担而入，径至里边拴马歇担，与庄老拜见叙坐。又有苍头献茶。茶罢，捧出几碗胡麻饭。饭毕，命设铺就寝。行者道："不睡还可，敢问善人，贵地可有卖眼药的？"老者道："是那位长老害眼？"行者道："不瞒你老人家说，我们出家人，自来无病，从不晓得害眼。"老人道："既不害眼，如何讨药？"行者道："我们今日在黄风洞口，救我师父，不期被那怪将一口风喷来，吹得我眼珠酸痛。今有些眼泪汪汪，故此要寻眼药。"那老者道："善哉！善哉！你这个长老，小小的年纪，怎么说谎？那黄风大圣，风最利害。他那风，比不得甚么春秋风、松竹风，与那东西南北风。"八戒道："想必是甲脑风、羊耳风、大麻风、偏正头风？"长者道："不是，不是。他叫做'三昧神风'。"行者道："怎见得？"老者道："那风，

能吹天地暗，善刮鬼神愁。
裂石崩崖恶，吹人命即休。

你们若遇着他那风吹了时，还想得活哩！只除是神仙，方可得无事。"

行者道："果然！果然！我们虽不是神仙，神仙还是我的晚辈，这条命急切难休，却只是吹得我眼珠酸痛。"那老者道："既如此说，也是个有来头的人。我这敝处，却无卖眼药的。老汉也有些迎风冷泪，曾遇异人传了一方，名唤'三花九子膏'，能治一切风眼。"行者闻言，低头唱喏道："愿求些儿点试试。"那老者应承，即走进去，取出一个玛瑙石的小罐儿来，拔开塞口，用玉簪儿蘸出少许，与行者点上，教他不

得睁开，宁心睡觉，明早就好。点毕，收了石礶，径领小介们退于里面。八戒解包袱，展开铺盖，请行者安置。行者闭着眼乱摸。八戒笑道："先生，你的明杖儿呢？"行者道："你这个馕糟的呆子！你照顾我做瞎子哩！"那呆子哑哑的暗笑而睡，行者坐在铺上，转运神功，只到三更后，方才睡下。

不觉又是五更将晓，行者抹抹脸，睁开眼道："果然好药！比常更有百分光明。"却转头，后边望望，呀！那里得甚房舍窗门，但只见些老槐高柳，兄弟们都睡在那绿莎茵上。那八戒醒来道："哥哥，你嚷怎的？"行者道："你睁开眼睛看看。"呆子忽抬头，见没了人家，慌得一轂辘爬将起来道："我的马哩？"行者道："树上拴的不是？""行李呢？"行者道："你头边放的不是？"八戒道："这家子也惫懒。他搬了，怎么就不叫我们一声？通得老猪知道，也好与你送些茶果。想是躲门户的，恐怕里长晓得，却就连夜搬了。噫！我们也忒睡得死！怎么他家拆房子，响也不听见响响？"行者吸吸的笑道："呆子，不要乱嚷，你看那树上是个甚么纸帖儿。"八戒走上前，用手揭了，原来上面四句颂子云：

庄居非是俗人居，护法伽蓝点化庐。

妙药与君医眼痛，尽心降怪莫踌躇。

这风凶恶到了八戒伏在山凹之间不敢睁眼，不敢抬头，口里不住念佛许愿，等哥儿俩碰面后，猴哥也对这风的级别做了顶级背书。两人决定先休息一晚，随后来到了取经摄影跟拍团队护教伽蓝化身的补给站，护教伽蓝给猴哥科普了黄风大王的"三昧神风"，并给了能治病的眼药，治完病后护教伽蓝半夜赶紧跑路了。

这护教伽蓝知道黄风大王的底细，不仅知道那风是啥风，甚至还有对症的药，但不敢点破黄风大王的来历。

小吏不敢掺和大官的事啊！这个黄风大王是不配他们这个级别来解锁的。

行者道："这伙强神，自换了龙马，一向不曾点他，他倒又来弄虚头！"八戒道："哥哥莫扯架子，他怎么伏你点札？"行者道："兄弟，你还不知哩。这护教伽蓝、六丁六甲、五方揭谛、四值功曹，奉菩萨的法旨，暗保我师父者。自那日报了名，只为这一向有了你，再不曾用他们，故不曾点札罢了。"八戒道："哥哥，既奉法旨，暗保师父，所以不能现身明显，故此点化仙庄。你莫怪他，昨日也亏他与你点眼，又亏他管了我们一顿斋饭，亦可谓尽心矣。你莫怪他，我们且去救师父来。”行者道：“兄弟说得是。此处到那黄风洞口不远，你且莫动身，只在林子里看马守担，等老孙去洞里打听打听，看师父下落何如，再与他争战。”八戒道：“正是这等，讨一个死活的实信。假若师父死了，各人好寻头干事；若是未死，我们好竭力尽心。”行者道：“莫乱谈，我去也！”他将身一纵，径到他门首，门尚关着睡觉。行者不叫门，且不惊动妖怪，捻着诀，念个咒语，摇身一变，变做一个花脚蚊虫，真个小巧！有诗为证：

扰扰微形利喙，嘤嘤声细如雷。

兰房纱帐善通随，正爱炎天暖气。

只怕薰烟扑扇，偏怜灯火光辉。

轻轻小小忒钻疾，飞入妖精洞里。

只见那把门的小妖，正打鼾睡，行者往他脸上叮了一口，那小妖翻身醒了道：“我爷哑，好大蚊子！一口就叮了一个大疙疸！”忽睁眼道：“天亮了。”又听得支的一声，二门开了。行者嘤嘤的飞将进去，只见那老妖分付各门上谨慎，一壁厢收拾兵器：“只怕昨日那阵风，不曾刮死孙行者，他今日必定还来，来时定教他一命休矣。”

行者听说，又飞过那厅堂，径来后面。却见一层门，关得甚紧。行者漫门缝儿钻将进去，原来是个大空园子，那壁厢定风桩上，绳缠索绑着唐僧哩。那师父纷纷泪落，心心只念着悟空、悟能，不知都在何处。行者停翅，叮在他光头上，叫声“师父”。那长老认得他的声音，道：“悟空啊，想杀我也！你在那里叫我哩？”行者道：“师父，我在你头上哩。你莫要心焦，少得烦恼，我们务必拿住妖精，方才救得你的性命。”唐僧道：“徒弟啊，几时才拿得妖精么？”行者道：“拿你的那虎怪，已被八戒打死了，只是老妖的风势利害。料着只在今日，管取拿他。你放心莫哭，我去哑。”

说声去，嘤嘤的飞到前面。只见那老妖坐在上面，正点札各路头目，又见那洞前有一个小妖，把个令字旗磨一磨，撞上厅来报道：“大王，小的巡山，才出门，见一个长嘴大耳朵的和尚，坐在林里，若不是我跑得快些，几乎被他捉住。却不见昨日那个毛脸和尚。”老妖道：“孙行者不在，想必是风吹死也，再不，便去那里求救兵去了！”众妖道：“大王，若果吹杀了他，是我们的造化；只恐吹不死他，他去请些神兵来，却怎生是好？”老妖道：“怕他怎的，怕那甚么神兵！若还定得我

的风势，只除了灵吉菩萨来是，其余何足惧也！”

猴哥给八戒科普了一下取经的摄影跟拍团队，然后去黄风洞打探消息。走之前八戒第一次表达了对取经的态度：讨一个死活的实信，死了就各忙各的去了，没死咱接着竭力尽心。八戒看得很开。

还是那句话，没有足够的背景是说不出这么有底气又豁达的话的。

猴哥变成蚊子飞进黄风大王的洞府，听见黄风大王正嘱咐各门谨慎，厉兵秣马，准备今天彻底吹死猴哥！

从法理上来讲，唐僧是虎先锋绑的，虎先锋被悟空杀了，黄风大王为虎先锋报仇，如果把猴哥弄死的话，是能说通的。

之后，你猜他会对唐僧说啥？

他大概会说："什么！你是要去取经的？我就是奉佛命镇守这八百里黄风岭的！我也是灵山来的，那路我熟啊！我不吃你了，我保着你去西天呗！"

你猜唐僧被拯救后会说啥？那肯定举双手同意啊："你喊我师父，我喊你黄哥。那猴子我早就看着不顺眼了，咱赶紧走！"

从最开始，黄风大王的重点就在这个"名唤孙行者，神通广大，智力高强"（第二十回）的徒弟身上！

你不把位置腾出来，我怎么能进去！

猴哥找到了定风桩上绳缠索绑正流泪的唐僧，随后安抚了一下，出去的时候听见黄风洞众妖在开会。黄风大王听说小妖只看到八戒后展开了分析：这猴子要么是死了，要么是搬救兵去了。随后在小妖们的疑问中，黄风大王好死不死地说出了自己的命门：除了灵吉菩萨，谁来都白给！

永远别显摆你的宝贝，永远别吐露你的命门，这是西游宇宙中的铁律，也是人生中的铁律。

行者在屋梁上，只听得他这一句言语，不胜欢喜，即抽身飞出，现本相，来至林中，叫声："兄弟！"八戒道："哥，你往那里去来？刚才一个打令字旗的妖精，被我赶了去也。"行者笑道："亏你！亏你！老孙变做蚊虫儿，进他洞去，探看师父，原来师父被他绑在定风桩上哭哩。是老孙分付，教他莫哭，又飞在梁上听了一听。

只见那拿令字旗的，喘嘘嘘的走进去报道：只是被你赶他，却不见我。老妖乱猜乱说，说老孙是风吹杀了，又说是请神兵去了。他却自家供出一个人来。甚妙！甚妙！”八戒道：“他供的是谁？”行者道：“他说怕甚么神兵，那个能定他的风势，只除是灵吉菩萨来是。但不知灵吉住在何处？”

正商议处，只见大路旁走出一个老公公来。你看他怎生模样：

身健不扶拐杖，冰髯雪鬓蓬蓬。

金花耀眼意朦胧，瘦骨衰筋强硬。

屈背低头缓步，庞眉赤脸如童。

看他容貌是人称，却似寿星出洞。

八戒望见，大喜道：“师兄，常言道：‘要知山下路，须问去来人。’你上前问他一声何如？”真个大圣藏了铁棒，放下衣襟，上前叫道：“老公公，问讯了。”那老者半答不答的，还了个礼道：“你是那里和尚？这旷野处，有何事干？”行者道：“我们是取经的圣僧，昨日在此失了师父。特来动问公公一声，灵吉菩萨在那里住？”老者道：“灵吉在直南上。从此处到那里，还有二千里路。有一山，呼名小须弥山。山中有个道场，乃是菩萨讲经禅院。汝等是取他的经去了？”行者道：“不是取他的经，我有一事烦他。不知从那条路去？”老者用手向南指道：“这条羊肠路就是了。”哄得那孙大圣回头看路，那公公化作清风，寂然不见。只是路旁遗下一张简帖，上有四句颂子云：

上覆齐天大圣听，老人乃是李长庚。

须弥山有飞龙杖，灵吉当年受佛兵。

行者执了帖儿，转身下路。八戒道：“哥啊，我们连日造化低了，这两日，忏日里见鬼，那个化风去的老儿是谁？”行者把帖儿递与八戒，念了一遍道：“李长庚是那个？”行者道：“是西方太白金星的名号。”八戒慌得望空下拜道：“恩人！恩人！老猪若不亏金星奏准玉帝时，性命也不知化作甚的了！”行者道：“兄弟，你却也知感恩。但莫要出头，只藏在这树林深处，仔细看守行李、马匹，等老孙寻须弥山，请菩萨去耶。”八戒道：“晓得！晓得！你只管快快前去，老猪学得个乌龟法，得缩头时且缩头。”

猴哥听后狂喜，所谓“只听得他这一句言语，不胜欢喜，即抽身飞出”，随后跟八戒说：他自家供出一个人来，甚妙！甚妙！

当猴哥跟八戒说了这妖怪只怕灵吉菩萨后，取经项目副总经理太白金星化身老公公出来仙人指路了。

这可是你自己探听出来的！你既然知道他的死穴了，那咱指个路是没有责任的！

这是多么强的分寸感！

随后咱们记住太白金星说灵吉菩萨在哪儿：在南方两千里外的小须弥山道场。

这个很关键，咱们后面会提到。

八戒给太白金星磕头，谢他当年救命之恩。猴哥启程去了小须弥山。

孙大圣跳在空中，纵筋斗云，径往直南上去，果然速快。他点头径过三千里，挎腰八百有余程。须臾见一座高山，半中间有祥云出现，瑞霭纷纷，山凹里果有一座禅院，只听得钟磬悠扬，又见那香烟缥缈。大圣直至门前，见一道人，项挂数珠，口中念佛。行者道："道人，作揖。"那道人躬身答礼道："那里来的老爷？"行者道："这可是灵吉菩萨讲经处么？"道人道："此间正是，有何话说？"行者道："累烦你老人家，与我传答传答，我是东土大唐驾下御弟三藏法师的徒弟，齐天大圣孙悟空行者。今有一事，要见菩萨。"道人笑道："老爷字多话多，我不能全记。"行者道："你只说是唐僧徒弟孙悟空来了。"道人依言，上讲堂传报。那菩萨即穿袈裟，添香迎接。这大圣才举步入门，往里观看，只见那：

满堂锦绣，一屋威严。众门人齐诵《法华经》，老班首轻敲金铸磬。佛前供养，尽是仙果仙花；案上安排，皆是素肴素品。辉煌宝烛，条条金焰射虹霓；馥郁真香，道道玉烟飞彩雾。正是那讲罢心闲方入定，白云片片绕松梢。静收慧剑魔头绝，般若波罗善会高。

那菩萨整衣出迓，行者登堂，坐了客位，随命看茶。行者道："茶不劳赐，但我师父在黄风山有难，特请菩萨施大法力，降怪救师。"菩萨道："我受了如来法令，在此镇押黄风怪。如来赐了我一颗'定风丹'，一柄'飞龙宝杖'。当时被我拿住，饶了他的性命，放他去隐性归山，不许伤生造孽。不知他今日欲害令师，有违教令，我之罪也。"那菩萨欲留行者治斋相叙，行者恳辞，随取了飞龙杖，与大圣一齐驾云，

不多时至黄风山上。

猴哥到了须弥山，灵吉菩萨说出自己的任务，他是专门受如来佛祖的法令镇押黄风怪的，所谓“我受了如来法令，在此镇押黄风怪”。

谁家牢头会在两千里外镇押……

他能降妖是因为如来当年给了他两样法宝：一颗定风丹，此处为火焰山埋下伏笔；一柄飞龙宝杖，一会儿摔耗子用。

菩萨道：“大圣，这妖怪有些怕我，我只在云端内住定，你下去与他索战，诱他出来，我好施法力。”行者依言，按落云头，不容分说，掣铁棒，把他洞门打破，叫道：“妖怪，还我师父来也！”慌得那把门小妖，急忙传报。那怪道：“这泼猴着实无礼！再不伏善，反打破我门，这一出去，使阵神风，定要吹死。”仍前披挂，手绰钢叉，又走出门来，见了行者，更不打话，撚叉当胸就刺。大圣侧身躲过，举棒对面相还。战不数合，那怪吊回头，望巽地上，才待要张口呼风，只见那半空里，灵吉菩萨将飞龙宝杖丢将下来，不知念了些甚么咒语，却是一条八爪金龙，拨剌的抡开两爪，一把抓住妖精，提着头，两三捽，捽在山石崖边，现了本相，却是一个黄毛貂鼠。

行者赶上，举棒就打，被菩萨拦住道：“大圣，莫伤他命，我还要带他去见如来。”对行者道：“他本是灵山脚下的得道老鼠，因为偷了琉璃盏内的清油，灯火昏暗，恐怕金刚拿他，故此走了，却在此处成精作怪。如来照见了他，不该死罪，故着我辖押，但他伤生造孽，拿上灵山。今又冲撞大圣，陷害唐僧，我拿他去见如来，明正其罪，才算这场功绩哩。”行者闻言，却谢了菩萨。菩萨西归不题。

却说猪八戒在那林内，正思量行者，只听得山坡下叫声：“悟能兄弟，牵马挑担来耶。”那呆子，认得是行者声音，急收拾跑出林外，见了行者道：“哥哥，怎的干事来？”行者道：“请灵吉菩萨使一条飞龙杖，拿住妖精，原来是个黄毛貂鼠成精，被他拿去灵山，见如来去了。我和你洞里去救师父。”那呆子才欢欢喜喜。二人撞入里面，把那一窝狡兔妖狐、香獐角鹿，一顿钉钯铁棒，尽情打死，却往后园，拜救师父。师父出得门来，问道：“你两人怎生捉得妖精，如何方救得我？”行者将那请灵吉降妖的事情，陈了一遍，师父谢之不尽。他兄弟们把洞中素物，安排些茶

饭吃了，方才出门，找大路向西而去。毕竟不知向后如何，且听下回分解。

灵吉菩萨跟着猴哥来降妖了，就在黄风怪要吹风的时候，飞龙宝杖在一通咒语后变为了八爪金龙，把黄风怪直接摔出了原形。随后悟空要下狠手时灵吉菩萨说了一段信息量极大的话。

1. 别杀，它的下一站归宿是如来佛祖那里。

2. 这黄风怪本是灵山脚下的得道老鼠,别“妖精妖精”地乱叫！要喊“黄大人”！人家也不是吃了偷的灯油后才法力大增的，早就是得道老鼠，是因为动了佛祖琉璃盏里的清油，影响了灵山照明，才跑路了。

3. 佛祖发现了这事，跟我说他不该死罪，派我来辖押他。

4. 如今他因为冲撞大圣，陷害唐僧，所以要去如来那儿领罚。

从头到尾，这老鼠被安排在哪儿以及这老鼠的未来都只掌握在一个人——如来佛祖手上。

灵吉菩萨最开始拿住他监押时是放他“隐性归山”，直接放在了两千里外的西行必经之路黄风岭，如今他冲撞了取经人，不管这是啥罪过都得如来佛来判。品出味道来了吗?

佛祖相当疼这老鼠，对这老鼠其实不比对猴哥薄。

两人唯一的区别是佛祖当年把猴哥拍在五行山下了，猴哥的位置更往东些，就在国境线上，这是已经摊牌了的大徒弟，观音菩萨必须得选；而黄风怪则往西了那么一点点。

不过不必为这黄毛老鼠叹息，佛祖又不是就给他安排这一次镀金项目。

猴哥那欺天偷桃、祸害老君的罪过佛祖都有办法平，何况黄风怪这点事！祸不怕大，罪不怕重，佛祖对你有没有安排，这事最关键。

第二十二回

八戒大战流沙河，木叉奉法收悟净

话说唐僧师徒三众，脱难前来，不一日，行过了黄风岭，进西却是一脉平阳之地。光阴迅速，历夏经秋，见了些寒蝉鸣败柳，大火向西流。正行处，只见一道大水狂澜，浑波涌浪。三藏在马上忙呼道："徒弟，你看那前边水势宽阔，怎不见船只来往？我们从那里过去？"八戒见了道："果是狂澜，无舟可渡。"那行者跳在空中，用手搭凉篷而看，他也心惊道："师父啊，真个是难，真个是难！这条河，若论老孙去时，只消把腰儿扭一扭，就过去了；若师父，诚十分难渡，万载难行。"三藏道："我这里一望无边，端的有多少宽阔？"行者道："径过有八百里远近。"八戒道："哥哥，怎的定得个远近之数？"行者道："不瞒贤弟说，老孙这双眼，白日里常看得千里路上的吉凶。却才在空中，看出此河，上下不知多远，但只见这径过足有八百里。"长老忧嗟烦恼，兜回马，忽见岸上有一通石碑。三众齐来看时，见上有三个篆字，乃"流沙河"，腹上又有小小的四行真字云：

八百流沙界，三千弱水深。

鹅毛飘不起，芦花定底沉。

师徒们正看碑文，只听得那浪涌如山，波翻若岭，河当中滑辣的钻出一个妖精，十分凶丑：

一头红焰发蓬松，两只圆睛亮似灯。

不黑不青蓝靛脸，如雷如鼓老龙声。

身披一领鹅黄氅，腰束双攒露白藤。

项下骷髅悬九个，手持宝杖甚峥嵘。

那怪一个旋风奔上岸来，径抢唐僧。慌得行者把师父抱住，急登高岸，回身走脱。那八戒放下担子，掣出钉钯，望妖精便筑。那怪使宝杖架住。他两个在流沙河岸，各逞英雄。这一场好斗：

九齿钯，降妖杖，二人相敌河崖上。这个是总督大天蓬，那个是谪下卷帘将。昔年曾会在灵霄，今日争持赌猛壮。这一个钯去探爪龙，那一个杖架磨牙象。伸开大四平，钻入迎风戗。这个没头没脸抓，那个无乱无空放。一个是久占流沙界吃人精，一个是秉教迦持修行将。

入秋了，取经团队在唐僧出发满周年的时候即将满编，也来到了第一条超级大河。该说不说，沙僧能拿到这个职位绝对与他的特殊专业有关，让他加入纯粹是考虑到可能会有水战，但其实整个取经过程中只有四条河：流沙河、黑水河、通天河、子母河。

黑水河准确来说都不叫关卡，就十来里宽，子母河就更别说了，至于通天河，那可是菩萨的道场，所以，沙僧其实就是被贬的位置太拿分了，土匪查大车查成正式工了。

再往后看，我们会替那只黄毛老鼠更加惋惜。

就在猴哥测量出此河有八百里宽后，水里突然钻出个妖怪，红焰发、圆灯眼、蓝靛脸、老龙声。这么个模样做卷帘将，可见玉帝的审美多么独特。这妖怪直奔唐僧就来了，猴哥抱住唐僧，八戒迎战，哥儿俩开干。

菩萨嘱咐沙僧了，他的下一个老大是个取经的和尚，他难道看不出来唐僧是个和尚？他应该早就知道那是他老大来了！

那他为啥来抢唐僧呢？

就是制造冲突！因为他不光看见了唐僧，还看见了猴和猪，那俩明显不是宠物，他要是一上来就归顺了，就没理由“同室操戈”了，那妥妥的就得按先来后到去当老三了！

不分青红皂白先打，万一打赢了亮明身份，手下败将还好意思当师兄吗？让菩萨评评理，菩萨明明先收的我！

他两个来来往往，战经二十回合，不分胜负。

那大圣护了唐僧，牵着马，守定行李，见八戒与那怪交战，就恨得咬牙切齿，擦掌磨拳，忍不住要去打他，掣出棒来道："师父，你坐着莫怕。等老孙和他耍耍而来。"那师父苦留不住。他打个呼哨，跳到前边。原来那怪与八戒正战到好处，难解难分。被行者抡起铁棒，望那怪着头一下，那怪急转身，慌忙躲过，径钻入流沙河里。气得个八戒乱跳道："哥啊！谁着你来的！那怪渐渐手慢，难架我钯，再不上三五合，我就擒住他了！他见你凶险，败阵而逃，怎生是好！"行者笑道："兄弟，实不瞒你说，自从降了黄风怪，下山来这个把月不曾耍棒，我见你和他战的甜美，我就忍不住脚痒，故就跳将来耍耍的。那知那怪不识耍，就走了。"

他两个搀着手，说说笑笑，转回见了唐僧。唐僧道："可曾捉得妖怪？"行者道："那妖怪不奈战，败回钻入水去也。"三藏道："徒弟，这怪久住在此，他知道浅深。似这般无边的弱水，又没了舟楫，须是得个知水性的，引领引领，才好哩。"行者道："正是这等说。常言道：'近朱者赤，近墨者黑。'那怪在此，断知水性。我们如今拿住他，且不要打杀，只教他送师父过河，再做理会。"八戒道："哥哥，不必迟疑，让你先去拿他，等老猪看守师父。"行者笑道："贤弟呀，这桩儿我不敢说嘴。水里勾当，老孙不大十分熟。若是空走，还要捻诀，又念念'避水咒'，方才走得；不然，就要变化做甚么鱼虾蟹鳖之类，我才去得。若论赌手段，凭你在高山云里，干甚么蹊跷异样事儿，老孙都会；只是水里的买卖，有些儿狼犺。"八戒道："老猪当年总督天河，掌管八万水兵大众，倒学得知些水性。却只怕那水里有甚么眷族老小，七窝八代的都来，我就弄他不过。一时被他捞去，却怎么好？"行者道："你若到水中与他交战，却不要恋战，许败不许胜，把他引将出来，等老孙下手助你。"八戒道："言得是，我去耶。"说声去，就剥了青锦直裰，脱了鞋，双手舞钯，分开水路，使出那当年旧手段，跃浪翻波，撞将进去，径至水底之下，往前正走。

八戒和沙僧打了二十回合不分胜负后，猴哥又要去打，考虑到上次他也这德行，唐僧不同意。但是，唐僧这领导根本控制不住这猴子，所谓"那师父苦留不住"，猴子还是走了。

我要是唐僧，我现在就开念了，哪里跑！回来！你走一个试试！上回就因为你走了，给我绑了好几天！挪一步我念死你！你这保镖知道大领导让你保护谁吗?

猴子参战,一棒子把沙僧打水里去了,给八戒气得乱跳,随后猴子说出理由:“下山来这个把月不曾耍棒，我见你和他战的甜美，我就忍不住脚痒，故就跳将来耍耍的。那知那怪不识耍，就走了。”

他纯是个玩儿!

回去后，师徒三人确定方案：拿住水怪骑他过河。人家八戒这回灵了，你喜欢打你去吧，我看着师父。这时猴哥又说自己水里活儿不行了，注意这里面猴哥说的一句话：“若是空走，还要捻诀，又念念‘避水咒’，方才走得；不然，就要变化做甚么鱼虾蟹鳖之类，我才去得。”

猴哥入水要捻诀，那手就没法抡棒子了，所以水里活儿不行，这个技能短板埋下伏笔，方便后面讨论那犀牛角为啥失踪了时用。

一番讨论后，还是八戒下河去二战沙僧。

却说那妖败了阵回，方才喘定，又听得有人推得水响，忽起身观看，原来是八戒执了钯推水。那怪举杖当面高叫道：“那和尚！那里走！仔细看打！”八戒使钯架住道：“你是个甚么妖精，敢在此间挡路？”那妖道：“你是也不认得我。我不是那妖魔鬼怪，也不是少姓无名。”八戒道：“你既不是邪妖鬼怪，却怎生在此伤生？你端的甚么姓名，实实说来，我饶你性命。”那怪道：“我：

自小生来神气壮，乾坤万里曾游荡。
英雄天下显威名，豪杰人家做模样。
万国九州任我行，五湖四海从吾撞。
皆因学道荡天涯，只为寻师游地旷。
常年衣钵谨随身，每日心神不可放。
沿地云游数十遭，到处闲行百余荡。
因此才得遇真人，引开大道金光亮。
先将婴儿姹女收，后把木母金公放。
明堂肾水入华池，重楼肝火投心脏。

三千功满拜天颜，志心朝礼明华向。

玉皇大帝便加升，亲口封为卷帘将。

南天门里我为尊，灵霄殿前吾称上。

腰间悬挂虎头牌，手中执定降妖杖。

头顶金盔愰日光，身披铠甲明霞亮。

往来护驾我当先，出入随朝予在上。

只因王母降蟠桃，设宴瑶池邀众将。

失手打破玉玻璃，天神个个魂飞丧。

玉皇即便怒生嗔，却令掌朝左辅相。

卸冠脱甲摘官衔，将身推在杀场上。

多亏赤脚大天仙，越班启奏将吾放。

饶死回生不典刑，遭贬流沙东岸上。

饱时困卧此河中，饿去翻波寻食饷。

樵子逢吾命不存，渔翁见我身皆丧。

来来往往吃人多，翻翻覆覆伤生瘴。

你敢行凶到我门，今日肚皮有所望。

莫言粗糙不堪尝，拿住消停剁鲊酱。”

八戒下水捉沙僧来了，随后沙僧展开了长篇自我介绍，有以下关键点。

1. 从小生下来就爱旅游，堪称西游宇宙徐霞客，最终在“沿地云游数十遭，到处闲行百余荡”后，才得遇真人学了本事，功成上天，被玉帝亲封为卷帘将。

人家这师父也了不得，不过从修行方法和“三千功满”这种明确的道教修炼方式只能知道沙僧的师父是个道教大佬，但沙僧跟他师父的关系明显不行，至少没有八戒招稀罕。他下来后七天受一次飞刀之罪，他师父要是管他不至于这样，沙僧后来取经也是极其坚定的，从坚定程度来看，也是对曾经的师父不抱啥希望了。

2. 在内部的一次蟠桃赏赐会中，注意没说是公开的蟠桃大会，而是“设宴瑶池邀众将”，是军界的，沙僧因为失手打破玉玻璃要被杀，最终被赤脚大仙救了。

3. 他准确意义上是被贬到了流沙河东岸，是住在山里的，饿了下河捉河鲜，所谓“饱时困卧此河中，饿去翻波寻食饷”。

4. 最爱吃人！见一个吃一个，而且以吃人为荣，你别看他本事不大，实际上论造的业他在这西行路上数一数二。

八戒闻言大怒，骂道："你这泼物，全没一些儿眼力！我老猪还掐出水沫儿来哩，你怎敢说我粗糙，要剁鲊酱！看起来，你把我认做个老走硝哩。休得无礼！吃你祖宗这一钯！"那怪见钯来，使一个"凤点头"躲过，两个在水中打出水面，各人踏浪登波。这一场赌斗，比前不同。你看那：

卷帘将，天蓬帅，各显神通真可爱。那个降妖宝杖着头抡，这个九齿钉钯随手快。跃浪振山川，推波昏世界。凶如太岁撞幢幡，恶似丧门掀宝盖。这一个赤心凛凛保唐僧，那一个犯罪滔滔为水怪。钯抓一下九条痕，杖打之时魂魄败。努力喜相持，用心要赌赛。算来只为取经人，怒气冲天不忍耐。搅得那鳜鲌鲤鳜退鲜鳞，龟鳖鼋鼍伤损盖。红虾紫蟹命皆亡，水府神明朝上拜。只听得波翻浪滚似雷轰，日月无光天地怪。

二人整斗有两个时辰，不分胜败，这才是铜盆逢铁帚，玉磬对金钟。

却说那大圣，保着唐僧，立在岸上，眼巴巴的望着他两个在水上争持，只是他不好动手。只见那八戒虚幌一钯，佯输诈败，转回头往东岸上走。那怪随后赶来，将近到了岸边，这行者忍耐不住，撇了师父，掣铁棒，跳到河边，望妖精劈头就打。那怪物不敢相迎，搜的又钻入河内。八戒嚷道："你这弼马温，真是个急猴子！你再缓缓些儿，等我哄他到了高处，你却阻住河边，教他不能回首时，却不拿住他也。他这进去，几时又肯出来？"行者笑道："呆子，莫嚷！莫嚷！我们且回去见师父去来。"

八戒却同行者到高岸上见了三藏。三藏欠身道："徒弟辛苦哑。"八戒道："且不说辛苦，只是降了妖精，送得你过河，方是万全之策。"三藏道："你才与妖精交战何如？"八戒道："那妖的手段，与老猪是个对手。正战处，使一个诈败，他才赶到岸上，见师兄举着棍子，他就跑了。"三藏道："如此怎生奈何？"行者道："师父放心，且莫焦恼。如今天色又晚，且坐在这崖岸之上，待老孙去化些斋饭来，你吃了睡去，待明日再处。"八戒道："说得是，你快去快来。"

八戒听完介绍没提自己天宫的履历，直接开打了，因为沙僧嚷嚷他肉粗不好吃，他则说自己明明一掐一兜水。居然敢说咱老猪皮肤不好，怒了！这回哥儿俩打得非常充分，连打了四个小时不分胜败。八戒终于给沙僧引到岸边来，猴哥再次没憋住，“这行者忍耐不住，撇了师父，掣铁棒，跳到河边，望妖精劈头就打”。

这次战斗后，悟空的形象在唐僧眼里基本确定了。

1. 猴子从来没把他这个师父当回事。

2. 猴子靠自己从来没有办成过事！

成事不足，败事有余！白龙他抓不着；丢袈裟事件是观音亲自来解决的；八戒是听了取经人的消息主动归顺的；虎先锋是八戒打死的；黄风怪是灵吉菩萨收走的；眼下这个水怪也是八戒在力战，猴子你有啥功劳？

这回沙僧又跑了，八戒急了，直接骂他弼马温，悟空也不敢还嘴了。哥儿俩这时才想起来，得赶紧回去见师父。

这次八戒回来后，唐僧的态度是这样的：“三藏欠身道：‘徒弟辛苦哑。’”

猴哥此时在唐僧心中的地位已经没有八戒高了，然后你听人家八戒怎么说的：“且不说辛苦，只是降了妖精，送得你过河，方是万全之策。”

还有态度这么端正的队友吗？八戒一等功啊！

行者急纵云跳起去，正到直北下人家，化了一钵素斋，回献师父。师父看他来得甚快，便叫：“悟空，我们去化斋的人家，求问他一个过河之策，不强似与这怪争持？”行者笑道：“这家子远得狠哩！相去有五七千里之路。他那里得知水性？问他何益？”八戒道：“哥哥，又来扯谎了，五七千里路，你怎么这等去来得快？”行者道：“你那里晓得，老孙的筋斗云，一纵有十万八千里。这五七千里，只消把头点上两点，把腰躬上一躬，就是个往回，有何难哉！”八戒道：“哥啊，既是这般容易，你把师父背着，只消点点头，躬躬腰，跳过去罢了，何必苦苦的与这怪厮战？”行者道：“你也会驾云，你把师父驮过去罢。”八戒道：“师父的凡胎肉骨，重似太山，我这驾云的，怎能得起？须是你的筋斗方可。”行者道：“我的筋斗，好道也是驾云，只是去的有远近些儿。你是驮不动，我却如何驮得动？自古道：‘遣太山轻如芥子，携凡夫难脱红尘。’像这泼魔毒怪，使摄法，弄风头，却是扯扯拉拉，就地而行，不能带得空中而去；像那样法儿，老孙也会使会弄，还有那隐身法、缩地法，

老孙件件皆知。但只是师父要穷历异邦，不能勾超脱苦海，所以寸步难行者也。我和你只做得个拥护，保得他身在命在，替不得这些苦恼，也取不得经来；就是有能先去见了佛，那佛也不肯把经传与你我。正叫做‘若将容易得，便作等闲看’。”那呆子闻言，喏喏听受。遂吃了些无菜的素食，师徒们歇在流沙河东崖岸之上。

次早，三藏道：“悟空，今日怎生区处？”行者道：“没甚区处，还须八戒下水。”八戒道：“哥哥，你要图干净，只作成我下水。”行者道：“贤弟，这番我再不急性了，只让你引他上来，我拦住河边，不让他回去，务要将他擒了。”好八戒，抹抹脸，抖擞精神，双手拿钯，到河边，分开水路，依然又下至窝巢。那怪方才睡醒，忽听推得水响，急回头睁睛观看。见八戒执钯来至，他跳出来，当头阻住，喝道：“慢来！慢来！看杖！”八戒举钯架住道：“你是个甚么‘哭丧杖’？叫你祖宗看杖！”那怪道：“你这厮，甚不晓得哩！我这——

宝杖原来名誉大，本是月里梭罗派。

吴刚伐下一枝来，鲁班制造工夫盖。

里边一条金趁心，外边万道珠丝玠。

名称宝杖善降妖，永镇灵霄能伏怪。

只因官拜大将军，玉皇赐我随身带。

或长或短任吾心，要细要粗凭意态。

也曾护驾宴蟠桃，也曾随朝居上界。

值殿曾经众圣参，卷帘曾见诸仙拜。

养成灵性一神兵，不是人间凡器械。

自从遭贬下天门，任意纵横游海外。

不当大胆自称夸，天下枪刀难比赛。

看你那个锈钉钯，只好锄田与筑菜。”

八戒笑道：“我把你少打的泼物！且莫管甚么筑菜，只怕荡了一下儿，交你没处贴膏药，九个眼子一齐流血！纵然不死，也是个到老的破伤风！”那怪丢开架子，在那水底下，与八戒依然打出水面。这一番斗，比前果更不同，你看他：

宝杖抡，钉钯筑，言语不通非眷属。只因木母克刀圭，致令两下相战触。没输赢，无反覆，翻波淘浪不和睦。这个怒气怎舍容，那个伤心难忍辱。钯来杖架逞英雄，水滚流沙能恶毒。气昂昂，劳碌碌，多因三藏朝西域。钉钯老大凶，宝杖十分熟。这个揪住要往岸上拖，那个抓来就将水里沃。声如霹雳动鱼龙，云暗天昏神鬼伏。

这一场，来来往往，斗经三十回合，不见强弱。八戒又使个佯输计，拖了钯走。那怪随后又赶来，拥波捉浪，赶至崖边。八戒骂道："我把你这个泼怪！你上来这高处，脚踏实地，好打！"那妖骂言："你这厮哄我上去，又交那帮手来哩。你下来，还在水里相斗。"原来那妖乖了，再不肯上岸，只在河边与八戒闹吵。

却说行者见他不肯上岸，急得他心焦性爆，恨不得一把捉来。行者道："师父，你自坐下，等我与他个'饿鹰凋食'。"就纵筋斗，跳在半空，刷的落下来，要抓那妖。那妖正与八戒嚷闹，忽听得风响，急回头，见是行者落下云来，却又收了宝杖，一头淬下水，隐迹潜踪，渺然不见。行者伫立岸上，对八戒言："兄弟呀，这妖也弄得滑了，他再不肯上岸，如之奈何？"八戒道："难，难，难！战不胜他，就把吃奶的气力也使尽了，只绷得个手平。"行者道："且见师父去。"

二人又到高岸，见了唐僧，备言难捉。那长老满眼下泪道："似此艰难，怎生得渡！"行者道："师父，莫要烦恼。这怪深潜水底，其实难行。八戒，你只在此保守师父，再莫与他厮斗，等老孙往南海走走去来。"八戒道："哥哥，你去南海何干？"行者道："这取经的勾当，原是观音菩萨；及脱解我等，也是观音菩萨。今日路阻流沙河，不能前进，不得他，怎生处治？等我去请他，还强如和这妖精相斗。"八戒道："也是，也是。师兄，你去时，千万与我上覆一声：向日多承指教。"三藏道："悟空，若是去请菩萨，却也不必迟疑，快去快来。"

猴哥随后去"五七千里"外化了斋，然后跟八戒讨论为啥他那么会跑快递却不背着唐僧过河。猴哥给八戒上了一课：咱俩就是个保镖，护他这条命，替不得这些苦恼，咱要是作弊，就算能见了佛，那佛也不肯把经给咱。

准确地说，这是悟空自打入了取经团队后说的第一句智慧之语。

八戒也是很有悟性的，喏喏听受，吃了饭睡觉。转天接着打，猴哥表示再也不心急了，跟八戒说：你给他引上来，我去断他的归路。

八戒再次下水，这次沙僧介绍了一下自己降妖杖的来历。他这降妖杖也是玉帝赐的，也能随心大小，但是月宫出品，规格上来讲比八戒那个九齿钉钯差着档次，而且别看他说"也曾护驾宴蟠桃，也曾随朝居上界。值殿曾经众圣参，卷帘曾见诸仙拜”，那其实都是人家在拜玉帝，他就是捎带脚儿跟着的。

这回打了三十回合后八戒跑了，但是沙僧不追了。

猴哥一如既往地憋不住，又想当头来一棒子，但甭管他咋吹他这筋斗云有多快，人家沙僧就是能有功夫逃回河里。

最后猴哥没办法了，面对唐僧的又一次哭泣，再次启用老套路，自己平不了的事，去南海找菩萨吧。

行者即纵筋斗云，径上南海。咦！那消半个时辰，早看见普陀山境。须臾间，坠下筋斗，到紫竹林外，又只见那二十四路诸天，上前迎着道：“大圣何来？”行者道：“我师有难，特来谒见菩萨。”诸天道：“请坐，容报。”那轮日的诸天，径至潮音洞口报道：“孙悟空有事朝见。”菩萨正与捧珠龙女在宝莲池畔扶栏看花，闻报，即转云岩，开门唤入。大圣端肃皈依参见。

菩萨问曰：“你怎么不保唐僧？为甚事又来见我？”行者启上道：“菩萨，我师父前在高老庄，又收了一个徒弟，唤名猪八戒，多蒙菩萨又赐法讳悟能。才行过黄风岭，今至八百里流沙河，乃是弱水三千，师父已是难渡。河中又有个妖怪，武艺高强，甚亏了悟能，与他水面上大战三次，只是不能取胜，被他拦阻，不能渡河。因此，特告菩萨，望垂怜悯，济渡他一济渡。”菩萨道：“你这猴子，又逞自满，不肯说出保唐僧的话来么？”行者道：“我们只是要拿住他，教他送我师父渡过。水里事，我又弄不得精细，只是悟能寻着他窝巢，与他打话，想是不曾说出取经的勾当。”菩萨道：“那流沙河的妖怪，乃是卷帘大将临凡，也是我劝化的善信，教他保护取经之辈。你若肯说出是东土取经人时，他决不与你争持，断然归顺矣。”行者道：“那怪如今怯战，不肯上崖，只在水里潜踪，如何得他归顺？我师如何得渡弱水？”

菩萨即唤惠岸，袖中取出一个红葫芦儿，分付道：“你可将此葫芦，同孙悟空到流沙河水面上，只叫‘悟净’，他就出来了。先要引他归依了唐僧，然后把他那九个骷髅穿在一处，按九宫布列，却把这葫芦安在当中，就是法船一只，能渡唐僧过流沙河界。”惠岸闻言，谨遵师命，当时与大圣捧葫芦出了潮音洞，奉法旨辞了紫竹林，有诗为证：

五行匹配合天真，认得从前旧主人。

炼已立基为妙用，辨明邪正见原因。

今来归性还同类，求去求情共复沦。

二土全功成寂寞，调和水火没纤尘。

他两个不多时，按落云头，早来到流沙河岸。猪八戒认得是木叉行者，引师父上前迎接。那木叉与三藏礼毕，又与八戒相见。八戒道："向蒙尊者指示，得见菩萨，我老猪果遵法教，今喜拜了沙门。这一向在途中奔碌，未及致谢，恕罪，恕罪。"行者道："且莫叙阔，我们叫唤那厮去来。"三藏道："叫谁？"行者道："老孙见菩萨，备陈前事。菩萨说，这流沙河的妖怪乃是卷帘大将临凡，因为在天有罪，堕落此河，忘形作怪。他曾被菩萨劝化，愿归师父往西天去的，但是我们不曾说出取经的事情，故此苦苦争斗。菩萨今差木叉，将此葫芦，要与这厮结作法船，渡你过去哩。"三藏闻言，顶礼不尽，对木叉作礼道："万望尊者作速一行。"那木叉捧定葫芦，半云半雾，径到了流沙河水面上，厉声高叫道："悟净！悟净！取经人在此久矣，你怎么还不归顺？"

却说那怪惧怕猴王，回于水底，正在窝中歇息。只听得叫他法名，情知是观音菩萨，又闻得说"取经人在此"，他也不惧斧钺，急翻波伸出头来，又认得是木叉行者。你看他笑盈盈，上前作礼道："尊者失迎，菩萨今在何处？"木叉道："我师未来，先差我来分付你，早跟唐僧做个徒弟。叫把你项下挂的骷髅，与这个葫芦按九宫结做一只法船，渡他过此弱水。"悟净道："取经人却在那里？"木叉用手指道："那东岸上坐的不是？"悟净看见了八戒道："他不知是那里来的个泼物，与我整斗了这两日，何曾言着一个取经的字儿？"又看见行者，道："这个主子，是他的帮手，好不利害！我不去了。"木叉道："那是猪八戒，这是孙行者，俱是唐僧的徒弟，俱是菩萨劝化的，怕他怎的？我且和你见唐僧去。"

那悟净才收了宝杖，整一整黄锦直裰，跳上岸来，对唐僧双膝跪下道："师父，弟子有眼无珠，不认得师父的尊容，多有冲撞，万望恕罪。"八戒道："你这脓包，怎的早不皈依，只管要与我打？是何说话！"行者笑道："兄弟，你莫怪他，还是我们不曾说出取经的事情与姓名耳。"长老道："你果肯诚心皈依吾教么？"悟净道："弟子向蒙菩萨教化，指河为姓，与我起个法名，唤做沙悟净，岂有不从师父之理！"三藏道："既如此，叫悟空取戒刀来，与他落了发。"大圣依言，即将戒刀与他剃了头。又来拜了三藏，拜了行者与八戒，分了大小。三藏见他行礼，真像个和尚家风，故又叫他做沙和尚。木叉道：“既秉了迦持，不必叙烦，早与作法船儿来。”

那悟净不敢怠慢，即将颈项下挂的骷髅取下，用索子结作九宫，把菩萨的葫芦安在当中，请师父下岸。那长老遂登法船，坐于上面，果然稳似轻舟。左有八戒扶持，右有悟净捧托，孙行者在后面牵了龙马，半云半雾相跟，头直上又有木叉拥护，那师父才飘然稳渡流沙河界，浪静风平过弱河。真个也如飞似箭，不多时，身登彼岸，得脱洪波；又不拖泥带水，幸喜脚干手燥，清净无为，师徒们脚踏实地。那木叉按祥云，收了葫芦，又只见那骷髅一时解化作九股阴风，寂然不见。三藏拜谢了木叉，顶礼了菩萨。正是：

木叉径回东洋海，三藏上马却投西。

毕竟不知几时才得正果求经，且听下回分解。

悟空端肃皈依参拜菩萨后汇报了一下情况，不想又被菩萨一句话问住了：“你这猴子，又逞自满，不肯说出保唐僧的话来么？”

猴哥表示自己没机会张嘴，这回是八戒的问题。

菩萨安排惠岸去收沙僧，并教了过河方法。惠岸来了之后，八戒再次展现自己的职业素养，感恩惠岸尊者指示，自己才得见菩萨，如今有了好前程，因为一直忙没来得及致谢，望其恕罪。

这是多么会说话啊！领导的秘书那就是二号领导，对领导啥样对这秘书就得啥样！要不为啥人家八戒被师父喜欢呢！简直就是提供情绪价值的小天使！

惠岸把沙僧喊来后，沙僧把这两天的事都推到了八戒身上。无论怎样，这场闹剧算是到此为止了，因为沙僧的本事就那么大，跟八戒半斤八两，闹不出个啥结果了，也就该认头了。

最终唐僧踩着沙僧曾吃过的九个取经人的骷髅脑袋过了河。

在这里咱们辟谣一下，这不是唐僧的前九世，唐僧所谓十世修行的好人是指人家修了十世都是好人。人家上辈子是金蝉子，金蝉子是第九世，因为最后第九十九回盖棺论定时是这么说的：“金蝉遭贬第一难，出胎几杀第二难，满月抛江第三难，寻亲报冤第四难……”

人家遭贬就算第一难，紧接着刚生出来时差点死了，就是第二难了，满月被扔江里这是第三难。

再者说，佛祖的二弟子要是被同一个妖怪吃了九回，还是被沙僧这种小角色吃的，那纯纯就是打佛祖的脸了。

就连黄毛老鼠那样的妖怪，灵吉菩萨都没有处决资格，还得带回去见佛祖，何况是佛祖的二弟子！别看被贬了，别看镀金计划中要受罪，但人家依旧是要骑龙来取经的！

人家是“开车”去取经的，没车他可一步都不走，他会直接哭的。

这九个取经者的取经可以看作一个开矿的故事。

假如这个世界还是分为东胜神洲、西牛贺洲、南赡部洲、北俱芦洲，其中西牛贺洲有战略级别的丰富矿产，而且这个洲军阀林立，于是东胜神洲的某个小国只能绕过剩下三大洲的大国去开辟西牛贺洲市场，结果小国连西牛贺洲都没进去就在途中被其他三大洲的土匪武装干掉了，核心本质还是小国实力不够！

唐僧取经则是大唐经过协调后取得了南赡部洲和东胜神洲两个大洲所有国家的同意，并跟西牛贺洲进行了利益绑定，随后才派唐僧去西牛贺洲开的矿，但由于没跟北俱芦洲的大国谈拢，于是人家派出奎木狼和金角银角进行阻碍。大唐在唐僧开矿的这次海外扩张中，一边剪除白骨精这种没背景的土匪势力，一边把有背景的挨个谈走，一边还要跟北俱芦洲的那位大佬去博弈，去厮杀，去利益配平。

普通的取经人不知道，这活儿在最高层没谈妥时是不能启动的，如果没有强大后盾，一个小小的沙僧都能卡死你。

他们最终变成唐僧过河的探路工具，在天选的取经团队踩着他们过河后，“解化作九股阴风，寂然不见”。

第六章

矛盾引爆，
唐僧清算了目前“有百害无一利”的
“万恶之源”

第二十三回

三藏不忘本，四圣试禅心

诗曰：

奉法西来道路赊，秋风渐渐落霜花。
乖猿牢锁绳休解，劣马勤兜鞭莫加。
木母金公原自合，黄婆赤子本无差。
咬开铁弹真消息，般若波罗到彼家。

这回书盖言取经之道，不离了一身务本之道也。却说他师徒四众，了悟真如，顿开尘锁，自跳出性海流沙，浑无挂碍，竟投大路西来。历遍了青山绿水，看不尽野草闲花，真个也光阴迅速，又值九秋。但见了些：

枫叶满山红，黄花耐晚风。
老蝉吟渐懒，愁蟋思无穷。
荷破青纨扇，橙香金弹丛。
可怜数行雁，点点远排空。

正走处，不觉天晚，三藏道："徒弟，如今天色又晚，却往那里安歇？"行者道："师父说话差了，出家人餐风宿水、卧月眠霜，随处是家。又问那里安歇，何也？"猪八戒道："哥呵，你可知道，你走路轻省，那里管别人累坠？自过了流沙河，这一向爬山过岭，身挑着重担，老大难挨也！须是寻个人家，一则化些茶饭，二则养养精神，才是个道理。”行者道：“呆子，你这般言语，似有报怨之心。还相在高老庄，倚懒不求福的自在，恐不能也。既是秉正沙门，须是要吃辛受苦，才做得徒弟哩。”八戒道：“哥哥，你看这担行李多重？”行者道：“兄弟，自从有了你与沙僧，我又不曾挑着，那知多重？”八戒道：“哥呵，你看数儿么：

四片黄藤篾，长短八条绳。又要防阴雨，毡包三四层。扁担还愁滑，两头钉上钉。铜镶铁打九环杖，篾丝藤缠大斗篷。

似这般许多行李，难为老猪一个，逐日家担着走，偏你跟师父做徒弟，拿我做长工！”

行者笑道：“呆子，你和谁说哩？”八戒道：“哥哥，与你说哩。”行者道：“错和我说了。老孙只管师父好歹，你与沙僧专管行李、马匹。但若怠慢了些儿，孤拐上先是一顿粗棍！”八戒道：“哥呵，不要说打，打就是以力欺人。我晓得你的尊性高傲，你是定不肯挑；但师父骑的马，那般高大肥盛，只驮着老和尚一个，教他带几件儿，也是弟兄之情。”

行者道：“你说他是马哩！他不是凡马，本是西海龙王敖闰之子，唤名龙马三太子。只因纵火烧了殿上明珠，被他父亲告了忤逆，身犯天条，多亏观音菩萨救了他的性命，他在那鹰愁陡涧，久等师父，又幸得菩萨亲临，却将他退鳞去角，摘了项下珠，才变做这匹马，愿驮师父往西天拜佛。这个都是各人的功果，你莫攀他。”那沙僧闻言道：“哥哥，真个是龙么？”行者道：“是龙。”八戒道：“哥呵，我闻得古人云：‘龙能喷云嗳雾，播土扬沙，有巴山掮岭的手段，有翻江搅海的神通。’怎么他今日这等慢慢而走？”行者道：“你要他快走，我教他快走个儿你看。”

好大圣，把金箍棒揝一揝，万道彩云生。那马看见拿棒，恐怕打来，慌得四只蹄疾如飞电，搜的跑将去了。那师父手软采不住，尽他劣性，奔上山崖，才大达�步走。师父喘息始定，抬头远见一簇松阴，内有几间房舍，着实轩昂，但见：

门垂翠柏，宅近青山。几株松冉冉，数茎竹斑斑。篱边野菊凝霜艳，桥畔幽兰映水丹。粉墙泥壁，砖砌围圜。高堂多壮丽，大厦甚清安。牛羊不见无鸡犬，想是秋收农事闲。

收了沙僧后，转眼行至深秋，故事在猴哥又一次教训唐僧中开场了。天色已晚，唐僧问咱今晚睡哪儿，猴哥批评纠正了他师父：你这话有问题，没有人比我更懂出家人，咱们出家人应该“餐风宿水、卧月眠霜，随处是家”，天为盖地为席。

领导问天黑了，咱今天歇哪儿，这话有毛病吗？悟空也不知哪儿来这么多废话，八戒多灵啊，随后赶紧阴阳悟空，表示你多轻松啊，这担子全是我挑的！咱眼下就得找个人家吃一顿、睡一觉！

猴哥继续批评纠正，表示你强调客观困难就是抱怨！就是吃不了苦！

人家八戒再次把事拉回到事实上，问你知道这行李多重吗？

他哪里不知道，因为没八戒之前都是他挑担子的，但猴哥极其嘴欠地说：“兄弟，自从有了你与沙僧，我又不曾挑着，那知多重？”

多来气，嘴是真不好啊，一句话该死的阶级感就出来了。

八戒强调了自己有多辛苦，最后反撑道：“偏你跟师父做徒弟，拿我做长工！”

然后猴哥直接威胁道：“老孙只管师父好歹，你与沙僧专管行李、马匹。但若怠慢了些儿，孤拐上先是一顿粗棍！”

那意思就是，你和沙僧就是长工！就是管行李、马匹的！再废话，我打死你！

八戒服软，想让马帮他驮行李，但猴哥又表示不行，人家那是龙，人家的任务是驮师父，各有各的任务，所谓“这个都是各人的功果，你莫攀他”。

言外之意，再次夯实了八戒和沙僧就是管行李、马匹的长工。

八戒、沙僧对你一口一个“哥”，你却拿人家当长工，你有个哥哥样儿吗？

悟空，请端正一下你的态度！你们都是徒弟！明白吗？目前就人家唐僧一个人有官方授权，没有唐僧，你们根本就没有资格去取经！你们仨都是要在佛祖钦点、观音提名、太宗认证的唐僧的指挥和监督下协助取经的，你没比人家哥儿俩高到哪儿去。而且悟空不仅拿八戒、沙僧当长工，拿唐僧也当刚上班的马仔：不仅没事就撑人家，甚至动不动就拿唐僧耍一耍。

沙僧问：哥哥，真的是龙吗？八戒问：龙的本事老大了，咋这马这么慢？猴哥为了证明自己的话是对的，直接要打白马，吓得白马跑出了龙的速度，把唐僧这通颠啊！

假如你是唐僧，你念不念紧箍咒？唐僧的涵养真的已经很好了！

也是在这一通颠之后，唐僧来到了一户“高堂多壮丽，大厦甚清安”的轩昂人家前，等他从这家再出来时，他会对这只猴子产生开除的心思。

那师父正按辔徐观，又见悟空兄弟方到。悟净道："师父不曾跌下马来么？"长老骂道："悟空这泼猴，他把马儿惊了，早是我还骑得住哩！"行者赔笑道："师父莫骂我，都是猪八戒说马行迟，故此着他快些。"那呆子因赶马走急了些儿，喘气嘘嘘，口里唧唧哝哝的闹道："罢了！罢了！见自肚别腰松，担子沉重挑不上来，又弄我奔奔波波的赶马！"长老道："徒弟呵，你且看那壁厢有一座庄院，我们却好借宿去也。"行者闻言，急抬头举目而看，果见那半空中庆云笼罩，瑞霭遮盈，情知定是佛仙点化，他却不敢泄漏天机，只道："好，好，好！我们借宿去来。"

长老连忙下马。见一座门楼，乃是垂莲象鼻，画栋雕梁。沙僧歇了担子，八戒牵了马匹，道："这个人家是过当的富实之家。"行者就要进去，三藏道："不可，你我出家人，各自避些嫌疑，切莫擅入。且自等他有人出来，以礼求宿方可。"八戒拴了马，斜倚墙根之下。三藏走在石鼓上，行者、沙僧坐在台基边。久无人出，行者性急，跳起身，入门里看处，原来有向南的三间大厅，帘栊高控。屏门上，挂一轴寿山福海的横披画，两边金漆柱上，贴着一幅大红纸的春联，上写着：

丝飘弱柳平桥晚，雪点香梅小院春。

正中间，设一张退光黑漆的香几，几上放一个古铜兽炉，上有六张交椅，两山头挂着四季吊屏。

行者正然偷看处，忽听得后门内有脚步之声，走出一个半老不老的妇人来，娇声问道："是甚么人，擅入我寡妇之门？"慌得个大圣喏喏连声道："小僧是东土大唐来的，奉旨向西方拜佛求经。一行四众，路过宝方，天色已晚。特奔老菩萨檀府，告借一宵。"那妇人笑语相迎道："长老，那三位在那里？请来。"行者高声叫道："师父，请进来耶。"三藏才与八戒、沙僧牵马挑担而入。只见那妇人出厅迎接，八戒饧眼偷看，你道他怎生打扮：

穿一件织金官绿纻丝袄，上罩着浅红比甲；系一条结彩鹅黄锦绣裙，下映着高底花鞋。时样鬘髻皂纱漫，相衬着二色盘龙发；宫样牙梳朱翠幌，斜簪着两股紫金钗。云鬓半苍飞凤翅，耳环双坠宝珠排。脂粉不施犹自美，风流还似少年才。

哥儿仨追上唐僧后，永远话最少但每句话都具含金量的沙僧问了一句话："师父不曾跌下马来么？"

言外之意，领导，猴子拿你不当人！这事别过去啊！

你拿他们当长工，但他们本是天庭神仙，在仙界都是职场斗争的高手，打架的本事不一定大，但祸害你的本事绝对不小。唐僧被沙僧提醒后，骂了猴子，猴子又赖在了猪身上。猪装可怜地说：我都快累死了，还让我来追马。

赖了一通罗圈账后，唐僧给出指示：前面有座庄院，咱们去借宿。猴哥这个时候看到了半空中庆云笼罩，瑞霭遮盈，他已经通过望气猜出了这是佛仙点化之地，随后他不敢泄漏天机，开始配合演戏。

这是没问题的，但猴子最终就坏在自己非得逞能的嘴上了。

到了人家门口，唐僧相当有规矩，要求不要擅入家门，等人家出来。猴哥着急，先进去了，然后偷看时被一个中年妇人娇声问道："是甚么人，擅入我寡妇之门？"

随后你看猴哥的表现。"慌得个大圣喏喏连声道：'小僧是东土大唐来的，奉旨向西方拜佛求经。一行四众，路过宝方，天色已晚。特奔老菩萨檀府，告借一宵。'"

还是那句话，他不是不懂规矩，不是不会说话，他这辈子都是"强者为尊该让我"，看出这是佛仙在出卷子后这家伙给他规矩的，简直就是取经项目首席大使！这话让唐僧来说也就这样了！

他对"出卷人"嘴里像抹了蜜，但对八戒、沙僧就很没礼貌，对唐僧也一样。在他看来，老和尚说的话从来没对过。他要是保护观音去西天取经，你看他敢说"师父说话差了"吗？他敢跟取乐一样吓唬马，让师父差点被颠死了吗？

猴哥的第一回被赶出队伍，就是他咎由自取，怨不得别人。

猴哥这段话给领导说的那个高兴哟，笑语相迎，把他们迎进去了，随后作者通过八戒饧眼偷看妇人的一段多金成熟御姐风的描写，将故事铺垫上了。

那妇人见了他三众，更加欣喜，以礼邀入厅房，一一相见。礼毕，请各叙坐看茶。那屏风后忽有一个丫髻垂丝的女童，托着黄金盘、白玉盏，香茶喷暖气，异果散幽香。那人绰彩袖春笋纤长，擎玉盏传茶上奉，对他们一一拜了。茶毕，又分付办斋。三藏启手道："老菩萨高姓？贵地是甚地名？"妇人道："此间乃西牛贺洲之地。小妇人娘家姓贾，夫家姓莫。幼年不幸，公姑早亡，与丈夫守承祖业，有家资万贯，良田千顷。夫妻们命里无子，止生了三个女孩儿。前年大不幸，又丧了丈夫。

小妇居孀，今岁服满。空遗下田产家业，再无个眷族亲人，只是我娘女们承领。欲嫁他人，又难舍家业。适承长老下降，想是师徒四众。小妇娘女四人，意欲坐山招夫，四位恰好，不知尊意肯否，如何？”三藏闻言，推聋妆哑，瞑目宁心，寂然不答。

那妇人道：“舍下有水田三百余顷，旱田三百余顷，山场果木三百余顷；黄水牛有千余只，况骡马成群，猪羊无数；东南西北，庄堡草场，共有六七十处；家下有八九年用不着的米谷，十来年穿不着的绫罗；一生有使不着的金银，胜强似那锦帐藏春，说甚么金钗两路。你师徒们若肯回心转意，招赘在寒家，自自在在，享用荣华，却不强如往西劳碌？”那三藏也只自如痴如蠢，默默无言。

那妇人道：“我是丁亥年三月初三日酉时生，故夫比我年大三岁，我今年四十五岁。大女儿名真真，今年二十岁；次女名爱爱，今年十八岁；三小女名怜怜，今年十六岁；俱不曾许配人家。虽是小妇人丑陋，却幸小女俱有几分颜色，女工针指，无所不会。因是先夫无子，即把他们当儿子看养。小时也曾教他读些儒书，也都晓得些吟诗作对。虽然居住山庄，也不是那十分粗俗之类，料想也陪得过列位长老。若肯放开怀抱，长发留头，与舍下做个家长，穿绫着锦，胜强如那瓦钵缁衣，芒鞋云笠。”

三藏坐在上面，好便似雷惊的孩子、雨淋的虾蟆，只是呆呆挣挣，翻白眼儿打仰。那八戒闻得这般富贵，这般美色，他却心痒难挠，坐在那椅子上，一似针戳屁股，左扭右扭的忍耐不住。走上前，扯了师父一把道：“师父！这娘子告诵你话，你怎么佯佯不睬？好道也做个理会是。”那师父猛抬头，咄的一声，喝退了八戒道：“你这个业畜！我们是个出家人，岂以富贵动心，美色留意，成得个甚么道理！”

茶上来后，那妇人说：恭喜你们进入西牛贺洲了，我娘家姓贾（假），夫家姓莫（没有），我家家资万贯，良田千顷，就仨闺女，丈夫也死了，目前孤女寡母，想招女婿，也不知怎么那么巧，咱正好四对四，您看行吗？

唐僧听见以后“推聋妆哑，瞑目宁心，寂然不答”。

这时候不是说咱唐师父心里权衡过了，作者描写的是不想听，不想理，女施主你别再说了，给自己留点体面的状态。

见唐师父不搭理，妇人开始拿财产加码，“水田三百余顷，旱田三百余顷，山场果木三百余顷；黄水牛有千余只，况骡马成群，猪羊无数；东南西北，庄堡草场，共有六七十处”等。反正没有比她家更有钱的了，这个条件实际上也没有刺激到唐师父，所谓“那三藏也只自如痴如蠢，默默无言”，装傻子呢。

等妇人拿出大招，介绍了仨闺女的年龄，并表示愿意招他来进门做个家长后，唐师父应该是被考验到了，因为作者的描述变成了“三藏坐在上面，好便似雷惊的孩子、雨淋的虾蟆，只是呆呆挣挣，翻白眼儿打仰”。

这个“雨淋的虾蟆”出自一个禅宗公案，源自《五灯会元》卷十五的记载。“问：‘如何是禅？’师曰：‘入笼入槛。’曰：‘如何是道？’师曰：‘放汝出笼槛。’曰：‘毕竟如何？’师曰：‘雨淋的虾蟆。’”

虾蟆被困于雨中，就像在困境中、在无常变化的外界环境影响下的生存状态，表达了人们在尘世中面临的种种苦难、烦恼和束缚，如同虾蟆被雨淋一样，无法逃脱外界环境的影响和制约。前面那“雷惊的孩子”，则代表未经世事污染的孩子被惊雷所刺激和干扰，这俩都是在说唐师父在女大款层层加码后内心深处开始受到煎熬和考验了。

这种挣扎很正常，因为都是人，“本来无一物，何处惹尘埃”的境界毕竟是极少数，“时时勤拂拭，莫使有尘埃”才是绝大多数人的水平，人家唐师父在内心有所触动后能很快地纠正自己。当八戒扯了他一把，唐僧猛抬起头，喝退了八戒道：“你这个业畜！我们是个出家人，岂以富贵动心，美色留意，成得个甚么道理！”

论迹不论心，论心无圣人，能时刻对自己当头棒喝就是好样的！

那妇人笑道：“可怜，可怜！出家人有何好处？”三藏道：“女菩萨，你在家人却有何好处？”那妇人道：“长老请坐，等我把在家人的好处说与你听。怎见得？有诗为证：

春裁方胜着新罗，夏换轻纱赏绿荷。

秋有新篘香糯酒，冬来暖阁醉颜酡。

四时受用般般有，八节珍馐件件多。

衬锦铺绫花烛夜，强如行脚礼弥陀。”

三藏道：“女菩萨，你在家人享荣华，受富贵，有可穿，有可吃，儿女团圆，果然是好。但不知我出家的人，也有一段好处。怎见得？有诗为证：

出家立志本非常，推倒从前恩爱堂。

外物不生闲口舌，身中自有好阴阳。

功完行满朝金阙，见性明心返故乡。

胜似在家贪血食，老来坠落臭皮囊。”

那妇人闻言，大怒道：“这泼和尚无礼！我若不看你东土远来，就该叱出。我倒是个真心实意，要把家缘招赘汝等，你倒反将言语伤我。你就是受了戒，发了愿，永不还俗，好道你手下人，我家也招得一个。你怎么这般执法？”三藏见他发怒，只得者者谦谦，叫道：“悟空，你在这里罢。”行者道：“我从小儿不晓得干那般事，教八戒在这里罢。”八戒道：“哥呵，不要栽人么，大家从常计较。”三藏道：“你两个不肯，便教悟净在这里罢。”沙僧道：“你看师父说的话。弟子蒙菩萨劝化，受了戒行，等候师父。自蒙师父收了我，又承教诲，跟着师父还不上两月，更不曾进得半分功果，怎敢图此富贵！宁死也要往西天去，决不干此欺心之事。”

那妇人见他们推辞不肯，急抽身转进屏风，扑的把腰门关上。师徒们撇在外面，茶饭全无，再没人出。八戒心中焦躁，埋怨唐僧道：“师父忒不会干事，把话通说杀了。你好道还活着些脚儿，只含糊答应，哄他些斋饭吃了，今晚落得一宵快活；明日肯与不肯，在乎你我了。似这般关门不出，我们这清灰冷灶，一夜怎过！”

悟净道：“二哥，你在他家做个女婿罢。”八戒道：“兄弟，不要栽人，从常计较。”行者道：“计较甚的？你要肯，便就教师父与那妇人做个亲家，你就做个倒踏门的女婿。他家这等有财有宝，一定倒陪妆奁，整治个会亲的筵席，我们也落些受用。你在此间还俗，却不是两全其美？”八戒道：“话便也是这等说，却只是我脱俗又还俗，停妻再娶妻了。”

沙僧道：“二哥原来是有嫂子的？”行者道：“你还不知他哩，他本是乌斯藏高老儿庄高太公的女婿。因被老孙降了他，也曾受菩萨戒行，没及奈何，被我捉他来做个和尚，所以弃了前妻，投师父往西拜佛。他想是离别的久了，又想起那个勾当。却才听见这个勾当，断然又有此心。呆子，你与这家子做了女婿罢。只是多拜老孙几拜，我不检举你就罢了。”那呆子道：“胡说！胡说！大家都有此心，独拿老猪出丑。常言道：‘和尚是色中饿鬼。’那个不要如此？都这们扭扭捏捏的拿班儿，把好事都弄得裂了。致如今茶水不得见面，灯火也无人管，虽熬了这一夜，但那匹马明

日又要驮人，又要走路，再若饿上这一夜，只好剥皮罢了。你们坐着，等老猪去放放马来。”那呆子虎急急的，解了缰绳，拉出马去。行者道：“沙僧，你且陪师父坐这里，等老孙跟他去，看他往那里放马。”三藏道：“悟空，你看便去看他，但只不可只管嘲他了。”行者道：“我晓得。”这大圣走出厅房，摇身一变，变作个红蜻蜓儿，飞出前门，赶上八戒。

唐僧开始与那妇人展开了出家与在家的好处大辩论，相当难得的是，唐僧硬撑了一回人，说了一段出家的理论与好处。其实他哪里是说给那妇人听，那是说给他自己和徒弟们听，而且最后一句诗已经证明唐僧想明白了，“胜似在家贪血食，老来坠落臭皮囊”，眼前的享乐终究是短暂的，到老坠落终究是一个臭皮囊。

见人家怒了，唐僧把猴哥推出来了，叫道：“悟空，你在这里罢。”

注意，他是不知道八戒最想留在这里吗？不是，其实从这时开始，唐僧已经想踢走这只总跟自己作对的猴子了。但猴哥说：我从小就不晓得那事，留八戒吧。八戒说得比较委婉：“大家从常计较。”从这里也能看出唐僧对徒弟们的态度，他是最喜欢一直捧着他拿他当核心的八戒的，他不想让八戒留下，对八戒这暧昧的话就当没听见一样，直接替八戒做主道：“你两个不肯，便教悟净在这里罢。”

沙僧随后进行了一个字字千金的回答。

1.“你看师父说的话。弟子蒙菩萨劝化，受了戒行，等候师父。”潜台词：这种话唐僧你今后不要乱说，我是菩萨收的。

2.“自蒙师父收了我，又承教诲，跟着师父还不上两月，更不曾进得半分功果，怎敢图此富贵！”潜台词：我是拥护您领导的，我还没报恩哪！

3.“宁死也要往西天去，决不干此欺心之事。”潜台词：我要见佛祖的决心很大！

妇人一听怒了，撇了四人，也不管饭了。这时八戒开始埋怨师父，并说出了自己的打算。他是打算哄骗这一家子后再猛吃人家一顿，最后不认账跑路的，所谓“只含糊答应，哄他些斋饭吃了，今晚落得一宵快活；明日肯与不肯，在乎你我了”，总结一下，八戒此时存的是骗吃骗喝骗女孩儿的心思。

随后沙僧又说了一句话：“二哥，你在他家做个女婿罢。”

很少说话的沙僧为啥来了这么一句？因为八戒走了他的顺位就能往前移了。

八戒再次说出了“从常计较”，然后被猴哥撕破脸皮了。猴哥表示：你计较个六啊！你就留这儿还俗得了。八戒见猴哥已经这样说了，表示也不是不行，但就是犯了“停妻再娶”的重婚罪了。

沙僧问猴哥：二哥原来是有娘子的？随后猴哥给他介绍：这货之前就是“没及奈何，被我捉他来做个和尚”，现在又管不住自己了。八戒说：你们都别跟我装！你们都是我这心思！常言道，和尚是色中饿鬼。哪个不是如此？现在你们就搁这儿装吧，到头来饭也没吃到。咱们饿一夜也就算了，白马饿一夜明天还得驮人，搞不好直接就累死剥皮了，我去放马了！

八戒走了，猴哥跟上去，随后唐僧嘱咐“悟空，你看便去看他，但只不可只管嘲他了”。

唐僧啥意思？

你别真给他说急眼了，让他自暴自弃！

八戒对唐僧无所谓，但唐僧是真舍不得八戒。

那呆子拉着马，有草处且不教吃草，嗒嗒嗤嗤的，赶着马，转到后门首去。只见那妇人，带了三个女子，在后门外闲站立着，看菊花儿耍子。他娘女们看见八戒来时，三个女儿闪将进去。那妇人伫立门首道：“小长老那里去？”这呆子丢了缰绳，上前唱个喏，道声：“娘！我来放马的。”那妇人道：“你师父忒弄精细。在我家招了女婿，却不强似做挂搭僧，往西蹅路？”八戒笑道：“他们是奉了唐王的旨意，不敢有违君命，不肯干这件事。刚才都在前厅上栽我，我又有些奈上祝下的，只恐娘嫌我嘴长耳大。”那妇人道：“我也不嫌，只是家下无个家长，招一个倒也罢了，但恐小女儿有些儿嫌丑。”八戒道：“娘，你上覆令爱，不要这等拣汉。想我那唐僧，人才虽俊，其实不中用。我丑自丑，有几句口号儿。”妇人道：“你怎的说么？”八戒道：“我：

虽然人物丑，勤紧有些功。若言千顷地，不用使牛耕。只消一顿钯，布种及时生。没雨能求雨，无风会唤风。房舍若嫌矮，起上二三层。地下不扫扫一扫，阴沟不通通一通。家长里短诸般事，踢瓦弄井我皆能。”

那妇人道：“既然干得家事，你再去与你师父商量商量看，不尴尬，便招你罢。”八戒道：“不用商量。他又不是我的生身父母，干与不干，都在于我。”妇人道：“也罢，

也罢，等我与小女说。”看他闪进去，扑的掩上后门。八戒也不放马，将马拉向前来。怎知孙大圣已一一尽知，他转翅飞来，现了本相，先见唐僧道：“师父，悟能牵马来了。”长老道：“马若不牵，恐怕撒欢走了。”行者笑将起来，把那妇人与八戒说的勾当，从头说了一遍，三藏也似信不信的。

少时间，见呆子拉将马来拴下。长老道：“你马放了？”八戒道：“无甚好草，没处放马。”行者道：“没处放马，可有处牵马么？”呆子闻得此言，情知走了消息，也就垂头扭颈，努嘴皱眉，半晌不言。又听得呀的一声，腰门开了，有两对红灯、一副提炉，香云霭霭，环珮叮叮，那妇人带着三个女儿，走将出来，叫真真、爱爱、怜怜，拜见那取经的人物。那女子排立厅中，朝上礼拜，果然也生得标致。但见他：

一个个蛾眉横翠，粉面生春。妖娆倾国色，窈窕动人心。花钿显现多娇态，绣带飘摇迥绝尘。半含笑处樱桃绽，缓步行时兰麝喷。满头珠翠，颤巍巍无数宝钗簪；遍体幽香，娇滴滴有花金缕细。说甚么楚娃美貌，西子娇容？真个是九天仙女从天降，月里嫦娥出广寒！

那三藏合掌低头，孙大圣佯佯不睬，这沙僧转背回身。你看那猪八戒，眼不转睛，淫心紊乱，色胆纵横，扭捏出悄语低声道：“有劳仙子下降。娘，请姐姐们去耶。”那三个女子转入屏风，将一对纱灯留下。妇人道：“四位长老，可肯留心，着那个配我小女么？”悟净道：“我们已商议了，着那个姓猪的招赘门下。”八戒道：“兄弟，不要栽我，还从众计较。”行者道：“还计较甚么？你已是在后门首说合的停停当当，‘娘’都叫了，又有甚么计较？师父做个男亲家，这婆儿做个女亲家，等老孙做个保亲，沙僧做个媒人。也不必看通书，今朝是个天恩上吉日，你来拜了师父，进去做了女婿罢。”八戒道：“弄不成！弄不成！那里好干这个勾当！”

行者道：“呆子，不要者嚣，你那口里‘娘’也不知叫了多少，又是甚么弄不成？快快的应成，带携我们吃些喜酒，也是好处。”他一只手揪着八戒，一只手扯住妇人道：“亲家母，带你女婿进去。”那呆子脚儿趄趄的要往那里走。那妇人即唤童子：“展抹桌椅，铺排晚斋，管待三位亲家，我领姑夫房里去也。”一壁厢分付庖丁排筵设宴，明辰会亲。那几个童子，又领命讫。他三众吃了斋，急急铺铺，都在客座里安歇不题。

八戒借着放马的机会自我推销来了，直接嘴甜到叫娘了，并且上来就推销了自己的核心能力：我有极强的农业生产能力！绝对能撑起你家这门户！

悟空随后回去把这消息汇报给了唐僧，但你看唐僧的态度：“三藏也似信不信的。”

唐僧是真喜欢这猪，相当烦这猴子。

很快，妇人带了仨倾国倾城的女儿来了，“那三藏合掌低头，孙大圣佯佯不睬，这沙僧转背回身”，都考验通过。但八戒实在是来感了：“眼不转睛，淫心紊乱，色胆纵横，扭捏出悄语低声道：‘有劳仙子下降。娘，请姐姐们去耶。’”

等妇人再次问取经团队有没有感觉，沙僧已经看出了八戒的态度，非常罕见地抢先发言了：“我们已商议了，着那个姓猪的招赘门下。”

你快滚吧！没有你对我来说很重要！

八戒再次使出“计较”大法，不过这里不是“从常计较”了，而是“从众计较”。他提出咱一块儿再商量商量，结果猴哥用偷听来的话给他拆穿了：你在后面不都安排完了吗？娘都叫了！今天就是黄道吉日，就今儿了吧！

八戒不好意思地推托，猴哥一手揪着八戒，一手扯住妇人，非得马上生米煮成熟饭，随后八戒就跟人家走了。那师徒三人吃完饭也睡下了。

却说那八戒跟着丈母，行入里面，一层层也不知多少房舍，磕磕撞撞，尽都是门槛绊脚。呆子道：“娘，慢些儿走。我这里边路生，你带我带儿。”那妇人道：“这都是仓房、库房、碾房各房，还不曾到那厨房边哩。”八戒道：“好大人家！”磕磕撞撞，转弯抹角，又走了半会，才是内堂房屋。那妇人道：“女婿，你师兄说今朝是天恩上吉日，就教你招进来了，却只是仓卒间，不曾请得个阴阳，拜堂撒帐，你可朝上拜八拜儿罢。”八戒道：“娘，娘说得是。你请上坐，等我也拜几拜，就当拜堂，就当谢亲，两当一儿，却不省事？”他丈母笑道：“也罢，也罢，果然是个省事干家的女婿。我坐着，你拜么。”

咦！满堂中银烛辉煌，这呆子朝上礼拜，拜毕。道：“娘，你把那个姐姐配我哩？”他丈母道：“正是这些儿疑难：我要把大女儿配你，恐二女怪；要把二女配你，恐三女怪；欲将三女配你，又恐大女怪；所以终疑未定。”八戒道：“娘，既怕相争，都与我罢，省得闹闹吵吵，乱了家法。”他丈母道：“岂有此理！你一人就占我三个

女儿不成！”八戒道：“你看娘说的话。那个没有三宫六院？就再多几个，你女婿也笑纳了。我幼年间也曾学得个熬战之法，管情一个个伏侍得他欢喜。”那妇人道：“不好！不好！我这里有一方手帕，你顶在头上，遮了脸撞个天婚，教我女儿从你跟前走过，你伸开手扯倒那个，就把那个配了你罢。”呆子依言，接了手帕，顶在头上，有诗为证，诗曰：

痴愚不识本原由，色剑伤身暗自休。

从来信有周公礼，今日新郎顶盖头。

那呆子顶裹停当，道：“娘，请姐姐们出来么。”他丈母叫：“真真、爱爱、怜怜，都来撞天婚，配与你女婿。”只听得环珮响亮，兰麝馨香，似有仙子来往。那呆子真个伸手去捞人。两边乱扑，左也撞不着，右也撞不着，来来往往，不知有多少女子行动，只是莫想捞着一个。东扑抱着柱科，西扑摸着板壁，两头跑晕了，立站不稳，只是打跌。前来蹬着门扇，后去汤着砖墙，磕磕踵踵，跌得嘴肿头青，坐在地下，喘气呼呼的道：“娘啊，你女儿这等乖滑得紧，捞不着一个，奈何！奈何！”

那妇人与他揭了盖头道：“女婿，不是我女儿乖滑，他们大家谦让，不肯招你。”八戒道：“娘啊，既是他们不肯招我呵，你招了我罢。”那妇人道：“好女婿哑，这等没大没小的，连丈母也都要了。我这三个女儿，心性最巧。他一人结了一个珍珠嵌锦汗衫儿，你若穿得那个的，就教那个招你罢了。”八戒道：“好，好，好！把三件儿都拿来我穿了看。若都穿得，就教都招了罢。”那妇人转进房里，止取出一件来，递与八戒。那呆子脱下青锦布直裰，理过衫儿，就穿在身上，还未曾系上带子，扑的一跤，跌倒在地。原来是几条绳紧绷绷住。那呆子疼痛难禁，这些人早已不见了。

接下来是著名的八戒成亲环节，八戒想一口气收了人家仨闺女时再次推销起了自己的绝技：“我幼年间也曾学得个熬战之法，管情一个个伏侍得他欢喜。”

讲到这里，让我们翻回原著第二回的开篇，还记得当年悟空不学的那个“动”字门吗？所谓“祖师道：‘教你“动”字门中之道，如何？’悟空道：‘动门之道却又怎么？’祖师道：‘此是有为有作，采阴补阳，攀弓踏弩，摩脐过气，用方炮制，烧茅打鼎，进红铅，炼秋石，并服妇乳之类。’”

八戒的看家本事大概率就是这“动”字门之道。

八戒想得挺好，可人家丈母娘不干。随后到了撞天婚环节，八戒一个也抓不到，给八戒憋急了，恨不得直接入赘给丈母娘了。

最终八戒亲自穿上了珍珠嵌锦的汗衫，钻进了人家给他布置的罗网之中。

却说三藏、行者、沙僧一觉睡省，不觉的东方发白。忽睁睛抬头观看，那里得那大厦高堂，也不是雕梁画栋，一个个都睡在松柏林中。慌得那长老忙呼行者，沙僧道："哥哥，罢了！罢了！我们遇着鬼了！"孙大圣心中明白，微微的笑道："怎么说？"长老道："你看我们睡在那里耶！"行者道："这松林下落得快活，但不知那呆子在那里受罪哩。"长老道："那个受罪？"行者笑道："昨日这家子娘女们，不知是那里菩萨在此显化我等，想是半夜里去了，只苦了猪八戒受罪。"三藏闻言，合掌顶礼。又只见那后边古柏树上，飘飘荡荡的，挂着一张简帖儿。沙僧急去取来，与师父看时，却是八句颂子云：

骊山老母不思凡，南海菩萨请下山。

普贤文殊皆是客，化成美女在林间。

圣僧有德还无俗，八戒无禅更有凡。

从此静心须改过，若生怠慢路途难！

那长老、行者、沙僧正然唱念此颂，只听得林深处高声叫道："师父呵，绷杀我了！救我一救！下次再不敢了！"三藏道："悟空，那叫唤的，可是悟能么？"沙僧道："正是。"行者道："兄弟，莫睬他，我们去罢。"三藏道："那呆子虽是心性愚顽，却只是一味懞直，倒也有些膂力，挑得行李，还看当日菩萨之念，救他随我们去罢。料他以后再不敢了。"那沙和尚却卷起铺盖，收拾了担子；孙大圣解缰牵马，引唐僧入林寻看。咦！这正是：

从正修持须谨慎，扫除爱欲自归真。

毕竟不知那呆子凶吉如何，且听下回分解。

转过天来，师徒三人醒后发现睡在了树林里，唐僧说遇到鬼了。这时猴哥管不住自己那张嘴，显摆道："这松林下落得快活，但不知那呆子在那里受罪哩。""昨日这家子娘女们，不知是那里菩萨在此显化我等，想是半夜里去了，只苦了猪八戒受罪。"

猴子这两句话说完，和唐僧这段师徒缘分算是尽了一大半了。唐僧开始对这只猴子冷汗涔涔，心想原来你早就知道，你居然不跟我汇报！你既然知道，那你昨天晚上就是在一直下套祸害八戒！

当他们看到古柏树上挂着的一张简帖儿后，才清楚昨天晚上是个啥状况：原来是骊山老母、文殊菩萨、普贤菩萨被观音菩萨请来试探取经团队的。

这个骊山老母也被称作“黎山老母”，是罕见的在史料中出现过的神仙。史记中说她是秦国先祖（《史记·秦本纪》：“昔我先郦山之女，为戎胥轩妻。生中潏，以亲故归周，保西垂。西垂以其故和睦……”），她本人也是道教的著名女仙，西游宇宙将她的位置抬得极高，无论是变作妈妈，还是专门点明被南海观音请下山，都证明了其极高的地位，至少在观音之上。

后面她还会出场，在猴哥哭的时候。

在西游宇宙中，道教和佛教都是你中有我、我中有你的，派系太杂了。

三人念颂时，听到了八戒的求救，猴哥打算跳过八戒直接走了，唐僧却再次展现了对八戒的喜爱：“那呆子虽是心性愚顽，却只是一味懞直（忠厚直率），倒也有些膂力，挑得行李。”再垃圾最起码能当长工，随后唐僧是讨好悟空的话风：“还看当日菩萨之念，救他随我们去罢。料他以后再不敢了。”

唐僧对八戒的评价属于重罪轻罚。这头猪色心大起，腐化堕落，半路脱离队伍，按理来说是取经信念崩塌，这属于最重的罪，是得开除僧籍的，但唐僧却给定性为“心性愚顽”。一头猪嘛！他这是蠢，你能跟蠢猪较真吗？而且这猪是“一味懞直”，这只是忠厚直率啊！毕竟人家拿我当师父啊！

以猴哥此时只能看得见自己，眼里也是只放得下比他更狠的人的状态，他是听不出唐僧的话外音的，狮子根本不考虑绵羊的感受嘛！

但唐僧这话其实很有锋芒！

你孙悟空，对我不够懞直！

第二十四回

万寿山大仙留故友，五庄观行者窃人参

却说那二人穿林入里，只见那呆子绷在树上，声声叫喊，痛苦难禁。行者上前笑道："好女婿呀！这早晚还不起来谢亲，又不到师父处报喜，还在这里卖解儿耍子哩。咄！你娘呢？你老婆呢？好个绷巴吊拷的女婿呀！"那呆子见他来抢白着羞，咬着牙，忍着疼，不敢叫喊。沙僧见了，老大不忍，放下行李，上前解了绳索救下。呆子对他们只是磕头礼拜，其实羞耻难当。有《西江月》为证：

色乃伤身之剑，贪之必定遭殃。佳人二八好容妆，更比夜叉凶壮。只有一个原本，再无微利添囊。好将资本谨收藏，坚守休教放荡。

那八戒撮土焚香，望空礼拜。行者道："你可认得那些菩萨么？"八戒道："我已此晕倒昏迷，眼花缭乱，那认得是谁？"行者把那简帖儿递与八戒。八戒见了是颂子，更加惭愧。沙僧笑道："二哥有这般好处哩，感得四位菩萨来与你做亲！"八戒道："兄弟再莫题起，不当人子了！从今后，再也不敢妄为，就是累折骨头，也只是摩肩压担，随师父西域去也。"三藏道："既如此说才是。"

猴哥和沙僧穿林入里，看见八戒绷在树上，声声叫喊，痛苦难禁，猴哥展开了超长取笑模式："好女婿呀！这早晚还不起来谢亲，又不到师父处报喜，还在这里卖解儿耍子哩。咄！你娘呢？你老婆呢？好个绷巴吊拷的女婿呀！"

说实在的，杀人不过头点地，这话真过了，没有一个有智慧的人会随意取笑别人的，除了痛快痛快嘴之外，没有任何收益，还会树立死敌。人家不掉皮、不掉肉，没有任何实力上的损伤，但从此会把整死你作为人生重大目标！不知多少牛人回忆自己成功时说过自己想当年受到了怎样的羞辱，从而发愤一定要活出个样儿来的。八戒看到悟空这么埋汰他，是“咬着牙，忍着疼，不敢叫喊”，连软话都不对他猴哥说了。

其实，自打入了队伍人家八戒对悟空是很尊重的，从来都是把“哥”字挂在嘴边，而且让干啥就干啥，更从没想过取代他，这种师弟不好找啊，但猴哥因为本事大，从来不拿人家当回事，从此后两人的梁子算是结下了。

最后是沙僧一句话没说，放下行李上前解了绳索，把八戒救了。被救下的八戒也没说话，所谓“呆子对他们只是磕头礼拜，其实羞耻难当”，注意，是羞耻，这是耻辱，不是惭愧。

八戒的心里极恨猴子，人家是要脸面的，连自己的猪身都要说成投胎投错了，你居然这么羞辱人家！

八戒磕完头后撮土焚香，望空礼拜，这是多灵的猪，菩萨们教训了他，他要感谢菩萨们栽培。八戒很惭愧，所谓“行者把那简帖儿递与八戒。八戒见了是颂子，更加惭愧”。

面对菩萨，八戒为什么没有耻辱之感，而只是惭愧呢？

一方面菩萨级别在那儿了，其实更关键的一方面在于菩萨给他留了大面子，绑了他之后就撤了，没有看着他出丑，而且最后的处理办法也是板子高高举起，轻轻放下，是“从此静心须改过，若生怠慢路途难”。

四圣试禅心，菩萨们试的是唐僧，唐僧是核心，只要唐僧不跑，这项目就黄不了，唐僧也相当争气地通过了考验，并就此打了预防针。

观音菩萨达到了目的，对八戒的惩戒其实并不重要，猪该啥样还啥样，菩萨也没指望对猪起什么作用，关键是唐僧。

观音菩萨设的这个局，完美地完成了自己的既定目标，与此同时，没有一个人对自己产生反感，人家这是啥手段！

你再看那只自以为很灵的猴子，唐僧、八戒、沙僧从此都会对他严防死守的，因为他看起来不是自己人！而且八戒从此就跟悟空闹掰了，开始力所能及地报复悟空了。

本来这事跟猴子啥关系都没有，试的是唐僧，教训的是八戒，但猴子硬生生用那张臭嘴让自己成了整个团队最被讨厌的人。

嘴贱是职场的第一大忌，切记修口德。

行者遂领师父上了大路。在路餐风宿水，行罢多时，忽见有高山挡路。三藏勒马停鞭道："徒弟，前面一山，必须仔细，恐有妖魔作耗，侵害吾党。"行者道："马前但有吾等三人，怕甚妖魔？"因此长老安心前进。只见那座山，真是好山：

高山峻极，大势峥嵘。根接昆仑脉，顶摩霄汉中。白鹤每来栖桧柏，玄猿时复挂藤萝。日映晴林，叠叠千条红雾绕；风生阴壑，飘飘万道采云飞。幽鸟乱啼青竹里，锦鸡齐斗野花间。只见那千年峰、五福峰、芙蓉峰，巍巍凛凛放毫光；万岁石、虎牙石、三天石，突突磷磷生瑞气。崖前草秀，岭上梅香。荆棘密森森，芝兰清淡淡。深林鹰凤聚千禽，古洞麒麟辖万兽。涧水有情，曲曲湾湾多绕顾；峰峦不断，重重叠叠自周回。又见那绿的槐，斑的竹，青的松，依依千载斗秾华；白的李，红的桃，翠的柳，灼灼三春争艳丽。龙吟虎啸，鹤舞猿啼。麋鹿从花出，青鸾对日鸣。乃是仙山真福地，蓬莱阆苑只如然。又见些花开花谢山头景，云去云来岭上峰。

三藏在马上欢喜道："徒弟，我一向西来，经历许多山水，都是那嵯峨险峻之处，更不似此山好景，果然的幽趣非常。若是相近雷音不远路，我们好整肃端严见世尊。"行者笑道："早哩！早哩！正好不得到哩！"沙僧道："师兄，我们到雷音有多少远？"行者道："十万八千里，十停中还不曾走了一停哩。"八戒道："哥呵，要走几年才得到？"行者道："这些路，若论二位贤弟，便十来日也可到；若论我走，一日也好走五十遭，还见日色；若论师父走，莫想！莫想！"唐僧道："悟空，你说得几时方可到？"行者道："你自小时走到老，老了再小，老小千番也还难。只要你见性志诚，念念回首处，即是灵山。"沙僧道："师兄，此间虽不是雷音，观此景致，必有个好人居止。"行者道："此言却当。这里决无邪祟，一定是个圣僧、仙辈之乡，我们游玩慢行。"不题。

取经团队继续向前，这日来到了万寿山。作者还是以日常的山势描写提前点明这山主人的背景，从"高山峻极，大势峥嵘。根接昆仑脉，顶摩霄汉中"开始，就知道这山了不得了。这山好到连唐僧都看出来了，都欢喜了，又以为快到灵山了。

随后大家进入距离灵山有多远的讨论。悟空表示还早，没有人比他更了解灵山，连十分之一都没走到，实际上这话真过了，早在黑风山时就已经是万里之遥了，猴哥这就是在方方面面掌控取经过程中的一切主导权。接着八戒问要几年才能到，悟空再次贬低那哥儿俩：你俩走十多天就到了，而我一天可以来回五十遭，走完这五十遭太阳还没落山。言外之意，你俩也就是我百分之一的水平，随后说到唐僧时，他来了一句“若论师父走，莫想！莫想”！

唐僧问到底要走多久，猴哥竟然用一种观音训他的语气说：“你自小时走到老，老了再小，老小千番也还难。”换句话说，走一辈子都走不到，但是吧，“只要你见性志诚，念念回首处，即是灵山”。

“老小千番也还难”，再结合前面那句“若论师父走，莫想！莫想”，悟空这就是在说唐僧并非志诚。

人家明明跟你讨论的是距离，你显摆一通后，又贬低起领导取经不够志诚了。

我都服了！猴子这嘴是真不好啊！唐僧这里也是真的要被批评一下，已经没有个师父样子了！谁家师父让徒弟天天撑成这样啊！你念他啊！嘴咋那么笨呢！

后来沙僧岔开了话题，表示山肯定是好山，住的应该是好人。

然后悟空定调：“此言却当。这里决无邪祟，一定是个圣僧、仙辈之乡，我们游玩慢行。”

行走坐卧吃喝都得猴子批，唐僧此时已经完全没有话语权了。

却说这座山，名唤万寿山，山中有一座观，名唤五庄观；观里有一尊仙，道号镇元子，混名与世同君。那观里出一般异宝，乃是混沌初分，鸿蒙始判，天地未开之际，产成这件灵根。盖天下四大部洲，惟西牛贺洲五庄观出此，唤名“草还丹”，又名“人参果”。三千年一开花，三千年一结果，再三千年才得熟，短头一万年方得吃。似这万年，只结得三十个果子。果子的模样，就如三朝未满的小孩相似，手段俱全，五官咸备。人若有缘，得那果子闻了一闻，就活了三百六十岁；吃一个，就活了四万七千年。

当日镇元大仙得元始天尊的简帖，邀他到上清天上弥罗宫中听讲“混元道果”。

大仙门下出的散仙，也不计其数，见如今还有四十八个徒弟，都是得道的全真。当日带领四十六个上界去听讲，留下两个绝小的看家：一个唤做清风，一个唤做明月。清风只有一千三百二十岁，明月才交一千二百岁。镇元子分付二童道："不可违了大天尊的简帖，要往弥罗宫听讲，你两个在家仔细。不日有一个故人从此经过，却莫怠慢了他，可将我人参果打两个与他吃，权表旧日之情。"二童道："师父的故人是谁？望说与弟子，好接待。"大仙道："他是东土大唐驾下的圣僧，道号三藏，今往西天拜佛求经的和尚。"二童笑道："孔子云：'道不同，不相为谋。'我等是太乙玄门，怎么与那和尚做甚相识？"大仙道："你那里得知。那和尚乃金蝉子转生，西方圣老如来佛第二个徒弟。五百年前，我与他在'兰盆会'上相识，他曾亲手传茶。佛子敬我，故此是为故人也。"二仙童闻言，谨遵师命。那大仙临行，又叮咛嘱咐道："我那果子有数，只许与他两个，不得多费。"清风道："开园时，大众共吃了两个，还有二十八个在树，不敢多费。"大仙道："唐三藏虽是故人，须要防备他手下人啰唣，不可惊动他知。"二童领命讫，那大仙承众徒弟飞升，径朝天界。

作者开始介绍这山和山主以及土特产。

这个镇元子了不得，混名是"与世同君"，他的五庄观里有一棵"混沌初分，鸿蒙始判，天地未开之际"，生成的灵根人参果树，全世界就这一棵，效能上相当于低配版蟠桃，闻了能活三百六十岁，吃了能活四万七千年。

围绕人参果树，故事开场了。

在这里我们也注意一下，西游宇宙中，人间的延寿产品基本都跟孩子有关，哪怕是盛传吃完长生不老的唐僧，也不过是一点元阳未泄的老童子，而且你真别觉得人参果就是果子，它没那么简单的。

比较巧，镇元大仙得元始天尊的"简帖"邀他，他要去上清天上弥罗宫中听讲"混元道果"了，结合他说的那句"不可违了大天尊的简帖，要往弥罗宫听讲"，可以看出来，镇元子至少是要听元始天尊的"宣"的。

官上还有官啊！

镇元子就势将整个五庄观带空了，四十八个徒弟就留下两个最小的看家，为了突出这一点，作者的原话是"当日带领四十六个上界去听讲，留下两个绝小的看家"。

客观来讲，哪个单位在全体外出行动时，安排留下看家的通常都是有一定辈分和地位的，因为遇到突发事件时是需要留守的领导代表本单位临时处理问题的；通常来讲，你是看不到单位领导让俩最小的看家的，这首先就透露出古怪。

随后的话，基本说明了镇元子为何如此安排，镇元子算到几天后会有一个故人从此经过，决定给他两个人参果吃。

俩童子问这故人是谁，好安排接待，镇元子说是取经的和尚，俩童子表明了疑惑："'道不同，不相为谋。'我等是太乙玄门，怎么与那和尚做甚相识？"

在两个童子的认知中，他们五庄观这个道门跟佛家是相当泾渭分明的，估计平时镇元子没少教育他们要信仰、皈依玉帝和三清。但镇元子随后的话透露了他的本意：你们不要总听师父怎么说，要看师父怎么做，咱嘴上一定要"道不同，不相为谋"，但咱心里的生意永远是多个朋友多条路的，这和尚是如来佛祖的二徒弟，五百年前的"兰盆会"上他曾亲手传茶。"佛子敬我，故此是为故人也。"

冲这传茶之故，就值三界独有灵根一万年产能的十五分之一！

当然，不是冲唐僧哈，不看僧面看的是佛面，冲的是如来佛祖。

当然，也不仅仅是给佛祖好大的面子，镇元子还要借这两个果子钓个大鱼。

那偷桃窃丹的贼猴，咱算计的就是你！

镇元子最后嘱咐道：只给唐僧两个，剩下的人都没资格，得防备他手下人，不要让他们知道。

却说唐僧四众在山游玩，忽抬头，见那松篁一簇，楼阁数层。唐僧道："悟空，你看那里是甚么去处？"行者看了道："那所在，不是观宇，定是寺院。我们走动些，到那厢方知端的。"不一时，来于门首观看，见那：

松坡冷淡，竹径清幽。往来白鹤送浮云，上下猿猴时献果。那门前池宽树影长，石裂苔花破。宫殿森罗紫极高，楼台缥缈丹霞堕。真个是福地灵区，蓬莱云洞。清虚人事少，寂静道心生。青鸟每传王母信，紫鸾常寄老君经。看不尽那巍巍道德之风，果然漠漠神仙之宅。

三藏离鞍下马，又见那山门左边有一通碑，碑上有十个大字，乃是"万寿山福地，五庄观洞天"。长老道："徒弟，真个是一座观宇。"沙僧道："师父，观此景鲜明，观里必有好人居住。我们进去看看，若行满东回，此间也是一景。"行者道："说

得好。”遂都一齐进去。又见那二门上有一对春联：

长生不老神仙府，与天同寿道人家。

行者笑道：“这道士说大话唬人。老孙五百年前大闹天宫时，在那太上老君门首，也不曾见有此话说。”八戒道：“且莫管他，进去！进去！或者这道士有些德行，未可知也。”

及至二层门里，只见那里面急急忙忙走出两个小童儿来。看他怎生打扮：

骨清神爽容颜丽，顶结丫髻短发鬅。道服自然襟绕雾，羽衣偏是袖飘风。环绦紧束龙头结，芒履轻缠蚕口绒。丰采异常非俗辈，正是那清风明月二仙童。

那童子控背躬身，出来迎接道：“老师父，失迎，请坐。”长老欢喜，遂与二童子上了正殿观看。原来是向南的五间大殿，都是上明下暗的雕花格子。那仙童推开格子，请唐僧入殿，只见那壁中间挂着五彩妆成的“天地”二大字，设一张朱红雕漆的香几，几上有一副黄金炉瓶，炉边有方便整香。唐僧上前，以左手撚香注炉，三匝礼拜。拜毕，回头道：“仙童，你五庄观真是西方仙界，何不供养三清四帝、罗天诸宰，只将‘天地’二字侍奉香火？”童子笑道：“不瞒老师父。这两个字，上头的，礼上还当；下边的，还受不得我们的香火。是家师父谄佞出来的。”三藏道：“何为谄佞？”童子道：“三清是家师的朋友，四帝是家师的故人，九曜是家师的晚辈，元辰是家师的下宾。”

那行者闻言，就笑得打跌。八戒道：“哥啊，你笑怎的？”行者道：“只讲老孙会捣鬼，原来这道童会捆风！”三藏道：“令师何在？”童子道：“家师元始天尊降简，请上清天弥罗宫听讲‘混元道果’去了，不在家。”行者闻言，忍不住喝了一声道：“这个臊道童！人也不认得，你在那个面前捣鬼，扯甚么空心架子！那弥罗宫有谁是太乙天仙？请你这泼牛蹄子去讲甚么！”三藏见他发怒，恐怕那童子回言，斗起祸来，便道：“悟空，且休争竞。我们既进来，就出去，显得没了方情。常言道：‘鹭鸶不吃鹭鸶肉。’他师父既是不在，搅乱他做甚？你去山门前放马，沙僧看守行李，教八戒解包袱，取些米粮，借他锅灶做顿饭吃。待临行送他几文柴钱便罢了。各依执事，让我在此歇息歇息，饭毕就行。”他三人果各依执事而去。

师徒四人难得遇到座仙山，正搁那儿玩呢，玩着玩着就玩到了五庄观。随后是五庄观门首视角的描写，怎么怎么好就不细唠了，有一句很重要：“青鸟每传王母信，紫鸾常寄老君经。”

这镇元子不光要听元始天尊的讲，还要受王母和老君的教诲。

别看镇元大仙在自己家排场很大，还自称“与世同君”，那都是对不如他的才敢这样，比他大的官他拥护着呢！

四人进去后，见二门上有一对春联：“长生不老神仙府，与天同寿道人家。”

看到这个猴哥笑了，他见不得有人比他还能嘚瑟，表示当年太上老君的门首都没这话。

这里显示了八戒的成熟，八戒说先进去，也许这道士有点本事呢。

道童清风、明月把他们迎进殿里，又见壁中间挂着五彩妆成的“天地”二字供奉。两个道童说“三清是家师的朋友，四帝是家师的故人，九曜是家师的晚辈，元辰是家师的下宾”时，猴哥彻底怒了，因为这人比自己的口气还大，他当年根据自我认知排辈分时是“见三清称个‘老’字，逢四帝道个‘陛下’，与那九曜星、五方将、二十八宿、四大天王、十二元辰、五方五老、普天星相、河汉群神，俱只以弟兄相待，彼此称呼”（第五回），也就是说，这镇元子比他高了一辈儿。猴哥觉得地上的人物不可能有比他还牛的了，这一家子太能吹了。随后以笑得打跌的方式表示不屑，八戒问他笑啥，猴哥表示终于见到比自己还嘚瑟的了，“只讲老孙会捣鬼，原来这道童会捆风”！

唐僧问：你师父呢？道童说：去元始天尊那儿了。这时猴哥实在是憋不住了，忍不住喝了一声道：“这个臊道童！人也不认得，你在那个面前捣鬼，扯甚么空心架子！那弥罗宫有谁是太乙天仙？请你这泼牛蹄子去讲甚么！”

这句话翻译一遍：你这个不要脸的小道士！人都不认得还敢在我面前装！你们认识个鬼的元始天尊！

猴哥的依据是啥呢？

在道教神话体系中，天宫有三十六重天，从阶级上划分是三十三天再加上三天。上三天也就是三清所居之处，还被统称为大罗天。所谓的大罗仙，也就是三清派系的神仙，地位比别的神仙高一些，人家背景更牛嘛！剩下的神仙是太乙仙，比如五庄观，用道童的话说就是，咱们是太乙玄门。悟空怒撑的理由是弥罗宫的讲座都是大罗仙唠的嗑，请得着你家吗？

悟空见不得别人比他的口气更大，其实明明是他在找碴儿，人家道童明明说的是“家师元始天尊降简,请上清天弥罗宫听讲‘混元道果’去了”,元始天尊是“降”,他师父是“听讲”，这是表达拥护去了，咋就不能去！后面人家弥勒佛祖也去赴了元始会，他咋就不敢骂一句：这个臊和尚！人也不认得，你在那个面前捣鬼，扯甚么空心架子！那弥罗宫有谁是佛门中人？请你去讲什么！

唐僧见悟空急眼了，担心打起来，直接安排猴子放马，把他支出去了，命沙僧看守行李，八戒解包袱取些米粮，借人家锅灶做顿饭吃，待临行送他几文柴钱。然后唐僧让徒弟们都出去，该干吗干吗，自己要清静清静。

呵呵，这师父当得心也是忒累，好容易遇到这七星级大酒店却住不了，猴子直接因为人家比他能显摆急眼了……

那明月、清风，暗自夸称不尽道：“好和尚！真个是西方爱圣临凡，真元不昧。师父命我们接待唐僧，将人参果与他吃，以表故旧之情，又教防着他手下人啰唣。果然那三个嘴脸凶顽，性情粗糙，幸得就把他们调开了；若在边前，却不与他人参果见面。”清风道：“兄弟,还不知那和尚可是师父的故人。问他一问看,莫要错了。”二童子又上前道：“启问老师，可是大唐往西天取经的唐三藏？”长老回礼道：“贫僧就是。仙童为何知我贱名？”童子道：“我师临行，曾分付教弟子远接。不期车驾来促，有失迎迓。老师请坐，待弟子办茶来奉。”三藏道：“不敢。”那明月急转本房，取一杯香茶，献与长老。茶毕，清风道：“兄弟，不可违了师命，我和你去取果子来。”

二童别了三藏，同到房中，一个拿了金击子，一个拿了丹盘，又多将丝帕垫着盘底，径到人参园内。那清风爬上树去，使金击子敲果，明月在树下，以丹盘等接。须臾，敲下两个果来，接在盘中，径至前殿奉献道：“唐师父，我五庄观土僻山荒，无物可奉，土宜素果二枚，权为解渴。”那长老见了，战战兢兢，远离三尺道：“善哉！善哉！今岁倒也年丰时稔，怎么这观里作荒吃人？这个是三朝未满的孩童，如何与我解渴？”清风暗道：“这和尚在那口舌场中，是非海里，弄得眼肉胎凡，不识我仙家异宝。”明月上前道：“老师,此物叫做‘人参果’,吃一个儿不妨。”三藏道：“胡说！胡说！他那父母怀胎不知受了多少苦楚，方生下来及三日，怎么就把他拿来当

果子？”清风道：“实是树上结的。”长老道：“乱谈！乱谈！树上又会结出人来？拿过去，不当人子！”那两个童儿，见千推万阻不吃，只得拿着盘子，拿转本房。那果子却也跷蹊，久放不得，若放多时即僵了，不中吃。二人到于房中，一家一个，坐在床边上，只情吃起。

噫！原来有这般事哩！他那道房，与那厨房紧紧的间壁，这边悄悄的言语，那边即便听见。八戒正在厨房里做饭，先前听见说取金击子，拿丹盘，他已在心，又听见他说唐僧不认得是人参果，即拿在房里自吃，口里忍不住流涎道：“怎得一个儿尝新！”自家身子又狼犺，不能勾得动，只等行者来，与他计较。他在那锅门前，更无心烧火，不时伸头探脑，出来观看。不多时，见行者牵将马来，拴在槐树上，径往后走。那呆子用手乱招道：“这里来！这里来！”行者转身到于厨房门首道：“呆子，你嚷甚的？想是饭不勾吃。且让老和尚吃饱，我们前边大人家再化吃去罢。”八戒道：“你进来，不是饭少。这观里有一件宝贝，你可晓得？”行者道“甚么宝贝？”八戒笑道：“说与你，你不曾见；拿与你，你不认得。”行者道：“这呆子笑话我老孙。老孙五百年前因访仙家时，也曾云游在海角天涯，那般儿不曾见？”八戒道：“哥啊，人参果你曾见么？”行者惊道：“这个真不曾见。但只常闻得人说，人参果乃是草还丹，人吃了极能延寿。如今那里有得？”八戒道：“他这里有。那童子拿两个与师父吃，那老和尚不认得，道是三朝未满的孩童，不曾敢吃。那童子老大惫懒，师父既不吃，便该让我们，他就瞒着我们，才自在这隔壁房里，一家一个，啯啅啯啅的吃了出去，就急得我口里水泱。怎么得一个儿尝新？我想你有些留撒，去他那园子里，偷几个来尝尝如何？”行者道：“这个容易。老孙去，手到擒来。”急抽身往前就走，八戒一把扯住道：“哥呵，我听得他在这房里说，要拿甚么金击子去打哩。须是干得停当，不可走露风声。”行者道：“我晓得，我晓得。”

清风、明月随后按照师父的嘱咐给唐僧打了两个人参果，但这果子外形像小孩，差点没把唐僧吓死，以为到了黑道观，直接拒绝了，两个果子便宜清风、明月了。这事被在厨房做饭的八戒听见了，快给他馋死了，但是他自己又不敢偷，因为他知道这个道观的规模和咖位不是他能惹得起的，随后以“自家身子又狼犺，不能勾得动”的理由要等他猴哥来。

他的腾云驾雾在猴子眼里是能十多天到灵山的水平，爬树上摘个果子会有问题？

他就是不想担这个责任罢了。

不过没关系，有那个没事臭显摆的主儿，激两句就去了，乖得很。

八戒拿捏猴子用了三招。

1. 制造神秘。先是用手乱招道：这里来！这里来！然后说这观里有一件宝贝，你可晓得？

2. 激将勾引。八戒跟猴哥说：这宝贝你没见过，也不认得！猴哥再次拿他五百年前的见识显摆，随后被一句“人参果”问住了，猴哥表示只听说过没见过，好奇心就此被激发了。

3. 捧杀。八戒说：道童拿了给师父，师父不敢吃，让那道童吃了，我都快馋死了！哥，还是你有本事，你偷几个来尝尝，怎么样？

提到这人参果时，“行者惊道：‘这个真不曾见。但只常闻得人说，人参果乃是草还丹，人吃了极能延寿。’”他不是不知道这东西不得了，但很轻松地就被撺掇去背这口大锅了，“行者道：‘这个容易。老孙去，手到擒来。’”

那大圣使一个隐身法，闪进道房看时，原来那两个道童，吃了果子，上殿与唐僧说话，不在房里。行者四下里观看，看有甚么金击子。但只见窗棂上挂着一条赤金：有二尺长短，有指头粗细；底下是一个蒜疙疸的头子；上边有眼，系着一根绿绒绳儿。他道：“想必就是此物叫做击子。”他却取下来，出了道房，径入后边去，推开两扇门，抬头观看，呀！却是一座花园。但见：

朱栏宝槛，曲砌峰山。奇花与丽日争妍，翠竹共青天斗碧。流杯亭外，一湾绿柳似拖烟；赏月台前，数簇乔松如泼靛。红拂拂锦巢榴，绿依依绣墩草。青茸茸碧砂兰，攸荡荡临溪水。丹桂映金井梧桐，锦槐傍朱栏玉砌。有或红或白千叶桃，有或香或黄九秋菊。荼蘼架映着牡丹亭，木槿台相连芍药栏。看不尽傲霜君子竹，欺雪大夫松。更有那鹤庄鹿宅，方沼圆池；泉流碎玉，地萼堆金；朔风触绽梅花白，春来点破海棠红。诚所谓人间第一仙景，西方魁首花丛。

那行者观看不尽，又见一层门，推开看处，却是一座菜园：

布种四时蔬菜，菠芹莙荙姜苔。笋藷瓜瓠茭白，葱蒜芫荽韭薤。窝蕖童蒿苦荬，葫芦茄子须栽。蔓菁萝卜羊头埋，红苋青菘紫芥。

行者笑道："他也是个自种自吃的道士。"走过菜园，又见一层门。推开看处，呀！只见那正中间有根大树，真个是青枝馥郁，绿叶阴森，那叶儿却似芭蕉模样，直上去有千尺余高，根下有七八丈围圆。那行者倚在树下，往上一看，只见向南的枝上，露出一个人参果，真个相孩儿一般，原来尾间上是个扢蒂，看他叮在枝头，手脚乱动，点头幌脑，风过处似乎有声。行者欢喜不尽，暗自夸称道："好东西哑！果然罕见，果然罕见！"他倚着树，搜的一声，撺将上去。那猴子原来第一会爬树偷果子。他把金击子敲了一下，那果子扑的落将下来。他也随跳下来跟寻，寂然不见；四下里草中找寻，更无踪迹。

行者道："跷蹊！跷蹊！想是有脚的会走，就是也跳不出墙去。我知道了，想是花园中土地不许老孙偷他果子，他收了去也。"他就捻着诀，念一口"唵"字咒，拘得那花园土地前来，对行者施礼道："大圣，呼唤小神，有何分付？"行者道："你不知老孙是盖天下有名的贼头。我当年偷蟠桃、盗御酒、窃灵丹，也不曾有人敢与我分用，怎么今日偷他一个果子，你就抽了我的头去了！这果子是树上结的，空中过鸟也该有分，老孙就吃他一个，有何大害？怎么刚打下来，你就捞了去？"土地道："大圣，错怪了小神也。这宝贝乃是地仙之物，小神是个鬼仙，怎么敢拿去？只是闻也无福闻闻。"行者道："你既不曾拿去，如何打下来就不见了？"土地道："大圣只知这宝贝延寿，更不知他的出处哩。"

行者道："有甚出处？"土地道："这宝贝三千年一开花，三千年一结果，再三千年方得成熟。短头一万年，只结得三十个。有缘的闻一闻，就活三百六十岁，吃一个就活四万七千年。却是只与五行相畏。"行者道："怎么与五行相畏？"土地道："这果子遇金而落，遇木而枯，遇水而化，遇火而焦，遇土而入。敲时必用金器，方得下来。打下来，却将盘儿用丝帕衬垫方可，若受些木器就枯了，就吃也不得延寿。吃他须用磁器，清水化开食用，遇火即焦而无用。遇土而入者，大圣方才打落地上，他即钻下土去了。这个土有四万七千年，就是钢钻钻他，也钻不动些须，比生铁也还硬三四分。人若吃了，所以长生。大圣不信时，可把这地下打打儿看。"行者即掣金箍棒筑了一下，响一声，迸起棒来，土上更无痕迹。行者道："果然！果然！我这棍打石头如粉碎，撞生铁也有痕，怎么这一下打不伤些儿？这等说，我却错怪了你了，你回去罢。”那土地即回本庙去讫。

大圣却有算计，爬上树，一只手使击子，一只手将锦布直裰的襟儿扯起来做个兜子等住，他却串枝分叶，敲了三个果，兜在襟中。跳下树，一直前来，径到厨房里去。那八戒笑道：“哥哥，可有么？”行者道：“这不是？老孙的手到擒来。这个果子，也莫背了沙僧，可叫他一声。”八戒即招手叫道：“悟净，你来。”那沙僧搬下行李，跑进厨房道：“哥哥，叫我怎的？”行者放开衣兜道：“兄弟，你看这个是甚的东西？”沙僧见了道：“是人参果。”行者道：“好呵！你倒认得，你曾在那里吃过的？”沙僧道：“小弟虽不曾吃，但旧时做卷帘大将，扶侍鸾舆赴蟠桃宴，尝见海外诸仙将此果与王母上寿。见便曾见，却未曾吃，哥哥，可与我些儿尝尝？”行者道：“不消讲，兄弟们一家一个。”

猴哥使隐身法后找到了金击子，来到了“人间第一仙景，西方魁首花丛”的五庄观后花园。随后在描写人参果树时，相当惊悚的画面出现了。这树极高，极粗，这人参果可并非仅仅像小孩子一样，几乎就是树上结出来的小孩子，所谓“直上去有千尺余高，根下有七八丈围圆。那行者倚在树下，往上一看，只见向南的枝上，露出一个人参果，真个相孩儿一般。原来尾间上是个扢蒂，看他叮在枝头，手脚乱动，点头幌脑，风过处似乎有声”。

这人参果是有生命的，是“手脚乱动，点头幌脑”的。

在西游宇宙中，猴子既然能从石头里蹦出来，那孩子为什么不能从树里长出来呢？

这就是从树里长出来的，一万年孕育出来的小生命，吃完这“灵果”能活四万七千年。

在西游宇宙中，人间的长生办法通常跟孩子有关，是吃掉能量极高的人类种子，去换取自身寿命的延长。

猴哥跳上树，用金击子敲了一下，一个人参果掉入地中没了，他喊出土地，相当自豪地说：咱是天下有名的贼头，你敢跟我分账？

随后土地给悟空介绍了一下人参果树，这树一万年的产量只有三十个，不仅产量小，还极其娇贵，遇金而落，遇木而枯，遇水而化，遇火而焦，遇土而入，吃这玩意儿须用金器敲下，放入瓷器，拿清水化开食用。

作者给人参果做了这样的设定，其实主要是为了交代遇土而入，不然后面剧情没法推进，所谓的“与五行相畏”，其中金和水的设定就很牵强。总之，猴哥弄没了一个果子。

这是后面所有矛盾的冲突点。

猴哥偷了果子后，在全书中第一次有了点大师兄的模样，把沙僧也喊来，三兄弟每人分了一个。

沙僧说他认识人参果，做卷帘大将时曾见蟠桃宴上海外诸仙将此果与王母上寿。

这其实也能看出来，镇元子这位地仙之祖是个人脉钻营的高手。他最开始肯定是不在蟠桃宴的邀请名单上的，否则就是他自己送给王母上寿了，但现在人家的关系网在开篇介绍中却是“青鸟每传王母信”，双方关系肯定已经很不错了。

沙僧见到的这回，应该是镇元子托海外诸仙把人参果带给王母上寿，表达自己的敬意，双方就此建立的联系。

至此，我们来看一下镇元子的人设：虽然在本观只供奉天地，但那都是给人间看的，对内宣传三清是朋友，四帝是故人，但对外却是听元始天尊的宣，读太上老君的经，进王母娘娘的贡，捧如来佛祖的场。

他三人将三个果各各受用。那八戒食肠大，口又大，一则是听见童子吃时，便觉馋虫拱动，却才见了果子，拿过来，张开口，毂辘的吞咽下肚，却白着眼胡赖，向行者、沙僧道：“你两个吃的是甚么？”沙僧道：“人参果。”八戒道：“甚么味道？”行者道：“悟净，不要睬他！你倒先吃了，又来问谁？”八戒道：“哥哥，吃的忙了些，不相你们细嚼细咽，尝出些滋味。我也不知有核无核，就吞下去了。哥啊，为人为彻，你轻调动我这馋虫，再去弄个儿来，老猪细细的吃吃。”行者道：“兄弟，你好不知止足！这个东西比不得那米食面食，撞着尽饱。相这一万年只结得三十个，我们吃他这一个，也是大有缘法，不等小可。罢，罢，罢！勾了！”他欠起身来，把一个金击子，瞒窗眼儿丢进他道房里，竟不睬他。

那呆子只管絮絮叨叨的唧哝，不期那两个道童复进房来取茶去献，只听得八戒还嚷甚么“人参果吃得不快活，再得一个儿吃吃才好”。清风听见，心疑道：“明月，你听那长嘴和尚讲‘人参果还要个吃吃’。师父别时叮咛，教防他手下人啰唣，莫

敢是他偷了我们宝贝么？”明月回头道：“哥耶，不好了！不好了！金击子如何落在地下？我们去园里看看来！”他两个急急忙忙的走去，只见花园开了。清风道：“这门是我关的，如何开了？”又急转过花园，只见菜园门也开了。忙入人参园里，倚在树下，望上查数，颠倒来往，只得二十二个。明月道：“你可会算帐？”清风道：“我会，你说将来。”明月道：“果子原是三十个。师父开园，分吃了两个，还有二十八个；适才打两个与唐僧吃，还有二十六个；如今止剩得二十二个，却不少了四个？不消讲，不消讲，是那伙恶人偷了，我们只骂唐僧去来。”

两个出了园门，径来殿上，指着唐僧，秃前秃后，秽语污言，不绝口的乱骂，贼头鼠脑，臭短臊长，没好气的胡嚷。唐僧听不过道：“仙童啊，你闹的是甚么？消停些儿，有话慢说不妨，不要胡说散道的。”清风说：“你的耳聋？我是蛮话，你不省得？你偷吃了人参果，怎么不容我说？”唐僧道：“人参果怎么模样？”明月道：“才拿来与你吃，你说像孩童的不是？”唐僧道：“阿弥陀佛！那东西一见，我就心惊胆战。还敢偷他吃哩！就是害了馋痞，也不敢干这贼事。不要错怪了人。”清风道：“你虽不曾吃，还有手下人要偷吃的哩。”三藏道：“这等也说得是。你且莫嚷，等我问他们看。果若是偷了，教他赔你。”明月道：“赔哑！就有钱那里去买？”三藏道：“纵有钱没处买，常言道：‘仁义值千金。’教他陪你个礼便罢了。也还不知是他不是他哩。”明月道：“怎的不是他？他那里分不均，还在那里嚷哩。”三藏叫声：“徒弟，且都来。”沙僧听见道：“不好了！决撒了！老师父叫我们，小道童胡厮骂，不是旧话儿走了风，却是甚的！”行者道：“活羞杀人！这个不过是饮食之类，若说出来就是我们偷嘴了，只是莫认。”八戒道：“正是，正是，昧了罢。”他三人只得出了厨房，走上殿去。

毕竟不知怎么与他抵赖，且听下回分解。

三人开吃人参果，作者为了让两个童子及时发现果子丢了，于是安排八戒一口吞下人参果，没尝出味来，随后只管絮絮叨叨，后来就让这俩童子听到了。

悟空自诩天下著名的贼头，实际上倒不如说是天下第一老赖，人家贼讲究的是没有证据，那叫贼王，他每次留一堆证据，甚至吃完了以后那个金击子都懒得放回原位，直接“瞒窗眼儿丢进他道房里，竟不睬他”。

总体态度就是，爷吃了就吃了！你能怎么地！

两个童子发现金击子落在地上，花园、菜园的门开着，立刻就去数果子了。这一数发现少了四个，两人觉得唐僧是伪君子，随后展开了质朴的报复手段：骂街！

这家伙给唐僧骂的哟，所谓“指着唐僧，秃前秃后，秽语污言，不绝口的乱骂，贼头鼠脑，臭短臊长，没好气的胡嚷”。

这俩道童一千多岁白活了，遇到这种问题首先要做的应该是什么呢？

核实啊！取证啊！夯实证据链啊！

骂街有啥意义呢？万一骂错了呢？

其实这俩童子和悟空的做人逻辑是一样的：悟空是仗着有本事，他俩是仗着有后台，都是怎么痛快怎么来。

唐僧喊来仨徒弟要对质，此时悟空的态度是，这俩童子真没劲，活羞杀人！不过是饮食之类，有什么大不了，所以他不承认！

悟空还不知道，有的祸真不是他能惹的。

之前偷蟠桃、仙丹，乃至这次偷人参果，他窃取这种长生不老级别的稀缺资源时，最终的结果都不是他这个级别能摆平的。

第二十五回

镇元仙赶捉取经僧，孙行者大闹五庄观

却说他弟兄三众，到了殿上，对师父道："饭将熟了，叫我们怎的？"三藏道："徒弟，不是问饭。他这观里有甚么人参果，似孩子一般的东西，你们是那一个偷他的吃了？"八戒道："我老实，不晓得，不曾见。"清风道："笑的就是他！笑的就是他！"行者喝道："我老孙生的是这个笑容儿，莫成为你不见了甚么果子，就不容我笑？"三藏道："徒弟息怒。我们是出家人，休打诳语，莫吃昧心食。果然吃了他的，陪他个礼罢，何苦这般抵赖？"行者见师父说得有理，他就实说道："师父，不干我事，是八戒隔壁听见那两个道童吃甚么人参果，他想一个儿尝新，着老孙去打了三个，我兄弟各人吃了一个。如今吃也吃了，待要怎么？"明月道："偷了我四个，这和尚还说不是贼哩！"八戒道："阿弥陀佛！既是偷了四个，怎么只拿出三个来分？预先就打起一个偏手。"那呆子倒转胡嚷。

二仙童问得是实，越加毁骂。就恨得个大圣钢牙咬响，火眼睁圆，把条金箍棒揝了又揝，忍了又忍，道："这童子只说当面打人，也罢，受他些气儿，送他个绝后计，教他大家都吃不成！"好行者，把脑后的毫毛拔了一根，吹口仙气，叫"变！"变做个假行者，跟定唐僧，陪着悟能、悟净，忍受着道童嚷骂；他的真身，出一个神，纵云头，跳将起去，径到人参园里，掣金箍棒，往树上乒乓一下，又使个推山移岭的神力，把树一推推倒。可怜叶落桠开根出土，道人断绝草还丹！那大圣推倒树，

在枝儿上寻果子，那里得有半个。原来这宝贝，遇金而落，他的棒，两头却是金裹之物，况铁又是五金之类，所以敲着就振下来；既下来，又遇土而入，因此上边再没一个果子。他道："好！好！好！大家散伙！"他收了铁棒，径往前来，把毫毛一抖，收上身来。那些人肉眼凡胎，看不明白。

唐僧喊来仨徒弟，哥儿仨抵赖，随后猴子又要急眼，然后是唐僧相当可怜地说道："徒弟息怒。"

真挺让人心疼的。

唐僧对悟空讲明白一个道理：出家人不打诳语，你吃了人家的果子给人家赔礼不就完了，为啥要整得这么复杂？

悟空难得地觉得他师父说得有理，随后说了实话："师父，不干我事，是八戒隔壁听见那两个道童吃甚么人参果，他想一个儿尝新，着老孙去打了三个，我兄弟各人吃了一个。如今吃也吃了，待要怎么？"这句话包含三个信息点：

1. 主谋是八戒；

2. 我们仨都吃了，你别怪我一个；

3. 爷就吃了，他能怎么地！

明月却揪住丢的是四个果子这事说个没完，八戒就势撒泼，说猴哥自己吃了两个，猴哥才是主要责任人，在那儿"倒转胡嚷"。然后俩童子继续开骂，唐僧能听这骂，猴子可听不得，一怒之下就把人参果树推倒了，理由很轻描淡写，所谓"也罢，受他些气儿，送他个绝后计，教他大家都吃不成！"

这是三界唯一的顶级灵根，在悟空看来却比不上他受的这点气。

这五百年让猴子学明白啥了？

依旧是谁胳膊粗谁有理，他的浅陋见识让他认为，这五庄观的观主不算什么，他能惹得起。

却说那仙童骂勾多时，清风道："明月，这些和尚也受得气哩。我们就象骂鸡一般，骂了这半会，他通没个招声，想必他不曾偷吃。倘或树高叶密，数得不明，不要诳骂了他。我和你再去查查。"明月道："也说得是。"他两个果又到园中，只见那树倒椏开，果无叶落，諕得清风脚软跌跟头，明月腰酥打骸垢。那两个魂飞魄

散。有诗为证：

三藏西临万寿山，悟空断送草还丹。

桠开叶落仙根露，明月清风心胆寒。

他两个倒在尘埃，语言颠倒，只叫："怎么好！怎么好！害了我五庄观里的丹头，断绝我仙家的苗裔！师父来家，我两个怎的回话？"明月道："师兄莫嚷。我们且整了衣冠，莫要惊张了这几个和尚。这个没有别人，定是那个毛脸雷公嘴的那厮，他来出神弄法，坏了我们的宝贝。若是与他分说，那厮必竟抵赖，定要与他相争；争起来，就要交手相打。你想我们两个，怎么敌得过他四个？且不如去哄他一哄，只说果子不少，我们错数了，转与赔个不是。他们饭已熟了，我等他吃饭时，再贴他些儿小菜。他一家拿着一个碗，你却站在门左，我却站在门右，扑的把门关倒，把锁锁住，将这几层门都锁了，不要放他。待师父来家，凭他怎的处置。他又是师父的故人，饶了他，也是师父的人情；不饶他，我们也拿住个贼在，庶几可以免我等之罪。"清风闻言道："有理！有理！"

他两个强打精神，勉生欢喜，从后园中径来殿上，对唐僧控背躬身道："师父，适间言语粗俗，多有冲撞，莫怪，莫怪。"三藏问道："怎么说？"清风道："果子不少，只因树叶高密，不曾看得明白。才然又去查查，还是原数。"那八戒就趁脚儿跷道："你这个童儿，年幼不知事体，就来乱骂，白口咀咒，枉赖了我们也，不当人子！"行者心上明白，口里不言，心中暗想道："是谎！是谎！果子已是了帐，怎的说这般话？想必有起死回生之法。"三藏道："既如此，盛将饭来，我们吃了去罢。"

那八戒便去盛饭，沙僧安放桌椅。二童忙取小菜，却是些酱瓜、酱茄、糟萝卜、醋豆角、腌窝苣、绰芥菜，共排了七八碟儿，与师徒们吃饭；又提一壶好茶、两个茶钟，伺候左右。那师徒四众，却才拿起碗来，这童子一边一个，扑的把门关上，插上一把两镄铜锁。八戒笑道："这童子差了。你这里风俗不好，却怎的关了门里吃饭？"明月道："正是，正是，好歹吃了饭儿开门。"清风骂道："我把你这个害馋劳、偷嘴的秃贼！你偷吃了我的仙果，已该一个擅食田园瓜果之罪；却又把我的仙树推倒，坏了我五庄观里仙根，你还要说嘴哩！若能勾到得西方参佛面，只除是转背摇车再托生！"三藏闻言，丢下饭碗，把块石头放在心上。那童子将那前山门、二山门，通都上了锁。却又来正殿门首，恶语恶言，贼前贼后，只骂到天色将晚，才去吃饭。

饭毕，归房去了。

这俩仙童骂了多时，用他们的原话是“骂鸡一般”，估计是骂累了，突然想到是不是数错了。

这俩童子和悟空也算是没头脑大骂不高兴了。

来到果园，发现树倒了，俩童子直接被吓傻了，然后想出了相当幼稚的方式：先稳住这几个和尚，再锁门把这几个和尚扣下，留给他们的师父处置。

之所以说这俩童子幼稚，是因为猴哥连那极高极粗的人参果树都能推倒，把你的房子推倒了又有何难呢？

这俩童子装着没事人一样来找唐僧四人，说他们数错了，在唐僧的视角来看这事就已经平了，掀篇了，所谓“既如此，盛将饭来，我们吃了去罢”。

你说骂街有啥意义？

就算人家偷了你的，在唐僧看来也相当于挨骂还账了，你除了痛快痛快嘴之外没得到任何好处。

入世第一戒，要修口德啊！

师徒四人吃上饭后，这俩童子关上门，继续开骂，并放下了狠话，这回你们死定了！取经，等下辈子吧！然后把所有门都上了锁，回来接着骂，咱也不知道哪儿来那么大的劲头，所谓“那童子将那前山门、二山门，通都上了锁。却又来正殿门首，恶语恶言，贼前贼后，只骂到天色将晚，才去吃饭”。

从这里也能看出镇元子为啥要让这俩没头脑留守了，必须留他们这样的才能撩得动那没事就急眼的猴子。

唐僧埋怨行者道：“你这个猴头，番番撞祸！你偷吃了他的果子，就受他些气儿，让他骂几句，便也罢了，怎么又推倒他的树！若论这般情由，告起状来，就是你老子做官，也说不通。”行者道：“师父莫闹。那童儿都睡去了，只等他睡着了，我们连夜起身。”沙僧道：“哥呵，几层门都上了锁，闭得甚紧，如何走么！”行者笑道：“莫管！莫管！老孙自有法儿。”八戒道：“愁你没有法儿哩！你一变，变甚么虫蛭儿，瞒格子眼里，就飞将出去；只是我们不会变的，便在此顶缸受罪哩！”唐僧道：“他若干出这个勾当，不同你我出去呵，我就念起旧话经儿，他却怎生消受。”八戒闻言，又愁又笑道："师父，你说的那里话？我只听得佛教中有卷《楞严经》《法华经》《孔雀经》《观音经》《金刚经》，不曾听见个甚那'旧话儿经'呵。"行者道："兄弟，你不知道。我顶上戴的这个箍儿，是观音菩萨赐与我师父的。师父哄我戴了，就如生根的一般，莫想拿得下来，叫做'紧箍儿咒'，又叫做'紧箍儿经'，他'旧话儿经'，即此是也。但若念动了，我就头疼，故有这个法儿难我。师父，你莫念，我决不负你，管情大家一齐出去。"

说话后，都已天昏，不觉东方月上。行者道："此时万籁无声，冰轮明显，正好走了去罢。"八戒道："哥啊，不要捣鬼，门俱锁闭，往那里走？"行者道："你看手段。"好行者！把金箍棒捻在手中，使一个"解锁法"，往门上一指，只听得突蹄的一声响，几层门双镄俱落，唿喇的开了门扇。八戒笑道："好本事！就是叫小炉儿匠使掭子，便也不像这等爽利！"行者道："这个门儿，有甚稀罕！就是南天门，指一指也开了。"却请师父出了门，上了马，八戒挑着担，沙僧拢着马，径投西路而去。行者道："你们且慢行，等老孙去照顾那两个童儿睡一个月。"三藏道："徒弟，不可伤他性命。不然，又一个得财伤人的罪了。"行者道："我晓得。"行者复进去，来到那童儿睡的房门外。他腰里有带的瞌睡虫儿，原来在东天门与增长天王猜枚耍子赢的。他摸出两个来，瞒窗眼儿弹将进去，径奔到那童子脸上，鼾鼾沉睡，再莫想得醒。他才拽开云路，赶上唐僧，顺大路一直西奔。这一夜，马不停蹄，只行到天晓。三藏道："这个猴头，弄杀我也。你因为嘴，带累我一夜无眠！"行者道："不要只管埋怨。天色明了，你且在这路旁边树林中，将就歇歇，养养精神再走。"那长老只得下马，倚松根权作禅床坐下。沙僧歇了担子打盹，八戒枕着石睡觉。孙大圣偏有心肠，你看他跳树扳枝顽耍。四众歇息不题。

被锁起来后，唐僧是这么骂悟空的："你这个猴头，番番撞祸！"

猴哥在不长的上班时间里，已经带给唐僧太多的不满了，而且截至目前，唐僧遇到的所有问题没有一个是猴子独自解决的，这回更是触及了唐僧的底线，要是"告起状来，就是你老子做官，也说不通"。

估计唐僧在大唐是让执法部门留下过阴影，这句咱已经不是第一次看到了。悟空的解决办法是，等他们睡去后咱们连夜逃走。

但是问题来了，离开不难，把门砸了就得了，关键是等那童子睡着后没有动静地离开很难，这时八戒开始对他猴哥展开了进攻：你倒是能变成虫子飞走，我们只能留在这里受罪。

这时候唐僧也提出了对此次偷吃人参果和推倒人参果树的领导处理意见：我同意走，但猴子要是不带咱们走，我就念紧箍咒！

客观来讲，作为取经团队的领导，这么做是不是很不负责？现在已经不是小事了，你们把人家灵根都拔了，跑算怎么回事？

此时就该留下，见到人家观主说明白情况，然后让罪魁祸首去救活人参果树，再跟人家洽谈偷吃的赔偿条件，猴子办不到就念紧箍咒，这样才能树立威信，而且于情于理都不亏。

但是，唐僧不担责的毛病又犯了，他的底线很灵活，能走就行。

八戒也就此知道了猴子的软肋，原来还有个紧箍咒。

八戒后来算是在念紧箍咒方面给唐僧递足了台阶。

夜深时候，悟空使了个“解锁法”，被八戒一夸，猴哥又显摆道：咱这本事就是南天门也能给鼓捣开。

狂走一夜，唐僧累坏了，眼瞅到崩溃边缘了，口风已经是：“这个猴头，弄杀我也。你因为嘴，带累我一夜无眠！”

这时猴哥还舰着大脸撑呢：“不要只管埋怨。”这只只会惹祸的猴子真是一句话都不让啊！

所以这只猴子的台词要是不改编，完全按照原著的对话拍成电视剧，真谈不上让人喜欢。

却说那大仙，自元始宫散会，领众小仙出离兜率，径下瑶天，坠祥云，早来到万寿山五庄观门首。看时，只见观门大开，地上干净。大仙道：“清风、明月，却也中用。常时节，日高三丈，腰也不伸；今日我们不在，他倒肯起早，开门扫地。”众小仙俱悦。行至殿上，香火全无，人踪俱寂，那里有明月、清风！众仙道：“他两个想是因我们不在，拐了东西走了。”大仙道：“岂有此理！修仙的人，敢有这般坏心的事！想是昨晚忘却关门，就去睡了，今早还未醒哩。”众仙到他房门首看处，真个关着房门，鼾鼾沉睡。这外边打门乱叫，那里叫得醒来！众仙撬开门板，着头

扯下床来，也只是不醒。大仙笑道：“好仙童啊，成仙的人，神满再不思睡，却怎么这般困倦？莫不是有人做弄了他也？快取水来。”一童急取水半盏，递与大仙。大仙念动咒语，噀一口水，喷在脸上，随即解了睡魔。

二人方醒，忽睁睛，抹抹脸，抬头观看，认得是与世同君和仙兄等众，慌得那清风顿首，明月叩头：“师父呵！你的故人，原是东来的和尚，一伙强盗，十分凶狠。”大仙笑道：“莫惊恐，慢慢的说来。”清风道：“师父啊，当日别后不久，果有个东土唐僧，一行有四个和尚，连马五口。弟子不敢违了师命，问及来因，将人参果取了两个奉上。那长老俗眼愚心，不识我们仙家的宝贝。他说是三朝未满的孩童，再三不吃，是弟子各吃了一个。不期他那手下有三个徒弟，有一个姓孙的，名悟空行者，先偷了四个果子吃了。是弟子们向伊理说，实实的言语了几句，他却不容，暗自里弄了个出神的手段，苦呵！”二童说到此处，止不住腮边泪落。众仙道：“那和尚打你来？”明月道：“不曾打，只是把我们人参树打倒了。”大仙闻言，更不恼怒，道：“莫哭！莫哭！你不知那姓孙的，也是个太乙散仙，也曾大闹天宫，神通广大。既然打倒了宝树，你可认得那些和尚？”清风道：“都认得。”大仙道：“既认得，都跟我来。众徒弟们，都收拾下刑具，等我回来打他。”众仙领命。

镇元子从元始宫散会后，领众小仙回了五庄观。

在这里咱们要特别说明一下，镇元子不是找个地方躲起来就等取经团队来找事，人家正经是从天上听完讲回来的，而且也不可能带着四十六个小仙去陪他演戏。这么大的神仙，人家真的是讲缘分、讲概率的，把最有可能引起冲突的组合留下，如果一切不出预料，那只惹祸出名的猴子定会惹出祸来，到时候佛祖就欠了他人情；如果猴子没惹祸，那这事也就这么过去了，只能等待下一个机缘。

不是所有局都能提前布成的，也不是所有计划都能如预期所料的，哪怕如佛祖，他给的那件袈裟目前也没披在唐僧身上，而是藏在包袱里，佛祖那只得道的老鼠也没出现在取经队伍中。

镇元子评价清风、明月时说的一句话再次印证了留下的是俩最次的，“只见观门大开，地上干净。大仙道：‘清风、明月，却也中用。常时节，日高三丈，腰也不伸；今日我们不在，他倒肯起早，开门扫地。’”

平时这俩童子是相当懒的，让他们负责接待，可不就是最有可能接待不周的组合嘛！

很快，当他们行至殿上，香火全无，人踪俱寂，发现这观空了之后，众仙的说法再次给这俩孩子做了背书：“他两个想是因我们不在，拐了东西走了。”

呵呵，这俩孩子人缘是真不行啊！按理说小师弟都是被疼的，你瞅瞅师兄们说的，估计平时他们的嘴也不好。

镇元子说你们这帮师兄的话过了，估计是睡觉忘关门了。

后来大家发现，清风、明月是被下了咒，镇元子给他们解了睡魔，他们醒来后说的第一句话是：“师父呵！你的故人，原是东来的和尚，一伙强盗，十分凶狠。”

这俩小子真是连话都不会说，指不定是靠着谁家神仙的关系塞进来的，应该说，师父，您那故人正经是个好和尚，但他那仨徒弟是强盗啊！

大仙笑道：“莫惊恐，慢慢的说来。”

镇元子乐了，这局算是做成了。

随后清风、明月讲了来龙去脉，隐去了自己没完没了骂街的事，说猴子把树推倒了。

人参果树被推倒了，镇元子并没有恼怒。其实从这里就已经能看出来了，他胸有成竹，这树死不了，要么他自己有救树的办法，要么他知道猴子背后的领导有救树的办法。如来佛祖那么大的能耐，要么救树欠人情，要么高价赔偿就是。

这个局简直布到了最佳状态！这可是个天大的人情！

镇元子两句话说出了猴子的来历，他是个太乙散仙，他曾大闹天宫，我早就知道他！

大仙与明月、清风纵起祥光，来赶三藏。顷刻间，就有千里之遥。大仙在云端里平西观看，不见唐僧，及转头向东看时，道：“多赶了九百余里。”原来那长老，一夜马不停蹄，只行了一百二十里路；大仙的云头一纵，赶过了九百余里。仙童道：“师父，那路旁树下坐的是唐僧。”大仙道：“我已见了。你两个回去，安排下绳索，等我自家拿他。”清风先回不题。

那大仙按落云头，摇身一变，变作个行脚全真。你道他怎生打扮：

穿一领百衲袍，系一条吕公绦。手摇麈尾，渔鼓轻敲。三耳草鞋登脚下，九阳巾子把头包。飘飘风满袖，口唱月儿高。

径直来到树下，对唐僧高叫道："长老，贫道起手了。"那长老忙忙答礼道："失瞻！失瞻！"大仙问："长老是那方来的？为何在途中打坐？"三藏道："贫僧乃东土大唐差往西天取经者。路过此间，权为一歇。"大仙惊呼道："长老东来，可曾在荒山经过？"长老道："不知仙宫是何宝山？"大仙道："万寿山五庄观，便是贫道栖止处。"行者闻言，他心中有物的人，忙答道："不曾！不曾！我们是打上路来的。"那大仙指定笑道："我把你这个泼猴！你瞒谁哩？你倒在我观里，把我人参果树打倒，你连夜走在此间，还不招认，遮饰甚么！不要走！趁早去还我树来！"那行者闻言，心中恼怒，掣铁棒，不容分说，望大仙劈头就打。大仙倒身躲过，踏祥光，径到空中。行者也腾云，急赶上去。大仙在半空现了本相，你看他怎生打扮：

头戴紫金冠，无忧鹤氅穿。履鞋登足下，丝带束腰间。体如童子貌，面似美人颜。三须飘颔下，鸦翎叠鬓边。相迎行者无兵器，止将玉麈手中撚。

那行者，没高没低的，棍子乱打，大仙把玉麈左遮右挡，奈了他两三回合，使一个"袖里乾坤"的手段，在云端里，把袍袖迎风，轻轻的一展，刷地前来，把四僧连马一袖子笼住。八戒道："不好了！我们都装在褡裢里了！"行者道："呆子，不是褡裢，我们被他笼在衣袖中哩。"八戒道："这个不打紧，等我一顿钉钯，筑他个窟窿，脱将下去，只说他不小心，笼不牢，吊的了罢。"那呆子使钯乱筑，那里筑得动？手捻着虽然是个软的，筑起来就比铁还硬。

那大仙转祥云，径落五庄观坐下，叫徒弟拿绳来。众小仙一一伺候。你看他从袖子里，却相撮傀儡一般，把唐僧拿出，缚在正殿檐柱上；又拿出他三个，每一根柱上绑了一个；将马也拿出，拴在庭下，与他些草料，行李抛在廊下。又道："徒弟，这和尚是出家人，不可用刀枪，不可加铁钺，且与我取出皮鞭来，打他一顿，与我人参果出气。"众仙即忙取出一条鞭，不是甚么牛皮、羊皮、麂皮、犊皮的，原来是龙皮做的七星鞭，着水浸在那里。令一个有力量的小仙，把鞭执定道："师父，先打那个？"大仙道："唐三藏做大不尊，先打他。"

镇元子带着清风、明月来抓唐僧四人了，先礼后兵，先是变化为一个行脚全真道人去盘道，问他们去没去过万寿山五庄观。

等悟空说完谎，镇元子直接拆穿，让他还树。猴子一听又心中恼怒了，而且是

“掣铁棒，不容分说，望大仙劈头就打”，推倒了人家的树，不仅不道歉，还要杀树的主人，你说这算什么。

真打起来时，镇元子“相迎行者无兵器，止将玉麈手中撚”，轻描淡写地挡住了悟空的棒子，然后直接用一个“袖里乾坤”的手段把四人全部装袖子里了。悟空根本反抗不了，说装你就装你，你从里面还出不来。

这也是西游宇宙中第一次展现装人的法宝。

这法宝一出，就已经证明镇元子的法力远在悟空之上了，人家有直接掀桌子清盘的法宝。

回到观里，镇元子像抓小动物一样把这四个拎出来绑上了，接着就要开打。镇元子的处理方式也相当宗师：这是和尚，咱不动刀枪，拿鞭子抽，先抽“做大不尊”的唐僧！咱不看僧面看佛面，出了事首先要追究领导责任。

行者闻言，心中暗道：“我那老和尚不禁打，假若一顿鞭打坏了呵，却不是我造的业？”他忍不住，开言道：“先生差了。偷果子是我，吃果子是我，推倒树也是我，怎么不先打我，打他做甚？”大仙笑道：“这泼猴倒言语膂烈。这等便先打他。”小仙问：“打多少？”大仙道：“照依果数，打三十鞭。”那小仙抡鞭就打。行者恐仙家法大，睁圆眼瞅定，看他打那里。原来打腿。行者就把腰扭一扭，叫声“变！”变作两条熟铁腿，看他怎么打。那小仙一下一下的，打了三十，天早晌午了。大仙又分付道：“还该打三藏训教不严，纵放顽徒撒泼。”那仙又抡鞭来打，行者道：“先生又差了。偷果子时，我师父不知，他在殿上，与你二童讲话，是我兄弟们做的勾当。纵是有教训不严之罪，我为弟子的，也当替打。再打我罢。”大仙道：“这泼猴子，虽是狡猾奸顽，却倒也有些孝意。既这等，还打他罢。”小仙又打了三十。行者低头看看两只腿，似明镜一般，通打亮了，更不知些疼痒。此时天色将晚，大仙道：“且把鞭子浸在水里，待明朝再拷打他。”小仙收鞭去浸，各各归房。晚斋已毕，尽皆安寝不题。

那长老泪眼双垂，怨他三个徒弟道：“你等撞出祸来，却带累我在此受罪，这是怎的起？”行者道：“且休报怨，打便先打我，你又不曾吃打，倒转嗟呀怎的？”唐僧道：“虽然不曾打，却也绑得身上疼哩。”沙僧道：“师父，还有陪绑的在这里哩。”

行者道："都莫要嚷，再停会儿走路。"八戒道："哥哥又弄虚头了。这里麻绳喷水，紧紧的绑着，还比关在殿上，被你使解锁法捌开门走哩？"行者道："不是夸口话，那怕他三股麻绳喷上了水，就是碗粗棕缆，也只好当秋风！"

正话处，早已万籁无声，正是天街人静。好行者！把身子小一小，脱下索来，道："师父去哑！"沙僧慌了，道："哥哥，也救我们一救。"行者道："悄言！悄言！"他却解了三藏，放下八戒、沙僧，整束了褊衫，扣背了马匹，廊下拿了行李，一齐出了观门。又教八戒："你去把那崖边柳树伐四棵来。"八戒道："要他怎的？"行者道："有用处，快快取来！"那呆子有些夯力，走了去，一嘴一棵，就拱了四棵，一抱抱来。行者将枝梢折了，教兄弟二人复进去，将原绳照旧绑在柱上。那大圣念动咒语，咬破舌尖，将血喷在树上，叫"变！"一根变作长老，一根变作自身，那两根变作沙僧、八戒，都变得容貌一般，相貌皆同，问他也就说话，叫名也就答应。他两个却才放开步，赶上师父。这一夜依旧马不停蹄，躲离了五庄观。只走到天明，那长老在马上摇桩打盹。行者见了，叫道："师父不济！出家人怎的这般辛苦？我老孙千夜不眠，也不晓得困倦。且下马来，莫教走路的人看见笑你。权在山坡下藏风聚气处，歇歇再走。"

不说他师徒在路暂住。且说那大仙，天明起来，吃了早斋，出在殿上，教："拿鞭来，今日却该打唐三藏了。"那小仙抡着鞭，望唐僧道："打你哩。"那柳树也应道："打么。"乒乓打了三十。抡过鞭来，对八戒道："打你哩。"那柳树也应道："打么。"及打沙僧，也应道："打么。"及打到行者，那行者在路，偶然打个寒噤道："不好了！"三藏问道："怎么说？"行者道："我将四棵柳树变作我师徒四众，我只说他昨日打了我两顿，今日想不打了，却又打我的化身。所以我真身打噤。收了法罢。"那行者慌忙念咒收法。

猴哥担心把唐僧打坏了，于是让他们打自己，打完猴子，镇元子还是要打唐僧。

这其实就是通过打你们最薄弱的一环逼着你孙悟空给出解决办法，但悟空没明白，又替唐僧挨了一顿打。两顿打完，天黑了，没关系，转天接着打，你理由再多也总会有打到唐僧的那一天。

绑了一天，给唐僧绑哭了，随后悟空还不认错，他的补救措施还是要赖账，要趁人家睡着后做个假身接着跑。

这思维真的很幼稚，要是能跑得了，你今天会被抓回来吗？

又跑了一夜，相当于整整折腾了唐僧一天两夜，把唐僧折腾得在马上摇桩打盹，然后悟空又嘴欠道："师父不济！出家人怎的这般辛苦？我老孙千夜不眠，也不晓得困倦。且下马来，莫教走路的人看见笑你。"

永远不要跟猴哥谈什么同理心，只要你不够强就是他孙子，而且活该是他孙子。

我是真不会紧箍咒啊，会的话我早替唐僧念了！到底是谁惹的祸啊？嘴咋那么坏呢！

转过天来，人家接着打他们几个，悟空那点小把戏又弄不长久，人家一打他的化身他的真身就打寒战，他还得念咒收法。

你看那些道童害怕，丢了皮鞭，报道："师父呵，为头打的是大唐和尚，这一会打的都是柳树之根！"大仙闻言，呵呵冷笑，夸不尽道："孙行者，真是一个好猴王！曾闻他大闹天宫，布地网天罗，拿他不住，果有此理。你走了便也罢，却怎么绑些柳树在此冒名顶替？决莫饶他，赶去来！"

那大仙说声赶，纵起云头，往西一望，只见那和尚挑包策马，正然走路。大仙低下云头，叫声："孙行者，往那里走！还我人参树来！"八戒听见道："罢了！对头又来了！"行者道："师父，且把善字儿包起，让我们使些儿凶恶，一发结果了他，脱身去罢。"唐僧闻言，战战兢兢，未曾答应。沙僧掣宝杖，八戒举钉钯，大圣使铁棒，一齐上前，把大仙围住在空中，乱打乱筑。这场恶斗，有诗为证：

悟空不识镇元仙，与世同君妙更玄。

三件神兵施猛烈，一根麈尾自飘然。

左遮右挡随来往，后架前迎任转旋。

夜去朝来难脱体，淹留何日到西天！

他兄弟三众，各举神兵。那大仙只把蝇帚儿演架。那里有半个时辰，他将袍袖一展，依然将四僧一马并行李，一袖笼去。返云头，又到观里。众仙接着，仙师坐于殿上。却又在袖儿里一个个搬出，将唐僧绑在阶下矮槐树上；八戒、沙僧各绑在两边树上，将行者捆倒。行者道："想是调问哩。"不一时，捆绑停当，教把长头布取十匹来。行者笑道："八戒！这先生好意思，拿出布来与我们做中袖哩！减省些儿，

做个一口中罢了。”那小仙将家机布搬将出来。大仙道：“把唐三藏、猪八戒、沙和尚都使布裹了！”众仙一齐上前裹了。行者笑道：“好！好！好！夹活儿就大殓了！”须臾，缠裹已毕。又教拿出漆来。众仙即忙取了些自收自晒的生熟漆，把他三个布裹漆漆了，浑身俱裹漆，上留着头脸在外。八戒道：“先生，上头倒不打紧，只是下面还留孔儿，我们好出恭。”那大仙又教把大锅抬出来。行者笑道：“八戒，造化！抬出锅来，想是煮饭我们吃哩。”八戒道：“也罢了，让我们吃些饭儿，做个饱死的鬼也好。”那众仙果抬出一口大锅，支在阶下。大仙叫架起干柴，放起烈火，教：“把清油拗上一锅，烧得滚了，将孙行者下油锅，扎他一扎，与我人参树报仇。”

行者闻言，暗喜道：“正可老孙之意。这一向不曾洗澡，有些儿皮肤燥痒，好歹烫烫，足感盛情。”顷刻间，那油锅将滚。大圣却又留心：恐他仙法难参，油锅里难做手脚，急回头四顾，只见那台下东边是一座日规台，西边是一个石狮子。行者将身一纵，滚到西边，咬破舌尖，把石狮子喷了一口，叫声“变！”变作他本身模样，也这般捆作一团；他却出了元神，起在云端里，低头看着道士。只见那小仙报道：“师父，油锅滚透了。”大仙教把孙行者抬下去。四个仙童抬不动，八个来也抬不动，又加四个也抬不动。众仙道：“这猴子恋土难移，小自小，倒也结实。”却教二十个小仙扛将起来，往锅里一掼，烹的响了一声，溅得些滚油点子，把那小道士们脸上烫了几个燎浆大泡。只听得烧火的小童道：“锅漏了！锅漏了！”说不了，油漏得罄尽，锅底打破。原来是一个石狮子放在里面。

大仙大怒道：“这个泼猴，着实无礼！教他当面做了手脚！你走了便罢，怎么又捣了我的灶？这泼猴王，自也拿他不住，就拿住他，也似抟砂弄汞，捉影捕风。罢！罢！罢！饶他去罢。且将唐三藏解下，另换新锅，把他扎一扎，与人参树报报仇罢。”那小仙真个动手，拆解布漆。行者在半空里听得明白，他想着：“师父不济，他若到了油锅里，一滚就死，二滚就焦，到三五滚，他就弄做个希烂的和尚了。我还去救他一救。”好大圣，按落云头，上前叉手道：“莫要拆坏了布漆，我来下油锅。”那大仙惊骂道：“你这猢狲！怎么弄手段捣了我的灶？”行者笑道：“你遇着我，就该倒灶，管我甚事？我才自也要领你些油汤油水之爱，但只是大小便急了，若在锅里开风，恐怕污下你的熟油，不好调菜吃；如今大小便通干净了，才好下锅。不要扎我师父，还来扎我。”那大仙闻言，呵呵冷笑，走出殿来，一把扯住。毕竟不知

有何话说，端的怎么脱身，且听下回分解。

等树根都现了原形后，镇元子慨叹猴哥名不虚传，当年大闹天宫，布地网天罗也拿他不住，今天算是见识了。但是你跑不了！人家纵起云头一看，就发现了那四个。还是一句话：还我人参树来！

猴哥依旧是老套路，先是劝师父，把镇元子弄死得了，唐僧此时是“战战兢兢，未曾答应”。领导保留意见的言外之意其实就是你去啊！你问我干啥？

随后师兄弟三人又一次对镇元子动刀，上来就要杀人家。大仙陪他们玩了一会儿，然后一抖袖子，又把他们装回去了，完完全全碾压局。

这回人家不打，改油炸了。猴哥也知道自己与镇元子的差距了，不敢硬扛，只好用石狮子变成自己，随他们去油炸。五庄观这群小仙的水平此时也显出来了，咱也不知道是镇元子不教他们东西啊，还是小仙们根器实在太差，二十个小仙一起用力才扛起一头石狮子。

见石狮子把锅砸漏了，镇元子第一次怒了，倒不是因为心疼那锅，而是因为“教他当面做了手脚”，他没看出来猴哥是咋做的手脚，所以生气了。

这段描写也是作者在呼应前面听说树倒了后镇元子的不生气，有把握的，尽在掌控中的人和事，是不会让人生气的。

生气的、破防的都是自己掌控不了的。

抓猴子容易，却防不住让猴子逃走，镇元子自己给自己找台阶下，说猴子随便跑，给我炸唐僧。

这句话到底是把猴哥吓唬住了，于是现了身，跟人家嬉皮笑脸起来。

到了这个份上，镇元子也该交底牌了。

第二十六回

孙悟空三岛求方，观世音甘泉活树

诗曰：

处世须存心上刃，修身切记寸边而。

常言刃字为生意，但要三思戒怒欺。

上士无争传亘古，圣人怀德继当时。

刚强更有刚强辈，究竟终成空与非。

却说那镇元大仙，用手搀着行者道："我也知道你的本事，我也闻得你的英名，只是你今番越礼欺心，纵有腾那，脱不得我手。我就和你同到西天，见了你那佛祖，也少不得还我人参果树。你莫弄神通！"行者笑道："你这先生，好小家子样！若要树活，有甚疑难！早说这话，可不省了一场争竞？"大仙道："不争竞，我肯善自饶你！"行者道："你解了我师父，我还你一棵活树如何？"大仙道："你若有此神通，医得树活，我与你八拜为交，结为兄弟。"行者道："不打紧。放了他们，老孙管教还你活树。"

大仙谅他走不脱，即命解放了三藏、八戒、沙僧。沙僧道："师父呵，不知师兄捣得是甚么鬼哩。"八戒道："甚么鬼！这教做'当面人情鬼'。树死了，又可医得活！他弄个光皮散儿好看，哄着求医治树，单单的脱身走路，还顾得你和我哩！"三藏道："他决不敢撒了我们。我们问他那里求医去。"遂叫道："悟空，你怎么哄

了仙长，解放我等？”行者道：“老孙是真言实语，怎么哄他？”三藏道：“你往何处去求方？”行者道：“古人云：‘方从海上来。’我今要上东洋大海，遍游三岛十洲，访问仙翁圣老，求一个起死回生之法，管教医得他树活。”三藏道：“此去几时可回？”行者道：“只消三日。”三藏道：“既如此，就依你说，与你三日之限。三日里来便罢；若三日之外不来，我就念那话儿经了。”行者道：“遵命，遵命。”

这次的开场诗是对前面一章的总结，“心上刃”是忍，“寸边而”是耐，处世须忍，修身要耐。为人处世保持锐利、保持果断没问题，但同时要学会三思。戒愤怒，戒欺诈，上士无争，圣人怀德，都可长久，因为做不到忍耐的人终究会遇到“刚强更有刚强辈”来灭你，到时候就“究竟终成空与非”了。

镇元子夸了悟空的本事和英名，然后人家直接摊牌了：“我就和你同到西天，见了你那佛祖，也少不得还我人参果树。”

言外之意，人家要你去找你家佛祖来平这事！

悟空说人家小家子气，表示：多大点事，你解了我师父，我还你一棵活树如何？

镇元子以为猴子听懂他的话了，要去西天求佛祖了，随后给佛祖送出了自降身份的台阶：“你若有此神通，医得树活，我与你八拜为交，结为兄弟。”

孙悟空是个啥身份？

是佛祖二徒弟的徒弟，相当于佛祖的徒孙了。

镇元子主动跟悟空结拜，其实就是变相对佛祖低了头，送上了一个超级大的面子。

结果猴子没听懂人家的话，他想去东洋大海的三岛十洲找仙方，准确地说是去五方五老中的东方想办法。当年蟠桃园中仙女介绍过：“上会自有旧规。请的是西天佛老菩萨、圣僧罗汉，南方南极观音，东方崇恩圣帝，十洲三岛仙翁，北方北极玄灵，中央黄极黄角大仙，这个是五方五老。”（第五回）

走之前八戒提醒唐僧，小心猴子跑路。师徒最终约定，三天后猴哥不回来，唐僧就念紧箍咒。

你看他急整虎皮裙，出门来对大仙道：“先生放心，我就去就来。你却要好生伏侍我师父，逐日家三茶六饭，不可欠缺。若少了些儿，老孙回来和你算帐，先捣塌你的锅底。衣服污了，与他浆洗浆洗。脸儿黄了些儿，我不要；若瘦了些，不出门。”那大仙道：“你去，你去，定不教他忍饿。”

好猴王，急纵筋斗云，离了五庄观，径上东洋大海。在半空中，快如掣电，疾似流星，早到蓬莱仙境。按云头，仔细观看。真个好去处！有诗为证：

大地仙乡列圣曹，蓬莱分合镇波涛。
瑶台影蘸天心冷，巨阙光浮海面高。
五色烟霞含玉籁，九霄星月射金鳌。
西池王母常来此，奉祝三仙几次桃。

那行者看不尽仙景，径入蓬莱。正然走处，见白云洞外，松阴之下，有三个老儿围棋：观局者是寿星，对局者是福星、禄星。行者上前叫道：“老弟们，作揖了。”那三星见了，拂退棋枰，回礼道：“大圣何来？”行者道：“特来寻你们耍子。”寿星道：“我闻大圣弃道从释，脱性命保护唐僧往西天取经，逐日奔波山路，那些儿得闲，却来耍子？”行者道：“实不瞒列位说，老孙因往西方，行在半路，有些儿阻滞，特来小事相干，不知肯否？”福星道：“是甚地方？是何阻滞？乞为明示，吾好裁处。”行者道：“因路过万寿山五庄观有阻。”三老惊讶道：“五庄观是镇元大仙的仙宫，你莫不是把他人参果偷吃了？”行者笑道：“偷吃了能值甚么？”三老道：“你这猴子，不知好歹！那果子闻一闻，活三百六十岁；吃一个，活四万七千年，叫做‘万寿草还丹’。我们的道不及他多矣！他得之甚易，就可与天齐寿；我们还要养精、炼气、存神，调和龙虎，从坎填离，不知费多少工夫。你怎么说他的能值甚紧？天下只有此种灵根！”

行者道：“灵根！灵根！我已弄了他个断根哩！”三老惊道：“怎的断根？”行者道：“我们前日在他观里，那大仙不在家，只有两个小童，接待了我师父，却将两个人参果奉与我师。我师不认得，只说是三朝未满的孩童，再三不吃。那童子就拿去吃了，不曾让得我们。是老孙就去偷了他三个，我三兄弟吃了。那童子不知高低，贼前贼后的骂个不住。是老孙恼了，把他树打了一棍，推倒在地。树上果子全无，芽开叶落，根出枝伤，已枯死了。不想那童子关住我们，又被老孙扭开锁走了。次日清辰，那先生回家赶来，问答间，语言不和。遂与他赌斗，被他闪一闪，把袍袖展开，一袖子都笼去了。绳缠索绑，拷问鞭敲，就打了一日。是夜又逃了，他又赶上，依旧笼去。他身无寸铁，只是把个麈尾遮架，我兄弟这等三般兵器，莫想打得着他。这一番仍旧摆布，将布裹漆了我师父与两师弟，却将我下油锅。我又做了个脱身本事走了，把他锅都打破。他见拿我不住，尽有几分醋我。是我又与他好讲，教他放了我师父、师弟，我与他医树管活，两家才得安宁。我想着‘方从海上来’，故此特游仙境，访三位老弟。有甚医树的方儿，传我一个，急救唐僧脱苦。”

三星闻言，心中也闷道：“你这猴儿，全不识人！那镇元子乃地仙之祖，我等乃神仙之宗，你虽得了天仙，还是太乙散数，未入真流，你怎么脱得他手？若是大圣打杀了走兽飞禽，蜾虫鳞长，只用我黍米之丹，可以救活；那人参果乃仙木之根，如何医治？没方，没方。”那行者见说无方，却就眉峰双锁，额蹙千痕。福星道：“大圣，此处无方，他处或有，怎么就生烦恼？”行者道：“无方别访，果然容易。就是游遍海角天涯，转透三十六天，亦是小可；只是我那唐长老，法严量窄，止与了我三日期限。三日已外不到，他就要念那‘紧箍儿咒’哩。”三星笑道：“好！好！好！若不是这个法儿拘束你，你又钻天了。”寿星道：“大圣放心，不须烦恼。那大仙虽称上辈，却也与我等有识。一则久别不曾拜望，二来是大圣的人情，如今我三人同去望他一望，就与你道如此情，教那唐和尚莫念‘紧箍儿咒’，休说三日五日，只等你求得方来，我们才别。”行者道：“感激！感激！就请三位老弟行行，我去也。”大圣辞别三星不题。

猴哥来到了蓬莱仙境，蓬莱三仙福、禄、寿三星排面是很高的，所谓“西池王母常来此，奉祝三仙几次桃”，连王母娘娘都来送桃。

三星在猴哥的眼中，是老弟们。

其实在三星眼中，悟空仅仅是只猴子。当猴哥说他路过万寿山五庄观有阻后，三星都惊讶了，以为猴哥把镇元大仙的人参果偷吃了，当听说猴哥不拿人参果当回事后，三星道：“你这猴子，不知好歹！”

三星相当郑重地说了一下寿命在西游宇宙中的珍贵性。镇元子随便吃就能与天齐寿，他们这个级别的还要养精、炼气、存神，调和龙虎，从坎填离，不知费多少工夫，简要总结下就是，他们想延寿需要投入很多时间去换取更多的时间。

然后猴哥表示吃不算啥，我把那树根给断了，现在来求救，三位老弟有没有医树的方儿，传我一个急救唐僧脱苦。

猴子单方面叫人家三位老弟，三星却重申：你这猴儿，没有见识啊！他们告诉猴子：人家镇元子乃地仙之祖；我们是神仙之宗，宗的级别办不了祖的事，你不过就是个太乙散仙，你咋可能惹得起他！我们也没办法！

悟空一听开始担心了，觉得道让自己走窄了，尤其牛皮已经跟唐僧吹出去了，三天不回唐僧就会念紧箍咒。三星表示这个忙我们能帮，那大仙虽称上辈，却也与我等有识，毕竟当年是他们帮着进贡给王母的人参果嘛！随后这三位去五庄观稳住了唐僧。

却说这三星驾起祥光，即往五庄观而来。那观中合众人等，忽听得长天鹤唳，原来是三老光临。但见那：

盈空蔼蔼祥光簇，霄汉纷纷香馥郁。
彩雾千条护羽衣，轻云一朵擎仙足。
青鸾飞，丹凤翱，袖引香风满地扑。
拄杖悬龙喜笑生，皓髯垂玉胸前拂。
童颜欢悦更无忧，壮体雄威多有福。
执星筹，添海屋，腰挂葫芦并宝箓。
万纪千旬福寿长，十洲三岛随缘宿。
常来世上送千祥，每向人间增百福。
概乾坤，荣福禄，福寿无疆今喜得。
三老乘祥谒大仙，福堂和气皆无极。

那仙童看见，即忙报道："师父，海上三星来了。"镇元子正与唐僧师弟闲叙，闻报，即降阶奉迎。那八戒见了寿星，近前扯住，笑道："你这肉头老儿，许久不见，还是这般脱洒，帽儿也不带个来。"遂把自家一个僧帽，扑的套在他头上，扑着手呵呵大笑道："好！好！好！真是'加冠进爵'也！"那寿星将帽子掼了，骂道："你这个夯货，老大不知高低！"八戒道："我不是夯货，你等真是奴才！"福星道："你倒是个夯货，反敢骂人是奴才！"八戒又笑道："既不是人家奴才，好道叫做'添寿''添福''添禄'？"

那三藏喝退了八戒，急整衣拜了三星。那三星以晚辈之礼见了大仙，方才叙坐。

坐定，禄星道：“我们一向久阔尊颜，有失恭敬。今因孙大圣搅扰仙山，特来相见。”大仙道：“孙行者到蓬莱去的？”寿仙道：“是，因为伤了大仙的丹树，他来我处求方医治。我辈无方，他又到别处求访。但恐违了圣僧三日之限，要念‘紧箍儿咒’，我辈一来奉拜，二来讨个宽限。”三藏闻言，连声应道：“不敢念，不敢念。”

正说处，八戒又跑进来，扯住福星，要讨果子吃。他去袖里乱摸，腰里乱挖，不住的揭他衣服搜检。三藏笑道：“那八戒是甚么规矩！”八戒道：“不是没规矩，此叫做‘番番是福’。”三藏又叱令出去。那呆子跨出门，瞅着福星，眼不转睛的发狠。福星道：“夯货！我那里恼了你来，你这等恨我？”八戒道：“不是恨你，这叫做‘回头望福’。”那呆子出得门来，只见一个小童，拿了四把茶匙，方去寻钟取果看茶，被他一把夺过，跑上殿，拿着个小磬儿，用手乱敲乱打，两头玩耍。大仙道：“这个和尚，越发不尊重了！”八戒笑道：“不是不尊重，这叫做‘四时吉庆’。”

三星来到了五庄观，一上来那仙童就认出了海上三星，再次证明双方关系不浅，而且救活人参果树后，作者诗句中说“三老喜逢皆旧契，四僧皆果大前缘”，三星是镇元子的老朋友，这师徒四人能遇到镇元子是因为唐僧前世的缘分。

随后作者侧面描写了两件事。

1. 镇元子辈分确实相当高，三星要以晚辈之礼拜见。

2. 八戒对三星非常没大没小，直接对寿星上手扣帽子，还骂人家奴才。被唐僧喝退后又跑进来扯住福星要讨果子吃，而且继续上手直接去人家袖里乱摸，腰里乱挖，不住地揭他衣服搜检。再次被唐僧叱令出去后依旧没完，瞅着福星眼不转睛地发狠，还夺了三星的茶具。

这种级别的没大没小，是八戒整个取经路上唯一的一次。

八戒像个孩子一样跟这三星大闹，只有一种可能——双方非常熟，八戒跟他们不见外。

啥原因呢？

因为三星隶属于五方五老的东华帝君手下。

作者其实也是在用细节来侧面暗示八戒跟东华帝君的关系。

且不说八戒打诨乱缠。却表行者纵祥云离了蓬莱，又早到方丈仙山。这山真好去处。有诗为证：

方丈巍峨别是天，太元宫府会神仙。

紫台光照三清路，花木香浮五色烟。

金凤自多槃蕊阙，玉膏谁逼灌芝田？

碧桃紫李新成熟，又换仙人信万年。

那行者按落云头，无心玩景。正走处，只闻得香风馥馥，玄鹤声鸣，那壁厢有个神仙。但见：

盈空万道霞光现，彩雾飘飖光不断。

丹凤衔花也更鲜，青鸾飞舞声娇艳。

福如东海寿如山，貌似小童身体健。

壶隐洞天不老丹，腰悬与日长生篆。

人间数次降祯祥，世上几番消厄愿。

武帝曾宣加寿龄，瑶池每赴蟠桃宴。

教化众僧脱俗缘，指开大道明如电。

也曾跨海祝千秋，常去灵山参佛面。

圣号东华大帝君，烟霞第一神仙眷。

孙行者觌面相迎，叫声："帝君，起手了。"那帝君慌忙回礼道："大圣，失迎。请荒居奉茶。"遂与行者搀手而入。果然是贝阙珠宫，看不尽瑶池琼阁。方坐待茶，只见翠屏后转出一个童儿。他怎生打扮：

身穿道服飘霞烁，腰束丝绦光错落。

头戴纶巾布斗星，足登芒履游仙岳。

炼元真，脱本壳，功行成时遂意乐。

识破源流精气神，主人认得无虚错。

逃名今喜寿无疆，甲子周天管不着。

转回廊，登宝阁，天上蟠桃三度摸。

缥缈香云出翠屏，小仙乃是东方朔。

行者见了，笑道："这个小贼在这里呵，帝君处没有桃子你偷吃！"东方朔朝上进礼，答道："老贼，你来这里怎的？我师父没有仙丹你偷吃！"帝君叫道："曼倩休乱言，看茶来也。”曼倩原是东方朔的道名。他急入里取茶二杯，饮讫。行者道：“老孙此来，有一事奉干，未知允否？”帝君道：“何事？自当领教。”行者道：“近因保唐僧西行，路过万寿山五庄观，因他那小童无状，是我一时发怒，把他人参果树推倒，一时阻滞，唐僧不得脱身，特来尊处求赐一方医治，万望慨然。”帝君道：“你这猴子，不管一二，到处里闯祸！那五庄观镇元子，圣号与世同君，乃地仙之祖。你怎么就冲撞出他？他那人参果树乃草还丹，你偷吃了，尚说有罪；却又连树推倒，他肯干休？”行者道：“正是呢。我们走脱了，被他赶上，把我们就当汗巾儿一般，一袖子都笼去了，所以合气。没奈何，许他求方医治，故此拜求。”帝君道：“我有一粒‘九转太乙还丹’，但能医治世间生灵，却不能医树。树乃水土之灵，天滋地润。若是凡间的果木，医治还可。这万寿山乃先天福地，五庄观乃贺洲洞天，人参果又天开地辟之灵根，如何可治？无方！无方！”

前面八戒插科打诨这堆铺垫后，猴哥来到了方丈仙山，也就是“烟霞第一神仙眷”的东华帝君这里。前面咱们分析过，这大概率是八戒的师父，和王母娘娘有亲戚关系，其实这里还有旁证，这东华帝君的道场“果然是贝阙珠宫，看不尽瑶池琼阁”，瑶池可是王母娘娘的专用词。

等猴哥坐下待茶时，只见翠屏后转出一个童儿，是东方朔，此时他就是个小仙的级别。但有个细节再次透露出东华帝君这里的待遇不寻常，首先这小仙居然三次偷过蟠桃，所谓“转回廊，登宝阁，天上蟠桃三度摸”，关键是人家可啥事没有，偷了就偷了。王母兄弟门下的童儿，偷桃只会被认为这孩子调皮又可爱。而且当猴哥取笑他是小贼时，东方朔却回复：你个老贼。

这就是底气啊！

等喝了茶后，猴哥说了情况，东华帝君也把他数落了一通，然后介绍了一下镇元子的背景和能力，还说自己有一粒“九转太乙还丹”，就此也能牵出八戒的线索。随后他又说万寿山是先天福地，五庄观是贺洲洞天，其实就是西牛贺洲版花果山，花果山福地，水帘洞洞天嘛，只有这种地方能出石头里蹦出来的猴，能长铁地里生出来的根。

最后东华帝君一摊手，表示这忙帮不了。

行者道："既然无方，老孙告别。"帝君仍欲留奉玉液一杯，行者道："急救事紧，不敢久滞。"遂驾云复至瀛洲海岛。也好去处。有诗为证：

珠树玲珑照紫烟，瀛洲宫阙接诸天。
青山绿水琪花艳，玉液锟铻铁石坚。
五色碧鸡啼海日，千年丹凤吸朱烟。
世人罔究壶中景，象外春光亿万年。

那大圣至瀛洲，只见那丹崖朱树之下，有几个皓发皤髯之辈，童颜鹤鬓之仙，在那里着棋饮酒，谈笑讴歌。真个是：

祥云光满，瑞霭香浮。彩鸾鸣洞口，玄鹤舞山头。碧藕水桃为按酒，交梨火枣寿千秋。一个个丹诏无闻，仙符有籍。逍遥随浪荡，散淡任清幽。周天甲子难拘管，大地乾坤只自由。献果猿猴，对对参随多美爱；衔花白鹿，双双拱伏甚绸缪。

那些老儿正然洒落，这行者厉声高叫道："带我耍耍儿便怎的！"众仙见了，急忙趋步相迎。有诗为证：

人参果树灵根折，大圣访仙求妙诀。
缭绕丹霞出宝林，瀛洲九老来相接。

行者笑道："老兄弟们自在哩！"九老道："大圣当年若存正，不闹天宫，比我们还自在哩。如今好了，闻你归真向西拜佛，如何得暇至此？"行者将那医树求方之事具陈了一遍。九老也大惊道："你也忒惹祸！惹祸！我等实是无方。"行者道："既是无方，我且奉别。"九老又留他饮琼浆，食碧藕。行者定不肯坐，止立饮了一杯浆，吃了他一片藕，急急离了瀛洲，径转东洋大海。早望见落伽山不远，遂落下云头，直到普陀岩上。见观音菩萨在紫竹林中，与诸天大神、木叉、龙女讲经说法。有诗为证：

海主城高瑞气浓，更观奇异事无穷。
须知绝隐千般外，尽出希微一品中。
四圣授时成正果，六凡听后脱凡笼。
少林别有真滋味，花果馨香满树红。

猴子又来到瀛洲海岛找瀛洲九老，其实纯属多余，都是同属东华帝君辖下，东华帝君都办不了的事，他们咋可能有办法！即使能办，听说你都去过帝君那里了，也不可能给你办了！咱也不知道他是不是傻，最终猴子万般无奈，觍着大脸来找观音菩萨了。

此时菩萨正给徒弟们上课，讲经说法呢，菩萨多忙啊！好不容易抽出时间搞搞佛事，又让猴子给搅和了。

那菩萨早已看见行者来到，即命守山大神去迎。那大神出林来，叫声："孙悟空，那里去？"行者抬头喝道："你这个熊罴！我是你叫的悟空！当初不是老孙饶了你，你已此做了黑风山的尸鬼矣。今日跟了菩萨，受了善果，居此仙山，常听法教，你叫不得我一声'老爷'？"那黑熊真个得了正果，在菩萨处镇守普陀，称为大神，是也亏了行者。他只得陪笑道："大圣，古人云：'君子不念旧恶。'只管题他怎的！菩萨着我来迎你哩。"这行者就端肃尊诚，与大神到了紫竹林里，参拜菩萨。

菩萨道："悟空，唐僧行到何处也？"行者道："行到西牛贺洲万寿山了。"菩萨道："那万寿山有座五庄观。镇元大仙，你曾会他么？"行者顿首道："因是在五庄观，弟子不识镇元大仙，毁伤了他的人参果树，冲撞了他，他困滞了我师父，不得前进。"那菩萨情知，怪道："你这泼猴，不知好歹！他那人参果树，乃天开地辟的灵根；镇元子乃地仙之祖，我也让他三分，你怎么就打伤他树！"行者再拜道："弟子实是不知。那一日，他不在家，只有两个仙童候待我等。是猪悟能晓得他有果子，要一个尝新，弟子委偷了他三个，弟兄们分吃了。那童子知觉，骂我等无已，是弟子发怒，遂将他树推倒。他次日回来赶上，将我等一袖子笼去，绳绑鞭抽，拷打了一日。我等当夜走脱，又被他赶上，依然笼了。三番两次，其实难逃，已允了与他医树。却才自海上求方，遍游三岛，众神仙都没有本事。弟子因此志心朝礼，特拜告菩萨。伏望慈悯，俯赐一方，以救唐僧，早早西去。"菩萨道："你怎么不早来见我，却往岛上去寻找？"

行者闻此言，心中暗喜道："造化了！造化了！菩萨一定有方也！"行者又上前恳求。菩萨道："我这净瓶底的甘露水，善治得仙树灵苗。"行者道："可曾经验过么？"菩萨道："经验过的。"行者问："有何经验？"菩萨道："当年太上老君曾与我赌胜，他把我的杨柳枝拔了去，放在炼丹炉里，炙得焦干，送来还我。是我拿了插在瓶中，一昼夜，复得青枝绿叶，与旧相同。"行者笑道："真造化了！真造化了！

烘焦了的尚能医活，况此推倒的，有何难哉！”菩萨分付大众：“看守林中，我去去来。”遂手托净瓶，白鹦哥前边巧啭，孙大圣随后相从。有诗为证：

玉毫金像世难论，正是慈悲救苦尊。
过去劫逢无垢佛，至今成得有为身。
几生欲海澄清浪，一片心田绝点尘。
甘露久经真妙法，管教宝树永长春。

菩萨见祸头来了，命原来的黑熊精，如今的守山大神来迎。大神本想跟悟空显摆一下，叫了声：“孙悟空，那里去？”却被悟空抬头喝回原形：你个熊罴！这悟空是你能叫的？当初要不是老孙饶了你，你早死了，如今得了正果，你得喊我一声孙老爷！

黑熊精面对猴子这个介绍人开始赔笑，一句“君子不念旧恶”把话题岔过去，说菩萨让我来迎你，随后，膨胀惹祸猴瞬间完成了佛心慧根猴的切换，那叫一个端肃尊诚哟，规规矩矩地进去参拜了菩萨。

菩萨知道猴子的所作所为后依旧骂道：“你这泼猴，不知好歹！”

猴子已经被骂了一路不知好歹了，要不是猴子现在有取经的事做护身符，你看镇元子弄不弄得死他！就算弄不死，给他放袍子里一万年，他跑得出去吗？

菩萨再次给镇元子背书：人家是地仙之祖，连我也得让他三分。

随后猴子回答：“弟子实是不知。那一日，他不在家，只有两个仙童候待我等。是猪悟能晓得他有果子，要一个尝新，弟子委偷了他三个，弟兄们分吃了。那童子知觉，骂我等无已，是弟子发怒，遂将他树推倒。”

后面这堆都是胡说，前面第一句是关键，“弟子实是不知”，弟子实在不知道他那么牛啊！

知道不就不推了嘛！咱这五百年已经悟明白了，不能欺软欺硬，要欺软怕硬，关键是咱不是不知道镇元老爷那么硬嘛！

眼下我已经踏遍了东方世界，众仙都没办法。然后你瞅猴子这话说的哈：“弟子因此志心朝礼，特拜告菩萨。伏望慈悯，俯赐一方，以救唐僧，早早西去。”

还是那句话，他不是不会好好说话，要看对谁说。

菩萨问：你咋不早来找我？

悟空一听有救了，“行者又上前恳求”，菩萨把他拿捏了一通后，说自己净瓶里的甘露水专业对口，“善治得仙树灵苗”。

悟空随后问：有案例吗？

菩萨说：有，当年跟太上老君打赌，看看是他的炉子猛还是我的瓶子润，这杨柳枝被烤得焦干后，一昼夜便救活了。

作者这里一方面是给后面赛太岁那关时的法宝做铺垫；另一方面，深层来讲，潜台词也在说观音菩萨在王母、玉帝那里可是重要人物。

这二位最关键的资源是啥？

是蟠桃园。

菩萨这甘露水就是蟠桃园的保险。

双方的关系也不是没有蛛丝马迹，后面第四十九回说到菩萨那金鱼精的兵器时，诗是这么说的：“原来不比凡间物，出处还从仙苑名。绿房紫药瑶池老，素质清香碧沼生。”

瑶池在西游宇宙中除了王母娘娘处，只在提到东华帝君和观音菩萨时还出现过，再无分号。

你说作者牛不牛，环环相扣巧不巧妙？这书是不是神作？

却说那观里大仙与三老正然清话，忽见孙大圣按落云头，叫道：“菩萨来了，快接！快接！”慌得那三星与镇元子共三藏师徒，一齐迎出宝殿。菩萨才住了祥云，先与镇元子陪了话，后与三星作礼。礼毕上坐，那阶前，行者引唐僧、八戒、沙僧都拜了。那观中诸仙，也来拜见。行者道：“大仙不必迟疑，趁早儿陈设香案，请菩萨替你治那甚么果树去。”大仙躬身谢菩萨道：“小可的勾当，怎么敢劳菩萨下降？”菩萨道：“唐僧乃我之弟子，孙悟空冲撞了先生，理当赔偿宝树。”三老道：“既如此，不须谦讲了，请菩萨都到园中去看看。”

那大仙即命设具香案，打扫后园，请菩萨先行，三老随后。三藏师徒与本观众仙都到园内观看时，那棵树倒在地下，土开根现，叶落枝枯。菩萨叫：“悟空，伸手来。”那行者将左手伸开。菩萨将杨柳枝蘸出瓶中甘露，把行者手心里画了一道起死回生的符字，教他放在树根之下，但看水出为度。那行者捏着拳头，往那树根底下揣着，

须臾有清泉一注。菩萨道："那个水不许犯五行之器，须用玉瓢舀出，扶起树来，从头浇下，自然根皮相合，叶长芽生，枝青果出。"

行者道："小道士们，快取玉瓢来。"镇元子道："贫道荒山，没有玉瓢，只有玉茶盏、玉酒杯，可用得么？"菩萨道："但是玉器，可舀得水的便罢，取将来看。"大仙即命小童子取出有二三十个茶盏，四五十酒杯，却将那根下清泉舀出。行者、八戒、沙僧扛起树来，扶得周正，拥上土，将玉器内甘泉一瓯瓯捧与菩萨。菩萨将杨柳枝细细洒上，口中又念着经咒。不多时，洒净那舀出之水，见那树果然依旧青枝绿叶阴森，上有二十三个人参果。清风、明月二童子道："前日不见了果子时，颠倒只数得二十二个；今日回生，怎么又多了一个？"行者道："日久见人心。前日老孙只偷了三个，那一个落下地来，土地说这宝遇土而入，八戒只嚷我打了偏手，故走了风信，只缠到如今，才见明白。"

菩萨道："我方才不用五行之器者，知道此物与五行相畏故耳。"那大仙十分欢喜，急令取金击子来，把果子敲下十个，请菩萨与三老复回宝殿，一则谢劳，二来做个"人参果会"。众小仙遂调开桌椅，铺设丹盘，请菩萨坐了上面正席，三老左席，唐僧右席，镇元子前席相陪，各食了一个。有诗为证：

万寿山中古洞天，人参一熟九千年。
灵根现出芽枝损，甘露滋生果叶全。
三老喜逢皆旧契，四僧皆果大前缘。
自今会服人参果，尽是长生不老仙。

此时菩萨与三老各吃了一个，唐僧始知是仙家宝贝，也吃了一个。悟空三人，亦各吃一个。镇元子陪了一个，本观仙众分吃了一个。行者才谢了菩萨，回上普陀岩，送三星径转蓬莱岛。镇元子却又安排蔬酒，与行者结为兄弟。这才是不打不成相识，两家合了一家。师徒四众，喜喜欢欢，天晚歇了。那长老才是：

有缘吃得草还丹，长寿苦捱妖怪难。

毕竟到明日如何作别，且听下回分解。

菩萨被悟空请来了，猴子那是相当懂事，先开路高叫："菩萨来了，快接！快接！"

镇元子和三星以及唐僧师徒都出来相迎，菩萨才住了祥云。

从理论上来讲，在神通广大的人眼里，手下弟子惹祸其实也不是坏事。所谓不打不相识，总需要一些不知天高地厚的人去打破平衡，然后在一次次危机公关后建立联系。顶层的大佬们很多时候考虑的已经不是谁欠谁的了，而是有没有深刻的联系，关键时候能不能够去施加自己的影响力。

谁欠谁的这种关系还是浅，最深的关系是"突然出现了某件棘手之事时只有你能帮着把话递过去"。

镇元子去元始天尊那里听讲，这是从属，是听宣。你说镇元子在元始天尊那儿有面子吗？那肯定是有，他自己有啥事绝对能跟元始天尊张嘴，但他要是替别人撮合事去找元始天尊，那可能就张不开嘴了。

比如他可以找元始天尊说，大哥，我用弥勒佛的黄眉给我那人参果树施了肥，您受累给说和说和，元始天尊肯定管，但如果元始天尊和弥勒佛要是有矛盾了，弥勒佛找到他了，他绝对没有面子去找元始天尊说和这事。

这回菩萨来了，你的弟子推倒了我的树，你作为师父又救活了我的树，咱不提欠不欠的事了，核心是咱们通过这人间第一灵根的死去活来建立了深刻的联系，将来甭管谁的事求到我镇元子这儿，我都能去找菩萨张嘴。

再来看看镇元子是多么会做人，他跟观音菩萨在三界的咖位绝对是平级的，因为菩萨本人亲口认证过，需要让他三分，也就是说，遇到啥大会是需要让镇元子坐她前面的，但镇元子却躬身谢菩萨道："小可的勾当，怎么敢劳菩萨下降？"

面子真是给得太足了。

菩萨也回得相当有领导风范："唐僧乃我之弟子，孙悟空冲撞了先生，理当赔偿宝树。"

随后是救树过程，那甘露水只是引子，核心是菩萨有一道起死回生的符字可以续根，等树扶正后菩萨口中还有经咒。

这一套下来，不仅树活了，连被土扣了的二十三个人参果也回来了。

随后开人参果会，皆大欢喜，镇元子又安排蔬酒，与悟空结为了兄弟。

这句话很有意味："这才是不打不成相识，两家合了一家。"

倒不是说镇元子也从此跟悟空一样弃道归佛了，他那么会做人，跟三清、王母那么深的关系，不可能因为跟观音建交后就转换门庭了，而是说镇元子从此跟佛门的大领导也建立深刻联系了，从此一家人不说两家话了。

对唐僧，作者也写了句评价收尾：“有缘吃得草还丹，长寿苦捱妖怪难。”

其实到底唐僧本人有没有长生不老的功效很难讲，因为在他吃人参果之前这一路都是没这说法的。反倒是他吃了人参果后，他能长生不老的事马上就传开了。

那人参果是天精地华的灵根长出来的小生命，唐僧本人是一点元阳未泄的老童子，很可能也是因为他吃完人参果后就变成了行走的人参果。

总之，无论怎样，后面他要“长寿苦捱妖怪难”了。

五庄观环节后，孙悟空在取经团队的路也算是基本让自己走窄了。

拿唐僧不当领导，拿八戒和沙僧当长工，自诩没有人比他更懂取经，但惹的每一次祸他自己都平不了，观音菩萨都快成驻场嘉宾了。

他这一身的臭毛病啊，需要一件事让他清醒清醒了。

第二十七回

尸魔三戏唐三藏，圣僧恨逐美猴王

却说三藏师徒，次日天明，收拾前进。那镇元子与行者结为兄弟，两人情投意合，决不肯放，又安排管待，一连住了五六日。那长老自服了草还丹，真是脱胎换骨，神爽体健。他取经心重，那里肯淹留，无已遂行。

师徒别了上路，早见一座高山。三藏道："徒弟，前面有山险峻，恐马不能前，大家须仔细仔细。"行者道："师父放心，我等自然理会。"好猴王，他在马前横担着棒，剖开山路，上了高崖，看不尽：

峰岩重叠，涧壑湾环。虎狼成阵走，麂鹿作群行。无数獐犯钻簇簇，满山狐兔聚丛丛。千尺大蟒，万丈长蛇。大蟒喷愁雾，长蛇吐怪风。道旁荆刺牵漫，岭上松楠秀丽。薜萝满目，芳草连天。影落沧溟北，云开斗柄南。万古寻含元气老，千峰巍列日光寒。

那长老马上心惊，孙大圣布施手段，舞着铁棒，哮吼一声，諕得那狼虫颠窜，虎豹奔逃。师徒们入此山，正行到嵯峨之处，三藏道："悟空，我这一日，肚中饥了，你去那里化些斋吃。"行者陪笑道："师父好不聪明。这等半山之中，前不巴村，后不着店，有钱也没买处，教往那里寻斋？"三藏心中不快，口里骂道："你这猴子！想你在两界山，被如来压在石匣之内，口能言，足不能行，也亏我救你性命，摩顶受戒，做了我的徒弟。怎么不肯努力，常怀懒惰之心！"行者道："弟子亦颇殷勤，

何常懒惰？”三藏道：“你既殷勤，何不化斋我吃？我肚饥怎行？况此地山岚瘴气，怎么得上雷音？”行者道：“师父休怪，少要言话。我知你尊性高傲，十分违慢了，你便要念那话儿咒。你下马稳坐，等我寻那里有人家处化斋去。”

从这回“圣僧恨逐美猴王”的标题就看出来了，唐僧对孙悟空已经上升到“恨”了，实在是太讨厌猴子了。

唐僧吃了人参果，转天要走，但镇元子认了孙悟空这兄弟后要有自己的排面，必须得留兄弟住段时间，一连住了五六天后唐僧不干了，决定必须走！

从唐僧的角度来讲，因为你这猴子惹祸，我让人家骂了一顿，然后经历了活活一天两夜的捆绑加跑路，以及后来好多天的提心吊胆，最后你倒是跟镇元子不打不相识成了兄弟，好处都是你得了。再加上自从把猴子从五行山下救出来后，猴子就从来不拿他当领导的这股嘚瑟劲儿，唐僧此时对悟空的厌恶已经到了一个要爆发的临界点。

来到“虎狼成阵走，麂鹿作群行……千尺大蟒，万丈长蛇。大蟒喷愁雾，长蛇吐怪风”的恐怖山中后，唐僧饿了，让悟空去化斋，悟空又阴阳道：“师父好不聪明。这等半山之中，前不巴村，后不着店，有钱也没买处，教往那里寻斋？”

不是你自己没事就吹牛，化个斋动不动就几千里的吗？越是这“前不巴村，后不着店”不才越显你能吗？你哪儿那么多废话？你就从来没有一次说：好的师父，马上去！

反正猴子就这毛病，你说东，他非得说西；你让抓狗，他非得撵鸡，突出的就是永远得否定你，自己说了算。

唐僧这回不忍了，心中不快了，直接骂道：“你这猴子！想你在两界山，被如来压在石匣之内，口能言，足不能行，也亏我救你性命，摩顶受戒，做了我的徒弟。怎么不肯努力，常怀懒惰之心！”

唐僧终于宣示主权了！我是领导！你是谁救的？你现在是什么态度？

猴子依旧嘴里有话。“师父休怪，少要言话”，也就是你给我闭嘴的意思；“我知你尊性高傲”，也就是我知道你不好伺候的意思；“十分违慢了，你便要念那话儿咒”，就是说你不就仗着你有那紧箍咒嘛！

行者将身一纵，跳上云端里，手搭凉篷，睁眼观看。可怜西方路，甚是寂寞，更无庄堡人家。正是多逢树木，少见人烟去处。看多时，只见正南上有一座高山，那山向阳处，有一片鲜红的点子。行者按下云头道："师父，有吃的了。"那长老问："甚东西？"行者道："这里没人家化饭，那南山有一片红的，想必是熟透了的山桃，我去摘几个来你充饥。"三藏喜道："出家人若有桃子吃，就为上分了。"行者取了钵盂，纵起祥光。你看他筋斗幌幌，冷气飕飕，须臾间，奔南山摘桃不题。

却说常言有云："山高必有怪，岭峻却生精。"果然这山上有一个妖精。孙大圣去时，惊动那怪。他在云端里，踏着阴风，看见长老坐在地下，就不胜欢喜道："造化！造化！几年家人都讲东土的唐和尚取'大乘'，他本是金蝉子化身，十世修行的原体。有人吃他一块肉，长寿长生。真个今日到了。"那妖精上前就要拿他，只见长老左右手下有两员大将护持，不敢拢身。他说两员大将是谁？说是八戒、沙僧。八戒、沙僧虽没甚么大本事，然八戒是天蓬元帅，沙僧是卷帘大将，他的威气尚不曾泄，故不敢拢身。妖精说："等我且戏他戏，看怎么说。"

悟空去摘桃了，他一走就惊动了本地的妖怪，原著中也第一次出现了吃唐僧肉能长生不老的设定，从这一章，作者开始起底八戒和沙僧的真正战斗力。原话是："他说两员大将是谁？说是八戒、沙僧。八戒、沙僧虽没甚么大本事，然八戒是天蓬元帅，沙僧是卷帘大将，他的威气尚不曾泄，故不敢拢身。"

这回要把猴子赶走了，也要提前铺垫这哥儿俩的战斗力了，也就是"八戒、沙僧虽没甚么大本事"，唯一的凭借就是"威气尚不曾泄"。

翻译一下：这俩就是样子货。

好妖精，停下阴风，在那山凹里，摇身一变，变做个月貌花容的女儿。说不尽那眉清目秀，齿白唇红。左手提着一个青砂礶儿，右手提着一个绿磁瓶儿，从西向东，径奔唐僧：

圣僧歇马在山岩，忽见裙钗女近前。
翠袖轻摇笼玉笋，湘裙斜拽显金莲。
汗流粉面花含露，尘拂蛾眉柳带烟。
仔细定睛观好处，看看行至到身边。

三藏见了，叫："八戒，沙僧，悟空才说这里旷野无人，你看那里不走出一个人来了？"八戒道："师父，你与沙僧坐着，等老猪去看看来。"那呆子放下钉钯，整整直裰，摆摆摇摇，充作个斯文气象，一直的觌面相迎。真个是远看未实，近看分明。那女子生得：

冰肌藏玉骨，衫领露酥胸。柳眉积翠黛，杏眼闪银星。月样容仪俏，天然性格清。体似燕藏柳，声如莺啭林。半放海棠笼晓日，才开芍药弄春晴。

那八戒见他生得俊俏，呆子就动了凡心，忍不住胡言乱语，叫道："女菩萨，往那里去？手里提着是甚么东西？"分明是个妖怪，他却不能认得。那女子连声答应道："长老，我这青礶里是香米饭，绿瓶里是炒面筋，特来此处无他故，因还誓愿要斋僧。"八戒闻言，满心欢喜，急抽身，就跑了个猪颠风，报与三藏，道："师父！'吉人自有天报。'师父饿了，教师兄去化斋，那猴子不知那里摘桃儿耍子去了。桃子吃多了，也有些嘈人，又有些下坠。你看那不是个斋僧的来了？"唐僧不信道："你这个夯货胡缠！我们走了这向，好人也不曾遇着一个，斋僧的从何而来？"八戒道："师父，这不到了？"

三藏一见，连忙跳起身来，合掌当胸道："女菩萨，你府上在何处住？是甚人家？有甚愿心，来此斋僧？"分明是个妖精，那长老也不认得。那妖精见唐僧问他来历，他立地就起个虚情，花言巧语，来赚哄道："师父，此山叫做蛇回兽怕的白虎岭，正西下面是我家。我父母在堂，看经好善，广斋方上远近僧人，只因无子，求神作福，生了奴奴。欲扳门第，配嫁他人，又恐老来无倚，只得将奴招了一个女婿，养老送终。"三藏闻言，道："女菩萨，你语言差了。圣经云：'父母在，不远游；游必有方。'你既有父母在堂，又与你招了女婿，有愿心，教你男子还，便也罢，怎么自家在山行走，又没个侍儿随从？这个是不遵妇道了。"那女子笑吟吟，忙陪俏语道："师父，我丈夫在山北凹里，带几个客子锄田。这是奴奴煮的午饭，送与那些人吃的。只为五黄六月，无人使唤，父母又年老，所以亲身来送。忽遇三位远来，却思父母好善，故将此饭斋僧。如不弃嫌，愿表芹献。"

三藏道："善哉！善哉！我有徒弟摘果子去了，就来，我不敢吃。假如我和尚吃了你饭，你丈夫晓得，骂你，却不罪坐贫僧也？"那女子见唐僧不肯吃，却又满面春生道："师父呵，我父母斋僧还是小可，我丈夫更是个善人，一生好的是修桥

补路，爱老怜贫。但听见说这饭送与师父吃了，他与我夫妻情上，比寻常更是不同。”三藏也只是不吃。旁边却恼坏了八戒，那呆子努着嘴，口里埋怨道：“天下和尚也无数，不曾像我这个老和尚罢软！现成的饭，三分儿倒不吃，只等那猴子来，做四分才吃！”他不容分说，一嘴把个礶子拱倒，就要动口。

这妖精变成了一个月貌花容的女孩来斋僧了，唐僧跟八戒和沙僧说：悟空不是说这附近旷野无人吗？你们看这不是来了个人吗？

八戒走近了看，这女孩实在太带劲儿了，主要是穿得奔放。“冰肌藏玉骨，衫领露酥胸”，你瞅瞅，她都给你露着，八戒瞬间兴奋了，听说人家斋僧来了，都跑出“猪颠风”了，赶紧跟唐僧汇报，吉人自有天报，来斋僧的了。

看到这妖精后，唐师父的表现也比较主动，所谓“三藏一见，连忙跳起身来，合掌当胸道：‘女菩萨，你府上在何处住？是甚人家？有甚愿心，来此斋僧？’”

无论是“连忙跳起身来”，还是一口气问了那一串，都显得长老有点主动了。但结合后面的语境，我个人的看法是，唐师父是怕八戒再犯错，毕竟八戒的失态已经表现出来了，前面刚经过四圣试禅心，唐僧不可能不记着，而且从他后面的谈话中也能看出，他其实是比较担心这女施主的安危的，甚至话说得有点重：“女菩萨，你语言差了。圣经云：‘父母在，不远游；游必有方。’你既有父母在堂，又与你招了女婿，有愿心，教你男子还，便也罢，怎么自家在山行走？又没个侍儿随从？这个是不遵妇道了。”

后来妖精表示，我啥问题没有，你快吃吧。唐僧还是不敢吃。他说：我要是吃了你的饭，你丈夫骂你咋办？这种事不是没有。我来时，替我家皇帝去阎王那儿进贡的小子就是因媳妇斋僧而开骂，两口子都死了。

那妖精继续劝：别担心，我们两口子的感情好着呢。唐僧还是不吃。

在色这方面，其实是要相信咱唐师父的，你说他有没有起心动念咱确实不好说，但肯定是能经受住考验的。反正八戒是憋不住了，一下把罐子拱倒，准备开吃了。

只见那行者自南山顶上，摘了几个桃子，托着钵盂，一筋斗，点将回来；睁火眼金睛观看，认得那女子是个妖精，放下钵盂，掣铁棒，当头就打。諕得个长老用手扯住，道：“悟空！你走将来打谁？”行者道：“师父，你面前这个女子，莫当做

个好人，他是个妖精，要来骗你哩！”三藏道：“你这个猴头，当时倒也有些眼力，今日如何乱道！这女菩萨有此善心，将这饭要斋我等，你怎么说他是个妖精！”行者笑道：“师父，你那里认得！老孙在水帘洞内做妖魔时，若想人肉吃，便是这等：或变金银，或变庄台，或变醉人，或变女色。有那等痴心的爱上我，我就迷他到洞内，尽意随心，或蒸或煮受用；吃不了，还要晒干了防天阴哩！师父，我若来迟，你定入他套子，遭他毒手！”那唐僧那里肯信，只说是个好人。行者道：“师父，我知道你了，你见他那等容貌，必然动了凡心。若果有此意，叫八戒伐几棵树来，沙僧寻些草来，我做木匠，就在这里搭个窝铺，你与他圆房成事，我们大家散伙，却不是件事业？何必又跋涉，取甚经去！”那长老原是个软善的人，那里吃得他这句言语，羞得光头彻耳通红。

八戒刚要吃，悟空回来了，火眼金睛认出了妖精，随后就要打。唐僧还蒙着呢，哪儿跟哪儿啊就动手，悟空说这是个妖精，唐僧却说这是个斋僧的好人……然后悟空解释，这妖精的伎俩都是当年他吃人时玩剩下的，但唐僧根本不信。

客观来讲，人家唐僧是没有错的，他没有火眼金睛，八戒和沙僧也都没看出问题，眼下这毕竟是个人，自己是取经团队的领导，不能由着猴哥的性子来，你说是妖就是妖啊？证据呢？

咱们熟悉故事情节，知道唐僧不该拦悟空，但设身处地想，人家唐僧这事处理得真没错啊！

不吃不就得了，本来也没想吃，直接把她轰走不行吗？干吗上来就要打死人家，她毕竟是个人模样，咱这职业是和尚啊，除妖还是得讲证据的，要不你泼个狗血啥的让她现原形给大家看看。总之，不能直接照着人模样的打。

但是，猴子看到自己的权威被质疑后直接撕破脸皮，道：我知道你怎么想的了！你动凡心了！得！现在就给你们圆房，大家散伙得了！

猴子的关键问题就是从来没有同理心，他这学霸看见别人不会做题只会问，你是不是傻？

此时作为一个徒弟应该怎样？

告诉师父这是妖精，师父要是不信，你就把那妖精轰走，步步小心地保护着这肉眼凡胎走，或者找来足够的证据，你再提杀的事。

他这句话，直接把唐僧羞得个光头彻耳通红。

猴子，你这事做得真过了，师父不听你的，你就能给师父扣这种帽子吗？你是回回都对吗？

那袈裟的事你对了吗？那人参果的事你对了吗？

三藏正在此羞惭，行者又发起性来，掣铁棒，望妖精劈头一下。那怪物有些手段，使个“解尸法”，见行者棍子来时，他却抖擞精神，预先走了，把一个假尸首打死在地下。諕得个长老战战兢兢，口中作念道：“这猴着然无礼！屡劝不从，无故伤人性命！”行者道：“师父莫怪，你且来看看这礶子内是甚东西。”沙僧搀着长老近前看时，那里是甚香米饭，却是一礶子拖尾巴的长蛆；也不是面筋，却是几个青蛙、癞虾蟆，满地乱跳。长老却有三分儿信了。怎禁猪八戒气不忿，在旁漏八分儿唆嘴道：“师父，说起这个女子，他是此间农妇，因为送饭下田，路遇我等，却怎么栽他是个妖怪？哥哥的棍重，走将来试手打他一下，不期就打杀了；怕你念甚么‘紧箍儿咒’，故意的使个障眼法儿，变做这等样东西，演幌你眼，使不念咒哩。”

三藏自此一言，就是晦气到了。果然信那呆子撺唆，手中捻诀，口里念咒。行者就叫：“头疼！头疼！莫念！莫念！有话便说！”唐僧道：“有甚话说！出家人时时常要方便，念念不离善心，扫地恐伤蝼蚁命，爱惜飞蛾纱罩灯。你怎么步步行凶，打死这个无故平人，取将经来何用？你回去罢！”行者道：“师父，你教我回那里去？”唐僧道：“我不要你做徒弟！”行者道：“你不要我做徒弟，只怕你西天路去不成。”唐僧道：“我命在天，该那个妖精蒸了吃，就是煮了，也算不过。终不然，你救得我的大限？你快回去！”行者道：“师父，我回去便也罢了，只是不曾报得你的恩哩。”唐僧道：“我与你有甚恩！”那大圣闻言，连忙跪下叩头，道：“老孙因大闹天宫，致下了伤身之难，被我佛压在两界山，幸观音菩萨与我受了戒行，幸师父救脱吾身。若不与你同上西天，显得我‘知恩不报非君子，万古千秋作骂名’。”原来这唐僧是个慈悯的圣僧，他见行者哀告，却也回心转意，道：“既如此说，且饶你这一次。再休无礼。如若仍前作恶，这咒语颠倒就念二十遍！”行者道：“三十遍也由你，只是我不打人了。”却才伏侍唐僧上马，又将摘来桃子奉上。唐僧在马上也吃了几个，权且充饥。

唐僧正红脸呢，猴子直接一棒子把妖怪打“死”了，实际上妖怪是用“解尸法”跑路了。唐僧这时候要下判决书了，悟空找来罐子里的虫子和癞蛤蟆作为证据，说打死的就是个妖怪，这让唐僧有点信了，但八戒这时候开始输出了，说这是猴哥怕你念咒，故意使的障眼法骗你的！

你说唐僧信不信八戒的呢？

无所谓了！积怨已久了！终于有个名正言顺的机会念紧箍咒了！

唐僧开始念咒，念完下了开除通知：你步步行凶！不像个出家人！我不再要你做徒弟了！

悟空随后还威胁唐僧道：你不要我做徒弟，只怕你西天路去不成。

但是唐僧很决绝，表示：我命在天，真到了该死的时候你也救不了我，赶紧给我走！

唐僧是真的烦死这只猴子了！

悟空随后以还没报恩的理由暂时说动了唐僧，唐僧说：你还知道我对你有大恩啊？看在你还有点良心的分上，留待察看吧！

唐僧终于扬眉吐气了一回，再不治治这猴子真不知道谁是大小王了！

是我取经，我对团队负总责！你再跟我没大没小试试？

却说那妖精，脱命升空。原来行者那一棒不曾打杀妖精，妖精出神去了。他在那云端里，咬牙切齿，暗恨行者道：“几年只闻得讲他手段，今日果然话不虚传。那唐僧已是不认得我，将要吃饭。若低头闻一闻儿，我就一把捞住，却不是我的人了？不期被他走来，弄破我这勾当，又几乎被他打了一棒。若饶了这个和尚，诚然是劳而无功也。我还下去戏他一戏。”

好妖精，按落阴云，在那前山坡下，摇身一变，变作个老妇人，年满八旬，手拄着一根弯头竹杖，一步一声的哭着走来。八戒见了，大惊道：“师父，不好了！那妈妈儿来寻人了！”唐僧道：“寻甚人？”八戒道：“师兄打杀的，定是他女儿，这个定是他娘，寻将来了。”行者道：“兄弟莫要胡说！那女子十八岁，这老妇有八十岁，怎么六十多岁还生产？断乎是个假的。等老孙去看来。”好行者，拽开步，走近前观看。那怪物：

假变一婆婆，两鬓如冰雪。走路慢腾腾，行步虚怯怯。弱体瘦伶仃，脸如枯菜叶。颧骨望上翘，嘴唇往下别。老年不比少年时，满脸都是荷包摺。

行者认得他是妖精，更不理论，举棒照头便打。那怪见棍子起时，依然抖擞，又出化了元神，脱真儿去了，把个假尸首又撇在路旁之下。唐僧一见，惊下马来，睡在路旁，更无二话，只是把“紧箍儿咒”颠倒足足念了二十遍。可怜把个行者头勒得似个亚腰葫芦，十分疼痛难忍，滚将来哀告道：“师父，莫念了，有甚话说了罢！”唐僧道：“有甚话说！出家人耳听善言，不坠地狱。我这般劝化你，你怎么只是行凶？把平人打死一个，又打死一个，此是何故？”行者道：“他是妖精。”唐僧道：“这个猴子胡说！就有许多妖怪！你是个无心向善之辈，有意作恶之人，你去罢！”行者道：“师父又教我去，回去便也回去了，只是一件不相应。”唐僧道：“你有甚么不相应处？”八戒道：“师父，他要和你分行李哩。跟着你做了这几年和尚，不成空着手回去？你把那包袱内的甚么旧褊衫、破帽子，分两件与他罢。”

行者闻言，气得暴跳道：“我把你这个尖嘴的夯货！老孙一向秉教沙门，更无一毫嫉妒之意，贪恋之心，怎么要分甚么行李！”唐僧道：“你既不嫉妒贪恋，如何不去？”行者道：“实不瞒师父说，老孙五百年前居花果山水帘洞大展英雄之际，收降七十二洞邪魔，手下有四万七千群怪，头戴的是紫金冠，身穿的是赭黄袍，腰系的是蓝田带，足踏的是步云履，手执的是如意金箍棒，着实也曾为人。自从涅槃罪度削发，秉正沙门，跟你做了徒弟，把这个金箍儿勒在我头上，若回去，却也难见故乡人。师父果若不要我，把那个‘松箍儿咒’念一念，退下这个箍子，交付与你，套在别人头上。我就快活相应了，也是跟你一场。莫不成这些人意儿也没有了？”唐僧大惊道：“悟空，我当时只是菩萨暗受一卷‘紧箍儿咒’，却没有甚么‘松箍儿咒’。”行者道：“若无‘松箍儿咒’，你还带我去走走罢。”长老又没奈何，道：“你且起来，我再饶你这一次，却不可再行凶了。”行者道：“再不敢了，再不敢了。”又伏侍师父上马，剖路前进。

妖精随后又变成了一个八十岁的老太太，猴子记吃不记打，一棒子上去又给人家抡“死”了。

这回唐僧兑现承诺，把紧箍咒颠倒足足念了二十遍。

悟空说那是妖怪。唐僧说：这是你一面之词，完全信了你，你就有了污蔑每一个好人的权力，要是往后你但凡心情不好就打死人，然后说人家是妖精，这还了得！

这也不怪唐僧。悟空该好好想想，人家镇元子是好人吧？人家让你还人参果树没问题吧？你为啥想弄死人家呢？

你觉得唐僧肉眼凡胎还不听你好人言，但关键是，人都会参考过往的经历去进行判断的啊！

你这猴子由着性子胡作非为的事还少吗？

还是那句话，执法讲究流程，要亮证，要程序合理，你最好让她现了原形，抓贼见赃，不能单方面把一个人模样的打死。

唐僧再次赶猴子，猴子说你把这紧箍给我退了，否则没脸回去再称王，这让唐僧没了办法，后来又给了他一次机会。

却说那妖精，原来行者第二棍也不曾打杀他。那怪物在半空中，夸奖不尽道："好个猴王，着实有眼！我那般变了去，他也还认得我。这些和尚，他去得快，若过此山，西下四十里，就不伏我所管了。若是被别处妖魔捞了去，好道就笑破他人口，使碎自家心。我还下去戏他一戏。"好妖精，按耸阴风，在山坡下摇身一变，变做一个老公公。真个是：

白发如彭祖，苍髯赛寿星。

耳中鸣玉磬，眼里幌金星。

手拄龙头拐，身穿鹤氅轻。

数珠掐在手，口诵南无经。

唐僧在马上见了，心中大喜道："阿弥陀佛！西方真是福地！那公公路也走不上来，逼法的还念经哩。"八戒道："师父，你且莫要夸奖。那个是祸的根哩。"唐僧道："怎么是祸根？"八戒道："行者打杀他的女儿，又打杀他的婆子，这个正是他的老儿寻将来了。我们若撞在他的怀内时，师父，你便偿命，该个死罪；把老猪为从，问个充军；沙僧喝令，问个摆站；那行者使个遁法走了，却不苦了我们三个顶缸？"

行者听见道："这个呆根，这等胡说，可不諕了师父！等老孙再去看看。"他把棍藏在身边，走上前，迎着怪物，叫声："老官儿，往那里去？怎么又走路，又念经？"

那妖精错认了定盘星，把孙大圣也当做个等闲的，遂答道："长老啊，我老汉祖居此地，一生好善斋僧，看经念佛。命里无儿，止生得一个小女，招了个女婿。今早送饭下田，想是遭逢虎口。老妻先来找寻，也不见回去，全然不知下落，老汉特来寻看。果然是伤残他命，也没奈何，将他骸骨收拾回去，安葬茔中。"行者笑道："我是个做嬰虎的祖宗，你怎么袖子里笼了个鬼儿来哄我！你瞒不过我，我认得你是个妖精！"那妖精諕得顿口无言。

行者掣铁棒来，自忖思道："若要不打他，显得他倒弄个风儿；若要打他，又怕师父念那话儿咒语。"又思量道："不打杀他，他一时间抄空儿把师父捞了去，却不又费心劳力去救他？还打的是！就一棍子打杀他，师父念起那咒，常言道：'虎毒不吃儿。'凭着我巧言花语，嘴伶舌便，哄他一哄，好道也罢了。"好大圣，念动咒语，叫当方土地、本处山神道："这妖精三番来戏弄我师父，这一番却要打杀他。你与我在半空中作证，不许走了。"众神听令，谁敢不从？都在云端里照应。那大圣棍起处，打倒妖魔，才断绝了灵光。

这妖精也是该死，这么牛的一只猴子，她始终是"我还下去戏他一戏"的心态，拿这当过家家呢？

这是你死我活的斗争，是阶级对阶级的碾压！你还有心情去戏！

这种态度活该她死了。

这次妖精又变成了老公公，悟空见了直接说人家是祸根。

唐僧有疑问，八戒赶紧送助攻：猴子弄死了人家两口，可不就是祸根。八戒又拿唐僧最害怕的一件事做文章，说真要吃了官司，这猴子使个遁法就跑了，到时候咱仨得"顶缸"去。

悟空前去查看，发现这老头儿还是之前那个妖精，这回悟空权衡了片刻，觉得打死了又能咋地，虎毒不吃儿。"凭着我巧言花语，嘴伶舌便，哄他一哄，也就罢了。"

他是真不知道此时唐僧对他的积怨已经有多深了，他是太不知道自己有多烦人了，还自我感觉良好呢。

这次悟空也算是长了记性，调来了山神、土地做证，然后彻底打死了妖精。

那唐僧在马上，又谎得战战兢兢，口不能言。八戒在旁边，又笑道：“好行者，风发了！只行了半日路，倒打死三个人！”唐僧正要念咒，行者急到马前，叫道：“师父，莫念！莫念！你且来看看他的模样。”却是一堆粉骷髅在那里。唐僧大惊，道：“悟空，这个人才死了，怎么就化作一堆骷髅？”行者道：“他是个潜灵作怪的僵尸，在此迷人败本，被我打杀，他就现了本相。他那脊梁上有一行字，叫做‘白骨夫人’。”

唐僧闻说，倒也信了，怎禁那八戒旁边唆嘴道：“师父，他的手重棍凶，把人打死，只怕你念那话儿，故意变化这个模样，掩你的眼目哩！”唐僧果然耳软，又信了他，随复念起。行者禁不得疼痛，跪于路旁，只叫：“莫念！莫念！有话快说了罢！”唐僧道：“猴头，还有甚说话！出家人行善，如春园之草，不见其长，日有所增；行恶之人，如磨刀之石，不见其损，日有所亏。你在这荒郊野外，一连打死三人，还是无人检举，没有对头；倘到城市之中，人烟凑集之所，你拿了那哭丧棒，一时不知好歹，乱打起人来，撞出大祸，教我怎的脱身？你回去罢！”行者道：“师父错怪了我也。这厮分明是个妖魔，他实有心害你。我倒打死他，替你除了害，你却不认得，返信了那呆子谗言冷语，屡次逐我。常言道：‘事不过三。’我若不去，真是个下流无耻之徒。我去！我去！去便去了，只是你手下无人。”唐僧发怒道：“这泼猴越发无礼！看起来，只你是人，那悟能、悟净就不是人？”

那大圣一闻此言，他两个是人，止不住伤情凄惨，对唐僧道声：“苦啊！你那时节，出了长安，有刘伯钦送你上路；到两界山，救我出来，投拜你为师。我曾穿古洞，入深林，擒魔捉怪，收八戒，得沙僧，吃尽千辛万苦。今日昧着惺惺使糊涂，只教我回去。这才是‘鸟尽弓藏，兔死狗烹’！罢！罢！罢！但只是多了那‘紧箍儿咒’。”唐僧道：“我再不念了。”行者道：“这个难说。若到那毒魔苦难处，不得脱身，八戒、沙僧救不得你。那时节，想起我来，忍不住又念诵起来，就是十万里路，我的头也是疼的。假如再来见你，不如不作此意。”

唐僧见他言言语语，越发恼怒，滚鞍下马来，叫沙僧包袱内取出纸笔，即于涧下取水，石上磨墨，写了一纸贬书，递与行者道：“猴头！执此为照，再不要你做徒弟了！如再与你相见，我就堕了阿鼻地狱！”行者连忙接了贬书，道：“师父，不消发誓，老孙去罢。”他将书折了，留在袖中，却又软款唐僧道：“师父，我也是跟你一场，又蒙菩萨指教；今日半途而废，不曾成得功果，你请坐，受我一拜，我也去得放心。”

唐僧转回身不睬，口里唧唧哝哝的道："我是个好和尚，不受你歹人的礼！"大圣见他不睬，又使个身外法，把脑后毫毛拔了三根，吹口仙气，叫"变！"即变了三个行者，连本身四个，四面围住师父下拜。那长老左右躲不脱，好道也受了一拜。

大圣跳起来，把身一抖，收上毫毛，却又分付沙僧道："贤弟，你是个好人，却只要留心，防着八戒詀言詀语，途中更要仔细。倘一时有妖精拿住师父，你就说老孙是他大徒弟，西方毛怪闻我的手段，不敢伤我师父。"唐僧道："我是个好和尚，不题你这歹人的名字！你回去罢！"那大圣见长老三番两覆，不肯转意回心，没奈何才去。你看他：

噙泪叩头辞长老，含悲留意嘱沙僧。

一头拭迸坡前草，两脚登翻地上藤。

上天下地如轮转，跨海飞山第一能。

顷刻之间不见影，霎时疾返旧途程。

你看他忍气别了师父，纵筋斗云，径回花果山水帘洞去了。独自个凄凄惨惨，忽闻得水声聒耳。大圣在那半空里看时，原来是东洋大海潮发的声响。一见了，又想起唐僧，止不住腮边泪坠，停云住步，良久方去。

毕竟不知此去反覆何如，且听下回分解。

此时唐僧已经气得说不出话来了，八戒在旁边煽风点火，唐僧眼看要开念紧箍咒，悟空立刻把证据拿来了，是一堆粉骷髅，脊梁上还有一行字——白骨夫人。看到这证据，人家八戒还有话说：师父，这跟前面那虫子、癞蛤蟆一样，是障眼法！糊弄你呢！

唐僧得到台阶再次开念，然后第三次开除悟空。这次悟空不想走的理由算是把沙僧也得罪了："去便去了，只是你手下无人。"

唐僧怒了：你说的是人话吗？就你是人！人家悟能、悟净就不是人？

不就是出了事找观音菩萨吗，跑个腿有多难！

随后悟空终于"止不住伤情凄惨"了，他说自己是"鸟尽弓藏，兔死狗烹"。客观来讲，此时真谈不上，你真没做出多大贡献。

接着悟空再次把自己的路走死了。他说：将来到那毒魔苦难处不得脱身，八戒、沙僧救不得你时，你要是想起我来，念了紧箍咒，十万里外我也头疼，别等那时候再来找我。

这猴子把自己的最后一点路都堵死了，真到了那时候不是好事吗？到时候唐僧打自己的脸多好！你胡说啥呢！

这回把唐僧整得出离愤怒了，写了极其决绝的贬书，递于行者道：“猴头！执此为照，再不要你做徒弟了！如再与你相见，我就堕了阿鼻地狱！”

悟空这时候再次透露了自己的心思，他是不想走的，赶紧说别发誓，我走。

他不想把路走死了，他就是想拿捏唐僧，但这回玩砸了，人家彻底急眼了。

为了留有一线生机，悟空最后还拜了唐僧，又对沙僧嘱咐道：贤弟，你是个好人，要留心防着八戒祸害你，又嘱咐沙僧遇到妖精就提自己的名字。

悟空抓住最后的机会想在取经队伍中留下影响力，提他的名字肯定是不好使的！但哪个妖怪要是嘴贱的话，他就有理由回来扇妖怪大嘴巴了。

反正猴哥招数使尽，但唐僧已经彻底恨死他了，最后也是“那大圣见长老三番两覆，不肯转意回心，没奈何才去”。

悟空很伤心，看见东洋大海还触景生情呢！

其实他需要打击，需要好好反省，那堆毛病一定得改，挺灵的猴，不能永远由着性子不进步。想想两界山下，想想当年求仙问道时那个慧根猴的模样。

唐僧在这个团队中是有绝对主导权的，你看那庞大的取经摄影团队，人家只是保护唐僧，记录一言一行。金头揭谛昼夜不离左右，按理说那是最亲的隐性徒弟，但人家不该说的话一句不说。唐僧的决定就是要被贯彻执行的，因为整个取经项目是要在人家这个唐皇御弟的引子下进行的，人家不仅是佛祖的二徒弟，还是大唐官方代表。身份！身份！明白吗？

孙悟空与唐僧身份的差距，和本事的差距一样，都是鸿沟，别老不服，拿人家不当回事，没有人家来取经，你还在山底下压着呢！

猴为申，申含庚为本气，壬、戊为余气，阳刚之气太重，尤其其本气庚金，自古想成器是需要丁火来炼的。

提起丁火，在西游宇宙中，最牛的丁火，就是太上老君那个炉子里的六丁神火。

大才的作者安排悟空自打学艺后的每次实质性升级，都是在太上老君那里。

偷来的仙丹被他吃了，炼成了铜头铁臂；

八卦炉中被焖了四十九天，炼出了火眼金睛。

很快老君系的馈赠，将再次助他升级。

不仅能帮他回到取经队伍，还将夯实他的绝对核心地位。